Lisa Wirthl

Zwischen Olivenhainen

Die siebzehnjährige Leslie McEvans hat ihre Heimat in Schottland noch nie in ihrem Leben verlassen. Doch als sie unerwartet die Chance erhält, mit ihren Freundinnen Anne und Melissa und deren Vater in den Sommerferien nach Sizilien zu fliegen, willigt sie ein.

Durch einen unglücklichen Koffertausch am Flughafen von Palermo begegnet sie ihm zum ersten Mal: Raffaello Ruggiero, dem gutaussehenden, stinkreichen Sohn eines mächtigen Politikers – jedenfalls lässt er sie in dem Glauben.

Nach anfänglichen Zweifeln und mehreren Treffen verliebt Leslie sich in ihn. Was sie nicht weiß: Seine Familie ist eine der mächtigsten Familien der Cosa Nostra, der sizilianischen Mafia. …

Über die Autorin

Lisa Wirthl, geboren 1994, lebt in Mainz-Kostheim und schreibt seit ihrer Kindheit leidenschaftlich gerne Erzählungen, Kurzgeschichten und Romane. Mit „Zwischen Olivenhainen" wagt sie erstmals den Sprung in die Öffentlichkeit.

Lisa Wirthl

Zwischen Olivenhainen

plexus Verlag Amorbach
2013

1. Auflage Februar 2013

Satz und Layout: Jutta Wirthl
Verlag: plexus Verlag Amorbach
Druck: Volkhardt Caruna Medien, Amorbach
Printed in Germany

ISBN 978-3-937996-39-4

www.zwischen-olivenhainen.de

Für Anja,
für Sarah
und für Béla.
Und für „meine Familie" ;-)

Das nachdenkliche Mafiahuhn

„Ein kalabrisches Huhn beschloss, Mitglied der Mafia zu werden. Es ging zu einem Mafia-Minister, um ein Empfehlungsschreiben zu bekommen, aber dieser sagte ihm, die Mafia existiere nicht.

Es ging zu einem Mafia-Richter, aber auch dieser sagte ihm, die Mafia existiere nicht.

Schließlich ging es zu einem Mafia-Bürgermeister und auch dieser sagte ihm, die Mafia existiere nicht.

So kehrte das Huhn in den Hühnerhof zurück, und auf die Fragen seiner Mithühner antwortete es, die Mafia existiere nicht. Da dachten alle Hühner, es sei Mitglied der Mafia geworden und fürchteten sich vor ihm."

Luigi Malerba

italienischer Schriftsteller und Journalist

1

Es war einer dieser Schultage, die scheinbar endlos andauern und nie vorübergehen wollen. Draußen regnete es, der Himmel war bedeckt von dichten, grauen Wolken. Ich hasse Freitage, dachte Leslie und blies sich eine lange Haarsträhne aus dem Gesicht, während sie den Regentropfen zuschaute, die träge die kalte Fensterscheibe hinunterliefen. Danach kaute sie weiter an ihrem Füller herum und ließ den Blick gelangweilt über die sechs Sitzreihen vor ihr schweifen. Mrs. Jenkins leierte da vorne an der Tafel seit mindestens einer halben Stunde irgendeinen Kram auf Französisch herunter, den Leslie ohnehin nicht verstand. Eigentlich fand sie Französisch gar nicht mal so schwer, und ja, sie hatte dieses Fach am Anfang des Schuljahres nur allzu freiwillig gewählt, aber diese Lehrerin war die Hölle. Nichts, was sie versuchte, den Schülerinnen und Schülern der 11. Klasse beizubringen, blieb auch nur ansatzweise irgendjemandem von ihnen im Gedächtnis, aber mysteriöserweise schaffte es jeder, bis zur nächsten Klassenarbeit wieder auf den neuesten Stand zu kommen. Da dies aber die letzte Stunde an diesem Schultag war, langweilten sich alle noch mehr, als sie es sowieso getan hätten. Grässlich, wenn man mit irgendetwas die Zeit totschlagen musste.

Leslie schielte zu ihrer besten Freundin Anne hinüber. Die hörte Musik. Ihren iPod hatte sie unter dem Tisch versteckt und die Ohrstöpsel geschickt hinter ihren wirren, hellblonden Haaren verborgen. Leslie grinste und Anne zwinkerte ihr zu, bevor sie ihr ihren linken Ohrstöpsel unter dem Tisch entgegenhielt. Dann kritzelte sie auf ihren Collegeblock: „*Damit du nicht einschläfst! Dein Lieblingssong.*“ Schnell krakelte Leslie einen grinsenden Smiley darunter und schob das Kabel vorsichtig unter ihre lange, schokoladenbraune Mähne. Sie zwinkerte Anne zu. Dann richteten sie beide den Blick wieder nach vorne zur Tafel, wo Mrs. Jenkins gerade dabei war, die unregelmäßigen Verben herunterzuleiern, ohne sie an die Tafel zu schreiben, was doch wirklich zu erwarten gewesen wäre.

Anne und Leslie taten so, als hörten sie ihr interessiert zu und ernteten dabei sogar ein erleichtertes Lächeln von Mrs. Jenkins, die scheinbar froh darüber war, dass ihr endlich mal jemand zuhörte. ‚*Release me, release my body*', jaulte Agnes Leslie ins Ohr, und während sie Mrs. Jenkins' Lächeln erwiderte, kam sie sich ein ganz kleines bisschen schuldig vor. Aber nur ganz kurz.

Als sie kurze Zeit später, aber nach gefühlten zehn Stunden, hinaus auf den Schulhof des Gymnasiums in Oban traten, stöhnte Anne neben Leslie genervt auf und begann damit, ihren karierten Regenmantel zuzuknöpfen. Es goss noch immer wie aus Eimern, obwohl es mitten im Sommer war. Leslie mochte Regen. Die Luft roch so frisch, als hätte irgendjemand den Geruch der Schornsteine weggepustet – wenn es nur nicht so verdammt kalt gewesen wäre, aber daran gewöhnte man sich, wenn man in Schottland lebte. Leslie mochte Hitze nicht, das Wetter hier kam ihr gerade Recht – im Gegensatz zu Anne, die schon immer von langen, weißen, von Palmen gesäumten Stränden geträumt hatte. In Oban in Schottland zu wohnen, fand Anne grässlich. Leslie liebte Schottland.

„Mensch, diese elende Kälte bringt mich noch um!", knurrte Anne vor sich hin und zog sich ihre Kapuze tiefer ins Gesicht. An Leslies dunkelgrünem Parka befand sich keine Kapuze, was sie auch nicht weiter störte.

„Und der verfluchte Regen! Im Ernst jetzt, Leslie, irgendwann gehen wir hier unter!" Na toll. Anne war heute scheinbar nicht ganz so gut gelaunt, wie sonst. Leslie antwortete nicht. Sie stapfte nur weiter durch die riesigen Pfützen, die sich auf dem Schulhof gebildet hatten, und zählte die Tropfen, die auf ihrer Nase landeten. Anne überholte sie mit großen Schritten.

„Auf, Leslie, beeil dich", rief sie über die Schulter, „sonst verpassen wir den Bus!"

Aber Leslie hatte es nicht eilig, nach Hause zu kommen. Ihr kleiner Bruder wartete dort auf sie, den sie ja eigentlich ganz gerne mochte, wenn er nur nicht immer so nerven würde. Neuerdings fand er großen Gefallen daran, seine Spielzeugautos und seine heißgeliebte Spidermanfigur, die irgendwie sehr lächerlich aussah in den blauen Strumpfhosen, beim Essen durch seinen Kartoffelbrei fahren zu lassen, den er so gerne mochte. Ben, genannt Benny, war fünf und manchmal kam sich Leslie so vor, als wäre sie seine Mutter, denn ihre eigene Mom arbeitete die ganze Woche über in Argyll als Verkäuferin. Leslies Dad hatte die Familie vor zwei Jahren verlassen und Leslie hasste ihn dafür. Er wohnte in der Nähe in einem kleinen, altertümlichen Dorf, aber sie besuchte ihn nie. Sie wollte es nicht. Leslies große Schwester Grace war schon 21 und längst ausgezogen. Sie wohnte jetzt mit ihrem Freund in London. Oft beneidete Leslie sie darum, obwohl sie große Städte eigentlich nicht mochte.

„Leslie!", rief Anne. Sie stand schon unter der großen Eiche an der Bushaltestelle, winkte ihr zu und trat dabei von einem Fuß auf den anderen. Ihre Stoffschuhe waren längst klatschnass. Kein Wunder, dachte Leslie, wenn sie immer nur Turnschuhe trägt. Leslie selbst musste die alten Gummistiefel ihrer Schwester tragen, aber sie gefielen ihr, weil sie das Muster des Clans der McEvans abbildeten. Jeder Familienclan in Schottland hatte sein eigenes Schottenmuster. Diese Tradition war bis heute erhalten geblieben und irgendwie fand Leslie es schön, dass es in der heutigen Zeit noch ein paar Überbleibsel von früher gab.

„Leslie, wir haben ihn sowieso verpasst, du kannst also getrost stehen bleiben!" Anne klang genervt, als Leslie bei ihr ankam. Ihr langes Haar klebte in nassen Strähnen an ihrem Gesicht, scheinbar war ihre Kapuze nicht ganz so wasserdicht.

„Wen?", fragte Leslie. „Den Bus oder deinen Mike?"

„Beide!"

„Na dann." Leslie zuckte die Achseln und grinste Anne verschwörerisch zu. Diese wich ihrem Blick fast schon genervt aus, aber ihre Wangen glühten. Sie schwärmte schon lange für Mike, den nach Leslies Meinung nicht ganz so gut aussehenden Typen aus der 12. Er fuhr meistens, genau wie sie, um die gleiche Zeit mit dem Bus nach Hause, aber bisher hatte er Anne keine Beachtung geschenkt, außerdem hatte er eine Freundin, was Anne geflissentlich übersah.

„Du und dein Mike", spottete Leslie grinsend. „Was ist? Kommst du nachher noch mit ins Kino? Vielleicht siehst du ihn ja da …"

Aber Anne schüttelte den Kopf. „Ich muss nach Hause, Hausaufgaben machen."

„Es ist doch Wochenende – du hast genug Zeit!"

„Ich weiß", sagte Anne und sah mit einem Mal ein wenig traurig aus. „Dad verbietet mir auszugehen wegen des blöden Wettkampfs am Freitag."

Anne war von Natur aus ziemlich sportlich, das hatte sie von ihrem Vater geerbt, wie dieser immer behauptete, aber er übertrieb es wirklich mit seinen Trainingsstunden. So manche geplanten Übernachtungspartys mit Gesichtsmasken und Horrorfilmen waren ihr schon gestrichen worden und Leslie war deswegen nicht besonders gut auf Annes Vater zu sprechen.

„Er ruiniert dein Leben", murmelte sie teilnahmsvoll und tätschelte Anne die nasse Schulter. „Naja, wir sehen uns hoffentlich morgen."

Dann machte sich Leslie auf den Heimweg. Zu Fuß. Sie hatte keine Lust mehr auf den Bus zu warten, sie würde genauso nass werden, auch, wenn sie hier stehen bleiben würde, um zu warten. Anne wohnte auf der anderen Seite von Oban, deswegen fuhren sie meistens zusammen zu Leslie oder zu Anne, wenn sie sich nach der Schule treffen wollten. Aber Anne musste Tennis üben. Und Leslie auf Benny aufpassen. Nichts mit Kino. Sie hasste es. Den ganzen, verfluchten Tag.

2

Am nächsten Morgen wurde Leslie vom kurzen, aber lauten Piepen ihres Handys geweckt. Wütend drehte sie sich auf die andere Seite und zog sich die Bettdecke über den Kopf, damit sie das dumme Ding nicht hören musste. Es piepte erneut. Manchmal stand sie kurz davor, es gegen die Wand zu pfeffern.

„Piiieeep.“

„Halt die Klappe!“, murrte Leslie verschlafen, tastete nach ihrem Wecker und rappelte sich gleich darauf erschrocken auf. Samstag, schoss es ihr durch den Kopf, Anne!

Fluchend verschwand sie im Bad, um zu duschen, ohne ihr Handy weiter zu beachten. Leslie hatte sich für heute um zehn mit Anne verabredet, jetzt war es schon Viertel vor elf. Auf Benny musste sie heute Gott sei Dank nicht aufpassen, der war am Freitagabend zu ihrem Vater gefahren. Ihre Mom schlief wahrscheinlich noch. An Wochenenden bekam Leslie sie noch weniger zu Gesicht, als sonst, was daran lag, dass sie freitags oft den ganzen Tag von Argyll nach Oban fahren musste und abends so müde war, dass sie das ganze Wochenende verschlief – an dem sie auch gut hätte mit ihrer Tochter etwas unternehmen können. Aber Leslie hatte sich daran gewöhnt, dass so gut wie nie jemand zu Hause war, außer ihr und Benny. Es war ihr Alltag. Ganz normal und oft sogar ganz angenehm. Sie konnte ihre Hausaufgaben erledigen, wann sie wollte, was zugegebenermaßen auch oft dazu führte, dass sie sie vergaß. So hatte sich Leslie schon des Öfteren eine Stunde Nachsitzen eingehandelt – wobei Anne ihr Gesellschaft leistete, auch wenn sie ihre Aufgaben immer vorbildlich erledigte, was eher an ihrer allzu fürsorglichen Mutter lag, als an Anne selbst. Aber Anne war eigentlich gut in allen Fächern. Leslie nicht. Leslie hasste Mathe. Abgrundtief.

Als sie endlich fertig war, nahm sie sich noch kurz die Freiheit, die SMS zu lesen, die sie bekommen hatte:

> *„Hast du verschlafen?! Egal, GUTE Neuigkeiten!!! Beeil dich!! Anne“.*

Panisch blickte Leslie auf die Uhr. Viertel nach elf! Verdammt. So schnell sie konnte, stürmte sie aus ihrem Zimmer, die enge Treppe hinunter, dann nach draußen und schnappte sich ihr Fahrrad, das gleich neben der Eingangstür lehnte und trat in die Pedale, als sei der Teufel hinter ihr her. Der Fahrtwind peitschte ihr das lange, dummerweise noch nasse Haar ins Gesicht, denn in der Eile hatte sie vergessen, es zu föhnen.

Anne erwartete sie schon an der weit geöffneten Haustür und trat unruhig von einem Fuß auf den anderen. Aufgeregt winkte sie Leslie zu und schloss sie kurz in die Arme, bevor sie sie ungeduldig und von einem Ohr zum anderen breit grinsend durch die große, helle Wohnung schob, die gewundene, hölzerne Treppe hinauf in ihr Zimmer. Annes Zimmer war recht groß, Leslies jedenfalls hätte zweimal hineingepasst. Sorgfältig schloss Anne die Tür hinter sich und ließ sich im Schneidersitz auf ihrem Bett nieder, und blickte Leslie, die immer noch etwas unschlüssig auf dem großen, bunt gestreiften Teppich vor Annes Bett stand und ihre nassen Haare ordnete, erwartungsvoll an.

„*Sorry*, ich hab' verschlafen", brachte Leslie hervor, um überhaupt etwas zu sagen. „Du weißt doch, sonst weckt mich Benny immer, aber es ist Samstag …" Weiter sprach sie nicht. Ihren Vater wollte sie, so gut es eben ging, nicht erwähnen. Anne nickte. Sie verstand das, obwohl ihre Eltern nicht geschieden waren.

„Setz dich erst mal hin", sagte sie, dann stand sie auf und fing an, in einem ihrer vielen Schränke herumzukramen, bis sie einen Föhn zu Tage beförderte und ihn Leslie zuwarf, ihn ihr aber gleich wieder aus der Hand nahm mit der Begründung: „Lass mal, das mach ich." Und fing an, Leslies Haare zu trocknen.

Sie wusste genau, dass Leslie eine Frage auf der Zunge lag – und, dass sie sie gleich stellen würde – deswegen hielt Anne die Spannung so lange es ging aufrecht, was sie immer dann tat, wenn es wirklich besonders wichtige oder absolut gute Nachrichten gab.

Seelenruhig föhnte Anne Leslies lange Mähne und Leslie konnte sich gut vorstellen, wie sie breit grinste und auf ihre Frage wartete.

„Was gibt es für gute Neuigkeiten?", schrie Leslie gegen das laute Surren des Föhns an.

„Ich sag's dir, wenn ich hier fertig bin!", brüllte Anne ihr ins Ohr.

Leslie zuckte zusammen. Anne föhnte weiter. Und weiter. Und weiter, bis Leslie befürchtete, ihre Haare würden schon anfangen zu schmelzen. Aber das taten sie nicht und gerade, als sie Anne den Föhn aus der Hand reißen wollte, schaltete diese ihn aus und schmiss ihn zurück in die Schublade, aus der sie ihn genommen hatte. Leslie drehte sich zu ihrer Freundin um und musterte sie erwartungsvoll.

„Also, was ist nun? Hat dich Mike zu einem Date eingeladen oder so?", fragte sie.

Anne zog ihr Handy aus der Tasche ihrer Jeans, tippte kurz etwas darauf herum und hielt es Leslie dann unter die Nase. Sie nahm es entgegen und las die SMS, die Anne bekommen hatte:

> *„Hi, Anne! Treffen wir uns in der Pause? Am Montag in der Ersten? Bring Leslie mit – ist wichtig! LG, Melissa Gosetti."*

„Melissa Gosetti?" Leslie hob den Kopf und gab Anne ihr Handy zurück. „Ist die nicht in der 11b?" Anne nickte.

„Das ist doch die Italienerin mit dem komischen Vater?"

Wieder nickte Anne.

„*Jep*", sagte sie, „die aus dem Tanzkurs, weißt du noch?"

Wie konnte sie nicht? Leslie hatte diesen Kurs gehasst. „Und was will sie ausgerechnet von uns?"

„Keine Ahnung." Anne zuckte die Schultern und fing an, auf dem Handy herumzutippen.

„Was schreibst du da?", fragte Leslie und beugte sich nach vorne, um besser sehen zu können.

„Ich frage sie, was sie von uns will!" Anne schickte die SMS ab.

Piiieeep.

Postwendend kam die Antwort: *„Werdet ihr sehen bzw. hören!"*

„Werden wir sehen?", sagte Leslie. „Sehr hilfreich."

Anne schrieb Melissa schon zurück: *„Ist es was Gutes?"*

Die Antwort: *„ja!"*

Anne: *„Genauere Definition?"*
Melissa G.: *„Morgen!"*
Anne: *„Aber Leslie ist gerade da!"*
Melissa G.: *„Dann grüß sie von mir!"*
Anne: *„Bitte, spuck's endlich aus!"*
Melissa G.: *„Muss zum Reiten, bis morgen hoffe ich …"*

„Zum Reiten!", spottete Anne. „Wahrscheinlich muss sie mit ihrem Vater und irgendwelchen ach so wichtigen Geschäftsleuten zu Mittag essen! Die Arme, sie kann einem leidtun."

Leslie nickte und strich sich das Haar hinter die Ohren.

„Ich finde sie eigentlich ziemlich nett", sagte sie dann. Melissa Gosetti war mit ihnen beiden vor drei Jahren im selben Tanzkurs gewesen und dort hatten sie sich mit ihr angefreundet, allerdings in der Schule nicht mehr oft gesehen, weil sie in verschiedene Klassen gingen und zudem alle so viel zu lernen hatten, dass keiner von ihnen wusste, wo ihnen der Kopf stand. Dass Melissa da noch Zeit zum Reiten fand, wunderte Leslie.

„Und das war jetzt die gute Nachricht?", fragte sie skeptisch. Anne schaute sie verständnislos an.

„Ja …", sagte sie. „Na hör mal! Melissa Gosetti schickt *uns* eine SMS!"

„Dir!"

„Ist doch egal." Dann schwiegen sie eine Weile. Annes Mutter brachte ihnen eine halbe Stunde später etwas zu essen hoch, was Leslie super fand, denn sie selbst durfte nie in ihrem Zimmer essen und außerdem bestand die Gefahr, dass ihr kleiner Bruder mit seinen Spielzeugautos und der dämlichen Spidermanfigur auftauchen könnte. Anne und Leslie saßen auf der langen, aus weißem Marmor gehauenen Fensterbank, und kauten auf ihren Pommes herum und blickten aus dem großen Fenster, um das Leslie ihre Freundin schon oft beneidet hatte.

Der Himmel draußen war tiefgrau, fast schon schwarz. Wahrscheinlich würde es in den nächsten Minuten wieder anfangen, wie aus Eimern zu schütten. Seit einer ganzen Woche ging das nun schon so, obwohl es Anfang Juni war und sie in drei Wochen Sommerferien bekamen. Drei Wochen konnten wirklich abscheulich lange sein, fand Leslie.

„Fährst du weg in den Ferien?", fragte Anne sie plötzlich.

Leslie schüttelte den Kopf und bemühte sich, nicht zu traurig auszusehen. Sie hatte so gut wie nie die Gelegenheit, aus Oban raus zu kommen, weil ihre Mutter trotz der vielen Überstunden einfach nicht genug Geld verdiente.

„Arme Leslie", murmelte Anne und griff nach ihrer Hand, „aber ich dieses Mal auch nicht." Leslie lächelte schwach. Anne fuhr meistens mit ihren Eltern in der ganzen Welt herum. Nach Florida, an die langen, weißen Strände, nach denen sich Anne immer sehnte. Zudem hatte sie den Vorteil, dass sie keine Geschwister hatte, worum Leslie sie beneidete, obwohl Anne sich immer einen kleinen Bruder wünschte. „Du bist ja so was wie meine Schwester", sagte Anne immer, wenn sie auf das Thema zu sprechen kamen.

„Du könntest bei mir übernachten", schlug Anne vor, „oder soll ich zu dir?" Leslie schüttelte den Kopf.

„Ich komme zu dir, wenn es deinen Eltern recht ist."

Sie fühlte sich nicht besonders wohl in ihrer kleinen Wohnung, wenn Anne zu Besuch war, fast war ihr die Unordnung, die im ganzen Haus herrschte, und besonders in der Küche, peinlich. Außerdem war da ja noch Benny, aber der würde sicher wieder mit ihrem Vater nach London zu ihrer Schwester fahren. Früher war Leslie jedes Mal in den Sommerferien mit ihrem Dad und Benny nach London gefahren, aber seit ihre Eltern geschieden waren, vermied Leslie den Kontakt zu ihm so gut es eben ging.

„Vielleicht können wir meine Eltern wenigstens zu einem Tagesausflug zu irgendeinem Castle überreden", schlug Anne vor und Leslie nickte begeistert, nur um die Tatsache zu überspielen, dass sie eigentlich viel lieber nur mit Anne in deren Zimmer sitzen und die Atmosphäre einer perfekten Familie genießen wollte.

„Das wäre toll", sagte sie leise und schob sich ein Stück panierten Fisch in den Mund. *Fish und Chips* mochte sie am liebsten, das wusste Annes Mutter genau und kochte es deswegen immer, wenn Leslie zu Besuch war. Sie mochte Mrs. Wilson. Manchmal sogar ein bisschen lieber, als ihre eigene Mom. Zu ihrem sechzehnten Geburtstag im letzten Sommer hatte sie ihr eine von den Taschen geschenkt, die alle in der Schule trugen, aber die sich Leslie nie hatte leisten können. Anne besaß zwei von der Sorte. Leslie war es damals ein bisschen peinlich gewesen. Sie hoffte inständig, dass Mrs. Wilson ihr nicht schon wieder ein so teures Geschenk zum siebzehnten Geburtstag in einem Monat machen würde.

„Wenn du willst, holen wir deine Sachen und dann kannst du bis Montag bei mir übernachten“, sagte Anne und lächelte.

Anne spürte es sofort, wenn man Trost oder Ablenkung brauchte und deswegen mochte Leslie sie so. So waren allerbeste Freundinnen.

„Danke“, sagte Leslie und nickte. Und dann machten sie sich zu Fuß auf den Weg zu der Wohnung der McEvans.

Es fing an zu regnen und Anne fand es dieses Mal gar nicht mehr so schlimm und so sprangen sie von einer Pfütze zur nächsten. Manchmal muss man sich einfach wie ein kleines Kind benehmen, dachte Leslie und plötzlich war sie unendlich dankbar, dass sie Anne in der ersten Klasse als Tischnachbarin gehabt hatte.

3

Am Montagmorgen regnete es zur Abwechslung mal nicht. Der Himmel war zwar recht bewölkt, aber hier und da gelang es der Sonne, ihre Strahlen zwischen den dichten Schleiern hindurch zu stecken. Leslie und Anne hatten wieder einmal den Schulbus – und Mike – verpasst. Sie waren am Sonntag bis spät in der Nacht wach geblieben, hatten über Gott und die Welt geredet und zwischendurch noch dreimal ‚Stolz und Vorurteil' geschaut, bis sie vor dem laufenden Fernseher eingeschlafen waren und Annes Mutter sie am nächsten Morgen entsetzt aus dem Bett gescheucht hatte, aber ihnen trotz der riesigen Verspätung noch ein komplettes Frühstück auf den Tisch zu zaubern, hatte sie sich nicht nehmen lassen.

Es war halb zehn, als Anne und Leslie sich unauffällig unter die Schüler auf dem Hof mischten, die erste Pause hatte gerade begonnen. Sie sahen sich um.

„Melissa!", entfuhr es beiden gleichzeitig und so fingen sie an, Ausschau zu halten nach der immer fröhlichen Italienerin aus ihrem Tanzkurs, die immer ein wenig abseits der anderen auf einer Bank saß und in ihren Schulbüchern blätterte.

„Hey, ihr zwei!", sagte plötzlich jemand hinter ihnen, und als sich Anne und Leslie umdrehten, stand Melissa vor ihnen und strahlte sie an. Ihre Zähne waren blitzweiß, ihre Haut recht dunkel und die tiefschwarzen Haare hatte sie zu einem Pferdeschwanz gebunden. Melissa war ein wenig kräftiger als Leslie und Anne, aber nicht dick. Manchmal wünschte sich Leslie sogar, mehr auf den Rippen zu haben, seit Mrs. Jenkins sie einmal besorgt gefragt hatte, ob sie auch genug esse. Leslie hatte nicht geantwortet und sie stehengelassen, denn das alles ging eine Lehrerin herzlich wenig etwas an.

„Also, es geht um Folgendes", begann Melissa aufgeregt, nachdem sie Leslie und Anne zu einer der grünen Bänke, die am Rande des Schulhofes standen, geführt hatte. Jetzt saßen sie neben ihr, Anne links, Leslie rechts. Das Efeu, das die raue Wand des Gebäudes hinter ihnen hinaufwuchs, streifte Leslies Haare und sie zog den Kopf ein.

„Mein Vater hat wieder einen Auftrag in Italien bekommen, keine Ahnung, um was es geht." Melissas tiefbraune Augen glitzerten fröhlich und sie fuchtelte wild mit den Händen in der Luft herum, während sie sprach. „Ich soll – wie immer – mit ihm kommen, und da der Termin dieses Mal in den Sommerferien ist, hat er mir erlaubt, zwei Freundinnen mitzunehmen, damit ich mich nicht langweilen muss, wenn er den ganzen Tag arbeitet."

Sie grinste Anne und Leslie erwartungsvoll entgegen.

Anne machte den Mund auf und wieder zu. Leslie sagte nichts.

„Ähm, wir werden in einem Luxushotel wohnen, mitten in der Innenstadt …", fuhr Melissa verunsichert fort.

„Soll das heißen, du willst, dass wir – Leslie und ich – mit dir nach Italien fahren?", entfuhr es Anne begeistert.

Melissas Miene hellte sich auf. „Ja!", sagte sie erleichtert.

„Aber wieso ausgerechnet wir? Wir sind ja nicht mal in deiner Klasse …?"

„Gerade deswegen!"

„Aha."

Melissa war manchmal etwas seltsam, das hatten Leslie und Anne schon vor drei Jahren im Tanzkurs festgestellt.

„Wo genau in Italien soll es denn hingehen …?", fragte Leslie vorsichtig.

„Sizilien", antwortete Melissa aufgeregt.

„Wow", hauchte Anne.

„Oh", machte Leslie.

„Ja, es wird wunderschön werden!" Melissa geriet immer mehr ins Schwärmen. „Ich war selbst schon oft dort als ich klein war und die Menschen waren einfach total gastfreundlich und das Essen im Grand Hotel köstlich! Aber …", sie hielt inne, „wollt ihr denn überhaupt mit?" Hoffnungsvoll sah sie Anne und Leslie an. „Mein Vater und ich laden euch ein und ihr braucht überhaupt nichts zu bezahlen."

„Ich kann nicht", sagte Leslie. Ihr gefiel der Gedanke ganz und gar nicht, dass die Gosettis für alle Kosten aufkommen wollten. Außerdem brauchte sie erst einmal die Erlaubnis ihrer Mutter. Ihren Vater würde sie nicht fragen, auch, wenn er wahrscheinlich großzügiger gewesen wäre.

Anne stieß ihr schmerzhaft den Ellenbogen in die Rippen. „Ja, ich komme mit!“, erklärte sie Melissa, die Leslie noch immer bestürzt ansah. Leslie senkte den Blick und fing sich einen erneuten Stoß von Anne ein.

Dann nickte sie. Melissa strahlte.

Den ganzen Rest des Tages verbrachte Leslie damit, sich zu überlegen, wie um Himmels Willen sie ihre Mutter auf das Thema ansprechen sollte. Fast war sie sich sicher, dass sie es nicht erlauben würde. Sie würde ihr vorwerfen, dass man so etwas nicht einfach annehmen könne, auch wenn die Gosettis sich das leisten konnten, außerdem würde sie sauer werden, weil sie das Ganze wahrscheinlich zu persönlich nahm.

Und es stimmte. Wer sollte auf Benny auspassen, wenn Mom bei der Arbeit war? Vielleicht konnte Leslie ihre Mutter dazu überreden, ihn nach London oder zu Grandpa Mac zu schicken, was mit Sicherheit ein aussichtsloses Unterfangen werden würde. Leslie wünschte, sie hätte solche Eltern wie Anne, die ihrer Tochter so gut wie alles erlaubten, wenn es um Urlaub ging. Aber ihr blieb nichts anderes übrig, als ihre Mom zu überreden. Vielleicht so:

„Mom, darf ich in den Sommerferien mit Anne und Meli nach Sizilien?“

„Was?!“

„Bitteee!!“

„Äh …?!“

„Danke, Mom, ich hab' dich so lieb!“ (Dann würde sie ihr um den Hals fallen, um den Eindruck zu verstärken).

„Leslie, hör mal!“

„Anne, wir dürfen!!“

Und Anne würde freudestrahlend aus Leslies Zimmer gerannt kommen (in dem sie zuvor gespannt gewartet hätte) und sich ebenfalls überschwänglich bedanken.

Der Plan war zum Scheitern verurteilt. Aber einen anderen hatte Leslie nicht.

4

3 Wochen später

Melissas Vater parkte den silbernen Mercedes auf dem Parkplatz direkt vor dem Flughafen von Edinburgh. Er und Melissa waren mit einer halben Stunde Verspätung bei den Wilsons aufgetaucht (Anne und Leslie hatten zusammen gepackt und gewartet), da die Gosettis nicht direkt in Oban wohnten, sondern in einem schicken, schottischen Cottage am Loch Fine residierten, was den Nachteil mit sich brachte, dass der Anfahrtsweg in die Stadt, und somit auch Melissas Schulweg morgens, recht lange dauerte.

Mr. Gosetti sagte immer wieder, dass sie sich beeilen sollten, wenn Melissa, Anne und Leslie vor einem der Schaufenster im Flughafen stehen blieben und als sie sich endlich durch die Menschenmengen gedrängt und die endlos dauernde, nervige Sicherheitskontrolle hinter sich gebracht hatten, ließen sich die Vier erschöpft auf den Sitzen im Wartebereich nieder.

Melissas Vater holte sogleich seinen Laptop, den er bei dem Sicherheitscheck fast komplett hatte auseinandernehmen müssen, hervor und beantwortete haufenweise E-Mails. Zwischendurch rief einer seiner Geschäftspartner aus Sizilien an und er entschuldigte sich mit einer knappen Geste bei Leslie, Anne und seiner Tochter, bevor er verschwand, um in Ruhe über wichtige Geschäftsangelegenheiten sprechen zu können. Leslie fragte sich, ob Mr. Gosetti immer so wenig Zeit für seine Tochter übrig hatte.

Den anstrengendsten Teil der Reise hatten sie jetzt hinter sich, versprach Melissa, auf Sizilien kenne man ihren Vater gut, also würde es dort keine Probleme geben.

„Ich hab' Hunger", sagte Melissa und stand auf. „Soll ich euch was mitbringen?"

„Ja, irgendwas", sagte Anne. Leslie schüttelte den Kopf. Sie hatte keinen Hunger.

„Was? Du magst wirklich nichts?", entfuhr es Melissa entgeistert, doch nachdem sie Annes Blick begegnete, verschwand sie mit einem entschuldigenden Lächeln in Richtung Star Bucks.

„Wie hast du eigentlich deine Mom dazu überredet?", fragte Anne nach einer Weile. Leslie zuckte die Achseln.

„Grandpa Mac hat mir ein bisschen geholfen, den Rest versuche ich gerade zu vergessen." Sie lächelte schief.

Sie konnte es selbst kaum glauben, aber irgendwie hatte sie es geschafft, ihre Mutter zu diesem Urlaub zu überreden. Benny blieb zwei Wochen bei Grandpa Mac und danach würde er zu Grace nach London fahren. Nachdem sie Grandpa eingeweiht hatte und das Gespräch am Wochenende in die richtige Richtung gelenkt hatte, war sie in ihr Zimmer verschwunden und hatte Grandpa die Kunst des Überredens, die er wirklich hervorragend beherrschte, insbesondere, wenn er damit seiner Enkelin einen Gefallen tun konnte, überlassen. Am nächsten Morgen hatte ihre Mom ihr dann zähneknirschend erlaubt, in den Urlaub zu fahren.
„Melissa ist nett, oder?", fragte Anne.

„Ja."

„Nur ihr Vater ist komisch. Ein bisschen hektisch, wenn du mich fragst."

„Er hat eben viel zu tun."

„Du musst immer alle in Schutz nehmen, Leslie!"

Leslie verdrehte die Augen.

„Vielleicht arbeitet er ja auch für die Mafia?", scherzte Anne und senkte verschwörerisch die Stimme. Entsetzt schaute Leslie sie an.

„Mafia! Richtig, das habe ich ganz vergessen ...", sagte sie. Die *Cosa Nostra*. Palermo – der Welthauptsitz der italienischen Mafia. Das Hotel, in dem sie wohnen würden, lag mitten im Zentrum von Palermo.

„Wenn du auf Sizilien eines der besseren Hotels buchst", sagte Anne, „kannst du davon ausgehen, dass es höchstwahrscheinlich im Besitz einer der ‚ehrenwerten Familien' ist."

„Kann ich das?", entgegnete Leslie spöttisch. Anne nickte altklug.

„Hab' ich in dem Reiseführer gelesen, den ich mir ausgeliehen habe." Sie grinste. „Ich hab' mich ein bisschen schlau gemacht über die …" Sie zwinkerte Leslie zu.

Anne und ihre Abenteuerlust. Das ging Leslie manchmal gehörig auf die Nerven. Hinter jedem Menschen konnte sie sofort den flüchtigen Verbrecher sehen, der aus irgendeinem Gefängnis in Nordengland ausgebrochen war, in jedem Keller mindestens zwei Leichen finden und dem Schulleiter dichtete sie sogar den Handel mit Falschgeld an. Anne hatte schon immer Krimigeschichten geliebt und mit sechzehneinhalb war es auch nicht mehr ganz so schlimm wie früher, aber die blühende Fantasie hatte sie noch immer.

Als Melissa wieder zu ihnen kam und Anne ein Schokomuffin und Kaffee reichte, hielten Leslie und Anne lieber den Mund und unterhielten sich mit Melissa über die Arbeit ihres Vaters und dann langweilten sie sich, bis sie aufgerufen wurden, sich an Bord des Flugzeuges zu begeben.

Die Reise begann und mit einem Mal war Leslie furchtbar aufgeregt. Ihr erster Urlaub ohne ihre Familie, nur sie, Anne und Melissa – und Mr. Gosetti, aber den würden sie so gut wie nie zu Gesicht bekommen, hatte Melissa ihnen versichert, weil er mit seiner Arbeit zu tun haben würde. Außerdem kenne sie Palermo ganz gut noch von ihren früheren Aufenthalten dort und könne ihnen alles zeigen. Aber irgendwie wollte Leslie lieber alleine auf Entdeckungsreise gehen.

Sie quetschte sich hinter Anne und Melissa durch die engen Sitzreihen im vorderen Bereich des Flugzeugs und ließ sich dann neben Anne auf einem Sitz sinken. Anne überließ ihrer Freundin den Platz am Fenster, weil sie wusste, dass Leslie am liebsten nach draußen sah, sei es in der Schule, im Bus oder im Auto. Außerdem war das hier Leslies erste Reise in einem Flugzeug.

Sie fand das alles faszinierend, den Flughafen liebte sie und als das Flugzeug endlich auf das Startfeld zurollte, ergriff sie Annes Hand und drückte sie ganz fest, während sie aus dem kleinen, runden Fenster sah.

Der Boden verschwand aus ihrem Sichtfeld, sie wurde fest mit dem Rücken in den Sitz gepresst. Schwere, graue Regenwolken vernebelten Leslie die Sicht, es wurde plötzlich regelrecht düster. Regen prasselte gegen die Scheibe und der Wind rüttelte an dem Flugzeug. Leslie wurde ein bisschen schlecht und sie beschloss, erst wieder aus dem Fenster zu sehen, wenn sie sich über den Wolken befanden.

Falcone Borsellino Flughafen

Mr. Gosetti hatte darauf verzichtet, zusammen mit Melissa, Anne und Leslie in einem kleinen Buchladen zu stöbern, er müsse sich beeilen, behauptete er und so war er losgespurtet in Richtung Gepäckausgabe. Leslie, Anne und Melissa nahmen sich die Zeit, ihm langsam und müde hinterherzuschlendern.

Leslie schaute sich um. So viele Menschen eilten um sie herum von einem Gate zum nächsten, hielten kurz an, um sich etwas zu essen zu kaufen, unterhielten sich in fremden Sprachen, blickten gehetzt auf die Uhr oder eilten mit dem Handy am Ohr auf den Ausgang zu.

„Dad muss bestimmt wieder jemanden Wichtigen anrufen", bemerkte Melissa und es war Leslie, als klänge sie ein bisschen traurig.

„Wir finden den Weg auch ohne ihn", sagte Anne schulterzuckend und schwenkte ihre Tüte mit einem neu gekauften Reiseführer duch die Luft. Sie warf ihre blonden Haare in den Nacken und sah sich mit glänzenden Augen um. „Ist das nicht toll, Leslie?", raunte sie ihr zu.

„Es ist ein Flughafen", entgegnete Leslie trocken.

„Aber ein schöner!"

„Das findest du nur, weil du dabei bist, dich auf unseren Urlaub zu freuen." Anne grinste Leslie zu.

„Er wurde nach zwei Richtern benannt, die von der Mafia ermordet wurden", sagte sie.

„Wer?"

„Der Flughafen."

„Aha", machte Leslie. „Und?"

„Ich dachte, ich erwähne es nur mal so …" Aufgeregt trat Anne von einem Fuß auf den anderen und hakte sich dann bei Leslie unter.

„Hoffentlich sind unsere Koffer nicht verloren gegangen", jammerte Melissa, die sowieso schon fast unter ihrem Handgepäck zusammenbrach. „Meinem Dad und mir ist das mal passiert. Letztes Jahr …" Sie klang wirklich beunruhigt.

„Wird schon schiefgehen", beteuerte Anne fröhlich und sprang hibbelig, wie sie war, vor ihnen her.

Das Band, auf dem die Koffer transportiert wurden, war leer. Nur ein Blatt Papier drehte einsam seine Runden darauf. Es war eine Anleitung, wie man einen Kinderwagen zusammenbaute. Anne lachte und ließ es wieder auf das Band segeln, nachdem sie es neugierig inspiziert hatte. Es drehte weiter seine Runden.

Melissas Vater stand in einer Ecke neben den Toiletten und telefonierte. Leslie sah, dass Melissa ihm bedeutete zu ihnen zu kommen, doch er winkte genervt ab und drehte ihr den Rücken zu. Außer ihnen standen noch einige andere Leute um das Gepäckband herum, die alle ungeduldig auf ihre Koffer warteten. Ein alter Italiener zu Leslies Rechten blickte immer wieder genervt auf seine Armbanduhr und zwei Kinder, die mit ihren Eltern auf der gegenüberliegenden Seite warteten, turnten quengelnd auf den beiden Gepäckwagen herum, die Vater und Mutter neben sich geparkt hatten. Leslie fragte sich, ob es immer so lange dauerte, bis endlich die ersten Gepäckstücke vom Flugzeug hierher transportiert werden konnten. Sie gähnte.

„Bist du müde?", fragte Anne sie leise.

Leslie nickte. „Verdammt."

„Naja, fünf Stunden fliegen schafft einen schon. Aber nach Florida sind es noch viel mehr. Du hast die Flughölle noch gar nicht richtig kennengelernt, glaub mir." Gott, dachte Leslie, das würde ich nicht aushalten. Sie warteten.

Es wurde immer langweiliger und immer mehr Menschen versammelten sich um das Gepäckband und blickten der Bedienungsanleitung hinterher, die noch immer einsam Runde um Runde drehte. Leslie war versucht, sich dazu zu setzen. Nur so zum Spaß.

„Endlich!“, sagte Anne nach einer Weile und trat näher an das Band und reckte den Hals. Leslie sah auf. Und tatsächlich: zwei Koffer tuckerten ihnen langsam entgegen. Allerdings nicht ihre. Es wurden immer mehr Koffer und Taschen, die aus der dunklen Klappe in der Wand auftauchten und bald entstand ein allgemeines Gedränge, weil jeder als Erster sein Gepäck zu fassen bekommen wollte. Nach einigen Minuten waren Anne und Melissa im Besitz ihrer Reisetaschen, nur Leslie noch nicht. *Shit*, dachte sie, typisch.

Gerade, als sie in Gedanken das Gespräch, das sie mit den Beamten vom Flughafen mithilfe ihrer kläglichen Italienischkenntnisse führen würde durchging, was zu tun sei, um ihr Gepäck wiederzubekommen, stieß Anne sie mit dem Ellenbogen an und rief: „Leslie, dein Koffer!“ Aber bevor Leslie sich rühren konnte, war ihre Freundin schon nach vorne gesprungen und hatte ihren schlichten, schwarzen Trolley vom Gepäckband herunter gehievt. Manchmal war es ein Segen, dass Anne so sportlich war.

Mr. Gosetti gesellte sich endlich zu ihnen (Melissa hatte fluchend seinen Koffer an sich genommen) und so machten sie sich auf in Richtung Ausgang.

Lautlos glitten ihre Koffer auf dem glatten Boden hinter ihnen her, und als Leslie sich kurz nach ihrem umblickte, fiel ihr auf, dass ihr Namensschild, das sie an den Griff gebunden hatte, nicht mehr da war. Wahrscheinlich ist es abgerissen worden, dachte sie, doch den jungen Mann, der ihnen in einigem Abstand fluchend folgte, bemerkte sie in all dem Chaos nicht.

„Dein Namensschild ist weg“, stellte Anne fest, als sie auf der Rückbank des großen weißen Geländewagens saßen, der vor dem Ausgang des Flughafens schon auf sie – und hauptsächlich auf Mr. Gosetti – gewartet hatte.

Im Wagen war es angenehm kühl, draußen dagegen musste es um die 30 Grad sein. Die Luft war heiß und trocken und die Sonne brannte unbarmherzig vom makellos blauen Himmel auf die Autobahn und die einsame, felsige Gegend herab.

„Ich weiß“, sagte Leslie und blickte wieder nach draußen.

Sie würden noch ungefähr 30 Kilometer fahren müssen, bis sie Palermo erreichten, denn der Falcone Borsellino Flughafen lag außerhalb auf dem Land nahe der Küste.

Die Fahrt zog sich in die Länge, aber nach einiger Zeit konnte Leslie die Städte sehen, die am Rand der Straße vorbeizogen, und wechselten sich mit blühenden Büschen und riesigen Werbeplakaten ab. Hohe, felsige Berge zogen an ihnen vorbei Eine Zeit lang konnte Leslie zu ihrer Linken das Meer sehen, aber schon bevor sie die Stadt erreichten, verschwand es aus ihrem Sichtfeld.

Der dichte Verkehr, der sie in Palermo empfing, überraschte Leslie, denn in Oban waren die Straßen meistens so gut wie leer gewesen, und geriet an einer Ampel, die sowieso niemand beachtete, nur stockend ins Rollen. Mr. Gosettis Kollege am Steuer fluchte irgendetwas auf Italienisch, worauf Mr. Gosetti, der neben ihm saß, nur höflich lächelte und sich dann wieder dem Display seines Handys widmete.

Melissa verdrehte die Augen. Sie hatte so gut wie kein Wort mit ihrem Vater gewechselt, seit sie in Edinburgh losgeflogen waren. Sie tat Leslie leid.

„Wann sind wir denn da?“, fragte Anne Melissa, doch diese zuckte die Schultern.

„Bei dem Berufsverkehr …“, sagte sie, „keine Ahnung.“

Der Wagen hielt direkt vor dem Grand Hotel, einem großen, hellen Gebäude, das direkt an der Straße stand. Im Zentrum von Palermo. Und so sah es auch aus. Zahlreiche Menschen eilten auf dem Gehweg am Eingang des Hotels vorbei, auf der Straße bahnten sich die Autos und Vespas wild hupend ihren Weg.

Die Hitze, die Leslie entgegenschlug, als sie die Wagentür öffnete, war extrem. Mit einem Mal kam sie sich vor, als befände sie sich in der Sauna. Sogleich trat ihr der Schweiß aus allen Poren, sie brauchte ein wenig, um sich an die Temperatur zu gewöhnen.

„Himmel, ist das hier heiß!", stöhnte Anne, die gleich nach Leslie aus dem Auto geklettert war. Sie stützte sich an der Tür ab, zuckte aber im selben Moment mit einem leisen Aufschrei zurück und rieb sich mit schmerzverzerrtem Gesicht den linken Ellenbogen.

„Verflucht, das protzige Teil ist so heiß wie eine Herdplatte", ächzte sie und begutachtete missbilligend ihren schmerzenden Arm. „Aua", maulte sie und bekam nicht mit, wie Leslie, Melissa und Mr. Gosetti ihr Gepäck aus dem Kofferraum holten. „Jetzt weiß ich auch, warum der Typ bei der Hitze Handschuhe trägt", sagte sie und nickte mit dem Kopf in Richtung Mr. Gosettis Kollegen.

„Hier", sagte Leslie und schob ihrer Freundin ihre große, lila Reisetasche zu.

„Danke", murmelte Anne, war aber immer noch damit beschäftigt, an ihrem Arm herumzudrücken. Sie blieb einige Schritte hinter Leslie und Melissa zurück, die Mr. Gosetti schon ins Hotel folgten.

Den schnittigen, schwarzen Maserati, der gleich hinter dem Auto von Mr. Gosettis Kollegen hielt, bemerkte Anne nicht, nur Leslie beschlich das Gefühl beobachtet zu werden.

Sie schaute sich nicht um, schloss die Finger fester um den Griff ihres Koffers und folgte den anderen mit schnellen Schritten in die Lobby des Hotels.

Ihr Zimmer war protzig, fand Leslie. Verdammt protzig. Die große, typisch italienisch, ein wenig urig eingerichtete Suite lag im Nordflügel des Hotels. Von den breiten, halbrunden Fenstern konnte man direkt auf die dicht befahrene Straße schauen, den Gehweg, auf dem Passanten entlang eilten, und die Bäume, die in einigen Abständen am Rande der Straße wuchsen, sehen und die gegenüberliegenden Häuser schienen zum Greifen nahe zu sein.

Anne hatte sich auf das breite Doppelbett, das sie sich mit Leslie teilen würde, geworfen und grinste ihr zu.

„Sieh dir das an!", rief sie und hielt ein Stückchen Schokolade, eingewickelt in edles Silberpapier, hoch. „Ein Betthupferl! Cool", jauchzte sie, wickelte es aus, ließ das Papier achtlos auf den Boden segeln und schob sich die Schokolade in den Mund. Sie grinste selig und wippte mit den Füßen auf und ab. „Cool", flüsterte sie immer wieder vor sich hin, während sie die gesamte Suite bis ins kleinste Detail unter Begutachtung nahm.

„Na, hab' ich euch zu viel versprochen?", fragte Melissa und trat an den Rand von Annes und Leslies Bett, um Anne gehörig durchzukitzeln, als würden sie sich schon ewig kennen. Kichernd und japsend entwand sich Anne aus ihrem Griff und floh zu Leslie auf die dicke, steinerne Fensterbank und versteckte sich hinter dem langen dichten Vorhang, der vor dem Fenster hing.

„Es ist wunderbar!", rief sie hinter dem dicken Stoff hervor.

Melissa sah Leslie an. „Und was ist mit dir?", fragte sie besorgt. „Gefällt es dir hier auch?"

Leslie nickte. „Ja, es ist echt schön", sagte sie und schenkte Melissa ein Lächeln, die daraufhin froh über beide Ohren grinste.

„Ich wusste, dass ihr die Richtigen seid, um mit mir zu fahren", sagte sie und ihr rundes Gesicht strahlte, wie Leslie es noch nie an ihr gesehen hatte.

Sie gingen an diesem Tag keinen Schritt mehr vor die Tür. Melissa verzichtete darauf, ihrem Vater Bericht zu erstatten, obwohl er ausdrücklich gesagt hatte, er wolle wissen, ob es Anne und Leslie hier gefiele. Die Drei verbrachten den ganzen Abend damit, auf dem Bett zu sitzen (Melissa schlief im Raum nebenan) und sich durch das Fernsehprogramm zu schalten, wobei natürlich keiner von Anne und Leslie ein Wort verstand, aber Melissa spielte die Übersetzerin. Die Nachrichten schauten sie sich trotzdem an, einfach so, weil es Spaß machte, das Gefühl von Urlaub und Freundschaft zu genießen.

„Morgen zeige ich euch ganz Palermo, ja?", sagte Melissa irgendwann, als sie den Fernseher ausgeschaltet hatten.

„Au ja", nuschelte Anne schläfrig, „ich bin hundemüde." Sie ließ sich rücklings in die weichen Kissen fallen. „Es ist gleich zehn", murmelte sie und gähnte. „Lasst uns schlafen, ja?"

Melissa nickte, obwohl sie kein bisschen müde wirkte, und zog sich als Erste ins Bad zurück. Anne gesellte sich zu ihr und Leslie blieb alleine auf dem Bett sitzen. Für einen Augenblick genoss sie die Ruhe und das Alleinsein. Und während sie wieder auf ihren Platz auf der Fensterbank kletterte und Anne rufen hörte: „Leslie, komm mal – das Bad ist so groß wie ein Wohnzimmer!“, musste sie plötzlich an zu Hause denken. An Schottland, wo es so viel angenehmer kälter war, als hier auf Sizilien. An ihren kleinen Bruder Benny, den sie doch irgendwie auf einmal lieb hatte, an ihre Mom. Und an ihren Dad. Sie biss sich auf die Zunge. Sie blickte aus dem Fenster, das sie weit geöffnet hatte, hinaus auf die Straße und die Dächer der Häuser auf der anderen Seite, die in ein abendlich goldenes Licht getaucht wurden. Die Sonne hing schwer über den Dächern.

Dann kramte Leslie ihren iPod aus ihrem Rucksack und steckte sich die Stöpsel in die Ohren. Sie konnte sich nicht entscheiden, was sie hören wollte und so schaltete sie ihn wieder aus, nachdem sie einmal ‚*Beyond the Sea*‘ von Robbie Williams gehört hatte, und stand auf, um ihren Koffer auszupacken, bevor Anne und Melissa auf die gleiche Idee kamen. Leslie grinste. Sie würde sich genug Platz in dem dunkelbraunen Schrank, der gleich neben ihrem Bett stand, reservieren können. Ihre Hände tasteten vergeblich nach dem Reißverschluss an der Seite des dunklen Stoffes. Mist, wo war das verfluchte Ding? Genervt lief sie die paar Schritte zur Tür und schaltete das Licht ein. Der Kronleuchter über ihrem Bett leuchtete hell auf und zum ersten Mal an diesem Tag nahm Leslie ihren Koffer genauer unter die Lupe. Es war nicht ihrer. Sie kannte ihn nicht.

Shit, dachte sie, *SHIT*! Der kleine Trolley glich ihrem eigenen haargenau, aber die Marke hätte sie sich niemals leisten können. Ihr Namensschild war nicht am Griff befestigt, dafür etwas anderes, das den Reißverschluss sorgsam daran hinderte, geöffnet zu werden: ein Sicherheitsschloss. Neugierig beugte sich Leslie näher darüber. Ein Schloss mit Zahlencode. Na super.

Sie fluchte. So laut, dass Anne und Melissa entsetzt aus dem Bad gerannt kamen. Anne hielt ihre Zahnbürste in der Hand, die Tube Zahnpasta in der anderen. Melissa war gerade dabei gewesen, ihr langes Haar zu ordentlichen Zöpfen zu flechten. Alle beide starrten sie mit großen Augen an.

„Was ist, Leslie?“ Besorgt kam Anne auf sie zugelaufen.

„Ich hab’ den falschen Koffer, verflucht!“, sagte Leslie.

„Was?“, entfuhr es Anne, aber auf ihrem Gesicht breitete sich ein Grinsen aus. „Wie das?“

„Das musst du wissen“, entgegnete Leslie gereizt. „Du hast ihn mir schließlich vom Band geholt.“

„Du hättest es aber auch erkennen müssen!“

„Ich weiß!“, sagte Leslie. „Wer um Gottes Willen hat meinen?!“

Anne ließ sich neben sie auf die Bettkante sinken und wippte aufgeregt mit dem linken Bein. Melissa begutachtete den falschen Koffer.

„Von Hilfiger“, bemerkte sie, „schick.“

„Was soll ich denn jetzt machen, verdammt?“, maulte Leslie und stand auf, um gegen den blöden Koffer zu treten.

„Wir warten bis morgen“, sagte Anne, „dann fahren wir zum Flughafen und holen deinen zurück.“

Nervös zwirbelte Leslie eine Haarsträhne zwischen den Fingern. „Aber was soll ich anziehen?“

„Ich leih dir was!“, rief Melissa sogleich hilfsbereit.

Anne bedachte sie mit einem abschätzenden Blick. „Nichts für ungut, Meli“, sagte sie, „aber deine Sachen werden unserer dürren Leslie um einige Nummern zu groß sein.“

Sie stützte sich genervt auf den fremden Koffer.

„Warum hat das Ding eigentlich ein Sicherheitsschloss? Ist da ’ne Bombe drin oder so? Solche Gepäckstücke werden doch normalerweise vom Personal geöffnet, oder?“

Das interessierte Leslie jetzt herzlich wenig.

„Und mein Make-up?“, fragte sie. „Und mein Nachthemd und meine Kamera? Und meine Bücher und das Foto von Benny und Mom? Und –“

„Du siehst auch ohne Make-up gut aus“, sagte Anne und legte ihrer Freundin beruhigend den Arm um die Schultern. „Ich leih dir mein kurzes blaues Kleid. Das dürfte dir dann bis zu den Knien gehen.“ Sie grinste. Anne war sehr groß, einen Kopf größer als Leslie.

Leslie nickte widerwillig und entwand sich Annes Griff.

„Na gut …“, murrte sie, und während Anne und Melissa gleich darauf wieder im Bad verschwanden, machte sie sich daran, das Schloss zu knacken – mithilfe tausender Nebenrechnungen. Sie hasste Wahrscheinlichkeitsrechnung. Aber es funktionierte ohnehin nicht.

Scheiße, dachte sie, denn zugegebenermaßen war sie plötzlich schrecklich neugierig, was sich wohl in dem Koffer befand. Kein normaler Mensch verschloss einen normalen Koffer mit einem Hochsicherheitsschloss.

5

Anne hatte die schweren Vorhänge zugezogen, bevor sie sich schlafen legte. Jetzt war es stockdunkel im ganzen Raum, aber Leslie war kein bisschen müde. Sie hatte sich nachdenklich hinter einen der Vorhänge auf die Fensterbank gesetzt und blickte nun angestrengt nach draußen in die Dunkelheit.

Einige Fenster der umliegenden Häuser waren noch hell erleuchtet, unten auf der Straße fuhren fast mehr Autos als am Tag vorbei. Gähnend blickte Leslie auf ihre Armbanduhr. Das Ziffernblatt leuchtete auf Knopfdruck hell auf: halb ein Uhr nachts. Verdammt, es war wirklich reichlich spät. Aber Leslie konnte beim besten Willen nicht einschlafen, geschweige denn, müde werden. Obwohl sie erneut gähnen musste. Aber vielleicht lag das auch nur daran, dass ihr ein wenig langweilig war. Sie dachte an ihren Koffer. Wo er jetzt wohl war? Vielleicht auf einem riesigen Berg von Gepäckstücken aus aller Welt, die irgendwie den Anschluss an ihren Besitzer verloren hatten? Keine sehr beruhigende Vorstellung.

Sie lehnte den Kopf gegen den Fensterrahmen und lauschte Annes leisem Schnarchen. Sie murmelte irgendetwas im Schlaf vor sich hin. Leslie verkniff sich ein Grinsen. Die Decke raschelte, als sich Anne auf die andere Seite drehte. Sie hörte auf zu schnarchen. Jetzt atmete sie ruhig ein und aus. Es war ein beruhigendes Geräusch, fand Leslie.

Als sie das erste Mal das leise Klopfen an der Tür hörte, riss sie erschrocken die Augen wieder auf. Scheinbar war sie doch kurz eingeschlafen.

Verwirrt setzte sie sich zurecht und strich sich einige Haarsträhnen aus dem Gesicht. Angestrengt lauschte sie in die Stille hinein. Nichts. Kein Klopfen. Erleichtert lehnte sie sich wieder zurück und schloss die Augen. Doch, irgendwie war sie müde. Wahrscheinlich hatte sie nur geträumt. Wahrscheinlich …

Es klopfte erneut. Lauter dieses Mal.

Leslie riss die Augen auf. Jemand steht vor der Tür, schoss es ihr entsetzt durch den Kopf, mitten in der Nacht! Wer bloß? Sie wagte nicht, sich zu bewegen. Sie hielt sogar die Luft an.

Wieder klopfte es an der Tür.

Leslies Herz begann zu rasen. Ich könnte durch den Spion schauen, dachte sie panisch, während sie hinter dem Vorhang hervorlugte, um nachzusehen, ob Anne wach geworden war. Aber Anne schlief. Tief und fest. Leslie war so gut wie alleine. Im Raum nebenan konnte Melissa von alledem erst recht nichts mitbekommen haben. Leslie wartete. Zögerte. Lauschte ihrem eigenen, rasenden Herzschlag und Annes leisem Schnarchen. Sonst war es totenstill. Vorsichtig setzte sie ihre nackten Füße auf den Teppichboden, blickte noch einmal hinüber zu Anne und schlüpfte schließlich ganz hinter dem Vorhang hervor. Leise, ganz leise, schlich sie auf Zehenspitzen quer durch den riesigen Raum zur Tür. Dann spähte sie durch den Spion und fuhr sogleich zu Tode erschrocken zurück.

Scheiße, dachte sie panisch.

Da draußen stand jemand. Vor ihrem Zimmer. Natürlich. Sonst hätte schließlich niemand klopfen können, und sie musste sich eingestehen, dass sie gehofft hatte, sie hätte tatsächlich nur geträumt. In der Dunkelheit, die im Flur herrschte, konnte sie nicht viel erkennen, aber der da draußen war eindeutig ein Mann.

Ohgottohgott, dachte sie, was will der? Unschlüssig trat sie von einem Fuß auf den anderen. Vielleicht war es nur Mr. Gosetti? Unsinn, mitten in der Nacht! Sie kniff sich in den Arm. Ruhe bewahren, ermahnte sie sich in Gedanken, nur die Ruhe.

Erneut klopfte der Typ an die Tür, aber leiser, ganz so, als wüsste er, dass sie direkt auf der anderen Seite stand und lauschte. Leslie atmete tief durch – und noch einmal, zögerte und streckte die Hand nach der Klinke aus. Dann öffnete sie leise und mit klopfendem Herzen die schwere Tür.

Der Mann stand vor ihr, als sei er aus dem Boden gewachsen, gekleidet in einen schicken, schwarzen Anzug. Sein Gesicht war nicht besonders gut zu erkennen. Sekundenlang starrte sie ihn an, ohne sich zu bewegen. Mit zitternden Fingern tastete Leslie nach dem Lichtschalter, der sich gleich neben ihrer Tür befand, und drückte darauf. Keine Glühbirne an der Decke flackerte auf. Es blieb stockdunkel auf dem Flur. Jetzt bekam sie Angst.

„Die Beleuchtung in diesem Gang ist defekt", sagte der Fremde. Leslie erstarrte. Scheiße, dachte sie. Aus irgendeinem Grund beunruhigte sie das sehr. Sie umklammerte die Türklinke fest mit beiden Händen, bereit, jeden Moment wieder im Zimmer zu verschwinden. Ihre Finger rutschten an dem kühlen Stahl ab.

„Warum?", krächzte sie.

„Ich habe deinen Koffer", entgegnete der Fremde ruhig. Er sprach Englisch. Woher wusste er, dass sie kein Italienisch verstand?

„Gib mir meinen zurück und wir vergessen das hier."

Seine Stimme deutete darauf hin, dass er noch recht jung war. Wahrscheinlich in ihrem Alter. Aber auf einmal klang er bedrohlich. Leslie drehte sich um. Und knallte ihm die Tür vor der Nase zu. Weg, nur weg, dachte sie panisch, während sie losstürmte, um den verfluchten Koffer zu holen. Da war etwas faul – es stank gewaltig bis zum Himmel.

Niemand – wirklich niemand – würde mitten in der Nacht einen mit einem Hochsicherheitsschloss versehenen Koffer zurückfordern. Und dass das Licht nicht funktionierte, erschien ihr keineswegs überraschend. Verdammt, dachte Leslie.

Sie schleifte das schwere Teil zur Tür, riss sie auf – und blickte geradewegs in die dunkelbraunen Augen eines ziemlich gutaussehenden jungen Mannes. Tiefschwarzes, wirres Haar fiel ihm in das gebräunte Gesicht. Er fluchte leise auf Italienisch und schaltete das Licht wieder aus.

Es funktioniert nicht, dachte Leslie ironisch, na klar. Aber das machte nichts. Sie hatte ihn gesehen und Gesichter vergaß sie nie.

„Gib mir den verfluchten Koffer!", fuhr er sie leise an. „Los!"

Sie beeilte sich, dieser Bitte nachzukommen.

„Und jetzt meinen!", forderte sie trotzig. „Gib mir jetzt meinen Koffer!" Dunkelheit umgab sie. Sie wartete. Sehen konnte sie den fremden Typen nicht mehr. Nur schemenhaft. Sie hörte ihn amüsiert lachen, fast ein wenig arrogant.

„Mach schon!", raunte sie patzig. Sie würde ihn nicht einfach so davonkommen lassen. Aber war es nicht besser, sich in diese fragwürdige Angelegenheit gar nicht erst einzumischen? Zu spät, dachte sie. Sie war neugierig geworden.

Urplötzlich flammte das Licht wieder auf. Leslie stand alleine auf dem Flur. Der fremde Typ war weg. Ebenso spur- wie geräuschlos verschwunden. Nur ihren Koffer hatte er tatsächlich dagelassen. Wie nett. Leslie zog ihn zu sich ins Zimmer, verfrachtete ihn in die hinterste Ecke der Badewanne im Bad, verdeckte ihn sorgfältig mit dem Duschvorhang und ließ sich dann vorsichtig und aufgewühlt neben Anne auf ihrem Bett nieder.

„Was'n los?", nuschelte Anne noch halb schlafend, aber Leslie schüttelte nur den Kopf. Gähnend fiel Anne zurück in die Kissen und kurz darauf hörte Leslie sie wieder schnarchen. Sie war sich so sicher, den Rest der Nacht nicht mehr einschlafen zu können, doch bevor ihr die Augen doch noch zufielen, dachte sie: Er sah verdammt gut aus.

Mit diesem vollkommen absurden Gedanken und seinem Gesicht im Gedächtnis, von dem sie nicht einmal mehr wusste, ob es nur ein Traum gewesen war, fiel sie in einen unruhigen Schlaf.

Unten vor dem Hotel auf der Straße verschwand der schwarze Maserati unsichtbar in der Nacht, als wäre er niemals dort gewesen.

6

Sie wachte früh am Morgen auf. Viel zu früh. Es war noch relativ düster in ihrem Zimmer, als Leslie sich aufsetzte, um auf ihre Armbanduhr zu sehen. Viertel vor fünf. Die Sonne musste gerade erst dabei sein aufzugehen. Gähnend rieb sie sich mit dem Handrücken über die Augen, doch die Müdigkeit ließ nur langsam nach. Sie versuchte, ihre langen Haare, die vom Schlaf völlig zerzaust waren, mit den Fingern durchzukämmen, während sie sich nach links drehte, um nachzusehen, ob Anne noch schlief.

Anne schlief. Tief und fest, wobei sie immer noch leise schnarchte. Ihre rechte Hand lag direkt auf Leslies Kopfkissen. Anne schlief oft unruhig, aber so tief wie ein Stein. Leslie hätte ihr ihren iPod in voller Lautstärke an die Ohren halten können und sie wäre nicht aufgewacht. Sie widerstand diesem Versuch und sprang leise aus dem Bett, schlich auf Zehenspitzen hinüber zum Fenster und schlüpfte hinter den langen Vorhang, der bis auf dem Boden reichte.

Es war nicht mehr dunkel draußen. Die ersten Sonnenstrahlen tauchten die umliegenden Gebäude in ein warmes, goldenes Licht. Die Häuser verschmolzen schemenhaft mit den Schatten, die noch in einigen Ecken der Stadt zwischen den alten Mauern saßen, aber hier und da gelang es der Sonne, ihre goldenen Strahlen dazwischen zu stecken. Draußen musste eine wunderbare, frische Luft sein.

Leise öffnete Leslie das Fenster einen Spaltbreit, gerade so weit, dass es nicht gegen den Vorhang in ihrem Rücken stieß, und lehnte sich weit über das Fensterbrett nach draußen. Es roch tatsächlich gut; nach dem nahen Meer, nach der frischen, etwas kühleren Luft, die die Nacht mit sich gebracht hatte, aber man konnte schon jetzt die Hitze des heranbrechenden Tages riechen.

Leslie atmete tief durch. Sie genoss die kurzen Augenblicke des Morgengrauens, das ihr hier viel intensiver erschien, als in ihrer Heimat. Die Geräusche der Nacht waren noch nicht ganz verklungen und so lauschte Leslie dem Zwitschern eines Vogels und dem Verkehr auf den Straßen, der mit dem Morgen immer dichter und lauter wurde.

Während die Sonne immer höher stieg und es um sie herum allmählich heller wurde, kniete Leslie wie in Trance am geöffneten Fenster und starrte hinaus, geradewegs auf in den bunt gefärbten Himmel, als es ihr wieder einfiel.

Sie spürte, wie ein Adrenalinschock durch ihren Körper jagte und mit einem Mal konnte sie sich nicht mehr auf den nahenden Tag konzentrieren, sondern nur noch an die Ereignisse der vergangenen Nacht denken.

Mein Koffer! Schoss es ihr durch den Kopf. Der fremde Typ, der so unverschämt gut aussah. Er war so unfreundlich gewesen, dabei wäre es eigentlich an ihr gewesen, wütend zu sein. Was musste der auch mitten in der Nacht aufkreuzen? Und dann fiel ihr ein, dass sie seit seinem unerwarteten Besuch nur knapp dreieinhalb Stunden geschlafen hatte. Warum war sie aber nicht todmüde?

Sie sah sein Gesicht noch genau vor sich. Erschrocken, dann wütend, kurz bevor das Licht flackernd wieder ausgegangen war. Was war in dem verfluchten Koffer? Was konnte so wichtig sein, dass der Fremde es noch am selben Tag, an dem er die Verwechslung bemerkt hatte, zu dieser späten Stunde aufgetaucht war, um ihn sich zurückzuholen? Wer war er überhaupt gewesen? Ein Kleinkrimineller? Jemand vom Flughafen?

Bevor sie sich in den wildesten Fantasien verlieren konnte, entschied Leslie, dass es besser war, die Sache zu vergessen und nicht weiter darüber nachzudenken. Sie wusste genau, dass ihr das nicht gelingen würde. Sie atmete noch einmal tief durch, schloss das Fenster, tauchte hinter dem Vorhang hervor und durchquerte so leise sie konnte, die schlafende Anne immer im Auge behaltend, das Zimmer. Vor der weißen Badezimmertür blieb sie stehen, schaute sich noch einmal nach ihrer Freundin um, dann drückte sie vorsichtig die goldene Klinke herunter. Schnell schlüpfte sie durch den Türspalt hinein ins Bad. Das Licht schaltete sie erst ein, als sie den Schlüssel, der im Schloss steckte, soweit herumgedreht hatte, bis es nicht weiter ging. Dann tapste sie über die kühlen, weißen Fliesen hinüber zu der breiten, aus schwarzem Marmor gefertigten Badewanne und zog den Duschvorhang zur Seite.

Da stand er. Ihr eigener Koffer. Schwarz und schlicht und nicht von Hilfiger, wie der des fremden Typen. Aber ansonsten sah er absolut genauso aus und jetzt konnte Leslie nachvollziehen, warum es Anne am Flughafen nicht aufgefallen war, ganz zu schweigen von ihr selbst. Einige Minuten lang stand Leslie unschlüssig vor dem Rand der Badewanne und betrachtete ihren Koffer. Sie zögerte. Irgendetwas hinderte sie daran, ihn einfach so zu öffnen, aber nachdem sie dreimal tief durchgeatmet hatte, tat sie es doch.

Nichts fehlte. Alle ihre Kleidungsstücke befanden sich noch am selben Platz wie vorher. Erleichtert atmete Leslie auf. Was hatte sie auch erwartet? Eine Botschaft von dem fremden Typen? Etwas, das ihr sein ungewöhnliches Auftauchen erklären würde?

Lächerlich, dachte sie, dann fischte sie sich ihr grünes Lieblingstop mit Spaghettiträgern und einen schlichten, weißen Rock aus dem Koffer, bevor sie unter der Dusche verschwand. Sie nahm sich vor, gleich danach hinunter zum Frühstücken zu gehen, ohne Anne und Melissa Bescheid zu sagen.

Der Frühstücksraum war relativ groß. Von der hohen, dunklen Decke hingen einige Kronleuchter herab, aber die lange Fensterreihe, die zum Garten hin verlief, ließ genug Licht herein. Niemand war zu sehen, als Leslie in den Raum trat. Sie war die Erste, die um diese Zeit frühstücken wollte. Umso besser, dachte sie und ließ sich an einem der runden Tische, die direkt an den großen Fenstern aufgestellt waren, nieder, nachdem sie sich ein Glas Orangensaft und eine Schale Müsli mit viel Obst vom Buffet genommen hatte. Vorsichtshalber hatte sie Anne und Melissa einen Zettel an die Tür geheftet, damit sie wussten, wo sie war. Aber bis die beiden eintreffen würden, würde Leslie wahrscheinlich schon längst fertig sein mit essen, denn Anne war eine ziemliche Langschläferin.

Während sich der Frühstücksraum langsam mit Menschen füllte, saß Leslie alleine an ihrem Tisch am Fenster und starrte hinaus. Man konnte von hieraus auf den Eingang des Hotels blicken. Die Palmen, die zu beiden Seiten der breiten Tür wuchsen, standen still. Kein Wind wehte, was Leslies Hoffnung auf ein wenig Abkühlung sofort zunichte machte. Neue Gäste trafen ein, beladen mit Gepäck, Angestellte des Hotels eilten herbei, um ihnen die Koffer abzunehmen. Ein Mann im schwarzen Anzug eilte auf den Eingang zu. Sein Haar war schwarz und wirr und für einen Augenblick saß ihr der Schreck in den Gliedern, bevor sie erkannte, dass es nicht der Typ von gestern Nacht war.

„Die Beleuchtung in diesem Gang ist defekt“, hatte er gesagt, als sie erschrocken festgestellt hatte, dass das Licht nicht anging. Dafür hatte er mit Sicherheit höchstpersönlich gesorgt, was nur bedeuten konnte, dass er zu irgendwem in diesem Hotel einen guten Draht hatte, denn ansonsten wäre ihm der Gefallen, unerkannt zu bleiben, wohl nicht getan worden.

Die einzige Spur, die ich habe, dachte Leslie. Wahrscheinlich war er relativ reich, denn sein Anzug hatte ziemlich teuer ausgesehen. Verdammt. Mehr wusste sie einfach nicht über ihn, aber vielleicht war das besser so. Sie sollte ihn vergessen. Einfach nicht mehr daran denken und sich freuen, dass er ihren Koffer unversehrt zurückgebracht und ihr somit den langen Weg zum Flughafen und nervige Diskussionen mit den Angestellten dort erspart hatte. Schluss, sie würde nicht mehr an die Sache denken. Aber seine tiefbraunen Augen sah sie noch genau vor sich.

„Leslie!"

Leslie schreckte hoch. Anne und Melissa hatten sich auf die beiden Stühle, die noch übrig waren, gesetzt und musterten sie amüsiert.

„Oh", machte Leslie. „Hi!"

Schnell schob sie sich einen Löffel Müsli in den Mund, damit Anne nicht auf dumme Gedanken kam, denn schon beäugte sie Leslies noch volle Müslischale misstrauisch. Leslie hatte mindestens eine Stunde da gesessen und nachgedacht und nur drei Löffel Müsli gegessen. Jetzt schmeckte es nach aufgeweichter Pappe. Ekelhaft. Sie fischte nur das Obst heraus.

„Hast du gut geschlafen?", fragte Anne. Leslie schüttelte den Kopf und aß weiter.

„Dein Koffer ist da", sagte Melissa plötzlich. „Woher hast du den denn auf einmal?" Es war ihr anzuhören, dass sie sich darüber schon viel den Kopf zerbrochen hatte. Klar, dass Melissa also als Erste mit dieser Frage herausrückte, doch Anne musterte Leslie ebenso gespannt.

„Jemand vom Gepäckdienst hat ihn gestern Nacht noch hochgebracht", log Leslie. Sie war nie gut gewesen im Lügen. Sie wusste, dass Anne ihr das nicht abkaufte. Doch sie hielt erstaunlicherweise den Mund und stand mit einem fröhlichen: „Dann haben wir uns ja wenigstens den Weg zum Flughafen gespart!" auf, um Melissa im Schlepptau hinter sich her zum Buffet zu ziehen. Für kurze Zeit war Leslie wieder alleine und erst, als Anne sich wieder neben sie setzte und ihr zwei Brötchen mit Nutella zuschob, riss sie sich endgültig aus ihren Gedanken.

„Na auf!", sagte Anne. „Iss mal was Richtiges." Aber allein der Anblick der beiden riesigen Brötchen verdarb Leslie den Appetit. Mal abgesehen von der Schokolade.

„Nicht beide!", widersprach sie angeekelt.

„Doch!"

„Ich will aber nicht!"

„Du *musst*!" Und dann ließ Anne sie keine Sekunde mehr aus den Augen, bis Leslie wenigstens eines der Brötchen unter Murren und Knurren aufgegessen hatte.

„Wo gehen wir heute hin?", fragte Melissa mit vollem Mund. „Zum Hafen?"

Anne verdrehte die Augen. „Der Hafen läuft uns schon nicht weg, oder?", entgegnete sie. „Wir könnten uns die Stadt genauer ansehen oder nach Agrigento fahren. Den Hafen kannst du uns auch morgen noch zeigen, Meli."

Melissa resignierte seufzend und entschied sich für den Ausflug nach Agrigento. Leslie auch und so machten sie sich gleich nach dem Frühstück auf den Weg, Mr. Gosetti zu suchen, dessen Kollege sie dorthin fahren würde.

Als sie nach zwei Stunden Fahrt im ‚Tal der Tempel' auf dem Parkplatz ausstiegen, schlug ihnen eine sengende Hitzewelle entgegen. Die Tempel – oder vielmehr das, was nach vielen hundert Jahren von den ehemals bunt bemalten Bauten übrig war – konnte man schon von Weitem sehen. Dazwischen ragten dürre Büsche hervor, Akazien, Zypressen und hier und da spendeten einige Zitronen- und Olivenbäume ein wenig Schatten. Andere Besucher hatten sich darunter niedergelassen, um auszuruhen. Um den gut erhaltenen Concordia-Tempel, den sie als Erstes besichtigten, spannte sich ein schwarzer Metallzaun, der schrecklich heiß war, wenn man daran fasste. Immerhin lag er den ganzen Morgen schon in der prallen Sonne. In der grasbewachsenen Landschaft im Hintergrund erhob sich eine von zahllosen Straßen auf Stelzen – und Leslie fragte sich, wozu die gut waren.

Annes Kommentar darauf lautete bloß: „Diese Straße endet im Nichts. Sie hört einfach irgendwo auf, kannst du dir das vorstellen? Stell dir vor, du fährst da lang und puff –", sie schnippte mit den Fingern, „– fällst einfach da runter. Ein Werk der Mafia … Hier ist alles voll von diesen Straßen."

Die Sonne brannte erbarmungslos vom makellos blauen Himmel herab und Melissa jammerte schon auf halbem Weg zum nächsten

Tempel, dass ihr ungeheuer warm war, obwohl sie sich mit ihrer dunklen Haut vor einem Sonnenbrand am wenigsten fürchten musste. Anne dagegen umso mehr, denn sie war eher ein blasser Typ mit hellen Haaren, hellblauen Augen und Sommersprossen, weswegen sie sich auch, bevor sie losgefahren waren, dick mit Sonnencreme eingeschmiert und eine lange Jeans und eine langärmlige Bluse angezogen hatte. Zudem trug sie einen lächerlich aussehenden Strohhut mit breiter Krempe. Leslie hatte meist nur am Anfang Probleme mit Sonnenbränden, aber wenn sie dann einmal braun geworden war, war das Schutz genug.

„Schick, oder?", fragte Anne, als sie alle drei vor den Überresten des Hera-Tempels standen und daran hinaufblickten. „Er wurde im 5. Jahrhundert von den Griechen erbaut."

Sie grinste Leslie zu und tippte auf ihren Reiseführer. „Wozu so ein Ding nicht alles gut ist. Ich hätte mir ja noch mehr Bücher gekauft, wenn wir nicht so überstürzt aufgebrochen wären." Sie knuffte Melissa freundschaftlich in die Seite, doch die war zu sehr damit beschäftigt, sich Luft zu zufächeln, um zu antworten.

Sie schauten sich noch einige andere alte Ruinen an; den Herakles-Tempel und das Grab des Teron, bevor sie sich zu Fuß zurück in die lärmige, verkehrsreiche Neustadt, die an manchen Gebäuden und Straßenzügen recht protzig wirkte, und wie auf einer Loge auf einer Kalkplattform lag, machten, um zurück zu Mr. Gosettis Auto zu gehen. Agrigento wirkte seltsam gegensätzlich, fand Leslie. Auf der einen Seite war da die protzige Neustadt, auf der anderen aber die enge, mittelalterliche Altstadt auf der Bergkuppe, durchzogen von verwinkelten Gassen und Treppengewirr. Von einfachen Lokalen bis hin zu schickeren Geschäften, und über all dem ragte das prunkvolle Dach des Domes hervor. Die Stadt gefiel Leslie, allein schon wegen der ‚vielen Gesichter'.

Gegen Mittag kauften sie sich etwas zu essen, kehrten dann zurück zum Concordia-Tempel und ließen sich dort im Schatten eines dicken Olivenbaumes nieder. Um sie herum wuchsen Zypressen und Pinien.

„Der arme Mr. Pelliciano", sagte Leslie irgendwann, „er muss die ganze Zeit über in der prallen Hitze sitzen. Wollen wir ihm nicht was übrig lassen von dem Essen?"

Aber Melissa schüttelte den Kopf. „Lass mal", sagte sie kauend, „das ist sein Beruf und außerdem hat er im Gegensatz zu uns eine Klimaanlage."

„Sehr nett", murmelte Leslie leise. Anne hatte ihr schon oft gesagt, dass sie nicht immer mit jedem Mitleid zu haben brauchte, aber sie konnte es einfach nicht lassen.

„Hach", machte Anne und lehnte sich mit dem Rücken gegen den dicken, knorrigen Stamm des Olivenbaumes, „ich finde es hier toll."

„Hier in Agrigento?", fragte Melissa.

„Überall", murmelte Anne und nahm noch einen großen Schluck aus ihrer Wasserflasche. Leslie fragte sich, ob sie mit ‚überall' alles auf Sizilien meinte.

Anne schloss die Augen. Vielleicht träumte sie jetzt von den Römern und Griechen, die im siebten und achten Jahrhundert hier gelebt und all die Tempel gebaut hatten. Das konnte sie gut, vor sich hinträumen. Allerdings hatte sie sich so im Unterricht schon des Öfteren Ärger mit den Lehrern eingehandelt. Trotzdem beneidete Leslie ihre Freundin ein bisschen darum. Sie hätte sich selbst gerne ab und zu an einen anderen Ort geträumt. Nur leider klappte es nie besonders gut, wenn sie es versuchte.

„Wir sollten zum Auto zurückgehen", sagte sie irgendwann. Sie hatte noch immer Mitleid mit Pelliciano, außerdem waren es an die 32 Grad im Schatten.

Sie brauchten eine Weile, um in dem Gewirr, das in Agrigento herrschte, das Auto zu finden und Melissa hatte erhebliche Mühe damit, Signor Pelliciano zu wecken, der laut schnarchend über dem Lenkrad hing. Sein dicker Bauch hob und senkte sich gleichmäßig.

„Siehst du?", bemerkte Anne spitz. „Er ist doch nicht so arm dran, wie du dachtest." Sie grinste und kletterte hinter ihrer Freundin auf die Rückbank.

Es war schon spät am Abend, als sie nach zwei Stunden Fahrt wieder in Palermo ankamen. Laternen beleuchteten die Straßen und am violettblauen Himmel schimmerten die ersten Sterne. Melissa bestand darauf, noch einmal zum Meer zu gehen und nachdem auch Anne zugestimmt hatte, folgten sie Melissa hinein in das Häusergewirr und Verkehrschaos von Palermo. Es war wirklich ganz schön im Hafen, das musste Leslie zugeben. Von Weitem konnte man hier riesige Kräne in den Himmel ragen sehen, einige Güterschiffe und die monströsen Kreuzfahrtschiffe, die ganz in der Nähe vor Anker lagen. Auf den dunklen Wellen spiegelten sich die Sterne und nur ein einziges Schiff sah aus, als wurde es niemals mit Containern beladen: eine große, weiße Jacht, die etwas weiter außerhalb des Hafenbereiches schwamm und ruhig und edel auf den Wellen schaukelte. Sie wirkte seltsam fehl am Platz zwischen all den Lastschiffen und kleinen Segelbooten.

Ein leichter, erfrischender Seewind war aufgekommen und trug den Geruch nach gebackenem Fisch zu ihnen herüber, wahrscheinlich aus irgendeinem Restaurant und plötzlich bekam Leslie Hunger. Aber sie sagte es nicht, weil sie nichts essen wollte. Sie musste nur aufpassen, dass ihr das nicht zu oft passierte – das Ganze einmal durchzustehen, reichte ihr vollkommen, auch, wenn es ein Jahr her war.

Leslie setzte sich zu Anne und Melissa auf einen dicken Pfosten, an dem eines der Lastschiffe festgetäut war und baumelte mit den Beinen.

Anne deutete nach vorne. „Sieh dir dieses Protzteil an, Leslie", raunte sie ihr zu. „Manche Leute müssen uns Normalsterblichen aber auch mit allen Mitteln zeigen, wieviel Geld sie haben. Ich wette, die gehört 'nem Mafiaboss!" Sie lachte trocken auf. „Das Ding ist mindestens 30 Meter lang!"

„Ja, die ist super, oder?", seufzte Melissa und blickte verträumt aufs Wasser hinaus. „Mein Dad hat den Bootsführerschein, er könnte auch so eine fahren."

Anne beäugte sie von der Seite. „Warum tut er's nicht?", fragte sie spitz.

„Weil so ein Ding viel zu teuer ist. Das kostet bestimmt Millionen."

Sie schwiegen eine Weile und blickten einfach nur auf das nächtliche Meer hinaus. Einige Möwen zogen kreischend ihre Kreise über den

Wellen, aber auch sie verschwanden mit zunehmender Dunkelheit und begaben sich zurück zu ihren Schlafplätzen in den Bäumen. Die Wellen schlugen glucksend gegen die Schiffe und die Pfeiler, die aus dem Wasser ragten, und erzeugten dabei ein leises Gurgeln. Leslie atmete den frischen Geruch der See ein und mit einem Mal fühlte sie sich seltsam schläfrig.

„Lasst uns zurück zum Hotel gehen, ja?“, sagte sie zu Anne und Melissa und sprang vom Pfosten. Melissa nickte nur, Anne blieb sitzen.

„Der Typ da hinten starrt dich schon die ganze Zeit über an“, raunte sie Leslie leise zu.

Vorsichtig schaute Leslie auf, in dieselbe Richtung, in die Anne deutete, und sah nur noch, wie der fremde Junge von gestern Nacht in einem der Restaurants verschwand, die sich auf der gegenüberliegenden Straßenseite befanden. Aufgrund seines schwarzen Anzuges war er beinahe mit der Nacht verschmolzen und so war sich Leslie nicht ganz sicher, ob er es tatsächlich gewesen war. Sie fragte sich, ob er nur zufällig hier im Hafen war oder, und das beunruhigte sie sehr, vor allem, als sie an das Sicherheitsschloss an seinem Koffer dachte, er hatte sie beobachtet. War der Inhalt des Koffers so wichtig gewesen, dass er befürchtete, sie könne es irgendwie herausgefunden und jemandem verraten haben? Gott bewahre! So wie er sich gestern Nacht verhalten hatte, hatte er nicht vor, erkannt zu werden, aber sein Gesicht hatte sie sich eingeprägt. Wenn er Verstecken spielen will, soll er doch, dachte sie grimmig. Suchen werde ich ihn ganz sicher nicht, Pech gehabt.

Und mit dieser Einstellung schloss sie sich Anne und Melissa an, die schon einige Schritte vorausgegangen waren, vielleicht, weil sie dachten, Leslie wolle den fremden Typen ein wenig genauer unter die Lupe nehmen. Aber den Spaß würde sie ihnen verderben.

7

Die darauffolgenden Tage verbrachten Anne, Leslie und Melissa damit, sich von Signor Pelliciano quer durch Sizilien kutschieren zu lassen. Sie stiegen den Ätna hinauf, zumindest soweit man es durfte, besuchten Catania, schauten sich noch einige weitere Tempel an und machten sich zwischendurch auf, Palermo zu erkunden.

Nach zwei Stunden in sengender Hitze bekam Melissa Kopfweh und Leslie einen Schwindelanfall. Dass sie am Morgen nichts gegessen hatte, verschwieg sie Anne und Melissa vorsichtshalber. Es würde ihr ja nicht mehr allzu oft passieren. So sah sich Anne gezwungen, ihre beiden Freundinnen in das nächstgelegene Eiscafé am Straßenrand zu schleppen und ihnen allen drei einen großen Becher Spaghettieis zu bestellen. Der Kellner brachte es ihnen an den Tisch und Leslie starrte Anne entgeistert an.

„Das ist doch nicht dein Ernst?", entfuhr es ihr. Angeekelt blickte sie auf ihre riesige Eisportion. Mit haufenweise Schokoladensoße und Sahne. Aber Anne nickte nur ernst.

„Doch", sagte sie, „du kannst ein wenig was auf den Rippen gebrauchen, meine Liebe." Und damit ließ sie Leslie keine Sekunde aus den Augen. Mürrisch schob diese sich eine Löffelspitze Eis nach der anderen in den Mund. Es schmeckte wirklich köstlich, daran bestand kein Zweifel, aber ihr Unterbewusstsein sträubte sich gewaltig.

„Jetzt mach nicht so ein Gesicht", raunte Melissa ihr zu, „sonst kommt gleich der süße Kellner da hinten und fragt, ob es dir schmeckt." Der ‚süße' Kellner stand hinter dem Tresen und schaute zu ihnen herüber. Er sah wirklich ganz passabel aus.

„Der hat dich so komisch angesehen", kicherte Melissa und verschluckte sich beinahe an ihrem Eis. Leslie verdrehte die Augen.

„Echt jetzt!", sagte Anne grinsend und nach einer Weile: „Was ist denn jetzt eigentlich mit dem Typen von Montagabend? Hast du den wiedergesehen? Ich fand ihn irgendwie gruselig, so wie er dich angestarrt hat." Sie schüttelte sich.

Richtig, dachte Leslie entsetzt, den hatte ich ganz vergessen! Sie fragte sich, ob es nicht besser war, ihre Begegnung mit ihm zu vergessen. Allerdings stand ihr blöder Koffer unübersehbar direkt neben ihrem Bett.

„Den hab' ich nicht mehr gesehen", sagte sie möglichst gleichgültig. Anne sagte nichts. Sie lächelte bloß abwesend und kaute an ihrem Löffel. Ihr Eis hatte sie schon aufgegessen. Vorsichtig schielte Leslie zu dem Kellner herüber, der gerade dabei war, einen der runden Tische am Fenster mit einem Tuch abzuwischen. Er konnte nicht älter als siebzehn sein. Als er ihren Blick bemerkte, grinste er ihr zu, bevor er wieder hinter dem Tresen verschwand. Vielleicht war er ja ganz nett? Aber Leslie hasste es, mit Jungs zu flirten, wenn noch jemand dabei war. Anne eingeschlossen. Melissa erst recht. Sie stocherte weiter in ihrem Eis herum. Bald war es zu einer flüssigen, hellroten Brühe geschmolzen und auf einmal hatte Leslie absolut keine Lust mehr, dieses Zeug aufzuessen. Anne und Melissa waren schon längst fertig.

„Ich gehe zahlen", murmelte sie und stand von ihrem Stuhl auf. In Wirklichkeit wollte sie vor Annes vorwurfsvollen Blicken flüchten und den Kellner nebenbei ein wenig genauer unter die Lupe nehmen. Er lachte ihr schon entgegen. Als sie an die Kasse trat und ihr Portemonnaie aus der Tasche kramte.

„Ich möchte zahlen", sagte Leslie mit den paar Brocken Italienisch, die sie konnte. Der Kellner nickte und fing an, etwas in seinen Computer einzutippen.

„Wie heißt du?", fragte er, als sie ihm das Geld reichte.

„Leslie", sagte sie.

„Kommst du aus England?" Er sprach langsam und deutlich, weil es nur zu offensichtlich war, dass sie nicht aus Italien kam.

Leslie schüttelte den Kopf. „Aus Schottland", sagte sie. Auf dem Namensschild, das an seinem weißen Hemd steckte, stand: Antonio.

Antonio schüttelte sich. „Es ist sehr kalt da, oder?", fragte er.

Leslie nickte. Und lächelte verlegen. Was zum Teufel sollte sie darauf antworten, außer: „*Sì.*"?

Er reichte ihr das Wechselgeld und grinste fröhlich. „Kommst du irgendwann nochmal her?", fragte er. „Du kriegst auch ein kostenloses Eis."

Das hatte sie nun nicht ganz so gut verstanden. Aber sie sagte einfach: „*Sì*" und zwirbelte nervös eine Haarsträhne um den Finger. Antonio schob ihr einen Zettel über den Tresen.

„Wenn ich nicht da bin", erklärte er ihr jetzt in recht gutem Englisch, „fragst du nach Antonio Federico, o. k.?"

Leslie nahm den Zettel entgegen. Sie freute sich sogar, scheinbar hatte er ernsthaft Interesse, sich mit ihr zu treffen. Sie nickte.

„Klar, mach ich gerne", sagte sie und lächelte, bevor sie sich hastig von ihm verabschiedete. Nett war er wirklich, fand sie. Dunkelbraunes, zu Spitzen gegeltes Haar und fröhlich glitzernde graublaue Augen.

Anne und Melissa waren schon aufgestanden und blickten ihr aufgeregt entgegen.

„Na, hast du ein Date?", fragte Anne, aber Leslie schüttelte den Kopf.

„Nicht direkt", sagte sie, doch bevor sie all die anderen Fragen, die Melissa ihr an den Kopf warf, beantworten konnte, trat jemand dicht an ihnen vorbei, sodass Leslie noch den Hauch von Aftershave riechen konnte, kühl und irgendwie frisch, als er weg war. Sie brauchte sich nicht umzudrehen, um zu wissen, dass es der fremde Junge war, dem sie verdammt nochmal immer wieder auf andere Weise begegnete. Zufall? dachte sie, aber sie glaubte weder an Schicksal noch an Zufall. Sie hörte, wie er sich an einen der Tische am Fenster setzte. Und sie spürte seinen Blick im Nacken. Eine Gänsehaut lief ihr den Rücken hinab. Anne fasste sie am Arm.

„Leslie", raunte sie ihr zu, „da ist der Typ schon wieder!"

Leslie antwortete nicht, drehte sich auch nicht einfach so um, wie Melissa es tat. Sie fand ihn unheimlich, aber im Vorbeigehen funkelte sie ihn trotzdem wütend an und folgte dann, so schnell sie konnte, Melissa und Anne. Seine fast schwarzen Augen, die so gleichgültig, dass es fast schon gespielt wirkte, zu ihr aufgesehen hatten, noch genau im Gedächtnis. Und sie biss sich auf die Unterlippe, als sie daran dachte, dass er schönere Augen hatte, als Antonio. Ach, Schnickschnack!

Die glühende Mittagshitze trieb Anne, Leslie und Melissa zurück ins Hotel und dort blieben sie im Schutz der Klimaanlage. Leslie hatte es nun endlich gewagt, ihren Koffer aus der Badewanne hinter dem Duschvorhang hervor zu holen und ihre Kleider, Bücher und was sie sonst noch alles eingepackt hatte, in den Schrank an der Wand neben dem großen Fenster zu räumen. Anne lag auf dem Bett und hörte Musik, zum Text bewegte sie lautlos die Lippen und wippte mit den Füßen im Takt, konnte sich aber scheinbar nicht entscheiden, was sie hören wollte, denn schon nach kurzer Zeit legte sie ihren iPod zur Seite, stand mit den Worten: „Ich bin duschen", auf und verschwand im Bad. Jetzt war Leslie alleine in ihrem Zimmer. Melissa war einen Stock unter ihnen, um ihrem Vater einen Besuch abzustatten.

Das leise Surren des Abzugs im Bad und das Ticken von Annes Wecker, den sie auf ihren Nachtschrank gestellt hatte, - und Anne, die unter der Dusche laut und falsch ‚*Release Me*' sang, – waren die einzigen Geräusche im Zimmer und plötzlich zog es Leslie nach draußen unter freien Himmel an die frische Luft.

„*Bin kurz spazieren, komme bald wieder. HDGDL, Leslie*", schrieb sie auf den kleinen Block, der auf dem Schreibtisch neben Melissas Bett lag, riss das Blatt mit dem Logo des Hotels heraus und legte es auf Annes Kopfkissen. Dann schlich sie leise aus der Tür.

Vielleicht könnte sie dem Kellner, Antonio, von heute Mittag einen Besuch abstatten, überlegte sie, während sie die noch immer recht belebte Straße hinunterschlenderte. Sie entschied, runter zum Hafen zu gehen und nachzuschauen, ob die protzige Jacht noch da war. Hoffentlich war es dort ein wenig ruhiger.

Der Himmel leuchtete hellblau, die Sonne hing schon tief über dem Horizont und das Licht war weicher geworden, allerdings noch nicht so wunderschön golden, wie Leslie es gerne hatte. Kein Wunder. Es war gerade erst halb sechs. Hier auf Sizilien schien der Tag viel länger zu sein, als bei ihr zu Hause in Schottland und das fand sie recht schön, was sie überraschte, denn normalerweise machten ihr dunkle Regentage nichts aus. Leslie genoss das ruhige Glucksen des Wassers und schaute zu, wie die Containerschiffe schwerfällig auf den Wellen auf und ab und hin und her getragen wurden. Sie spielte mit dem Gedanken, wie es wohl wäre, auf eines der Schiffe zu klettern, allerdings nicht auf die Jacht, die doch tatsächlich noch da draußen auf dem Wasser vor Anker lag. Sie fragte sich, wem das Ding wohl gehörte.

Eine Möwe landete kreischend neben ihr auf dem splittrigen, von Wind und Sonne gezeichneten Geländer, auf das Leslie sich stützte. Sie bewegte sich nicht, um den Vogel nicht zu erschrecken. Sie mochte Möwen. Sie wirkten irgendwie aufgeweckt und so frei, wie sie es selbst manchmal gern sein würde. In Oban sah sie jeden Tag welche über dem rauen Meer kreisen und sie liebte die hohen Schreie, die die Vögel ausstießen. Es klang, als würden sie lachen.

„Du kannst dich getrost bewegen", sagte plötzlich eine fremde Stimme links neben ihr. „Sie sind Menschen gewohnt. Es macht ihnen nichts aus, wenn du nicht wie versteinert dastehst."

Zu Tode erschrocken wandte Leslie den Blick von der Möwe ab und blickte geradewegs auf die verspiegelten, schwarzen Gläser einer Sonnenbrille, die der junge Mann, der neben ihr am Geländer lehnte, aufgesetzt hatte. Leslie sah sich selbst, ihr Spiegelbild auf den Gläsern. Er lächelte. Und sie brauchte einen Moment, um zu begreifen, dass es der Junge war, der ihr ihren Koffer gebracht hatte, mitten in der Nacht, den sie heute Mittag so böse angefunkelt hatte und der sie am Montagabend schon beobachtet hatte.

Shit, dachte sie aufgeregt, was der bloß will? Sie musterte ihn vorsichtig von oben bis unten. Er trug keinen schwarzen Anzug mehr und auch keine Krawatte, sondern ein dunkelblaues Hemd, dessen Ärmel er hochgekrempelt, und das er ein wenig zu weit aufgeknöpft hatte, fand Leslie. Es flatterte im Wind und sie verzichtete verächtlich darauf, einen Blick auf seine olivbraune Haut unter dem Hemd zu werfen. Angeber. Das Hemd war von Armani. Doppelter Angeber. Die beige Hose, die er bei der Hitze seltsamerweise nicht hochgekrempelt hatte, auch. Er schien über eine gesunde Menge Geld zu verfügen. Dass er das so zur Schau stellte, ärgerte sie ein wenig, obwohl sie sich eingestehen musste, dass sie das nur tat, weil sie selbst nicht gerade die Reichste war. Wie ungerecht die Welt doch war.

Er sah vollkommen so aus, wie ein sizilianischer Macho auszusehen hatte. Jedenfalls nach Leslies Vorstellungen. Lässig lehnte er sich gegen das faserige Holz und Leslie kam sich nackt und präsentiert vor, denn wegen der verdammten Sonnenbrille war es unmöglich, seine Augen zu erkennen. Wahrscheinlich war ihm das nur allzu bewusst. Vielleicht starrte er ihr in den Ausschnitt? Ekelhaft, aber da gab es ohnehin nicht viel zu sehen, worüber sich Leslie schon des Öfteren geärgert hatte. Da plötzlich setzte er seine Sonnenbrille ab und schob sie sich in das pechschwarze Haar. Es hing ihm genauso wirr in das olivbraune Gesicht, wie in der Nacht, in der er ihr ihren Koffer vorbeigebracht hatte, bloß wirkte es dieses Mal, als habe er es kunstvoll mit viel Gel so hergerichtet. Seine dunkelbraunen Augen musterten sie aufmerksam. Er sah verboten gut aus. Leslie hasste sich dafür, dass sie den Blick nicht von ihm lassen konnte.

„Wie heißt du?", fragte er dann auf Italienisch.

Das zweite Mal, dass ein Junge sie an diesem Tag nach ihrem Namen fragte – eigentlich hätte sie sich gefreut, doch in seiner Gegenwart war ihr etwas unbehaglich zumute. Normalerweise interessierten sich Jungs nicht für sie.

„Leslie", sagte sie deshalb nur.

Er hob die dichten, schwarzen Brauen. „Leslie und … weiter?"

„McEvans."

„Du kommst aus Schottland!", sagte er und wechselte urplötzlich wieder vom Italienischen ins Englische. Sie hatte nicht erwartet, dass er so gut Englisch sprach, weil sie in Annes Reiseführer gelesen hatte, dass das nicht viele Leute hier taten, eher sogar noch Deutsch, aber er tat es. Nahezu perfekt, bis auf den leisen, italienischen Akzent.

„Woher weißt du das?", fragte sie ehrlich erstaunt.

Er zuckte die Schultern. „War geraten." Sein Grinsen war umwerfend ansteckend, seine Zähne schneeweiß und gerade.

Aber Leslie lächelte nicht zurück.

„Was willst du von mir?", fragte sie ihn kühl. Plötzlich war sie genervt und verunsichert zugleich. Warum war er immer wieder in ihrer Umgebung aufgetaucht, nachdem sie ihm seinen blöden Koffer zurückgegeben hatte? Wollte er sie überwachen? Immerhin war das Ding mit einem Sicherheitsschloss versehen worden. Wer wusste schon, was da drin gewesen war …

„Ich habe dir doch deinen blöden Koffer gegeben!"

Das Grinsen verrutschte ihm nicht. Er hörte einfach auf damit. Seine Miene wurde ernst und Leslie hätte es nicht gewundert, wenn er jetzt wieder seine Sonnenbrille aufgesetzt hätte. Aber das tat er nicht. Er sagte nur: „Vergessen wir die Sache mit dem Koffertausch, klar?"

„Wir?", fragte sie.

Er nickte. „Deswegen bin ich hier".

Leslie verstand nicht ganz.

„Ich möchte dich gerne auf ein Eis einladen oder einen Drink, ganz wie du willst. Als ‚Versöhnung'. Ich weiß, dass ich nicht besonders nett zu dir war."

Das hörte sich ehrlicher an, als Leslie es ihm zugestehen wollte. Mist. Was sollte sie jetzt nur machen? Aber warum hatte er sich nicht einfach aus dem Staub gemacht und sich nicht wieder blicken lassen? Sollte das irgendeinen verrückten Sinn ergeben?

„Also, was ist?", fragte er, „kommst du mit mir zur Hauptstraße ins ‚*Conte*'?"

Leslie erschrak. Verflucht, das war das Eiscafé, in dem sie am Mittag mit Anne und Melissa gewesen war. Urplötzlich schoss ihr der Zettel durch den Kopf, den Antonio ihr gegeben hatte. „Wenn ich nicht da bin, fragst du nach Antonio Federico, o. k.?", hatte er gesagt. Na, hoffentlich war er nicht da. Das fröhliche Glitzern, das in Antonios Augen gelegen hatte, lag nicht in denen von … Moment, wie hieß er eigentlich?

„Wie heißt du eigentlich?", fragte sie ihn.

Er sah fast ein wenig erschrocken aus und reichte ihr dann ganz gentlemanlike die Hand.

„Raffaello", sagte er mit rauer Stimme, „Raffaello Ruggiero. *Scusi*, das hatte ich ganz vergessen."

Na, offensichtlich war er doch nicht ganz aus der Ruhe zu bringen.

Er lächelte. „Kommst du mit?", fragte er dann und blickte sie erwartungsvoll an.

Nein, wollte sie sagen, doch sie nickte. Und folgte Raffaello zur Hauptstraße. Er setzte wieder seine Sonnenbrille auf. Leslie hielt so viel Abstand zu ihm, wie nur möglich und scheinbar kümmerte ihn das nicht ernsthaft, denn den ganzen langen Weg zum ‚*Conte*' schlenderte er lässig und schweigend neben ihr her. Sie hatte das Gefühl, dass er es fast als Pflicht sah, sich bei ihr zu entschuldigen und fragte sich, wieso sie dann noch überhaupt mit ihm ging. Wenn es ihm bloß darum ging. Aber dann entschied sie, dass sie gar nicht wollte, dass es um etwas anderes ging.

Leslie hatte gehofft, dass Antonio nicht mehr da war, dass er vielleicht schon Feierabend hatte, aber er war da. Der Blick, mit dem er sie musterte, als sie in Begleitung von Raffaello im ‚*Conte*' auftauchte, ging Leslie schmerzlich durch Mark und Bein. Scheiße, sie fühlte sich verdammt schuldig. Irgendwie richtig gemein. Aber andererseits hatte Antonio sie nicht direkt nach einer Verabredung gefragt. Mickrige, feige Ausrede, dachte Leslie und wurde sogleich wütend auf sich selbst. Da war es wieder, das ewige Mitgefühl, das sie für andere empfand. Sie sah Antonio nicht in die Augen und er tat es ihr gleich. Fast war sie sogar froh darüber.

Raffaello, der die ganze Zeit hinter ihr gestanden und das Gesicht abgewandt hatte, trat nun neben sie und setzte seine Sonnenbrille ab. Antonio fiel die Kinnlade herunter. Er musterte erst Leslie völlig entsetzt, was sie ziemlich verunsicherte, und dann Raffaello.

„*Ciao*, Ruggiero", sagte er dann kühl, doch bevor er weiterreden konnte, fuhr Raffaello ihn genervt auf Italienisch an, woraufhin Antonio ihnen mit grimmiger Miene vorauseilte und ihnen den Platz am Fenster anbot, an dem Leslie am Mittag mit ihren Freundinnen gesessen hatte. Sie fragte sich, ob er das mit Absicht getan hatte.

Raffaello schob Leslie galant den Stuhl unter den Hintern und ließ sich dann ihr gegenüber nieder und musterte sie erwartungsvoll.

„Was möchtest du essen?", fragte er sie.

„Gar nichts", sagte Leslie. Der Gedanke an eine erneute Riesenportion Eis behagte ihr absolut nicht. Mist. Das durfte eigentlich gar nicht sein.

Er hob die Brauen. „Du bist doch nicht etwa auf Diät?", fragte er und musterte sie eingehend. „Das hast du ganz sicher nicht nötig."

Trotzig schob sie die Unterlippe vor. Ihr Schmollmund wurde noch voller, wenn sie beleidigt war. Aber eigentlich nahm sie das, was er gesagt hatte, als Kompliment. Was schon wieder nicht sein durfte. Verdammt aber auch.

„Hm", machte Raffaello und lehnte sich lässig zurück, um nach Antonio zu winken, der gleich darauf mit einer nicht zuzuordnenden Mischung aus Wut und Enttäuschung auf dem Gesicht an ihren Tisch trat.

„Wasser?", fragte Raffaello sie und sie nickte.

„Leslie nimmt ein Glas Wasser – und ich auch", sagte er zu Antonio.

„Nur Wasser?", fragte sie ihn erstaunt. „Willst du nichts anderes?"

„Ich nehme das, was du nimmst", sagte er fast ein wenig großspurig.

Schleimer. Er lächelte. Leslie nicht. Sie schämte sich noch immer. Raffaello musterte sie mit hochgezogenen Augenbrauen.

„Kennst du diesen Antonio persönlich?", fragte er dann nach einer Weile des Schweigens. „Es schien mir, als sähe er es nicht besonders gerne, dich hier mit mir anzutreffen ..." Ein spöttisches Lächeln stahl sich in seine Mundwinkel. Aber Leslie antwortete ihm nicht.

„Vor *dir* scheint er ja mächtig Respekt zu haben", stellte sie nur trocken fest, doch insgeheim interessierte sie Antonios Verhalten brennend.

Raffaello zuckte die Schultern. „Eine alte Prügelei unter Schülern", behauptete er und spielte mit der Speisekarte, die in der Mitte des Tisches stand.

„Schulprügelei", knurrte Antonio verächtlich, als er ihnen zwei Gläser Wasser reichte. Scheinbar hatte er alles gehört. Raffaello bedachte ihn mit einem scharfen Blick, doch Antonio ließ sich davon nicht beeindrucken. Jedenfalls tat er so, denn jetzt beeilte er sich doch zusehends, möglichst schnell wieder hinter seinem Tresen zu verschwinden.

Leslie rührte mit dem Finger in ihrem Wasser herum und schwieg. Sie hasste so viel Kohlensäure. Davon wurde ihr nur schlecht. Raffaello zog eine Augenbraue in die Höhe. Das musste Leslie ihm lassen, er hatte die Mimik eines Schauspielers.

„Hast du dir vorher die Hände gewaschen?“, fragte er sichtlich angeekelt.

Leslie hob den Kopf und sah ihn herausfordernd an.

„Werde ich jetzt tot umfallen, weil ich deine Hand geschüttelt habe? Hast du vielleicht die Pest?“, entgegnete sie nur und rührte weiter.

Ein leises Lächeln huschte über sein perfektes Gesicht.

„Du magst keine Kohlensäure, sag das doch gleich“, seufzte er. „Jetzt wird unser lieber Antonio noch angekotzter von mir sein.“ Und damit winkte er Antonio zu, der widerwillig an ihren Tisch getrabt kam, und bevor Leslie auch nur protestieren konnte, hatte Raffaello ihm ihr volles Glas in die Hand gedrückt, fast schon mit entschuldigender Miene, und irgendetwas auf Italienisch gesagt, woraufhin Antonio grummelnd davoneilte. Raffaello musterte Leslie eingehend.

„Er hat gesagt, für dich macht er es. Du kennst ihn doch besser, hm?“ Leslie wich seinem forschenden Blick aus.

„Geht dich noch lange nichts an“, murrte sie, mehr zu sich selbst, als zu ihm.

„Ach“, machte er, „nett von dir.“ Fast klang er beleidigt.

Sie schwiegen eine Weile. Nachdem Antonio Leslie ihr Glas Wasser gebracht hatte, schlürfte sie es in kleinen Schlucken und kaute auf dem harten Rand herum. Sie spürte genau, wie Raffaello sie ansah, tat aber so, als bemerkte sie es nicht.

„Kaust du immer an Gläsern?“, fragte er. „Ich kann dir auch etwas zu Essen bestellen?“

Leslie merkte, wie sie wütend wurde. Für wen hielt er sich eigentlich? Er hatte doch nicht ihre Manieren infrage zu stellen, nur weil er eindeutig vom oberen Ende der Nahrungskette stammte!

„Hey“, sagte sie bissig, „das bin ich. Ich, ohne so viel Geld, wie du es anscheinend hast.“

„Wie kommst du darauf?“

„Armani! Lass mich ausreden, verdammt!“ Sie holte tief Luft. „Danke, jetzt weiß ich es nicht mehr.“ *Shit*, wie peinlich und erniedrigend. Das hatte er ja schlau angestellt.

„Du gefällst mir besser, wenn du dich nicht so aufregst, Leslie“, sagte er amüsiert.

Na toll. Macho. Sie antwortete nichts darauf. Starrte ihn nur grimmig an.

„Warum bist du in Palermo?“, fragte er sie nach einer Weile des Schweigens.

„Ich habe Sommerferien und bin mit meinen beiden Freundinnen in Urlaub. Was denn sonst“, murrte sie. Sie verzichtete darauf nachzufragen, warum er hier war. Das lag ja wohl auf der Hand. Dann tat sie es trotzdem.

„Und du?“ Eine dämlichere Frage hätte sie nicht stellen können. Da hätte sie besser gleich über das tolle Wetter gesprochen. Sicher wohnte er hier. Klar tut er das, dachte Leslie.

Seine Miene verdunkelte sich. „Geschäfte meines Vaters“, sagte er nur knapp.

Himmel, was hatte sie denn falsch gemacht?

„Dann wohnst du nicht hier?“, fragte sie vorsichtig.

Er schüttelte den Kopf. „Nein“, sagte er. „Ich bin hier in Palermo geboren, aber wohnen tue ich nicht hier. Nicht in der Stadt jedenfalls.“

„Wo dann?“

„Auf dem Land“, sagte er nur. Er schien nicht sonderlich gerne über seine Wenigkeit sprechen zu wollen.

„Wenn du … nicht so viel Geld hast“, begann er vorsichtig, „wie kommt es, dass du im Grand Hotel wohnst?“

Vielleicht dachte er, sie würde erneut so pampig reagieren, aber irgendwie hatte sie keine Lust mehr darauf. Sonst hielt er sie womöglich noch für zickig. Gott bewahre! Außerdem war er ja ganz nett – bis jetzt jedenfalls.

Sie zuckte die Achseln. „Meine beste Freundin Anne und ich können nur dort wohnen, weil es uns Melissas Vater bezahlt. Ihm gehört irgendeine Versicherungsgesellschaft hier … Du müsstest Anne und Meli doch sicher gesehen haben, als du mich beschattet hast", fügte sie spitz hinzu.

„Beschattet?", fragte er unschuldig, aber Leslie ging nicht weiter darauf ein. Er konnte nie im Leben abstreiten, dass er genau das getan hatte.

„Mr. Gosetti hat uns also mitgenommen, damit seine Tochter sich in ihrem schicken Hotel nicht so langweilt, während er arbeiten muss –".

„Mr. Gosetti?", unterbrach er sie. Ein Schatten legte sich über sein Gesicht, aber vielleicht war es auch nur eine der faserigen Wolken, die sich träge vor die untergehende Sonne schoben, rot glühend wie Feuer.

Sie nickte vorsichtig.

„Matteo Gosetti?", fragte er forschend und blickte sie scharf an. Da lag etwas in seinen Augen, das sie nicht zuordnen konnte. Sie wich seinem stechenden Blick aus. Scheiße, diese tiefbraunen Augen raubten ihr noch den Verstand.

„Ich weiß nicht, wie er mit Vornamen heißt", sagte sie vorsichtig und nippte an ihrem Wasser. Die Eiswürfel, die Antonio hinein gefüllt hatte, waren längst auf die Größe ihres kleinen Fingernagels geschmolzen. Sie pustete ins Wasser, um Raffaello nicht ansehen zu müssen.

„Warum fragst du?", sagte sie leise.

„Ach, ich dachte nur …", entgegnete er scheinbar völlig in Gedanken versunken. Vorsichtig blinzelte Leslie zu ihm auf. Seine Miene wirkte noch immer angespannt, doch als er ihrem Blick begegnete, hellte sie sich schlagartig wieder auf. Er lächelte.

Schauspieler, dachte Leslie trotzig, aber er faszinierte sie irgendwie. Zum ersten Mal an diesem Abend erwiderte sie sein Lächeln und gleich merkte sie, wie gut ihr das tat. Vielleicht auch ihm, aber sollte das so sein, ließ er sich nichts anmerken.

Leslie musterte die anderen Gäste, die um sie herum an den Tischen saßen. Pärchen, die sich ein Eis teilten, drei alte Damen mit Heißhunger auf Kirscheis, Touristen mit Rucksäcken und dicken Kameras, die eine kurze Verschnaufpause am Abend eingelegt hatten. Und dann war da noch Antonio, der zwischen den Tischen umhereilte und ihr ab und zu einen seltsam verletzten Blick zuwarf. Leslie konnte ihm einfach nicht in die Augen sehen.

So viele Menschen waren da, aber sie kam sich vor, als sei sie vollkommen alleine mit diesem seltsam gutaussehenden jungen Mann. Sein Gesicht hatte nichts Jungenhaftes mehr und auch seine Statur war so breit, wie die eines Erwachsenen. Antonio dagegen wirkte fast schlaksig.

„Möchtest du den Sonnenuntergang ansehen?", fragte Raffaello irgendwann. „Wir könnten ans Meer runter gehen?"

Aber Leslie wollte nicht. Das war zu viel des Guten. Er hatte sie auf ein Eis eingeladen – das war in Ordnung. Aber gleich darauf mit ihm die Sonne anzuschmachten, behagte ihr nicht ganz. Sie kannte ihn ja gar nicht. Und er sie auch nicht. Das wäre zumindest wünschenswert, dachte Leslie und schauderte, als sie daran dachte, dass er ja auch irgendwie herausgefunden hatte, in welchem Hotel sie abgestiegen war.

„Wie hast du eigentlich rausgefunden, in welchem Hotel ich wohne?", fragte sie, ohne seine Frage nach dem Sonnenuntergang zu beantworten.

Seine Brauen schoben sich zusammen, eine Falte bildete sich zwischen ihnen.

„Du willst mich wohl unbedingt vergraulen, was?", sagte er sarkastisch.

Aber Leslie schüttelte den Kopf. „Was ist weiter schlimm daran, wenn ich neugierig bin?"

Er wich ihrem Blick aus und starrte an den Nachbartisch, an dem die drei alten Damen saßen, sich ihres Kirscheises erfreuten und unruhig auf ihren Stühlen herumzurutschen begannen, als sie bemerkten, wie dieser gutaussehende Typ mit dem furchteinflößenden Blick zu ihnen herübersah, als wolle er sie hypnotisieren. Fast musste Leslie lachen.

„Neugierig zu sein, ist gut", sagte Raffaello leise und die alten Damen schienen sich zu fragen, ob er mit ihnen sprach, „aber manchmal sollte man die Sache einfach auf sich beruhen lassen, glaub mir, Leslie." Jetzt sah er sie wieder an. Die drei Frauen entspannten sich, blickten aber immer wieder auffällig beunruhigt zu Leslie und Raffaello hinüber.

„Touristen", raunte er ihr zu und deutete grinsend mit dem Kopf in Richtung ihres Nachbartisches, „man kann sie ja so leicht verunsichern."

„Pffft", machte Leslie eingeschnappt. Sie zählte auch zu den Touristen, wenn sie sich nicht irrte. Wollte er sie womöglich auch verunsichern? Na, das konnte er vergessen. Aber gründlich.

„Was ist jetzt?“, fragte sie. „Antwortest du mir heute noch auf meine Frage, oder gibst du nur solche philosophischen Weisheiten von dir?“

Ein spöttisches Lächeln umspielte seine Mundwinkel und seine Augen blitzten amüsiert auf.

„Ich werde dir auf jede Frage antworten, meine Teuerste“, entgegnete er. „Aber die werde ich mir genau aussuchen.“ Es klang, als mache er einen Spaß, aber Leslie bemerkte die Ernsthaftigkeit in seiner rauen Stimme. Jetzt war es doch an ihr, verunsichert auf ihrem Stuhl herumzurutschen.

Na toll, dachte sie, während sie ihr Wasserglas mit großen Schlucken leerte. Er tat es ihr gleich. Dann stand er auf, nachdem er einen Blick auf seine protzige, goldene Armbanduhr geworfen hatte, um zu zahlen.

„Ich sollte dich zurück zum Hotel bringen“, sagte er und lächelte entschuldigend, „sonst machen sich deine beiden Freundinnen noch Sorgen.“

Leslie schaute auf ihre Uhr. Viertel nach acht. Richtig dunkel war es noch nicht geworden, aber der Abendstern leuchtete schon hell am violettblauen Himmel und auch die Laternen draußen am Straßenrand flackerten eine nach der anderen auf, ausgenommen die, die kaputt waren.

„Jeder Abend ist hier so … anders“, sagte Leslie plötzlich, als sie wenig später neben Raffaello auf dem Bürgersteig an der noch immer dicht befahrenen Hauptstraße entlang schlenderte, verzaubert vom Dunkel der herannahenden Nacht. Sie hörte ihn leise lachen.

„Sizilien gefällt dir, hm?“, fragte er.

„Ja, irgendwie schon. Und dir?“

„Mal mehr und mal weniger.“

„Was soll das heißen?“

„Genau das“, sagte er.

Aha. Scheinbar war das so seine Angewohnheit, unverständliches Zeug von sich zu geben. Aber vielleicht gehörte das auch nur zu seinem Machodasein und Leslie dachte darüber nach, dass er ihr irgendwie gefiel. Mehr oder weniger. Auf die ein oder andere Weise.

Einige wenige Möwen zogen noch immer kreischend ihre Kreise am Himmel, Vespas drängten sich laut knatternd durch den dichten Verkehr, und auch die Menschenmengen auf den Straßen und in den Seitengassen war nicht weniger geworden. Raffaello schwieg den ganzen kurzen Weg bis zum Grand Hotel und Leslie genoss die Redepause zwischen ihnen ein wenig.

Vor dem Eingang des Hotels blieben sie stehen. Raffaello nahm seine Sonnenbrille aus dem wirren Haar und setzte sie sich auf die schmale, gerade Nase. Leslie wunderte sich, warum er das tat. Es war schon recht dunkel geworden, es bestand also absolut kein Grund, sich vor der schon untergegangenen Sonne schützen zu wollen. Aber vielleicht fand er das auch einfach nur ‚cool'. Am Anfang und Ende ihres Treffens als sizilianischer Macho aufzutauchen und zu verschwinden. Die Brille stand ihm ausgezeichnet, das musste sie sich eingestehen, aber Leslie mochte es nicht, wenn sie seine Augen nicht sehen konnte, doch sie verzichtete darauf, ihn darauf anzusprechen.

„Na dann. War wirklich schön, dich kennenzulernen“, sagte Raffaello und hielt ihr seine Hand zum Abschied hin. Wie ein Erwachsener benahm er sich.

Leslie ergriff sie. „Danke für das … Glas Wasser.“

Ein Grinsen stahl sich auf sein Gesicht. Scheinbar fand er, genau wie sie, dass sich ‚ein Glas Wasser' ziemlich unbedeutend und mickrig anhörte.

„*Ciao*, Leslie“, sagte er, ließ ihre Hand los und drehte sich um. Jetzt musste sie es fragen. Jetzt oder nie. Na auf, dachte sie mit rasendem Herzen.

„Sehen wir uns wieder mal?“, fragte sie dann, als er schon einige Meter entfernt war. Er blieb kurz stehen, bevor er sich zu ihr umdrehte.

„Bestimmt“, sagte er nur und hob die Hand. Dann war er um eine Straßenecke gebogen und verschwunden.

Leslie blieb noch eine Weile stehen, wo sie war. Es war ein seltsames Date gewesen. Wenn es das überhaupt hatte sein sollen. Aber er sollte sich bloß nicht allzu viel darauf einbilden. Außerdem hatte er nur gesagt, er wolle sich bei ihr entschuldigen, weil er so unhöflich gewesen war. Womit er nur zu sehr recht hatte. Allerdings hätte er es auch einfach dabei belassen können, und sich nicht mehr blicken lassen, jetzt, wo er seinen Koffer wieder hatte. Mysteriös. Leslie wollte nicht mehr weiter über ihn nachdenken, aber das erschien ihr ziemlich aussichtslos.

Was ist er schon? dachte sie, ein sizilianischer Macho, der die Mädchen auf der Straße anbaggert. Mehr nicht. Nichts Ernstes. Niemand, an den sie ihre Zeit verschwenden sollte.

Aber sie tat es trotzdem. Sie dachte an seinen Namen, der so fremd und irgendwie geheimnisvoll klang, an seine tiefbraunen Augen, die nervige Sonnenbrille, ja sogar peinlicherweise an sein viel zu weit aufgeknöpftes Hemd. An den ganzen, verfluchten, gutaussehenden Typen musste sie denken, während sie durch die Gänge im Hotel ging.

Shit, dachte sie. Und dann redete sie sich ein, dass er gar nicht so toll war, wie er gewirkt hatte, dass er nur einer von vielen dämlichen ‚*Papagalli*' war, wie es sie bestimmt zu Tausenden in dieser Stadt gab. Aber das half nichts.

„Wo zur Hölle bist du gewesen?!", entfuhr es Anne und Melissa gleichzeitig, als Leslie die Tür zu ihrem Zimmer aufstieß. Die beiden saßen auf dem Bett, das sich Anne und Leslie teilten, und waren scheinbar gerade dabei gewesen, durch die Fernsehsender zu zappen. Leslie ließ ihre hellblaue Jeanstasche auf den Stuhl vor dem Schreibtisch neben Annes Kleiderschrank fallen, band sich ihr langes, schokoladenbraunes Haar zu einem Pferdeschwanz zusammen und setzte sich zu ihren Freundinnen, die sie aufgeregt musterten.

„Du siehst so … seltsam aus", bemerkte Anne.

„Was heißt seltsam?", entgegnete Leslie fast ein wenig erschrocken. Sah man ihr ihre Begegnung mit Raffaello etwa an? Verflucht!

Anne zuckte die Schultern. „Irgendwie durcheinander …", sagte sie.

„Und irgendwie fröhlich", warf Melissa ein. „Warst du bei diesem Eisverkäufer?"

Aber Leslie schüttelte den Kopf. „Nein", sagte sie. Jedenfalls nicht direkt. „Meine Güte, ich war am Hafen! Hast du meinen Zettel nicht gelesen, Anne?"

„Doch, doch", murmelte diese abwesend.

„Hast du jemanden getroffen?“, hakte Melissa aufgeregt nach. Herrgott, sie roch aber auch hinter allem irgendeine Romeo und Julia Geschichte.

Leslie hatte genug von dem Thema. Sollten die beiden doch denken, was sie wollten. Sie würde ihnen nichts von Raffaello erzählen. Kein Sterbenswörtchen. Nicht einmal Anne. Ohne Melissas Frage zu beantworten, verschwand Leslie grummelnd im Bad, um zu duschen. Vielleicht konnte sie sich einschließen und erst wieder herauskommen, wenn Anne und Melissa schon längst schliefen? Erst dann, wenn *er* an die Tür klopfen würde, erneut? Wütend verwarf sie diesen absurden Gedanken und stellte die Wassertemperatur so kalt wie möglich.

8

Der nächste Morgen kam viel zu schnell. Leslie konnte nicht schlafen, so sehr sie sich auch anstrengte, und irgendwann schob sie sich die Ohrstöpsel ihres iPods in die Ohren und hörte Musik. Bei ‚*Beyond the Sea*‘ schlief sie normalerweise immer ein, wenn sie müde war, doch mittlerweile war sie so hellwach, dass sie etwas schnellere Musik brauchte: ‚*Rock DJ*‘. Lautlos bewegte sie die Lippen zum Text und wäre am liebsten wild im Zimmer herumgetanzt, aber Anne schlief noch tief und fest. Es war gerade erst halb sechs Uhr am Morgen. Und so blieb Leslie still liegen und hörte alle möglichen Songs von Robbie Williams – bis die Musik abrupt endete, mitten im Satz und Leslie nach dem ersten Schrecken feststellte, dass Anne doch wachgeworden war und ihr die Kopfhörer aus den Ohren gezogen hatte. Anne grinste ihr verschlafen zu.

„Morgen", nuschelte sie und friemelte an ihren verknoteten Haaren herum. Sie gähnte.

„Auch schon wach, ja?", entgegnete Leslie grinsend und schaltete ihren iPod aus. Anne nickte und rieb sich mit dem Handrücken über die Augen. Sie gähnte erneut.

„Hast du nicht geschlafen, Leslie?"

Leslie schüttelte den Kopf. „Nur ungefähr vier Stunden."

„Himmel, wie hältst du das aus?!"

„Passt schon." Sie schwiegen. Fast dachte Leslie, Anne wäre schon wieder eingeschlafen.

„Gehen wir frühstücken?", fragte sie dann aber und rappelte sich schon etwas wacher auf.

„Ich hab' keinen Hunger", sagte Leslie kleinlaut. Und das stimmte dieses Mal wirklich. Sie spürte, wie Anne sie scharf musterte.

„Du weißt", begann sie, doch Leslie sagte nur: „Jaja, ich *weiß*!" Und dann stand sie auf, um sich anzuziehen. Bis Anne unter der Dusche hervorkam, schmollte sie. Sie war schnell eingeschnappt, das war schon immer so gewesen. Aber sie hasste es einfach, wenn Anne mit dem Thema Essen anfing und sich wer weiß wie viele, unnötige Sorgen machte. Völlig unnötige. Es war lange genug her, sie war stabil und damit basta.

Doch als Anne und sie sich auf dem Weg zum Frühstücksraum machten, konnte sie ihrer besten Freundin einfach nicht mehr länger böse sein. Fröhlich hakte sie sich bei ihr unter und dann fielen sie grinsend in Gleichschritt.

Melissa hatten sie schlafen lassen, damit sich die Arme von dem anstrengenden Tag gestern erholen konnte, aber hauptsächlich deswegen, weil Leslie einfach mal alleine mit Anne sein wollte. Sie kam sich ein wenig gemein gegenüber Melissa vor, aber das legte sich, sobald sie sich an einen der runden Tische im Speisesaal setzten, und Anne loszog, um ihnen vom Buffet das Leckerste, das sie kriegen konnte, zu sichern.

Beladen mit Brötchen, einer Schale Müsli, Obstsalat und zwei Gläsern Orangensaft kam sie zu Leslie zurück, die plötzlich merkte, dass sie doch irgendwie hungriger war, als sie gedacht hatte. Zur Hölle damit!

„Und?", fragte Anne. „Was unternehmen wir heute?"

„Oh, ich hätte da eine Idee!", sagte plötzlich eine ihnen bekannte Stimme.

Mr. Gosetti setzte sich zu ihnen an den Tisch und sah sie erwartungsvoll an. Leslie und Anne waren sich nicht ganz sicher, wie sie sich ihm gegenüber verhalten sollten, schließlich hatten sie ihren Gastgeber bis jetzt so gut wie nie zu Gesicht bekommen. Also lächelten sie einfach nur höflich und wünschten ihm einen guten Morgen.

„Ich muss heute in die Stadt auf einen wichtigen Kongress", sagte er. „Wenn ihr wollt, nehme ich euch mit – sofern meine Meli noch aufwacht." Er lächelte. „Ihr könntet ein bisschen shoppen gehen, das machen Mädchen doch gerne, oder? Ich würde Meli meine Kreditkarte überlassen – verratet mir aber bloß nicht, was ihr damit angestellt habt, wenn ihr zurückkommt."

Einen Augenblick lang sahen Anne und Leslie Mr. Gosetti nur erstaunt an, dann versicherten sie ihm, dass sie zwar sehr gerne wollten, sie aber ihr eigenes Taschengeld hätten, doch Mr. Gosetti bestand darauf, seinen Gästen etwas spendieren zu wollen.

„Macht euch einfach einen schönen Tag", sagte er, als Melissa, scheinbar noch immer recht verschlafen, an ihrem Tisch auftauchte. Sie stimmte sofort zu und ihre dunklen Augen wurden gleich viel lebhafter, als sie von dem Vorschlag ihres Vaters hörte. Aber Leslie hatte das Gefühl, dass dieser sie bloß beschäftigt haben wollte, damit er in Ruhe seiner Arbeit nachgehen konnte.

Die Hitze war noch recht erträglich am frühen Morgen, als Anne, Leslie, Melissa und ihr Vater aus dem Auto stiegen. Der arme Signor Pelliciano sah noch ziemlich verschlafen aus, aber er schaffte es ohne große Schwierigkeiten mit den seltsamen Angewohnheiten der anderen Autofahrer, etwa bei Rot einfach über die Ampel zu fahren und laut zu hupen, wenn sie feststellen mussten, dass ihnen da noch ein anderes Auto, das eigentlich Vorfahrt hatte, in die Quere kam, zu trotzen.

„Italiener sind Artisten auf Rädern", erklärte Anne Leslie leise, während diese gebannt aus dem Fenster blickte, und deutete auf ihren unersetzbaren Reiseführer.

„*Sì, sì*, das stimmt wohl", brummte Signor Pelliciano, der sie scheinbar gut verstanden hatte, als er den Wagen am Straßenrand vor einem drei Sterne Hotel parkte. Vor dem Eingang des Hotels standen einige wichtig aussehende Männer in schwarzen Anzügen, sogar ein paar Carabinieri in Uniform, die offenbar für die Sicherheit der Teilnehmer des Kongresses verantwortlich waren. Leslie fragte sich, was denn so wichtig und gleichzeitig so unwichtig sein konnte, dass es in einem Hotel mit ‚nur' drei Sternen stattfand und zusätzlich von Polizisten bewacht wurde. Sie hatte Gosetti schon immer für einen seltsamen Kauz gehalten, dessen Arbeit wahrscheinlich noch nicht einmal seine eigene Tochter ganz begriff. Was er da wohl machte? Nach Versicherungsangelegenheiten sah das Ganze jedenfalls nicht aus.

Mr. Gosetti verschwand mit großen Schritten, seinen silbernen Aktenkoffer unter den Arm geklemmt, und mit den Worten „Viel Spaß, ihr Drei!" im Eingang des Hotels.

Nun waren sie alleine und Signor Pelliciano setzte sich wieder hinter das Steuer, um sein kurzes Nickerchen fortzusetzen.

„So, und jetzt?", fragte Anne und trat ungeduldig von einem Fuß auf den anderen, während sie sich mit großen Augen umsah. Diese Gegend von Palermo hatten sie bis jetzt noch nicht erkundet. Alles wirkte irgendwie ein wenig neuer, als die Altstadt. Überall eilten Menschen zwischen den Häusern und Autos umher, beladen mit Einkaufstüten, alte Frauen mit riesigen Körben voller Gemüse und Obst, das sie wahrscheinlich auf dem Markt ergattert hatten. Touristen mit Rucksäcken und Fotoapparaten. Italiener fluchten über den morgendlichen Verkehr, der sich allmählich in einen langen Stau zwischen den Häusern verwandelt hatte, manche saßen hinter dem Steuer und genehmigten sich ihr Frühstück, das sie vielleicht in aller Frühe an einer Tankstelle besorgt hatten, weil am Morgen keine Zeit dazu blieb, wenn man rechtzeitig zur Arbeit erscheinen wollte.

Die Sonne stieg immer höher, der Himmel färbte sich intensiv blau und bald waren es an die 30 Grad im Schatten. Jetzt war Leslie froh darüber, dass sie am Morgen die superkurze Fetzenshorts und das khakifarbene Trägertop angezogen hatte. Normalerweise war es ihr unangenehm, wenn alle Leute ihre viel zu dünnen Beine sehen konnten. Zu oft hatte sie schon mitbekommen, wie einige den Kopf schüttelten, sich etwas zuflüsterten und sie verächtlich ansahen, wie man eben ein essgestörtes Mädchen ansieht. Sie hatte immer versucht, sich nichts aus diesen Blicken zu machen, aber das hatte sie nie geschafft.

In langen Hosen hätte sie es bei dieser Temperatur allerdings nicht lange ausgehalten. Sie zog sich ihre Jeanskappe tiefer ins Gesicht. Die Sonne blendete sie, aber ihre Sonnenbrille hatte sie im Hotel liegen lassen. Pech.

Anne und Melissa schlenderten neben ihr her, beladen mit Einkaufstüten. Leslie trug auch zwei. Sie hatte sich neue Kleider und ein T-Shirt mit der Aufschrift: ‚*Bella Italia*' gegönnt. Nach Büchern hätte sie auch gerne geschaut, aber die waren leider alle auf Italienisch. Anne fächelte sich mit ihrem Reiseführer Luft zu.

„Gott, ist das heiß", stöhnte sie, blieb stehen und kramte in ihrem Rucksack nach ihrer Wasserflasche, die sie in großen Schlucken leerte. Eine Weile standen sie einfach nur da, im Schatten eines Andenkenladens, der von Touristen umgeben war, und erholten sich von dem langen Fußmarsch. Leslie hätte einiges dafür gegeben, so schnell wie möglich zurück in ihr Hotel zu kommen, wo sie sich am Pool hätte ausruhen können, aber leider mussten sie auf Mr. Gosetti warten, der gerade in einem klimatisierten Kongressraum saß und wer weiß was für unwichtigen Geschäftskram über sich ergehen ließ. Wenn er das nicht mal gerne tat und selbst über den langweiligen Kram redete. Er hatte behauptet, spätestens am Nachmittag um drei mit seinem Vortrag fertig zu sein. Jetzt war es erst ein Uhr.

„Also, ich genehmige mir jetzt eine ordentliche Portion Spaghetti", sagte Anne und blickte Leslie und Melissa erwartungsvoll an.

„Was ist? Kommt ihr mit?“ Sie deutete hinüber auf die andere Straßenseite, auf der sich eine Pizzeria befand. Ziemlich viele Leute saßen dort an den Tischen und plötzlich hatte Leslie keine Lust mitzukommen.

Melissa nickte begeistert, aber Leslie schüttelte den Kopf.

„Ich komme vielleicht nachher dazu“, sagte sie, ohne Anne anzusehen, „aber jetzt habe ich noch keinen Hunger. Ich wollte sowieso noch in das Geschäft da drüben.“

Wahllos zeigte sie auf ein Schaufenster, in dem Schuhe aller Art gestapelt waren. Anne holte scharf Luft, um ihre Missbilligung auszudrücken, aber dann lächelte sie ihr zu und machte sich mit Melissa auf den Weg, eine Ampel zu suchen, an der die Autofahrer bei Rot auch hielten.

Nun stand Leslie alleine vor dem Laden und plötzlich wusste sie nicht mehr, was sie machen sollte. Sie hatte absolut keine Lust mehr, in irgendein Geschäft zu gehen, außerdem war ihr Taschengeld auf eine klägliche Summe von fünf Euro geschrumpft. Damit ließ sich nicht viel anfangen. Ihr blieb also nichts anderes übrig, als gelangweilt die Straße auf und ab zu gehen und darauf zu warten, dass Anne und Melissa endlich fertig waren mit essen.

Sie betrachtete ihr Spiegelbild in dem Schaufenster mit den Schuhen. Sie war viel zu dünn, das wusste sie, aber trotzdem konnte sie nichts dagegen unternehmen. Solange es nicht zu schlimm wurde. Sie würde schon nicht verhungern, obwohl Anne immer wieder davon anfing. Dämliche Sprüche. Ihre langen, kastanienbraunen Haare mochte sie, ebenso wie ihre Stubsnase und die vollen Lippen. Nur ihre Augen fand sie manchmal etwas seltsam. Sie waren groß und hellgrau wie der Mond, fast schon silbrig schimmernd. Haiaugen, sagte Anne immer dazu. Und auf eine seltsame Art und Weise gefiel Leslie dieser Ausdruck. Bloß, dass sie sich vor Haien fürchtete, seit sie den ‚Weißen Hai‘ gesehen hatte und sie fand, dass ihre Augen manchmal viel zu leblos und kalt aussahen. Ihre Augenbrauen waren breit und dunkel und einige Sommersprossen zierten ihr Gesicht.

Mit den beiden Einkaufstüten sah sie aus, als würden ihr gleich die dünnen Storchenbeine unter dem Hintern wegknicken, fand sie. Schnell stellte sie die Taschen ab, und als sie wieder aufblickte, erschrak sie sich fast zu Tode, als ein ihr wohlbekanntes Spiegelbild neben ihrem eigenen im Schaufenster aufgetaucht war.

„So sieht man sich wieder“, sagte Raffaello und grinste. Seine Sonnenbrille hatte er an den hellgrauen Anzug gesteckt, den er trug. Bei der Hitze – Leslie schauderte.

Er trug eine eisblaue Krawatte und das pechschwarze Haar fiel ihm wild ins Gesicht.

„Hi“, machte Leslie nur kühl, nachdem sie nach dem ersten Schrecken ihre Sprache wiedergefunden hatte. Aber dann schwieg sie, weil sie nicht wusste, was sie mit ihm reden sollte.

„Warst du erfolgreich?“, fragte er und deutete auf ihre Einkaufstüten. Das Zeug darin stammte bloß aus Billigläden. Mehr gab ihr Taschengeld nicht her.

Sie nickte. „War ganz gut, denke ich.“ Sie sprach lieber zu seinem Spiegelbild, als ihn direkt anzusehen. Er ging auf dieses Spiel ein und wandte sich ihr ebenfalls nicht zu. Scheinbar amüsierte ihn das Ganze, denn er lachte kurz auf und musterte Leslie und dann sich selbst im Schaufenster.

„Seltsam, dass du mich immer alleine antriffst“, sagte Leslie spöttisch.

Er vergrub die Hände in den Hosentaschen.

„Ja, nicht?“, sagte er. „Aber zufällig weiß ich, dass deine beiden Freundinnen in der Pizzeria dort drüben sitzen und Spaghetti Bolognese essen.“

Sie hob die Brauen. „Ach? Woher?“

Er zuckte die Achseln. „Bis eben habe ich dort auch etwas gegessen, und als ich die beiden hereinkommen sah – ohne dich – habe ich mich gefragt, wo du bist und dich schließlich gefunden.“ Er lächelte sein Macholächeln.

„Aha“, machte Leslie. Sie glaubte ihm nicht eine Minute, dass er in einer so gewöhnlichen Pizzeria aß. Das war nicht seine Preisklasse. Unter seiner Würde.

„Hast du heute Lust auf ein Eis? Oder auf einen Cappuccino?“, fragte er sie hoffnungsvoll.

„Du kannst mich doch nicht immer einladen!“, entrüstete sie sich.

„Nicht? Schade, ich dachte …" Beinahe wirkte er zerknirscht.

„Dann muss ich mich revangieren!", verteidigte sie sich mit gespielter Empörung. Seine Miene hellte sich auf.

„Darauf wollte ich hinaus!", sagte er und grinste so unverschämt, wie es gar nicht zu seinem erwachsenen Aussehen passen wollte. „Wir können aber auch hier stehen bleiben und uns im Schaufenster betrachten", sagte er gelassen.

„Das ist viel zu … langweilig", murmelte Leslie vorsichtig.

„Ich denke schon. Auf die Dauer …", entgegnete er, dann wandte er sich ihr endlich zu. Widerwillig löste Leslie ihren Blick von seinem Spiegelbild und blickte ihm in die echten dunkelbraunen Augen, die ihr Herz auf eine irritierende Weise für Sekunden schneller schlagen ließen. Sie versuchte, es nicht zu beachten.

„Wenn dir nichts einfällt, was wir unternehmen können", sagte er, „dann lass uns doch einfach durch die Straßen hier gehen und reden." Er ging voraus, den Gehweg entlang und Leslie folgte ihm nach kurzem Zögern. Die alten Häuser, von denen der Putz bröckelte,standen dicht an dicht, Wäscheleinen spannten sich über den Dächern, hier und da saß eine alte Frau im Eingang und beobachtete das bunte Treiben auf den Straßen. Autos parkten kreuz und quer am Straßenrand oder sogar auf dem Gehweg. Vespas knatterten vorbei, die Straßen quollen über vor Lärm.

„Wie alt bist du eigentlich?", fragte Leslie Raffaello dann, nachdem sie ihn von der Seite gemustert hatte.

„Ich werde am Freitag achtzehn", sagte er. „Und du?" Er sah älter aus als siebzehn.

„Sechzehn", sagte Leslie. „Aber in einer Woche habe ich Geburtstag."

Er lächelte. „Dann können wir ja fast zusammen feiern", sagte er. Leslie war sich nicht sicher, ob er das ernst gemeint hatte. Deswegen antwortete sie lieber nicht darauf. Sie schwiegen eine Weile. Redepausen fand Leslie manchmal äußerst unangenehm. So wie gerade jetzt.

„Warum trägst du bei dieser Hitze eigentlich einen Anzug?", fragte sie ihn schließlich. Vielleicht gehörte das zu seinem Macho-Image, aber das glaubte sie nicht.

„Ja, das frage ich mich auch. Jetzt, wo du's sagst …", sagte er, zog seine Jacke aus und hängte sie sich über die Schulter. Er trug ein blitzweißes Hemd darunter.

„Glaub mir, ich würde auch lieber in einer Badehose rumlaufen." Er grinste. Leslie verzichtete darauf, sich ihn in Badehose vorzustellen.

„Ich war heute Morgen auf einer wichtigen Besprechung", erklärte er dann, „deswegen der Anzug."

„Du?" Entgegnete sie ungläubig. „Aber … gehst du nicht noch in die Schule?" Er lachte trocken auf, antwortete aber nicht darauf.

„Was für eine Besprechung?", fragte Leslie.

„Betrifft meinen Vater."

„Aha." Sie fand es ungewöhnlich, dass er scheinbar nicht über sich selbst und seine Familie sprechen wollte. Wie einsilbig er geworden war, nachdem sie auf dieses Thema zu sprechen gekommen waren. Erneut schwiegen sie und Leslie hatte das Gefühl, dass er gerade angestrengt darüber nachdachte, wie er das Gespräch in eine andere Richtung lenken konnte. Sie fragte sich bloß, warum.

„Bist du schon mal auf einem Schiff gefahren?", fragte er sie dann.

Sie nickte. „Klar! Mein Großvater nimmt mich in Schottland fast jeden Tag auf seinem Fischkutter mit, wenn er fischen geht", erklärte sie stolz.

Ach, der gute alte Grandpa Mac. Irgendwie vermisste sie ihn. Es machte immer so viel Spaß, wenn sie zusammen hinaus auf das raue, von den Wellen grau gefärbte Meer hinausfuhren, ob bei stürmendem Regen oder Sonnenschein, aber meistens war es recht kalt, was Leslie nie gestört hatte, denn sie mochte diese Kälte und das raue Klima des Atlantiks in Oban. Es ist das genaue Gegenteil zu allem hier auf Sizilien, dachte sie auf einmal.

Raffaello lachte amüsiert auf und blieb stehen, im Schatten einer hohen Palme, die am Straßenrand wuchs.

„Nein", sagte er, „ich meinte, ob du schon mal mit einem *richtigen* Schiff unterwegs warst? Du weißt schon, groß und weiß!" Leslie musterte ihn ärgerlich.

„Grandpas Kutter *ist* ein richtiges Schiff", sagte sie bissig.

„Jaja, mag sein".

„Es *ist* so!" Liebe Güte, was für ein Angeber.

„*Va bene*, beruhige dich, Leslie", sagte er leise und legte ihr eine Hand auf die Schulter. Nach einigen Sekunden der Starre schüttelte Leslie sie ab.

„Wenn du willst", sagte er und ein seltsames Blitzen trat in seine dunklen Augen, „hole ich dich morgen früh vom Hotel ab und zeige dir mein … Boot." Er musterte sie erwartungsvoll. „Wir könnten eine Spritztour machen?", schlug er vor.

Leslie zögerte. Eine Spritztour. Mit jemandem, den sie überhaupt nicht kannte. Auf was wollte er hinaus? Würde er über sie herfallen oder so? Andererseits hatte sie ihn schon dreimal getroffen, den Koffertausch mit eingeschlossen, und er war immer recht anständig gewesen, wenn auch auf seine Machoart.

„Du hast ein eigenes Boot?", fragte sie ihn mit großen Augen. Es nutzte nichts, ihn noch zu fragen, sie konnte sich auch so vorstellen, dass er eines besaß. Wer Armani T-Shirts trug, der hatte allemal genug Geld, um sich ein Sportboot leisten zu können und sei es auch noch so klein. Außerdem boten sich die Lage hier auf Sizilien, die Sonne und das Meer, gerade dazu an. Wenn nicht hier, wo dann? dachte Leslie.

Raffaello nickte. „*Sì*", sagte er, „es ist nicht allzu groß, aber ganz passabel." Klang da Stolz in seiner Stimme mit?

„Und wann kommst du morgen?", fragte sie.

„Sagen wir … um neun?"

„Okay." Ich freue mich, sagte sie nicht, obwohl sie genau das tat.

„Ich freue mich schon", sagte er und er hätte nichts anderes zu sagen brauchen, um ihren Puls ein wenig in die Höhe schießen zu lassen.

Sie überquerten die Straße – Raffaello kannte sich aus damit, wie man am besten zwischen dem dichten Verkehr hindurch sprang, ohne von einem der vielen Autos überfahren zu werden. Und Leslie bekam es schon mit der Angst zu tun, weil sie dachte, er brächte sie zurück zu Anne und Melissa, aber er verlangsamte seine Schritte vor dem alten Hotel, in dem Mr. Gosetti verschwunden war, und blieb schließlich stehen.

„War nett, dich so zufällig wieder zu treffen", sagte er und grinste.

„Sehr zufällig“, entgegnete sie spitz. Irgendwie wollte sie sich noch nicht von ihm verabschieden.

„Ich schätze, deine Freundinnen sind bald mit essen fertig“, sagte er und blickte auf seine goldene Armbanduhr. „Außerdem bin ich sowieso - ...“ Mitten im Satz versagte ihm die Stimme. Sein Blick verdüsterte sich, es war Leslie, als legte sich augenblicklich ein Schatten auf sein Gesicht. Die tiefe Falte zwischen seinen Brauen erschien und mit einem Mal wirkte er angespannt.

„*Merda*“, fluchte er leise. Sein Blick war über Leslies Kopf geglitten und an einem bestimmten Punkt hinter ihr hängen geblieben. Sie hatte nicht genug Zeit, sich umzudrehen, bevor er mit den Worten: „*Scusi*, ich muss dringend los, bis morgen dann“, auf dem Absatz kehrt machte und mit großen Schritten die Straße in die entgegengesetzte Richtung hinuntereilte. Irgendwann verschwand er hinter einer Kurve, aber Leslie starrte ihm noch immer verwirrt nach, obwohl er längst nicht mehr zu sehen war.

Wen oder was Raffaello auch gesehen haben mochte – es schien ihm absolut nicht behagt zu haben. Wie nett, dachte sie, aber vielleicht auch eher enttäuscht, wie nett, dass er mich hat stehen lassen. Sie zog kurz in Erwägung, morgen früh einfach nicht aufzutauchen, aber dann siegte ihre Vernunft. Er wird schon seine Gründe gehabt haben, dachte sie, doch das nahm ihr nicht das mulmige Gefühl, das sich überall in ihrem Magen ausbreitete. Vielleicht war es besser, einfach schnell zu Anne und Melissa zu gehen.

„Hallo, Leslie“, sagte plötzlich jemand hinter ihr. Sie drehte sich um, leicht erschrocken, weil Mr. Gosetti sie so plötzlich aus ihren Gedanken gerissen hatte.

„Hallo Mr. Gosetti“, sagte sie. Er lächelte mild und verschränkte die Hände auf dem Rücken.

„Wo sind denn die anderen Zwei?“, fragte er, als ging es um eine völlige Belanglosigkeit.

„Spaghetti essen“, sagte Leslie, „da drüben.“ Sie zeigte nach rechts, wo in einiger Entfernung die Werbeaufschrift: *Albertos Pizza Express* aufleuchtete. Und strich sich nervös das lange Haar aus der Stirn.

„Hm. Na dann …“ Mr. Gosetti schwieg kurz.

„Haben Sie Mittagspause?“, fragte Leslie ihn dann, um überhaupt etwas zu sagen. Immerhin war er ihr Gastgeber und somit verlangte es die Höflichkeit, einigermaßen freundlich zu ihm zu sein und nicht gleich wieder zu verschwinden. Obwohl ihr genau das lieber gewesen wäre.

Er nickte. „Ja, Gott sei Dank.“

„Sind denn die Vorträge interessant?“, fragte Leslie.

„Hm, im Großen und Ganzen schon“, brummte Mr. Gosetti, aber sie hatte das Gefühl, dass er mit den Gedanken ganz woanders war. Immer wieder sah er sich suchend um, aber er schien nicht zu finden, nach was er Ausschau hielt. Als Leslie ihn näher betrachtete, merkte sie, wie gehetzt er wirkte.

„Es geht um ziemlich wichtige … Angelegenheiten“, sagte er. „Sag mal … wer war denn gerade der junge Mann, der da bei dir stand?“ Er schaute ihr prüfend in die Augen. Leslie fühlte sich zunehmend unwohl in seiner Gegenwart unter seinem stechenden Blick. Was ging ihn Raffaello an?

Sie zuckte die Achseln. „Ich habe ihn gestern getroffen und wir haben uns unterhalten.“ Mr. Gosetti hob die Augenbrauen.

„Ein sizilianischer Verehrer?“, fragte er grinsend, aber seine Stimme klang todernst. Unruhig trat Leslie von einem Fuß auf den anderen. Was zum Teufel sollte das werden? Ein Verhör? Er hatte nichts mit Raffaello zu tun, er ging ihn nichts an. Nicht das allerkleinste bisschen. Also antwortete sie nicht darauf. Sie lächelte bloß peinlich berührt, um ihn in dem Glauben zu lassen, sein Witz wäre angekommen und sie habe die beunruhigende Ernsthaftigkeit in seiner Stimme nicht gehört.

„Wie heißt er?“, fragte Mr. Gosetti. Sollte sie ihm darauf antworten? Was sprach schon dagegen? Aber wäre es auch Raffaello recht? Unsinn, dachte sie, er bekommt es ja nicht mit.

„Raffaello“, sagte sie leise. Es war seltsam, seinen Namen auszusprechen.

„Und weiter?“

Nein, seinen Nachnamen würde sie ihm nicht auch noch verraten. Außerdem wusste sie nicht mehr so recht, wie man den überhaupt aussprach.

„Keine Ahnung“, sagte sie trotzig. Vielleicht ein wenig zu trotzig.

Mr. Gosetti senkte die Stimme. „Vielleicht ‚Ruggiero ‘?“, fragte er sie. „Kommt dir das bekannt vor?“

Leslie erstarrte. Woher wusste er das? Er kannte Raffaello doch gar nicht! Oder doch? „Ich war auf einer wichtigen Besprechung“, hatte Raffaello zu ihr gesagt. Sollte das am Ende genau dieselbe sein, auf der Gosetti war? Unsinn, dachte sie. Gosetti arbeitete für Versicherungen. Was sollte Raffaello damit zu tun haben?

„Kennen Sie ihn?“, fragte sie vorwurfsvoll.

Mr. Gosetti gab ein seltsames Grunzen von sich und rieb sich seinen Schnauzbart.

„Kennen ist zu viel gesagt“, murmelte er. „Sagen wir … ich habe mit ihm zu tun. Was meine Arbeit betrifft. Nun ja, eher mit seiner Familie.“

Er klang seltsam, als er das sagte. Leslie hätte nicht beschreiben können, wie.

„Hat denn sein Vater auch mit Versicherungen zu tun?“, fragte sie.

„Nein. Jedenfalls nicht direkt.“

„Mit was dann?“ Das Ganze beunruhigte sie immer mehr. Mr. Gosetti zuckte nur die Schultern.

„Mit allem Möglichen mehr oder minder wichtigen Kram. Mit Politik hauptsächlich.“

Deshalb ist er so reich, dachte Leslie. Kein Wunder. Wer einen Vater hatte, der Politiker war, der hatte fürs Erste in den nächsten Jahren keine Geldsorgen mehr. Aber warum hatte Raffaello dann nicht mit ihr über seinen Vater sprechen wollen? Vielleicht wollte er nicht allzu viel angeben, dachte sie und musste grinsen.

„Und?“, fragte Mr. Gosetti schließlich. „Wie findest du ihn?“ Leslie wollte ihm nicht antworten. Zudem hätte sie nicht gewusst, was. Was ging ihn das eigentlich an? Aber plötzlich kam ihr in den Sinn, dass er wahrscheinlich einfach nur höflich sein wollte, wenn er sich schon in seiner kostbaren Mittagspause mit ihr herumschlug. Wahrscheinlich wäre es besser, schnell zu verschwinden und ihm so seine wohlverdiente Pause gönnen.

„Er ist ganz nett“, sagte sie dann.

„In der Tat …", entgegnete Mr. Gosetti und Leslie verunsicherte das Knurren in seiner Stimme. Seltsamer Kauz.

„Was hat er dir so erzählt?"

„Alles Mögliche."

„Hm."

Erneut schwiegen sie und Leslie kam sich immer mehr vor, wie in einem Verhör. Plötzlich hatte sie große Lust, zu Anne und Melissa zu gehen. Ein wenig Hunger hatte sie sogar.

„Triffst du ihn wieder?", fragte Mr. Gosetti.

Was sollte das denn jetzt? Das ging ihn nun wirklich nichts an. Sie schüttelte den Kopf.

„Nein", sagte sie mit fester Stimme, dann verabschiedete sie sich von Melissas Vater, um sich auf den Weg zu ihren Freundinnen zu machen. Sie spürte Mr. Gosettis stechenden Blick noch lange im Rücken, und als sie sich kurz umdrehte, stand er tatsächlich noch da und blickte ihr nach. Fast nachdenklich wirkte er. Sie beschloss, ihn als unangenehm zu betrachten.

Der Tag neigte sich seinem Ende zu, Leslie hatte doch eine Kleinigkeit mit Anne und Melissa gegessen und auf die Frage, wo sie denn so lange gewesen sei, entgegnete sie nur, dass sie nach Sandalen gesucht hatte. Raffaello und das Gespräch mit Mr. Gosetti verschwieg sie den beiden vorsichtshalber.

Bald machten sich die Drei auf den Weg zum Auto, in dem Signor Pelliciano noch immer vor sich hindöste, und warteten auf Melissas Vater, der tatsächlich fünf Minuten nach vereinbarter Zeit am Wagen auftauchte. Er ließ sich auf dem Beifahrersitz nieder, den dicken Aktenkoffer hatte er nicht mehr bei sich. Vielleicht hatte er ihn irgendeinem Kollegen gegeben.

Kurz bevor der Wagen anfuhr, sah Leslie Raffaello im Schatten des Schuhgeschäftes, vor dem sie sich getroffen hatten, stehen, die Hände in den Hosentaschen vergraben. Die Schatten des herannahenden Abends tauchten sein Gesicht in Dunkelheit und trotzdem trug er seine Sonnenbrille. Fast verkrampft schien er ihnen nachzusehen, als der Wagen lautlos an ihm vorbeiglitt und Leslie fiel ein, dass er durch die getönten Scheiben wahrscheinlich gar nichts erkannt haben konnte. Sie wurde das Gefühl nicht los, dass er die ganze Zeit über schon dagestanden hatte und sie beobachtet hatte. Gruselig. Aber was sollte ihm das nutzen?

Vorsichtig warf sie Mr. Gosetti einen Blick zu, doch der war zu sehr damit beschäftigt, einem seiner Kollegen Anweisungen auf Italienisch am Handy zu geben, um Notiz von dem jungen Mann zu nehmen, der ihnen nachblickte. Geschweige denn von Leslies unruhigem Blick.

Melissa war schon fast eingeschlafen, als sie ihr Hotel erreichten und auch Anne gähnte ununterbrochen. Leslie aber war hellwach. Sie folgte Anne, Melissa und Mr. Gosetti wie in Trance, völlig in Gedanken versunken, und als sie in ihrem Zimmer die Tür hinter sich zuzog, musste sie zum ersten Mal seit ihrem Gespräch mit Mr. Gosetti daran denken, dass sie morgen ein Date hatte. Moment, konnte sie es so nennen? Raffaello hatte sie ja schließlich ‚nur' zu einer Bootstour eingeladen.

Und wenn schon, dachte sie und auf einmal spürte sie, wie sehr sie sich auf den morgigen Tag freute. Blieb nur noch die Frage, was sie Anne und Melissa erzählen sollte. Vielleicht würde sie still und heimlich verschwinden können …

„Leslie", flüsterte Anne irgendwann, als sie längst im Bett lagen. Es war stockdunkel geworden und im Zimmer nebenan hörte sie Melissa leise schnarchen.

„Ja?", raunte sie in die Dunkelheit zurück. Die Decke neben ihr raschelte. Anne hatte sich umgedreht.

„Ich hab' den Typen gesehen, mit dem du gesprochen hast", flüsterte sie, „vor dem Schuhgeschäft. Es war derselbe, der am Tisch neben uns gesessen hat. Im Pizzaexpress."

Was sollte sie darauf antworten? Plötzlich war Leslie froh, dass es so dunkel im Zimmer war, aber sie konnte spüren, wie sehr sich Anne anstrengte, sie erkennen zu können.

„Es war derselbe, der dich am Montagabend beobachtet hat, oder?" Aber Leslie schwieg. Sie wollte nicht über Raffaello reden, es war schon schlimm genug, dass Anne ihn erkannt hatte.

„Er sieht ziemlich gut aus", raunte Anne. „Ist er denn auch nett zu dir? Oder ist er eher der gruselige Stalkertyp?" Plötzlich bemerkte Leslie, wie es ihr einen Stich versetzte. Ja, er sieht gut aus, dachte sie, na und?

„Wir haben nur geredet", sagte sie leise und drehte Anne den Rücken zu. Bitte, dachte sie, hör endlich auf, über ihn zu reden.

„Weißt du denn jetzt, warum er dich beobachtet hat?", fragte Anne. Sie war zu aufgeregt, um noch daran zu denken, dass Melissa nebenan schlief und Leslie partout nicht wollte, dass sie auch nur den kleinsten Fetzen ihres Gesprächs mitbekam.

„Nein", flüsterte sie, „Anne, halt die Klappe, du weckst Meli noch!" Und Anne schwieg tatsächlich eine Weile. Leslie lag da, die Bettdecke bis zur Nasenspitze hochgezogen, obwohl ihr viel zu warm war, und starrte in die Dunkelheit.

„Ich finde ihn immer noch unheimlich", raunte Anne irgendwann. „Er wirkte so … wichtig wie ein Erwachsener."

Sie wartete ab, ob Leslie etwas dazu sagen wollte, aber das tat sie nicht.

„Oder?", hakte sie nach.

Nein, dachte Leslie, er ist keineswegs unheimlich, aber als sie an den Ausdruck auf seinem Gesicht dachte, als er sich so hastig von ihr verabschiedet hatte, dachte sie, dass er vielleicht unheimlich werden *konnte.* Aber sie antwortete Anne nicht auf ihre Fragen.

„Weißt du, wie Mr. Gosetti mit Vornamen heißt?", fragte sie stattdessen. Eine kurze Weile schwieg Anne verblüfft.

„Matteo", sagte sie dann. „Wieso?"

Leslie zuckte die Achseln und merkte, dass Anne das ja gar nicht sehen konnte.

„Nur so", murmelte sie leise. Raffaello hatte sie gestern nach Gosettis Namen gefragt und morgen früh würde sie ihm antworten können. Was auch immer Raffaello mit Gosetti und Gosetti mit Raffaello zu tun haben mochte.

Die Dunkelheit senkte sich auf sie herab und der Schlaf übermannte sie.

9

Leslie erwachte früh am nächsten Morgen. Sie hatte das Gefühl, nur einen sehr leichten Schlaf gehabt zu haben. Ihr Unterbewusstsein schien sie daran erinnert zu haben, dass sie furchtbar aufgeregt war und pünktlich zu ihrem Treffen mit Raffaello zu erscheinen hatte.

Hellwach überzeugte sie sich davon, dass Anne noch schlief (das tat sie, tief und fest) und warf dann einen Blick auf ihren Wecker. Viertel vor sechs. Na klasse. Sie war um Stunden zu früh aufgewacht. Raffaello würde sie erst um neun abholen, hatte er gesagt. Fast hätte sich Leslie wieder zurück in die Kissen sinken lassen, aber dann fiel ihr siedend heiß ein, dass Anne und Melissa auf keinen Fall von ihrem Date erfahren durften – noch nicht jedenfalls. Gequält zog sie eine Schnute und machte sich daran, so leise wie nur irgend möglich ins Bad zu schleichen, um zu duschen.

Um diese Zeit wurde das Frühstück erst zubereitet, außerdem hatte sie keinen Hunger, und so sah sich Leslie gezwungen, gleich nach draußen zu gehen und vor dem Eingang zu warten, bis Raffaello auftauchen würde. Bestimmt war er noch nicht einmal wach. Wahrscheinlich schlief er noch tief und fest.

Sie langweilte sich zu Tode, während sie auf dem Bürgersteig auf und ab ging. *Shit*, sie würde noch über drei Stunden hier rumhängen können – und gerade, als sie sich über die frühmorgendliche Hitze ärgerte und den schweren, süßlichen Duft des herannahenden Tages einatmete, drang plötzlich Musik an ihre Ohren, die immer lauter und lauter wurde.

Sie erkannte das Lied sofort, weil es von Robbie Williams war: ‚*Old Before I Die*' und sie wippte mit dem Fuß im Takt mit.

Das schwarze Cabrio, das mit heruntergelassenen Scheiben direkt vor ihr mit quietschenden Bremsen zum Stehen kam, ließ sie erschrocken einige Schritte zurückspringen, bevor sie den Fahrer des teuren Gefährts erkannte: Raffaello saß am Steuer und grinste ihr zu. Er trug tatsächlich die Badehose, von der er gestern noch geredet hatte und das weiße

Hemd, das er bis zu den Ellenbogen hochgekrempelt hatte, trug er offen. Leslie blickte ihm vorsichtshalber nur in die dunklen Augen. Seine Sonnenbrille steckte in seinem wirren, schwarzen Haar und er trommelte zum Takt des Songs, den er in voller Lautstärke aufgedreht hatte, auf dem Lenkrad herum.

„*Buon giorno*, Leslie", brüllte er gegen die Musik an und Leslie schaute sich unbehaglich um. Sie befürchtete, dass gleich einer der Hotelangestellten herauskommen würde, weil sich einige der vornehmen Gäste über diesen Lärm am frühen Morgen beschwerten. Raffaello beugte sich über den Beifahrersitz und öffnete ihr die Tür.

„Steig ein", sagte er und schnell ließ sich Leslie auf den schwarzen Ledersitz neben ihm fallen und zog die Tür zu. Bevor sie sich richtig anschnallen konnte, hatte Raffaello auch schon Gas gegeben, vollendete eine hundertachzig Grad Wendung und sauste mit ihr die Hauptstraße hinunter. Ein wenig flau im Magen und mit zittrigen Händen hielt sich Leslie am Sitz fest. Entsetzt kniff sie die Augen zusammen, als Raffaello den teuren Wagen geschickt zwischen Autos, die langsamer fuhren, als er, vielleicht, weil sie nicht ganz so lebensmüde waren, hindurch lenkte. Er stellte die Musik etwas leiser, scheinbar, weil er zu der Erkenntnis gekommen war, dass man sich bei der Lautstärke äußerst schlecht unterhalten konnte.

„Ich dachte, du kommst erst um neun?", fragte sie ihn nach einer Weile. Er lenkte den Maserati von der Hauptstraße hinunter und bald erreichten sie eine Autobahn, die sich lang und mehr oder weniger gerade bis zum Horizont erstreckte.

„Ja, entschuldige", sagte er. „Ich hätte dir vorher Bescheid geben müssen. Der Liegeplatz meines Bootes hat sich gestern unerwartet geändert." Er lächelte entschuldigend, wandte den Blick aber nicht von der Straße ab. Sie waren so gut wie alleine unterwegs um diese Uhrzeit, außer ihnen fuhren nur noch drei andere Autos, die lange nicht so protzig aussahen, wie Raffaellos Cabrio, vor ihnen in den frühen Morgen hinein, aber auch die hatten sie bald hinter sich zurückgelassen.

„Wo fahren wir hin?", fragte Leslie.

„Nach Tindari", entgegnete er, „ dort gibt es eine Lagune mit traumhaften Badeplätzen. Einer meiner Freunde hat die *‚Madonna'* gestern Abend noch dorthin gefahren, ohne es mir zu sagen." Er fuhr sich durch das glänzende Haar. „Er hat deswegen etwas Stress mit mir bekommen und sofort angeboten, sie wieder nach Palermo zu bringen, aber dann habe ich mir gedacht, dass du vielleicht auch gerne mal eine andere Gegend sehen würdest. Außerdem ist die Bucht wirklich umwerfend."

Das war ganz nett, fand Leslie, dass er sich das überlegt hatte und sie fühlte sich fast ein wenig geschmeichelt.

„Wie sieht es da aus?", fragte sie aufgeregt.

„Wie in der Karibik", sagte er fast stolz grinsend.

Eine Weile fuhren sie schweigend weiter. Der schwarze Maserati schoss über die Straße wie einer der Schatten, die sich langsam unter der Sonne ausstreckten. Felsiges, trockenes Gebiet umgab sie, aber es war recht grün. Am Rande der Autobahn wuchsen einige dürre Sträucher und ab und zu kamen sie an einem einsamen Gehöft oder einem kleinen Dorf vorbei. Zu ihrer Linken erstreckte sich das Meer, das glitzernd in alle Farben des morgendlichen Himmels getaucht war.

Die Sonne stieg immer höher und Leslie bemerkte, dass es vollkommen windstill war. Keine einzige Welle kräuselte die Oberfläche der See. Hier und da tuckerten einige frühe Fischer auf ihren Kuttern herum, aber der Rest der Inselbewohner schien noch zu schlafen oder gerade erst dabei zu sein zu erwachen.

‚I hope I'm old before I die', sang Robbie Williams ihnen ununterbrochen ins Ohr. Scheinbar hatte Raffaello eine CD gebrannt und den Song gleich tausendmal darauf gespeichert, um nicht immer wieder zurückspulen zu müssen. Leslie blickte zu ihm herüber. Er hatte seine Sonnenbrille aufgesetzt und bewegte die Lippen lautlos zum Text mit. Er konnte ihn offenbar auswendig.

„Du magst den Song, oder?", fragte sie ihn.

Er nickte.

„Ich bin auch Robbie-Fan", sagte sie und fragte sich im selben Moment, ob ihn das überhaupt interessierte. Aber es würde einen besseren Eindruck machen, sich mit ihm zu unterhalten, als nur stumm neben ihm zu sitzen. Aber er antwortete auch darauf nicht und mit einem Mal hatte Leslie das Gefühl, dass er mit den Gedanken ganz woanders war. Sehr freundlich.

„Gosetti heißt übrigens wirklich Matteo mit Vornamen", sagte sie schließlich und plötzlich regten sich seine Gesichtszüge wieder. Sie hatte es geschafft. Was ihm allerdings an Mr. Gosetti so wichtig erschien, war ihr schleierhaft.

„Tatsächlich?", entgegnete Raffaello scheinbar desinteressiert, aber Leslie bemerkte die leichte Unruhe in seiner klaren Stimme.

„Ja", sagte sie nur. Wenn ihn das Thema so brennend interessierte, sollte er jetzt anfangen, Fragen zu stellen.

„Er ist mit seiner Familie von Italien nach Schottland gezogen, wusstest du das?", sagte er plötzlich. Das war Leslie neu. Sehr neu. Sie schüttelte den Kopf.

„Woher weißt du das?", entgegnete sie. Was zum Teufel hatte Raffaello mit Gosetti zu tun? Es wurde Zeit, dass sie ihn danach fragte. Immerhin hatte sie von Gosetti schon einige mehr oder weniger hilfreiche Antworten bekommen.

„Ist dein Vater bei Gosettis Versicherung?", fragte sie. „Kennt ihr euch daher?" Raffaello lachte trocken auf.

„Versicherungen", sagte er verächtlich. „Naja, nicht direkt …"

„Aber dein Vater ist Politiker?" Ein grimmiger Ausdruck trat plötzlich auf sein Gesicht.

„Nein", sagte er knapp.

„Nein? Mr. Gosetti hat das erzählt …"

Da machte das Auto plötzlich einen Schlenker auf die gegenüberliegende Fahrbahn, als Raffaello sie entsetzt ansah. Wut lag in seinem Blick – zumindest soviel sie unter den schwarz getönten Gläsern seiner Sonnenbrille erkennen konnte. Zu Tode erschrocken klammerte sich Leslie am Sitz fest und rutschte tiefer hinein, bevor Raffaello, scheinbar nach einigen Sekunden ebenso erschrocken, das Lenkrad wieder herumriss und auf ihre Fahrbahn zusteuerte.

„Hast du einen Führerschein?", fragte sie kleinlaut. Er blickte verbissen auf die Straße. Irgendwie hatte sie sich ihr Date anders vorgestellt.

„*Sì.*“, sagte er.

„Aber du bist doch noch gar nicht achtzehn!“

„Das spielt keine Rolle für uns.“

„Uns?“

„Ach, vergiss es“, sagte er schroff und dann, nachdem er eine Weile betroffen geschwiegen und Leslie gerade beschlossen hatte, dass sie von nun an schmollen würde: „Was hat Gosetti denn noch so alles über mich erzählt?“ Fast klang er lauernd und Leslie begann, sich unwohl zu fühlen.

„Er hat uns wohl gesehen, als wir uns unterhalten haben“, sagte sie, nicht sicher, ob sie noch beleidigt sein wollte.

„Allerdings …“, knurrte Raffaello. „Was hat er dich gefragt? Hat er dir mehr über mich erzählt?“

Leslie zögerte. „Hast du etwas gegen ihn?“

„*Merda*, Leslie, beantworte doch bitte erst meine Frage!“

‚*Merda*‘ hieß ‚Scheiße‘, so viel war ihr inzwischen auch klar. Wie nett. Sie holte tief Luft um sich zu beruhigen.

„Er hat nur gesagt, dass dein Vater in der Politik sei und er gelegentlich mit ihm und deiner Familie zu tun hätte. Mehr auch nicht. Kein Grund, gleich so auszurasten, wenn du mich fragst.“

Er schwieg verbissen. „*Scusi.*“, sagte er dann und es klang aufrichtig. „Eigentlich hatte ich vor, mir mit dir einen schönen Tag zu machen. Manchmal erfährt man nur Dinge von heute auf morgen, die einen ein wenig aus der Fassung bringen.“

Er lächelte mild. Jetzt schwieg Leslie peinlich berührt. „Mir mit dir einen schönen Tag machen“, hallte es in ihren Gedanken wider und plötzlich schlug ihr Herz höher, auch wenn sie versuchte, es nicht zu beachten.

„Um deine Frage zu beantworten: ja, ich habe den Führerschein schon gemacht, habe ihn nur zu Hause vergessen.“

Entsetzt musterte sie ihn „Du hast ihn also gar nicht dabei?!“

Er zuckte die Schultern und mit einem Mal wirkte er wieder so lässig wie eh und je, nicht mehr so angespannt. Auch seinen Griff um das Steuer hatte er gelockert.

„Nein“, entgegnete er leichthin.

„Und wenn uns die Polizei anhält?“ Immerhin fuhr er viel zu schnell.

„Ach, das krieg ich schon hin, glaub mir, Leslie.“ Ein verschmitztes Lächeln trat auf sein Gesicht und Leslie entspannte sich wieder. Er faszinierte sie immer mehr. Irgendwie. Auf der einen Seite völlig erwachsen, auf der anderen waghalsig und scheinbar leicht aus der Ruhe zu bringen. Sie musste grinsen.

„Was ist so lustig?“, fragte er.

Sie schüttelte den Kopf. „Ich hab' nur über dich nachgedacht“, sagte sie.

„Ich fühle mich geehrt“, entgegnete er grinsend. „Und zu welchen Entschluss bist du gekommen, wenn ich fragen darf?“

„Dass du faszinierend bist.“ Hätte sie das wirklich sagen sollen? Vielleicht verstand er es völlig falsch. Das Macholächeln erschien auf seinem Gesicht, aber er sagte nichts mehr.

Bestimmt eine Stunde fuhren sie durch die Hitze, allerdings ließ sie sich aufgrund der Klimaanlage relativ gut aushalten. Die Sonne stieg immer höher, der Himmel hatte ein fast unwirklich klares Blau angenommen und die Landschaft um sie herum war wenig abwechslungsreich, aber Leslie starrte trotzdem gebannt aus dem Fenster. Immer häufiger reihten sich Häuser aneinander und auch auf der Straße kamen ihnen bald immer mehr Autos entgegen. Die Straße, auf der sie fuhren, wurde zu einer Landstraße, die ins Dorf hineinführte, sodass Raffaello murrend das Tempo drosseln musste, um keines der Fahrzeuge vor ihnen über den Haufen zu fahren und Leslie schätzte, dass er mehr an seiner Angeberkarre hing, als er zugeben wollte.

„Wir sind gleich da“, sagte Raffaello und sein Fuß wippte ungeduldig auf und ab, da er nicht einfach so das Gaspedal durchtreten konnte. „Falls wir irgendwann nochmal schneller vorankommen“, knurrte er und hupte, aber das half nichts. Der Verkehr war zu dicht, als dass er hätte jedes einzelne Auto überholen können, obwohl Leslie nicht daran zweifelte, dass er das schaffen würde.

Bald tauchten die ersten Häuser am Rand der Straße auf und nach einem halben Kilometer tuckerten sie gemächlich durch die kleine Stadt Tindari.

„Tindari wurde im ersten Jahrhundert nach Christus zum größten Teil von einem Erdrutsch zerstört", erklärte Raffaello und Leslie fragte sich, ob er den Reiseleiter spielen wollte. „Es gibt hier noch viele antike Bauten der Griechen und Römer mit wunderbaren Mosaikfußböden oder ein Theater, von dem man einen wirklich ausgezeichneten Blick auf die Liparischen Inseln hat."

„Aha", machte Leslie nur, denn auf einmal war Raffaello an den Rand der Straße gefahren, von wo aus sie auf das türkisblaue Meer blicken konnten. Und auf die Lagune ‚*Di Oliveri*'.

Es sah wirklich aus, wie in der Karibik. Weiße Sandbänke, die aus dem Wasser schauten, Wasser so klar wie in der Südsee und Boote, schneeweiße Boote, ach was, Schiffe. Nicht viele, nur vier Stück lagen im flachen Wasser vor Anker, drei davon waren recht klein, aber ganz schön. Das vierte Schiff war riesig. Mindestens 30 Meter lang musste es sein, wenn nicht sogar noch länger. Schneeweiß und blank poliert war es. Es musste verdammt teuer gewesen sein. Und es war dasselbe, das sie schon im Hafen in Palermo gesehen hatte, wenn sie sich nicht irrte.

„Was meinst du, wem dieses protzige Teil da hinten gehört?", fragte Leslie scherzhaft, als sie neben Raffaello durch den feinen, hellen Sand stapfte. Etwas zuckte um seine Mundwinkel. Einen kurzen Augenblick linste er zu ihr herüber.

„Mir …", sagte er dann.

„Was?!" Leslie schrie fast. Ihm sollte diese riesige Jacht gehören? Nie im Leben. Obwohl … dann musste sie an den superteuren Maserati denken.

„Ja.", sagte er. „Die ‚*Madonna*'. Mein Vater hat sie mir zu meinem sechzehnten Geburtstag geschenkt."

„Wie viel Geld habt ihr eigentlich?", entfuhr es Leslie. „Entschuldige", fügte sie schnell hinzu, doch sie hörte ihn nur amüsiert lachen.

„Es ist genug, schätze ich", sagte er. Dann steuerte er auf ein im Sand liegendes Schlauchboot zu. „Wir werden rüber fahren. Du hast doch nichts gegen wackelige Nussschalen, oder?"

Leslie schüttelte den Kopf. Sie musste unbedingt wissen, was sein Vater von Beruf war. Wie konnte man nur so unverschämt viel Geld haben? Das war doch der reine Wahnsinn. Regelrecht unfair.

„Worüber denkst du nach?", fragte er sie, als sie sich gerade mitten auf dem türkisen Wasser befanden.

„Über dich."

„Schon wieder?"

Sie nickte. „Und darüber, wie man so reich sein kann." Darauf gab er keine Antwort. Er steuerte nur weiter der ‚*Madonna*', die im tieferen Wasser vor Anker lag, entgegen.

„Was ist mit deiner Familie?", fragte er dann.

„Das willst du nicht wissen", entgegnete sie gequält.

„*Scusi.*"

„Nein, schon gut", sagte sie, „mein Vater hat mich, meine Mom und meinen kleinen Bruder Benny vor zwei Jahren verlassen."

„Oh!", machte er nur. Vielleicht kannte er auch nur das Glück einer perfekten Familie. Aber sein Blick war weich geworden.

„Das tut mir leid", sagte er.

Leslie zuckte die Schultern. „Ich bin darüber weg", sagte sie, „mehr oder weniger." Dass sie vor anderthalb Jahren aufgehört hatte zu essen und ihre Mom sie deshalb in eine Klinik bringen musste, verschwieg sie ihm, auch wenn er sich mit Sicherheit schon gefragt hatte, warum sie so dünn war.

„Mom arbeitet in einem mickrigen Lebensmittelmarkt in Argyll", sagte Leslie. „Es ist also nicht besonders viel, was sie verdient. Ich bin froh, dass ich Anne und Melissa habe – und ihren Vater, der mir die Reise hierher bezahlt hat."

Raffaello hatte den Außenbordmotor abgestellt. Er sah sie nur betroffen an. Dieser Gesichtsausdruck passte absolut nicht zu seinem sonstigen Machogehabe. Sie beschloss, das Thema zu wechseln.

„Hast du auch solche besten Freunde?", fragte sie ihn. „Ich meine solche, auf die du dich wirklich hundertprozentig verlassen kannst und denen du vertraust?" Seine Miene verfinsterte sich. Das Boot wurde von den seichten Wellen hin und her geschaukelt.

„Einen Einzigen", sagte er. „Und noch einen Haufen anderer. Nur kann ich keinem von denen vertrauen."

Leslie wusste nicht, was sie darauf antworten sollte, aber vielleicht war es besser, gar nichts zu sagen. Vielleicht war sie auch zu weit gegangen, denn auf einmal erschien dieser gleichgültige Ausdruck auf Raffaellos Gesicht. Wie eine Maske. Seine Sonnenbrille setzte er nicht auf und irgendwie war Leslie froh darüber.

„Es wird dir auf der ‚*Madonna*' gefallen, denke ich", sagte er und da war es wieder, sein Macholächeln. „Das heißt …, wenn dir das Protzteil nicht zu protzig ist." Er grinste und Leslie schaute beschämt auf den Boden des Schlauchbootes.

„Ach was, ich hab' dir längst verzieh –". Er wurde vom Klingelton seines Handys unterbrochen. Er fluchte auf Italienisch.

„*Scusi*, da muss ich kurz rangehen", sagte er entschuldigend, nachdem er einen Blick auf das Display geworfen hatte. Sie verstand nicht, was er sagte, weil er Italienisch sprach, nur den Namen ‚Mario'. Seine Miene zeigte keinerlei Reaktion, während ihm dieser Mario am anderen Ende der Leitung wer weiß was für unwichtigen Kram erzählte, aber dann verdüsterten sich seine Züge. Verkrampft biss er sich auf die Unterlippe. Er warf Leslie einen kurzen Blick zu und schien angestrengt über etwas nachzudenken.

„*Merda*!", entfuhr es ihm, den Rest verstand sie nicht. Nur noch „Mario." Er donnerte weiter. Dann unterbrach ihn der Anrufer.

Leslie blickte auf das Meer. Hinüber zu der Dreißig-Meter-Jacht. Irgendwie war sie äußerst gespannt darauf, einen Blick hineinzuwerfen.

„*Merda*!", rief Raffaello dann wieder aus und seine Miene war wie versteinert, als Leslie besorgt zu ihm aufblickte. Er fluchte noch einiges anderes auf Italienisch und gestikulierte wild mit der freien Hand in der Luft herum, bevor er wutschnaubend sein teures Handy in seiner Hosentasche verschwinden ließ. Einige Sekunden war es Leslie, als könne er ihr nicht in die Augen sehen, dann tat er es doch. Fast entschuldigend wirkte der Blick aus seinen tiefbraunen Augen, doch da lagen auch Entschlossenheit und eine gehörige Portion Wut in ihnen.

„Ich muss dich wieder zurückbringen", sagte er dann leise.

„Was?", fragte sie entsetzt. „Aber … warum das denn?" Gehetzt fuhr er sich durch das wirre Haar.

„Ich weiß, wie das klingt, Leslie", sagte er, „aber es gibt Probleme. Richtige Probleme. Ich muss dringend los und mich darum kümmern."

„Kann das nicht dein Vater tun? Was hast *du* damit zu schaffen?" Jetzt spürte sie, wie sie wütend wurde. Erst sagte er, er freue sich schon auf ihre Verabredung und wollte ihr seine Jacht zeigen, und spielte den ach so zuvorkommenden Gentleman – und dann servierte er sie ab. Wegen eines simplem Anrufes. Sie konnte es nicht fassen. Mistkerl.

„Leslie, es ist wirklich wichtig", entgegnete er fast verzweifelt. „Überlebenswichtig, wenn du es so willst."

„Okay", sagte Leslie bissig, „fahren wir zurück." Aber er rührte sich nicht. Er sah sie nur an.

„Worauf wartest du noch?", fuhr sie ihn an.

Er senkte den Blick. „Es tut mir leid. Ehrlich", sagte er, doch als Leslie ihm nicht antwortete, fuhr er los. Schneller, als zuvor.

Zwei Stunden lang schwiegen sie, während sie zurück nach Palermo fuhren. Raffaello raste noch schneller als vorher und übersah so gut wie jede rote Ampel, was Leslie jedes Mal fast zu Tode ängstigte. Aber das ließ sie sich nicht anmerken. Sie war stinksauer auf ihn. Stinksauer. Blöder, sizilianischer Angeber. Verbissen schaute sie aus dem Fenster. Der Fahrtwind peitschte ihr das lange Haar ins Gesicht, aber das störte sie nicht. Sie konnte nur wütend sein. Und enttäuscht.

Melissa, Anne und Mr. Gosetti kamen gerade aus dem Hoteleingang, als Raffaello mit quietschenden Bremsen einen Vollstopp direkt vor ihnen hinlegte. Bevor Leslie aussteigen konnte, drückte er ihr etwas in die Hand. Einen Zettel.

„Falls du mir irgendwann verzeihst", sagte er knapp, dann stieg Leslie aus dem Cabrio und schmetterte die Tür hinter sich zu. Das Protzteil konnte ruhig mal eine Schramme abbekommen. Den Zettel steckte sie in die Hosentasche. Sie nahm sich vor, ihn gleich oben in ihrem Zimmer in den Mülleimer zu werfen.

Raffaello gab erneut Gas und verschwand in Höchstgeschwindigkeit zwischen all den anderen Autos, wobei er noch fluchend sein Hemd zuknöpfte.

Tja, dachte Leslie, wenn man unbedingt zeigen muss, wie durchtrainiert man ist. Sie zog eine Schnute. Nicht, dass sie das beachtet hätte. Da hatte er sich gewaltig getäuscht. Sie war keine von der Sorte, die ihm auf den Waschbrettbauch starrte. Widerlich. Sie knüllte den Zettel in ihrer Hosentasche zusammen, als Anne und Melissa bei ihr ankamen. Schockiert musterten sie sie. Mr. Gosetti blickte sie nur mit ausdruckslosem Gesicht an.

„Leslie, wo warst du denn? Wir haben dich gesucht, verdammt!", rief Anne aufgebracht.

„Der sah ja mal verdammt gut aus", seufzte Melissa, aber das trug nicht gerade zur Besserung von Leslies Stimmung bei.

„Scheiße, lasst mich doch", zischte sie. Und dann eilte sie mit großen Schritten auf den Eingang des Hotels zu.

Leslie verdrehte genervt die Augen, als sie hörte, wie jemand ins Zimmer kam. Sie wollte alleine sein. Und Trübsal blasen. Wütend kaute sie auf ihrer Unterlippe herum, bis sie merkte, dass da noch mehr war als Wut. Sie war enttäuscht von Raffaello. Weil er sie einfach so ohne Zögern versetzt hatte für irgendeinen ach so wichtigen Anrufer. Warum hatte er ihr dann überhaupt sein Schiff zeigen wollen? Weil er angeben wollte, deswegen. Leslie spielte mit dem Vorhang, ließ ihn hin und her pendeln. Gleich nachdem sie auf ihr Zimmer gekommen war und den blöden Zettel, den Raffaello ihr gegeben hatte, in den Mülleimer gepfeffert hatte, hatte sie sich auf ihren Platz am Fenster verzogen, um in aller Ruhe Trübsal zu blasen.

So saß sie da, blies Trübsal, ärgerte sich über sizilianische Machos und spielte mit dem Vorhang, als Anne sie fand. Anne sagte nichts, ganz so, wie es eine beste Freundin macht, sie setzte sich nur zu ihr auf die kalte Fensterbank und starrte sie auch nicht an, sondern blickte hinunter auf den blühenden Garten mit dem großen, verlockend glitzernden Pool, die Gartenmauer und die gegenüberliegenden Häuser.

„Wollen wir nachher runter schwimmen gehen?", fragte Anne nach einer Weile, doch Leslie schüttelte den Kopf. Damit jeder ihre Storchenbeine sehen konnte? Nein danke. „Du hast sicher keine Diät nötig", hörte sie Raffaellos Stimme in ihren Gedanken. Blöder, aufgeblasener Weiberheld. Dachte er etwa, er konnte ihr Komplimente machen? Das war ganz sicher keines gewesen.

Anne schwieg wieder. Wahrscheinlich wartete sie darauf, dass Leslie etwas sagte, doch diesen Gefallen würde sie ihr mit Sicherheit nicht tun. Sollte sie doch gehen.

„Leslie, wer war der Typ eben?", fragte Anne schließlich leise. So leise, als wäre noch jemand im Zimmer.

„Ist Meli da?", entgegnete Leslie patzig, aber Anne schüttelte den Kopf.

„Sie ist mit ihrem Vater einkaufen gefahren." Sie schwiegen. Leslie war sehr wohl bewusst, dass sie anderen gegenüber oft unfreundlich wirkte, indem sie keine der Fragen beantwortete, die man ihr stellte, sondern immer gleich mit einer Gegenfrage konterte, aber Anne war daran gewöhnt. Im Gegensatz zu *ihm*. „*Merda*, Leslie, beantworte doch bitte erst meine Frage", hatte er gesagt. Er war es nicht gewohnt. Na und? Dachte sie, ich wollte ihn ärgern. Obwohl sie genau wusste, dass sie das nicht wollte.

„Wenn du nicht darüber reden willst …", sagte Anne und plötzlich befürchtete Leslie, sie könne einfach wieder aufstehen und gehen, um sie in Ruhe zu lassen, aber das tat sie nicht. Sie blieb sitzen, gegen den Fensterrahmen gelehnt und musterte Leslie aus ihren hellblauen Augen aufmerksam.

„Ist schon gut", murrte sie. Sie sah Anne nicht in die Augen.

„Es war der Typ, der dich beobachtet hat, oder?", fragte Anne. Nach kurzem Zögern nickte Leslie.

„Was hat er gemacht?“

„Wie?! Was soll er ‚gemacht‘ haben?!“ Vielleicht klang sie ein bisschen zu patzig. Anne hob die Schultern.

„Na, du bist so … sauer“, sagte sie.

„Ach so“, sagte Leslie. „Nichts.“

Anne hob die hellen Augenbrauen. „Nichts?“, sagte sie sarkastisch. „Bist du dir sicher?“

Ja, wollte Leslie sagen, doch auf einmal bekam sie dieses Gefühl, das man in Gegenwart seiner besten Freundin bekommt, wenn man spürt, dass man ihr zu hundert Prozent vertrauen kann.

„Jemand hat ihn angerufen und da musste er plötzlich ganz schnell weg“, sagte sie. Sie wusste, dass Anne diese Turbozusammenfassung keines Weges verstanden haben konnte.

„Er hat dich versetzt?“, fragte Anne. Verletzt trifft es wohl besser, dachte Leslie, aber sie nickte.

„Er hat mich heute Morgen abgeholt, viel früher, als verabredet, weil sein blödes Protzteil nicht mehr hier im Hafen lag.“

„Protzteil?!“

„Sein Schiff!“

„Er hat ein Schiff?!“

„*Jep*. Ich sage dir, es ist mindestens 30 Meter lang.“

„Also eine Jacht.“

„Wahrscheinlich“, sagte Leslie. Dann schwiegen sie eine Weile. Anne setzte sich in den Schneidersitz und verzichtete Gott sei Dank darauf, mit dem Fuß zu zappeln. Das trieb Leslie manchmal echt in den Wahnsinn.

„Er fährt einen Maserati“, sagte sie dann. Annes Augen wurden groß.

„Wieviel Geld hat der denn?“, fragte sie. „Wie alt ist er?“

„Ziemlich viel“, erklärte Leslie. „Sein Vater ist Politiker oder so … Behauptet zumindest Gosetti. Er sagt was anderes. Er ist fast achtzehn.“

„Aha“, machte Anne. „Na, dann hat er ja allemal genug Knete, um sich eine Jacht und einen Maserati zu leisten. Weißt du, wo er wohnt? Vielleicht in ’nem riesigen *Palazzo*!“

„Auf dem Land, hat er gesagt.“ Anne band sich die Haare zu einem Pferdeschwanz zusammen.

„Leslie", nuschelte sie. „Ich schätze, er ist einer von der Sorte, von der man als Mädchen besser die Finger lässt."

Das hätte sie nicht sagen sollen. In Leslies Magen zog es plötzlich gewaltig. Sie schluckte. Sie kamen aus dem Nichts, die Tränen, es waren auch nur drei, die ihr die Wangen hinab liefen, bevor sie sie wütend wegwischte, aber Anne ergriff sofort ihre Hand und musterte sie aufmerksam.

„Ich glaube, du bist verliebt", stellte sie dann fest, als wäre es das Schlimmste, was ihr auf der Welt passieren konnte. Dieser eine Satz machte Leslie sofort wieder wütend. Alles in ihr sträubte sich zu begreifen, was Anne schon längst erkannt hatte. Wütend biss sie sich auf die Unterlippe.

„Bin ich nicht!"

„Ach nein? Warum sitzt du dann hier und machst dir wer weiß wie viele Gedanken über den Kerl?" Anne rutschte ein wenig näher zu Leslie heran. „Er hat dich mit seinem italienischen Charme voll und ganz in der Hand." Trotzig zog Leslie die Augenbrauen zusammen.

„Welcher Charme?", entgegnete sie, doch sie wusste genau, was Anne meinte. Und im Stillen gab sie ihrer Freundin recht. Voll und ganz. Auch, wenn sie diese Gewissheit nur umso wütender machte.

„Blöder, sizilianischer Macho", knurrte sie. „Weißt du was, Anne? Ich will nicht mehr über ihn reden. Schluss!" Sie wollte aufstehen, doch Anne hielt sie zurück.

„Was war das für ein Zettel, den er dir gegeben hat?" Leslie zuckte nur die Achseln.

„Keine Ahnung", sagte sie. „Ich hab' ihn mir nicht angesehen. Liegt im Müll." Dann schnappte sie sich Annes Hand und zog sie von der Fensterbank.

„Lass uns runter gehen, was essen", sagte sie und Anne blickte sie entsetzt an.

„Du willst was essen?!", fragte sie ungläubig.

Leslie nickte. „Ja."

„Vielleicht tut dir der Typ doch ganz gut …", sagte Anne und dafür ließ Leslie ihre Hand los und streckte ihr die Zunge heraus, bevor sie sich bei ihr unterhakte und sie beide nach unten zum Speisesaal liefen.

Die folgenden drei Tage bekam Leslie Raffaello nicht mehr zu Gesicht. Ihr war es recht. Es war am besten, ihn einfach zu vergessen, dachte sie. Er meldete sich nicht, also tat sie es auch nicht. Wie denn auch? Sie hatte ja schließlich nicht einmal seine Handynummer. Und vielleicht war das auch gut so. Sicher war es das. Sie sollte ihn vergessen. Das Ganze war nichts weiter als ein blöder Fehler gewesen. Zeitverschwendung und nicht von großer Bedeutung, versuchte Leslie sich einzureden. Doch jedes Mal, wenn sie daran dachte, wurde ihr ganz flau im Magen und irgendeine Hälfte von ihr schien lautstark gegen ihre Gedanken zu protestieren. Aber dieses Gefühl in der Brust versuchte sie zu vergessen und nicht daran zu denken, damit sie nicht noch auf den grässlichen Gedanken kam, Raffaello hinterher zu trauern.

Das Zimmermädchen hatte längst den Mülleimer geleert, Raffaellos Zettel war wer weiß wohin verschwunden und hoffentlich in winzig kleine Fetzen gerissen worden. Als Leslie am Montagnachmittag vom Essen zurückkam, hatte sie kurz, nur sehr kurz, mit dem Gedanken gespielt, seinen Zettel aus dem Müll zu holen, um nachzusehen, was eigentlich darauf stand, doch sie hatte mit Erfolg gegen diesen Impuls angekämpft und sich mit Anne aufs Bett gesetzt, um die Nachrichten anzuschauen, die sie ohnehin nicht verstand, doch es machte Spaß, sich vorzustellen, was die Leute im Fernsehen redeten.

Bald kam Melissa von ihrem Ausflug mit ihrem Vater zurück und sie gingen alle drei sehr früh zu Bett, weil jeder von ihnen auf eine andere Weise verdammt müde war.

In den nächsten Tagen passierte nicht viel, wenn Leslie nicht aufpasste, schweiften ihre Gedanken immer wieder zu Raffaello ab. Dann sah sie sein blitzendes Macholächeln vor sich, ertappte sich sogar dabei, wie sie zurücklächeln wollte und auch an den Koffer mit dem Sicherheitsschloss musste sie denken. Doch sie verwarf die Vorstellungen, was sich darin wohl befunden haben könnte, schnell wieder, bevor sie ihm noch irgendein Verbrechen andichten konnte – was sie, wenn sie ehrlich war, gar nicht mal überrascht hätte.

Am Donnerstagabend saßen Anne, Melissa und Leslie wie so oft auf dem Bett und sahen sich die Nachrichten an: Eines der größten Orangengeschäfte hatte dichtmachen müssen wegen irgendeiner Insektenplage, in Norditalien hatte es eine Demonstration gegen die Regierung gegeben, die sowieso nichts ändern würde und das Einzige, das Anne, wie sie strahlend verkündete, interessant fand, war die Verhaftung eines Mannes, der jahrelang im Untergrund zwischen Politik und Mafia gearbeitet und vermittelt hatte, was Leslie absolut nicht interessierte. Sie war froh, dass man den Kerl geschnappt hatte.

„Die lösen ihre Leichen in Salzsäure auf", sagte Anne aufgeregt. „Wusstet ihr das?" Ihre Augen blitzten und Leslie fand es makaber, dass sich Anne für solche Sachen interessierte.

„Wer?", fragte Melissa. Sie hatte den Mund vollgestopft mit Chips.

„Na, die von der ehrenwerten Gesellschaft", entgegnete Anne grinsend.

„Sehr ehrenwert", murmelte Leslie sarkastisch. Sie hegte keinerlei Interesse daran zu erfahren, wie man unerwünschte Zeugen aus dem Weg schaffte, ohne ein Grab schaufeln zu müssen.

„Das sind alles Verbrecher", sagte sie. „Schwerverbrecher."

„Wir sind bestimmt schon einem begegnet", sagte Anne, „ohne dass wir es bemerkt haben."

„Einem Mafioso?", fragte Melissa kauend. Anne nickte begeistert.

„Toll", sagte Leslie trocken. Auf eine solche Begegnung konnte sie ehrlich gesagt verzichten. Und das Thema war ihr vollkommen egal. Sie war todmüde und wollte nur noch ins Bett und schlafen. Nur leider saßen Anne und Melissa darauf und wiesen keine Spur von Müdigkeit auf und so sah sich Leslie gezwungen, noch eine Weile bei ihnen sitzen zu bleiben und ihrem Gespräch über die Mafia zu lauschen, bis sie sich schließlich auf den Weg ins Bad machte.

10

Der Freitagvormittag verlief wie die anderen Tage zuvor. Aber er sollte nicht so enden. Leslie war gerade dabei, das ‚*Bella Italia*'-T-Shirt, das sie sich gekauft hatte, anzuprobieren, als es an der Zimmertür klopfte. Leslie, die nur in Unterwäsche vor dem Spiegel stand, flüchtete sich hastig hinters Bett und lugte dahinter hervor. Melissa, die vollkommen eingekleidet war, in hochhackigen Lederstiefeln und einer scheußlichen Lederjacke, die ihr obendrein zu eng war, stakste zur Tür und öffnete sie. Sie wechselte einige Worte mit dem, der da draußen stand, dann schloss sie mit einem vergnügten „*Arrivederci*" die Tür und wedelte mit einem Briefumschlag in der Luft herum, während sie auf Anne und Leslie hinter dem Bett zukam. Sie grinste.

„Der hier ist für dich abgegeben worden", sagte sie und hielt Leslie den Umschlag unter die Nase. Aus den Augenwinkeln sah Leslie, dass Anne ganz zappelig wurde und sie alarmiert musterte, als sie den Umschlag entgegen nahm.

„Ich frag´ mich, von wem der ist", murmelte Melissa. „Der Typ, der ihn gebracht hat, war ein Angestellter vom Hotel, glaube ich …"

„Ist bestimmt nur von Benny oder Mom", sagte Leslie, die plötzlich ganz zittrig geworden war vor Aufregung. Sie wollte den Brief unter keinen Umständen vor Anne und Melissa öffnen.

„Unsinn", sagte Anne, „sonst stände da irgendwo ein Absender drauf."

Da hatte sie nicht unrecht. Der Umschlag war weiß. Keine Adresse, kein Absender, keine Briefmarke. Noch nicht einmal ihr Name stand darauf. Woher also sollte sie sicher sein, dass der Brief für sie war? Irgendjemand hätte ihn persönlich dem Hotelangestellten übergeben müssen. Wer zum Kuckuck sollte sich diese Mühe machen und ihn nicht einfach mit der Post schicken? Und obwohl Anne eine Schnute zog und Melissa „Hey, dürfen wir nicht lesen?", maulte, stand Leslie auf, noch immer nur in Unterwäsche und verschwand ins Bad, wo sie sich einschließen konnte. Sie setzte sich in der Dusche ganz nach hinten auf die Kante und zog den Vorhang sorgfältig zu, auch wenn ihr bewusst war, dass das absolut nicht nötig war, denn die Tür hatte sie sorgfältig verriegelt, was Anne und Melissa daran hinderte, hereinzukommen und neugierige Fragen zu stellen.

Mit zittrigen Fingern öffnete sie den Umschlag und zog die Karte heraus, die sich darin befand. Sie war ebenfalls schlicht und weiß. Aber nichts stand darauf. Sie drehte sie um und beinahe wäre ihr das Herz stehengeblieben.

„Leslie",
stand da in sauberen, verschnörkelten Buchstaben.
„Ich weiß nicht, ob du mir verzeihen willst. Dies ist eine
Einladung zu meinem Geburtstag.
Ich würde mich freuen, wenn du kommst.
R. R."

„Raffaello!", rutschte es Leslie erschrocken heraus, ein wenig zu laut, wie sie befürchtete. Sie hielt inne und hielt die Luft an, denn sie war sich ziemlich sicher, dass mindestens Melissa vor der Tür stand und angestrengt lauschte. Natürlich. Wie hatte sie so blöd sein können? Heute, genau an diesem Freitag, wurde er achtzehn. Und ehe sie etwas dagegen unternehmen konnte, kamen die Schuldgefühle auf und sie kam sich entsetzlich arrogant und zickig vor, nachdem sie einfach so schnell wütend auf ihn geworden war und sich gezwungen hatte, nicht mehr an ihn zu denken. Aber er war auch wirklich ein Idiot gewesen, dachte sie mürrisch. Unentschlossen wendete sie die Karte hin und her. Tja, es würde wohl nichts daraus werden, sollte sie beschließen, zu seiner Feier zu gehen. Weder eine Adresse noch eine Telefonnummer stand darauf. Toll. Daran hätte er wirklich denken können. Seufzend ließ Leslie den Umschlag auf den Boden segeln, wobei ein weiterer Zettel herausrutschte. Sie hob ihn auf.

„Einer meiner Freunde wird dich um sieben abholen", stand darauf. *„Wenn du dich entschließt, mir aus dem Weg zu gehen, sag es ihm. Keiner wird dir böse sein, glaub mir, er versteht das sicher nur zu gut."*

Sieben Uhr, dachte Leslie entsetzt, ach du Schreck! Das war in genau einer Viertelstunde!

„*Shit!*“, stieß sie hervor. „Mist, Mist, Mist!“

Sie sprang auf, kletterte umständlich hinter dem Duschvorhang hervor, blieb mitten im Raum stehen. Halt. Wollte sie eigentlich auf seine Feier gehen? Nachdem er sie einfach sitzen gelassen hatte? Eigentlich hätte sie ihn auch versetzen sollen, aber dann dachte sie daran, dass sie ihn irgendwie gerne wiedersehen würde und dann verschwand sie hektisch wieder unter der Dusche und stellte das Wasser so kalt es ging. Sie musste sich beeilen. Verdammt beeilen. Um sich groß zu schminken blieb keine Zeit mehr. Aber was zieht man an?, dachte sie panisch, was zieht man zu einer Party an, zu der wahrscheinlich ein Haufen vornehmer Familienmitglieder und spießige Schulfreunde eingeladen sind, die mindestens genauso viel Geld haben wie Raffaello?

Sie entschloss sich für einen schlichten blauen Jeansrock und ihr ‚*Bella Italia*‘-T-Shirt. Was konnte sie damit schon falsch machen?

Anne und Melissa überfielen sie mit tausend aufgeregten Fragen, und während Leslie das Zimmer durchquerte, presste sie die Lippen fest aufeinander und versuchte, so gut es eben ging, nicht auf das wirre Geplapper ihrer Freundinnen zu achten.

Als sie erleichtert aufatmend vor die Eingangstür des Hotels trat, schaute sie hektisch auf die Uhr: Viertel nach sieben. Der Schreck jagte ihr durch die Glieder. Der ‚Freund‘, der sie abholen würde, war sicher schon längst über alle Berge. Irgendwie fand sie es schade, dass Raffaello sie nicht persönlich abholen kam, doch es war schließlich sein Geburtstag und da hatte er mit Sicherheit andere Dinge im Sinn, als ständig durch die Gegend zu fahren.

Leslie schaute sich suchend um. Nirgendwo konnte sie jemanden entdecken, der so aussah, als wartete er auf sie. Das war doch klar, dachte sie, ich bin zu spät. Aber sie musste zugeben, dass Raffaello auch nicht ganz unschuldig war, was die Tatsache betraf, dass sie nicht zu seiner Feier würde kommen können. Warum musste er seine blöde Einladung auch in allerletzter Sekunde abgeben? Sie war so in verwirrte Gedanken vertieft, dass sie den Mann gar nicht bemerkte, der hinter ihr aus einem der Hauseingänge getreten war.

„Leslie McEvans?“, fragte plötzlich jemand hinter ihr und sie fuhr zu Tode erschrocken auf dem Absatz herum. Der Mann, der vor ihr stand, war riesig, mindestens 1,90 Meter. Ziemlich groß für einen Italiener. Er hatte lockiges, pechschwarzes Haar und seltsam dichte Augenbrauen, die fast schon die Lider seiner Augen zu überwuchern schienen. Es ließ seinen Blick düster wirken, aber er lächelte. In seinen Mundwinkeln bildeten sich Grübchen.

„Leslie McEvans?“, wiederholte er mit ruhiger, tiefer Stimme.

Leslie nickte vorsichtig. Der Mann streckte ihr die Hand zur Begrüßung hin.

„Na, dann lerne ich dich endlich mal kennen“, sagte er und Leslie fragte sich, was er wohl damit meinte. „Ich bin Mario Andolini, bester Freund von Raffaello Ruggiero.“ Er grinste so ansteckend, dass Leslie sich ein Lächeln einfach nicht verkneifen konnte.

Mario Andolini schien um einiges fröhlicher zu sein als Raffaello. Sie schätzte ihn auf Mitte dreißig. Wie konnte er da eigentlich ‚bester Freund von Raffaello‘ sein? Die beiden trennte ein gewaltiger Altersunterschied – in der Schule hatten sie sich wohl kaum kennengelernt. Sie fragte sich, ob er dieser eine Freund war, von dem Raffaello behauptet hatte, er könne ihm vertrauen und sonst keinem. Er war ihr auf Anhieb sympathisch und er wirkte auch nicht so machomäßig, wie Raffaello, sondern locker, fast unbeschwert und fröhlich.

„Weißt du, Raffaello hat mir tausendmal eingeschärft, so lange auf dich zu warten, bis du auftauchst und mir sagst, ob du mit mir kommen willst oder nicht. Ich schätze, ich hätte auf seinen Befehl hin auch noch die ganze Nacht hier verbracht, falls du nicht gekommen wärst.“ Er lächelte, während er neben Leslie herging.

„Ihm scheint viel an dir zu liegen, Leslie“, sagte er dann mit sehr ernster Stimme. Leslie antwortete nicht. Sie hätte nicht gewusst, was. Zudem glaubte sie, dass er das nur sagte, um sie ein wenig fröhlicher zu stimmen, denn sie merkte selbst, wie unentschlossen sie nach außen hin wirkte.

„Mein Auto steht dort drüben“, sagte Mario und deutete auf die andere Straßenseite. Leslie erkannte den Wagen sofort. Er stach zwischen all den 08/15 Autos hervor wie ein Kolibri unter gewöhnlichen Tauben. Ein silberner Jaguar mit schwarz getönten Scheiben. Leslie schauderte. Sie fand das irgendwie unheimlich, doch auch Raffaellos Cabrio hatte schwarz gefärbte Fenster gehabt. Mario und sie überquerten die Straße und plötzlich fragte sich Leslie, warum er nicht direkt vor dem Hotel geparkt hatte.

„Warum parken Sie hier?“, fragte sie ihn, als er ihr die Tür zum Beifahrersitz aufhielt. Mario zuckte die schlaksigen Schultern.

„Vor dem Hotel war kein Parkplatz mehr frei“, sagte er leichthin, dann setzte er sich hinter das Steuer und startete den Motor, der so leise war, dass man ihn fast nicht hörte. Überhaupt schienen die seltsam dicken Scheiben so ziemlich jedes Geräusch abzuhalten, das draußen auf den vollen Straßen entstand. Leslie blickte aus dem Fenster. Vor dem Hotel war alles frei. Kein Auto weit und breit. Man konnte von hier drinnen gut nach draußen sehen und alles erkennen, aber Leslie schätzte, dass man umgekehrt rein gar nichts sehen würde, sollte man den Versuch unternehmen, durch die dunklen Scheiben zu spähen, die zudem noch verspiegelt waren. Sollte das etwa edel aussehen? Oder war es ein Leichenwagen? Beides konnte zutreffen, wobei Leslie keine der beiden Möglichkeiten besonders gefiel. Aber vielleicht war es auch nur schick. Vielleicht polierte man unter reichen Leuten so sein sowieso schon protziges Auto auf, dachte Leslie und fand sich damit ab, dass wohl auch Mario Andolini ziemlich reich sein musste. Himmel, in welcher verwirrend anderen Welt war sie gelandet?

Sie schaute aus dem Fenster, während Mario sein Auto durch den dichten Verkehr lenkte. Er fuhr nicht ganz so waghalsig wie Raffaello, aber auch er blieb nicht an jeder roten Ampel stehen.

„Ich hatte echt schon befürchtet, ich müsste Raffaello die schlechte Nachricht überbringen, dass du nicht kommst“, brach Mario das Schweigen.

„Ich habe auch ein bisschen spät von seiner Feier erfahren“, sagte Leslie spitz.

Mario hupte, als einer der neben ihnen fahrenden Wagen flink auf ihre Fahrbahn sauste und ihn schnitt. Er murmelte irgendetwas auf Italienisch, bevor er sich auf das konzentrierte, was Leslie gesagt hatte.

„Ja, ich weiß", sagte er „Er war nicht sicher, ob er dich einladen sollte oder nicht." Das versetzte Leslie einen Stich. Sie konnte nichts antworten. War sie am Ende unerwünscht auf Raffaellos Feier? Hatte er sie nur aus Höflichkeit eingeladen, weil er seinen Geburtstag ihr gegenüber erwähnt und sie ein paarmal getroffen hatte? Plötzlich sanken ihr Mut und die gute Laune, mit der Mario sie angesteckt hatte, auf den tiefsten Punkt in ihrem Magen. Ihr wurde schlecht. Vor Wut oder Unentschlossenheit, das wusste sie selbst nicht genau. An das, was Anne festgestellt hatte, wollte sie lieber gar nicht erst denken. Schluss, sie war nicht in diesen Macho verliebt. Und würde es auch nie sein. Und schon spürte sie, wie sich ihre Lippen schmollend nach vorne schoben.

„Weißt du", sagte Mario dann, „er hat mich mindestens tausendmal gefragt, ob er dich nicht besser alleine einladen sollte, weil du niemanden kennst, der sonst noch da ist."

Das war das krasse Gegenteil zu dem, was er eben noch gesagt hatte. Sie ließ es bleiben, über Raffaello nachzudenken und womöglich noch mehr falsche Schlüsse zu ziehen.

„Wie viele Leute sind denn eingeladen?", fragte sie, um ein bisschen Interesse vorzutäuschen.

„Nicht so viele wie letztes Jahr", entgegnete Mario. Er schien wirklich angestrengt zu überlegen. „Also, die Andolinis – meine Wenigkeit und Geschwister –, die Cantones, die Sparacios und zwei weitere Familien, deren Kommen ich über die Maßen bedauere." Seine Miene verfinsterte sich.

„Die Spaventos wurden dieses Jahr nicht eingeladen." Er klang verächtlich. „Und natürlich noch ein paar Bekannte aus Raffaellos Schule."

Leslie fühlte sich jetzt schon fehl am Platz. Und zwar so richtig. Ganze Familien waren eingeladen worden – Gott bewahre, das mussten über hundert Leute sein, die sich alle auf einem Grundstück tummelten. Ihr wurde noch übler. Entweder würde extremer Platzmangel herrschen, oder Raffaellos Familie residierte in einem Schloss. Sie fühlte sich elend. Richtig elend.

„Ist dir nicht gut?", fragte Mario, nachdem er kurz zu ihr herübergesehen hatte, um sich zu vergewissern, dass seine Aufzählungen ihr nicht die Sprache verschlagen hatten.

„Es geht schon", murmelte Leslie leise. Mario atmete erleichtert auf und ließ das Fenster an Leslies Platz einen kleinen Spalt nach unten fahren.

„Ich kenne das", meinte er leichthin. „Diese Klimaanlage steigt einem zu Kopf, wenn man sie nicht gewöhnt ist." Leslie antwortete nichts darauf.

Eine Weile fuhren sie über die Autobahn, Mario redete fast ununterbrochen über irgendetwas und Leslie tat, als höre sie ihm angestrengt und interessiert zu. Tatsächlich aber schweiften ihre Gedanken immer wieder ab, zu dem, was Mario über Raffaello gesagt hatte.

„Woher kennen Sie Raffaello?", fragte sie ihn irgendwann, als sie auf eine Landstraße einbogen. Das Meer konnte man von hieraus nur noch selten zwischen den Hügeln hindurchschimmern sehen und die Gegend wurde zusehends von Feldern und Olivenbäumen eingenommen. Leslie erinnerte sich daran, dass Raffaello gesagt hatte, er wohne auf dem Land. Sie mussten also bald ihr Ziel erreicht haben. Und ihr Herz fing so schnell an zu schlagen, dass sie Angst bekam, es könne stehenbleiben.

„Wir haben uns vor zwölf Jahren auf meinem Geburtstag kennengelernt", sagte Mario. „Raffaello war sechs und ein ziemlich aufgeweckter kleiner Fratz." Er grinste, als er sich daran erinnerte.

„Ich musste andauernd mit ihm Fangen spielen und in den Olivenhainen rumklettern, die hinter dem Haus wachsen. Er riss sich beim Spielen die teure Hose auf, und als seine Mutter mit ihm schimpfen wollte, habe ich die Schuld auf mich genommen. Seitdem war ich sein Held. Bis er zwölf wurde und ich ihm zeigte, wie man Haargel verwendet. Ab da war ich sein Kumpel."

Mario grinste mit fast schon verträumtem Blick und Leslie fragte sich, ob ihm Raffaello lieber gewesen war, als er noch so klein war. Leslie konnte nicht anders. Sie musste grinsen, als sie sich einen kleinen, pummeligen Raffaello vorstellte, der in den Olivenbäumen herumkletterte und seinen älteren Freund vergötterte.

„Aber ich muss sagen, es ist schon was aus ihm geworden", sagte Mario mit der zufriedenen, fast schon stolzen Stimme eines Vaters – der er nicht war.

Naja, dachte Leslie ironisch, wenn man von dem Machogehabe absieht, ist er durchaus ganz passabel. Und das war noch untertrieben, aber das sagte sie lieber nicht.

„Ziemlich viele Mädchen in seiner Schule stehen auf ihn", sagte Mario fast beiläufig, was Leslie erneut einen Stich versetzte. Sie wollte gar nicht darüber nachdenken, mit wie vielen gutaussehenden, dämlichen Blondchen Raffaello schon geflirtet hatte. Das bestätigte nur ihren Eindruck von ihm. Sie war also machtlos. Und was wollte Mario mit seinen Schwärmereien über seinen besten Freund erreichen? Fast klang es, als wolle er ihr vermitteln, wie ach so perfekt Raffaello doch war. Leslie schnaubte verächtlich durch die Nase. Mario warf ihr einen seltsamen Blick zu.

„Er hatte noch nie eine richtig feste Freundin oder so was, wenn dich das beruhigt", sagte er spitz.

Danke, wollte Leslie sagen, das beruhigt mich total. Und wissen Sie was? Es interessiert mich nicht im Geringsten! Aber das sagte sie nicht. Sie machte nur: „Aha" und schaute weiter aus dem Fenster. Ein einsames Gehöft zog am Straßenrand vorbei und kurz darauf lenkte Mario den Wagen auf einen Feldweg, der sich zwischen einigen Felsen, die mit Gras bewachsen waren, und vereinzelten Olivenbäumen und Zypressen hindurch schlängelte. Und plötzlich konnte Leslie das Meer wieder sehen, als sich der Jaguar seinen Weg nach unten bahnte und schon gelangten sie auf eine relativ breite Schotterstraße, an deren Ende sich ein ziemlich großes, schwarzes Tor abzeichnete.

Als sie näher kamen, sah Leslie, dass vor den zwei Flügeln des Tores zwei Männer auf und ab schritten, jeder ein Gewehr über der Schulter, als sei es selbstverständlich. Leslie hatte das Gefühl, dass ihr Herzschlag für einige Sekunden aussetzte. Sie blickte entsetzt zu Mario hinüber, aber der schien den Anblick gewöhnt zu sein. Und dann erinnerte sie sich daran, dass Raffaellos Vater Politiker war und sie konnte aufatmen. Es war also doch normal, dass er so beschützt wurde, aber es beunruhigte sie dennoch.

Mario wechselte einen knappen Satz mit einem der Männer, dann wurde das große Tor geöffnet und gab den Blick auf eine von hohen Schirmakazien gesäumte Auffahrt frei, die in einer Kurve endete.

„Willkommen bei den Ruggieros, Leslie", sagte Mario und lächelte ihr aufmunternd zu, scheinbar weil er gemerkt hatte, dass sie doch etwas überwältigt war von dem Anblick, der sich ihr bot. Als sie um die Kurve bogen, konnte Leslie das Haus der Ruggieros sehen. Vielleicht hatte sie mit der Idee vorhin, die Familie residiere auf einem Schloss, mehr recht gehabt, als sie angenommen hatte.

Der große, weiße *Palazzo*, dessen vordere Front von sechs Säulen aus Marmor gesäumt wurde, erhob sich fast unwirklich in den dämmrigen Himmel. Breite Fenster schmückten die Front, einige waren geöffnet, wahrscheinlich wegen der verfluchten Hitze, aber die meisten waren verschlossen, viele davon sogar mit Klappläden verriegelt. An den Balkonen und den Seitenwänden des *Palazzos* bahnten sich Kletterpflanzen ihren Weg nach oben und irgendjemand hatte viel Zeit damit verbracht, am Boden rund um die breite Eingangstreppe die verschiedensten Arten von Blumen und kleine Zitronenbäumchen aufzustellen. Wäre das Haus insgesamt kleiner gewesen, hätte Leslie es durchaus gefallen, doch es war eindeutig zu riesig. Und in der Auffahrt parkten viel zu viele Autos. Teure Autos, die in der untergehenden Sonne um die Wette glänzten, und sich gegenseitig zuzurufen schienen: „Ich bin das Schönste!"

Zwischen zwei der protzigen Autos, einem Ferrari und einem Mercedes, parkte Mario den Jaguar, dann stieg er aus und beeilte sich, Leslie die Tür zu öffnen. Wohl weniger aus Höflichkeit, als aus Sorge, sie könne die Tür des teuren Wagens versehentlich gegen eines der anderen Autos stoßen, wie Leslie vermutete. Aber sie bedankte sich trotzdem höflich. Als sie aus dem Auto geklettert war, drangen langsam die Geräusche wieder an ihre Ohren. Im Inneren des Jaguars war es unheimlich still gewesen. Jetzt konnte sie die laute Musik hören, die von irgendwo hinter dem Haus vom Wind zu ihnen herübergetragen wurde. Es war ein Walzer, soviel konnte sie aus den Musikfetzten heraushören. Dazu mischte sich Stimmengewirr und sie bildete sich ein, sogar Besteck auf Tellern klappern zu hören.

„Die Party findet hinten in Garten statt", sagte Mario und ging voraus, zwischen den funkelnden Autos hindurch. Nachdem Leslie noch einen kurzen, sehnsüchtigen Blick zurück über die Schulter geworfen hatte, folgte sie der großen, hageren Gestalt Marios hinüber zu dem riesigen, weißen *Palazzo*, der aus der Nähe noch größer auf sie wirkte und sie schauderte erneut, als sie bemerkte, dass zwischen den Olivenbäumen noch weitere Wachen mit Gewehren auf und ab gingen und aufmerksame Blicke umherschweifen ließen. Raffaellos Vater musste einige Feinde haben, dachte sie. Vielleicht war er ein nicht ganz so beliebter Politiker?

Doch all diese Gedanken wurden ihr mit einem Schlag zunichtegemacht, als sie an Marios Seite durch ein schmales Tor – jedenfalls im Gegensatz zu dem am Haupteingang – in den Garten trat. Der Garten, der schon eher die Bezeichnung ‚Park' verdient hätte, war voller Menschen. Viele von ihnen saßen an langen Tischreihen, die dicht nebeneinander im Gras aufgestellt worden waren, Kellner eilten dazwischen herum, brachten den Gästen Essen an den Tisch, oder gossen irgendeinen teuren Wein ein. Kleine Kinder, in edlen Anzügen und Kleidchen gekleidet, rannten zwischen den Beinen der Erwachsenen herum, die sich unterhielten. Im Schatten eines alten Olivenbaumes saßen mehrere alte Herren in feinen Anzügen und dösten mit einem Glas Sekt in der Hand vor sich hin. Hinter den vielen langen Tischreihen befand sich wohl eine Tanzfläche, denn dort wimmelte es nur so von Menschen. Junge Mädchen, die mit ihren Vätern oder Freunden tanzten, alte Ehepaare, Menschen jedes erdenklichen Alters. Die meisten von ihnen waren Italiener, aber Leslie hörte auch einige englische Sprachfetzen heraus. Hinter der Tanzfläche war eine flache Bühne aufgebaut, auf der ein Orchester spielte. Nicht allzu groß, aber die wichtigsten Instrumente waren doch vertreten. Über all dem lag ein berauschendes Stimmengewirr und der köstliche Duft nach irgendeinem Essen, das Leslie nicht kannte. Aber Raffaello konnte sie nirgends entdecken.

„Wo ist Raffaello?“, schrie sie Mario ins Ohr, denn der Lärm, der von den vielen Menschen verursacht wurde, machte es fast unmöglich, in vernünftiger Lautstärke miteinander zu reden.

Auch Mario hatte sich bis jetzt suchend umgeschaut, aber er schien seinen Freund nirgendwo ausfindig machen zu können, was auch wirklich ein Wunder gewesen wäre, bei der Menge an Gästen, und so wunderte es Leslie gar nicht, als er sein Handy aus der Anzugtasche zog und eine Nummer wählte. Wahrscheinlich Raffaellos. Er sagte einige Worte auf Italienisch und wandte sich dann mit den Worten: „Dort oben“, zum Haus um.

Leslie blickte an der sauberen Wand hinauf und ihr Herzschlag geriet kurz außer Kontrolle, als sie Raffaello auf einem der schwarzen Balkone stehen sah. Er winkte ihnen kurz zu, bevor er im Inneren des *Palazzos* verschwand.

„Er kommt runter“, erklärte Mario.

Leslie spürte, dass sie aufgeregt wurde. Wahrscheinlich schoss ihr das ganze Blut in den Kopf, aber sollte es so sein, merkte Mario es scheinbar nicht, oder er übersah es höflich.

11

Ein paar Sekunden später sah Leslie, wie sich Raffaello seinen Weg durch die tanzenden Paare bahnte, manche sprachen ihn an, die ihn als Geburtstagskind erkannten, und er wechselte einige höfliche Worte mit ihnen, doch es war ihm deutlich anzumerken, dass er ungeduldig darauf wartete, seinen Weg fortsetzen zu können. Einen Anzug trug er heute nicht, er war völlig in Schwarz gekleidet. Die Sonnenbrille steckte an seinem Hemd und Leslie hatte das Gefühl, dass er sie liebend gerne aufgesetzt hätte, damit ihn niemand mehr so leicht erkennen konnte. Tapfer brachte er noch einige weitere Smalltalkgespräche und Glückwünsche hinter sich, dann war er endlich bei Mario und Leslie angekommen. Kurz, ganz kurz nur, schien er nicht recht zu wissen, was er sagen sollte, denn er stand für einige Sekunden relativ verkrampft da, was ungewöhnlich für ihn war, bevor er Leslie die Hand reichte und ihr ein strahlendes Macholächeln schenkte.

„Schön, dass du doch gekommen bist", sagte er und sie hatte das Gefühl, er meinte es tatsächlich ernst, was sie beunruhigenderweise gleich viel fröhlicher stimmte. Irgendwie war sie nicht imstande, auch nur ein Wort über die Lippen zu bringen, also lächelte sie einfach zurück und hoffte inständig, dass sie nicht zu dämlich dabei aussah. Raffaello wandte sich an Mario und sprach mit ihm etwas auf Italienisch, das klang, wie: „Danke Mario, dass du sie hergebracht hast!", dann deutete Mario eine spielerische Verbeugung an und grinste.

„Ich lass euch dann mal alleine", sagte er. „*Ciao*, Leslie, war nett, dich kennenzulernen!" Und bevor sie erwidern konnte, dass es ihr ebenso ging – was auch wirklich stimmte – hatte sich Mario umgedreht und war in der Menschenmenge verschwunden. Jetzt stand sie also da, alleine mit Raffaello, und überlegte fieberhaft, was sie nun sagen könnte, und da fiel ihr ein, dass er ja Geburtstag hatte.

„Alles Gute übrigens", sagte sie, und als sie seine Hand schüttelte, spürte sie, wie ein Teil ihrer anfänglichen Verkrampfung von ihr abfiel.

„*Grazie*", erwiderte Raffaello lächelnd und Leslie schrumpfte unter seinem aufmerksamen, ungewöhnlich warmen Blick zusammen – bis ihr siedend heiß einfiel, dass sie kein Geschenk für ihn dabei hatte, woran er wohlgemerkt nicht ganz unschuldig war.

„Entschuldige", brachte sie verlegen hervor. „Ich hab' gar kein Geschenk für dich oder so …"

Aber er lachte nur amüsiert auf. „Mach dir darum keine Sorgen", sagte er. „Ich bin wirklich froh, dass du dich entschlossen hast zu kommen. Das ist bis jetzt das schönste Geschenk, das ich heute bekommen habe." Das klang verdammt ernst, so, als meinte er es tatsächlich so, und erneut brachte er Leslie damit in Verlegenheit.

„Wow", machte sie, um vom Thema abzulenken. „Du bist jetzt achtzehn. Du hast's echt gut!" Sie lächelte, doch Raffaello sah sich suchend um, bevor er sich ihr erneut zuwandte.

„Lass uns irgendwo anders hingehen, ja?", sagte er. „Hier ist nicht gerade der angenehmste Platz, um sich zu unterhalten, schätze ich."

Da musste Leslie ihm recht geben und so folgte sie ihm zögernd in das Gewühl aus Menschen hinein. Er führte sie zwischen den Gästen hindurch und sie spürte, wie einige ihnen hinterher sahen und mit einem Mal kam sie sich schrecklich *underdressed* vor. Bemüht, keinem in die Augen zu blicken, folgte sie Raffaello an den Rand der Tanzfläche, aber sie spürte die Blicke einiger recht gutaussehenden jungen Italienerinnen, die ein Stück weiter neben ihnen standen, doch kritisch auf ihr ruhen. Vorsichtig schielte sie zu ihnen herüber. Die fünf Mädchen waren schätzungsweise in Raffaellos Alter und ziemlich aufgetakelt. Vorhin hatte Leslie absolut keine Zeit für aufwendige Schminke gehabt und für eine solche elegante Hochsteckfrisur, wie sie die Fünf trugen, hatte sie erst recht keine Nerven gehabt, also fiel ihr das lange Haar nun glatt über die Schultern und mit ihrem ‚*Bella Italia*'-Shirt kam sie sich mittlerweile ziemlich bescheuert vor.

Schnell wich sie den hochnäsigen Blicken der Mädchen aus und schaute zu Raffaello, der sie scheinbar die ganze Zeit über beobachtet hatte. Jetzt stahl sich das Macholächeln auf sein Gesicht und Leslie fragte sich, ob er wohl genau bemerkt hatte, dass die fünf Mädchen neben ihnen auffällig oft kichernd in seine Richtung sahen. Mario hatte anscheinend tatsächlich recht gehabt, dass sein Freund ein Mädchenschwarm war. Na super. Sie schob die Augenbrauen zusammen, und dann wandte sie auch den Blick von Raffaello ab.

„Hast du Hunger?“, fragte er sie plötzlich und Leslie drehte sich wieder zu ihm um.

„Nein“, sagte sie, obwohl sie spürte, wie sehr ihr Magen knurrte.

„Du hast nie Hunger, kann das sein?“, fragte er und musterte sie von oben bis unten. Das hatte ihr gerade noch gefehlt. Gleich wird er eine Bemerkung zu meiner dürren Figur machen, dachte sie mürrisch und fühlte sich in dem eng anliegenden Top und dem Rock plötzlich schrecklich. Wie ein Skelett. Sie hätte Schlaghosen anziehen sollen und ihre weite Bluse.

„Das Top gefällt mir“, bemerkte Raffaello und lächelte. Kein Macholächeln dieses Mal, sondern ungewohnt ernsthaft. Scheinbar schien es ihn überhaupt nicht zu stören, dass sie nicht in schicker Abendgarderobe aufgetaucht war. Sie schwiegen.

Leslie blickte sich um. So viele Menschen in einem Garten. Es war fast gruselig, wie viel Platz hier war. Die Musiker auf der Bühne spielten irgendeinen Tanz, den sie nicht kannte, und dann sah sie, wie Mario Andolini auf seinen langen Beinen zu dem Dirigent schritt und einige Worte mit ihm wechselte. Raffaello schien das ebenfalls bemerkt zu haben, denn er wandte sich Leslie zu und verdrehte genervt die Augen.

„Pass auf!“, zischte er ihr leise zu. „Er wird gleich eine seiner berühmten Geburtstagsreden für mich halten.“ Aber er lächelte und Leslie schätzte, dass er es gar nicht mal so schlimm fand, wenn Mario etwas über ihn erzählte, das alle hören konnten. Vorausgesetzt, es war etwas Positives natürlich.

„Macht er das denn immer?“, fragte sie.

Raffaello nickte. „Hm“, machte er. „Was nicht immer so angenehm ist. Glaub mir, bei Marios Humor!“ Beinahe musste Leslie grinsen.

Und schon beendete das Orchester den Tanz und räumte die Bühne für Mario Andolini, der groß und hager im schicken schwarzen Anzug vor das Mikrofon, das man ihm hingestellt hatte, trat und die Menge überblickte. Er begann seine Rede und Leslie wusste nicht, was sie erwartet hatte – er sprach Italienisch. Natürlich. Sie verstand kein Wort. Plötzlich merkte sie, wie Raffaello sich zu ihr hinüberbeugte. Er rückte ihr eindeutig zu nahe auf die Pelle. Sie machte sich so schmal, wie irgend möglich, aber das änderte nichts an der Tatsache, dass sein Arm ihren berührte. Sie verschränkte beide Arme vor der Brust.

„Er erzählt gerade davon, wie er mich kennengelernt hat", raunte Raffaello ihr zu und Leslie war ihm dankbar, dass er sich daran erinnert hatte, dass sie kein Italienisch sprach.

„Weiß ich schon", sagte sie und grinste. „Hat er mir auf der Herfahrt erzählt."

Er lächelte gequält. „Na, dann weißt du sicher auch schon über die peinliche Aktion mit der aufgerissenen Hose Bescheid", bemerkte er und Leslie nickte.

„*Jep*", sagte sie. Eine Weile lauschten sie beide wieder Marios Worten.

„Jetzt sagt er, wie toll es ist, dass ich achtzehn geworden bin und ... Moment, *das* übersetze ich dir lieber nicht." Er grinste peinlich berührt, was Leslie nur umso neugieriger machte, aber sie hielt den Mund.

„Er freut sich, dass er mein Freund sein darf und dass ich meine Zukunft und Volljährigkeit sinnvoll nutzen soll, meiner Familie keine Schande bereiten soll und der letzte Satz eben war, dass er jetzt Musik von ‚heute' abspielen wird und ich mir ... ein Mädchen zum Tanzen aussuchen soll." Ein Schatten huschte über sein Gesicht.

„Na toll", fügte er leise hinzu, und bevor Leslie richtig begriff und aufnehmen konnte, was er alles zu ihr gesagt hatte, sah sie, wie Raffaello mit erstaunlich ernster Miene auf die nun vollkommen leere Tanzfläche trat und sich umsah. Langsam schritt er an der Menschenreihe vorüber, die sich am Rand angesammelt hatte, fast schien es, als wolle er den Tanz hinauszögern. Er sah jedem Einzelnen in die Augen, mit festem Blick, die meisten schenkten ihm ein aufmunterndes Lächeln, und als er an den fünf Mädchen vorbeikam, die ihn so angeschmachtet hatten, warf sich jede Einzelne von ihnen regelrecht in Pose und lächelte zu ihm herauf, doch er lächelte nur höflich und distanziert zurück, während Mario sein Tun kommentierte, was die umstehenden Menschen scheinbar äußerst amüsant fanden, doch Leslie konnte Raffaello ansehen, dass er es nicht annähernd so komisch fand, wie sein bester Freund, obwohl er strahlend mitlachte und seine Machopose wieder einnahm – und da begriff Leslie, dass dieses Gehabe so etwas war, wie eine Maske. Er konnte dahinter seine wahren Gefühle verbergen.

Die fünf Grazien blickten ihm entgeistert und enttäuscht nach, als er an ihnen vorbei ging, ohne eine von ihnen zum Tanz aufzufordern, und innerlich war Leslie froh darüber. Pech gehabt, dachte sie schadenfroh und konnte sich ein Grinsen nicht verkneifen. Doch dann blieb Raffaello vor ihr stehen.

„Darf ich bitten, Leslie McEvans?", sagte er leise. Ihr blieb fast das Herz stehen.

„Was?", entgegnete sie entsetzt und sie meinte zu hören, wie die Menge um sie herum anfing zu flüstern. Wahrscheinlich fragten sie sich, warum dieser Sohn eines einflussreichen Politikers ausgerechnet das unscheinbarste Mädchen mit dem peinlichen ‚*Bella Italia*'-Shirt zum Tanz aufforderte.

„Ich kann nicht tanzen", sagte sie gehetzt. Doch Raffaello sah so ernst aus, dass sie das vollkommen verunsicherte. Die Maske hatte er abgelegt. Kein Macho mehr. Er sah sie an, aus tiefbraunen Augen und einmal mehr raubte sein Anblick Leslie den Verstand.

„Ich kann … wirklich nicht", krächzte sie und bezweifelte, dass er das überhaupt gehört hatte. Er hielt ihr seine Hand entgegen. Eine goldene Kette zierte sein Handgelenk. ‚Von Mario', konnte sie auf dem runden Anhänger, der daran befestigt war, entziffern, was sie seltsam berührte. Zu welchem Geburtstag er die wohl bekommen hatte?

„Das macht nichts", entgegnete Raffaello leise.

„Doch", beharrte Leslie. Sie spürte, wie Panik in ihr aufstieg.

„Leslie, bitte", sagte er. Ein Blick in seine Augen, ein Blick auf seine Hand, eine verschwommene Übersicht über den ganzen, verfluchten Typen – und sie ergriff seine Hand. Sie konnte sich nicht erklären, wie er das geschafft hatte, aber jetzt lächelte er zufrieden, während er sie zur Mitte der Tanzfläche führte und sein Griff um ihre Hand fühlte sich merkwürdig warm an. Leslies Knie wurden weicher, als es ihr lieb war.

Die Menge tuschelte. Raffaello legte seine rechte Hand auf ihre Taille. Mario gab einen fröhlichen Kommentar ab, woraufhin alle Umstehenden aufzuatmen schienen. Raffaello umfasste mit der Linken ihre Hand. Vor Leslies Augen geschah das alles wie in Zeitlupe.

„Du musst deine linke Hand auf meine rechte Schulter legen", raunte er ihr zu. Sie tat es. Natürlich. Wie hatte sie so blöd sein können? Mit vierzehn hatte sie mit Anne zusammen einen Tanzkurs gemacht, es aber bald aufgegeben, angesichts ihres fehlenden Talents. Er war ihr viel zu nahe. Das flaue Gefühl in ihrem Magen verstärkte sich. Fast wurde ihr schlecht. Aber nur fast. Mario schaltete die Musik ein und Leslie erkannte den Song: ‚*Release Me*' von Agnes. Eigentlich mochte sie ihn, aber in diesem Moment nicht. Absolut nicht.

„Ein Discofox", sagte Raffaello. „Folge einfach meinen Schritten." Das tat sie. Wenn auch anfangs noch sehr zögerlich. Aber dann erinnerte sie sich immer besser an die Reihenfolge der Schritte und es begann ihr sogar Spaß zu machen. Sie bemühte sich, nirgendwo hinzuschauen. Nicht in die Gesichter der Leute, die am Rand der Tanzfläche standen und ihnen gebannt zusahen, nicht auf ihre Füße, die sie so ungeschickt neben die von Raffaello setzte, ein paar Mal trat sie ihm auf die teuren, schwarzen Schuhe, aber er kommentierte ihre hastigen Entschuldigungen mit einem:

„Lass dich bloß nicht aus der Ruhe bringen", und Leslie wäre vor Scham am liebsten im Boden versunken. Sie blickte nicht hinüber zu den fünf Grazien, die sie förmlich mit ihren Blicken durchbohrten, aber vor allen Dingen schaute sie Raffaello nicht in die Augen, doch sie spürte seinen Blick auf sich ruhen. Den ganzen Tanz über. Leslie konzentrierte sich auf die Musik, auf den Rhythmus, auf die starke Stimme der Sängerin, auf die Dramatik und die unentschlossenen Gefühle, die sie mit ihrem Text ausdrückte, und mit einem Mal fühlte sie sich selbst vollkommen in ihre Situation hineinversetzt, was sie ziemlich erschreckte.

„*I don't know why I want you so. 'Cause I don't need the heart break*", schallte es aus den Lautsprechern und Leslie wurde mit Schrecken die Bedeutung dieses Satzes klar und sofort verwarf sie die verwirrten Gefühle, die sich in ihrem Magen tummelten. Das war die Musik. Nur die Musik, nichts weiter, dachte sie. Musik hatte schon immer einen starken Einfluss auf ihre Gefühle gehabt, also war das nicht real. Niemals.

Die Klänge nahmen sie mit sich, trugen sie fort, an einen anderen Ort und bald spürte sie nur noch den warmen Druck von Raffaellos Händen, aber auch der verschwand irgendwann fast gänzlich, aber sie spürte seine Anwesenheit. Stärker, als zuvor – und da öffnete sie entsetzt die Augen. Scheiße, sie hatte sie doch tatsächlich geschlossen. Wie beknackt musste das denn ausgesehen haben?! Schon merkte sie, wie ihr das Blut in den Kopf schoss und sie brauchte eine ganze Weile, bis sie sich traute, zu Raffaello hinaufzulinsen.

Er sah sie aus seinen tiefbraunen Augen an. Ein leises Lächeln spielte um seine Mundwinkel. Nichts verriet, dass er sich womöglich lustig über sie machte oder dass es ihm vor allen anderen peinlich war, mit einer Schlafwandlerin zu tanzen. Schnell wandte sie den Blick wieder von ihm ab, aber ihr Gesicht fühlte sich noch immer unerträglich hitzig an. Mist, verdammter. Sie senkte den Kopf, sodass ihre langen Haare nach vorne fielen und es verdeckten. Das war einer der Vorteile, wenn man lange Haare hatte, die einem fast bis zur Taille reichten.

„Wir tanzen genau in der Mitte der Fläche“, sagte Raffaello plötzlich leise zu ihr. „Keiner hat gesehen, dass du die Augen geschlossen hast.“

„Doch. Du“, entgegnete sie fast kleinlaut. Darauf antwortete er nicht, bis er sie einmal im Kreis gedreht, von sich weg und wieder zu sich zurückgeholt hatte.

„Ist dir das wirklich so peinlich, Leslie?“, fragte er dann. Sie antwortete nicht.

„Ich denke manchmal darüber nach, dass Musik Zauberei ist“, sagte er nach einer Weile, in der er sie im Kreis gedreht hatte, bis Leslie einigermaßen schwindelig wurde und sie ihm erneut auf die teuren Schuhe trat, was er peinlicherweise schon gar nicht mehr kommentierte. Sie wusste nicht, was sie darauf hätte antworten können und so hielt sie den Mund, ließ sich von ihm nach links drehen und nach rechts, trat ihm auf die Füße, bis er anfing, leise zu lachen, aber er hatte sich gleich wieder unter Kontrolle und vermied es, auf den Text und die Musik zu achten, der sie nur zu gerne gefolgt wäre, was dazu führte, dass sie immer häufiger aus dem Takt kam. Zum großen Bedauern von Raffaellos Schuhen.

„Achte auf die Musik", sagte er plötzlich. „Oder hast du Angst, loszulassen?" Verkrampft klammerte sich Leslie an seine Schulter und ihr Herzschlag setzte beinahe aus, als sie Raffaellos Stimme auf einmal ganz dicht neben ihrem Ohr hörte.

„Kannst du nicht einfach mal den Moment genießen?", fragte er so leise, dass sie ihn fast nicht verstand. Und genau das fand sie so erschreckend. Das passte nicht zu ihm. Absolut nicht. Er hatte ein Macho zu sein – und kein Romantiker. Auf den ‚Moment', von dem er gesprochen hatte, konnte sie sich nun erst recht nicht mehr konzentrieren. Plötzlich wünschte sie sich weit weg. Zu Anne. Oder vielleicht sogar zu Melissa. Irgendwohin, wo diese seltsame Junge nicht mehr war, der sie so aus der Fassung brachte. Und schon spürte sie, wie sie sich in sich zurückzog. Sich klein machte. Ihre Abwehrhaltung. Eine Maske – genau wie die von Raffaello. Über diese Gemeinsamkeit erschrak sie.

„*Scusi*", sagte er plötzlich, „ich wollte dir nicht zu nahe treten oder so …"

„Schon gut", entgegnete sie nur leise. Sie sah ihn nicht an, und da war der ‚Moment' vorüber, der Moment mit Raffaello, denn auf seinem Gesicht erschien wieder das Macholächeln. Und Leslie fühlte sich unwohler, als zuvor.

Als sie den Tanz beendeten und er sie noch einmal im Kreis gedreht hatte, klatschten die Zuschauer Beifall. Dann füllte sich die Tanzfläche mit Menschen. Immer mehr strömten darauf zu, nachdem Raffaello die Tänze, die nun folgten, eröffnet hatte. Fast alle Songs, die nun abgespielt wurden, kannte Leslie, aber Gott sei Dank schien Raffaello nicht vorzuhaben weiter mit ihr zu tanzen, denn er steuerte geradewegs auf den runden, relativ kleinen Tisch, der im Schatten eines alten Olivenbau mes stand, zu und Leslie fragte sich, wo die alten Männer in den grauen Anzügen waren, die vorhin noch dort gesessen hatten. Raffaello rückte Leslie ganz vornehm einen Stuhl unter den Hintern und ließ sich dann selbst ihr gegenüber nieder.

Da saß er nun, blickte sie an und schien darauf zu warten, dass sie etwas sagte, aber ihr fiel beim besten Willen nichts ein, was sie ziemlich ärgerte. Außerdem konnte er doch das Gespräch genauso gut beginnen. Also schwiegen sie eine Weile und Leslie musterte die Leute, die ein Stück weiter von ihnen entfernt an den langen Tischreihen saßen und sich unterhielten. Manche lächelten ihr recht freundlich zu, andere sahen gleich wieder weg, und als ihr Blick auf die fünf Grazien fiel, wichen diese ihrem Blick aus, fast eingeschnappt und Leslie wollte den Gedanken, dass sie wütend auf sie waren, weil Raffaello mit ihr getanzt hatte und nun bei ihr am Tisch saß, einfach nicht in ihren Kopf lassen. Glatter Unsinn, dachte sie mürrisch. Dann blickte sie fast unbeabsichtigt auf Raffaellos Schuhe unter dem Tisch und sofort fühlte sie sich schrecklich.

„Tut … mir wirklich leid wegen deiner Schuhe", brachte sie vorsichtig hervor und linste durch den dichten Vorhang aus ihren Haaren zu ihm herauf. Beinahe sah er erstaunt aus, als er ein Bein unter dem Tisch hervorzog und seinen zerkratzten Schuh musterte, der vorher noch geglänzt hatte. Er begutachtete auch seinen anderen Fuß und dann stahl sich ein Lächeln auf sein Gesicht.

„Ach, das macht nichts", sagte er. „Ich habe noch genug andere." Trotzdem schwieg Leslie zerknirscht. Außerdem hatte sie ein seltsam flaues Gefühl im Magen, seit Raffaello ihr so nahe gekommen war und diese für ihn ungewohnten Worte zu ihr gesagt hatte. Sie begriff genau, was er damit meinte, als er von dem ‚Moment' sprach. So etwas, das wie in Zeitlupe passiert, dachte sie, und nur ganz kurz andauert, aber hinterher ist alles anders. Irgendwie.

„Du kannst ziemlich gut tanzen", sagte sie irgendwann und lächelte gequält.

„Kann sein", entgegnete er. „Meine Mutter hat mich mit dreizehn dazu gebracht, es zu lernen. Als ich siebzehn wurde, habe ich mich endlich getraut, ihr zu gestehen, dass ich es nicht länger aushalte. Ab und zu habe ich auch die Stunden geschwänzt." Er grinste. „Aber du bist auch nicht schlecht."

Das war eine reine Höflichkeitsfloskel, schätzte Leslie. Er konnte das nicht ernst gemeint haben. War sie ihm nicht am laufenden Band auf die

Schuhe getreten? Hatte er ihr nicht erst noch sagen müssen, wo sie ihre Hände hinlegen musste und dass der Song ein Discofox war? Lächerliche Höflichkeit, dachte sie.

„Ach?", entgegnete sie. „Und was ist mit deinen Schuhen? Ich kann nicht tanzen, sprich es doch einfach aus." Er sah plötzlich sehr ernst aus.

„Möglich, dass man an deinem Stil noch einiges verbessern könnte" – und wieso brachte sie dieser Satz, der so voll und ganz der Wahrheit entsprach, jetzt so in Weißglut? – „aber was ich meinte, war, dass es mir wirklich Spaß gemacht hat, mit dir zu tanzen. Ich glaube, eine andere Tänzerin hätte ich gar nicht gewollt." Die Wut blieb Leslie im Hals stecken. Wie er das gesagt hatte, klang es so aufrichtig, fast wie ein ernst gemeintes Kompliment. Es war an der Zeit, dass sie umgehend das Thema wechselte. Länger würde sie sein seltsames, ungewohntes Verhalten nicht mehr aushalten können.

„Was hast du eigentlich alles zum Geburtstag bekommen?", fragte sie ihn dann.

„Oh, ich schätze, wenn du die *‚Madonna'* protzig findest, willst du das gar nicht wissen", entgegnete er grinsend und mit einem Mal war er wieder der Alte, was Leslie ungemein beruhigte. Sie zuckte die Schultern.

„Wird mich schon nicht vom Hocker reißen, oder?"

„Du willst es wirklich wissen?" Sie nickte, aber plötzlich war sie ein wenig verunsichert. Himmel, was konnte denn so schlimm sein, dass er es so hinauszögerte, es auszusprechen?

„*Va bene*", sagte er, „ich habe ein neues Auto bekommen. Naja, nicht direkt neu." Er grinste. „Es ist ein Oldtimer, ein Ferrari. Nicht mehr fahrtüchtig, nicht besonders schick, aber irgendwie cool."

Er hatte ein uraltes, sauteures Auto bekommen. Nun, warum auch nicht? dachte Leslie ironisch. Wer eine Dreißig-Meter-Jacht zum sechzehnten Geburtstag bekam. Dagegen war ein Auto ja fast nichts. Es riss sie wirklich nicht besonders vom Hocker.

„Und was noch?", fragte sie.

„Geld", sagte er nur. „Das ist das Einzige, was ich mir gewünscht habe. Ich spare für ein eigenes Haus."

Wozu musste er sparen, wenn er doch alles vom Geld seines Vaters bekommen konnte? Der Typ war nicht zu verstehen, aber vielleicht wollte er nur nicht immer abhängig von seinen Eltern sein. Leslie fragte sich, wieviel Geld er bekommen hatte. Sie konnte sich die Summe ungefähr vorstellen, wenn sie an die Jacht, seinen Maserati und das riesige Anwesen der Ruggieros dachte.

„Du willst von hier wegziehen?“, fragte sie ihn.

Er nickte. „Ja, lange halte ich es hier vermutlich nicht mehr aus. Mein Vater sagt zwar immer, dass ich bleiben soll, weil ich irgendwann das Unternehmen übernehmen muss und alles erbe, aber erstens will ich weg von hier und mein eigenes Leben auf die Beine stellen, und zweitens habe ich ziemlich andere Ansichten, als mein Vater.“

Plötzlich verstand Leslie ihn nur zu gut. Mit achtzehn konnte er tun und lassen, was er wollte. Mit diesem Glück war sie mit ihren fast siebzehn Jahren leider nicht gesegnet. Noch nicht.

„Wo willst du hinziehen?“, fragte sie.

„Das weiß ich noch nicht genau. Vielleicht bleibe ich hier in der Gegend, oder auch nicht“, sagte er und plötzlich verlor sich sein Blick in weiter Ferne. „Vielleicht gehe ich auch ans Festland. Wird sich ergeben.“ Er fuhr sich mit der Hand durch das wirre, schwarze Haar, das ihm in die Stirn fiel. Fast sah er verträumt aus.

„Und du, Leslie?“, fragte er sie dann. „Was hast du vor, wenn du achtzehn bist?“

„Ich? Weiß nicht“, sagte sie und zuckte die Achseln. „Ich studiere vielleicht in London, wie meine große Schwester Grace.“

Er lächelte. „Und was willst du studieren?“

„Was weiß ich? Vielleicht Psychologie?“ Sie grinste, als er sie erstaunt ansah. „Nein, im Ernst: keine Ahnung.“

„Das ist gut“, sagte er mit seltsamer Ernsthaftigkeit in der Stimme. „Man sollte sich nie zu früh festlegen. Vielleicht ändert sich dein Leben ja noch so plötzlich, dass dir keine Zeit mehr bleibt für solche Sachen.“

„Na, hoffentlich nicht“, entgegnete sie und lachte nervös. Sie zwirbelte eine lange Haarsträhne zwischen den Fingern und schaute sich wieder um. Bloß nicht Raffaello ansehen, dachte sie, denn das flaue Gefühl in ihrem Magen verstärkte sich, je öfter sie seinem Blick begegnete und sie musste an das denken, was Anne zu ihr gesagt hatte. Beinahe war sie dabei, sich damit abzufinden, dass sie sich verliebt hatte. In Raffaello. Aber nur beinahe, denn die andere Hälfte ihres Gehirns schien sich mit allen Mitteln dagegen zu wehren und diese Tatsache einfach nicht wahrhaben zu wollen.

Mittlerweile hatte sich völlige Dunkelheit über den Garten gelegt, nur die Lampions, die in den Bäumen hingen, leuchteten hell und bunt. Am Horizont war noch ein zart schimmernder Orangeton zu erkennen. Als Leslie den Blick wieder Raffaello zuwandte, bemerkte sie, dass jemand hinter ihm auf ihren Tisch zukam: Mario Andolini.

Mario gesellte sich zu ihnen. Er sah recht merkwürdig aus, wie er da so auf dem weißen Gartenstuhl saß mit seinen langen Beinen.

„Na, ihr zwei?“, sagte er und grinste in die Runde. „Raffaello, ich soll dir von deinem alten Herrn ausrichten, dass du – wo immer du auch gerade bist – deinen achtzehnjährigen Hintern aufraffen und dich zu ihm gesellen sollst.“ Raffaello stöhnte genervt auf.

„Was will er?“, entgegnete er beinahe ruppig.

Mario zuckte die Achseln. „Was weiß ich? Aber wenn der Boss ruft ...“

„Muss sein eigener Sohn springen, schon klar“, knurrte Raffaello, aber er gab Mario einen freundschaftlichen Klaps auf die schlaksige Schulter und stand dann auf.

„Entschuldige mich kurz, Leslie“, sagte er und verschwand grummelnd in der Menschenmenge.

Leslie sah ihm nach, selbst, als er zwischen all den Menschen längst nicht mehr zu sehen war.

„Ein wunderbares Paar“, bemerkte Mario dann und grinste ihr zu.

„Wer?“, rutschte es Leslie erschrocken heraus.

„Du und Raffaello.“

„Haha.“ Sehr witzig. Sie verschränkte die Arme vor der Brust. Aber Mario grinste nur umso breiter und plötzlich erinnerte er Leslie an ein Kind, das im Körper eines Erwachsenen steckte.

„Doch, doch“, sagte er und nach einer Weile: „Wie findest du ihn?“

Was war das denn jetzt für eine Frage? Liegt das nicht auf der Hand? dachte sie, aber schon nahm sie ihre Abwehrhaltung wieder ein. Rückzug. Fragen, die sie dazu bringen konnten, über sich nachzudenken. Sie hasste das.

„Ganz nett", sagte sie und Mario zog eine dichte Augenbraue in die Höhe.

„Ganz nett", wiederholte er spitz. „Na gut ..." Und wieder grinste er so unverschämt, dass Leslie am liebsten aufgestanden wäre, um Raffaello zu suchen, der seinem Freund die Leviten lesen konnte, ohne dass dieser sich beschweren würde.

„*Scusi*", sagte Mario dann, „wahrscheinlich geht mich das alles nichts an."

Tut es auch nicht, dachte Leslie mürrisch und gab sich Mühe, nicht doch ernsthaft über seine Frage nachzudenken, sondern schaute stattdessen nach vorne zu der schmalen Bühne, von der das Orchester mit einem Mal verschwunden war, dafür aber hatte jemand das Mikrofon, das Mario vorhin benutzt hatte, aufgestellt, doch niemand war zu sehen, der so aussah, als habe er vor, eine Rede zu halten.

„Ziemlich viele Leute hier, hm?", fragte Mario nach einer Weile.

Leslie nickte abwesend. „Hat Raffaello sie alle persönlich eingeladen?", fragte sie. Es war doch nahezu unmöglich, dass er mit allen, die da waren, befreundet war.

Mario lachte trocken auf. „Gott bewahre, nein!", sagte er. „Um die wichtigsten Einladungen hat sich sein Vater gekümmert. Alle anderen hat Franco informiert. Er ist so etwas, wie ein Sekretär." Mario schlug die langen Beine übereinander.

„Raffaello kann es eigentlich nicht leiden, dass so viele Leute eingeladen werden, die er noch nicht einmal alle kennt. Er hat sich oft genug beschwert, aber Signor Ruggiero sagt immer, dass man die ‚wichtigen Kontakte' pflegen muss." Er sah sich um, dann zeigte er unauffällig an den Tisch, der gleich neben ihnen stand.

„Der da zum Beispiel, in dem braunen Anzug, ist der Bürgermeister von Palermo", sagte er leise. „Der da drüben, der Dicke, der gerade dabei ist, seine Spaghetti zu verschlingen", er grinste, „das ist Signor Sparacio, er arbeitet ebenfalls in der Regierung." Mario lehnte sich weit zurück, verdrehte sich fast gänzlich und wies mit dem Kopf in Richtung des runden Tisches, der vollgestellt mit Blumen vor der niedrigen Bühne stand.

„Die Frau im blauen Kleid, die etwas kräftigere, ist Elena, Raffaellos Mutter. Ach, sieh mal einer an, da sitzt ja auch unser Geburtstagskind." Er grinste bis über beide Ohren. Und tatsächlich konnte Leslie Raffaello sehen, der rechts neben seiner Mutter saß und sich scheinbar angeregt mit ihr unterhielt. Besonders glücklich sah er dabei nicht aus – fast wirkte er genervt. Leslie fragte sich, um was es bei ihrem Gespräch ging und da erhob sich ein Mann, sie schätzte ihn auf Mitte fünfzig, der die ganze Zeit über ruhig neben Raffaellos Mutter gesessen und Raffaello zugehört hatte, langsam machte er sich auf den Weg zur Bühne, die noch immer leer und verlassen dastand.

Leslie spürte, wie Mario sich zu ihr herüber beugte, er wandte den Blick kein einziges Mal von dem in einen schwarzen Anzug gekleideten Mann ab, der nun das Rednerpult erreicht hatte.

„Salvatore Massimo Ruggiero", raunte Mario Leslie zu, in fast andächtigem Ton, „Raffaellos Vater. Er ist ein einflussreicher Mann hier in Italien." Raffaellos Vater wirkte noch recht fit, trotz der Tatsache, dass er ziemlich alt aussah mit seinem schwarzen, von grauen Strähnen durchzogenen Haar, das er glatt über den Kopf nach hinten gekämmt hatte.

Auf einmal merkte sie, wie ruhig es geworden war. Im ganzen Garten, an jedem Tisch hielten die Menschen in ihrer Bewegung inne und blickten hinüber zu der kleinen Bühne, und Leslie fragte sich, ob das an Signor Ruggieros Stellung als Politiker oder an seiner Ausstrahlung lag, die ungewöhnlich intensiv und beherrscht war, und plötzlich begriff sie, wie wenig Ähnlichkeit Raffaello mit seinem Vater hatte.

„Ich weiß", sagte sie, „er ist Politiker, oder?" Mario legte die Stirn in Falten. Einen kurzen Augenblick lang sah er aus, als amüsierte ihn die Frage.

„So könnte man es theoretisch auch ausdrücken", sagte er dann lächelnd, den Blick noch immer gebannt nach vorne gerichtet. „Ah, er will eine Rede halten", bemerkte er, obwohl das von Anfang an offensichtlich gewesen war.

Und dann begann Salvatore Massimo Ruggiero zu sprechen. Das Mikrofon verteilte seine klare Stimme bis in den hintersten Winkel des Gartens. Leslie war sich fast sicher, dass man ihn auch hinter dem Haus auf dem Parkplatz hören konnte. Während er sprach, ließ sie den Blick über die Gesichter der Menschen schweifen, die Raffaellos Vater gebannt zuhörten. Einige vielleicht nur aus Höflichkeit, Leslie bemerkte sogar, wie einer der Männer, der ihnen am nächsten saß, die Lippen kräuselte, aber auf den Gesichtern der meisten spiegelte sich eine seltsame Mischung aus Hochachtung, so als sei Signor Ruggiero weiß Gott was für ein wichtiger Lebensretter und Leslie fragte sich, was er wohl getan hatte, dass er so viel Bewunderung zu spüren bekam.

„Er hat gesagt, dass sich Raffaello bei allen, die gekommen sind, bedanken wird", raunte Mario ihr zu und verzog dabei gequält das Gesicht, so als leide er mit seinem besten Freund, der sich nun von seinem Platz neben seiner Mutter erhob und auf die Bühne zuging.

„Er hasst solche Ansprachen", murmelte Mario aber Leslie beobachtete mit Schrecken, wie Raffaello sich plötzlich gänzlich wandelte. In den reichen Sohn des einflussreichen Politikers, der eben noch vorne am Rednerpult gestanden hatte, sich aber jetzt langsam nach unten bewegte, nachdem er seinem Sohn noch einmal vor allen Leuten zum Geburtstag gratuliert hatte.

Raffaello schenkte der Menge ein strahlendes Lächeln, als er am Mikrofon angekommen war und es ein wenig höher gestellt hatte, weil er größer war, als sein Vater. Mit einem Mal wirkte er anständig und erwachsen, gar nicht so, als würde er es hassen, vor so vielen Leuten zu sprechen, sondern eher, als würde es ihm Spaß machen und auch, als er anfing zu sprechen, schien es, als täte er es nicht zum ersten Mal. Er sprach natürlich Italienisch und auch, wenn Leslie das, was er sagte, nicht verstehen konnte, (Mario war noch nicht auf die glorreiche Idee gekommen, es ihr zu übersetzen) klang das, was Raffaello sagte, seltsam gut in ihren Ohren, die Worte kamen ihm nur zu leicht über die Lippen und in der fremden Sprache hörte sich seine Stimme irgendwie völlig anders an, als wenn er Englisch mit ihr sprach. Leslie konnte nicht anders – sie musste ihn dafür bewundern, wie er da stand und vor allen Leuten sprach, sie selbst hätte sich das niemals im Leben getraut. Und als sie den Blick über die Gesichter der Menschen schweifen ließ, überraschte es sie fast gar nicht, dass sie ihn alle genauso ansahen, wie sie es bei seinem Vater getan hatten, was, wie sie glaubte, nicht an seinem Vater lag, sondern an der ungewöhnlichen Autorität, die er plötzlich ausstrahlte. Raffaello wirkte auf Leslie wie ein Fremder.

Die Menge hatte geklatscht, nachdem Raffaello seine Rede beendet hatte und danach hatte er sich noch einige Glückwünsche anhören müssen, bevor er sich endlich wieder zu Mario und Leslie an den kleinen, runden Tisch unter dem Olivenbaum durchkämpfen konnte. Mit seinem Vater hatte er auch noch kurz etwas besprechen müssen, aber irgendwie fand Leslie, die ihn die ganze Zeit über beobachtete, dass er recht ungeduldig wirkte, und Marios Kommentar: „Er kann es nicht erwarten, wieder zu dir zu kommen“, entlockte ihr nur ein verächtliches Schnauben.

Dann war Raffaello bei ihnen angekommen und Leslie rutschte tiefer in ihren Stuhl hinein, denn nach seinem Verhalten eben, konnte sie sich nicht recht entscheiden, wie sie sich ihm gegenüber verhalten sollte. Mario stand auf, umarmte seinen besten Freund kurz lachend und sagte dann irgendetwas auf Italienisch, aber Leslie horchte auf, als ihr Name fiel und plötzlich konnte sie sich doch vorstellen, wie gut die beiden befreundet waren. Fast wirkten sie wie Brüder, bis auf die Tatsache, dass sie sich kein bisschen ähnlich sahen.

Dann zwinkerte Mario Leslie zu, mit den Worten: „Bis später“ drehte er sich um, und ehe sie es sich versah, saß sie alleine da. Mit Raffaello. Nun gut, wohl doch nicht ganz so alleine, aber in seiner Anwesenheit fühlte sie sich etwas befangen.

Raffaello setzte seine Sonnenbrille auf, was Leslie absolut nicht sinnvoll erschien – immerhin war es schon recht dunkel geworden. Nur die Lampions und einige Laternen, die am Rande des Gartens zwischen den Bäumen standen, leuchteten hell auf. Außerdem fand sie es schrecklich nervig, wenn sie seine Augen nicht sehen konnte.

„Warum ziehst du die an?!“, fragte sie.

Er zuckte die Achseln. „Einfach so“, behauptete er.

„Aber es ist dunkel! Siehst du da noch was?“ Er beugte sich über den Tisch zu ihr herüber und über diese plötzliche Nähe erschrak sie. Sie konnte ihr Gesicht sehen, das sich auf den dunklen Gläsern seiner Brille spiegelte.

„So wie du dich gerne hinter deinen Haaren versteckst“, sagte er leise, „verstecke ich mich hinter meiner Sonnenbrille, wenn es die Situation erfordert.“ Er lächelte schwach. Leslie fragte sich, welche Situation für ihn ein Versteck erforderte, aber sie fragte ihn lieber nicht danach. Er hätte wahrscheinlich nur irgendeine philosophische Weisheit von sich gegeben. Oder gar nichts gesagt.

Eine Weile saßen sie an dem kleinen Tisch unter dem Olivenbaum und beobachteten das dichte Gedränge, das auf der Tanzfläche herrschte.

„Hast du Lust zu tanzen?“, fragte Raffaello sie plötzlich. Erschrocken sah Leslie zu ihm hoch. Nicht tanzen. Mit ihm, bloß nicht noch einmal. Aber er war schon aufgestanden und hielt ihr seinen rechten Arm hin. Zögernd stand sie auf und hakte sich bei ihm unter. Dann folgte sie ihm auf die glatte Tanzfläche, auf der jeder normale Mensch an Platzangst leiden müsste – nicht so Raffaello, wie es schien. Und plötzlich wünschte sie, sie hätte irgendeine Ausrede parat gehabt, wie: „Ich muss zurück zu Anne“, aber das wäre nun wirklich bescheuert gewesen und außerdem wollte sie ihn nicht enttäuschen. Ihn auf seine Schuhe hinzuweisen würde wahrscheinlich auch nichts bringen.

„*You're sixteen, you're beautiful and you're mine*“, röhrte Ringo Starr aus den Lautsprechern und irgendwie gefiel Leslie dieses alte Lied der Beatles. Sie schätzte, dass es in ihrem Jahrgang wohl in Vergessenheit geraten war.

„Das Lieblingslied meines Vaters“, sagte Raffaello und grinste. „Bei dem Tanz hat er vor fünfundzwanzig Jahren meine Mutter kennengelernt.“

Wie der Vater, so der Sohn, schoss es Leslie durch den Kopf, aber den grässlichen Gedanken, dass Signor Ruggiero Raffaellos Mutter dann letztendlich geheiratet hatte, verwarf sie gleich wieder entsetzt.

„Ich finde es ein bisschen altbacken, aber es hat irgendwie Stil“, sagte Raffaello, während sie langsam zur Musik tanzten. Leslies Hand schien in seinem Griff zu glühen und langsam gefiel es ihr, mit ihm zu tanzen. Zumal sie Gott sei Dank nicht mehr die Einzigen auf der riesigen Tanzfläche waren und sie merkte, dass sie ihm noch kein einziges Mal auf den Fuß getreten war. Bis jetzt jedenfalls. Raffaello trug noch immer seine nervige Sonnenbrille und plötzlich fühlte sich Leslie mutig genug, sie ihm abzusetzen und ihm in das wirre Haar zu stecken. Fast erstaunt sah er sie an, aber sie lächelte nur verlegen.

„Ich kann deine Augen nicht sehen, wenn du sie aufhast“, sagte sie dann schulterzuckend. Ein spöttisches Lächeln spielte um seine Mundwinkel, seine Augen blitzten merkwürdig auf.

„Wie tragisch“, entgegnete er leise und versuchte, todernst auszusehen, aber seine Mundwinkel zuckten. Dann strich er ihr die langen Haarsträhnen hinter die Ohren. Leslie erstarrte augenblicklich unter dieser Berührung. Für einen kurzen Augenblick vergaß sie die Tanzschritte und schon stolperte sie über seine Füße, aber er fing sie auf, bevor sie ernsthaft auf die Nase fallen konnte.

„Und ich kann dein Gesicht nicht sehen, wenn du deine Mähne wie einen Vorhang davor hängen hast“, sagte er lächelnd und da wusste Leslie nicht, wo sie hinschauen sollte. In seine Augen ganz sicher nicht.

„Leslie“, sagte er dann leise. „Du versteckst dich schon wieder.“

„Vor wem sollte ich mich verstecken, bitteschön?“

„Vor mir.“

„Und warum?“, entgegnete sie fast ein wenig mürrisch.

Raffaello hob die Schultern. „Das weiß ich doch nicht.“ Er senkte kurz den Blick, und als er wieder zu ihr aufsah, war ein seltsam warmer Ausdruck auf sein Gesicht getreten.

„Aber das würde ich gerne wissen, Leslie“, sagte er mit rauer Stimme. Sie konnte seinem Blick nicht ausweichen, er nagelte sie mit seinen tiefbraunen Augen plötzlich regelrecht fest.

„Was habe ich dir getan, dass du von jetzt auf eben so abweisend reagierst?“, fragte er. Leslie holte scharf Luft, wahrscheinlich, weil sie die ganze Zeit über vergessen hatte zu atmen. Er brachte sie aus der Fassung. Wie peinlich.

„Sollte das einer von deinen ‚Momenten' sein?", fragte sie mit noch immer zittriger Stimme.

„Kann sein", entgegnete er. Darauf antwortete Leslie nichts. Sie folgte nur seinen Schritten, bis das Lied vorbei war, und dann war sie die Erste, die, dicht gefolgt von Raffaello, die Tanzfläche verließ und schnurstracks wieder auf den kleinen Tisch unter dem Olivenbaum zusteuerte.

„Du tanzt nicht besonders gerne, hm?", fragte er sie, als sie wieder auf den Stühlen saßen.

Leslie schüttelte den Kopf. „Nein, nicht wirklich."

„Schade", sagte er seufzend, „mir macht es nämlich echt Spaß, mit dir zu tanzen."

„Hm", machte Leslie abwesend und dann sah sie schnell auf ihre Füße, weil er sie so komisch ansah. Sie schwiegen eine Weile.

Als das nächste Lied abgespielt wurde, horchte sie auf, denn die Gitarrenakkorde am Anfang erkannte sie sofort, zumal sie es oft genug gehört hatte, als sie mit Raffaello nach Tindari gefahren war. Während Robbie Williams ‚*Old Before I Die*' sang, blickte Leslie verstohlen zu Raffaello hinüber. Er bewegte die Lippen lautlos zum Text, genau wie er es vorher schon so oft getan hatte, aber immer nur zu diesem einen Song und plötzlich bemerkte Leslie den seltsamen Ausdruck, der sich auf sein Gesicht gelegt hatte und es schien ihr, als sei er mit den Gedanken ganz weit weg, an einem anderen Ort – nur nicht hier.

„Du magst den Song wirklich, oder?", fragte sie ihn nach einer Weile, in der sie ihn beobachtet hatte. Als hätte sie ihn aus einem Traum gerissen, blickte er sie an.

„Manche Lieder haben eine gewisse Bedeutung für mich", erwiderte er. So etwas Ähnliches hatte er vorhin auch schon mal gesagt, daran erinnerte sich Leslie. Aber als sie über den Text des Songs nachdachte, fragte sie sich, welche Bedeutung er wohl für Raffaello haben mochte. Er war eindeutig zu jung zum Sterben, ja, aber das brauchte er natürlich nicht zu befürchten.

„Dann hoffst du also, dass du alt bist, bevor du stirbst?", fragte sie ihn und unterdrückte ein Grinsen. Sollte das irgendeinen verrückten Sinn ergeben? Es sollte ein Scherz sein, doch über sein Gesicht huschte plötzlich eine seltsame Ernsthaftigkeit, ja fast Trauer. Er antwortete nicht darauf. Und das verunsicherte sie plötzlich sehr.

Der Abend neigte sich immer mehr der Nacht zu, es war halb zwölf, als Mario an ihrem Tisch erschien und erklärte, dass er Leslie nun zurück zum Hotel bringen würde.

„Sonst fragen sich deine beiden Freundinnen noch, wo du bleibst", sagte er grinsend und Leslie fragte sich, woher er von Anne und Melissa wusste.

„Tun sie sowieso", entgegnete sie schulterzuckend. Sie wollte noch nicht gehen, obwohl sie hundemüde war. Manche der teuren Autos in der Einfahrt des riesigen *Palazzos* waren schon verschwunden, aber die meisten standen noch da, als Leslie hinter Mario und dicht gefolgt von Raffaello hinter dem Haus hervor kam. In der Dunkelheit, die sie nun umgab, glitzerten sie längst nicht mehr, nur der helle Mond spiegelte sich auf dem blank polierten Lack und einige der Fahrzeuge erinnerten Leslie plötzlich an Gangsterwagen, wie man sie aus Filmen kannte, wie sie so teuer und schwarz zwischen den anderen standen und auf ihre stinkreichen Besitzer warteten.

Raffaello war Mario und Leslie bis auf den Parkplatz gefolgt und mit einem Mal wirkte er recht zerstreut, als er ihr die Hand zum Abschied reichte.

„*Arrivederci*, Leslie. *Buona notte*", sagte er leise. Sie hatte gehofft, dass er so etwas wie: „Wir sehen uns wieder" sagen würde, aber das tat er nicht. Also nickte sie ihm lächelnd zu, unfähig, etwas Anständiges über die Lippen zu bringen und kletterte dann auf den Beifahrersitz neben Mario, der schon ins Auto gestiegen war und auf sie gewartet hatte. Er drehte den Zündschlüssel herum und während der Jaguar leise auf die lange Einfahrt zurollte, blickte Leslie über die Schulter zurück. Raffaello stand noch immer dort auf dem Parkplatz, er hob kurz die Hand und winkte ihr zu, und dann verschwand er in der Dunkelheit, als Mario in die Kurve einbog, die bald darauf auf das schwarze, breite Tor zuführte. Die beiden Wachen standen noch immer dort, aber Leslie war sich sicher, dass es nicht mehr dieselben waren, wie vorhin, vielleicht hatten sie sich abgelöst, und trotzdem erschauerte sie erneut beim Anblick der Waffen, die sie über der Schulter trugen und sie musste an die Männer denken, die wahrscheinlich noch zwischen den Stämmen der Schirmakazien umherschlichen. In der Dunkelheit eben hatte sie sie nicht mehr erkennen können und auf einmal lief ihr ein Schauer über den Rücken. Schwarz gekleidet waren sie perfekt getarnt in der Nacht.

Mario und Leslie ließen das schwarze Tor hinter sich und bald rollte der Wagen knirschend über den Feldweg, der sich zwischen den schemenhaften Umrissen der Zypressen und Sträucher, die sich schwarz wie zerlaufene Tusche auf nassem Papier vor dem dunkelblauen Nachthimmel abzeichneten. Als sie einen mit hohem Gras bewachsenen Hügel hinauffuhren, konnte Leslie in der Ferne das nächtliche Meer glitzern sehen. Der Himmel war glasklar, sodass man die Sterne und den abnehmenden Mond gut sehen konnte und die umliegende, einsame Landschaft war von silbernem Licht überflutet. Dieser Anblick wirkte auf Leslie nicht ganz real, eher wie im Traum, aber sie schätzte, dass das an der Müdigkeit lag.

„Nette Party“, bemerkte Mario irgendwann und lächelte Leslie flüchtig zu. „Findest du nicht?“ Leslie nickte. Sie hatte keinen Nerv mehr für Marios ununterbrochenes Geplapper.

„Ja“, sagte sie deshalb nur und drehte den Kopf zur Seite, als sie gähnen musste.

„Hast du nochmal mit ihm getanzt?“, fragte Mario. Er brauchte seinen Namen nicht zu nennen, Leslie wusste auch so, dass er Raffaello meinte.

Sie nickte. „Ja, zu dem Lied, bei dem sich seine Eltern kennenlernten …“

„Ich wusste gar nicht, dass er so ein Romantiker ist“, sagte Mario und grinste unverschämt und Leslie blickte weiterhin stur geradeaus aus dem Fenster.

„*Scusi*, ich fange schon wieder an, über Dinge zu reden, die mich nichts angehen.“ Er zuckte die Schultern und lächelte entschuldigend. „Das ist meine Natur.“ Leslie lächelte aus Höflichkeit zurück und sah dann wieder zu, wie die Zypressen und die im Dunkeln liegenden Felder an ihnen vorbeizogen.

Im Rückspiegel leuchteten plötzlich die hellen Scheinwerfer eines Autos auf, das scheinbar aus einem der abzweigenden Feldwege gekommen war und nun hinter Marios Jaguar herfuhr. Mario warf einen kurzen Blick in den Rückspiegel, bevor er unbeschwert mit seinem Geplapper loslegte, vor dem sich Leslie die ganze Zeit schon gefürchtet hatte. Sie gähnte und gab ab und zu einen Kommentar ab, wie: „Hm", „Ja", oder „Weiß nicht", nur, um ihm zu signalisieren, dass sie ihm zuhörte. Was sie eigentlich gar nicht tat.

Den holprigen Feldweg ließen sie hinter sich und dann bog Mario auf die Schnellstraße ein, auf der sie hergekommen waren und nach einer ganzen Weile fiel Leslie auf, dass er aufgehört hatte zu reden. Fast verbissen presste er die schmalen Lippen aufeinander und als er dreimal hintereinander einen Blick in den Rückspiegel geworfen hatte, bildete sich eine tiefe Falte zwischen seinen dichten Brauen. Warum sie kurzfristig die erstbeste Ausfahrt nahmen, die ihren Weg kreuzte, war Leslie schleierhaft, aber kurz darauf hörte sie Mario fluchen.

„*Merda*", knurrte er zwischen den Zähnen hervor. „Halt dich fest, Leslie." Und dann trat er aufs Gaspedal. Der schicke Jaguar schoss lautlos über die asphaltierte Feldstraße, die zwischen einsam gelegenen Gehöften und kleinen Geschäften hindurchführte. Sie fuhren viel zu schnell. Leslie schluckte und fragte sich, wer oder was der Grund dafür war, als Mario auch schon wieder das Tempo drosselte. Erneut blickte er in den Rückspiegel, vielleicht hatte er sich verfahren, aber kurz darauf bemerkte sie das Auto, das noch immer hinter ihnen herfuhr, doch was daran so beunruhigend sein sollte, konnte sie beim besten Willen nicht verstehen. Sie genehmigte sich einen Blick auf das Armaturenbrett. Es war kurz vor Mitternacht und auf einmal wurde sie noch müder.

Bald näherte sich die Ausfahrt zur Schnellstraße wieder und Leslie schloss die Augen. Sie war todmüde. Das gleichmäßige Surren des Motors wirkte ungemein einschläfernd und sie öffnete die Augen erst wieder, als Mario laut „*Merda*!" und noch irgendetwas anderes fluchte und dann zu ihr sagte: „Leslie, wir müssen kurz tanken, in Ordnung?

Sonst bleiben wir liegen." Dann setzte er den Blinker, noch fast im Halbschlaf hörte Leslie, das „Klick Klack, Klick Klack", und dann kam der Jaguar neben einer Tanksäule, die wie aus dem Nichts aufgetaucht war, zum Stehen. Ein anderes Auto verlangsamte sein Tempo augenblicklich, scheinbar inspizierte der Fahrer die Preistafel. Das Benzin war verflucht teuer, aber Mario brauchte sich darum sicherlich keine Gedanken zu machen. Dann gab der andere Fahrer Gas und sauste an der Einfahrt vorbei. Mario entspannte sich, dann stieg er aus, um zu tanken. Als Leslie sich erneut über das Armaturenbrett beugte, stellte sie verwundert fest, dass der Tank noch fast voll war. Seltsam.

Den Rest der Fahrt zwang sich Leslie, die Augen offen zu halten und als sie endlich die Innenstadt erreichten, verspürte sie schon fast so etwas wie Erleichterung. Sie freute sich riesig darauf, in ihr Bett zu fallen und zu schlafen, bis Anne sie mit ihrem Gezappel wecken würde.

Die Ampel vor ihnen sprang auf Rot und Leslie dachte schon, Mario würde das nicht beachten, aber er hielt brav an. Scheinbar war auch er relativ müde, denn er umfasste das Steuer mit festem Griff und ein verbissener Ausdruck lag auf seinem Gesicht. Wahrscheinlich war es schwer für ihn, sich um diese Zeit noch aufs Autofahren zu konzentrieren. Links neben ihnen ließ der Beifahrer des grauen VWs die Scheibe herunter.

Mario verdrehte genervt die Augen, dann ließ er ebenfalls die Scheibe auf seiner Seite herunterfahren. Knurrend wechselte er mit den beiden Männern, die in dem Wagen saßen, einige knappe Wörter, die Leslie nicht verstand. Und dann blieb ihr fast das Herz stehen, als Mario so plötzlich und hart aufs Gas trat, dass das Auto einen kleinen Satz nach vorne machte und weiter raste, quer über die dicht befahrene Kreuzung.

Mario brachte einige andere Fahrer dazu, erschrocken zu hupen, aber das störte ihn scheinbar nicht weiter, denn er sauste einfach weiter geradeaus, schlängelte sich zwischen langsameren Autos hindurch und die nächsten beiden Ampeln, die rot aufleuchteten, übersah er auch. Dann, nachdem er mehrere prüfende Blicke in den Rückspiegel geworfen und sich einmal sogar umgedreht hatte, drosselte er das Tempo und reihte sich in eine Autoschlange ein, die sich vor einer roten Ampel gebildet hatte.

„Kanntest du die beiden?“, fragte Leslie ihn, als er wieder losfuhr und er nickte.

„Alte Bekannte“, sagte er knapp.

„Wohl keine so netten?“

„Nicht unbedingt.“ Und das war das Einzige, das Mario noch sprach, bevor er den Jaguar vor dem Eingang des Hotels parkte und Leslie mit den Worten: „*Arrivederci*, Leslie, bis bald mal wieder“, verabschiedete und, nachdem sie ausgestiegen war, eilig weiter fuhr. Aber er fand noch einmal die Zeit, aus einem der Fenster zu winken.

12

Vor ihrer Zimmertür sah sich Leslie dazu gezwungen, stundenlang in ihrer Tasche nach dem elenden Schlüssel zu kramen und nachdem sie die Tür so leise wie nur irgend möglich hinter sich zugezogen hatte, fiel ihr erster Blick auf das Bett. Es war stockdunkel im Raum, nur die kleine Lampe auf Annes Nachtschrank brannte noch. Und auf dem Bett saß Anne. Kerzengerade, mit blitzenden Augen, zappelndem Fuß und scheinbar unerträglich hellwach. Sobald Leslie sie erblickt hatte, rappelte sie sich auf und zischte ihr aufgeregt etwas zu:

„Leslie! Wo warst du?!" Ach du liebe Güte. Scheinbar hatte Anne es nicht lassen können, auf sie zu warten. So viele Stunden lang hatte sie sich wachgehalten. Na toll, dachte Leslie. Genau das hatte sie eigentlich vermeiden wollen. Aber Anne stand vor ihr, musterte sie aufmerksam und voller Ungeduld und Leslie brachte keinen Ton heraus, so sehr hatte ihre Freundin sie überrumpelt. Das war Anne. Unberechenbar und zielstrebig.

„Wo warst du, Leslie, verdammt, jetzt sag schon!", zischte sie ihr an die tausend Mal ins Ohr und Leslie blickte hektisch zur Tür, die zu Melissas Schlafraum führte. Sie war verschlossen. Gott sei Dank. Ansonsten wäre die Arme wohl schon längst hellwach gewesen. Und irgendwie vermutete Leslie, dass Anne sie mit wer weiß was für welchen Mitteln dazu gebracht hatte, sich schlafen zu legen und nicht auch mit ihr zusammen zu warten.

„Halt die Klappe, Anne!", raunte Leslie ihrer Freundin zu, dann packte sie sie kurz entschlossen am Arm und zog sie mit sich ins Badezimmer. Und noch während sie beide in die Badewanne kletterten, sich ganz hinten auf die Kante setzten und den Vorhang zuzogen, gefiel Leslie dieses Versteck.

Da saß Anne nun rechts neben Leslie an die Wand gelehnt und ließ sie keine Sekunde aus den Augen. Ihr Bein wippte aufgeregt in Höchstgeschwindigkeit auf und ab, was ein dumpfes Pochen verursachte, immer wenn ihre Ferse auf dem dünnen Boden der Wanne aufschlug. Leslie packte Annes Knie und hielt es fest.

„Tschuldige", nuschelte Anne. „Also, jetzt sag schon!"

Herrgott, wie ungeduldig manche Menschen doch waren, ganz besonders Anne, und plötzlich machte es ihr Spaß, ihre beste Freundin auf die Folter zu spannen. Sie musste ein Grinsen unterdrücken.

„Leslie!", maulte Anne.

„Ja?", sagte Leslie.

„Jetzt sag es mir endlich!"

„Was?"

„Tu nicht so! Du weißt, was!“ Nun gut, es war an der Zeit, mit der Sprache herauszurücken. Möglicherweise würde Anne sonst nicht mehr länger so geduldig sein, wenn man überhaupt davon reden konnte, dass sie auch nur den kleinsten Fitzel an Geduld besaß.

„Was stand in diesem Brief?“, fragte Anne aufgeregt. „Von wem war er? Doch nicht etwa von diesem stinkreichen sizilianischen Macho, in den du verschossen bist?!“ Fast klang sie entsetzt, obwohl Leslie ihre Frage noch gar nicht beantwortet hatte. Und dann nickte Leslie.

„Doch, er ist von ihm“, sagte sie und Anne fiel die Kinnlade herunter.

„Es war eine Einladung“, fuhr Leslie fort, ungerührt der Tatsache, dass Anne sie mit offenem Mund anstarrte. „Zu seinem Geburtstag.“ Und mit einem Mal kam das seltsam flaue Gefühl wieder in ihrem Magen auf und sie war sich nicht mehr sicher, ob sie Anne von all dem erzählen sollte. Aber dann tat sie es doch. Sie berichtete ihr von Raffaellos Freund, der sie abholen kam, erwähnte allerdings seinen Namen nicht, von der Feier, zu der so viele Leute eingeladen worden waren, von dem riesigen *Palazzo* der Ruggieros und schließlich, auch wenn sie anfangs zögerte, davon, wie sie mit Raffaello getanzt hatte. Seinen Namen nannte sie nie, sie konnte sich selbst nicht erklären, warum.

„Ui“, machte Anne nur, als Leslie ihren Bericht beendet hatte. Sie hatte sogar vergessen, ihr wirres, blondes Haar zwischen den Fingern zu zwirbeln und auch ihr Bein stand ganz regungslos auf dem Boden, was ein eindeutiges Zeichen dafür war, dass Anne tatsächlich mit ungewohnter Aufmerksamkeit zugehört hatte.

Eine kurze Weile hielt sie überwältigt die Klappe und Leslie betete, dass sie das auch weiterhin tun würde, doch dieser Wunsch wurde ihr leider zunichte gemacht.

„Kann er denn gut tanzen?“, fragte Anne sie mit blitzenden Augen.

„Jedenfalls besser als ich“, entgegnete Leslie sarkastisch.

Anne hob die hellen Augenbrauen. „Äh, Leslie, du hast dich doch sicher noch an unseren Tanzkurs erinnert ... oder … nicht?“

Leslie presste die Lippen aufeinander.

„Nein, wie peinlich!“, stöhnte Anne und musterte ihre Freundin mitleidig. „Und? Wie hat er reagiert?“ Leslie zuckte nur die Achseln.

„Gar nicht", log sie. „Er hat mich aufgefangen und dann haben wir weiter getanzt." Von seinen Schuhen erzählte sie Anne lieber nicht.

„Hm", machte Anne. „Na, dann scheint er die Situation ja ganz gut im Griff gehabt zu haben." Und sie klang, als dächte sie angestrengt über etwas nach.

„Wie hat er sich sonst so verhalten?", fragte sie dann. Was sollte sie antworten? Machomäßig? Nein, irgendwie nicht.

„Erwachsen", sagte Leslie einfach. Immerhin war er achtzehn geworden.

„Aha", machte Anne und nach einer weiteren Weile des Schweigens: „Glaubst du, er mag dich?"

Leslie biss sich auf die Zunge. Sie hasste solche Fragen. Andere Menschen einzuschätzen – und auch noch richtig – fand sie ziemlich schwer. Und Raffaello erst recht.

„Was soll die Frage jetzt?", zischte sie Anne zu.

„Beantworte sie einfach!"

„Kommt drauf an, was du mit ‚mögen' meinst", sagte Leslie.

„Naja, ob er dich toll findet!" Anne fuhr sich mit den Fingern durch das Haar und setzte sich in die unbequemste Position, die man sich nur vorstellen kann. „Du weißt schon …", sagte sie und machte einen Kussmund.

„Nein", erwiderte Leslie trocken.

„Was Nein?? War das die Antwort darauf, ob du weißt, was ich meine, oder …?"

„Ich glaube nicht, dass er mich so mag, wie du es meinst", sagte Leslie. Aber dann dachte sie an den ‚Moment', von dem Raffaello gesprochen hatte und wie seltsam sie sich dabei gefühlt hatte – und an den ungewohnt warmen Ausdruck in seinen dunklen Augen, an seine Stimme, die plötzlich so rau geworden war und daran, wie nahe er ihr gewesen war.

„Stehst du auf ihn?", fragte Anne.

„Diesbezüglich hast *du* ja deine eigene Meinung", entgegnete Leslie ausweichend.

„Was ja auch nur allzu offensichtlich ist." Anne winkte mit der Hand, als wolle sie eine lästige Fliege verscheuchen. „Aber ich will es von dir hören."

Leslie schwieg. Kaute an ihrer Unterlippe und blickte Anne nicht in die Augen, sondern zupfte an ihrem Rock herum. Dann schüttelte sie den Kopf. Anne gab so etwas wie ein trockenes Lachen von sich, bevor sie aufstand, den Duschvorhang beiseite zog und vom Rand der Badewanne sprang.

„Sich selbst zu belügen geht am Ende meistens ziemlich in die Hose", sagte sie, hielt Leslie eine Hand hin und lächelte. „Aber tu, was du nicht lassen kannst, Leslie. Pass nur auf, dass du nicht wieder alles in dich reinfrisst und über nichts redest, klar? Du weißt, dass du mir alles sagen kannst." Sie zog Leslie vom Rand der Wanne hoch.

„Gott, Leslie, wie viel wiegst du?! Du bist ja immer noch so leicht!"

„Was dir ja nicht neu ist", entgegnete Leslie trocken, als sie neben ihrer Freundin vor dem Spiegel stand. Anne legte ihr einen Arm um die schmalen Schultern.

„Ich lass uns was zu essen hochbringen", sagte sie dann.

„Keinen Hunger", murrte Leslie. Anne nahm sie an beiden Schultern und blickte ihr fest in die Augen, so fest, dass es gar nicht möglich war, den Blick abzuwenden.

„Du musst essen, Leslie", sagte Anne leise, „mir ist aufgefallen, dass es schlechter geworden ist, seit du hier bist. Ich weiß ja nicht, woran das liegt, aber sollte das irgendwie mit deinem Typen da zu tun haben, gehe ich hin und poliere ihm die geldverschmierte Fresse." Da musste Leslie lachen, obwohl sie genau wusste, dass Anne es nur zu ernst gemeint hatte.

„Ich schätze, das würde er sich nicht gefallen lassen", sagte sie und plötzlich musste Anne grinsen.

„Wieso? Kann er Karate oder so?"

„Nein, aber er sieht sehr … sportlich aus."

„Oh", machte Anne spitz. „Sehr sportlich. Wie genau hast du ihn denn unter die Lupe genommen? Hast du vergessen, mir was zu erzählen?" Aber dann fing sie an zu lachen und knuffte Leslie in die Rippen.

„Bist du in ihn verknallt?“, fragte sie dann plötzlich und sofort hörte Leslie auf zu lachen. Wahrscheinlich legte Anne es auf den Überraschungseffekt an, aber sie ließ sich nicht reinlegen. Von niemandem.

„Nein“, presste Leslie knurrend hervor und schob die Augenbrauen zusammen.

„Dann brauchst du den hier sicher auch nicht“, behauptete Anne und zuckte die Achseln, nachdem sie einen klein gefalteten Zettel aus ihrer Hosentasche gekramt hatte. Sie ließ ihn in Leslies Zahnbecher segeln und wandte sich zur Tür.

„Gute Nacht noch, Leslie“, sagte sie und zwinkerte ihr noch einmal zu, bevor sie aus dem Bad verschwand und die Tür hinter sich zu zog.

Einige Sekunden stand Leslie da und rührte sich nicht. Den Zettel hatte sie sofort erkannt. Es war der gewesen, den Raffaello ihr vor fünf Tagen nach ihrem Ausflug zum Kap von Tindari im Auto in die Hand gedrückt hatte. Und mit einem Mal schlug ihr Herz so schnell, dass ihr schwindelig wurde. Dann griff sie zögernd in den Becher und holte den Zettel heraus. Sie faltete ihn auseinander. Er war nicht sehr groß, in der Mitte standen eng aneinander geschriebene Zahlen. Eine Handynummer. *Seine* Handynummer, schoss es Leslie aufgeregt durch den Kopf. Und dann kramte sie, ohne vorher zu überlegen, wie spät es war, in ihrer Rocktasche nach ihrem Handy. Hastig tippte sie die Nummer ein, ohne sich zu vergewissern, dass jede Ziffer mit denen auf dem Zettel übereinstimmte. Sie hob das Handy ans Ohr.

Tuuuuut. Tuuuuuut, machte es. *Tuuuuut Tuuuuut*. Ihr Herz raste.

„*Pronto*?“, hörte sie Raffaellos Stimme am anderen Ende der Leitung. Er klang müde.

„Hi“, sagte Leslie, und noch während sie sprach, fragte sie sich, ob sie das nur gedacht hatte, denn Raffaello gab eine ganze Weile keinen Ton von sich.

„Leslie!“, rief er dann leise aus. Sie hörte es im Hintergrund leise rascheln. Es klang, als habe er sich auf seiner Bettdecke umgedreht oder das Handy in die andere Hand genommen.

„Schön, dass du anrufst", sagte er und dann lachte er leise. „Weißt du, wie spät es ist?" Urplötzlich jagte ihr der Schreck durch die Glieder. Verflucht, es war drei Uhr morgens. Wahrscheinlich hatte sie ihn geweckt. *Shit*, dachte sie.

„*Sorry*", murmelte sie leise. „Ich hab' vergessen, dass –".

„Ach was!", unterbrach er sie. „Ich hab' sowieso noch nicht geschlafen." Aber er klang nicht danach.

„Das hört sich aber anders an", sagte sie. „Tut mir leid ..."

„Das täuscht", entgegnete er und fast klang er wieder so wach wie eh und je. „Ich bin froh, dass du den Zettel nicht weggeworfen hast. Nach meinem Verhalten am Dienstag hatte ich das befürchtet ..."

Ihr Herz machte einen Hüpfer. Wie konnte er auch wissen, dass sie genau das getan und Anne den Fetzen wahrscheinlich bloß wieder aus dem Müll gefischt hatte? Und auf einmal überkam sie ein Gefühl der Dankbarkeit. Sie würde sich nachher bei Anne bedanken – egal, wie tief sie auch schlafen mochte.

„Leslie? Bist du noch dran?" Sie hörte es erneut rascheln.

„Ja", sagte sie nur.

„Dann ist's ja gut", sagte Raffaello und scheinbar war er vom Bett aufgestanden, denn sie konnte deutlich eine Diele unter seinen Füßen knarren hören.

„Wo bist du?", fragte sie ihn leise.

„In meinem Zimmer. Ich stehe jetzt auf dem Balkon, von dem ich dir gestern Abend zugewunken habe."

„Was siehst du?", fragte Leslie, obwohl ihr die Frage seltsam vorkam.

„Die Auffahrt zu unserem Haus", sagte er. „Die Akazien, erleuchtete Lampen. Mein Auto und das von Mario."

„Übernachtet er bei dir?"

„*Sì*, er schläft im Zimmer nebenan." Er lachte leise auf. „Ich kann ihn schnarchen hören. Er hat das Fenster geöffnet."

„Hast du wirklich noch nicht geschlafen?", fragte Leslie dann kleinlaut. Sie hörte ihn tief Luft holen.

„Nein, ich habe Musik gehört."

„*Old Before I Die*?"

„Nein."

„Was dann?"

„*Release Me*", sagte er. „Ich habe mich an unseren Tanz erinnert."

„Oh nein …"

„Doch."

„Ich will nicht mehr daran denken", sagte Leslie.

„Warum nicht?"

„Weil ich mich so dämlich angestellt habe." Jetzt am Telefon fiel es ihr so leicht, ihm das zu sagen, wo er sie nicht sehen konnte.

„Ich fand es schön", sagte er dann.

„Echt?"

„Hm", machte er und fast war ihr, als gähnte er.

„Du *bist* müde", stellte sie fest.

„Nein", behauptete er.

„Wie lange habt ihr noch gefeiert?"

„Nicht mehr lange. Nach dir sind alle der Reihe nach verschwunden. Gott sei Dank."

„Hat es dir nicht gefallen?"

„Doch. Aber nur ab dem Zeitpunkt, als Mario mit dir aufgekreuzt ist."

Leslie wurde flau im Magen. Hastig wechselte sie ihr Handy in die andere Hand. Ihre Rechte war mit einem Mal ganz schwitzig geworden.

„Bist du noch dran, Leslie?"

„Jaja." Sie konnte hören, wie er die Tür zum Balkon schloss. Dann raschelte es wieder.

„Wo bist du jetzt?", fragte sie ihn.

„Auf meinem Bett."

„Wolltest du nicht draußen bleiben?"

„Nein. Zu viele Augen." Sie wusste, dass er die Wachen damit meinte, die wahrscheinlich noch immer zwischen den hohen Bäumen in der Nacht herumstanden. Sie schwieg eine Weile, war sich aber sicher, dass Raffaello bald wieder nachfragen würde, ob sie noch dran sei.

„Warum hast du angerufen?", fragte er plötzlich. Was zur Hölle sollte sie nur darauf antworten?

„Nur so …", sagte sie.

„Aha."

„Naja, ich wollte ausprobieren, ob die Nummer funktioniert." Dass sie angerufen hatte, weil sie seine Stimme hören wollte, verschwieg sie ihm.

„Sie funktioniert", sagte er. Sollte sie das Gespräch jetzt beenden? War das ein Wink mit dem Zaunpfahl von ihm? Leslie fühlte sich mit einem Mal etwas unsicher.

„Was machst du morgen?", fragte Raffaello sie dann.

„Weiß nicht. Und du?"

„Ich fliege nach Rom."

Ui. Schick, dachte Leslie. „Warum das?", fragte sie ihn. Erneut hörte sie seine Bettdecke rascheln und dann die Dielen knarren. Anscheinend war er wieder aufgestanden.

„Mein Vater hat dort zu tun und ich muss mit."

„Oh. Mein Beileid."

„Macht nichts. Rom ist ganz schön."

„Warst du schon oft dort?"

„Fünfmal."

„Oh", machte Leslie. Ein seltsames Surren ertönte plötzlich im Hintergrund. „Was war das?", fragte sie ihn.

„Der Rollladen am Balkonfenster."

„Ach so."

„Wo bist *du* eigentlich gerade?", fragte er.

Sie zögerte kurz. Hörte es sich nicht seltsam an, wenn sie es ihm sagte?

„Im Badezimmer. Im Hotel", sagte sie dann. „Der einzige Ort, an dem man in Ruhe telefonieren kann. Anne und Meli schlafen schon."

„Hast *du* schon geschlafen?"

„Nein", sagte Leslie.

„Standest du mit Mario im Stau?"

„Nein. Er musste tanken."

„Ja, das hat er erzählt." Fast hörte es sich an, als knurrte er.

„Was ist?", fragte Leslie.

„Nichts."

„Hm." Sie schwiegen.

„Wann kommst du wieder?“, fragte Leslie ihn dann. Sie hörte ihn Luft holen.

„In drei Tagen.“ Irgendwie war Leslie plötzlich froh, dass er nicht länger in Rom bleiben würde. Sie versuchte, dieses seltsam fröhliche Gefühl unter Kontrolle zu bekommen, das in ihrem Magen herumzuhüpfen schien, aber so ganz gelang ihr das nicht. Sie hörte Raffaello gähnen.

„Du *bist* müde“, sagte sie grinsend.

„Geht schon“, erwiderte er.

„Vielleicht sollte ich … Naja, also ich werde dann mal auflegen …“, sagte Leslie.

„Echt? Schade, ich könnte noch stundenlang so telefonieren“, behauptete er leichthin.

„Bist du sicher?“

„*Sì. Sorry*: Ja.“

„So viel Italienisch verstehe ich auch noch“, sagte sie lachend.

„*Molto bene*“, sagte Raffaello und erneut hörte sie seine Decke rascheln. „Du kommst doch aus Schottland?“, fragte er.

„Ja …“

„Sprichst du schottisch?“

„Etwas …“

„Sag mal was!“

„Lieber nicht.“ Aber dann tat sie es doch.

„*Non capisco*“, nuschelte Raffaello und gähnte erneut. Scheinbar war er so müde, dass er nicht einmal mehr daran dachte, Englisch mit ihr zu reden. Er tat ihr leid.

„Du … ich halte dich doch nur vom Schlafen ab“, sagte sie. Er grummelte irgendetwas, das Leslie nicht verstand. „Also, ich lege jetzt wirklich auf“, sagte sie.

„*Va bene.*“

„Äh, wie sagt man auf Italienisch …?“

„*Arrivederci*?“

„Ähm … ja!“

„*Arrivederci*, Leslie", sagte er leise lachend. Dann legte er auf. Leslie stand da und starrte ihr Handy an, versuchte, nicht auf das ungewohnt fröhliche Gefühl zu achten, das sich in ihrem Magen tummelte, und zwirbelte eine ihrer schokobraunen Haarsträhnen um den Finger. In der Rechten knetete sie ihr Handy, dann fischte sie Raffaellos Zettel aus dem Waschbecken, in das sie ihn hatte segeln lassen, nachdem sie in aller Eile seine Nummer gewählt hatte, und ließ den Fetzen in ihre Rocktasche gleiten.

Anne schlief, als Leslie zu ihr unter die Decke kroch, jedenfalls tat sie so, denn kaum hatte Leslie sich hingelegt und die Bettdecke zurecht gezogen, schlug sie die Augen auf. Anne hatte noch nie einen sehr leichten Schlaf gehabt. Wenn sie einmal eingeschlafen war, dann tief und fest, und da ihre Nachttischlampe noch immer hell leuchtete, war es absolut entgegen Annes Natur, dass sie schon schlief.

„Anne, ich weiß, dass du nur auf mich gewartet hast", sagte Leslie leise. Anne drehte sich zu ihr herum. Sie grinste.

„Hast du ihn angerufen?", fragte sie. Leslie nickte und blickte hinauf zur Decke, um ihrer Freundin nicht in die Augen sehen zu müssen, die scheinbar alles und jeden durchschauen konnte.

„Ja, hab' ich", sagte sie dann.

„Und?!", kam es aufgeregt von Anne zurück.

„Wir haben nur geredet", verteidigte sich Leslie. Es war fast halb vier. Sie wollte nur noch schlafen – da kam ihr eine hellwache Anne äußerst ungelegen.

„Anne, ich bin müde", sagte sie und drehte ihrer Freundin den Rücken zu.

„Hm, na gut", murmelte Anne leise zurück. Ihre Decke raschelte, dann tippte sie Leslie von hinten auf die Schulter.

„Du … ich find's schön, dass du endlich wieder an etwas anderes denken kannst, als an … naja, du weißt ja", sagte sie.

Leslie antwortete ihr nicht. Sie tat, als schliefe sie, obwohl ihr nur allzu bewusst war, dass Anne darauf nicht hereinfallen würde, denn dass Schlafende atmeten und nicht die Luft anhielten, war klar, aber Anne schaltete trotzdem die Lampe auf dem Nachttisch aus. Es wurde stockfinster im Raum.

„Danke", nuschelte Leslie schließlich.

„Wofür?", kam es aus der Dunkelheit von Anne zurück.

„Dafür, dass du den Zettel aus dem Müll …"

„Nicht der Rede wert." Anne klang hundemüde. Sie gähnte. „Gute Nacht, Anne."

„Hm."

13

Am Samstag erwachte Leslie erst um halb zwei am Mittag. Anne war scheinbar schon früh auf den Beinen, denn sie eilte geschäftig auf Zehenspitzen gehend im Zimmer umher. Sie trug ihre Sportsachen.

„Morgen", nuschelte Leslie und setzte sich auf. In der Nacht hatte sie es nicht mehr geschafft, ihr langes Haar zu einem Zopf zu flechten und nun stand es ihr wirr vom Kopf ab. Anne drehte sich überrascht zu ihr um.

„Hey, Schlafmütze", sagte sie und grinste, dann huschte sie hinüber zu Melissa und kam gleich darauf mit einem Tablett voller Brötchen, Marmelade und Orangensaft zurück, Melissa im Schlepptau, und stellte es neben Leslie aufs Bett.

„Meli und ich waren unten und haben dir was vom Frühstück gerettet", sagte sie und ließ sich neben Leslie und dem Tablett im

Schneidersitz nieder. Sie zappelte mit dem linken Fuß. Der Saft in Leslies Glas schwappte gefährlich hin und her. Schnell griff sie danach und nahm einige Schlucke, und als ihr Blick auf die herrlichen Croissants fiel, merkte sie, dass sie doch irgendwie Hunger hatte. Ziemlichen Hunger. Zögernd griff sie danach und biss etwas von dem Teig ab.

„Keine Marmelade oder so?", fragte Melissa ungläubig.

„Nö", sagte Leslie kauend und sah, wie Anne ihr ernstes, besorgtes Mutter-Gesicht aufsetzte. Sie ignorierte ihren Blick und nippte an ihrem Orangensaft.

„Ich will gleich ein bisschen joggen gehen", sagte Anne nach einer Weile. „Kommt eine von euch mit?"

Melissa und Leslie willigten ein – allerdings würde Anne sich alleine abquälen müssen, da weder Leslie noch Melissa besonders sportlich waren. Schon gar nicht bei dieser extremen Hitze, die jetzt am Mittag am schrecklichsten war, und so kam es, dass Leslie eine halbe Stunde später neben Melissa die Straße hinab schlenderte, in das eine oder andere Schaufenster spähte und jedes Mal die Luft anhielt, wenn sie auf der Straße ein schwarzes Cabrio vorbeifahren sah.

Anne war ihnen schon weit vorausgelaufen. Sie war ziemlich schnell mit ihren langen Beinen und ab und zu blieb sie auf einer Stelle hüpfend stehen, um auf Leslie und Melissa zu warten, bevor sie erneut Gas gab und weiter rannte. Melissa konnte darüber nur den Kopf schütteln, während sie sich mit einer Zeitschrift, die sie sich gekauft hatte, Luft zufächerte.

„Sie ist verrückt", meinte sie und schaute zu Leslie herüber. Leslie nickte nur.

Die Sonne stand sehr hoch und brannte unbarmherzig auf ihre Schultern herab, der Verkehr schlängelte sich dicht an dicht durch die Straßen und Leslie wunderte sich darüber, dass die Leute, die versuchten, durch das Chaos zu rennen, heil auf der anderen Seite der Straße ankamen, ohne vorher zu Brei zerfahren zu werden.

„Wahrscheinlich geht mich das nichts an", begann Melissa nach einer Weile, „aber darf ich dich fragen, wo du gestern so lange gewesen bist?“ Nicht schon wieder. Erst hatte sie Anne Rede und Antwort stehen müssen und jetzt fing Melissa damit an. Toll.

„Auf einer Geburtstagsfeier“, sagte Leslie nur.

„Aha“, machte Melissa, aber sie fragte nicht weiter nach, wofür Leslie ihr unendlich dankbar war.

Eine ganze Weile schlenderten sie nebeneinander die Straße entlang, immer nur Anne hinterher, die scheinbar niemals außer Atem geriet und auch nicht wirklich zu wissen schien, wo sie hinlief, und irgendwann blieb Melissa vor einem der Schaufenster stehen mit den Worten: „Ich komme nach …“ und Leslie ging alleine weiter.

Selbst in den kurzen Shorts und dem grünen Trägertop war ihr viel zu warm. Sie beachtete die Blicke der Passanten nicht, die ihre dünnen Beine mit diesem seltsamen Gesichtsausdruck musterten, aber Leslie schlenderte bloß unberührt weiter, winkte Anne ab und zu, die dann und wann auf sie wartete und ließ dann den Blick über den dichten Verkehr auf der Straße schweifen. Ihr war schrecklich langweilig.

„Leslie?“, hörte sie plötzlich eine ihr recht bekannte Stimme hinter sich. Sie drehte sich um. Die *Piazza della Vittoria* gegenüber dem Normannenpalast war voller Menschen. Touristen, Einheimische und hier und da auch der eine oder andere Jogger. Und dann sah sie Mario Andolini, der auf sie zukam, breit lächelnd und schlaksig.

„Hi, Leslie“, sagte er, als er vor ihr zum Stehen kam. Er hatte die Hände in den Hosentaschen seines schwarzen Anzuges vergraben. Die dunkelbraunen Locken fielen ihm ins Gesicht. „*Come va*?“, fragte er.

„Ähm …?!“, machte Leslie und hob verständnislos eine Augenbraue.

„*Scusi*“, sagte Mario dann lachend. „Ich hatte vergessen, dass du kein Italienisch sprichst.“ Er grinste und fast hatte Leslie das Gefühl, dass er sie nur hatte testen wollen. „Wollen wir ein Stück gehen?“, fragte er und Leslie blickte zu Anne hinüber, die an einer Bank, die am Rande der *Piazza* stand, Dehnübungen machte, dann nickte sie.

„Okay“, sagte sie, „aber nicht zu weit.“

„Bist du mit deinen Freundinnen unterwegs?“, fragte Mario.

„*Sì*“, sagte Leslie. Mario gab ihr einen freundschaftlichen Klaps auf die Schulter.

„*Molto bene*, du kannst es ja doch!“, rief er lachend aus und fing gleich an, irgendetwas auf Italienisch zu erzählen, brach dann aber ab, als er ihrem verständnislosen Blick begegnete.

„Was machst du hier?“, fragte Leslie ihn ehrlich interessiert.

„Ich habe geschäftlich hier zu tun. Auftrag von Signor Ruggiero“, sagte Mario ehrfürchtig.

„Aha“, machte Leslie. „Was für Geschäfte?“ Einen Moment lang sah er so aus, als hätte er nicht mit dieser Frage gerechnet, aber dann sagte er: „Naja, Politikerkram eben.“

Leslie nickte. „Bist du auch Politiker?“

„Nein“, sagte Mario nur.

„Was dann?“

„Hm … sozusagen der Berater von Signor Ruggiero.“

„Ah ja …“, machte Leslie.

„Und?“, fragte Mario dann. „Wie hat es dir auf Raffis Feier gefallen?“

Leslie hob die Augenbrauen. „Raffi?“

Mario lachte. „Raffaellos Spitzname. Er kann ihn absolut nicht ausstehen. Manchmal ziehe ich ihn damit auf.“ Leslie musste grinsen. „Raffi“ erinnerte sie sehr an den kleinen, sechsjährigen Raffaello, von dem Mario ihr erzählt hatte und sie schätzte, dass der Spitzname ungefähr zu dieser Zeit entstanden war. Irgendwie süß.

„Also, wie hat es dir gefallen?“, fragte Mario.

„Gut“, log sie. Dass sie entsetzt gewesen war über die vielen Menschen, dass Raffaello sie mit seinem ungewohnten Verhalten völlig aus der Bahn geworfen hatte, verschwieg sie ihm vorsichtshalber.

„Jaja“, murmelte Mario, „jetzt ist er achtzehn …“ Fast klang er verträumt. Dann blickte er zu Leslie herab.

„Wie alt bist du?“, fragte er sie.

„In einer Woche siebzehn“, sagte sie. Plötzlich hasste sie es, noch sechzehn zu sein. Raffaello war achtzehn – sie hatte das Gefühl, das passte nicht zusammen. „Dann können wir ja fast zusammen feiern“, hatte er gesagt, als sie sich rein zufällig in der Stadt getroffen hatten, aber er würde es nicht mitkriegen, wenn sie Geburtstag feierte. Denn das war genau einen Tag, nachdem sie zusammen mit Anne, Melissa und Mr. Gosetti wieder zu Hause sein würde.

„Er ist in Rom, wusstest du das?“, fragte Mario.

„Ja“, sagte Leslie und erst danach fiel ihr ein, dass sie sich vorgenommen hatte, mit niemandem über ihr Telefonat zu reden. Mario hob eine dichte Braue.

„So?“, fragte er. „Woher das denn?“

„Wir haben telefoniert“, sagte sie ausweichend.

„Er hat dir seine Nummer gegeben?“, entfuhr es Mario beinahe schon entsetzt. „Die seiner Familie oder seine private?“

„Seine Handynummer“, erklärte Leslie, nicht begreifend, was ihn auf einmal so aus der Fassung brachte.

„Ah, gut“, sagte Mario und grinste fröhlich. „Dann hat er dich wirklich gerne.“ Darauf antwortete Leslie nichts. Sie versuchte nur, ihren Herzschlag wieder unter Kontrolle zu bekommen, bevor Mario ihr anmerken konnte, wie sehr sie das, was er eben gesagt hatte, freute.

„Wann kommt er wieder?“, fragte sie beiläufig, obwohl sie das genau wusste.

„Er bleibt soweit ich weiß drei Tage mit seinem Vater in Rom. Vielleicht hängen sie noch zwei Tage Urlaub dran, so genau wusste Signor Ruggiero nicht, was sein Sohnemann vorhat. Du hast ja seine Nummer“, fügte er seltsam lächelnd hinzu. „Du kannst ihn also jederzeit anrufen, wenn du ihn vermisst. Hat er deine?“

Leslie schüttelte den Kopf. „Ich werde ihn schon nicht vermissen“, knurrte sie und versuchte sich einzureden, dass Raffaello bloß ein verwöhnter Macho war, der von seinem Vater alles bekam, was er wollte, damit sie sich nicht selbst eingestehen musste, dass sie ihn wahrscheinlich tatsächlich vermissen würde.

„Hm“, machte Mario und murmelte irgendetwas auf Italienisch, bevor er sich ihr erneut zuwandte. „Das Mädchen, das dir da hinten zu winkt“, sagte er und Leslie drehte sich um, „ist das die Tochter von diesem Gosetti?“ Fast klang er lauernd, das fröhliche Grinsen auf seinem

Gesicht war verschwunden, nur in seinen Augen saß es noch und schien dort zu glimmen, bis es wieder gebraucht werden würde.

„Woher kennst du Mr. Gosetti?", entfuhr es Leslie überrascht. Ob Raffaello wohl mit Mario darüber gesprochen hatte? Aber über was eigentlich? Was hatten Raffaello und Mario mit Gosetti zu schaffen? Die Welt konnte doch nicht so klein sein, dass irgendeiner von ihnen mit Mr. Gosettis Versicherungen in Kontakt kommen konnte – oder doch?

„Ist das seine Tochter oder nicht?", wiederholte Mario, obwohl Leslie das Gefühl hatte, dass er das längst wusste.

Sie nickte. „Ja, Melissa Gosetti."

„Hm …", grummelte Mario und rieb sich die lange Hakennase.

„Woher kennst *du* ihn?", versuchte Leslie es erneut. Mario blickte zu ihr herüber, als habe sie ihn aus tiefsten Gedanken zurück auf den Boden der Tatsachen geholt.

„Ab und zu haben wir mit seiner … Arbeit zu tun", sagte er.

„Wir?", wiederholte sie.

„Ach, naja, die Familie eben." Leslie hatte das Gefühl, dass er sich auf die Zunge biss, weil er irgendetwas Falsches gesagt hatte, das er nicht hatte ausplaudern dürfen. Seltsam. Sie beschloss, ihm aus der Patsche zu helfen.

„Ach stimmt ja", sagte sie schnell, „Gosettis Versicherungskram …" Sie lächelte Mario aufmunternd zu und hoffte inständig, dass sie nicht allzu neugierig dabei aussah. „Er kennt bestimmt einige Leute …" Beinahe schien Mario aufzuatmen.

„Stimmt", knurrte er dann aber, „eine Menge …"

Um sich von ihrer Neugier abzulenken, betrachtete Leslie die alten Damen, die auf einer der Bänke am Rande der *Piazza* saßen, riesige, scheinbar uralte Fotoapparate in den faltigen Händen. Leslie war sich fast sicher, dass es genau dieselben waren, die am Tisch neben ihr und Raffaello im ‚*Conte*' gesessen hatten. Eine der alten Frauen mit hellgrauen, kurzen Locken, die sie wahrscheinlich künstlich beim Friseur machen ließ, blickte zu ihr herüber und Leslie merkte sofort, dass sie sie wieder erkannt hatte. Höflich lächelte sie ihr zu, bevor sie schnellst möglich den Blick abwandte.

Mario und sie hatten bereits das Ende der *Piazza* erreicht, dahinter drängte sich der dichte Verkehr wieder in den Nebenstraßen.

„Na, dann sollten wir uns besser wieder auf den Rückweg machen", schlug Mario vor. „Ich muss sowieso los." Er ging mit großen, federnden Schritten vor Leslie her, die sich beeilen musste, um mit ihm mithalten zu können. Himmel, wie konnte ein Mensch nur so lange Beine haben?

„Ich wette, deine Freundinnen suchen dich", sagte er – und ging noch schneller.

„Ach was", keuchte Leslie, während sie neben ihm her trabte. „Melissa konnte mich doch die ganze Zeit über sehen."

„Nicht nur sie, schätze ich", murmelte Mario und dann noch verärgert irgendetwas auf Italienisch.

Als Leslie den Blick nach vorne auf Melissa richtete, entdeckte sie Anne, die gleich neben ihr stand – und Mr. Gosetti. In Anzug und Krawatte, mit einem schweren Aktenkoffer beladen stand er da und rührte sich nicht. Sein etwas düsterer Blick war auf Mario gerichtet, dann und wann huschten seine wachen, ernsten Augen zu Leslie hinüber, die an dessen Seite ging.

„Hey, Leslie", sagte Anne, als sie bei ihr, Melissa und Mr. Gosetti angekommen war, und zog sie sofort an ihre Seite, um ihr zuzuraunen: „Wer ist das denn jetzt?"

„Später", murmelte Leslie nur, denn plötzlich hatte sie nur Augen für Mario, der sich schon umgedreht hatte, bevor er überhaupt erst bei der kleinen Gruppe ankommen konnte. Nun eilte er mit großen Schritten in die entgegengesetzte Richtung davon, ohne sich noch einmal umzusehen, geschweige denn sich von ihr zu verabschieden. Genau wie Raffaello, dachte Leslie plötzlich. Sie blickte Marios schmaler Gestalt nach, bis er die *Piazza* in Richtung Hauptstraße verlassen hatte.

„Das ist der Freund, von dem ich dir gestern erzählt habe", sagte sie zu Anne.

Anne nickte. „Der mit dem fetten Jaguar?"

„*Jep*. Er hat mich erkannt und wir haben uns etwas unterhalten."

„Über wen oder was?", mischte sich plötzlich Mr. Gosetti ein. Erschrocken blickte Leslie zu ihm auf.

„Dad“, beschwerte sich Melissa und nahm ihren Vater am Arm. „Ich glaube nicht, dass -“

„Ich möchte es wissen“, unterbrach Gosetti sie. „Es könnte wichtig sein.“ Mit einem Mal fühlte Leslie sich unwohl. Gosettis stechender Blick war auf sie gerichtet. Dabei schien die Sonne, der Platz war voll von Touristen und es gab absolut keinen Grund, sich unwohl zu fühlen. Aber der ernste Blick aus Mr. Gosettis braunen Augen ließ sie ein wenig in sich zusammenschrumpfen.

„Nun gut“, brummte Gosetti dann etwas milder. „Leslie, kann ich mich irgendwann in den nächsten Tagen mit dir unter vier Augen unterhalten?“

„Dad!“, zischte Melissa. „Lass das!“

„Mal sehen“, murmelte Leslie nur, dann ließ sie sich von Anne wegziehen, quer über die *Piazza*, den Weg zurück, den sie gekommen waren.

14

Am nächsten Morgen stand Leslie schon früh auf, um runter zum Frühstücken zu gehen, ohne Anne oder Melissa im Schlepptau haben zu müssen. Außerdem würde Anne sie so nicht die ganze Zeit über im Auge behalten können und sie dazu zwingen, mehr zu essen. Eine Schale Obstsalat. Auf mehr hatte sie wirklich keinen Hunger. Mit der halb vollen Schüssel machte sie sich auf den Weg zurück an ihren Tisch, den sie sich am Fenster ausgesucht hatte und das bisschen Milch, das sie über das Obst gegossen hatte, schwappte gefährlich nahe an den Rand, als sie abrupt stehen blieb, den Blick verwundert und etwas entsetzt auf ihren Tisch gerichtet. Mr. Gosetti saß dort und blickte ihr freundlich entgegen.

Shit, was wollte er hier? Noch dazu so früh? Es war halb sieben. Hatte er auf sie gewartet? Einen Moment lang überlegte sie, sich einfach einen anderen Tisch zu suchen, aber dann setzte sie sich zögernd in Bewegung, ging auf Mr. Gosetti zu und setzte sich auf den Stuhl ihm gegenüber.

„Guten Morgen, Leslie", sagte Gosetti lächelnd. Seine braunen Augen wirkten erstaunlich wach für diese Uhrzeit.

„Hallo", murmelte sie und griff nach ihrem Löffel. Mr. Gosetti hob die Augenbrauen und wies mit einer knappen Kopfbewegung auf ihre halb volle Schale.

„Auf mehr keinen Hunger?", fragte er sie. Sie schüttelte den Kopf und schob sich eine Erdbeere in den Mund.

„Du bist früh auf", stellte Gosetti fest. „Hast du was Spezielles vor heute?"

„Nein, eigentlich nicht", entgegnete Leslie. Was zum Kuckuck wollte er hier? Nur höflich sein? Langsam kaute sie weiter, stocherte dann nur noch im Obst herum, ohne irgendetwas davon zu essen.

„Du hast mir doch versprochen, unter vier Augen mit mir zu reden", sagte Gosetti ruhig. Ihr schwante Schlimmes. Außerdem hatte sie gar nichts versprochen.

„Um was geht es?", fragte sie widerwillig. Sie wollte dieses grässliche Gespräch so schnell wie nur irgend möglich hinter sich bringen. Mr. Gosetti setzte sich auf seinem Stuhl zurecht. Er schien nicht lange überlegen zu müssen, wie er anfangen sollte.

„Um deinen Freund. Diesen Raffaello Ruggiero."

„Er ist nicht mein ‚Freund'", entgegnete sie patzig, wobei sie ‚Freund' betonte, als sei es absolut abwegig, daran zu denken. Und überhaupt – was ging ihn das an?

„Um ihn und seine … Freunde", sagte Mr. Gosetti.

„Ich habe nur einen Freund von ihm kennengelernt", sagte sie.

Gosetti rieb sich den Schnauzbart und nickte. „Mario Andolini, richtig?"

Leslie nickte zögernd. „Woher kennen Sie ihn? Und Raffaello? Ist es wegen ihrer Versicherung? Dann fragen sie nicht mich, sondern ihn!" Nun gut, ein bisschen zu patzig klang das schon, das war ihr klar, aber was fragte er auch sie?

„Es betrifft meine Arbeit, ja", sagte Mr. Gosetti und nickte ernst. „Und es betrifft seine Familie."

„Was ist? Hat Raffaello irgendwas verbrochen?", fragte Leslie. Sie hatte längst aufgehört, weiter zu essen. Der Löffel ruhte lose in ihrer Hand. Von der Spitze tropfte Milch.

„Versicherungsbetrug", entgegnete Mr. Gosetti trocken, „unter anderem." Versicherungsbetrug. Natürlich. *Das* traute sie Raffaellos Familie, die so offensichtlich so stinkreich war und absolut keinen Grund gehabt hätte, so etwas zu tun, nun wirklich nicht zu. Aber Mr. Gosetti nickte ernst. So todernst, dass sie ihm einen absurden Moment lang tatsächlich glaubte. Aber nicht lange.

„Glaube ich nicht", sagte sie trocken.

„Nun, es entspricht leider der Wahrheit, Leslie."

„Nehmen wir an, es stimmt", sagte Leslie. „Meine Güte, jeder macht das irgendwann mal! Mein Vater ist vor fünf Jahren auf unsere Kochplatte in der Küche getreten, als er die Lampe darüber reparieren wollte – da hat er seine Versicherung auch angelogen und es hat funktioniert. Warum erzählen Sie also mir von den angeblichen Verbrechen, die er begangen haben soll?!"

„Nicht er, sondern seine Familie", unterbrach Gosetti ihren Redeschwall. „Und ich spreche auch nicht von ein paar Hundert Euro – oder Pfund – sondern von 2,3 Millionen." Das verschlug Leslie die Sprache. Sie machte den Mund auf – und wieder zu.

„2,3 Mil – Millionen …?", krächzte sie. Sie schätzte, dass sie Mr. Gosetti recht dämlich anstarrte, aber das war ihr in diesem Moment vollkommen egal. Was er da behauptete, klang absolut unglaubwürdig. Sie war sich sicher, dass die Ruggieros so etwas niemals tun würden. Das war der größte Quatsch, den sie je gehört hatte. Mr. Gosetti nickte und strich sich erneut über seinen Schnurrbart.

„Hinzu kommt Steuerhinterziehung in Millionenhöhe und den Rest verrate ich dir besser gar nicht erst. Ich wollte dich damit nicht erschrecken, aber ich dachte mir, wenn du öfters deine Zeit mit Signor Ruggieros Sohn verbringst, solltest du das vielleicht wissen", sagte er ernst. Leslie blickte sich um, um sich ein wenig abzulenken, was ihr allerdings nicht sonderlich gut gelang. Die Terrasse hatte sich mittlerweile reichlich gefüllt. Alle Leute schienen recht gut gelaunt zu sein – keiner bemerkte diese verwirrende und zugleich erschreckende Situation, in der Leslie sich befand.

„A-Aber", brachte sie stockend hervor. „Aber das kann doch überhaupt nicht sein! Sehen Sie sich die Ruggieros an – ich bin sicher, dass da ein Missverständnis vorliegt."

Doch Mr. Gosetti schüttelte den Kopf. „Mehr kann und darf ich dir nicht erzählen. Leslie", sagte er. „Aber es ist mein Beruf, dich nach einigen Dingen zu fragen, mir Notizen zu machen und diese weiterzureichen." Er blickte sie aufmerksam über den Rand seiner Brille hinweg an. „Wirst du mir diese Fragen beantworten?" Leslie antwortete nicht.

„Nun gut", fuhr Gosetti fort. „Hast du irgendetwas bemerkt, irgendein Gespräch mit angehört, das dir seltsam vorkam, als du mit Raffaello unterwegs warst? Oder auf seiner Geburtstagsfeier?"

Leslies Herz schien auszusetzen, für Sekunden blieb ihr die Luft weg. Sie dachte an die ‚Beinahe-Schiffsfahrt', als Mario Raffaello angerufen hatte. An Marios seltsamen Gesichtsausdruck, als sie ihn nach Signor Ruggieros Beruf gefragt hatte, an Raffaellos unerklärliches Verhalten gegenüber Gosetti.

„Woher wissen Sie davon?" entgegnete sie aufbrausend. Gosetti war schließlich nicht zu Raffaellos Feier eingeladen gewesen, wenn sie sich nicht irrte.

„Das spielt keine Rolle."

„Doch, tut es! Weil ich Ihnen nämlich keine Ihrer absurden, überflüssigen Fragen beantworten werde." Mr. Gosetti richtete sich ein wenig auf und beugte sich über den Tisch.

„Leslie", sagte er ruhig, „ich will dich nicht ärgern, aber es ist wichtig für meine Arbeit, dass ich …"

„*Mir* ist es aber nicht wichtig!“, sagte sie bissig. „Ich will damit nichts zu tun haben.“ Viel zu ruppig stand sie auf, der Tisch wackelte, der Löffel, der eben noch auf dem Rand ihrer Obstschale gelegen hatte, fiel herunter. Egal, der Appetit war ihr sowieso mehr als gründlich vergangen.

„Guten Tag noch“, sagte sie, bemüht, nicht mehr ganz so wütend zu klingen, aber Mr. Gosettis todernster Blick, der fast so wirkte, als durchschaue er damit alles und jeden, machte sie nur noch wütender.

„Hast du keinen Hunger mehr?“, fragte Gosetti leise, ganz so, als wäre überhaupt nichts gewesen.

„Nein“, murmelte Leslie, dann drehte sie sich um und eilte mit großen Schritten auf die Lobby zu. Der Saum ihrer viel zu weiten, hellblauen Jeans schleifte ein wenig auf dem Teppichboden. Verflucht, sie hätte an einen Gürtel denken sollen. Die weite, blaugrün karierte Bluse, die sie am Morgen noch schnell übergezogen hatte, bevor Anne aufgewacht war, flatterte im Zugwind, während sie so schnell sie konnte auf die Fahrstühle zueilte und im Gehen ihr Handy aus der Hosentasche hervorkramte.

Sie würde Raffaello anrufen und dieses blöde Missverständnis aus der Welt schaffen. 2,3 Millionen – nie im Leben! Die Ruggieros waren vielleicht Millionäre – ganz sicher waren sie das, vielleicht sogar noch reicher – aber ein Versicherungsbetrug in der Höhe ergab einfach keinen Sinn.Steuerhinterziehung erst recht nicht. Schon gar nicht, weil Raffaellos Vater Politiker war. Das war doch bloß eine lächerliche Unterstellung vonseiten Gosettis und weiter nichts. Kein Grund, sich ernsthaft Sorgen zu machen. Hoffte sie jedenfalls inständig.

Die Tür des linken Aufzuges öffnete sich mit einem hellen Klingeln und beinahe wäre Leslie in Anne und Melissa hineingestolpert, die ihr erst erschrocken und dann fröhlich entgegen grinsten.

„Hey, Leslie“, sagte Anne.

„Keine Zeit“, entgegnete Leslie nur knapp und suchte in ihrem Handy nach Raffaellos Nummer, während sie an den beiden vorbei in den Fahrstuhl schlüpfte.

„Leslie, was ist los?“, rief Anne ihr nach, als sich die Türen auch schon schlossen.

„Nichts“, sagte Leslie leise, als sie endlich alleine war. Sie atmete noch einmal tief durch und drückte dann die grüne Taste auf ihrem Handy. Sie wusste nicht, was sie erwartet hatte. Vielleicht Raffaellos Stimme, die freudig: „*Pronto*?“ oder: „Hey, Leslie, schön, dass du anrufst!“ sagen würde, aber ganz sicher nicht damit, dass eine monoton klingende Frauenstimme ihr erzählte, die gewählte Rufnummer sei derzeit nicht erreichbar. Einen Moment lang hielt Leslie die Luft an. Die Türen des Fahrstuhles öffneten sich und sie trat hinaus auf den Gang, während sie den Zettel, den Raffaello ihr gegeben hatte, zur Sicherheit aus der Hosentasche kramte und jede Ziffer einzeln eintippte.

Tuuuuut. Tuuuuut.

„Der gewünschte Gesprächsteilnehmer ist zur Zeit nicht erreichbar.“

„Scheiße“, sagte Leslie. Sie schaltete ihr Handy aus, in ihrem Kopf spukten die verwirrendsten Gedanken herum. Um die Sache mit Mr. Gosetti machte sie sich in diesem Moment keine Gedanken mehr. Raffaello war wichtiger. Was war mit ihm los? Hatte sie irgendetwas falsch gemacht? War die Reise nach Rom vielleicht nur eine Ausrede gewesen, eine Lüge? Um sich ihr zu entziehen? Andererseits hatte Mario Andolini das alles bestätigt. Aber er war Raffaellos Freund. Und Freunde halten zusammen, dachte Leslie trübsinnig. Sie hatte Marios Nummer nicht. Ihn konnte sie also nicht fragen.

Während sie ruhelos in ihrem Hotelzimmer auf und ab ging, ihr Handy von einer Hand in die andere warf, fiel ihr plötzlich der Einzige ein, der Raffaello halbwegs zu kennen schien. Wenn diese Bekanntschaft auch nur von einer alten Schulprügelei herführte: Antonio Federico! Der Eisverkäufer aus dem *‚Conte‘*, in das Raffaello sie eingeladen hatte, um sich bei ihr zu entschuldigen. Sie hatte Antonios Blick, den er ihr zugeworfen hatte, als er sie mit Raffaello gesehen hatte, nicht vergessen. Gut, sie hatte sich ziemlich falsch verhalten, aber er war der Einzige, der ihr vielleicht noch weiterhelfen konnte. Hastig angelte Leslie ihre Jeanstasche mit dem ellenlangen Schultergurt von ihrem Bett, schwang sie sich im Gehen über die Schulter und verließ dann auf schnellstem Weg das Zimmer.

Glühende Hitze empfing sie, als sie hinaus auf die Straße trat. Der Himmel war jetzt gleißend blau, die Sonne stand hoch über den Dächern und jetzt verwünschte Leslie ihre lange Hose und die langärmlige Bluse. Schnell krempelte sie die Ärmel bis über die Ellenbogen hoch, ließ die Hose aber so, wie sie war. Antonio musste ja nicht unbedingt ihre Storchenbeine zu sehen bekommen. Mit schnellen Schritten machte sie sich auf, die dicht befahrene Hauptstraße hinunter zu eilen. Den Weg zum ‚*Conte*' hatte sie noch ganz genau in Erinnerung und sie hoffte inständig, dass Antonio heute dort arbeitete. Was hatte er noch gesagt? „Wenn ich nicht da bin, fragst du nach Antonio Federico." Leslie musste grinsen, als sie an das fröhliche Glitzern in seinen Augen und an sein schlechtes Englisch dachte. Aber als sie das Schild des ‚*Conte*' schon von weitem sehen konnte, brodelte das flaue Gefühl in ihrem Magen wieder auf und die Gedanken an Raffaello schnellten urplötzlich in ihrem Kopf herum: Gosetti – Raffaello. Seine Familie – Gosetti. Antonio – Raffaello. Raffaello – ich.

Das alles dachte sie in Sekundenschnelle und plötzlich wünschte sie sich, Raffaello wäre nie nach Rom gefahren. Sie hätte Mr. Gosetti nicht getroffen und er hätte ihr nicht all dieses verwirrende Zeug erzählen können. Aber er war in Rom. Daran war nichts zu ändern. Irgendwann muss er ja zurückkommen, dachte sie, während sie sich ihren Weg zwischen den silbrig glänzenden Tischen und Stühlen, die vor dem Laden unter einer grün-weiß-rot gestreiften Markise standen, bahnte und dann die drei schmalen Treppenstufen zum Eingang des ‚*Conte*' hinaufeilte.

Das Windspiel, das in der Ecke über der Tür hing, gab ein helles Klingeln von sich, als Leslie die Tür aufstieß. Sie sah sich um. Ein paar Leute saßen an den beiden großen Fenstern, die helles Licht in die Eisdiele fallen ließen, wahrscheinlich, weil es ihnen im Freien zu heiß war. Hinter dem Tresen stand ein älterer Herr mit grauen Haaren und einer weißen Schürze vor dem runden Bauch. Er blickte ihr freundlich entgegen und plötzlich war Leslie froh darüber, dass Antonio nicht dort stand und sie so plötzlich wieder sehen musste. Sie trat vor und als der Mann sie fragte, welches Eis sie denn haben wollte, schüttelte sie hektisch den Kopf.

„Ich suche Antonio Federico", sagte sie deutlich mit den paar Brocken Italienisch, die sie konnte. „Ist er da?" Der Alte nickte und ein Grinsen huschte über sein Gesicht, als er Leslie von oben bis unten musterte und sie begann, sich unwohl zu fühlen. Verlegen zupfte sie an ihrer viel zu weiten Jeans herum. Dann wandte sich der Eisverkäufer halb um und rief in den Türrahmen, der ganz offensichtlich in irgendein Hinterzimmer führte: „Antonio! Deine Freundin! Nun mach schon!"

Leslie erstarrte. Auch wenn der Alte Italienisch gesprochen hatte, sie hatte es recht gut verstanden. Sie war drauf und dran, dem Typen zu sagen, dass sie nur ein paar Informationen von Antonio brauchte und ihn gar nicht weiter kannte, als dieser auch schon mit äußerst verwirrtem Gesichtsausdruck, sich im Gehen seine Schürze umbindend, aus dem kleinen Raum hinter dem Tresen trat und irgendetwas auf Italienisch stammelte, aber der Alte nickte nur mit dem Kopf in Leslies Richtung. Antonios verwirrte Miene verrutschte ihm auf der Stelle und während er hinter dem Tresen hervor kam, knurrte er seinem Kollegen noch irgendetwas zu, das sich anhörte wie: „Sie ist nicht *meine* Freundin", dann war er bei Leslie angekommen.

„Hi", sagte er trocken. Leslie schätzte, dass er noch immer recht wütend auf sie war. Unbehaglich trat sie von einem Bein auf das andere.

„Was kann ich für dich tun?", fragte Antonio mit kühlem Unterton in der Stimme.

„Ich hab' eine Frage an dich …", begann Leslie und gleichzeitig fragte sie sich, ob Antonio ihr überhaupt weiterhelfen würde, da es so offensichtlich war, dass er Raffaello nicht besonders gut leiden konnte.

„*Sì*?", entgegnete er, fast ein wenig fröhlicher. *Shit*, er konnte ja nicht wissen, um wen es ging. Aber sie hatte keine Wahl.

„Du kennst doch von irgendwoher Raffaello Ruggiero …?", fragte sie geradeheraus. Entsetzt blickte Antonio sie an. Dann verfinsterte sich seine Miene und er fing an, an dem Knoten in seiner Schürze herumzufingern. Er warf sie dem Alten zu und wandte sich dann an Leslie.

„Lass uns woanders hingehen“, sagte er nur knapp und ging voraus. Hinaus aus dem Laden und Leslie folgte ihm auf die Straße.

Antonio ließ sich auf einen der glänzenden Stühle sinken und Leslie setzte sich ihm gegenüber, ihre Tasche auf dem Schoß. Unbehaglich spielte sie mit dem Schlüsselanhänger in Herzform, den Anne ihr irgendwann mal geschenkt hatte, am Reißverschluss herum und linste durch den dichten Vorhang ihrer langen Haare zu Antonio herüber.

„Ja, ich kenne den Typen“, sagte er. „Warum? *Du* kennst ihn doch auch, wenn ich mich recht entsinne?“ Der beleidigte Unterton in seiner Stimme war nicht zu überhören. Leslie schob trotzig die Augenbrauen zusammen.

„Weißt du zufällig seine Telefonnummer?“, fragte sie.

„Was?!“ Einen Moment lang schien er nicht zu wissen, was er sagen sollte. „Warum willst du die wissen?“, entgegnete er dann grimmig. „Er hat sie dir doch sicher gegeben. Ihr versteht euch doch so gut.“ Leslie verdrehte die Augen. Diese dämlichen Anspielungen gingen ihr langsam auf die Nerven.

„Ja, hat er“, sagte sie. „Aber ich will die Nummer seiner Familie wissen, nicht seine Handynummer.“ Nach einer kurzen Pause fügte sie hinzu: „Unter dieser Nummer ist er nicht erreichbar.“

Antonio grinste spöttisch. „Was du nicht sagst.“ Er schlug die Beine übereinander und lehnte sich fast schon genüsslich zurück. Dann musterte er sie verschlagen grinsend. „Und was springt für mich dabei raus, wenn ich dir Informationen gebe?“

„Nichts!“, entgegnete Leslie aufbrausend.

Er hob die Brauen. „Nicht einmal ein Eis? Du und ich?“

Sie seufzte. „Na gut, um Himmels Willen, aber beantworte mir jetzt endlich meine Frage! Das ist wichtig“.

Antonios Laune schien sich schlagartig zu verbessern. Seine Augen blitzten fröhlich auf. „*Va bene …*“, sagte er, „ich weiß die Nummer nicht.“

„Was?!“, entfuhr es Leslie. Das hatte er ja schlau angestellt.

Er nickte zufrieden. „Sie steht in keinem Telefonbuch und die Adresse der werten Leute auch nicht. Das ist alles, was ich weiß. Warum willst du es denn eigentlich wissen?" Neugierig musterte er sie. „Du bist doch nicht etwa mit dem Ruggierosohn zusammen oder so ...?!"

„Nein", sagte Leslie leise.

„Aber du wärst es gerne." Er grinste.

„Lass das!"

„Ich wusste es! Der Typ ist unmöglich. Auf Dauer wird das nicht gut gehen, glaub mir", sagte Antonio. „Stehst du auf ihn?"

„Mann, das interessiert jetzt so was von gar nicht!"

„Doch. Mich." Er grinste.

„Lass mich ausreden, verdammt", rief Leslie genervt. „Also: er ist in Rom, hat mir seine Nummer vor ein paar Tagen gegeben und wir haben auch schon telefoniert –"

„Oh", machte Antonio spitz. „Wir haben auch schon telefoniert!"

„Lass den Quatsch!", fuhr sie ihn wütend an.

„*Scusi*. Also: weiter?" Sie erzählte ihm, dass sie Raffaello nicht erreichen konnte und dass sie ihn unbedingt anrufen musste wegen einer dringenden Angelegenheit.

„Welche Angelegenheit?", fragte Antonio und mit einem Mal schien er richtig neugierig zu sein.

„Ach, nichts weiter", stammelte Leslie. Verdammt, sie hätte gleich darüber nachdenken sollen, dass er sie danach fragen würde. Aber erzählen konnte sie es ihm wirklich nicht. Er würde Raffaello noch schlechter machen, als er es ohnehin schon tat.

„Nichts?", wiederholte Antonio mit hochgezogener Augenbraue. „Muss ja sehr wichtig sein."

„Ich kann's dir nicht sagen, klar?"

„Kannst oder darfst du nicht?"

Sie brauchte nicht lange zu überlegen.

„Ich *will* nicht", sagte sie. Er zuckte die Achseln.

„Na dann. Sag das doch gleich." Er klang ein bisschen beleidigt.

„Weißt du, wie ich irgendwie mit Raffaello Kontakt aufnehmen könnte? Irgendwie?", fragte sie, aber es war hoffnungslos. Antonio wusste nichts, und wenn er das nicht tat, dann ließ sich daran leider auch nichts ändern. Mist verdammter. Antonio schüttelte den Kopf und wirkte plötzlich viel ernster.

„Nein, wirklich", sagte er, „tut mir leid, Leslie."

„Hm", machte sie trübsinnig, dann stand sie langsam auf, warf sich das lange Haar aus der Stirn und hängte sich ihre Tasche über die Schulter. „Na gut", murmelte sie, „aber danke, Antonio." Sie wandte sich zum Gehen, doch Antonio hielt sie am Arm zurück.

„Bei unserem Eis morgen Nachmittag bleibt es aber, oder?", sagte er. „Das war die Bedingung." Er grinste.

Leslie nickte. „Mal sehen, wann ich vorbeikommen kann", sagte sie, dann drehte sie sich um und ging die Straße zurück zum Hotel.

Na toll. Jetzt hatte sie ein Date, das keines sein sollte, mit einem Jungen, der ihre Situation ausgenutzt und sie reingelegt hatte. Schlitzohr, dachte Leslie mürrisch. Zugegeben, sie hatte ihn wirklich ganz nett gefunden, als sie das erste Mal mit Anne und Melissa ins ‚*Conte*' gekommen war. Aber jetzt nicht mehr, dachte sie, jetzt ist das anders. Sie dachte daran, dass Raffaello genau in diesem Augenblick in Rom war. Was er wohl gerade machte? Vielleicht saß er im schicken, schwarzen Anzug neben seinem Vater an einem langen Tisch, zusammen mit einem Haufen anderer Politiker und lauschte gelangweilt den Plänen, die sie schmiedeten. Oder er lag auf einem großen Himmelbett in irgendeinem pikfeinen Fünf-Sterne-Hotel und hörte Musik, schlenderte alleine durch die Straßen in Rom, weil sein Vater unterwegs war, bestellte sich einen Cappuccino und las Zeitung, um sich die Langeweile zu vertreiben. Vielleicht trieb er sich aber auch in irgendeinem angesagten Club für Superreiche herum und tanzte mit irgendeinem Mädchen mit viel zu kurzem Rock und schlecht gefärbten, platinblonden Haaren. Grimmig verwarf Leslie diesen grässlichen Gedanken und konzentrierte sich auf den Weg, der sie zurück zum Hotel führen würde.

Die Sonne stieg immer höher und Leslie versuchte, so oft es ging, im Schatten der Palmen, die hier und da am Straßenrand wuchsen, zu gehen, aber trotz allem blieb es unerträglich heiß. Als sie am *Palazzo dei Normanni* vorbei kam, schaute sie sich instinktiv nach Mario um, aber natürlich war es absolut aussichtslos, ihn hier und jetzt ausgerechnet heute noch einmal zu treffen. Er war der Einzige, der ihr möglicherweise tatsächlich noch hätte helfen können, die Wahrheit über Gosettis Anschuldigung herauszufinden, allerdings war sie weder im Besitz seiner Telefonnummer, noch kannte sie seine Adresse. Oder wohnte er gar bei den Ruggieros? Unsinn, dachte sie und sie war drauf und dran, die ganze Sache mit dem angeblichen Versicherungsbetrug in Millionenhöhe vergessen zu wollen und im nächsten Telefonbuch nach Raffaellos Nummer zu suchen, auch wenn Antonio behauptet hatte, sie stände in keinem drin.

Doch das Gespräch mit Mr. Gosetti ließ sie nicht mehr los und mit einem Mal fühlte sie sich richtig elend, als ihr bewusst wurde, wie wenig sie wirklich über Raffaello Ruggiero wusste. Was hatte er ihr denn bitteschön schon von sich erzählt? Belangloses Zeug auf seiner Feier. Sie wusste, dass Mario sein bester Freund war, dass seine Familie stinkreich war, dass er einmal einen Tanzkurs gemacht hatte und ein Mädchenschwarm war. Mehr nicht. Gut, sie war auch nicht gerade gesprächig gewesen, und das Meiste hatte sie von Mario erfahren, der um Einiges gesprächiger zu sein schien, als sein bester Freund. Jetzt war Raffaello in Rom, und – aus welchen absurden Gründen auch immer – unerreichbar für sie. Höchstwahrscheinlich würde sie ihn nicht mehr vor ihrer Abreise zu Gesicht bekommen und Leslie versuchte sich einzureden, dass ihr das vollkommen egal sein konnte. Aber das war es nicht. Sie beschleunigte ihre Schritte und kramte in ihrer großen Tasche nach ihrer Sonnenbrille. Die braunen Gläser halfen tatsächlich etwas gegen das grelle Licht und auf einmal kam ihr in den Sinn, dass Raffaello vielleicht gar nicht nur cool wirken wollte mit seiner Sonnenbrille. Auf Sizilien im Hochsommer schien sie einfach unerlässlich zu sein.

„Herrgott, Leslie, wo warst du jetzt schon wieder?“, empfing Anne sie, als sie die Zimmertür hinter sich zugezogen hatte. Grimmig ließ Leslie ihre Tasche auf das Bett fallen, zog die Sonnenbrille ab und legte sie auf den Schrank neben dem Fernseher.

„Ich bin vor …“ Sie stockte. „Ist Melissa da?“ Anne schüttelte den Kopf.

„Sie isst noch. Mit ihrem Vater.“

„Ich bin vor Mr. Gosetti geflüchtet“, sagte Leslie schließlich.

„Wieso das denn?“ Anne musterte sie einigermaßen erstaunt. „O. k., er ist etwas kauzig und stocktrocken, aber sonst doch ganz nett. Oder?“ Leslie schnaubte verächtlich durch die Nase.

„Er behauptet etwas, das ich nicht glauben kann und das ich … naja, er behauptet eben etwas … Etwas … Fieses, das nicht stimmt“, murmelte Leslie, als ihr bewusst wurde, wie nahe sie daran war, Anne alles zu verraten.

„Geht es um deinen Lover?“, fragte Anne.

„Er ist nicht mein Lover!“

„Na, der Typ! Du weißt doch, wen ich meine. Du willst mir ja seinen Namen nicht verraten“, beschwerte sich Anne.

Leslie nickte. Dann schüttelte sie den Kopf. „Ja. Nein“, stotterte sie, „mehr um seine Familie, als um ihn … glaube ich.“

„Was regst du dich dann so auf?“, fragte Anne verständnislos. Leslie ließ sich auf die weichen Kissen auf dem Bett fallen und starrte trübsinnig an die Decke.

„Er ist telefonisch nicht erreichbar“, murmelte sie.

„Und du glaubst, das hat was mit dir zu tun?“

„Weiß ich doch nicht“, knurrte Leslie.

Eine Weile schwiegen sie betroffen. Anne zappelte mit dem Fuß und Leslie wurde jedes Mal ein Stückchen auf der weichen Matratze in die Luft gehoben.

„Anne!“, rief sie genervt.

„Hm?“

„Hör auf damit!“

„’Tschuldigung“, nuschelte Anne. Sie setzte sich in den Schneidersitz und fing an, die Bettdecke zwischen ihren Fingern zu zwirbeln.

„Er ist in Rom“, sagte Leslie dann.

„Echt?“

„Ja.“

„Schick“, bemerkte Anne. „Und warum?“

„Keine Ahnung“, sagte Leslie und setzte sich auf. „Er kommt nicht wieder zurück, bevor wir nach Hause fliegen.“

„Oh“, machte Anne, „deswegen bist du so komisch drauf. Verstehe.“

„Nein, tust du nicht“, seufzte Leslie.

„Doch, doch, glaub mir.“ Schweigen.

„Anne?“

„Hm?“

„Du musst mir helfen.“

„Klar! Immer doch.“

Leslie holte tief Luft. „Ich hab’ was Dummes gemacht“, sagte sie.

„Oh Gott! Bist du der Mafia in die Klauen gefallen?!“ Anne grinste.

„Hör auf“, murmelte Leslie. „Es ist ernst.“

„Ich höre?“ Gespannt sah Anne sie an.

Leslie musterte den Fernseher, der gegenüber an der Wand stand, während sie sprach.

„Du erinnerst dich doch sicher noch an den Eisverkäufer im ‚*Conte*‘?“

„Ja“, sagte Anne gedehnt. „Der fand dich ziemlich toll, glaube ich.“ Sie grinste.

„Das ist ja das Problem“, murrte Leslie. „Ich hab’ ein Date mit ihm.“

„Was?!“, entfuhr es Anne entsetzt. „Und was ist mit deinem Lover?!“

„Lass’ mich ausreden!“

„*Sorry*.“ Aufgeregt zappelte Anne mit dem Fuß.

„Er hat mich erpresst. Er hat gesagt, er hilft mir, wenn ich ein Eis mit ihm esse …“

Anne musterte sie mit großen Augen. „Und?“

„Er hatte keine Informationen für mich und jetzt habe ich dieses verfluchte Date am Hals!“, maulte Leslie.

„Was hat dein Grandpa gesagt, bevor wir gefahren sind? ‚Nimm dich vor den Italienern in acht!‘“ Anne grinste. „Selber schuld.“

„Danke“, blaffte Leslie. Anne rutschte neben sie und lehnte sich mit dem Rücken gegen die Wand.

„Gut“, sagte sie, „wie kann ich dir helfen?“

„Ich will da nicht alleine hin. Sonst denkt er noch, er hat irgendwelche Chancen", sagte Leslie.

„Verstehe."

„Kommst du mit mir? Und Melissa meinetwegen auch … Je weniger ich alleine bin, desto besser, weißt du? Ich meine, Antonio ist ja echt nett, aber …"

„Aber du hast dich nun mal in deinen Typen mit dem Protzauto verknallt, schon kapiert." Anne knuffte ihr freundschaftlich in die Schulter. „Wenigstens leugnest du es nicht mehr!"

„Werde ich gleich tun, wenn du das nochmal sagst", knurrte Leslie.

„*Sorry*. Ich werde mir meinen Teil ab sofort denken."

„Du kommst doch mit, morgen, oder?", fragte Leslie besorgt und sah ihre Freundin flehend an.

„*Jep*! Wollen wir ihm mal sein Eis vermiesen!", rief Anne fröhlich und sprang vom Bett auf. Leslie musste grinsen.

„Nur eins noch", sagte Anne und drehte sich zu ihr herum. „Was hat denn Mr. Gosetti erzählt? Es muss ja schlimm gewesen sein, so wie du dich aufgeregt hast."

„Darüber mag ich besser nicht reden", murmelte Leslie.

„Sicher?"

„Ja."

„Na gut … aber denk dran, nicht immer alles in dich reinzu-".

„Schon klar, Anne!"

„Dann ist's ja gut", sagte Anne und schnappte sich die Fernbedienung des Fernsehers. „Lass uns mal die Nachrichten schauen", sagte sie, „und auf Melissa warten, um sie in unseren Plan einzuweihen."

Der Plan war schon etwas gemein, das kam Leslie erst in den Sinn, als sie darüber nachdachte, dass sie Antonio schon einmal verletzt hatte, als sie mit Raffaello im ‚*Conte*' aufgetaucht war. Sie hatte seinen Gesichtsausdruck noch nicht vergessen. Aber er hatte sie reingelegt und ihr diese Bedingung gestellt, obwohl er genau wusste, dass er keine Chance hatte. Oder hoffte er auf das Gegenteil? Wusste er vielleicht, dass sie Raffaello nicht würde wieder sehen können? Oder dass sie sich mit einem Mal völlig unklar darüber war, was da genau zwischen ihr und dem „Ruggierosohn“, wie Antonio ihn abfällig nannte, lief? Wenn es das überhaupt tat. Die Situation war unausstehlich.

Leslie starrte auf den Fernsehbildschirm, verstand kein Wort, nickte ab und zu, wenn Anne etwas sagte oder machte: „Hm“, aber eigentlich bekam sie das, was um sie herum geschah, nicht wirklich mit. Sie war viel zu sehr mit ihren verzweifelten Gedanken um Raffaello, sich selbst und den Rest der Welt beschäftigt, um zu merken, dass Melissa die Tür hereinspaziert kam und sich zu ihnen aufs Bett setzte.

15

Bis zum Abend hatte Anne Melissa in ihren Plan eingeweiht. Die Fragen, die Melissa andauernd stellte, kommentierte Anne mit einem Schulterzucken und einem: „Frag' Leslie“, denn wie es so Melissas Art war, wollte sie die unmöglichsten Details wissen, die Leslie noch nicht einmal Anne erzählt hatte – zudem gab es nicht besonders viele Details. Nun ja, bis auf die Tatsache, dass sie mehr oder weniger freiwillig mit Melissas Vater gesprochen hatte und plötzlich schoss Leslie ein äußerst beunruhigender Gedanke durch den Kopf: Was, wenn Mr. Gosetti seiner Tochter davon erzählt hatte? Was, wenn er sie – sei es auch noch so beiläufig – gefragt hatte, ob sie Genaueres über Raffaello wusste? Schließlich waren sie und Leslie in seinen Augen gute Freundinnen, denn sonst hätte Meli sie nicht mit nach Sizilien genommen, und in Väteraugen erzählen sich gute Freundinnen so ziemlich alles, dachte Leslie panisch.

Aber das hatte sie nicht. Nicht einmal Anne kannte die ganze Wahrheit und Leslie war ihr mehr als dankbar dafür, dass sie das akzeptierte und sie nicht mit Tausenden von Fragen löcherte. Meli war da ganz anders – und Leslie fragte sich, ob sie vielleicht mehr über die Arbeit ihres Vaters wusste, als sie ihnen erzählt hatte.

„Ihm gehören einige Versicherungen“, hatte sie nur gesagt, als sie irgendwann einmal auf das Thema zu sprechen gekommen waren.

Aber so sehr es Leslie auf der Zunge brannte, Melissa all diese Fragen hier und jetzt an den Kopf zu werfen – sie traute sich nicht, es zu tun. Meli würde bloß Verdacht schöpfen und sich daran erinnern, dass ihr Vater Leslie um ein Gespräch gebeten hatte und dann würde sie sich vor ihrer Neugier garantiert nicht mehr retten können. Doch was, wenn sie sich schon längst daran erinnert und ihren Vater danach gefragt hatte, weil sie genau wusste, dass Leslie nicht groß zum Reden aufgelegt war?

„Scheiße“, sagte Leslie, riss sich damit unwillkürlich aus ihrem Gedankenstrom und stand vom Bett auf, auf dem sie mit Anne und Melissa gesessen und möglichst unbeteiligt Annes Vorstellungen ihres „Dann-wollen-wir-ihm-mal-sein-Eis-vermiesen-Plan“ gelauscht hatte. Jetzt blickten Anne und Melissa relativ verwirrt zu ihr hoch.

„Was ist?“, fragte Anne. Melissa kaute auf ihren Chips herum, die sie von ihrem Vater bekommen hatte. Im Moment war das das einzige Geräusch im Zimmer.

„Nichts“, sagte Leslie schnell, „ich hab’ nur über was … nachgedacht.“

„Soso“, sagte Anne spitz, aber sie hakte nicht weiter nach. Zögernd setzte Leslie sich wieder hin. Verflucht, sie musste Melissa fragen. Aber in der Situation war es absolut unpassend.

„Meli?“, fragte sie vorsichtig. „Hat dein Vater dir von … irgendwas … erzählt?“ Sie biss sich auf die Unterlippe, versuchte, ruhig und unbeteiligt auszusehen.

„Hm? Von was?“, entgegnete Melissa und schob sich drei Chips in den Mund. Ihre dunklen Brauen hatten sich begriffsstutzig zusammengeschoben.

„Von einem Gespräch … oder so?“, sagte Leslie leise.

„Das, um das er dich gebeten hat? Unter vier Augen?“, fragte Melissa kauend. Oh, verdammt. Leslie nickte. Entspannt setzte sich Melissa in den Schneidersitz.

„Nö, davon hat er nichts erzählt“, behauptete sie schulterzuckend. „Aber wenn du's tun willst: Ich bin ganz Ohr.“

Doch Leslie winkte hastig ab. „Schon gut“, sagte sie und vor lauter Erleichterung griff sie in Melissas Chipstüte und ignorierte Annes erstaunten Blick.

„Dein Vater hat also Geheimnisse?“, fragte Anne.

„Ja“, entgegnete Melissa, „geschäftliche Dinge, die topsecret sind, wie er es immer ausdrückt. Was weiß ich! Ich finde es nicht ganz so interessant, was er macht, als dass ich alles wissen wollte. Manchmal höre ich nur seltsame Dinge, wenn er mit jemandem am Telefon spricht – aber können wir jetzt den Plan zu Ende austüfteln?“

Das taten Melissa und Anne dann auch. Leslie hörte nicht zu. Sie bemühte sich krampfhaft, nicht augenblicklich irgendwelche Geheimnisse von Gosetti in Verbindung mit dem zu bringen, was er ihr erzählt hatte. Das wäre auch lächerlich, dachte sie. Den Impuls, mit Hilfe von Annes Laptop im Internet nach dem angeblichen Versicherungsbetrug und den Ruggieros zu suchen, unterdrückte sie erfolgreich, auch wenn der Laptop verlockend vom Tisch neben Annes Bett zu ihr herüberblinkte.

In dieser Nacht konnte Leslie nicht einschlafen. Unruhig drehte sie sich von einer Seite auf die andere, bis sie es nicht mehr aushielt. Leise setzte sie sich auf, vergewisserte sich mit einem Blick über die Schulter, dass Anne schlief, und schlich dann leise auf Zehenspitzen hinüber zum Fenster, um es zu öffnen. Ganz dunkel war es draußen auf den Straßen noch nicht, einige Fenster waren noch hell erleuchtet. Autos, die vereinzelt auf der am Tag so vollen Straße vorbeifuhren und die Straßenlaternen zwischen den Palmen am Rande des Gehweges, hinderten die Nacht daran, ihre schwarzen Schatten über die gesamte Stadt zu legen und zum ersten Mal fiel Leslie der angenehm süßliche Geruch auf, der in der warmen Luft lag. Sie beugte sich noch weiter aus dem Fenster und atmete tief ein.

Es roch nach Orangenblüten. Der schwache Wind, der die Schatten einiger Palmen am Straßenrand über die Hauswände tanzen ließ, trug den Duft ins Zimmer und Leslie atmete noch tiefer ein, fast war es ihr, als könne sie die Orangen auf der Zunge schmecken und vor ihrem geistigen Auge sah sie die riesigen Orangengärten am Fuße des Ätna, in denen die Früchte darauf warteten zu Saft gepresst zu werden.

„Sag mal, wirst du zum Vampir oder so?", nuschelte es plötzlich verschlafen neben ihrem rechten Ohr. Anne lehnte sich aus dem Fenster und tat einen tiefen Atemzug.

„Hm", sagte sie, „Orangenblüten." Dann standen sie eine Weile am geöffneten Fenster und genossen den süßlichen Wind, der zu ihnen herein wehte, durchzogen von einer Prise Meer, und blickten hinaus über die Dächer von Palermo.

„Ich konnte nicht schlafen", sagte Leslie nach einer Weile.

„Das hab' ich gemerkt", entgegnete Anne. Sie klang nun ein wenig wacher.

„Ich glaube, ich denke einfach zu viel nach über Sachen, für die es wahrscheinlich eine ganz vernünftige Erklärung gibt", murmelte Leslie.

„Über deinen Romeo?" Anne lachte leise.

„Er heißt Raffaello", sagte Leslie. Was hatte sie nur daran gehindert, ihrer besten Freundin seinen Namen zu verraten?

„Aha", machte Anne, „nett, dass du mir das endlich mal sagst." Sie knuffte Leslie freundschaftlich in die Seite und beugte sich weiter aus dem Fenster, sodass Leslie schon Angst bekam, sie könne hinausfallen und unten auf der Straße landen.

„Aber der Name ist schön", sagte Anne. „Wie diese Pralinen mit den Kokosflocken." Sie grinste matt zu Leslie herüber.

„Ich glaube nicht, dass er nach Kokos schmeckt", sagte Leslie und musste grinsen.

„Probier doch mal", schlug Anne vor und lachte leise.

Leslie verzog das Gesicht. „Nein danke."

Eine starke Windböe wehte ihr das lange Haar aus dem Gesicht und der schwere Vorhang hinter ihnen blähte sich kurz auf. Wie ein samtenes Gespenst legte er sich gleich darauf wieder auf Annes und Leslies Rücken.

„Bist du traurig, weil du ihn nicht mehr siehst, bevor wir fahren?", fragte Anne leise.

Leslie schüttelte den Kopf. „Weiß nicht", murmelte sie. „Nein, bin ich nicht."

„Aber du denkst doch laufend über ihn nach, oder?", sagte Anne und blickte sie von der Seite her an. Leslie sah hinunter auf die Straße und die Dächer der Autos, die am Rande parkten. Auf dem glänzenden Lack spiegelten sich ganz schwach die Sterne.

„Nicht direkt über ihn", sagte sie. „Über das Gespräch mit Gosetti, aber wie gesagt: Ich mache mir zu viele Gedanken." Anne legte ihr einen Arm um die Schultern.

„Vergiss das alles, Leslie", sagte sie leise. „Lass uns morgen Antonio reinlegen, so wie er es bei dir getan hat, und genieße den vorletzten Tag, den wir noch haben, ja?" Vielleicht hatte Anne recht. Vielleicht war es wirklich besser, die ganze Sache einfach zu vergessen. Sie würde Raffaello nie wieder sehen, daran bestand kein Zweifel.

„Er weiß nicht, dass ich in zwei Tagen nach Hause fliege", sagte sie.

„Vielleicht ist das besser so", meinte Anne.

„Aber *mir* hat er Bescheid gesagt, dass er nach Rom fährt."

„Hör auf, über ihn nachzudenken, Leslie. Ich sag's dir ja nur ungern, aber ich schätze, du solltest dich damit abfinden, dass es nur ein Ferienflirt war." Darüber hatte Leslie schon nachgedacht, wenn auch nicht gerne. Sie nickte.

„Ich weiß", murmelte sie leise. „Ist trotzdem Scheiße." Im Haus gegenüber erlosch das letzte Licht, das noch brannte. Ein Auto fuhr auf der Straße vorbei, die Musik laut aufgedreht, aber es war rot, nicht schwarz und Leslie schalt sich selbst für ihre dumme Hoffnung.

„Es ist nie ruhig hier, ist dir das aufgefallen?", sagte Anne. Leslie lauschte. Sie hörte den sanften Wind und in der Ferne Autos. Hupen. Und das laute Knattern der Vespas, die man in den Straßen von Palermo zu Hunderten sah. Wie eine wild gewordene Schar Insekten hörten sie sich an. Das Dröhnen wurde lauter und im nächsten Augenblick sah Leslie vier Kamikazefahrer auf ihren Vespas vorbei brausen. Dann wurde es wieder ruhiger.

„Ich würde gerne mal auf so einem Ding fahren", sagte Anne. Sie ließen das Fenster über Nacht offen, auch wenn es ziemlich warm wurde im Zimmer, aber Leslie mochte den Geruch der Orangenblüten und irgendwie verscheuchte das auch ihre wirren Gedanken.

Anne hatte ihren Wecker auf halb acht gestellt, weil sie noch joggen gehen wollte und Melissa begleitete sie – allerdings nur zum „Frühshoppen", wie sie es nannte, weil es am Morgen noch nicht ganz so schrecklich voll war. Leslie brachte die beiden noch bis zum Eingang des Hotels und stahl sich dann in den Speisesaal, um sich eine Banane vom Buffet mit aufs Zimmer zu nehmen. Sie wollte das Risiko, erneut auf Mr. Gosetti zu treffen, nicht noch einmal eingehen und verschwand deshalb so schnell sie konnte auf ihr Zimmer, wo sie sich in aller Ruhe auf das Fensterbrett setzte und die Banane aß. Immer wieder blickte sie auf Annes Wecker, den sie sich vor ihre Knie gestellt hatte. Gegen Mittag tauchten Anne und Melissa wieder auf. Anne verschwand sofort im Bad und Melissa fing an, ihre drei neuen Kleider anzuprobieren, die sie gekauft hatte und ihr – Leslies Meinung nach – ein klein wenig zu eng waren, aber sie sagte lieber nichts. Sie musste sich innerlich auf ihren Auftritt im ‚*Conte*' vorbereiten. Nervös spielte sie mit der Bananenschale, ritzte mit dem Daumennagel ein Gesicht hinein und schrieb ein „L" daneben. Und ein „R." Dann stand sie auf und beförderte die Schale in den Mülleimer.

Als Anne fertig war, kam sie aus dem Bad, um Leslie das passende Outfit für ihren Auftritt zusammenzusuchen. Ein schwarzes Top mit der Aufschrift: „*I do what I want*", aber bevor Anne ihr noch den kürzesten Minirock aufschwatzen konnte, den sie besaß, war Leslie so schnell sie konnte in ihre alten Fetzenshorts geschlüpft. Den Rock fand sie unmöglich. Und wenn sie sich recht erinnerte, hatte Anne das Ding auch nie getragen, nachdem sie es unbedingt haben musste. Anne lieh ihr ihre roten Ohrstecker in Herzform und dann musterte sie Leslie zufrieden.

„Jetzt siehst du so aus, als könntest du Antonio getrost das Herz brechen, aber Schuhe mit Absätzen wären nicht schlecht …" Doch Leslie bestand darauf, ihre schwarzen Sandalen anzuziehen. Sie hasste Schuhe mit Absätzen. Bevor Anne auch noch mit einem knallroten Lippenstift auftauchen konnte, schnappte sich Leslie ihre Tasche und setzte die Sonnenbrille auf – und fühlte sich fast ein bisschen wie Raffaello. Irgendwie selbstbewusst. Bereit, es Antonio heimzuzahlen.

Zwanzig Minuten später betrat Leslie allein das ‚*Conte*'. Anne und Melissa wollten die Situation von draußen beobachten und sich dann ganz zufällig zu Leslie an den Tisch gesellen. Antonio war nicht da. Zumindest konnte sie ihn nicht sehen, nur der alte Mann mit dem Bierbauch stand hinter dem Tresen und sofort, als Leslie das Café betrat, drehte er sich um und brüllte in die Tür, die hinter dem Tresen in den Lagerraum führte: „Antonio! Deine Freundin!" Dann grinste er Leslie zu, wobei er einige goldene Zähne entblößte, und zog sich mit einer übertriebenen Verbeugung zurück in den Lagerraum. Keine Sekunde später tauchte Antonio im Türrahmen auf und grinste so breit und seine braunen Augen glitzerten so fröhlich, dass es Leslie fast schon wieder leidtat, was sie im Schilde führte.

„Leslie! Schön, dass du da bist", sagte er und streifte sich seine Schürze über den Kopf. „Möchtest du draußen essen oder hier drin? Welches Eis? Moment, ich hole die Karte!" Aufgeregt verschwand er wieder hinter dem Tresen und kramte dahinter herum. Leslie trat langsam auf einen der Tische in der Nähe der Tür zu und setzte sich, tat fast gelangweilt und schob sich die Sonnenbrille ins Haar. Lässig lehnte sie sich zurück und schielte aus den Augenwinkeln nach draußen. Anne und Melissa lehnten an der Hauswand auf der anderen Straßenseite und Melissa konnte es nicht lassen, Leslie zuzuwinken. Sie winkte nicht zurück. Antonio erschien mit drei verschiedenen Karten und setzte sich zu ihr an den Tisch.

„Ich hab's gewusst", sagte er grinsend.

„Was?", entgegnete Leslie und schlug einer der Karten auf.

„Dass du herkommst."

„Aha“, machte Leslie. Sie nahm sich die Sonnenbrille aus dem Haar und steckte sie sich ans T-Shirt. Das war das Zeichen. In wenigen Minuten würden Anne und Melissa die Tür hereinspazieren.

„Ich nehme ein Joghurteis“, sagte Leslie. Sie würde es nicht essen. Natürlich nicht. Sie mochte kein Eis, aber hauptsächlich war es das fiese Unterbewusstsein, das noch immer mit dem Thema Essen haderte. „Können wir uns eins teilen?“, fragte sie und lächelte zuckersüß zu Antonio herüber.

„*Sì*, Leslie, natürlich!“, entgegnete er freudestrahlend. „Ich bring nur schnell die Karte weg und hole unser Eis.“ Damit verschwand er im Lagerraum und gleich darauf hörte Leslie das Läuten des Windspiels über der Tür. Anne und Melissa kamen auf sie zu und grinsten.

„Leslie! Wir wussten gar nicht, dass du hier bist! Was für ein Zufall!“, rief Anne laut genug, dass Antonio sie hören konnte.

„Hi Anne, hi Meli“, sagte Leslie. „Setzt euch doch, Antonio kommt auch gleich.“ In der Tat kam Antonio gleich. Eine Sekunde später spurtete er hinter dem Tresen hervor, auf dem Gesicht einen verwirrten Ausdruck und Leslie fühlte sich mit einem Mal richtig gemein. Es war auch nicht richtig, was sie hier tat. Das war ihr nur allzu klar. Und dass es alles zu gestellt und eingeübt wirkte und dass Antonio gleich dahinter gekommen war. Mist, dachte sie, aber dann blickte sie trotzig zu Antonio auf, als dieser mit ihrem Joghurtbecher vor ihnen auftauchte.

„Dein Eis, Leslie“, sagte er und stellte es vor ihr auf den Tisch. „Was möchten deine Freundinnen?“ Anne und Melissa bestellten sich Spaghettieis. Leslie rührte ihres nicht an. Allein schon aus Schuldgefühlen. *Shit*, was hatte sie nur angerichtet? Möglich, dass sie Antonio wirklich verletzt hatte, stärker, als sie annahm? Es war kindisch von ihr gewesen. Kindisch und unüberlegt. Sie hätte allein kommen können, wie er es gesagt hatte und ihm trotzdem klarmachen können, dass er keine Chance hatte. Sie fühlte sich elend. Sie stand auf, Melissas verwirrte Fragen beachtete sie nicht. Antonio stand hinter dem Tresen. Als er sie kommen sah, griff er nach einem Staubtuch und verschwand damit nach draußen, um die Tische zu säubern und die gestreifte Markise auszufahren. Das Windspiel klingelte leise, als die Tür hinter ihm zufiel. Leslie atmete tief durch – dann folgte sie Antonio nach draußen. Er blickte nicht auf, als sie zu ihm trat. Eine Weile brachte sie keinen Ton hervor. Ein Auto fuhr vorbei, die Musik lautstark aufgedreht, doch Leslie war zu beschäftigt, um zu merken, dass sie die Musik kannte. Vespas knatterten vorbei, ein Auto hupte.

„Hör zu", begann Leslie zögernd, „es tut mir leid. Ich - "

„Es muss dir nicht leidtun", sagte Antonio. Er klang müde. Das Staubtuch warf er sich über die Schulter, als er sich wieder aufrichtete.

„Doch, muss es. Es war schrecklich kindisch von mir", beharrte sie. Da fasste Antonio sie am Arm und blickte ihr fest in die Augen. Er roch ein bisschen nach Eis.

„Du hast mir schön deutlich zu spüren gegeben, dass ich keine Chance habe, Leslie", sagte er verbittert. „*Va bene*, meinetwegen, das muss ich dann wohl akzeptieren."

„Du hast mich reingelegt", entgegnete Leslie trotzig. Ihre Schuldgefühle waren mit einem Mal verflogen. „Selber schuld." Antonio verdrehte die Augen und seufzte.

„Ich weiß, dass das unfair war, aber ich habe keinen anderen Weg gesehen, dir näher zu kommen. Und da der Ruggierosohn in Rom ist …"

„… Hast du gedacht, du versuchst es einfach mal, hm?" Jetzt wurde Leslie wütend. Was bildete er sich eigentlich ein? „Soll ich dir was verraten?", zischte sie, „ich -"

„Liebst du ihn?", fragte Antonio plötzlich.

„Was?!", entfuhr es ihr entsetzt.

„Liebst du Ruggiero?" Sie öffnete den Mund. Und bekam ihn nicht mehr zu. Versuchte, etwas zu sagen, aber er hatte sie zu sehr überrumpelt mit dieser absurden Frage. Sie versuchte, sich aus seinem Griff zu befreien, aber Antonio hielt ihren Arm fest und im gleichen Moment war es ihr schon wieder egal.

„I-ich", stotterte sie mit gepresster Stimme. „Ich – er ist ein Macho, der -" Antonio blickte ihr scharf in die Augen.

„Sprich es aus, Leslie", sagte er. „Du belügst dich selbst."

„Lass mich los", knurrte sie. „Ich liebe ihn nicht, warum kapiert das keiner, verflucht nochmal?" Doch Antonio lachte nur trocken auf.

„Weil man Lügen normalerweise leicht durchschaut“, sagte er, dann ließ er ihren Arm los. Sie hatte das Gefühl, das Blut ströme ihr kribbelnd zurück in die Finger. War sein Griff so fest gewesen? Sie hatte das dringende Bedürfnis, ihm an den Kopf zu werfen, dass zwischen lieben und verliebt sein ein großer Unterschied bestand, aber sie ließ es bleiben. Vorsichtshalber.

„Leslie“, sagte Antonio ernst, „wenn du dich mit ihm einlässt, gerätst du vielleicht in Sachen, von denen du gar nichts wissen willst.“ Was sollte das nun schon wieder heißen? Dachte er etwa, er könnte sie jetzt verunsichern und so Raffaello schlecht machen?

„Was meinst du damit?“, fuhr sie ihn an. „Na los, fang schon an über ihn herzuziehen!“

„Das wirst du selber herausfinden müssen“, sagte Antonio.

„Wenn du's weißt, warum sagst du es mir dann nicht?“, fragte sie, bemüht, sich nicht mehr ganz so aufzuregen.

Antonio lächelte matt. „Weil ich mich nicht mit dir streiten will“, sagte er. „Und ich will in keine Schwierigkeiten reingezogen werden. Das ist alles.“ Er drehte sich um und wollte gehen, aber dieses Mal war es Leslie, die ihn am Arm festhielt. Widerwillig wandte er sich zu ihr um.

„Tut mir wirklich leid“, sagte Leslie. Sie stupste die Stacheln auf seinem Kopf an, die er mit viel Gel aus seinen schwarzen Haaren geformt hatte.

„Willst du es jetzt auf *die* Art aus mir rauskriegen?“, entgegnete Antonio argwöhnisch. Leslie schüttelte den Kopf.

„Gut“, sagte Antonio. „Dann gib mir noch *eine* Chance. Morgen?“

Das hatte sie sich wirklich nicht so vorgestellt. Was sollte sie nur antworten? Er hatte keine Chance, das wusste er doch selbst. Sie rang mit sich. Sie könnte morgen ein Eis mit Antonio essen, ihm erklären, dass außer Freundschaft nichts drin sein würde und dann würde sie sowieso zurück nach Schottland fliegen. Das war einigermaßen vernünftig, fand sie. Sie nickte. Ein leises Lächeln trat auf Antonios Gesicht.

„*Grazie*“, sagte er leise. Und dann verrutschte ihm das Lächeln. Auf der Stelle. Entsetzt blickte er über ihre Schulter.

„Nein, Leslie hat morgen schon etwas vor.“ Raffaellos Stimme ließ ihr das Blut in den Adern gefrieren. Er hatte Italienisch gesprochen, aber das hatte sie verstanden. Sie drehte sich um. Ganz langsam und als sie ihn da stehen sah, herausgeputzt wie eh und je, in einem hellgrauen Anzug, dem schwarzen Haar, das ihm wirr ins Gesicht fiel, beschleunigte sich ihr Puls so sehr, dass ihr schwindelig wurde. Und dann schlecht. Aber nur ganz kurz. Und gleich darauf hatte sie sich wieder unter Kontrolle. Sie war nicht imstande, auch nur einen Ton herauszubringen. Der Blick, mit dem Raffaello Antonio musterte, ließ sie unwillkürlich einen Schritt zur Seite treten, weg von Antonio, der noch immer wie vom Donner gerührt dastand. Irgendwann fand er seine Sprache wieder und er warf Raffaello einen vernichtenden Blick zu. Die beiden wechselten einige Worte auf Italienisch, der harte Unterton in Raffaellos Stimme ließ Leslie eine Gänsehaut über den Rücken rieseln. Er schien nicht gerade freundlich zu Antonio zu sein, denn gleich darauf nickte dieser ihm knapp zu, murmelte: *„Scusi*, Leslie. *Arrivederci*" und ging mit großen Schritten an ihr und Raffaello vorbei und verschwand im *‚Conte'*.

Durch die Scheibe konnte Leslie sehen, wie er im Raum hinter dem Tresen verschwand und dann fiel ihr Blick auf die beiden erschrockenen und verwirrten Gesichter von Anne und Melissa, die neugierig zu ihnen herüber schielten. Leslie wagte es nicht, Raffaello anzusehen. Vielleicht träumte sie ja nur? Als sie doch zu ihm hinschaute, wirkte er so real wie eh und je. Er warf Anne und Melissa einen kurzen Blick zu, seufzte genervt und dann sah er Leslie an. Ihr Herz machte einen Hopser, als sie seinen tiefbraunen Augen begegnete. So fühlte es sich also an, ihn wieder zu sehen. Seltsamerweise war da kaum Freude, nur eine riesige Portion Unsicherheit.

„Leslie, kommst du bitte kurz mit?", sagte Raffaello ernst. „Ich würde mich gerne unter vier Augen mit die unterhalten." Er nickte mit dem Kopf in Richtung Anne und Melissa, die das Geschehen mit gespannten Gesichtern verfolgten, wie im Kino. Er hielt ihr seine Hand hin.

„Jetzt mach schon, es ist wichtig", drängte er. Leslie zögerte. Dann ergriff sie seine Hand. Und jetzt war es da, das freudige Gefühl, ihn wieder zu sehen. Unwillkürlich musste sie lächeln, als er sie an der Hand hinter sich herzog.

Die Seitengasse, in die er sie führte, lag im Schatten. Jetzt sah er doch unwirklich aus, in seinem hellen Anzug und dem blütenweißen Hemd. Raffaello sah sie an, sein Blick war weicher geworden, seine Miene nicht mehr so wütend verzerrt.

„Hi", hauchte Leslie. Seine dichten Brauen schoben sich zusammen.

„Was?", sagte er.

„Das … war eine Begrüßung", sagte sie leise. „Das macht man normalerweise so, wenn man sich seit ein paar Tagen nicht gesehen hat und sich dann …", ganz kurz versagte ihr die Stimme, „… zufällig wieder trifft." Sie schluckte. Ein Lächeln stahl sich auf sein Gesicht, dann trat er einen Schritt auf sie zu. Leslie wich an die Hauswand zurück. Seine Sonnenbrille steckte an seiner Jackentasche.

„Ich … hab' auch eine", krächzte sie und versuchte, den Kloß in ihrem Hals herunterzuschlucken. Sie tippte an seine Sonnenbrille. Er lachte leise auf, doch dann wurde er schlagartig wieder ernst. Gott, er sah sie an, als wollte er sie hypnotisieren. Was war nur los mit ihm?

„Ich dachte, du bist in Rom?", sagte sie.

„Es hat sich die Möglichkeit für mich ergeben, auf dem schnellsten Weg zurückzukommen", entgegnete Raffaello. „Mein Vater war nicht begeistert, aber ich hatte gehofft, du wärst es."

„Oh", machte sie und senkte den Blick, doch er fasste sie unter dem Kinn und so musste sie ihm zwangsweise doch in die dunklen Augen blicken. Sie drückte sich noch enger an die Wand. So viel Nähe fand sie äußerst unangenehm. In seinem Fall verwirrend.

„Kannst du das lassen?", nuschelte sie und schielte auf seine Hand hinunter. Er strich ihr kurz mit dem Daumen über die Wange, was sie sogleich zusammenzucken ließ, dann nahm er seine Hand von ihrem Kinn.

„Dieser Kellner geht mir gehörig auf die Nerven", knurrte er.

„Tut er das?", entgegnete Leslie, froh darüber, dass er scheinbar ein normales Gespräch anfing. Normal jedenfalls für seine Art.

Er nickte. „Der hat viel zu großes Interesse an dir, wenn du mich fragst."

„Ich weiß", nuschelte Leslie. Er lächelte. Fast zufrieden.

„Warum bist du so schnell wieder hier?“, fragte sie ihn, um einer erneuten Redepause vorzubeugen. „Du hast doch gesagt, du bist drei Tage weg. Und Mario meinte, du würdest noch zwei Tage Urlaub dranhängen.“

„Du hast Mario getroffen?“, fragte er. Sie nickte. Aber darüber wollte sie jetzt nicht reden. Plötzlich lagen ihr tausend Fragen auf der Zunge. Gosettis Anschuldigung, ihre vergeblichen Anrufe … Sie hatte jetzt die Möglichkeit, ihn nach all dem zu fragen.

„Warum warst du nicht erreichbar? Hattest du dein Handy ausgeschaltet?“, fragte sie. Einen Moment lang schwieg er.

„Du hast mich angerufen?“, entgegnete er dann fast ein wenig verblüfft, aber dann stahl sich ein zufriedenes Lächeln auf sein Gesicht.

„Ich habe es versucht, aber die blöde Nummer war nicht –“.

„Kannst du für einen Moment aufhören, mir ewig Vorwürfe an den Kopf zu werfen, Leslie?“, fragte er leise und dann legte er ihr einen Finger auf die Lippen. Ein warmes Prickeln schoss von dort aus bis hinunter in ihre Knie, die auf der Stelle puddingweich wurden.

„Hmmmmm“, machte sie verzweifelt und er nahm seinen Finger von ihren Lippen.

„Ich werde jetzt die Klappe halten“, krächzte sie und erschrak, als sie merkte, wie nahe er ihr war, „wenn du …“ Doch noch bevor sie den Satz zu Ende sprechen konnte, verschloss er ihre Lippen mit seinen und küsste sie.

Eine Weile stand sie starr und erschrocken da, und gerade, als sie sich überlegte, dass es ihr gefiel, löste er sich von ihr.

„Ich hab’ mich in dich verliebt, Leslie“, sagte er leise. „Deshalb bin ich zurückgekommen, bevor du nach Hause fliegst und deshalb musste ich diesen Antonio daran hindern, mit dir auszugehen.“ Er lächelte entschuldigend.

„Was ist mit dir?“, fragte er dann. In diesem Moment wusste sie nicht, was sie sagen sollte. Nicht jetzt. Nicht hier. Verdammt, sie konnte nicht klar denken, wenn er sie so ansah. Gerade, als er Anstalten machte, sie erneut zu küssen, trat sie einen Schritt zur Seite. Raffaello hielt inne und kurz, ganz kurz nur, sah er ehrlich enttäuscht, vielleicht sogar verletzt aus, doch im Nu hatte sich wieder die gleichgültige Maske auf sein Gesicht gelegt, die sie so gut kannte.

„Lass mich …“, stotterte Leslie, „lass mich darüber nachdenken.“ Mehr konnte sie im Augenblick nicht über die Lippen bringen. Alles in ihr schrie danach, sich Raffaello auf der Stelle um den Hals zu werfen, was sie zutiefst erschreckte, doch sie zögerte. Es wäre unvernünftig gewesen. Sie kannte ihn ja gar nicht. Nicht gut genug jedenfalls.

Raffaello verzog keine Miene, als er nickte und sagte: „Gut. Wir sehen uns.“ Dann drehte er sich um und ging. Leslie sah nur kurz, wie er hinaus in die gleißende Sonne trat, sein heller Anzug reflektierte das Licht, dann war er hinter der nächsten Straßenecke im Gewühl der Menschen verschwunden.

Verdammt, was hatte sie getan? Er war garantiert furchtbar wütend und verletzt. Falls er es jemals ernst gemeint hatte mit ihr und in diesem Augenblick bezweifelte sie das wirklich. Diese Lässigkeit, mit der er reagiert hatte. Vielleicht war sie nur eine von vielen Mädchen, die er traf. Eine weniger, was soll's? Sie unterdrückte die Tränen, die ihr in die Augen schossen, vor Wut auf sich selbst. Dann machte sie sich auf den Weg zurück zum Hotel.

Anne und Melissa waren noch nicht da. Wahrscheinlich saßen sie noch im *‚Conte‘* und unterhielten sich mit Antonio oder versuchten, ihn irgendwie zu besänftigen. Ihr sollte es recht sein. Es war angenehm ruhig hier im Hotelzimmer, nachdem sie durch die belebten Straßen Palermos gelaufen war, in denen allzu viel Hektik und Gedränge herrschten. Vielleicht hätten sie doch lieber irgendwo außerhalb der Stadt Urlaub machen sollen? Aber sonst hätte ich ihn nicht kennengelernt, dachte Leslie und noch im selben Augenblick wurde sie furchtbar wütend. Auf Raffaello. Auf sich selbst. Auf alles. Er lässt sich nicht mehr blicken, dachte sie und erneut stiegen ihr Tränen in die Augen. Vielleicht war es Wut.

Er wird mich vergessen und seiner Wege gehen. Mir doch egal. Soll er doch. Ich brauche ihn nicht. Das dachte sie jedenfalls, aber tief in ihrem Magen zog sich alles krampfhaft zusammen. Sie trat an das geöffnete Fenster und berührte mit den Fingern ihre Lippen, die Raffaello vor

Kurzem noch geküsst hatte. Ihr erster Kuss und sie hatte alles versaut. Scheiße.

Sie wusste später nicht, wie lange sie so dagestanden hatte, aber als sie sich zwang, sich aus ihren trüben Gedanken zu reißen, stand die Sonne schon tief, die Schatten in den Straßen waren länger geworden und die umliegenden Häuser und Autos sahen aus, als wären sie mit Gold überzogen. Leslie liebte diese Augenblicke zwischen Nachmittag und Abend. Die Welt wirkte dann beinahe unecht. So, als stünde man irgendwo zwischen der Zeit und dem Rest der Welt. Sie atmete tief ein. Die Luft roch nach Orangenblüten und dem nahen Meer. Irgendwie frisch und schwer zugleich. Und trocken. Leslie schloss die Augen und hielt ihr mittlerweile gebräuntes Gesicht mit einigen Sommersprossen den schwachen, goldenen Sonnenstrahlen entgegen. Beinahe kam es ihr so vor, als habe sie Raffaello vergessen. Doch ihr Magen zog sich erneut zusammen, als sie an ihn dachte.

„Ich hasse ihn", flüsterte sie der tiefgoldenen Sonne entgegen. Die Sonne hing schwer über den Dächern und antwortete nicht. Sie sank nur immer tiefer. Die Schatten zwischen den Häusern verschmolzen, Vespas knatterten durch die Straßen. Der Verkehr schien immer dichter zu werden. Als Leslie hörte, wie Anne und Melissa den Schlüssel in das Schloss an der Tür steckten, wünschte sie sich, sie hätte sich ein eigenes Zimmer genommen.

Anne und Melissa hatten eine dieser ekelhaften Fertigpizzen zum Abendessen mitgebracht. Mit viel Salami und irgendeiner furchtbar scharfen Soße. Leslie hatte keinen Hunger. Lustlos kaute sie an einer Tomatenscheibe herum, die nach gar nichts schmeckte, obwohl sie Tomaten eigentlich gerne aß.

„Leslie", sagte Anne plötzlich und piekte ihr mit ihrer Gabel sanft in den Handrücken. „Jetzt iss doch. Du bist sowieso so dürr." Sie lächelte. Anne meinte es nur gut, natürlich. Aber das half auch nichts gegen das bleierne Gefühl in ihrem Magen. Leslie legte ihre Gabel neben den Teller. Ihr war plötzlich schlecht. Schrecklich schlecht.

„Wie war es noch so bei Antonio?", fragte sie Anne und Melissa, ohne eine der beiden anzusehen. „Hat er euch in Stücke gerissen oder so was?" Es sollte gleichgültig klingen, fast gelangweilt, doch ihre Stimme geriet eine Spur zu hoch. Sie räusperte sich und zupfte abwesend an ihren langen, kastanienbraunen Haaren herum.

„Nö", sagte Melissa. Ihre Augen glänzten. „Er hat gar nichts mehr gesagt und uns unser Eis essen lassen. Er hat sich auch nicht mehr blicken lassen. Ich glaube, unser Plan war ein bisschen zu erfolgreich … Was war denn jetzt eigentlich los? Als dieser Typ da aufgetaucht ist? Was hat der denn von dir gewollt, Leslie? War das nicht der, den du schon mal …"

„Lass gut sein, Meli", unterbrach Anne sie. „Ich denke, du solltest jetzt die Klappe halten." Leslie bemerkte den besorgten Blick genau, den sie ihr zuwarf, doch sie tat, als interessiere sie sich nur für ihre Gabel. Anne zog ihren Stuhl dicht neben Leslies und musterte sie aufmerksam.

„Was ist los, hm?", fragte sie leise und ließ Leslie dabei keine Sekunde aus den Augen. Anne war ihre beste Freundin – ihre allerbeste, doch es gab auch Dinge, über die sie nicht mit ihr sprechen wollte.

„Mir ist schlecht", brachte Leslie hastig über die Lippen, „ich muss ins Bad." Anne verstand.

„Ich komme gleich wieder", sagte sie zu Melissa, dann nahm sie Leslie am Arm und begleitete sie in das große Bad ihres Zimmers. Sie band Leslie sogar die Haare zurück, als sie sich über das Waschbecken beugte. Sie würgte. Aber es kam nichts hoch. Nur die Tränen, die sie die ganze Zeit über versucht hatte, herunterzuschlucken. Sie tropften in das weiße Waschbecken und sammelten sich zu einer kleinen Pfütze, bevor sie im Abfluss verschwanden. Eine Weile lang saß Anne einfach nur da, auf dem Rand der Badewanne und schaute Leslie zu. Bis sie sich zu ihr setzte und sich ein Stück Klopapier abriss, um sich die Nase zu putzen. Leslie lehnte den Kopf an Annes Schulter. Ganz langsam fiel es ihr etwas leichter, über die ganze Sache nachzudenken. Weinen tat manchmal wirklich gut.

„Also, was ist los?", fragte Anne nach einer Weile. „Ist es wegen vorhin? Hat dieser Raffaello irgendwas Schlimmes angestellt, wofür ich ihn umbringen sollte?" Doch Leslie schüttelte nur den Kopf. Aber hatte er das nicht? Sie einfach so zu küssen, ohne ihr zu sagen, ob er es ernst meinte? Vielleicht.

„Was war dann los?“ fragte Anne und legte ihr einen Arm um die schmalen Schultern.

„Will ich für mich behalten“, flüsterte Leslie. Ihre Stimme klang brüchig.

„Klingt aber nicht so, als sei es auf Dauer gut für dich“, bemerkte Anne besorgt.

„Ich weiß.“

„Erzähl es mir.“ Doch Leslie schwieg. Sie wollte sich nur ausruhen. Nie mehr reden. Sie stand auf und ging zur Tür.

„Er hat mich geküsst“, sagte sie leise, bevor sie die Klinke herunter drückte.

16

Anne und Melissa waren mit Leslie in die Innenstadt gegangen zum Shoppen. Wahrscheinlich war Anne der Meinung, ein wenig Ablenkung täte ihr gut und jetzt besaß Leslie einige neue Blusen und Kleider, doch glücklicher machte sie das nicht. Im Gegenteil. Irgendwie fühlte es sich falsch an. Zeitverschwendung.

„Hat jemand von euch Lust, Antonio einen Besuch abzustatten …?“, fragte Melissa nach einer Weile zögernd. „Ich meine, sollten wir uns nicht bei ihm … entschuldigen oder so?“

„Hm", machte Anne nur und blickte zu Leslie herüber. Die schüttelte den Kopf.

„Ich komme nicht mit", sagte sie.

„Dann gehe ich alleine", sagte Melissa und lief eilig voraus, wobei sie seltsam hin und her wackelte, denn die vielen Einkaufstüten erschwerten ihr das Gehen auf ihren zu hohen Absätzen. Leslie hasste dieses schrill klackernde Geräusch, das sie dabei verursachte. Wie konnte man nur auf solchen Dingern laufen? Sie selbst bevorzugte schlichte Turnschuhe und Sandalen. Anne schenkte ihr einen fragenden Blick.

„Meinst du, ich sollte auch ...?", setzte sie vorsichtig an, doch als sie Leslies Blick begegnete, klappte sie den Mund schnell wieder zu. „Soll sie alleine gehen", sagte sie hastig. Leslie rang sich ein gequältes Lächeln ab.

„Gehen wir runter zum Hafen?", fragte sie.

„*Jep*", sagte Anne, dann nahm sie ihrer Freundin zwei Einkaufstüten ab und setzte sich ächzend in Bewegung.

Im Hafen war nicht viel los, nur einige Touristen schlenderten am Pier entlang, einige Jogger drehten ihre Runden, Hunde sausten ihren Herrchen mit wehender Zunge hinterher. Zögernd warf Leslie einen Blick in Richtung Meer. Raffaellos Dreißig-Meter-Jacht war nicht mehr zu sehen. Gott sei Dank. Sie atmete auf.

„Und jetzt?", fragte Anne, nachdem sie die schweren Tüten abgestellt hatte.

„Wir gehen einfach ein Stück, ja?", sagte Leslie.

„Und unsere Sachen?"

„Lassen wir hier."

„Und wenn sie jemand klaut?", entrüstete sich Anne entsetzt. Ganz kurz beschlich Leslie das Gefühl, beobachtet zu werden, doch dann zuckte sie die Schultern.

„Dann kann man nichts ändern", sagte sie. Einen Moment sah Anne sie mit einem Ausdruck auf dem Gesicht an, als bezweifle sie, dass sie noch bei Sinnen war, doch dann hakte sie sich bei Leslie unter und zog sie mit sich. Ein sanfter Seewind blies ihnen entgegen, Möwen kreischten in der klaren Luft.

„Du bist schweigsamer geworden“, begann Anne nach einer Weile vorsichtig. Leslie zog es vor, ihr vorerst zuzuhören. Sie schwieg und musterte die riesigen Kräne, die an einigen der Schiffe standen und in den makellosen Himmel ragten.

„Seit einer Woche ist es mir aufgefallen“, fuhr Anne fort. „Gut, manche Begegnungen verändern einen, aber …“

„Es war nicht direkt die Begegnung mit *ihm*, wenn du das meinst“, unterbrach Leslie sie. „Ich weiß nicht so genau …“ Darauf schwieg Anne eine Weile.

„Aber er hat irgendwas mit dir angestellt“, sagte sie dann.

„Ach? Und was?“

„Hm. Vergiss es besser“, sagte Anne. „Du solltest den Typen in den Wind schießen“.

Die Sonne brannte vom unwirklich blau wirkenden Himmel herab. Möwen drehten kreischend ihre Kreise über dem Meer. Manche stürzten sich urplötzlich im Tiefflug in die von weißen Schaumkronen übersäten Wellen gleich neben den Schiffen.

„Wann hast du ihn das erste Mal getroffen?“, fragte Anne.

„Raffaello?“

Anne nickte.

„Vor ungefähr zwei Wochen“, sagte Leslie. Auf einmal wurde ihr wieder schlecht. Scheiße. Er ist wie ein Virus, dachte sie und biss die Zähne zusammen.

„Wie oft habt ihr euch gesehen?“, fragte Anne.

„Hin und wieder mal“, entgegnete Leslie ausweichend. „Ihr wart nie dabei …“

„Das hat er schlau angestellt.“ Anne klang trotzig. Aber Leslie schüttelte den Kopf.

„Meistens war es Zufall. Glaube ich.“

„Für ihn vielleicht nicht.“

„Klar.“ Jetzt klang sie ironisch. Der heiße Sommerwind blies ihr das Haar aus dem Gesicht. Es roch nicht mehr nach Orangenblüten. Nur nach der Stadt und Salzwasser. Zu ihrer Rechten erstreckte sich das tiefblaue Mittelmeer, zu ihrer Linken die alten Gebäude des Hafens.

„Lass uns zurückgehen, ja?“, sagte Leslie nach einer Weile. „Wir sollten Meli aus dem ‚*Conte*‘ wegholen.“

„Eine Frage noch“, sagte Anne und senkte die Stimme, als habe sie Angst, jemand könne sie belauschen. „Hat er ... ich meine, hat er dir wehgetan oder so?“

„Wie du es sehen willst“, entgegnete sie kühl. „Ja, hat er. Aber nicht in Bezug auf die Sache, die du meinst. Dazu ist er glaube ich, viel zu anständig.“ Sie konnte nicht glauben, dass sie das eben gesagt hatte. Sie band sich das lange Haar zu einem Pferdeschwanz zusammen und trat unschlüssig von einem Bein auf das andere.

„Er ist seltsam gewesen“, sagte sie nachdenklich.

„Inwiefern?“, fragte Anne.

„Weiß auch nicht“, sagte sie nur schulterzuckend. Anne musterte sie einige Sekunden lang mit zusammengekniffenen Augen, dann zog sie sie zurück in die Richtung, aus der sie gekommen waren.

„Er ist ein sizilianischer Angeber mit ’ner Menge Kohle und ’nem berühmten Vater“, meinte sie geringschätzig. Leslie stutzte.

„Antonio hat mir das mit seinem Vater erzählt. Politiker und so, weißt du ja schon“, sagte Anne nur, als sie Leslies verständnislosem Blick begegnete. „In den Kreisen hinterfragt man besser nicht irgendwelche Hintergründe, hat er gesagt. Was weiß ich! Ich finde nur, der Typ hätte dir eh nicht gut getan, also was soll’s!“ Damit zog Anne Leslie weiter die Straße entlang.

Ihre Einkaufstaschen waren weg. Ohne eine Spur zu hinterlassen. Verdammt, dachte Leslie.

„Scheiße! Leslie!“, entfuhr es Anne. „Ich wollte sie ja nicht –“.

„Jaja, schon gut!“, unterbrach Leslie sie ungeduldig. „Lass uns zum Hotel zurückgehen.“

Melissa öffnete ihnen die Tür. Als sie eintraten, fiel Leslies erster Blick auf ihr Bett: Ihre beiden Taschen und auch Annes standen auf ihrem Kopfkissen. Melissa grinste.

„Jemand hat sie für euch hochbringen lassen“, erklärte sie stolz. Leslie bemerkte den verwirrten Blick, den Anne ihr zuwarf, aber sie sah sie nicht an. Keine der beiden, aus Angst, sie könnten erkennen, was ihr gerade durch den Kopf ging. Sie war sich beinahe sicher, wer dieser Jemand gewesen war. Das flaue Gefühl in ihrem Magen verstärkte sich.

„Der lag bei deinen Sachen dabei, Leslie", sagte Melissa und hielt ihr einen kleinen Zettel unter die Nase. Leslie hoffte inständig, dass Meli den nicht schon gelesen hatte. Zögernd nahm sie ihn entgegen und faltete ihn auseinander. Die Schrift erkannte sie sofort.

„Ich denke, es ist besser, du vergisst alles, was passiert ist, wenn du morgen nach Hause fliegst, Leslie.
Vielleicht sehen wir uns irgendwann nochmal.
R.R.“

Leslie ließ den Zettel fallen. Er segelte flatternd zu Boden. Sie hob ihn nicht auf. Da war es wieder, das eklige, leere Gefühl in ihrem Magen, das sich doch irgendwie so schrecklich schwer anfühlte. Das hatte er ja toll angerichtet. Sie schluckte.

„Was ist?", fragte Anne besorgt und eilte auf sie zu. Und hob den Zettel auf.

„So ein …" Weiter kam sie nicht vor Wut.

„Er ist ein Arschloch", schniefte Leslie.

„Ich hab' zwar null Ahnung, von wem oder was ihr da sprecht, aber es geht mich wahrscheinlich auch nichts an", bemerkte Melissa seufzend und tätschelte Leslie im Vorbeigehen die Schulter. „Ich mach uns mal was zum Essen, ja?" Damit verschwand sie aus dem Zimmer. Die Tür schloss sie sorgfältig hinter sich – offenbar, damit Anne und Leslie in aller Ruhe ungestört reden konnten. Für ihre unkomplizierte Art war Leslie ihr mit einem Mal unendlich dankbar.

Einige Minuten lang standen sie einfach nur da, mitten im Zimmer, Leslie schniefte leise vor sich hin und Anne ließ sie nicht aus den Augen.

„Ich hasse ihn", krächzte Leslie irgendwann. Ihre Stimme klang beinahe, als habe sie eine Erkältung und im Moment fühlte sie sich auch so. Genauso mies. Anne legte ihr einen Arm um die Schultern.

„Jetzt steigere dich bitte nicht so da rein, Leslie", sagte sie leise. „Dadurch geht es dir nicht besser, glaub mir." Leslie schwieg.

„Wollen wir ein wenig Musik hören?", fragte Anne. Scheinbar hatte sie vor, sie mit allen Mitteln abzulenken. Doch Leslie schüttelte den Kopf und ließ sich auf der Kante ihres Bettes nieder.

„Und was hältst du von einem Spaziergang? Wir könnten uns den Sonnenuntergang ansehen … nachher vielleicht."

„Nein", sagte Leslie. Nicht im Hafen. Auf keinen Fall wollte sie mehr dort hin. Anne setzte sich neben sie und musterte sie ratlos.

„Ins ‚*Conte*'?"

„Nein!" Bloß nicht dahin. Ihr wurde schon wieder schlecht.

„Willst du hier versauern bis morgen?", fragte Anne. Morgen ging es nach Hause. Zurück nach Schottland. In die Kälte. In den Regen. Sie wusste nicht, ob sie sich darauf freuen sollte.

„Ich versauer nicht", murrte Leslie. Tu ich doch, dachte sie, aber ihr fiel beim besten Willen nichts ein, das sie hätte tun können, außer über Raffaello nachzudenken.

„Er ist wie ein Virus", sagte sie dann.

„Was? Wer? Ach so – *Er*!" Anne begriff. „Verdammt, Leslie! Hör-auf-an-ihn-zu-denken!" Bei jedem einzeln betonten Wort rüttelte Anne sie an beiden Schultern. Der dicke Haarknoten in Leslies Nacken löste sich und ihre langen Haare fielen ihr zerzaust ins Gesicht. Sie strich sie nicht hinter die Ohren. Jetzt war es besser, sich dahinter zu verstecken. Da strich Anne sie ihr aus dem Gesicht.

„So", sagte sie mit fester Stimme, „du kommst jetzt mit, ob du willst oder nicht!" Sie zog Leslie am Arm vom Bett hoch.

„Wohin?", maulte Leslie. Sie hatte zu nichts Lust. Nur zum Trübsalblasen. Anne hatte in der Zwischenzeit ihren Kleiderschrank aufgerissen und warf Leslie ein kurzes, schwarzes Kleid, eine Jeansjacke und ihre silbernen Riemchensandalen, die ein klein wenig Absatz hatten, aufs Bett.

„Und meine Kette leihe ich dir auch!" Anne legte Leslie ihre Silberkette mit dem winzigen Totenkopfanhänger um den Hals. Leslie mochte keine Totenköpfe. Aber sie hatte immer so getan, als fände sie Annes Kette schön, um sie nicht zu kränken. *Shit happens.*

„Los, zieh dich um! Wir gehen aus!", verkündete Anne mit einem fröhlichen Glitzern in den blauen Augen. *Shit happens again.*

„Ich mag aber nicht“, entgegnete Leslie, doch sie zog sich das T-Shirt über den Kopf und pfefferte es in die Ecke neben dem Kleiderschrank.

„Brav“, sagte Anne zufrieden, dann verschwand sie hinter der Tür des Schrankes und wühlte in dessen Tiefen nach einem passenden Outfit für welchen Anlass auch immer. Widerwillig zog sich Leslie das schwarze Kleid mit Spaghettiträgern über den Kopf. Es war viel zu kurz, fand sie. Sie zog kurz in Erwägung, ihre Sandalen anzuziehen, doch dann entschied sie sich dagegen – Anne zuliebe. Anne tauchte hinter der Schranktür auf - oh Wunder! – in einem langen, blauen Rock und einer weißen Bluse. Das war ungewöhnlich elegant für Annes sonstigen Geschmack.

„Himmel, wie siehst du aus?!“, entfuhr es ihr und schnell machte sie sich daran, Leslies verlaufenes Make-up wieder herzustellen.

„Du solltest deinen Kussmund betonen“, nuschelte Anne zwischen ihren Zähnen und dem Puderpinsel, den sie sich in den Mund geklemmt hatte, hervor, während sie Leslie mit einem roten Lippenstift die Lippen anmalte. Er roch eklig süß nach künstlichen Erdbeeren. Widerlich.

Melissa beneidete Anne oft wegen ihrer Schminkkünste, dabei hielt Anne eigentlich nichts davon, und als sie Leslie nun vor den großen Spiegel schob, der gleich neben der weißen Kommode neben der Tür hing, brachte sie einige Sekunden kein Wort hervor.

„Das bin nicht ich“, sagte sie dann trocken. Was hatte Anne aus ihr gemacht?! Ihre Lippen waren knallrot, die Wimpern lang und tiefschwarz getuscht. Leslie schluckte.

„Oh Gott, Anne, was soll das?“

„Du siehst toll aus! Das willst du bloß nicht einsehen.“ Anne stand neben ihr und grinste stolz.

„Jetzt nur noch die Haare hochstecken …“ Sie griff in Leslies lange Mähne. Leslie ließ es über sich ergehen und plötzlich musste sie sich eingestehen, dass Anne tatsächlich gute Arbeit geleistet hatte, als sie ihr noch die passenden Ohrringe zu der Totenkopfkette an die Ohren steckte.

„Fertig“, sagte sie zufrieden, „lass uns gehen, packen können wir später immer noch.“

„Wohin denn?!“, wollte Leslie nun endlich wissen. Sie hasste Überraschungen. Doch Anne zog sie nur grinsend zur Tür.

„Was hast du Melissa gesagt?“, fragte Leslie Anne, als sie kurze Zeit später die Straße hinunterschlenderten.

„Dass wir Geld brauchen und sie sich einen schönen Abend mit ihrem Vater machen soll oder so ähnlich“, antwortete Anne fröhlich und grinste spitzbübisch.

„Du hast sie ausgenutzt, wegen des Geldes! Du weißt, wie sie über so was denkt!“, zischte Leslie empört.

„Ich gebe ihr alles zurück, versprochen, Leslie.“ Anne schüttelte den Kopf. Ihre langen, blonden Haare hatte sie, genau wie Leslie, zu einem edlen Knoten hochgesteckt.

„Echt, manchmal bist du penibel“, sagte sie. „Oh, entschuldige.“ Das klang aufrichtig. Manchmal passierte es Anne, dass sie einfach aussprach, was sie dachte, aber Leslie konnte ihr immer wieder verzeihen.

„Schon gut, stimmt ja …“, murmelte sie und zupfte gedankenverloren am Saum ihres schwarzen Kleides.

„Warum zwingst du mir eigentlich so ein Minikleid auf und du ziehst einen langen Rock an?“, fragte sie dann schnippisch.

„Weil es dir steht“, entgegnete Anne geradeheraus. „Und weil du vielleicht auf andere Gedanken kommst, wenn du die Blicke der anderen Jungs, die es hier auf diesem Planeten auch noch gibt, auf dich ziehst.“ Leslie verzog das Gesicht.

„Ja“, sagte sie trocken, „auf noch Schlimmere.“

„Du bist so undankbar!“

„Entschuldige, Anne.“

„Hm.“

Sie schwiegen eine Weile, während sie dem lauten Klackern von Leslies Schuhen lauschten. Anne trug flache Schuhe, weil sie nicht noch größer wirken wollte, als sie schon war. Leslie kam sich schrecklich fremd vor in dem neuen Look, den Anne ihr verpasst hatte. Es fühlte sich nicht nach ihr selbst an, doch irgendwie tat ihr genau das gut. Die nachdenkliche, sensible, dürre Leslie hatte schließlich auch noch andere Seiten, die mehr zu bieten hatten.

„Na bitte“, sagte Anne plötzlich. „Jetzt gehst du so, als würdest du jeden Tag so rumlaufen.“ Leslie hakte sich bei ihr unter.

Die Sonne stand schon recht tief und tauchte die umliegenden Häuser in ein flaues Abendlicht, das beinahe violett wirkte. In der Luft lag der Geruch nach Meer und nach Essen. Leslie konnte Fisch und altes Bratfett riechen. Eigentlich konnte sie den Geruch von heißem Fett nicht ausstehen, doch dieser hier roch, als wüssten die Köche, wie man es richtig gebrauchte. Und da merkte sie, dass sie Hunger hatte. Ihr Magen knurrte. Auf dem Gehweg wurde es allmählich wieder etwas voller, als sie an einem Nobelhotel vorbeikamen. Edel gekleidete Leute strömten auf den Eingang zu oder kamen gerade wieder heraus.

„Sind wir mal langsam da?“, fragte Leslie genervt und Anne nickte aufgeregt.

„Gleich“, sagte sie und deutete geradeaus auf ein hohes, weißes Haus, ein anderes Nobelhotel, wie es aussah, gesäumt von Palmen, in deren Ästen pastellfarbene Lampions im sanften Wind hin und her schaukelten. Es war beinahe ein beruhigender Anblick. Weitaus beunruhigender war allerdings die Tatsache, dass das Restaurant anscheinend ziemlich gut besucht war. Leslie mochte es nicht, wenn ihr alle beim Essen zusehen konnten. Ein paar Meter vor der großen Eingangstür des Hotels waren zwei rabenschwarze, ziemlich teuer aussehende Limousinen geparkt.

„Wow“, machte Anne ehrfürchtig. „Was meinst du, wem die gehören?“

„Vielleicht irgendwelchen Politikern oder so …“ Leslie zuckte die Schultern. Schon jetzt fühlte sie sich auf einmal winzig klein und unbedeutend. Dabei war es ihr relativ egal, wem diese Protzkarren gehörten.

„Tief durchatmen und rein da“, hauchte Anne und zog Leslie mit sich durch die von Pagen bewachte Tür ins Innere des Restaurants.

Leslie musste schlucken, als sie in den etwas düsteren Raum traten. An den Wänden hingen Bilder, die verschiedene Landschaften in Italien zeigten, Venedig, die Toskana, die Tempel in Agrigento. Zimmerpalmen ragten aus den mit Bimssteinchen gefüllten Töpfen zwischen den einzelnen Tischen hervor. Sogar ein kleiner, künstlicher Wasserfall plätscherte mitten in dem großen Raum in eine breite Steinschale.

„Und das ist nur das Restaurant", raunte Anne Leslie andächtig zu. „Die Zimmer sind bestimmt noch um Einiges extravaganter …"

Nachdem ein viel zu freundlich wirkender Kellner ihnen einen Tisch zugewiesen hatte und Leslie einen Thunfischsalat und Anne Spaghetti Bolognese bestellt hatte, saßen sie eine Weile schweigend an ihrem Tisch und Anne sah sich immer wieder mit glänzenden Augen um.

„Wenn das hier mal nicht gegen Liebeskummer hilft", sagte sie. „Oh. *Sorry.*" Leslie überhörte, was sie gesagt hatte.

„Wie bist du ausgerechnet auf dieses Restaurant gekommen?", fragte sie, nur um sich ein wenig abzulenken.

Anne zuckte die Schultern. „Hat sich so ergeben", sagte sie und lächelte unschuldig. „Wie geht es dir?", fragte sie dann und musterte Leslie aufmerksam. „Du siehst frischer aus, als vorhin."

Leslie versuchte zu lächeln – es gelang ihr ganz gut. Wahrscheinlich lag das an der Umgebung und daran, dass Anne ihre beste Freundin war. Sie studierte die Karte für den Nachtisch. Lecker hörten sich die Speisen ja an, aber wahrscheinlich waren sie schrecklich süß.

„Anne?", fragte sie. „Willst du –", doch sie sprach nicht zu Ende. Hielt mitten in der Bewegung inne. Mit einem Mal war ihr eiskalt. Jemand sprach am Tisch hinter ihnen. Auf Englisch. Leise, aber vernehmlich:

„Nein, Mr. Jones, ich denke nicht, dass wir eine Zusammenarbeit mit dieser … Firma vereinbaren können." Leslie erstarrte. Sie kannte diese Stimme. Sie würde sie unter tausend anderen erkennen, egal ob er nun Englisch oder Italienisch sprach. Ein Schauer lief ihr über den Rücken.

„Was ist denn los, Leslie?!", entgegnete Anne alarmiert. Leslie legte den Zeigefinger auf die Lippen.

„Halt die Klappe", zischte sie. Das Herz raste ihr bis zum Hals, und als sie sich ganz langsam umdrehte, wie in Zeitlupe, und seinem Blick begegnete, setzte es für Sekunden aus. Ihr wurde schwindelig. Dann schlecht. Er sah genauso erschrocken aus, wie sie. Scheiße, dachte sie, Scheiße! Sie stand von ihrem Stuhl auf, ihre Beine zitterten. Wohin? Hektisch sah sie sich um. Bloß weg hier. Anne blickte verwirrt zu ihr auf.

„Leslie!“, zischte sie. „Was ist?“

„Ich muss ganz dringend auf die Toilette“, brachte Leslie stockend über die Lippen. Ihr wurde schlecht. Furchtbar schlecht, noch während sie auf die Klotür neben der Garderobe losstürmte. Virus, dachte sie panisch, Raffaellovirus! Sie musste würgen. Sie hasste ihn. Hektisch riss sie eine der Klotüren auf und übergab sich in die Toilettenschüssel. Es kam nicht viel hoch, nur Tränen. Sie hasste sich dafür, dass sie anfing, hemmungslos zu heulen. Schnell drehte sie den Schlüssel in der Tür herum, lehnte sich erschöpft gegen die kühlen, weißen Fliesen an der Wand.

Was machte er hier? Warum musste sie ihm immer wieder begegnen? Wahrscheinlich waren es Geschäfte, die ihn hierher zogen. So jedenfalls hatte es geklungen. Kläglich dachte sie daran, dass sie ihn hatte vergessen wollen – dass ihr das mit Annes Hilfe sogar beinahe gelungen war, zumindest für heute. Sie putzte sich die Nase mit einem Stück Klopapier. Die Fliesen an ihrem Rücken waren kalt. Ihre Jacke hatte sie bei Anne gelassen. Sie schniefte und hielt sich den Bauch, denn irgendwo dort zog sich auf einmal alles krampfhaft zusammen. Sie lehnte den Kopf gegen die Wand und schloss die Augen. Sie dachte an seinen Namen und da liefen ihr schon wieder die Tränen über die Wangen.

„Leslie?“ Verflucht, das war Anne. Panisch riss Leslie ein langes Stück Klopapier vom Halter und versuchte, sich die Augen zu trocknen. Vergeblich.

„Leslie? Bist du da drin?“, rief Anne besorgt. Leslie schwieg. Wartete. Aber Anne blieb.

„Leslie, verdammt!“ Jetzt hämmerte sie gegen die Tür. „Mach auf! Ich weiß, dass etwas nicht stimmt und ich weiß, dass du da drin bist!“ Leslie rührte sich nicht.

„Jetzt mach die verfluchte Tür auf!“ Zögernd streckte Leslie die Hand aus und tastete nach dem Schlüssel. Sie drehte ihn im Schloss herum. Klack. Die weiße Tür sprang auf und Anne schoss zu ihr in die Kabine, als hätte sie Angst, Leslie könne sich die Pulsadern aufgeschlitzt haben. Sie schloss hinter sich wieder ab. Dann musterte sie Leslie entsetzt.

„Was ist denn … mit dir passiert?!“, entfuhr es ihr. „Sag mal, hast du dich übergeben …?!“ Sie wurde etwas blass um die Nase.

„Dein Make-up! Meine arme Leslie“, sagte sie, nahm sie in den Arm und drückte sie ganz fest. Leslie schnappte nach Luft. Es tat gut, doch sie löste sich aus Annes Umarmung.

„Er ist hier“, sagte sie. Viel zu leise. Sie bezweifelte, dass Anne sie überhaupt gehört hatte. Aber das hatte sie.

„Er? Dieser Raffaello?“

Leslie nickte und zog undamenhaft die Nase hoch. „Er sitzt direkt am Tisch gegenüber – du müsstest ihn sehen können von deinem Platz aus, weil du genau in seine Richtung siehst.“ Anne legte die Stirn in Falten.

„Da sitzen ein paar wichtig aussehende Männer in Anzügen“, entgegnete sie. „Sicher, dass er dabei war?“

„Ja, verdammt!“

„Naja, ich hab’ ihn ja noch nicht oft gesehen“, sagte Anne. Leslie riss sich erneut ein Blatt Klopapier ab und schnäuzte sich geräuschvoll die Nase. Sie schmiss es in die Toilette.

„Ich dachte, ich sehe ihn nicht mehr. Ich hab’ gehofft, er fährt nach Rom zurück“, murmelte sie leise. „Er hat mich eben genau gesehen.“

„So ein mieser Hund“, knurrte Anne. „Soll ich mal mit ihm reden? Ich sagte ja, wenn er irgendwas Dummes anstellt, poliere ich ihm die geldverschmierte Fresse!“

Leslies Herzschlag setzte aus. „Gott, bloß nicht!“, entfuhr es ihr erschrocken.

„War nur’n Vorschlag.“ Sie schwiegen. Leslie putzte sich die Nase. Es war so still, wie es auf einem Klo nur sein konnte.

„Kommst du wieder mit raus?“, fragte Anne schließlich. „Unser Essen ist sicher schon kalt.“

Leslie verzog das Gesicht. „Ich hab’ keinen Hunger mehr“, murrte sie.

„Du musst aber essen, Leslie!“

„Muss ich nicht.“

„Doch, sonst erzähle ich Melissa, dass du magersüchtig bist und -“. Leslie funkelte sie an.

„*Sorry*“, murmelte Anne, und sie schien es ernst zu meinen. „Hätte ich jetzt nicht sagen sollen …“ Wieder schwiegen sie. Bis Anne die Klotür öffnete und aus der engen Kabine trat.

„Komm her", sagte sie sanft. „Ich rette, was zu retten ist. Damit du hoch erhobenen Hauptes an dem Mistkerl vorbeigehen kannst." Sie lächelte schwach. Zögernd kam Leslie aus der Kabine hervor. Anne wischte ihr mit einem angefeuchteten Tuch im Gesicht herum.

„Zeig ihn mir", sagte sie.

„Nein!"

„Warum? Ich will den Arsch sehen, der meine beste Freundin so verletzt hat!"

Leslie biss sich auf die Unterlippe. „Ich hätte ihm nie begegnen sollen", murmelte sie leise.

„Zeigst du ihn mir?", fragte Anne und musterte sie aufmerksam.

Leslie nickte. „Na gut …" Anne lächelte, doch sie sagte nichts mehr, bis sie fertig war mit ihrer Arbeit und Leslie wieder einigermaßen ansehnlich aussah. Dann machten sie sich auf den Weg zurück ins Restaurant.

So unauffällig wie nur möglich lugten sie hinter einer Zimmerpalme hervor. Kellner eilten geschäftig hin und her. Neue Gäste trafen ein. Leslie und Anne linsten vorsichtig um die Ecke. Er war nicht mehr da.

„Wo ist er?", raunte Anne leise, obwohl kein Grund dazu bestand, denn im Raum herrschte ein allgemeines Stimmengewirr.

„Welcher von den Men in Black ist er?" Leslie brachte einen Moment kein Wort über die Lippen.

„Er ist weg", sagte sie dann.

„Was?", entgegnete Anne tonlos.

„Ja", sagte Leslie trocken. „Er hat sich feige aus dem Staub gemacht oder ich habe Halluzinationen." Die Übelkeit in ihrem Magen verschwand, dafür bekam sie Kopfweh. Sie fühlte sich grässlich leer und ausgetrocknet.

„Lass uns gehen", sagte sie dann und zog Anne auf ihren Tisch zu.

17

Am Morgen des 12. Juli saß Leslie neben Anne im Flugzeug. Sie hatten bereits am Vortag ihre Koffer gepackt und an diesem Morgen war Leslie mit Anne, Melissa und Mr. Gosetti zum Flughafen gefahren, wo sofort der Rückreisestress begann und der sein Ende erst finden würde, wenn sie zurück in Schottland angekommen sein würden. Anne hatte Leslie großzügig den Platz am Fenster angeboten, doch sie hatte nur den Kopf geschüttelt. Sie wollte die Insel nicht mehr sehen, nicht den Flughafen, den sie beim Start langsam hinter sich zurückließen. Sizilien schrumpfte, wurde immer kleiner und als man schließlich nur noch eine zarte Wolkendecke sehen konnte, schenkte Anne Leslie ein aufmunterndes Lächeln.

„Wir sind weg", sagte sie. „Wenn du willst, kannst du jetzt auf meinen Platz." Aber Leslie blieb bei ihrer Entscheidung. Sie würde ohnehin nichts Neues zu sehen bekommen. Wenn sie erst mal Edinburgh erreicht haben würden, würden ihnen dichte Regenwolken die Sicht nehmen, Regentropfen würden an die runden Fenster klatschen, Anne würde sich über das Wetter aufregen und Leslie würde bemerken, dass sie ihren Regenschirm blöderweise nicht in ihr Handgepäck gepackt hatte. Und alles würde so sein, wie immer. Nichts würde sie mehr daran erinnern, dass sie auf Sizilien gewesen war, außer ihrer gebräunten Haut. Und nichts würde ihr einen handfesten Beweis liefern, dass sie Raffaello getroffen hatte. Hoffentlich nichts.

Doch da waren noch die Erinnerungen an ihn, ganz besonders die schlimmste Begegnung mit ihm. Den Kuss konnte Leslie nicht vergessen, es gelang ihr höchstens, ab und zu, den Gedanken daran in ihren Hinterkopf zu verbannen, doch schon im nächsten Moment meinte sie, seine Lippen wieder auf ihren zu spüren und dann biss sie sich ganz fest darauf, um sich zurückzuholen. Ich sitze im Flugzeug, dachte sie, er ist nicht hier. Du solltest den Idiot vergessen. Und dann sah sie seinen gleichgültigen Gesichtsausdruck vor sich.

„Gut. Wir sehen uns“, hallte seine Stimme in ihrem Kopf wider, bis sie es nicht mehr aushielt und die Lautstärke ihres iPods gerade so laut stellte, dass es ihr nicht in den Ohren wehtat. *„Beyond the sea“* hatte sie eigentlich immer beruhigt, aber jetzt tat es das nicht. Scheiße. Wütend riss sie sich die Stöpsel aus den Ohren, doch als sie den Kopf zurücklehnte und die Augen schloss, um zu schlafen, tauchte Raffaellos erschrockenes Gesicht wieder vor ihrem geistigen Auge auf, als sie sich umgedreht hatte und feststellen musste, dass er im selben Restaurant saß, wie sie. Und Anne.

Jemand stupste sie gegen die Schulter. Leslie öffnete die Augen.

„Was ist?“, knurrte sie.

„Es gibt Frühstück“, sagte Anne.

„Bäh“, machte Leslie und verzog das Gesicht.

„Weißt du was?“, sagte Anne und lächelte. „Da gebe ich dir ausnahmsweise mal recht. Flugzeugessen ist zum Kotzen.“ Leslie erwiderte nichts. Sie zerkaute eine Hälfte des winzigen Brötchens, das mit ein bisschen Marmelade und Käse geliefert worden war, im Zeitlupentempo und gab Anne ihren Käse. Leslie hasste Käse. Anne eigentlich auch, aber sie erklärte, sie sei dem Hungertod so nahe, dass sie sogar ein Stück Blutwurst verspeist hätte und die konnte sie absolut nicht leiden.

Leslie hatte das Gefühl, dass die Zeit hier oben im Flugzeug langsam und träge dahin kroch. Die Ziffern auf ihrer Digitaluhr schienen hämisch zu ihr hinaufzugrinsen, aber sie konnte es nicht lassen, alle fünf Minuten einen Blick darauf zu werfen. Und dann, nach fünf Stunden der Qual und der Müdigkeit leuchteten die Anschnallgurte über ihren Köpfen mit einem dumpfen Gong hell auf und der Pilot verkündete die heiß ersehnte Landung. Im ganzen Flugzeug klickten die Verschlüsse der Gurte und bald darauf ging es im Sinkflug dem Ende ihrer Reise entgegen.

Es regnete nicht, als Anne, Leslie, Melissa und ihr Vater den Ausgang des Flughafens erreichten. Die Sonne lugte sogar hinter einer dicken Wolke hervor, aber es war kalt. Der Unterschied zu den heißen Temperaturen auf Sizilien war erschreckend und sogleich legte sich eine Gänsehaut auf Leslies Arme. Wie hatte sie nur so leichtsinnig sein können, ein halbärmliges T-Shirt und eine dünne Strickjacke anzuziehen?

„Himmel, ist das kalt!", jammerte Melissa und schlüpfte dankbar in die Jacke ihres Vaters, die er ihr hinhielt.

„Wir sind da", sagte Anne und legte Leslie eine Hand auf die Schulter.

„Hm", machte sie, aber plötzlich fand sie es gar nicht mehr so schlimm, dass es wieder kalt war, dass die Autos auf der linken Straßenseite fuhren und statt einer heißen Prise Mittelmeer mit Orangenduft ein schneidender Wind frische Atlantikluft mit sich brachte, das Geschrei von Möwen anstatt der knatternden Vespas und die Erinnerung an Grandpa Macs Fischkutter.

Mr. Gosetti steuerte den Weg zum Parkplatz des Terminals an und Melissa, Anne und Leslie folgten ihm in einigem Abstand, noch zu überwältigt davon, sich mit einem Mal wieder in Schottland zu befinden. Gute drei Wochen hatten sie auf Sizilien verbracht und das Ende der Sommerferien rückte nun in greifbare Nähe. Während Melissa ohne Unterlass von ihrem wunderbaren Urlaub plapperte, Anne ab und zu einen Kommentar dazu abgab und Mr. Gosetti schon wieder sein Handy am Ohr hatte, schlenderte Leslie den Dreien frierend hinterher und allein schon die Vorstellung, zwei Stunden Fahrt mit der aufgekratzten Melissa im Auto verbringen zu müssen, ließ sie noch langsamer werden. Und dann fiel ihr Blick auf den alten, grauen VW, der direkt in der Auffahrt des Parkplatzes stand.

Ein Lächeln huschte über ihr Gesicht und als ihr kleiner Bruder Benny mit einem lauten: „Leslie!!" auf sie zu gerannt kam und sich gleich darauf in ihre Arme warf, blieb sie einfach stehen und ließ ihre Reisebegleiter ohne sie weitergehen. Anne blieb kurz stehen, kam zu ihr zurück, um sich zu verabschieden, dann eilte sie mit den Worten: „Ich ruf dich an, Leslie!" hinter Melissa und ihrem Vater her und bald waren die Drei zwischen all den Autos nicht mehr zu sehen. Nun ja, sie hätte sich wenigstens bei Gosetti bedanken und sich verabschieden können. Leslie beschloss, das bei nächster Gelegenheit zu tun. Aber nicht jetzt.

Grandpa Mac war aus seinem alten Auto gestiegen und lehnte nun schief grinsend an der verbeulten Tür, als Leslie mit ihrem kleinen Bruder an der Hand zu ihm kam.

„Willkommen zurück, *bella* Leslie!", sagte Grandpa und schloss sie kurz in seine starken Arme. Der überwältigende Geruch seiner Zitronenbonbons, die er so gerne aß - und auch nach etwas Fisch – stieg Leslie in die Nase und auf der Stelle fühlte sie sich zu Hause.

„Oh, Grandpa, hör bitte auf mit Italienisch. Davon hab' ich fürs Erste genug", sagte sie und befreite sich grinsend aus seiner Umarmung.

Grandpa Mac hatte sich kein bisschen verändert, seit sie sich von ihm verabschiedet hatte. Er trug sein heißgeliebtes Karohemd, einen dicken, dunkelblauen Anorak und weite, braune Cordhosen. Seine eisgrauen Augen leuchteten wie eh und je und auch jede einzelne Falte um seine Augen, den Mund und auf der Stirn waren noch alle an derselben Stelle. Ebenso seine schiefen Zähne, von denen drei aus Gold waren, die große Hornbrille und das schlohweiße, dünne Haar, das vom Seewind zerzaust in alle Richtungen von seinem Kopf ab stand.

„Hat es dir nicht gefallen, Leslie?", fragte Grandpa irritiert. Sie zögerte. Dann nickte sie.

„Doch, hat es. Es war wirklich schön."

„Das ist gut", sagte er lächelnd und klopfte ihr auf die Schulter, um dann erschrocken festzustellen: „Kind, du bist ja völlig durchgefroren! Da, nimm meine Jacke."

Dankbar schlüpfte Leslie hinein. Der Anorak war ihr viel zu groß, obwohl Grandpa Mac eher ein kleiner Mann war, aber er hielt herrlich warm. Grandpa sorgte dafür, dass Benny sich auf dem Rücksitz auch ja angeschnallt hatte, dann ließ er sich selbst neben Leslie auf den Fahrersitz fallen. Mit einem lauten Knall sprang der alte Motor an und nachdem Grandpa seine dicke Hornbrille gegen eine zweite, feingliedrige mit dünnem, goldenem Gestell ausgetauscht hatte, mit der er besser in die Ferne sehen konnte, trat er aufs Gas. Grandpa war für seine 82 Jahre noch sehr flott mit dem Auto unterwegs, doch er war der Meinung, der Fischkutter läge ihm besser.

Während sie sich durch den Verkehr von Edinburgh kämpften, der bei Weitem nicht so schlimm war, wie der in Palermo, dann die Autobahn erreichten und irgendwann auf einspurigen, holprigen Landstraßen durch die grüne, hügelige Landschaft tuckerten, wollte Benny jedes noch so kleine Detail ihres Urlaubs auf Sizilien wissen und Leslie kam aus dem Reden gar nicht mehr heraus. Sie erzählte Grandpa und ihrem Bruder alles, angefangen bei ihrem Koffer, über Agrigent bis hin zu ihrer Abreise. Aber Raffaello verschwieg sie ihnen. Am Ende ihres Berichts war sie stolz auf sich, so glaubhaft von ihrem wunderbaren, erholsamen Urlaub mit zwei Freundinnen erzählt zu haben. Vielleicht konnte sie doch besser lügen, als Anne immer behauptete.

Benny war begeistert. „Hast du die Mafia gesehen?", fragte er und zappelte auf dem Rücksitz herum.

Grandpa Mac musste lachen. „Die sieht man nicht, Schätzchen", bemerkte er und Leslie grinste.

„Nein, habe ich nicht, Benny", sagte sie. „Woher weiß du überhaupt von denen?"

„Hat mir Grandpa erzählt!", entgegnete ihr kleiner Bruder stolz.

„So? Hat er das?" Leslie bedachte Grandpa mit einem vorwurfsvollen Blick.

„Ich musste ihm allerlei erzählen, warum es sich *nicht* lohnt, nach Sizilien zu fahren, Leslie", verteidigte er sich. „Benny hat darauf bestanden mitzufahren." Er senkte die Stimme. „Irgendwie musste ich ihn ja daran hindern, die ganze Stadt zusammenzuschreien."

„Aber das hab' ich nicht", kam es stolz vom Rücksitz. „Ich hätte mich in deinem Koffer versteckt, Leslie!" Der Kleine grinste frech und strampelte mit den Beinen, sodass er ihr in den Rücken trat.

„Au, lass das, Benny!"

„Aber da ist doch der Sitz! Wie kann denn das wehtun?"

„Ich zeig's dir nachher."

„Au ja!" Benny war noch aufgekratzter, als sonst. Das konnte ja toll werden zu Hause. Leslie wollte gar nicht wissen, wie ihr Zimmer aussah.

Und der Rest der Wohnung. Scheinbar freute er sich wirklich, seine große Schwester wieder für sich zu haben.

„Deine Mom arbeitet heute noch", sagte Grandpa Mac irgendwann, als sie an einem riesigen See vorbeifuhren. „Aber morgen ist sie da, keine Sorge, Leslie."

Leslie schüttelte den Kopf. „Ich mach mir keine Sorgen", sagte sie. Es war schon oft genug vorgekommen, dass ihre Mutter ihr versprochen hatte, an ihrem Geburtstag nicht zur Arbeit zu müssen, aber dann hatte ihr Chef angerufen und sie musste doch wegfahren. Es würde keine Überraschung sein, wenn sie morgen früh nur von Benny und Grandpa geweckt werden würde.

„Ich hab' ein ganz tolles Geschenk für dich!", rief Benny.

Leslie lächelte zu ihm nach hinten. „Verrate es mir bloß nicht."

„Mach ich nicht! Du wirst es ja hören."

„Hören?" Sie drehte sich nach ihrem Bruder um. Er hatte die Lippen fest aufeinander gepresst. Sie musste grinsen und schnitt das Thema nicht mehr an. Den Rest der Fahrt schwieg Benny. Wahrscheinlich, um den Fehler, zu viel verraten zu haben, wieder gut zu machen. Er redete gerne und viel, aber er merkte sofort, wenn er etwas Falsches gesagt hatte und darüber ärgerte er sich dann meistens ziemlich.

Nachdem sie die letzte halbe Stunde überstanden hatten, erreichten sie Oban. Das nachgebaute Amphitheater thronte auf dem Hügel am Rande der Stadt, auf den Straßen waren einige Touristen unterwegs. Man erkannte sie gleich an den Fotoapparaten und der übertrieben wander- und wetterfesten Kleidung. Im Sommer kamen reichlich viele Touristen nach Oban, manchmal gingen diese Massen Leslie auf die Nerven, aber dieses Jahr hatte sie den schlimmsten Teil anscheinend verpasst. Gott sei Dank. Benny wurde sofort wieder munterer, als er merkte, dass sie endlich zu Hause waren. Er bekam schnell Heimweh, aber dass ihm zwei Stunden etwas ausmachten, hätte Leslie eigentlich nicht erwartet. Immerhin hatte er die erste Woche der Ferien bei seinem Vater verbracht.

Das Haus der McEvans stand noch genauso schmal und schmutzig weiß und eingeklemmt zwischen den anderen Reihenhäusern. Von den weiß gestrichenen Fensterrahmen platzte der Lack, aber die dunkelgrüne Eingangstür musste Grandpa Mac erst vor Kurzem frisch gestrichen haben, was auch wirklich bitter nötig gewesen war. Grandpa parkte den Wagen genau vor der Haustür und half Leslie, ihr Gepäck nach oben in die Wohnung zu tragen, die sie mit ihrer Mom und Benny bewohnte. Die zweite Wohnung im Erdgeschoss gehörte Grandpa, der alleine darin lebte, seit Grandma Beth vor vier Jahren gestorben war.

Leslie kam ihn oft besuchen, wenn sie es oben in ihrem kleinen Zimmer nicht mehr aushielt. Sie mochte die gemütlich eingerichteten Zimmer von Grandpa Mac. Besonders den grünen Schaukelstuhl, der am Fenster neben dem schmalen Esstisch in der Küche stand, die gleichzeitig auch als Wohnzimmer diente. Und auch jetzt, als sie die drückende Einsamkeit der leeren Wohnung und Bennys Sponge Bob Sendung nicht mehr ertragen konnte, verschob sie das Auspacken der Koffer auf später und ging nach unten zu Grandpa Mac, der am Herd stand und Rührei mit Speck zubereitete.

Leslie setzte sich in den Schaukelstuhl und sah ihm beim Essen zu und ab und zu stellte er eine Frage über Sizilien, die Benny noch nicht gestellt hatte, doch die meiste Zeit über sagte er nichts und sie genossen das einsame Flackern des bunten Teelichts, das er auf den Tisch gestellt hatte, das laute Ticken der alten Wanduhr neben dem Telefonschränkchen im Flur und die Ruhe. Nach einer Weile bekam Leslie doch etwas Hunger und Grandpa machte ihr einen Teller Rührei, den sie sich auf die Knie stellte, um die Hände daran zu wärmen.

Spät am Abend konnte Leslie Bennys tapsende Schritte hören, als er die Treppe herunterkam und keine Sekunde später stand er auch schon in der Küchentür und schaute sie mit großen Augen an. Leslie sprang auf. Himmel, sie hatte vollkommen die Zeit vergessen, während sie sich mit Grandpa Mac unterhalten hatte.

„Ich hab' Hunger", murmelte Benny. Er trug schon seinen Schlafanzug mit Spiderman darauf und sein dunkles Haar war wirr und zerzaust, als hätte er schon geschlafen. Kein Wunder, dachte Leslie, als sie auf die Uhr sah. Es war halb zwölf. Sie verabschiedete sich von Grandpa und ging mit Benny wieder nach oben, um ihm etwas zu Essen zu kochen. Dann saß sie mit ihm am Tisch, um zwölf Uhr und sah zu, wie er sich hungrig einen der dicken Pfannkuchen in den Mund schob.

18

„She's taking me places I should never have been,
She's showing me faces I should never have seen.
Well, these are strange days we're living in today
C'est la vie I say ....“

Leslie riss die Augen auf.

„I hope I'm old before I die
I hope I´ll live to relive the days gone by ...“

Leslie kniff die Augen fest zusammen, zog sich die weiche Bettdecke über den Kopf. Unter der Decke erstarrte sie, hielt den Atem an. Die Musik drang nun gedämpfter an ihre Ohren, aber sie konnte noch jedes einzelne Wort verstehen.

„I hope I'm old before I die
Well tonight I'm gonna live for today
So come along for the ride
I hope I'm old before I die ...“

„*Happy Birthday*, Leslie!" Jemand hatte die Musik abgestellt.Nach einigen Sekunden der Starre kroch sie unter ihrer Decke hervor, ganz vorsichtig, aber dann zog ihr Benny lachend und „*Happy Birthday*" singend den kuscheligen Stoff ganz vom Kopf. Der Song lief leise im Hintergrund. Grandpa Mac hatte den Ton scheinbar nur etwas leiser gestellt. Grinsend stand er im Türrahmen und wippte mit dem Fuß im Takt.

„Gefällt es dir?", fragte Benny aufgeregt und ließ sich zu seiner großen Schwester aufs Bett fallen.

„Was?", fragte Leslie. Der Schreck saß ihr noch in allen Gliedern. Sie schloss kurz die Augen. Dieser Song. Ausgerechnet dieser Song. Sie öffnete die Augen wieder.

„Na, die CD!", rief Benny fröhlich, sprang vom Bett, schaltete die Musik aus und kam mit der CD zurück zu Leslie gerannt.

„Grandpa und ich haben sie zusammen für dich ausgesucht." Er strahlte sie an und Leslie nahm die Hülle entgegen. „*Greatest Hits*" von Robbie Williams, las sie. Nun kam auch Grandpa Mac auf sie zu, um ihr zu gratulieren.

„Du findest diesen Robbie doch so toll, oder?" Er zwinkerte ihr zu.

Leslie nickte. „Ja", stotterte sie und dann brachte sie es endlich über sich, sich bei den beiden zu bedanken. Benny war schon wieder zur Tür gerannt. Auf dem Weg in die Küche brüllte er noch:

„Komm, Leslie! Dein Kuchen wartet!" Dann war er verschwunden. Kuchen. Sie schluckte und senkte den Blick, aber Grandpa kannte sie genau.

„Erdbeerkuchen", sagte er leise, „den mochtest du doch immer." Hoffnungsvoll und zugleich prüfend musterte er Leslie.

Sie nickte. „Ja, ich weiß", murmelte sie, aber sie schaute ihm nicht in die Augen, drehte und wendete die CD in ihren Händen.

„Lass den Mist hinter dir, Leslie", sagte Grandpa mit fester Stimme. Klar, sie wusste genau, was er meinte, aber sie antwortete nicht, sondern stand auf, legte die CD beiseite und schlüpfte in ihren hellblauen Morgenmantel und die dicken Wollsocken, dann folgte sie Grandpa Mac hinunter in die Küche, wo Benny schon ungeduldig darauf wartete, dass ihre Mom endlich den Kuchen anschnitt.

„Hey", sagte Leslie, als sie auf dem Stuhl neben Benny Platz nahm. „Mom, du bist ja da." Eigentlich hatte es gleichgültig klingen sollen, aber die Freude war nicht zu unterdrücken. Ihre Mutter nickte und schloss sie in die Arme.

„Alles Gute, meine liebe Leslie", flüsterte sie ihr ins Ohr und zauste ihr sowieso schon wirres Haar.

„Danke", flüsterte Leslie zurück. Mom schnitt den Kuchen an und verteilte ihn an Grandpa, Benny, Leslie und sich selbst. Auf dem Tisch stand ein kleiner Strauch Lavendel. Leslie mochte diese Blumen gerne, weil sie so gut rochen. Würzig und kräftig. Daneben stand eine Kerze in Form einer Siebzehn. Grandpa hob seine Kaffeetasse.

„Siebzehn Jahre", sagte er. „Auf dich, Leslie! Prost!"

Leslie hob ihren Kakao. „Salute", murmelte sie und biss sich auf die Zunge. Naja, ein wenig Italienisch konnte nicht schaden. Nachdem sich Benny hungrig auf sein drittes Stück Kuchen gestürzt hatte und Grandpa Leslie gerade ein zweites Stück aufdrängen wollte, stand ihre Mom plötzlich auf, eilte zur Anrichte herüber und kam mit einem weißen Briefumschlag zurück an den Tisch.

„Der ist für dich gekommen, heute morgen per Eilboten aus Italien", sagte sie und reichte Leslie den Brief über den Blumenstrauß. Leslie verschluckte sich an ihrem Kakao.

„Was?", krächzte sie und nahm den Umschlag entgegen. Moms braune Augen glitzerten fröhlich, das dunkelbraune, lockige Haar stand ihr vom Kopf ab.

„Hast du Freunde gefunden in Sizilien?", fragte Grandpa. Es war nicht zu übersehen, dass er ungemein neugierig geworden war. Aufmerksam musterte er Leslie und den Umschlag, während er sich immer weiter über den Tisch beugte. Leslie schüttelte den Kopf. Zögernd begutachtete sie den Umschlag. Ein Absender war nirgends zu sehen, nur ihre Adresse. Aus Sizilien kam er, soviel konnte sie feststellen. Vorsichtig öffnete sie ihn mit einem Messer und zog die Postkarte, die darin lag, mit zitternden Fingern heraus. Sie zeigte ein riesiges Feld voller Olivenbäume. Dahinter erstreckte sich hinter einer hügeligen Graslandschaft und zwei einsamen Gehöften das strahlend blaue Mittelmeer. „*Bella Sicilia*" stand rechts oben in der Ecke der Karte. Leslies Pulsschlag beschleunigte sich, als sie sie umdrehte.

„Alles Gute zum Geburtstag, Leslie“, stand da.

Sie kannte diese Schrift. Sie hatte sie schon zweimal gesehen. Auch auf einer Karte.

„Ich weiß, dass dich mein Verhalten verletzt hat,
aber ich meinte es wirklich ernst, als ich sagte, dass
ich mich in dich verliebt habe.
Vielleicht sehen wir uns wieder.
Alles Gute,
R. R
P.S: Liebe Grüße auch von Mario!“

Leslie ließ die Karte fallen. „Oh“, sagte sie. „Scheiße.“ Dann bemerkte sie das kleine Päckchen aus Krepppapier, das noch im Umschlag steckte. Als sie es auseinanderfaltete, kam eine Kette zum Vorschein. Eine schlichte, goldene Kette mit einem Anhänger daran. Er stellte einen Olivenzweig dar. Sie nahm die Kette genauer unter die Lupe und entdeckte schließlich den winzigen Stempel am Verschluss. Echtes Gold. Und echtes Silber.

„Oh“, machte sie erneut. Gequält verzog sie das Gesicht, legte das Schmuckstück, das Raffaello mitgeschickt hatte, wieder zurück in das zerknitterte Papierhäufchen. Die Postkarte lag noch auf dem Boden und als Grandpa Mac sich danach bückte, schnellte Leslie mit einem quiekenden: „Nicht!“ nach unten, schnappte sich die Karte und stieß sich den Kopf an der Tischkante, als sie sich wieder aufrichtete. Alle Blicke waren auf sie gerichtet. Sie schluckte und zwang sich zu einem neutralen Lächeln. Mom hatte irritiert die Brauen hochgezogen, Benny stierte sie mit großen Augen an und Grandpa Mac hatte seine Hornbrille auf seine Nasenspitze geschoben.

„Von wem ist denn der Brief?“, fragte ihre Mom schließlich, nachdem Leslie die Karte samt Kette im Briefumschlag verstaut und neben ihren Teller gelegt hatte.

„Nur von einem – äh … Bekannten“, stotterte Leslie, den Blick auf die Reste ihres Kuchens gerichtet. Ein Bekannter. So konnte man ihn doch nennen, oder etwa nicht? Es erschien ihr zumindest passend. Grandpa griff nach dem Umschlag.

„Lass mal sehen“, murmelte er und erneut quiekte Leslie entsetzt: „Nicht!“

„Warum das?“, fragte Grandpa irritiert.

„Weil … ähm“, sie holte tief Luft. „Nicht die Karte lesen, wenn es sich vermeiden lässt, Grandpa …“ Grandpa nickte zögernd und murmelte irgendetwas Unverständliches, dann nahm er das Päckchen aus dem Umschlag hervor. Seine großen Augen weiteten sich vor Erstaunen, während er die Kette dicht unter seine große Nase hielt.

„Die ist ja echt!“, rief er erschrocken aus. Leslie presste die Lippen fest zusammen. Dass Raffaello ihr keinen Billigkram schenken würde, war nicht anders zu erwarten gewesen.

„Wer zum Teufel hat dir die geschickt, Leslie?“, fragte nun auch ihre Mom und blickte ihr dabei fest in die Augen. Hilflos hob Leslie die Schultern.

„Ein … Bekannter“, wiederholte sie kläglich. „Ich muss jetzt in mein Zimmer. Anne kommt sicher bald …“ Ohne ein weiteres Wort nahm sie Grandpa Briefumschlag und Kette aus der Hand und eilte über den Flur in ihr Zimmer. Die Tür schloss sie sorgfältig hinter sich ab.

„Junge, Junge“, sagte Anne anerkennend, als sie eine Stunde später bei Leslie auf dem Bett saß und die Kette betrachtete, „dein Romeo versteht was von Romantik. Ganz zu schweigen von dem Brief.“

„Er heißt nicht –“.

Anne grinste. „Schon klar. Sollte ein Scherz sein, Leslie.“

„Das ist nicht romantisch!“, murrte Leslie, aber das Lächeln, das seit heute Morgen auf ihren Lippen lag, ließ sich nicht unterdrücken.

„Zieh sie an“, forderte Anne und hielt ihr Raffaellos Kette entgegen.

„Was? Nein!“

„Jetzt stell dich nicht so an!“, rief Anne empört. „Der Typ macht dir praktisch eine Liebeserklärung und du nimmst sein Geschenk nicht an? Wenn der wüsste …“

„Aber das tut er nicht! Außerdem hat er mir nur zum Geburtstag gratuliert", verteidigte sich Leslie. Aber es war aussichtslos. Sie nahm die Kette und legte sie sich um den Hals. Der Anhänger war kühl, erwärmte sich aber schnell auf ihrer Haut.

„Bis auf die Tatsache, dass er „verliebt" geschrieben hat, Leslie! Wann hörst du endlich auf, nur das zu sehen, was du willst?" Anne schüttelte den Kopf über so viel Unverständnis.

„Weißt du", sagte sie dann ernst, „ich schätze, er meint es tatsächlich ernst. Vielleicht solltest du ihm eine Chance geben?"

„Ach? Und wie?"

„Na, du hast doch seine Handynummer."

Leslie schüttelte den Kopf. „Die hab ich gelöscht."

„Na super", murmelte Anne und lehnte sich gegen die Wand. Und nach einer Weile des Schweigens: „Hast du schon mal im Internet nachgesehen?"

„Vergiss es, das bringst nichts", rief Leslie, als Anne sich auf ihren Laptop stürzte, den sie mitgebracht hatte und wild auf die Tasten einhieb.

„Wie heißt er nochmal?", fragte sie.

„Verrate ich nicht!" Anne verdrehte die Augen.

„Raffaello", murmelte Leslie schließlich.

„Und der Nachname?"

„Weiß nicht, wie man den schreibt …"

„Ja, wie *lautet* er denn?", fragte Anne genervt.

Leslie holte tief Luft. „Ruggiero", sagte sie.

„Hm", machte Anne und tippte den Namen in den Computer ein. „So, Freundchen", murmelte sie, während sie das Internet durchforstete, „jetzt kommt die erschreckende Wahrheit über dich – oh …!" Beunruhigt beugte sich Leslie näher zu Anne hinunter.

„Was ist?", fragte sie. Anne deutete schweigend auf die Überschrift eines Zeitungsartikels, der auf dem Bildschirm erschienen war:

„Versicherung um 2,3 Millionen betrogen –
S. M. Ruggiero droht Prozess".

„Oh nein", stöhnte Leslie. Daran hatte sie gar nicht mehr gedacht. Sie hatte Mr. Gosettis Anschuldigung sogar als vollkommenen Unsinn abgetan. Aber da stand es. Schwarz auf weiß. Es stimmte. Diese Wahrheit *war* erschreckend.

„Hm, S. M. Ruggiero ist nicht der, den wir suchen, richtig?", fragte Anne und schloss den Artikel.

„Naja, es gibt sicher viele Ruggieros …", murmelte Leslie hoffnungsvoll und atmete auf. Anne würde der Sache nicht weiter nachgehen. Hoffentlich …

„Schon wieder dieser S. M. Ruggiero!", rief Anne und öffnete den nächsten Artikel, der allerdings wesentlich erschreckender war.

„Des Ruggieros weiße Weste – die Wahrheit über den Politiker", las Anne. „Der Kerl ist von der Mafia, Leslie!" Aufgeregt grinste Anne zu ihr hoch. „Cool, oder??"

Leslie nickte. „Cool …", presste sie tonlos hervor, aber unter ihren Füßen schien der Boden nachzugeben. Nie im Leben, dachte sie, NIE IM LEBEN! Fast war sie daran, trocken aufzulachen.

Anne zuckte die Schultern. „Naja, man kann ihm nichts nachweisen, aber seine Weste scheint laut *Polizia* nicht ganz so weiß zu sein … Ah! So sieht er aus. Ganz schön alt schon …" Am Ende des Abschnittes war ein Foto abgebildet. Salvatore Massimo Ruggiero, Raffaellos Vater, stand herausgeputzt mit einem Glas Sekt in der Hand an einem Tisch und blickte ernst in die Kamera. „Salvatore Massimo Ruggiero mit seinem Berater M. Andolini", las Anne vor. Und da erkannte Leslie Mario. Er stand ein wenig abseits und wurde halb von einem Reporter verdeckt, aber er war es. Was zur Hölle sollte das bedeuten? Was?!

„Oh verdammt, Anne, was ist das?!", rief Leslie entsetzt. Verwirrt blickte Anne zu ihr auf.

„Was?", fragte sie. „Das ist doch gar nicht dein Romeo. Was regst du dich so auf?"

„Ja, ich weiß, aber – ach, Scheiße, Anne, mach das weg. Na los!", fuhr sie sie an, als sie nicht gleich reagierte. Das war absolut jenseits dessen, was Leslie an diesem Tag noch verkraften konnte. Raffaellos Vater – und Mario – in Verbindung mit der Mafia zu bringen! Himmel nochmal, da musste sich irgendjemand gewaltig täuschen. Wahrscheinlich lagen der Polizei falsche Aussagen vor. Mit großer Wahrscheinlichkeit hatte die Presse den Politiker sogar absichtlich diffamieren wollen. Das wäre eine Erklärung. Zugegeben, keine besonders vernünftige.

„O. k., probieren wir's mal so", sagte Anne und klickte auf ‚Bilder'. Keine Sekunde später blickten zahlreiche Raffaellos vom Bildschirm zu ihnen auf. Anne vergrößerte eines der Fotos.

„Ist er das?", fragte sie. Leslie schluckte. Da war er. Wirres, schwarzes Haar, tiefbraune, leuchtende Augen, die ebenmäßigen Gesichtszüge, die olivbraune Haut, die dichten Augenbrauen und das spöttische Lächeln. Er trug sein schwarzes Hemd und Leslie musste lächeln, als sie seine Sonnenbrille daran entdeckte.

„Erde an Leslie! Ist er das?" Sie schreckte hoch.

„Ja", sagte sie hastig. Außerdem stand sein Name unter dem Foto. Sie tastete mit der Hand nach ihrer Kette und mit einem Mal wurde ihr klar, wie weit weg Raffaello war. Aussichtslos, ihn irgendwie zu kontaktieren, auch wenn Anne meinte, das Internet fände alles und jeden. Ihn würde es nicht finden. Jedenfalls nicht mehr Informationen über sein Leben oder seine Adresse. Leslie betrachtete den Hintergrund des Fotos. Da war der riesige Garten der Ruggieros – und Leute. So viele Leute. Im Schatten unter einem Olivenbaum saßen zwei Menschen. Einer war sehr groß, der andere, eine Frau, wirkte dünn und zerbrechlich, die Arme hatte sie vor der Brust verschränkt. Als sie sich selbst wiedererkannte, fing ihr Herz heftig an zu rasen. Mario erkannte sie nun auch. Das Bild war auf Raffaellos Geburtstagsfeier entstanden.

„Er sieht sehr von sich überzeugt aus", bemerkte Anne spitz. „Aber – Mann, sieht der gut aus!"

Scheinbar hatte sie ihre Freundin im Hintergrund noch nicht bemerkt. Sie schloss das Bild wieder und öffnete eines, bei dessen Erscheinen Leslie die Kinnlade herunterfiel und sie für Sekunden das Atmen vergaß: Da war sie. Sie, wie sie mit Raffaello tanzte. Alleine auf der Tanzfläche. Fassungslos musterte sie sich selbst: dünn und unpassend gekleidet. Es war ihr nur zu deutlich anzusehen, dass sie sich unwohl fühlte. Sie konnte Raffaellos Blick sehen, der auf ihr ruhte, sein Gesichtsausdruck wirkte beinahe verletzlich.

„Wenn *das* mal nicht cool ist!“, rief Anne aus und haute mit der flachen Hand auf den Boden. „Das bist *du*, Leslie! Wann war das? Als du diesen Brief bekommen hast?? Himmel, dein Romeo sieht aus, als wolle er dich küssen!“ Sie grinste fassungslos bis über beide Ohren. „Cool“, sagte sie tonlos. „Echt, Hammer …“

Wie um alles in der Welt war dieses Foto ins Internet gelangt? Wer hatte es gemacht? Aber es war eigentlich kein Wunder. Raffaello war der Sohn eines bekannten Politikers, war achtzehn geworden, andere Politiker waren eingeladen gewesen – irgendwo musste sich ja die Presse versteckt haben. Ob Raffaello es auch gesehen hatte? Ob er überhaupt davon wusste? Wahrscheinlich suchte er noch nicht einmal mehr nach sich im Internet, schließlich war er es sicher gewohnt, bekannt zu sein.

„Hey, sieh dir das an, Leslie!“, sagte Anne und vergrößerte ein weiteres Foto. Raffaello war darauf zu sehen, in einem eng anliegenden weißen Trägershirt und einer blauen Sporthose, inmitten einer Gruppe anderer Jungen, die alle stolz in die Kamera grinsten. Raffaello grinste nicht. Er wirkte viel zu ernst, obwohl er scheinbar allen Grund dazu gehabt hätte, denn er hielt einen Pokal in den Händen.

„Schick“, bemerkte Anne. „Er hat ’nen Leichtathletikwettbewerb in der Schule gewonnen.“ Grinsend drehte sie sich zu Leslie um. „Weiß du was? Ich werde dir die Fotos ausdrucken!“

„Vergiss es!“

„Wieso? Sieh dir dieses T-Shirt an, dieser Blick – echt heiß, dein Romeo, wenn du mich fragst!“ Sie lachte sich beinahe kringelig.

„Ich frag dich aber nicht“, entgegnete Leslie knurrend, nahm Anne die kleine Computermaus aus der Hand, verkleinerte das Foto wieder und schloss dann die ganze verfluchte Seite mit den vielen Raffaellos, woraufhin Anne mit einem empörten: „Hey! Was soll das?“, reagierte und beleidigt eine Schnute zog.

„Na, dann nicht“, sagte sie, aber im nächsten Moment fing sie wieder an zu grinsen.

„Was ist?“, fragte Leslie.

„Ach, nichts“, behauptete Anne leichthin und zuckte die Schultern. Leslie seufzte. Anne führte irgendetwas im Schilde, dieses Verhalten kannte sie genau, aber es war sinnlos, es aus ihr herauskitzeln zu wollen. Sie würde sich gedulden müssen, aber sie hatte das unangenehme Gefühl, dass es eine Überraschung nach Anne-Art werden würde.

Ihr Verdacht bestätigte sich eine Woche später in der Schule. Die Ferien waren nun endgültig vorüber und seltsamerweise trauerte Leslie ihnen nicht nach. Eigentlich war sie sogar froh, dass ihr Leben nun endlich wieder seinen alltäglichen, gewohnten Lauf nehmen würde. Wenn da nicht der dicke Briefumschlag gewesen wäre, den Anne ihr in der großen Pause unter die Nase hielt.

„Hier“, sagte sie, „mach auf.“ Zögernd nahm Leslie den Umschlag entgegen. Sie zog den Packen Fotos heraus, die Anne hineingelegt hatte, drehte sie um – und hätte sie beinahe alle wieder fallen gelassen.

„Anne, verflucht nochmal, willst du mich unbedingt umbringen?!“, fuhr sie sie an.

„Nö“, entgegnete Anne fröhlich und wippte mit dem linken Bein auf und ab. „Ich dachte, ich tu dir einen Gefallen …“

„Aber doch nicht gleich so viele …“, maulte Leslie und verzog gequält das Gesicht. Auf jedem der Fotos, die Anne aus dem Internet ausgedruckt hatte, war Raffaello abgebildet. Raffaello, wie er mit ihr tanzte, beim Sport, undeutlich zu erkennen mitten im Menschengewühl in Palermo, sogar eines, auf dem er höchstens zwölf Jahre alt war und Leslie fragte sich gar nicht erst, wem er so wichtig war, dass es so viele Fotos von ihm gab.

„Anne, hättest du das nicht lassen können?“, sagte sie und ließ die Fotos wieder in den Umschlag gleiten. „Dir ist hoffentlich klar, dass ich sie nicht behalten werde?“

„Wirst du nicht?“, fragte Anne kleinlaut.

Leslie schüttelte den Kopf. „Werde ich nicht!“

„Dann gib sie mir. Dann werde *ich* ihn anschmachten!“

„Kommt nicht in die Tüte!“

„Eifersüchtig?“ Anne grinste.

„Nicht die Spur!“

„Dann behalte sie.“ Widerwillig legte Leslie den Umschlag zwischen ihre Bücher.

„So ist's brav.“ Anne grinste zufrieden. „Ich wollte dir nur den ersten Schultag versüßen.“

Der erste Schultag wurde ihr noch mehr versüßt, als Melissa sich nach der Schule im Bus zu ihnen gesellte und anfing, von Sizilien zu schwärmen. Leslie hörte nur mit halbem Ohr zu, Anne sog jedoch jedes Wort in sich auf.

„Mein Vater ist nach Italien versetzt worden“, sagte Melissa dann und jetzt zwang sich Leslie, mit beiden Ohren zuzuhören.

„Warum das?“, fragte Anne verblüfft. Melissa hob nur die Schultern.

„Keine Ahnung. Er hat mir und meiner Mutter nicht gesagt, was er da machen muss. Er zieht nächste Woche nach Palermo.“ Sie klang nicht besonders erfreut darüber, fast ziemlich betroffen.

„Oh“, machte Anne nur, „du Arme. Er wird dir sicher fehlen ...“ Melissa nickte.

Leslie blickte wieder aus dem Fenster. Und dann fiel ihr wieder ein, was Raffaello über die Gosettis erzählt hatte, als er mit ihr zur *Lagune di Oliveri* gefahren war: „Er ist mit seiner Familie von Italien nach Schottland gezogen, wusstest du das?“ Sie konnte sich noch so deutlich an eine Stimme erinnern, dass es fast unheimlich war. Wie von selbst griff sie mit der Hand nach dem filigranen Anhänger, den er ihr geschickt hatte.

„Aber ihr habt da doch schon mal gelebt?“, fragte sie und im gleichen Augenblick fragte sie sich, ob das der beste Zeitpunkt war, Melissas Neugier auf sich zu ziehen, denn dass das Wissen über das Leben der Gosettis einige Fragen mit sich bringen würde, war nicht zu bezweifeln. Melissa musterte Leslie einen Moment lang völlig überrascht und auch Anne guckte ziemlich irritiert aus der Wäsche.

„Ihr habt in Italien gelebt?“, fragte sie Melissa, dann blickte sie fragend zu Leslie herüber. Der Bus hielt, Schüler stiegen aus, zwei alte Damen kamen herein und mit ihnen ein angenehm kühler Windhauch frischer Seeluft. Melissa nickte.

„Ja", sagte sie gedehnt, so als wäre sich nicht ganz sicher, ob sie es erzählen sollte oder nicht. „In Rom. Als ich vier war, sind wir dorthin gezogen, wegen Dads Arbeit … Aber ich bin in Palermo geboren." Nervös strich sie sich das lange Haar aus der Stirn.

„Deshalb kannst du auch so gut Italienisch", stellte Anne fest. Melissa nickte.

„Vor fünf Jahren sind wir wieder hierhergekommen. Ab und zu war Dad noch in Italien, aber nie besonders lange. Mom und ich wollten erst gar nicht nach Schottland ziehen, weil es uns in Sizilien so gut gefallen hat, aber Dad hat darauf bestanden. Er hat sehr viel telefoniert, ganze Nächte lang und uns fast komplett von der Außenwelt abgeschottet. Er hat sogar Leute eingestellt, die für Mom eingekauft haben. Ich glaube, er hoffte, mir würde das nicht auffallen …Er war in dieser Zeit sehr … angespannt." Melissa seufzte tief.

„Das hat sich gelegt, sobald wir in Schottland angekommen waren. Mich hat sein Verhalten damals ziemlich verunsichert und ich hab' ihn bestimmt tausendmal gefragt, was denn los war und ob es mit seiner Arbeit zu tun hätte, aber er hat nur gesagt, ich soll nicht so viele Fragen stellen." Sie lächelte ergeben. „Mittlerweile hab' ich mich damit abgefunden, keine Fragen mehr zu stellen. Obwohl ich mich manchmal frage, was er eigentlich in seinem Büro macht. Ich meine, ob das wirklich irgendwas mit Versicherungen zu tun hat." Sie zuckte die Schultern. „Naja, was soll man machen? Woher weißt du eigentlich davon, Leslie?"

Darauf hatte sie gewartet. Dass Meli diese Frage stellen würde, die sie nicht würde beantworten können, ohne zu lügen. Und auch Anne musterte sie neugierig.

„Dein Vater hat es mal nebenbei erwähnt", murmelte Leslie.

„Als er unter vier Augen mit dir sprechen wollte?", fragte Melissa. Dankbar über diese Möglichkeit, wenigstens die halbe Wahrheit zu sagen, nickte Leslie. Und merkte sofort, dass Anne ihr nicht eine Sekunde glaubte. Aber best-friends-like wechselte sie das Thema.

„Rom – cool! Habt ihr den Papst getroffen oder so was?"

Melissa lachte. „Nein, den trifft man nicht einfach so, glaub mir. Außerdem haben wir in einem Vorort von Rom gewohnt, Dad hat aber in der Innenstadt gearbeitet."

„Ach so. Schade", sagte Anne und kramte in ihrer Schultasche nach einem Müsliriegel. „Auch einen?", fragte sie mit vollem Mund und hielt Leslie und Melissa einen entgegen.

Melissa griff dankbar zu, sie schien immer am Verhungern zu sein, und Leslie behauptete, sie wäre allergisch gegen Erdnüsse, aber Anne hob nur eine Braue und musterte sie mit ihrem Scanner-Blick aus eisblauen Augen – und sie nahm den Riegel doch. Er schmeckte widerlich. Sie hasste Erdnüsse.

Zufrieden wandte Anne sich wieder an Melissa. „Wenn du glaubst, dass dein Vater irgendwelche Geheimnisse vor dir und deiner Mutter hat – warum fragst du ihn dann nicht einfach danach?"

Melissa lachte trocken auf. „Ihn danach fragen!", stieß sie verächtlich hervor. „Na klar! Weil er mir auch sofort Rede und Antwort stehen und *nicht* nach Sizilien fahren würde. Glaub mir, Anne, ich habe es schon oft versucht, aber wie gesagt: Ich stelle keine Fragen mehr. Bringt sowieso nichts. Ich versuche einfach, genau wie Mom, alles zu akzeptieren, damit kommen wir alle ganz gut klar. Dad sagt zwar immer, dass sein Beruf nichts mit seinem Privatleben zu tun haben sollte, aber das lässt sich scheinbar nicht immer vermeiden."

„Und wenn ich ihn danach frage …?", sagte Anne kauend. Melissa lachte nur.

„Nein, ich mein's ernst", behauptete Anne. „Ich könnte für dich auf Schnupperkurs gehen." Melissa hörte auf zu lachen.

„Äh … definiere ‚Schnupperkurs' ", sagte sie irritiert, scheinbar aber nicht ganz abgeneigt.

„Naja, ich könnte sein Büro durchsuchen oder …"

Leslie hörte nicht mehr zu. Sie ließ den Rest ihres Müsliriegels in ihrer Tasche verschwinden und richtete den Blick wieder auf die Häuser, die hinter dem Fenster an ihnen vorbeizogen. Sollte Anne doch auf Schnupperkurs gehen. Ihr sollte es recht sein. Aber ganz tief in ihren Gedanken merkte sie, dass sie eigentlich gar nicht wissen wollte, was Melissas Vater wirklich tat. Weil sie nicht wollte, dass es irgendetwas mit den Ruggieros zu tun hatte.

Als Leslie am Nachmittag nach Hause kam, ging sie gleich nach oben in ihr Zimmer, ohne Benny Bescheid zu sagen, dass sie da war, und dann legte sie die Robbie Williams CD, die sie von Grandpa und ihrem Bruder bekommen hatte, Annes Umschlag mit den vielen Fotos, ihr „*Bella Italia*"-T-Shirt aus Sizilien und Raffaellos Brief auf ihr Bett. Nach kurzem Zögern öffnete sie auch den Verschluss ihrer Kette und ließ sie zu den anderen Erinnerungen an ihn auf ihr Bett fallen, dann packte sie alles zusammen in ihrem schwarzen Koffer, den sie offensichtlich nicht mehr so bald brauchen würde, und verfrachtete ihn in die kleine Abstellkammer unter der Treppe im Erdgeschoss vor Grandpas Wohnung. Zufrieden atmete sie auf – und mit einem Mal fühlte sie sich irgendwie befreit.

Am Abend versuchte sie, sich Raffaellos Gesicht vorzustellen, was ihr nur allzu gut gelang. Verdammt. Vermutlich würde sie es mit der Zeit mehr und mehr vergessen, dachte sie hoffnungsvoll. Dass das nicht funktionieren sollte, konnte sie zu diesem Zeitpunkt noch nicht wissen.

Am Montag nach dem Wochenende bekam Leslie von Anne eine umfangreiche Beschreibung von Mr. Gosettis Büro. („Der Mann arbeitet mit Staatsanwälten aus Italien zusammen, wenn *das* mal nicht komisch ist! In seiner Jackentasche war irgendwas Hartes. Hat sich angefühlt wie … ach, keine Ahnung, aber bevor Meli und ich es rausholen konnten, hat Gosetti uns erwischt. Der Kerl ist ziemlich wütend geworden – meinst du, das könnte 'ne Knarre gewesen sein?!")

„Weißt du", schloss Anne ihren Bericht, „ich glaube nicht, dass Gosetti auch nur im Entferntesten was mit Versicherungen zu tun hat. Der Herr ist ein Rätsel – genau wie dein Romeo!" Und erneut sah sich Leslie gezwungen, an Raffaello zu denken. Scheiße.

An den darauf folgenden Tagen half Leslie Grandpa Mac wieder jeden Nachmittag auf seinem Fischkutter. Der frische, kalte Atlantikwind und die raue See taten ihr gut und vertrieben für einige Stunden ihre Gedanken an ihren Schulabschluss, der nun in greifbare Nähe rückte, an Raffaello und die Sache mit Mr. Gosetti, die sie ja eigentlich gar nicht weiter interessierte. Eigentlich. Genauso, wie sie eigentlich einen gewissen, gutaussehenden Sizilianer vergessen wollte.

Der Winter kam mit einer ganzen Menge Schnee, so viel, dass in Glasgow sogar die Armee anrücken musste, um die weißen Massen zur Seite zu schaffen. Im Advent saß Leslie oft mit Grandpa Mac vor dessen Kamin, trank eine heiße Tasse Tee und ließ sich von Grandpa Geschichten erzählen, die sie früher immer so gerne gehört hatte, und manchmal war auch Benny dabei, um von den Plätzchen, die Grandpa mit Leslie gebacken hatte, zu naschen. An Weihnachten war Leslies Mom zu Hause, ihre große Schwester Grace kam sie besuchen und sogar ihr Vater ließ sich kurz blicken und Leslie vergaß beinahe, dass sie sich vorgenommen hatte, kein Wort mehr mit ihm zu reden.

Anne kam vorbei, um ihrer Freundin eine riesige, bunt gestreifte Socke gefüllt mit kleinen Geschenken, vorbeizubringen, darunter ein Foto von ihr und Leslie vor dem türkisblauen Mittelmeer in Sizilien – auf ein Foto von Raffaello hatte sie gnädigerweise verzichtet und Leslie stellte fest, dass es fast gar nicht mehr wehtat, an ihn zu denken. Vielleicht würde sie mit der Erinnerung an einen Urlaubsflirt doch besser leben können, als sie noch im Sommer gedacht hatte.

Aber der nächste Sommer kam schneller als erwartet. Anne und Leslie trafen sich oft, um gemeinsam für die Prüfungen zu lernen, die kurz bevorstanden. Und dann kam der Tag, an dem sie es hinter sich hatten. Ein für alle Mal.

Den Schulabschluss in der Tasche – Anne mit sehr guten, Leslie mit eher mittelmäßigen Noten – konnten sie es anfangs gar nicht glauben, aber bald darauf nutzte Anne ihre neugewonnene Freiheit, um den Führerschein zu machen und so oft es ging, lieh sie sich das Auto ihrer Eltern, holte Leslie vor dem kleinen Lebensmittelladen ab, bei dem sie einen Job gefunden hatte, und dann fuhren sie einfach los, quer durch die Highlands und einmal mussten sie sich sogar ein Zimmer in einem Hotel nehmen, weil Anne die weite Strecke von Oban bis Loch Ness ein wenig unterschätzt hatte und sie nicht noch mitten in der Nacht unterwegs sein wollte.

An Leslies achtzehntem Geburtstag wurde sie, wie immer, von Benny und Grandpa Mac geweckt. Kein „*Old Before I Die*" drang an ihre Ohren, nur ein lauter Schrei: „Leslie!!" Und dann war ihr kleiner Bruder zu ihr aufs Bett gesprungen und umarmte sie ganz fest, erstaunlich fest für so einen kleinen Kerl.

„Gehst du jetzt weg?", nuschelte er in ihr Nachthemd hinein und blickte mit großen, beinahe traurigen Augen zu ihr auf.

„Was? Wieso sollte ich? Wie kommst du auf so einen Quatsch?", fragte Leslie.

„Na, weil du jetzt achtzehn bist!" Leslie musste lachen und zauste Benny die dunklen Wuschelhaare.

„Nein", sagte sie leise, „ich lass´ dich doch nicht alleine." Aber insgeheim hatte sie mit Anne schon Pläne geschmiedet. Schließlich hatten sie beide beschlossen, auf keinen Fall hier in Oban zu bleiben bis ans Ende ihrer Tage. Wahrscheinlich würden sie nach England ziehen, nach London vielleicht. Anne wollte an einer Universität dort studieren und Leslie hatte keinen blassen Schimmer, was sie machen wollte.

„Hey, Schlafmütze!", rief jemand, und als Leslie aufsah, stand Anne in ihrem Zimmer, mit einem riesigen Strauß Sonnenblumen, einer Tüte voller Geschenke unter dem Arm und einem breiten Grinsen auf dem Gesicht. Grandpa Mac lehnte im Türrahmen. Jetzt winkte er Benny zu sich und machte sich mit den Worten „Ich lass euch dann mal alleine …" mit ihm auf den Weg in die Küche zu Leslies Mom.

Anne setzte sich zu ihr aufs Bett und legte die Blumen neben sich. Dann holte sie zwei Geschenke aus ihrer Tasche. Ein größeres, dem man schon ansehen konnte, dass es ein Buch war, und einen Briefumschlag. Zuerst öffnete Leslie das größere Geschenk. Es war ein Buch. Ein Reiseführer über Sizilien.

„Danke …“, murmelte sie verwirrt und aus den Augenwinkeln sah sie, dass Anne sich ein Grinsen verkniff. Was zur Hölle sollte sie mit diesem Reiseführer anfangen?!

„Mach das Nächste auf“, sagte Anne und hielt es ihr entgegen. „Dann ergibt es einen Sinn.“ Jetzt saß das fröhliche, erwartungsvolle Grinsen auf ihren Lippen. Leslie tat es. Als sie den Umschlag öffnete, kam eine schlichte Geburtstagskarte zum Vorschein, wie man sie in jedem Supermarkt bekommen konnte. Sie schlug sie auf. Und las das, was Anne hineingeschrieben hatte. Und klappte die Karte zu. Ließ sie fallen und starrte Anne mit offenem Mund an.

„Das ist nicht dein Ernst, oder?!“, brachte sie krächzend über die Lippen. Annes blaue Augen strahlten vor Freude.

„Doch“, entgegnete sie grinsend.

„Aber …“ Zu mehr war Leslie im Moment nicht imstande. Sie öffnete die Karte erneut und las sie noch einmal:

„Liebe Leslie,
alles Gute zum achtzehnten Geburtstag!
Und jetzt dein Geschenk:
Wir fahren nächste Woche in Urlaub! Nur wir beide.
Und zwar nach Sizilien!
Ich hab' uns ein kleines Haus an der Küste in der Nähe von Palermo gemietet.
Du bist meine beste Freundin,
Anne.“

„Das meinst du nicht ernst!“, beharrte Leslie entsetzt. Aber Anne nickte. Und grinste nur umso breiter.

„D-Danke“, stotterte Leslie. Nach Sizilien. Ausgerechnet nach Sizilien. Sie hätten überall hinfliegen können, nach New York, Paris, Barcelona vielleicht, aber nein, Anne musste sie ausgerechnet nach Sizilien schleifen. Warum? Ergab das irgendeinen Sinn, den man nur verstehen konnte, wenn man Anne war?

„Ich dachte mir, da dir die letzten Ferien auf Sizilien ein wenig … nun ja, ‚verdorben‘ wurden“, sagte Anne, „fahren wir nochmal hin und genießen einen richtigen Urlaub. Ohne Mr. Gosetti, ohne Melissa, ohne ein Hotel, ohne deinen Romeo –“

„Sprich es bloß nicht aus! Ich hab’s begriffen, Anne!“, erwiderte Leslie schnell, dann musste auch sie grinsen. „Danke“, sagte sie noch einmal und dieses Mal meinte sie es ernst. Anne umarmte sie kurz, dann sprang sie vom Bett.

„Na los, zieh dich an und komm zu den anderen in die Küche – es gibt Schokotorte!“

„Igitt“, machte Leslie und verzog das Gesicht.

„Quatsch“, sagte Anne lachend, „wollte dich nur schocken. Es gibt Erdbeerkuchen, wie immer.“ Sie grinste und verschwand aus der Tür.

2. TEIL

19

Juli, Falcone Borsellino Flughafen, Palermo

Leslie stellte fest, dass sie sich noch genau an den Flughafen erinnern konnte und auch dieses Mal mussten sie endlos lange auf ihre Koffer warten – und Leslie vergewisserte sich vor Ort gleich dreimal, dass es auch ja ihr Koffer war. Sie hatte ihren kleinen, schwarzen Trolley gegen eine große, rote Reisetasche eingetauscht, nachdem sie ihren Koffer für zu klein erklärt hatte, aber hauptsächlich wegen des Schocks und der Erinnerungen, die in ihrem Gedächtnis aufgeflammt waren, als sie den kleinen Koffer unter der Treppe hervor geholt und geöffnet hatte – und ihr „*Bella Italia*"-T-Shirt, die Fotos von Raffaello, seinen Brief und die Kette darin gefunden hatte. Trotz allem hatte sie beschlossen, die Kette wieder zu tragen. Sie war einfach zu schön und teuer, um sie bloß aus Frust und Liebeskummer unter der Treppe verstauben zu lassen.

Anne und Leslie nahmen sich ein Taxi, das sie zu ihrem Ferienhaus bringen würde. Als Leslie aus dem Fenster schaute, überkam sie ein seltsam freudiges Gefühl, gefolgt von einem Ziehen in der Brust, was sie nach reichlicher Überlegung als einen Hauch von Sehnsucht anerkennen musste. Ihr war gar nicht bewusst gewesen, dass sie Sizilien so sehr gemocht – und vermisst hatte. Ein befremdliches Gefühl …

Vespas knatterten an ihnen vorbei, Autos hupten, hier und da tauchten Fahrradfahrer aus dem dichten Verkehr auf, nur um dann gleich wieder zu verschwinden – und Leslie fragte sich, ob sie nicht schon längst platt gefahren und matschig auf dem Asphalt klebten. Anne legte ihr eine Hand auf den Arm.

„Da ist das Hotel, in dem wir waren", sagte sie und zeigte auf die linke Straßenseite. Leslie schaute hin – und lächelte. Es brauchte sie nicht mehr zu interessieren, eine Erinnerung, nichts weiter.

Nach ungefähr einer halben Stunde ließ das Taxi die Innenstadt hinter sich, die Landschaft wurde einsamer. Immer mehr Büsche und Bäume ragte zwischen den Felsen der trockenen Landschaft hervor und hier und da entdeckte Leslie ein einsames Häuschen zwischen einigen Zypressen. Bald darauf erreichten sie die Küste und zu ihrer Linken erstreckte sich nun das tiefblaue Mittelmeer und Leslie wurde bewusst, dass dies genau die Straße war, auf der sie mit Raffaello zur *Lagune Di Oliveri* gefahren war. *„Old Before I Die"* hallte in ihren Gedanken wider und beinahe hätte sie zu ihrem Fahrer geschaut, um sich zu vergewissern, dass es *nicht* Raffaello war, aber bevor sie das tun konnte, lachte sie leise auf und schob den Gedanken an ihn ganz weit in ihren Hinterkopf. Sollte er da doch bleiben. Sie legte ihre Hand auf Annes und lächelte zu ihr hinüber. Anne grinste zurück.

Nach einer Dreiviertelstunde bog das Taxi auf eine schmale Landstraße ein, der Weg wurde deutlich holpriger, und als Leslie das kleine, altmodische, aus unregelmäßigen Natursteinen gemauerte Bauernhäuschen sah, machte ihr Herz einen Hüpfer. Nachdem sie den Taxifahrer bezahlt hatten – Gott sei Dank hatte er keinen Versuch unternommen, sie übers Ohr zu hauen – standen Anne und Leslie inmitten ihres Gepäcks auf dem Schotterweg, der zum Eingang ihres neuen Heims führte, umgeben von dürrem Gras und Zypressen. Hinter dem Haus konnte Leslie sogar zwei Olivenbäume und einen mickrigen Zitronenbaum erkennen. Und dahinter das Mittelmeer. Sie waren am Arsch der Welt.

„Cool", raunte Anne.

„Hammer", entgegnete Leslie, obwohl das eigentlich Annes Ausdrucksweise war.

„Wie findest du's?", fragte Anne, nicht ohne Stolz in der Stimme.

„Es ist wunderbar", sagte Leslie und das meinte sie auch. Grillen zirpten in den trockenen Büschen um sie herum und die Hitze raubte einem fast jegliche Luft zum Atmen, es war fernab jeder Zivilisation – aber es war grandios.

„Wir haben nur bedauerlicherweise keinen Pool“, bemerkte Anne. „Aber dafür das Meer. Hinter dem Haus führt ein Weg nach unten zu einem kleinen Strand. Lass uns heute Abend hingehen, ja?“ Leslie nickte. Eine Weile standen sie einfach da, betrachteten das Häuschen, spürten die vertraute Hitze auf ihrer Haut, und als sie endlich begriffen hatten, dass sie vollkommen alleine waren – ohne Eltern, ohne Mr. Gosetti, ohne Melissa – schnappten sie sich ihre Koffer und rannten lachend auf die hölzerne Eingangstür zu. Anne fand den Schlüssel unter der Fußmatte und dann standen sie auch schon in der Diele, ließen die Taschen fallen und liefen in jedes Zimmer, um es genau unter die Lupe zu nehmen. Das Haus war nicht sehr groß, es reichte für drei Personen, aber das war Leslie egal. Einzig und allein zählte, dass sie hier mit Anne ganze vier Wochen verbringen würde. Ganz allein. Die Einrichtung war praktisch, einfach und im altmodischen, italienischen Stil, die Wände bestanden aus groben Steinen, auf dem rot gekachelten Fußboden lagen ein paar bunte Teppiche und einige Bilder hingen an den Wänden, die Landschaften auf Sizilien darstellten. Einen Kamin gab es auch, allerdings würden sie den mit Sicherheit nicht brauchen. Das Haus hatte zwei Schlafzimmer, eins mit zwei Betten und eines mit einem breiten Doppelbett – Anne und Leslie entschieden sich für das mit dem Doppelbett. Von dort aus war die Aussicht auf das Meer auch schöner. So schnell sie konnten, machten sie sich daran, ihre Koffer auszupacken und gerade, als Leslie auf die steinerne Fensterbank kletterte, wie sie es letztes Jahr so oft getan hatte, ließ Anne ihren Stapel T-Shirts fallen und sagte nur zwei Worte:

„Oh, Scheiße!“ Irritiert schaute Leslie zu ihr herüber. Nichts Beunruhigendes war zu entdecken.

„Was ist?“, fragte sie deshalb. Anne ließ sich auf das Bett sinken.

„Wir haben kein Auto. Keine Vespas oder so“, sagte sie.

„Na und?“

„Leslie, wir befinden uns am Arsch der Welt und haben nicht daran gedacht, was zu essen zu kaufen!“

„Oh, Sch–“

„Das sagte ich doch gerade! Was um Himmels Willen sollen wir jetzt machen, Leslie?! Sollen wir verhungern? Oder zu Fuß durch die Hitze laufen und hoffen, dass wir in Palermo landen? Wir werden einen qualvollen Hungertod sterben, verflucht! Ich habe nicht vor, so früh von dieser Welt zu verschwinden …“, jammerte Anne kläglich.

Und da hatte Leslie die einzige, rettende Idee. Hektisch durchsuchte sie einen Stapel Prospekte, die auf dem Tisch im Wohnzimmer lagen – und fand einen mit Restaurantinformationen. Am Abend bestellten sie sich also eine riesige Pizza, Wasser hatte Gott sei Dank noch jede von ihnen auf dem Flughafen mitgenommen.

Anne hatte einige Schwierigkeiten damit, den Mann am anderen Ende der Leitung zu verstehen, als sie bei der Pizzeria anrief, bis sie ihm schließlich auf Englisch antwortete – da begriff er, dass sie Tourist war.

„Puh“, sagte sie und ließ sich erschöpft in den weichen Sessel vor dem kleinen Fenster neben dem Couchtisch fallen. „Das wäre erledigt. Mann, hab' ich Hunger.“ Und ausnahmsweise gab auch Leslie zu, dass sie Hunger hatte. Sogar auf Pizza.

Kurz vor sechs Uhr am Abend klopfte es an der Tür. Anne war gerade eben unter der Dusche verschwunden, also ging Leslie zur Tür, um die Pizza entgegen zu nehmen. Sie hätte Antonio beinahe nicht mehr erkannt. Er trug jetzt einen kleinen Oberlippenbart und wirkte irgendwie nicht mehr so schlaksig. Seine Gelstacheln auf dem Kopf hatte er unter einer roten Kappe mit der Aufschrift: *„Albertos Pizza Express“* versteckt.

„LESLIE!“

„Antonio!?“, rutschte es ihr im selben Augenblick heraus.

„Was …?!“ Antonio lachte freudig auf und wog die Pizza in seinen Händen hin und her. „Was machst *du* denn hier?!“

„Ich glaube, das Gleiche könnte ich dich fragen“, erwiderte Leslie, nicht ohne eine Spur Freude in der Stimme. „Verkaufst du nicht Eis im ‚*Conte*‘?“ Antonio nickte und glotzte sie dabei unentwegt mit großen Augen an, dann schüttelte er den Kopf.

„Ja, nein – nicht mehr … Ach, ich –“ Leslie öffnete die Tür ganz.

„Weißt du, komm einfach rein", sagte sie. Und das tat er auch. Reichlich verwirrt wirkte er, aber irgendwie fröhlich. Jedenfalls grinste er von einem Ohr zum anderen. Leslie nahm die Pizza entgegen, die wunderbar warm war, öffnete den Deckel und roch an dem frischen Teig, der mit haufenweise Rucola belegt war.

„Hmm", machte sie und lächelte Antonio zu, der offenbar nicht wusste, ob er lachen sollte oder anfangen, sie mit Fragen zu löchern. Dann stellte Leslie die Schachtel auf den Couchtisch, ließ sich auf das Sofa fallen und klopfte neben sich auf den abgenutzten Stoff.

„Setz dich doch", sagte sie und Antonio ließ sich zögernd neben ihr nieder.

„Seit wann bist du hier?", fragte er.

„Seit heute Mittag."

„Oh. Urlaub?" Leslie nickte.

„Mit Anne." Wegen wem oder was auch sonst? Aber das behielt sie besser für sich. Antonios Miene verdunkelte sich. Scheinbar hatte er Annes glorreiche Idee, ihm die Sache mit Leslie zu vermasseln, noch nicht vergessen.

„Wie lange bleibt ihr?", fragte er.

„Vier Wochen."

„So lange?"

„Hm", machte Leslie und grinste. Irgendwie freute sie sich riesig, Antonio wieder zu sehen. Mit ihm hatte sie ganz sicher nicht gerechnet. „Und du verkaufst kein Eis mehr?", sagte sie, „Schade, war wirklich lecker." Antonio seufzte.

„Nein", sagte er und klang mit einem Mal sehr ernst, fast verbittert, „ist 'ne lange Geschichte."

„Erzählst du sie mir?", fragte Leslie.

Er lachte trocken auf. „Oh nein, sicher nicht!"

„Warum nicht?" Sie zog eine Schnute und klimperte mit den Wimpern – bis ihr bewusst wurde, dass sie dabei war zu flirten. Sie hörte auf der Stelle damit auf.

„Hör zu", sagte Antonio, „ich würde es dir ja erzählen, wenn – ach, vergiss es besser. *Scusi.*"

„Aha“, machte Leslie schnippisch.

„Sagen wir es so: ich bin eigentlich selbst schuld daran, dass ich gefeuert wurde.“ Er grinste schief.

„Du wurdest gefeuert? Warum das denn?“, fragte Leslie.

Antonio knetete seine Hände. „Nun ja, ich hab' was getan, was ich wahrscheinlich nicht hätte tun sollen – keine Sorge, nichts gestohlen oder so!“, fügte er entsetzt hinzu, als er Leslies Gesichtsausdruck sah. Er lachte nervös auf. „Jedenfalls arbeite ich jetzt bei *Albertos Pizza Express*. War schwer, den Job zu kriegen …“

„Aha“, machte Leslie erneut. „Was für ein irrsinniger Zufall, dass wir uns getroffen haben.“ Sie lächelte.

Antonio nickte. „Ja, nicht? Vielleicht bedeutet das was?“

Sie schnaubte durch die Nase. „Unsinn.“

„Leslie??“, rief Anne plötzlich aus dem Bad. „Ist die Pizza schon da? Ich sterbe vor Hunger!“

„Ja“, rief Leslie zurück.

„Hätte ich zwei bringen sollen?“, fragte Antonio erschrocken. „Wenn du willst, fahre ich nochmal zurück …?“ Aber Leslie schüttelte den Kopf und gleich darauf kam Anne im superkurzen Nachthemd und triefnassen Haaren angetappt.

„AAH!!“, rief sie aus und Leslie meinte gesehen zu haben, wie sie ein kleines Stück in die Luft hüpfte vor Entsetzen. „Antonio???!!“ Antonio sah zu ihr auf. Und grinste.

„Ja, ich“, sagte er finster, aber dann lachte er. Anne war sichtlich verwirrt.

„A-aber was machst … du hier?? Ich dachte, du verkaufst …“

„Eis, jaja, das hatten wir schon“, entgegnete er.

„Also, ich fürchte, du musst bei uns bleiben, zum Pizzaessen und Berichterstatten, Antonio“, sagte Leslie und grinste. Antonio war mehr als einverstanden – er war höchst erfreut – aber er bezweifelte doch, dass ihm sein Boss einfach so Feierabend geben würde. Das hatte Leslie natürlich nicht bedacht.

„Freitag wäre gut“, sagte Antonio, „da habe ich frei.“ Er grinste. Sie verabredeten also, dass Antonio sie am Freitagnachmittag besuchen kommen und mit ihnen am Strand Pizza essen würde. Als er gerade zur Tür hinausging, rief Anne ihm noch etwas nach:

„Leslie ist tabu in diesem Sommer, mein Lieber, *capito*?“ Antonio antwortete nicht.

„Ach und: Du hast nicht zufällig etwas, das mindestens zwei Räder hat, mit dem man in die Stadt fahren könnte, um die alltäglichen Dinge des Lebens zu kaufen?“, fügte Anne hoffnungsvoll hinzu.

„Mal sehen, was sich machen lässt“, entgegnete Antonio eine Spur kühler, was Leslie auf Annes unangebrachtes Verhalten zurückführte. Sie hätte den armen Kerl ja nicht unbedingt gleich wieder vergrätzen müssen. Aber jetzt war er schon fast den halben Schotterweg hinuntergefahren auf seiner roten Vespa und keine Sekunde später auf die Landstraße abgebogen.

„Du bist wirklich nett“, sagte Leslie spitz.

„Wieso?“, entgegnete Anne mit Unschuldsmiene. „Ich denke nicht, dass dir daran gelegen ist, wieder so was durchzumachen – und mir übrigens auch nicht. Das ist *unser* Urlaub, den versaut uns keiner – ganz besonders kein Junge, klar?“ Leslie nickte. Sie war Annes Meinung, außerdem interessierte sie sich noch nicht einmal für Antonio.

„Dann ist’s ja gut“, sagte Anne zufrieden. „So, und jetzt lass uns mal die Pizza essen, die ist sicher schon eiskalt.“ Wobei Leslie das bezweifelte, denn bei dieser Hitze, selbst am Abend, konnte einfach nichts und niemand abkühlen.

Keine zehn Minuten später saßen Anne und Leslie am Strand, aßen Pizza, die tatsächlich nicht mehr gerade warm war, und schauten der Sonne zu, die langsam in den Wellen des Mittelmeeres versank. Rechts und links endete die kleine Bucht an zwei hohen, grasbewachsenen Felsen aus dunklem Lavastein und irgendwo, fünf Meter über ihnen die Felswand hinauf, stand ihr Ferienhaus einsam und verlassen am Ende der Welt. Der Weg, der hinunter zur Bucht führte, war steil, schmal und übersät von groben Steinen – Leslies Füße taten jetzt noch weh. Sie hatte auf Annes Vorschlag hin darauf verzichtet, ihre Sandalen anzuziehen und war barfuß gegangen.

„Und?“, fragte Anne irgendwann in das Wellenrauschen hinein.

„Und?“, entgegnete Leslie.

„Toll“, sagte Anne.

„*Jep*“, sagte Leslie. Mehr gab es nicht zu sagen an diesem Abend. Außerdem hatte jede von ihnen den Mund voll mit Pizza.

Gleich am nächsten Morgen hämmerte jemand gegen die Tür. Da Leslie schon früh aufgewacht war, tappte sie in die Diele, um nachzusehen, wer sie um diese Uhrzeit schon wecken wollte. Es war Antonio. Gleich neben ihm lehnte eine schwarze Vespa an der Hauswand, in der Auffahrt stand ein roter Lieferwagen mit der Aufschrift, die auch auf Antonios Kappe prangte.

„Morgen“, nuschelte Leslie.

„*Ciao*!“, sagte Antonio fröhlich. „Ich hab’ nicht viel Zeit, aber die hier“, er deutete auf die Vespa, „die hier habe ich euch mitgebracht. Eine Zweite konnte ich leider nicht kriegen …“ Leslie bedankte sich freudestrahlend.

„Kannst du so ein Ding eigentlich fahren?“, fragte Antonio.

„Ähm, klar“, entgegnete Leslie, aber er glaubte ihr kein Wort. Also zeigte er ihr schnell, wo der Gashebel und die Bremse waren, und was man sonst noch wissen musste, um auf dem Ding zu überleben. Dann verabschiedete er sich hastig, sprang in seinen Lieferwagen und fuhr in Richtung Landstraße davon.

Die Nacht saß noch in den dichten Büschen rings um das Haus, Grillen zirpten und in der Ferne konnte Leslie das Meer rauschen hören. Die Dämmerung schritt weiter voran und bald hing die Sonne schwer über dem Meer und tauchte es in blassgoldenes Licht. Allmählich verblasste auch das Licht der Sterne, die man hier wunderbar in der Nacht am wolkenlosen Himmel sehen konnte. Vorsichtig schwang sich Leslie auf die schwarze Vespa und drehte den Zündschlüssel herum – und würgte das Gefährt gleich wieder erschrocken ab, als es anfing, laut zu knattern. Dann saß sie einige Sekunden da und lachte sich über sich selbst kaputt. Sie probierte es wieder und dieses Mal funktionierte es. Zaghaft zog sie an dem Gashebel und die Vespa machte einen Satz nach vorne und Leslie würgte sie vor Schreck erneut ab. Himmel, das war ja schwerer, als sie angenommen hatte. Vielleicht sollte sie Antonio bitten, ihr ein paar

Fahrstunden zu geben? Der dritte Versuch gelang ihr, die Vespa bewegte sich vorwärts, wenn auch noch etwas wacklig. Die Finger fest um den Lenker geklammert drehte Leslie eine Runde in der Auffahrt, dann noch eine und noch eine und plötzlich machte es ihr richtig Spaß.

„Hast du dafür auch 'nen Führerschein?", fragte Anne plötzlich hinter ihr und Leslie würgte das knatternde Ding wieder ab.

„Danke sehr!", fluchte sie, aber dann grinste sie Anne zu. „Nö", sagte sie, „Antonio hat das Teil vorbeigebracht, während du seelenruhig gepennt hast." Aufgeregt kam Anne auf sie zugelaufen. Sie trug noch ihr Nachthemd und das hellblonde Haar stand ihr wirr zu allen Seiten vom Kopf ab.

„Cool", sagte sie. „Lass mich auch mal! Ich wollte schon immer mal auf so 'nem Ding fahren." Leslie stieg ab und überließ das schwarze Gefährt Anne, die freudestrahlend und vor Aufregung ganz hibbelig, einige Runden drehte. Natürlich konnte sie es um Einiges besser, als Leslie, kein Wunder, denn sie hatte immerhin schon ihren Führerschein und somit auch mehr Übung im Fahren jeglicher Fortbewegungsmittel.

„Cool!!", jauchzte Anne, gab Gas und sauste den Weg bis zur Landstraße hinunter und kam dann mit Vollgas zu Leslie zurück, die sich mit einem Hechtsprung ins Gebüsch retten musste, um nicht von Anne über den Haufen gefahren zu werden. Doch Anne fand die Bremse natürlich rechtzeitig und lachte sich kringelig über den entsetzten Gesichtsausdruck ihrer Freundin.

Den Vormittag verbrachten Anne und Leslie damit, ein wenig auf der Vespa zu üben und nachmittags trauten sie sich, sich mithilfe einer Landkarte, auf den Weg nach Palermo zu machen. Die Fahrt dauerte endlos lange, die ach so tolle Vespa war zu langsam für die Autobahn und so mussten sie verwirrende Umwege auf Landstraßen einlegen, und als sie schließlich in der Stadt angekommen waren, hatte Leslie das Gefühl, einen Sonnenbrand auf den Schultern zu haben und Anne nuschelte:

„Hast du was zu Trinken eingesteckt? Ich verdurste …" Daran hatte natürlich keine von ihnen gedacht. Planlos und spontan in den Urlaub – das war Annes Devise gewesen, aber spätestens jetzt musste sie einsehen, dass es nicht ratsam war, alles spontan zu entscheiden und Hals über Kopf aufzubrechen. Sie fanden einen kleinen Supermarkt im Stadtinneren – Gott sei Dank hatte Anne ihre Kreditkarte mitgenommen – und kauften so viel, wie sie in drei riesigen Tüten tragen konnten: Spaghetti, Spaghetti und nochmals Spaghetti. Pizza, Soße, Orangensaft, Milch und Wasser. Das sollte vorerst zum Überleben genügen, meinte Anne und Leslie fragte sich, wie um Himmels Willen sie die drei schweren Taschen zu zweit auf der kleinen Vespa zurück nach Hause transportieren sollten.

„Supi", sagte Anne und ließ sich erschöpft auf dem schwarzen Sitz nieder. Sie hatten die Vespa am Straßenrand vor dem Geschäft geparkt.

„Und jetzt?", fragte Leslie.

„Abwarten, Sonnenbrand kriegen – und Wasser trinken", entgegnete Anne trocken. „So wird das Zeug wenigstens leichter." Das taten sie. Sie tranken, bis ihnen schlecht wurde und Anne regte sich darüber auf, dass man sich als Führerscheinneuling keinen gottverdammten Mietwagen leisten konnte.

„Ist doch beknackt!", knurrte sie und kaute auf ihrer Flasche herum. Leslie sagte nichts. Sie saß hinter Anne auf dem Sattel und schaute sich einfach nur um. Nichts hatte sich verändert. Der Verkehr war dicht wie eh und je, die Häuser standen noch an derselben Stelle und haufenweise Menschen eilten den Gehweg entlang.

„Wir hätten was kaufen sollen, das man nicht erst kochen muss", murrte Anne. „Ich hab' so Hunger!" Seufzend nahm Leslie Annes Kreditkarte und verschwand noch einmal im Geschäft, um Brot und Marmelade zu kaufen. Dann saßen sie beide schweigend und schwitzend in der prallen Hitze, kauten auf einem Stück Brot herum, tranken ab und zu einen Schluck Wasser – aber die Tüten wollten einfach nicht leichter werden.

„Kann man euch helfen?", fragte plötzlich jemand hinter ihnen. Anne und Leslie fuhren herum. Antonio hatte seine rote Vespa neben ihnen angehalten und musterte sie ziemlich amüsiert.

„Uns ist nicht mehr zu helfen", knurrte Anne, aber Leslie hob die schwerste Tasche hoch und reichte sie Antonio.

„Wenn du so was wie ein Auto hättest …?", sagte sie und Antonio grinste.

„Wartet hier – rührt euch nicht vom Fleck! Ich bin in fünf Minuten wieder da!" Dann war er im dichten Verkehr verschwunden.

„Wie kämen wir auf die Idee?", murmelte Anne ironisch und kaute lustlos auf ihrem Brot herum. „Der hat wirklich Nerven …"

Kurze Zeit später tauchte Antonio tatsächlich mit dem alten, klapprigen Lieferwagen wieder auf, mit dem er ihnen die Vespa gebracht hatte. Er half Leslie und Anne beim Einladen und dann überließ er Anne, deren Augen angesichts des Autos strahlten, den Schlüssel.

„Vielleicht fährst du die Einkäufe erst mal zu eurem Haus", meinte er. „Dann kommst du zurück, gibst mir den Wagen und ich lade euch auf eine Pizza oder Spaghetti ein. Was sagt ihr?"

„Super, ganz super", murrte Anne und Leslie schätzte, dass es ihr nicht wirklich passte, zuerst nach Hause zu fahren. Aber dann tat sie es doch und mit einem Mal kam Leslie der Gedanke, dass Antonio sie vielleicht nur hatte loswerden wollen. Er schien Anne nicht besonders zu mögen. Entweder das, oder, was noch viel schlimmer war, er legte es darauf an, mit ihr alleine zu sein. Oh Gott, bloß nicht schon wieder dieses Theater. Aber sie lächelte Antonio freundlich zu.

„Komm, gehen wir schon mal vor", sagte er, aber Leslie protestierte, indem sie versuchte, ihn davon zu überzeugen, dass Anne überhaupt keine Ahnung hatte, wo sie die Pizzeria finden sollte.

„Sie ist ein großes Mädchen und wird uns schon finden", spöttelte Antonio und deutete auf die gegenüberliegende Straßenseite. Riesige Buchstaben prangten an einem der Häuser: *„Albertos Pizza Express"*. Wenige Augenblicke später saß Leslie gegenüber von Antonio an einem der Tische am Fenster. Sie hatte sein Angebot, ihr etwas zu trinken zu besorgen, abgelehnt, denn ihr war immer noch schlecht von dem vielen Wasser, das sie getrunken hatte.

„Warum hast du Anne allein losgeschickt?", fragte Leslie spitz. Antonio setzte eine Unschuldsmiene auf.

„Damit euer Essen nicht verdirbt", behauptete er.

„Jetzt lüg doch nicht", entgegnete sie vorwurfsvoll. Er seufzte.

„*Va bene*“, sagte er geschlagen. „Sie geht mir ein wenig auf die Nerven mit ihrer ewigen Nörgelei, wenn ich in der Nähe bin.“

„Warum sagst du das nicht gleich?“ Doch er hob nur entschuldigend die Schultern. Sie schwiegen eine Weile.

„Erzählst du mir jetzt, warum du gefeuert wurdest?“, fragte Leslie schließlich. Antonio sah sie fast ein wenig erschrocken an.

„Besser nicht“, murmelte er.

„Na gut“, sagte Leslie, schaute aus dem Fenster und tat, als wäre sie beleidigt.

„Hör zu“, begann Antonio, aber plötzlich hörte sie nicht mehr zu. Ihr Blick war auf eine bestimmte Person draußen auf der Straße geheftet. Zuerst machte ihr Herz einen entsetzten Hüpfer, dann konnte sie es nicht glauben und redete sich ein, dass da draußen nie im Leben ein gewisser, gut aussehender Sizilianer sein konnte – was sollte ihn auch hierher verschlagen? Und dann war der Mann hinter der nächsten Straßenecke verschwunden. Leslie schnappte nach Luft.

„Leslie?“ Antonio berührte ihren Arm und sie zuckte zusammen, jäh aus ihren Gedanken gerissen.

„Was ist los?“, fragte er verständnislos.

„Ich dachte, da wäre – ach, nicht so wichtig“, stotterte sie verwirrt. Ganz langsam beruhigte sich ihr Herzschlag. Sie hatte sich geirrt. Ganz eindeutig. Er war nie und nimmer hier. Das wäre zu viel des Guten gewesen. An Zufall würde sie dann nicht mehr glauben.

„Schöne Kette“, bemerkte Antonio.

„Was? Ach, ja …“ Sie hatte gar nicht bemerkt, dass sie mit dem Anhänger herumspielte.

„Woher hast du die?“, fragte Antonio.

„Von … jemandem geschenkt bekommen.“

„Aha.“ Sie sah ihm an, dass er nicht zufrieden war mit dieser Antwort. Wieder schwiegen sie eine Weile, während Leslie den Hals reckte, um besser aus dem Fenster sehen zu können. Der Typ von eben war nicht mehr zu sehen. Aber er hatte ihm zum Verwechseln ähnlich gesehen.

„Denkst du noch an … ihn …?“, fragte Antonio schließlich.

„An wen?“ Aber sie wusste genau, wen er damit meinte.

„Na, an den Ruggierosohn.“ Wie abfällig das klang.

„Ach so“, murmelte Leslie. „Nein.“ Er glaubte ihr nicht.

„Tust du doch“, sagte er.

„Manchmal“, entgegnete sie schulterzuckend.

„Ist die Kette von ihm?“, fragte Antonio, scheinbar total desinteressiert. Sie nickte zögernd.

„So ein angeberischer Schleimer“, sagte er grimmig. Er war immer noch sauer auf ihn.

„Herrgott, Antonio, das ist ein Jahr her – was kümmert er dich noch?“, entgegnete sie aufbrausend. Antonio lachte trocken auf, sagte aber nichts mehr zu dem Thema – und Leslie wurde das Gefühl nicht los, dass er ihr etwas verschwieg. Na, bitte, sein Problem. Sie schaute aus dem Fenster, zählte Autos und langweilte sich fast ein bisschen.

„Magst du schon was essen?“, fragte Antonio irgendwann, doch sie schüttelte den Kopf. Das viele Wasser lag noch immer schwer in ihrem Magen.

„Hör zu …“, sagte er dann. „Ich werde dir vielleicht irgendwann erzählen, warum ich gefeuert wurde, aber ich glaube nicht, dass du es gerne hören willst.“

Sie wandte sich ihm wieder zu. „Warum?“

„Weil … es mit Ruggiero zu tun hat.“ Was um Himmels Willen hatte er getan?!

„Aha. Na und?“, entgegnete sie kühl. Antonio lachte nervös auf.

„Weißt du noch, was ich dir letztes Jahr gesagt habe?“, fragte er. Leslie zuckte mit den Schultern.

„Ja, eine Menge“, sagte sie trocken. „Dass es nicht gut wäre, … sich mit Ruggiero einzulassen.“ Jetzt erinnerte sie sich. Es war ein lächerlicher Versuch gewesen, sie von ihm fernzuhalten. Sie nickte. „Was hat das damit zu tun?“, fragte sie dann. Antonio schien einen Moment zu zögern, ehe er weiter sprach.

„Ich habe dir gesagt, dass ich keinen Ärger bekommen wollte – aber den habe ich jetzt. Mehr als genug und den kann ich nicht gebrauchen. Aber wie gesagt, ich bin selber schuld.“ Leslie verstand nicht ganz, worauf er überhaupt hinaus wollte.

„Könntest du vielleicht Klartext reden?", entgegnete sie. „Wen oder was meinst du und warum hast du Ärger am Hals?" Antonio holte tief Luft.

„Es hat mit Ruggiero zu tun", brachte er schließlich hervor.

„Ja, *was* denn?" Er schüttelte den Kopf.

„Mehr kann ich dir leider nicht erzählen, Leslie, tut mir leid, aber sonst – ach, vergiss es."

„Hey!", sagte sie. „Wenn du´s mir schon mal erzählst, kannst du auch ruhig die ganze Wahrheit sagen. Sonst hättest du gar nicht erst davon anfangen sollen." Plötzlich legte sich ein grimmiger Ausdruck auf Antonios Gesicht.

„Du wärst ohnehin auf Ruggieros Seite", sagte er. Himmel, er glaubte doch nicht ernsthaft, dass ihr noch immer etwas an Raffaello lag? Wo sie ihn doch überhaupt nicht mehr gesehen hatte!

„Er ist mir schnurzpiepegal", sagte sie ruhig. „Also, schieß los!" Doch bevor Antonio etwas sagen konnte, bemerkten sie den roten Lieferwagen, der vor dem Restaurant hielt. Anne stieg aus, einen ziemlich genervten Ausdruck auf dem Gesicht, und Leslie befürchtete, dass sie Antonio gleich ohne Hemmung ihre Meinung geigen würde. Na wunderbar. Aber es wurde nicht ganz so schlimm.

Die Woche verging wie im Flug und am Freitag kam Antonio sie in ihrem Ferienhaus besuchen. Er brachte Pizza mit, die Anne, Leslie und er am Abend unten am Strand in der kleinen Bucht verspeisten, bis ihnen schlecht wurde und sie nur noch zu dritt nebeneinander im Sand lagen und belangloses Zeug redeten. Bald war Anne eingeschlafen, Antonio schnarchte auch irgendwann und Leslie saß hellwach am Strand. Sie hatte nicht ganz so viel Pizza gegessen, wie die beiden anderen, deswegen war ihr nicht so schrecklich schlecht und müde war sie auch nicht, also beschloss sie, ein wenig im Meer zu baden.

20

Eine weitere Woche verging und dann kam der Tag, der all die wunderbare Ferienidylle gründlich durcheinanderbrachte, aber als Leslie am Morgen auf der schwarzen Vespa zum Einkaufen nach Palermo aufbrach, ahnte sie nicht das Geringste von den nahenden Geschehnissen.

„Hast du die Liste dabei?“, fragte Anne und Leslie nickte.

„Jaja“, sagte sie, „Pizza, Pizza, Pizza, Wasser. Schon gut, ich kenne sie auswendig!“ Dann fuhr sie los. Sie war in der vergangenen Woche schon öfters alleine zum Einkaufen gefahren, weil Anne keine Lust auf die verfluchte Hitze hatte, aber es wurde nie langweilig, auch, wenn sie sich ab und zu noch verfuhr.

Der heiße Wind zauste ihr das lange Haar und ihre weite, grüne Bluse flatterte wie eine Fahne. Leslie mochte es, die einsamen Landstraßen entlang zu fahren, außerdem kannte sie den Weg nun langsam auswendig. Ein einsames Gehöft, das ein wenig heruntergekommen aussah, zog am Straßenrand vorüber – und dann passierte ihr das erste Unglück: Die Vespa jaulte laut auf, dann stotterte der Motor und schließlich rollte sie träge dahin, bis sie mit einem letzten, erbärmlichen Knattern stehen blieb. Kein Benzin mehr. Na klasse.

„Scheiße!“, fluchte Leslie, als sie die Tankanzeige kontrollierte. Das musste ja passieren. Ausgerechnet ihr. Schimpfend stieg sie vom Sitz ab und versuchte, das schwere Ding neben sich herzuschieben. Was zur Hölle sollte sie jetzt nur tun? Weiter laufen? Wahrscheinlich war es am besten, einfach wieder zurückzugehen – auch, wenn das mit Sicherheit stundenlang dauern würde. In der prallen Mittagshitze. Himmel, sie würde sich einen Hitzschlag holen.

„Verdammt!“, sagte sie laut. „Scheiße, Scheiße, Scheiße!“ Aber das half nicht. Entweder erhörte Gott ihre Gebete nicht oder er war sehr empfindlich, was Schimpfwörter betraf.

„Willst du mich jetzt hier verdursten lassen?!“ rief sie zum Himmel hinauf, aber der blieb strahlend blau und wolkenlos wie schon heute Morgen.

„Gut“, sagte sie patzig. „Gut, dann warte ich eben hier.“ Und sie setzte sich auf die Vespa, baumelte mit den Beinen, schwitzte – und wartete. Auf was eigentlich?

„Auf nichts“, grummelte sie wütend. „Darauf, dass ich hier verrecke.“ Ihr Handy hatte sie vergessen. Es lag auf dem Nachtschrank.

„Da liegt es gut“, sagte sie. „Da liegt es wirklich gut, du hohle Nuss!“ In diesem Moment half wirklich nichts, außer sich selbst zu beschimpfen. Es war ja sonst niemand hier.

Leslie wusste später nicht genau, wie lange sie so da gesessen hatte, als sie die Musik hörte. Vielleicht eine Stunde oder länger. Aus dem schwarzen Cabrio, das sich ihr in hoher Geschwindigkeit näherte, dröhnte laute, italienische Musik, und als es schon fast an ihr vorüber war, vollendete es eine Vollbremsung – und kam dann langsam, rückwärts auf sie zugefahren. Der Fahrer stellte die Musik ab und schob die Sonnenbrille, die er aufgesetzt hatte, in das dichte, wirre, schwarze Haar und starrte sie an.

Sie starrte zurück.

Sie kannte das Auto.

Sie kannte die Sonnenbrille.

Sie kannte den Fahrer.

„Leslie?!?“, entfuhr es Raffaello, gleichermaßen entsetzt, wie verwirrt. Mehr sagte er nicht. Er hörte auf, auf seinem Kaugummi herumzukauen, und starrte sie nur fassungslos an.

Er hatte sich fast nicht verändert, wie sie in der kurzen Zeit feststellte, nur seine Gesichtszüge wirkten irgendwie markanter und erschreckend erwachsen. Er trug ein blütenweißes Hemd und an seinem rechten Handgelenk baumelte noch immer das goldene Armband mit Marios Anhänger.

„H-hallo“, stotterte Leslie. Raffaello kniff die Augen zusammen und öffnete sie wieder.

„Wie um alles in der Welt –?! Was machst du hier?!“, rief er aus. Sie zuckte die Achseln.

„Das verfluchte Ding hat keinen Sprit mehr“, sagte sie. Raffaello beugte sich vor und musterte die Vespa.

„Ist ja auch kein Wunder", stellte er dann trocken fest. „Das ist ein einziger Schrotthaufen. Woher hast du die?"

„Ausgeliehen", entgegnete Leslie. Noch immer konnte sie ihn bloß nur anstarren und sie fragte sich, wie dämlich das wohl aussah. Schnell senkte sie den Blick, nur, um ihn gleich darauf wieder anzusehen. Das konnte kein Zufall mehr sein. Was hatte sie sich vorgenommen? Nicht mehr an Zufall zu glauben. Gut. Das tat sie ab jetzt nicht mehr. Allmählich schien sich jeglicher Schock von Raffaello zu lösen.

„Lass sie da stehen, irgendjemand wird sie schon finden", sagte er lässig. „Wo wolltest du eigentlich hin?"

„Nach Palermo. Einkaufen."

Er lachte. „Auf *dem* Teil da?" Er beugte sich über den Beifahrersitz und öffnete die Tür seines Maseratis.

„Steig ein", sagte er. „Ich bring dich hin." Aber Leslie rührte sich nicht vom Fleck. Waren ihre Beine überhaupt noch da? Sie blickte an sich herunter. Ja, da waren sie. Dürr und knochig in ihren Shorts. Jetzt musste sie sich nur noch daran erinnern, wie man sie wieder bewegte. Sie machte einen Schritt auf das Cabrio zu und schließlich schaffte sie es, sich mit zittrigen Knien neben Raffaello auf den dunklen Sitz fallen zu lassen. Zögernd sah sie zu ihm hinüber. Er starrte sie fassungslos an.

„Was für ein absolut irrer, unmöglicher, abnormaler –", dann redete er auf Italienisch weiter.

„Äh …?", machte Leslie.

„… Zufall", sagte er wieder auf Englisch. Dann lachte er und seine dunklen Augen blitzten. „Du trägst die Kette", stellte er fest. Leslie nickte. Das Lachen wurde zu einem selbstgefälligen Grinsen. Es schien fast, als müsste er sich von ihrem Anblick losreißen, doch dann startete er wieder den Motor und trat aufs Gas. Er fuhr – wie immer – viel zu schnell, aber der heftige Fahrtwind tat Leslies verwirrten und eingerosteten Gedanken nur allzu gut. Sie entspannte sich sogar ein bisschen, während sie der Musik lauschte, die Raffaello wieder eingeschaltet hatte. Eine tiefe Männerstimme sang auf Italienisch.

„Tiziano Ferro", erklärte Raffaello. „Kennst du ihn?" Leslie schüttelte den Kopf.

„Ist aber schön“, murmelte sie.

„Ich kann dir ein paar CDs von ihm ausleihen, wenn du willst“, sagte er. Himmel, er tat gerade so, als wäre sie niemals weg gewesen.

„Drei liegen im Handschuhfach.“ Er wies mit der Hand auf die kleine Klappe vor Leslies Knien. „Die andere bringe ich dir irgendwann mit.“ Sollte sie sie jetzt einfach so nehmen? Sie tat es und umklammerte die CD Hüllen so fest mit beiden Händen, dass sie fürchtete, sie könnten Risse bekommen.

„Äh … wir sehen uns doch nicht“, sie stockte. „Wir sehen uns doch nicht … wieder …?“, fragte sie schließlich. Nein, dachte sie, bitte, bitte sag Nein. Raffaello sah sie von der Seite her an.

„Nicht?“, fragte er beinahe erstaunt. „Eigentlich habe ich mir gerade überlegt, dass du mir erzählen musst, wie und warum du wieder auf Sizilien bist. Weißt du, Mario hat sich oft nach dir erkundigt. Ich wette, er freut sich, von dir zu hören.“ Er grinste. Leslie war nicht gleich in der Lage zu antworten. Er brauchte nur ein paar Sätze zu sagen und schon kam es ihr vor, als wäre sie niemals nach Hause gefahren. Als wäre kein ganzes Jahr vorübergegangen, seit sie sich das letzte Mal gesehen hatten. Seit er sie geküsst hatte. Aber was sie am meisten verunsicherte, war ihr Herz, das auf einmal so grässlich schnell schlug. Sie war der festen Überzeugung gewesen, er sei ihr piepegal. Und das war er doch auch. Es war nur der Schock, versuchte sie sich einzureden, nur der Schock, ihn so plötzlich wieder zu sehen.

„Ich könnte dich morgen abholen und – wo wohnst du eigentlich? Wohl kaum mehr in unserem Hotel?“, sagte er. Leslie schüttelte den Kopf.

„Nein“, sagte sie, „Anne und ich haben uns ein kleines Ferienhaus gemietet, ein bisschen außerhalb der Stadt. Am Meer.“

„Gosetti ist also nicht mehr dabei?“, fragte er.

„Er ist hierher gezogen“, sagte Leslie. Sie konnte sich nicht vorstellen, dass er das nicht wusste. Er nickte mit zusammengepressten Lippen.

„Ich weiß“, knurrte er. „Also machst du nur mit deiner Freundin Urlaub?“

„Ja“, sagte sie und brachte ein Lächeln zustande, „Anne war der Meinung, ich bräuchte jetzt nach dem Schulabschluss eine endlos lange Auszeit.“ Sie lachte.

„Du bist jetzt achtzehn, nicht?“, fragte Raffaello. „Der 13. Juli, stimmt ja … Alles Gute nachträglich!“ Oh Gott, er hatte sich ihren Geburtstag gemerkt. Und er war neunzehn geworden, dieses Jahr, fiel ihr ein.

„Gleichfalls“, murmelte sie.

„*Grazie*“, sagte er fröhlich und trommelte zum Takt der Musik auf dem Lenkrad herum. „Hast du Einwände gegen ein Treffen morgen?“, fragte er nach einer Weile. Sie schluckte. Ja, dachte sie, hab’ ich. Aber ihr fiel keiner ein.

„Vielleicht nicht gerade morgen …“, murmelte sie leise.

„Hm“, machte er, „dann muss ich die Gelegenheit wohl beim Schopf packen, dich zum Einkaufen begleiten und dich danach auf ein Eis einladen.“ Welche Reaktion hatte sie von ihm auch erwartet? Direkt, spontan und ungeheuer überrumpelnd. Wie vor einem Jahr.

„Hast du nichts vor heute?“, fragte sie zögernd, beinahe hoffnungsvoll. Doch er schüttelte den Kopf.

„Nein, ich war gestern mit Mario segeln und heute sind wir zurückgekommen. Ich habe mir erlaubt, zwei Tage freizunehmen.“ Er grinste.

„Arbeitest du denn?“, fragte sie verblüfft. Wer brauchte denn zu arbeiten, wenn er einen stinkreichen Vater hatte, dessen Geld es ihm ermöglichte, einen Maserati zu fahren? Ganz zu schweigen von seiner protzigen 30 Meter Jacht, die wahrscheinlich irgendwo auf dem Meer herumdümpelte.

„Nicht direkt …“, sagte er. „Ich denke, das erkläre ich dir nachher. Wir sind gleich da. Wo willst du hin?“ Sie nannte ihm den Namen des Supermarktes, dann legte er auf dem Parkplatz eine Vollbremsung hin, schaltete die Musik aus und gab die CD Leslie.

„Die gehört in die Hülle von ‚*Alla mia Età*‘“, sagte er. Dann machten sie sich auf den Weg zum Supermarkt.

Leslie fühlte sich reichlich seltsam, wie sie da so neben ihm her ging, ganz normal zum Einkaufen. Sie hatte sich Raffaello nie bei etwas so

Alltäglichem vorgestellt und immer angenommen, er hätte dafür irgendwelche Angestellten.

„Hast du eine Einkaufsliste oder so was?", fragte er sie.

„Ich weiß alles auswendig", sagte sie und legte vier Packungen Spaghetti in ihren Korb. „Aber ich … äh?" Sie sah sich nach ihm um. Er war weg.

„Äh – Raffaello?" rief sie, und kurz darauf tauchte er hinter den Regalen wieder auf, die Arme beladen mit Soßen und Gemüse, das sie noch nie gesehen hatte. Es sah einem Tannenzapfen nicht unähnlich. Und es war grün. Raffaello grinste, als er ihren entsetzten Blick bemerkte.

„Artischocke", erklärte er. „Und noch einiges anderes, das du mal probieren solltest. Du bist ja immer noch so dünn." Fast beschämt wollte sie den Kopf senken, aber er lächelte ihr zu.

„Ich werde dir ein paar Rezepte von Mario ausleihen", sagte er.

„Mario kocht?!"

„Leidenschaftlich gerne und oft", entgegnete Raffaello. „Er kann das wirklich gut – du solltest mal sein Risotto probieren. Was brauchst du noch?", fragte er dann. Leslie überlegte kurz.

„Pizza", sagte sie. Er verzog verächtlich das Gesicht.

„Tiefkühlpizza", sagte er herablassend. „Ich denke, du solltest mal mit mir zu Mario kommen, damit du richtige Pizza zwischen die Zähne bekommst. Wie wär's mit übermorgen?" Sie zögerte.

„Das …", murmelte sie, „geht mir ein bisschen zu schnell." Raffaellos Blick trübte sich für Sekunden. Beinahe wirkte er enttäuscht.

„*Scusi*", entgegnete er, „ich hatte vergessen, dass wir uns scheinbar doch nicht mehr … so gut kennen." Wir kannten uns überhaupt nie, dachte Leslie, schon gar nicht ‚gut'. Aber dann sagte sie, um ihn nicht zu enttäuschen: „Vielleicht Freitag?" Seine Miene hellte sich auf.

„*Molto bene*", sagte er grinsend. „Ich werde Mario gleich nachher anrufen!" Dann trug er noch einigen anderen Kram herbei, den Leslie noch nie gesehen hatte und als sie schließlich wieder in seinem Auto saßen, war es ungewohnt still. Unangenehm still.

„Okay …", sagte er. „Wo wollen wir hingehen?"

„Hingehen? Wo?!"

„Na, ich wollte dich doch auf ein Eis einladen – oder auf ein Glas Wasser, wenn du willst.“ Er grinste. Und auch Leslie erinnerte sich kurz an letztes Jahr.

„Ins *‚Conte‘*?“, fragte sie hoffnungsvoll, obwohl sie genau wusste, dass Antonio dort nicht mehr arbeitete. Aber vielleicht auch gerade deshalb. Raffaello hob eine dichte Augenbraue und ganz kurz glaubte Leslie, er zögerte, doch dann nickte er.

„Okay“, sagte er und drehte den Zündschlüssel herum. „Dann mal los.“

21

Zehn Minuten später betrat Leslie dicht gefolgt von Raffaello das *‚Conte‘*. Es war angenehm kühl hier drin, obwohl die grün-weiß-rot gestreifte Markise, die letztes Jahr den Eingangsbereich überschattet hatte, nicht mehr da war. Überhaupt sah alles relativ neu und ungewohnt aus. Vielleicht war das Café renoviert worden, überlegte Leslie. Raffaello führte sie zu einem Tisch, der nicht am Fenster stand, was Leslie ehrlich gesagt auch lieber war. Sie wollte nicht, dass Antonio sie sah, und käme er auch noch so zufällig vorbei. Doch *Albertos Pizza Express* war ein ganzes Stück vom *‚Conte‘* entfernt. Gott sei Dank.

„Welches Eis magst du?“, fragte Raffaello.

„Keins“, sagte sie.

„Hm", machte er missbilligend, „dann darfst du bei mir mit essen." Das tat sie auch. Ab und zu nahm sie sich einen kleinen Löffel von seinem Schokoladeneis. Sie vermutete, dass er mit Absicht eine so riesige Portion bestellt hatte, damit mindestens die Hälfte für sie ausreichte. Schlau, dachte sie, aber irgendwie freute sie sich ein bisschen darüber.

„Also", begann Raffaello und musterte sie aufmerksam. Die Sonnenbrille steckte noch immer in seinem wirren Haar. „Wer oder was hat dich wieder nach Sizilien gezogen?"

Sie erzählte ihm von Annes Geburtstagsgeschenk und nach kurzem Zögern auch von ihrer planlosen Anreise und da lachte er leise auf.

„Du kamst mir schon immer recht planlos vor, Leslie", sagte er lächelnd.

„Wie meinst du das?", entgegnete sie vorwurfsvoll.

„Naja, irgendwie wusste ich nie, woran ich bei dir war. Ich schätze, du weißt selbst oft nicht, was du willst, habe ich recht?", sagte er. Darauf antwortete sie nicht. Sie dachte nur kurz darüber nach und beschloss dann, das Thema zu wechseln.

„Vorhin hast du gesagt, du willst mir von deiner Arbeit erzählen."

„Ach ja", sagte er seufzend. „Was soll ich da erzählen? Ich habe das Familienunternehmen übernommen, als mein Vater letztes Jahr überraschend starb."

„Oh", machte Leslie, „tut mir leid." Sie erinnerte sich daran, wie Salvatore Massimo Ruggiero auf Raffaellos Geburtstagsfeier eine Rede für seinen Sohn gehalten hatte – und an die Zeitungsartikel, die Anne im Internet gefunden hatte. *„Des Ruggieros weiße Weste."* Mafia. Familienunternehmen?! Ups, dachte sie entsetzt, verwarf diesen beleidigenden Gedanken aber sofort wieder. Raffaellos Miene wirkte plötzlich sehr ernst, fast verschlossen. So kannte sie ihn. So hatte sie ihn in Erinnerung.

„Es … war schwer", sagte er mit rauer Stimme und zum ersten Mal an diesem Tag bemerkte Leslie die dunklen Schatten unter seinen tiefbraunen Augen, die nicht auf ein sorgenfreies Leben schließen ließen. Wahrscheinlich hatte ihn der Tod seines Vaters stärker getroffen, als er nach außen hin zeigen wollte. Außerdem musste er jetzt das Unternehmen leiten.

„War dein Vater nicht in der Politik?", fragte sie ihn. Er seufzte.

„In den letzten fünf Jahren hat er sich lieber um seine Geschäfte gekümmert", sagte er. „Er wollte nicht mehr so viel mit der Öffentlichkeit zu tun haben, sich von all dem zurückziehen. Mario hat ihn dazu gebracht." Er lächelte schief.

„Berät er dich jetzt auch?", fragte Leslie.

„Mario? *Sì*, aber hauptsächlich ist er noch mein bester Freund."

„Himmel! Du bist gerademal neunzehn und leitest das Unternehmen deiner Familie", sagte Leslie. „Ist das nicht schwer?" Mit einem Mal wirkte Raffaello nachdenklich. Er lehnte sich in seinem Stuhl zurück.

„Oft, ja", sagte er. „Aber ich habe ziemlich viel von meinem alten Herrn gelernt – auch, wenn ich schon immer andere Ansichten hatte als er."

„Dann willst du euer Geschäft also verändern?"

„Ich habe es vor, ja", entgegnete er. „Aber was hältst du davon, wenn wir ein bisschen über etwas anderes reden?" Sie ging darauf ein. Wahrscheinlich sprach er nicht besonders gerne über seinen Vater – was vor einem Jahr ja genauso gewesen war.

„Antonio ist gefeuert worden", sagte Leslie und grinste. Raffaello hob nur unbeeindruckt eine Braue.

„Federico? Ja, ich weiß."

„Woher das denn?"

„Er hat Mist gebaut", entgegnete er ernst. „Ziemlich großen Mist." Was zum Henker hatte Raffaello damit zu tun? Antonio hatte ebenfalls von ihm gesprochen. „Was hast du damit zu tun?", fragte sie ihn geradeheraus.

„Woher weißt *du* davon?", entgegnete er, nun nicht mehr ganz so entspannt. Leslie zuckte mit den Achseln.

„Anne und ich haben ihn vor zwei Wochen getroffen und danach haben wir uns öfters verabredet. Zu dritt. Keine Sorge", fügte sie hastig hinzu und hätte sich im selben Moment am liebsten geohrfeigt.

Raffaello schüttelte den Kopf. „Ich mach mir keine Sorgen", sagte er. „Der Typ ist ein einziger Versager. Er wird wieder Mist bauen, fürchte ich."

„Aber was hast *du* mit ihm zu tun?", wiederholte Leslie. „Er hat dich nämlich auch erwähnt."

„Ach? Hat er das?", entgegnete Raffaello. „Ist 'ne lange Geschichte. Lang und nicht als Gesprächsthema geeignet, wenn du mich fragst."

„Hm", machte Leslie missmutig, „das Gleiche hat er auch gesagt." Raffaello lächelte. Fast zufrieden.

„Dann hat er's begriffen", stellte er fest, pflückte die herzförmige Waffel aus seinem Eis und hielt sie Leslie hin. „Magst du?", fragte er. Wie elegant er vom Thema ablenken konnte. Und so charmant. Vorsichtig beugte sie sich vor und biss ein Stück von dem knackigen Keks ab. Er schmeckte überraschend gut, ein bisschen nach Vanille. Sie biss noch einmal zu.

„Den Rest darfst du haben", sagte sie kauend.

„Wie großzügig", entgegnete er grinsend und betrachtete das halbe Herz, bevor er es sich in den Mund schob. „Ich habe noch oft an dich gedacht", sagte er dann ernst. Leslie senkte den Blick. Sein Geburtstagsgeschenk hatte sie nicht vergessen. Sie lächelte verlegen.

„Echt?", fragte sie, weil ihr nichts Besseres einfiel. Er nickte.

„Und darüber, was passiert wäre, wenn ich dich nicht geküsst hätte."

„Oh", machte sie und spürte, wie sie rot anlief. Sie traute sich nicht, ihm in die Augen zu sehen.

„*Scusi*", sagte er, „ich hätte nicht davon anfangen sollen."

„Schon okay", murmelte sie.

„Wirklich? Oder hab' ich jetzt alles vermasselt?"

„Nein, nein, schon gut", sagte sie und blickte zu ihm auf, obwohl ihr Gesicht noch immer glühte. Es gab nichts zu vermasseln. Was hätte das sein sollen?

„Freitag um wieviel Uhr?", fragte sie, um irgendetwas zu sagen, das vom Thema ablenkte. Er überlegte kurz.

„Morgens muss ich noch was erledigen ... Was hältst du von zwölf Uhr? Ich hole dich ab – vorausgesetzt, du gibst mir deine Adresse – und dann fahren wir zusammen zu Mario." Leslie nickte.

„Klingt gut", sagte sie, dann kritzelte sie ihm ihre Adresse auf eine Serviette, obwohl sie davon überzeugt war, dass er sie mit Sicherheit irgendwie ausfindig gemacht hätte. Gleichzeitig fragte sie sich, was Anne wohl dazu sagen würde, wenn Raffaello bei ihnen auftauchen würde. Sie hatte kein gutes Gefühl dabei. Vielleicht konnte sie ihn dazu bringen, sie erst an der Kreuzung zur Landstraße abzuholen? Oder sie würde Anne mit irgendetwas ablenken müssen, denn Geheimnissen kam sie mit erstaunlicher Geschwindigkeit auf die Spur.

Eine ganze Weile redeten sie kein Wort und ab und zu erlaubte sich Leslie, etwas von seinem Eis zu stibitzen. Ansonsten wich sie seinem Blick aus, der pausenlos auf ihr ruhte. Herrgott, gab es denn nichts Interessanteres anzustarren?! Sie räusperte sich. Er sah sie fragend an.

„Ich kann nicht mehr", sagte sie dann und legte ihren Löffel auf den Tisch. „Außerdem ist es dein Eis."

„Ich würde es dir überlassen", gestand Raffaello mit einem verschmitzten Lächeln, aber Leslie schüttelte den Kopf und so aß er es alleine weiter, bis das Glas leer war.

„Ich gehe kurz bezahlen, bin gleich wieder da", sagte er dann und erhob sich von seinem Stuhl. Unauffällig beobachtete Leslie ihn, wie er am Tresen stand und einige Worte mit dem dicken Verkäufer wechselte, der sie im vergangenen Jahr als Antonios „Freundin" bezeichnet hatte. Einige Worte, ja – aber kein Geld. Nicht einmal eine Kreditkarte wurde hin und her gereicht. Was zur Hölle hatte das nun wieder zu bedeuten? Sie betrachtete den Verkäufer genauer. Aus unerklärlichen Gründen wirkte er höchst angespannt, ja sogar unsicher. Wer um Himmels Willen hatte Angst vor einem Kunden? Zudem wäre der dicke Verkäufer Raffaello mit Sicherheit überlegen gewesen. Was also versetzte ihn in diese Nervosität? Leslie kam zu dem Schluss, dass es vielleicht gar nicht an Raffaello lag. Möglicherweise hatte der Ladenbesitzer am Morgen schon einen schlechten Start hingelegt. Kein Grund zur Sorge also, dachte sie, aber die unerbittliche Neugier ließ sich nicht unterdrücken und als sie Raffaello draußen auf der Straße auf das Verhalten des Verkäufers ansprach, sagte er nur:

„Ach, echt? Ist mir gar nicht aufgefallen …" Und sie hätte schwören können, dass er dabei ein Lächeln unterdrückte. Sie stieg neben ihn in den Maserati, den einige vorbeigehende Leute entzückt, verächtlich oder ungläubig anstarrten, dann startete Raffaello den Motor. Leslie fragte sich, ob ihm die Blicke der Passanten gefielen, wie sie so neidisch sein Auto musterten. Einen Blick auf sein selbstgefälliges Grinsen und sie hatte die Antwort. Angeber. Aber ein netter, fügte sie noch schnell in Gedanken hinzu.

„Du hast gar nicht bezahlt“, sagte sie irgendwann, als sie auf der kurvenreichen Straße entlang sausten.

„Klar habe ich bezahlt. Ich bin kein Dieb!“, entgegnete Raffaello entrüstet.

„Nein, hast du nicht“, widersprach sie. „Ich hab's doch mit eigenen Augen gesehen!“ Sie bemerkte, wie sich seine Hände fester um das Lenkrad schlossen.

„Hast du?“, fragte er.

„Ja.“

Er seufzte.

„Der Typ ist ein alter Bekannter“, sagte er. „Er hat mir das Eis geschenkt. Ich wollte bezahlen, ehrlich.“ Wenn er ein so guter Bekannter war, warum war ihm dann nicht aufgefallen, wie nervös der Mann gewesen war? Sie wurde das Gefühl nicht los, dass er sie anlog.

„Aha“, machte sie, um ihn in dem Glauben zu lassen, sie kaufe ihm das ab. „Na dann …“

Nach einigen Minuten des Schweigens entspannten sich auch seine Hände wieder. Dafür setzte er seine Sonnenbrille auf und Leslie beschloss, es ihm gleich zu tun. Sie kramte ihre eigene aus ihrer Umhängetasche hervor. Raffaello musterte sie grinsend.

„Steht dir gut“, bemerkte er, dann richtete er den Blick wieder geradeaus auf die Straße. Ein alter, rostiger Lieferwagen tuckerte vor ihnen her. Raffaello bremste so abrupt ab, dass Leslie der Sicherheitsgurt in die Schulter schnitt. Jetzt konnte sie den blöden Sonnenbrand schmerzhaft in jeder Zelle spüren. Raffaello hupte, fuchtelte einige Sekunden wild mit beiden Händen in der Luft herum und schimpfte irgendetwas auf Italienisch, bevor er das Gaspedal durchtrat und mit vollem Karacho an dem ehemals weißen Lieferwagen vorbei schoss. Dann wechselte er wieder auf ihre eigene Fahrspur. Leslies Magen schlug Purzelbäume.

„Vielleicht hättest du nicht zu mir rüber sehen sollen", sagte sie. „Du wärst dem Kerl fast in den Kofferraum gefahren." Raffaello grinste fröhlich.

„Ich weiß", entgegnete er. „Hat aber Spaß gemacht."

„Spaß?!"

„*Sì.*"

„Hast du deinen Führerschein denn jetzt?"

Sie erinnerte sich daran, dass er letztes Jahr behauptet hatte, er bräuchte keinen.

„Ich bin neunzehn, Leslie. Für wen hältst du mich?!", entgegnete er mit gespielter Empörung. Wobei das ihre Frage noch lange nicht beantwortete. Sie beschloss, es darauf beruhen zu lassen und keine weiteren Fragen mehr zu stellen. Irgendwann würde er mit den Antworten vielleicht von sich aus rausrücken. Irgendwann?! Stopp, nichts da!, dachte sie entsetzt, ich werde ihn bloß am Freitag zum Pizzaessen bei Mario wieder sehen – und das war's dann auch! *Arrivederci*, Raffaello! Bevor sie mit Schrecken feststellte, wie sehr seine Anwesenheit ihre Laune hob, war er auch schon auf die Einfahrt zu Annes und Leslies Ferienhaus abgebogen.

„Halt!!", schrie sie entsetzt. Er bremste so plötzlich ab, dass die Bremsen aufquietschten.

„Was ist los?!", rief er alarmiert und schaute zu ihr herüber. „Stimmt was nicht, Leslie?" Himmel, er musterte sie richtig besorgt!

„Kannst du … vielleicht wieder zurück auf die Landstraße fahren?", fragte sie zögernd. Seine dichten Augenbrauen zogen sich zusammen, er schob die Sonnenbrille ins Haar.

„Warum das?", entgegnete er.

„Weil …", begann sie, brachte es aber nicht übers Herz, ihm zu sagen, dass sie nicht wollte, dass Anne sie mit ihm sah. „Ach, egal, lass mich einfach hier raus", sagte sie dann.

Wahrscheinlich war es ohnehin zu spät. Anne hatte die Bremsen bestimmt nicht überhört. Und da Leslie mehr als drei Stunden unterwegs gewesen war (sie hatten höchstens eine Stunde verabredet), machte sie sich garantiert Sorgen und war bei jedem noch so leisen Geräusch ans

Fenster gerannt, nachdem sie ihre Freundin dreimal verflucht hatte, weil diese ihr Handy vergessen hatte. Leslie öffnete die Wagentür.

„Moment", sagte Raffaello, „ich sollte dir wenigstens helfen, die Einkäufe reinzutragen." Oh nein …

„Ach, nein, das geht schon, echt", erwiderte sie bemüht locker. Doch als sie den Kofferraum öffnete und eine der schweren Tüten heraushob, ließ sie sie sofort wieder mutlos sinken. Na toll. Aus und vorbei war es mit ihrem Vorhaben, ihre Begegnung mit Raffaello geheim zu halten.

„Ich sagte doch, du schaffst es nicht alleine", sagte er dicht hinter ihr. Ein wenig zu dicht. Sie trat einen Schritt zur Seite.

„Setz dich wieder ins Auto, wir fahren bis vor eure Haustür und ich helfe dir, einverstanden?", fragte er. Einverstanden, Gentleman, dachte Leslie ironisch. Dann klappte Raffaello den Kofferraum wieder zu und sie tuckerten das letzte Stück der Auffahrt beunruhigend langsam entlang. Anne stand schon in der Tür. Mit offenem Mund.

„Ich hab's doch gewusst", jammerte Leslie und rutschte tiefer in ihren Sitz hinein. Raffaello warf Anne einen flüchtigen Blick zu. Scheinbar begriff er allmählich, warum Leslie so einen Aufstand gemacht hatte.

„Willst du reingehen und mich das regeln lassen?", fragte er. „Oder soll ich dich gleich wieder mitnehmen? Ich wohne nicht weit von hier …" Vielleicht war das gar keine so schlechte Idee? Aber – alleine mit *ihm* in einem Haus?!

„Nein, nein, ich überleb's", murmelte sie leise. „Aber danke …" Sie stieg aus und dann nahm Raffaello alle drei schweren Taschen und überließ Leslie das Tragen ihrer eigenen und die drei CDs, die er ihr ausgeliehen hatte. Er schafft es, dachte Leslie, er schafft es, sich bei mir einzuschleimen.

„*Buon giorno*", begrüßte Raffaello die sprachlose Anne fröhlich und schritt an ihr vorbei ins Haus. Ohne ein Wort zu sagen, drängte sich Leslie an ihrer Freundin vorbei, den Blick fest auf Raffaellos Rücken geheftet, und folgte ihm dicht auf den Fersen in die Küche. Er schien genau zu wissen, wo er hin musste. Dann stellte er die Tüten auf die Anrichte und sah sich nach Leslie um. Er grinste, als er Anne bemerkte, die stillschweigend im Türrahmen aufgetaucht war und ihn fassungslos anstarrte. Nervös trat Leslie von einem Fuß auf den anderen.

„Danke", murmelte sie dann in Raffaellos Richtung.

„*Prego*", erwiderte er. Scheinbar amüsierte ihn die ganze Sache ziemlich. „Also, dann mache ich mich mal wieder auf den Weg …", sagte er dann. Leslie begleitete ihn noch zu seinem Auto, dicht gefolgt von Anne, die noch immer kein Wort gesagt hatte.

„Hast du ihr Gesicht gesehen?", raunte Raffaello und beinahe sah er so aus, als würde er laut loslachen. Leslie grinste nervös und strich sich das lange Haar aus der Stirn. Sie nickte.

„Wir sehen uns dann am Freitag", sagte er laut – laut genug, dass Anne ihn bestens hören konnte. Er hätte gar nicht so zu schreien brauchen und Leslie wurde das Gefühl nicht los, dass er sich köstlich amüsierte.

„Ja, bis Freitag", murmelte sie. „Grüße an Mario …"

„*Grazie*", sagte er, dann ließ er den Motor an, wendete und brauste die Auffahrt hinunter, nachdem er ihr noch einmal zugewunken hatte. Dann war er hinter der Kurve verschwunden.

Und Leslie stand da. Alleine. Sie spürte die Fragen, Vorwürfe und wer weiß was sonst noch, die Anne ihr gleich an den Kopf werfen würde, praktisch auf sich zu rollen, wie eine riesige Flutwelle. Sie wappnete sich, indem sie einfach stur in die Richtung schaute, in die Raffaello mit seinem protzigen Maserati verschwunden war.

„*Das* nenn ich mal'n Auto!", sagte Anne, die neben sie getreten und ihrem Blick gefolgt war.

„Was?!", entgegnete Leslie und wandte sich ihr zu. Sie konnte nicht fassen, dass Anne im Moment an Raffaellos Auto dachte. Doch da packte Anne sie auch schon an beiden Schultern und starrte sie so entsetzt an, als habe sie soeben den Verstand verloren.

„Wo um Himmels Willen hast du *den* ausgegraben, Leslie?!", kreischte sie. „Leslie!" Leslie biss sich auf die Unterlippe. Minutenlang schwieg sie, bis Anne schrie:

„Wo ist die Vespa?!" Sie zuckte zusammen.

„Ich …", stammelte sie. „Ich … Wir sollten die Einkäufe in den Kühlschrank legen …"

„In den Kühlschrank?“ Anne klang, als hätte sie vergessen, dass es so etwas überhaupt gab.

„Ja …“, murmelte Leslie und machte sich von ihr los, um dann so schnell sie konnte im Haus zu verschwinden. Aber Anne folgte ihr.

„Erzählst du's mir nachher?“, fragte sie in erstaunlich ruhigem Tonfall. „Ich bestelle bei Antonio eine Pizza und wir gehen runter zum Strand, o. k.? Vielleicht beruhigt das meine Nerven …“ Doch sie klang nicht danach und Leslie musste grinsen.

„Okay“, sagte sie, „aber keine Pizza. Ich hab' was Besseres!“ Sie zog die Artischocke aus einer der Tüten, obwohl sie sie selbst nicht besonders appetitlich fand.

„Hat *er* die besorgt?“, fragte Anne und hielt das grüne Gemüse mit zwei Fingern von sich. Leslie nickte.

„Kein Bedarf an Grünzeug heute, wenn du verstehst“, sagte Anne monoton und reichte die Artischocke wieder an Leslie zurück.

„Sandwiches?“, fragte Leslie.

Anne nickte. „Schon besser.“

„Es ist nicht mehr so, wie du denkst“, verteidigte sich Leslie, als sie wenig später im Bikini unten in der kleinen Bucht am Strand saßen.

„*Noch* nicht“, entgegnete Anne spitz. Sie hatte Leslies Geschichte von der kaputten Vespa und Raffaellos unerwartetem Auftauchen sprach- und regungslos gelauscht und auch, nachdem Leslie ihren Bericht beendet hatte, eine Zeit lang vor sich hingestarrt und nichts gesagt – was für Anne relativ ungewöhnlich war.

„Pass auf, dass du nicht wieder den gleichen Fehler machst“, sagte sie irgendwann und biss von ihrem Sandwich mit Salat ab. Leslie hatte ihre selbst gemachten Brote nicht angerührt. Das Eis, das sie von Raffaellos Teller gegessen hatte, schien bleischwer in ihrem Magen zu liegen. Sie meinte sogar, die Waffel, das halbe Herz, piksen zu spüren. Es war kein Fehler, dachte sie und erschrak sofort selbst über ihre Ansicht.

„Er holt mich am Freitag um zwölf ab“, murmelte sie.

„Und was habt ihr vor?“, fragte Anne missmutig.

„Was essen gehen. Bei einem Freund von ihm.“

„Bei ‚einem Freund‘“, sagte Anne spitz. „Ist das der Lange, den du letztes Jahr am *Palazzo dei Normanni* getroffen hast? Den, den Gosetti so seltsam angestarrt hat?“ Leslie horchte auf.

„Er hat ihn seltsam angestarrt?“, fragte sie. „Wie?“ Anne hob die Schultern.

„Was weiß ich! Seltsam eben.“ Mr. Gosetti hatte auch Raffaello „komisch“ angesehen. Und Mario. Raffaello hatte es plötzlich sehr eilig gehabt, als er Gosetti bemerkt hatte – und Mario ebenfalls, erinnerte sie sich. Aber vielleicht hatte das Eine mit dem Anderen gar nichts zu tun. Hoffte sie. Nur ihr Bauchgefühl widersprach eindeutig.

„Ja, das ist er“, sagte sie dann, „Mario Ando-“ Sie brach ab. Und erinnerte sich an den Artikel, den Anne im Internet gefunden hatte, auf dessen Foto Salvatore Massimo Ruggiero mit seinem „Berater M. Andolini“ zu sehen gewesen war. Ach, verflucht.

„Mario Ando?“, fragte Anne. „Die haben vielleicht Namen, die Italiener …“ Sie grinste. Leslie atmete auf. Glück gehabt. Anne hatte sich nicht erinnert, geschweige denn, irgendwelche voreiligen Schlüsse gezogen oder in ihrem Gedächtnis gekramt.

„Tja“, seufzte Leslie, „manche heißen auch so, wie Kokospralinen.“ Sie lachte, aber Anne musterte sie besorgt.

„Was ist?“, fragte Leslie. Anne schüttelte den Kopf.

„Nichts“, sagte sie, „ich hab’ mich nur gefragt, ob du nicht die ganze Zeit über noch in den Kerl verknallt warst. Oder es noch bist …“

„Unsinn!“, widersprach Leslie verärgert. Nein. Nein, das war sie nicht. Und würde es auch nicht mehr sein. Basta. Vielleicht konnten sie einfach Freunde werden, Raffaello und sie? Was sprach dagegen? Nur das seltsame Ziehen in ihrem Magen. Sonst nichts.

22

Am nächsten Tag kam Antonio sie besuchen. Er brachte dieses Mal eine Packung vieler winziger Pizzen mit Schinken mit, aber Leslie rührte nur eine davon an. Sie hatte nicht wirklich Hunger. Jedenfalls war da plötzlich wieder das fiese Unterbewusstsein, das ihr dieses Gefühl vorgaukelte.

„Leslie, was ist los?", fragte Antonio. „Keinen Hunger?" Sie saßen oben auf den scharfkantigen Lavafelsen, von wo aus man hervorragend die Bucht überblicken konnte. Anne war mit einem: „Ich muss mal für kleine Sizilianer", im Haus verschwunden und seit mindestens fünfzehn Minuten nicht wieder aufgetaucht. Allmählich fragte sich Leslie, ob sie in die Toilette gefallen war. Sie schüttelte den Kopf.

„Nein, heute irgendwie nicht …", murmelte sie. Wo blieb Anne bloß?

„Sag mal …" Sie schaute Antonio direkt in die braunen Augen. „Dein Boss – also, der aus dem ‚*Conte*' früher – war der gut mit … Raffaello bekannt?" Antonio glotzte sie einem Moment lang sprachlos an.

„Mit Ruggiero?", fragte er und lachte trocken auf. „Inwiefern?"

„Naja, alte Freunde oder so was …" Jetzt lachte Antonio schallend los.

„Das ist nicht dein Ernst, oder?", rief er. „Freunde?! Ruggiero war nie ein Freund der „kleinen" Geschäftsleute. Sein Vater war genauso. Wir sind nur lästige Fliegen für diese Leute, Leslie. Nur unser Geld zählt bei denen." Sie hob die Brauen.

„‚Diese Leute'?" Antonio presste die Lippen aufeinander und wandte den Blick von ihr ab.

„Erklär ich dir später irgendwann …", murmelte er und Leslie wurde das Gefühl nicht los, dass er sich irgendwie verplappert hatte und sich nun darüber ärgerte. „Wie kommst du überhaupt darauf?", fragte er schließlich und grinste. „Ich hab' doch gewusst, dass du noch an diesen *Papagallo* denkst", sagte er.

„Leslie hat ihn gestern getroffen!" Anne war soeben wieder erschienen und ließ sich neben Leslie nieder. „Stimmts?", sagte sie spitz und zwinkerte ihrer Freundin zu. Antonio starrte Leslie mit offenem Mund an.

„Du hast ihn …?!“, entfuhr es ihm entsetzt. „Na, das erklärt Einiges. Ich hatte schon die ganze Zeit über das Gefühl, dass du mit den Gedanken ganz woanders bist, Leslie.“

„Er hat sie sogar nach Hause gefahren und ihr geholfen, die Einkaufstüten ins Haus zu tragen“, fuhr Anne fort und grinste breit. „Ach, und Leslie hat deine Vespa verloren!“

„Was?!“ Antonio starrte sie immer entsetzter an.

„Er … hat gesagt, sie wäre Schrott …“, murmelte sie leise.

„Und da hast du sie einfach so stehen gelassen?!“, entfuhr es Antonio. Leslie nickte kleinlaut.

„Dieser dreimal verfluchte –“, er schimpfte auf Italienisch weiter.

„Warum hast du überhaupt getan, was er gesagt hat?“, fragte Anne. Allmählich wurde Leslie wütend. Da machten die beiden Raffaello nach Strich und Faden nieder und warfen ihr auch noch vor, rettungslos in ihn verknallt zu sein. Was bildeten sie sich eigentlich ein?

„Hätte er das blöde Ding denn in den Kofferraum stecken sollen?!“, fuhr sie Anne an. Anne zuckte ein wenig zurück, fast überrascht über Leslies plötzlichen Wutausbruch.

„Ich meinte ja nur, dass …“, wollte sie sich verteidigen, doch Leslie war schon aufgestanden.

„Ich rede ja gerne mit euch“, sagte sie, „aber nicht über *das* Thema. Ihr macht ihn sowieso nur schlecht! Ich treffe mich am Freitag wieder mit ihm und das war’s dann auch. Hat jemand Einwände?!“ Antonio und Anne schwiegen.

„Gut, dann gehe ich jetzt schlafen“, sagte Leslie. „Gute Nacht noch.“ Sie machte auf dem Absatz kehrt und lief zurück ins Haus.

Das Wohnzimmer lag vollkommen im düsteren Dämmerlicht, nur Annes Laptop, der flüchtig zugeklappt auf dem Tisch stand und leise vor sich hin surrte, verbreitete ein kühles, gedämpftes Licht im Raum. Vielleicht war es bloß ihre ewige Neugier oder ihre Wut auf Anne, die sie dazu bewegte, in dem Computer nachzusehen. Vielleicht war es aber auch die Tatsache, dass Anne vorhin so lange auf der Toilette gebraucht und dass der Laptop vor Antonios Besuch noch nicht dort gestanden hatte. Oder die Angst, Anne könne erneut nach Raffaello googeln. Und etwas finden. Was auch immer. Vorsichtig klappte Leslie Annes Laptop auf – und erstarrte auf der Stelle, als ihr die großen, blaugrauen Augen von Mario entgegenblickten. Das Foto war vergrößert worden und nach einem flüchtigen Blick über die Schulter verkleinerte Leslie es wieder, sodass sie den Artikel lesen konnte, der nun auf dem Bildschirm erschienen war:

> *„Mario Andolini, die rechte und linke Hand des vermeintlichen Geschäftsmannes Salvatore Massimo Ruggiero, dessen Verbindungen zur sizilianischen Cosa Nostra"*

Leslie brach ab. Sie wollte nicht weiterlesen. Doch dann klickte sie auf den Namen von Raffaellos Vater, der blau unterstrichen war. Ein Foto erschien auf dem Bildschirm: dasselbe, das sie schon einmal gesehen hatte.

> *„Salvatore Massimo Ruggiero mit ‚seinem Berater' M. Andolini. Und seinem Sohn Raffaello"*, stand darunter.

Da war er. In seinem schicken, schwarzen Anzug, und blickte ernst, genauso, wie sein Vater, in die Kamera. Fast schien es, als sei er verärgert. Leslie schloss das Bild wieder und durchforstete noch drei weitere Artikel, die Anne über Mario, Raffaello und dessen Vater gefunden hatte. Einer der Artikel berichtete vom Tod Salvatore Massimo Ruggieros – und ein einziger Satz ließ ihren Herzschlag rasen:

> *„… sein Sohn Raffaello Ruggiero (19), den die Beamten der Polizia in Verbindung mit seinem Tod bringen (…) sicher ist, laut Staatsanwalt Paolo Martinelli, dass S. M. Ruggiero keinesfalls eines natürlichen Todes gestorben ist (…)."*

Ihr wurde schwindelig. Verdammt schwindelig. Was zur Hölle sollte *das* bedeuten? Was hatte Anne da für sinnloses Zeug im Internet zusammengesucht, das doch nur Lügen und falsche Gerüchte verbreitete? Herrgott, Raffaellos Vater war stinkreich gewesen, Geschäftsmann und Politiker – und ja, schön, er war gestorben, aber konnte deshalb jeder dämliche Journalist, der sich wer weiß was einbildete, einfach behaupten, *er*, Raffaello, sei schuld am Tod seines Vaters?! Seine Familie würde zur Mafia gehören! Ganz und gar unmöglich, dachte Leslie grimmig, unmöglicher als unmöglich! Jetzt war sie in Rage – sie suchte auf eigene Faust weiter – und fand den Artikel, der sie wieder etwas beruhigte. Darin hieß es, Salvatore Massimo Ruggiero sei einigen schießwütigen Fanatikern in die Quere gekommen, die den Politiker verabscheut und ihm sogar gedroht hätten. Sein Sohn Raffaello sei nur knapp dem Tode entkommen und vollkommen unschuldig. Leslie atmete auf. Bis auf „*... nur knapp dem Tode entkommen.*"

Himmel, sollte das heißen, er war ebenfalls verletzt worden? Sie suchte weiter. Im nächsten Artikel hieß es, Raffaello sei gar nicht erst in der Nähe des Tatortes gewesen, sondern hätte sich auf der Geburtstagsfeier eines Freundes aufgehalten. Allmählich begriff Leslie, wie wenig man wirklich diesen Informationen Glauben schenken konnte. Die einen behaupteten dies, die anderen das und schon wurden die unmöglichsten Gerüchte verbreitet, die jeder auf der Welt lesen und glauben konnte. Oder eben nicht. Das Internet war einfach unmöglich. Genau wie die Fernsehsender und Zeitungen. Leslie entschloss sich dazu, nichts von dem, was sie gelesen hatte, auch nur im Entferntesten zu glauben. Und sie würde Raffaello auch nicht danach fragen. Das waren seine Angelegenheiten und sie fand es taktlos, ihn nach seinem toten Vater zu fragen. Obwohl sie sich plötzlich für dessen Tod interessierte. Schließlich wurde nicht alle Tage jemand auf der Straße erschossen. Aber wer sagte denn, dass es auf der Straße passiert war? Es hätte genauso gut in einem Kongresscenter oder sonstwo geschehen können. Schluss jetzt.

Leslie dröhnte der Kopf vor falschen, unglaubwürdigen, beleidigenden und doch irgendwie beängstigenden Artikeln. Sie schloss alle Seiten, die Anne aufgerufen hatte. Eine nach der anderen. Das war's. Was hängte sich Anne auch in ihre Angelegenheiten rein? Wahrscheinlich würde sie ihr später an den Kopf werfen, sie habe es bloß gut gemeint, und nein, sie glaube nichts von all dem, was sie gelesen hatte, denn normalerweise war sie nicht leichtgläubig. Sie hinterfragte sofort alles, das ihr irgendwie widersprüchlich vorkam, und durchforstete ihr geliebtes Internet, bis sie sich dazu entschloss, irgendetwas von all dem zu glauben. Das war eben Anne.

Es war halb elf, als Antonio sich verabschiedete und Anne zu Leslie unter die Decke gekrochen kam. Leslie tat, als schliefe sie tief und fest – vorsichtshalber. Aber Anne knipste nur das Licht aus und dann sagte sie nach einer Weile:

„Ich weiß, dass du die Artikel gesehen hast. Und ich weiß, dass du nichts davon glauben willst.“ Doch Leslie antwortete nicht. Obwohl sie hellwach da lag und ihr Herzschlag raste.

23

„Ich habe mit Antonio darüber gesprochen“, sagte Anne am Donnerstagmorgen. Leslie blickte von ihrem Toast auf.

„Über was?“, fragte sie, doch sie ahnte es bereits.

„Darüber, was er über deinen Romeo denkt. Und über das, was ihm passiert ist, bevor er gefeuert wurde. Und über die Zeitungsartikel. Glaubst du, ich wüsste nicht längst, dass dieser S. M. Ruggiero Raffaellos Vater ist? Und dieser ‚Freund‘, von dem du gesprochen hast, dieser Mario Andolini, auch mit all dem zu tun hat?“

Mit all dem! Herrgott, Anne musste mit Antonio gestern Abend wirklich viele Hirngespinste erfunden haben. Ohne eine Antwort von sich zu geben, biss Leslie ein Stück von ihrem Toast ab. Anne hatte ihn anbrennen lassen. Sie schluckte ihn angeekelt hinunter und schob dann den Teller von sich. Da klatschte Anne ihr einen Haufen Papier auf den Tisch.

„Hier", sagte sie, „interessant! Lies mal!"

„Woher hast du das?"

„Von Antonio, mehr musst du nicht wissen. Und lenk' nicht vom Thema ab."

Widerwillig zog Leslie den ersten Ausdruck zu sich und überflog das Geschriebene.

„Dein Romeo war mal in eine Schießerei verwickelt", sagte Anne. ‚Ja und?' wollte Leslie fragen, da war er sechzehn. Wenn es überhaupt stimmte. Und das tat es ganz sicher nicht.

„Und jemand ist dabei verletzt worden. Der Typ war fast tot", bemerkte Anne. „Dein Romeo hätte eine Strafe bekommen, aber das Verfahren wurde eingestellt. Aus ‚Mangel an Beweisen.' Na, nach was klingt das?" Ganz langsam versuchte Leslie, ihre Wut runterzuschlucken. Sie saß ihr im Magen und hämmerte wie wild gegen ihre Innereien, um freigelassen zu werden. Anne schob ihr den nächsten Artikel zu.

„Signor Romeo hat das Unternehmen seines verstorbenen Vaters übernommen. Der Herr wurde gar nicht mal so alt. Und gleich darauf kauft sich dein Lover eine neue Jacht und ein eigenes Haus. Findest du das nicht merkwürdig?", fragte Anne.

Nein, dachte Leslie störrisch, nein, finde ich nicht. Er ist stinkreich, erwachsen und wollte letztes Jahr schon von zu Hause ausziehen und war anscheinend nicht der Meinung seines Vaters, was die Geschäfte angingen. Was sollte daran schlimm sein, sich Träume zu erfüllen?

„Außerdem", sagte Anne und klatschte ihr den dritten Artikel vor die Nase, „außerdem hat man –".

„Jetzt halt verflucht nochmal die Klappe!", rief Leslie verärgert. Sie sprang auf, sodass ihr Stuhl nach hinten überkippte und krachend auf den Fliesen landete. Die Wut ließ sich nun nicht mehr länger runterschlucken.

„Lass mich doch einfach machen, was ich will!", rief sie. „*Dich* braucht es ja nicht zu interessieren, ob ich der Mafia in die Klauen falle! Scheiße,

Anne, das ist alles nicht wahr, was da drin steht! Und wenn du ihn besser kennen würdest, wüsstest du das auch. Aber nein, du heckst ja lieber mit Antonio Intrigen aus! Und außerdem ist er nicht ‚mein Lover'!" Anne starrte sie mit offenem Mund an.

„Kennst *du* ihn denn?", erwiderte sie kühl. Und Leslie wurde zu deutlich bewusst, dass sie das nicht tat. Nicht gut genug jedenfalls.

„Ja!", sagte sie trotzig, aber sie wusste, dass Anne ihr nicht glaubte. „Ich will keinen Einzigen mehr von deinen dämlichen Artikeln sehen, klar?", sagte sie. „Du kannst meinetwegen im Internet nach allem suchen, was du willst – aber verschone mich mit deinen blöden Anschuldigungen!" Anne schwieg. Spielte mit der Ecke des Blatt Papiers, das noch übrig war, und senkte den Blick. Eine Weile lang hörte man nur das laute Ticken der alten Wanduhr.

„Ich wollte dir wirklich nur helfen", murmelte Anne dann. „Ist es nicht normal, dass ich alarmiert bin und mir Sorgen mache, wenn ich so was", sie deutete auf die Blätter, „lese?" Sie hatte recht. Irgendwie zumindest. Ein bisschen. Das war Leslie durchaus bewusst. Aber das alles war ihre Angelegenheit, nicht Annes.

„Ich mache mich fertig", sagte sie frostig und verschwand im Bad, um zu duschen. Als sie kurz über die Schulter blickte, sah sie, wie Anne ihre Ausdrucke zu einer großen Kugel zusammenknüllte.

Je näher der Tag ihrem Treffen mit Raffaello rückte, desto aufgeregter wurde sie. Eine geschlagene Stunde lang stand sie ratlos vor ihrem Schrank, nahm ein Kleid heraus, dann Shorts und ein T-Shirt – und pfefferte alles wieder frustriert auf ihr Bett. Himmel nochmal, sie kannte Raffaello – er kannte sie, sie fuhren nur zu Mario, also was kümmerte es sie, was sie anzog?

Irgendwann kam Anne zu ihr ins Zimmer und holte wortlos ein hellgraues Kleid mit Spaghettiträgern aus ihrem Schrank, dazu legte sie Leslie ihre roten Herzohrringe aufs Bett, dann verschwand sie genauso wortlos aus der Tür, bevor sich Leslie bedanken konnte. Sie hätte schwören können, dass Anne traurig ausgesehen hatte, und enttäuscht. Sofort fühlte sie sich miserabel. Aber sie zog Annes Kleid trotzdem an. Es passte wunderbar zu ihren hellgrauen Augen. Dann schlüpfte sie in ihre Sandalen, setzte sich mehr oder weniger zufrieden aufs Bett – und wartete.

Pünktlich um zwölf hörte sie draußen vor dem Haus Autoreifen auf dem Kies knirschen. Dann schlug eine Wagentür zu und kurz darauf klopfte es an der Haustür. Leslie atmete tief durch, dann ging sie in die Diele. Anne hatte sich aus dem Staub gemacht, jedenfalls war sie nicht im Haus. Sicher saß sie jetzt am Strand und machte ihrem Ärger Luft.

„Hi, Leslie", sagte Raffaello, als sie die Tür öffnete. Er sah verboten gut aus und sie ertappte sich dabei, wie sie ihn mit offenem Mund anstarrte. Er trug ein olivgrünes Hemd, das er – wie immer – ein wenig zu weit aufgeknöpft hatte, und eine schlichte, aber sauteuer aussehende Jeans. Ach, und nicht zu vergessen die Sonnenbrille, die er sich in das störrische, schwarze Haar geschoben hatte. Leslie schluckte.

„Hi", murmelte sie und zog die Tür hinter sich zu.

„Mario freut sich schon auf dich", sagte Raffaello, als er ihr die Wagentür öffnete. „Ich glaube, er hat dich echt vermisst."

„Oh", machte Leslie nur. Herrgott, warum fühlte sie sich auf einmal so befangen? Sie hatte Raffaello doch erst gestern getroffen. Aber das Gefühl ließ sich nicht vertreiben. Außerdem war da noch dieses nervtötende Herzklopfen, das sie jetzt absolut nicht gebrauchen konnte. Raffaello ließ den Motor an und gleichzeitig ertönte aus den Lautsprechern *„Old Before I Die"*. Leslie musste grinsen.

„Ich hab' mich schon gefragt, ob du den Song immer noch so gerne hörst", sagte sie. Raffaello grinste und setzte seine Sonnenbrille auf, während er langsam die Einfahrt in Richtung Straße entlangfuhr.

„Das ist das Problem an Lieblingsliedern", sagte er, „man kann sie nie oft genug hören. Außerdem habe ich in Erinnerung, dass du Robbie Williams-Fan bist." Schleimer, dachte Leslie, aber sie musste ein freudiges Grinsen unterdrücken. Den Streit mit Anne hatte sie schon fast vergessen. Jetzt war sie nur noch aufgeregt. Obwohl dazu absolut gar kein Grund bestand, schalt sie sich selbst in Gedanken.

Der schwarze Maserati schoss mit offenem Dach über die Autobahn, der heiße Fahrtwind zerzauste Leslies so ordentlich gekämmte Haare, aber das störte sie nicht. Beinahe hätte sie laut den Text des Songs mitgesungen. Sie hielt sich rechtzeitig zurück. Einige Autos, die dem Tempo angemessen vor ihnen herfuhren, zauberten ein Grinsen auf Raffaellos gebräuntes Gesicht, und keine Sekunde später gab er noch mehr Gas und brauste im Zickzack zwischen den Fahrzeugen hindurch, bis er sie alle überholt hatte. Er fing sich empörtes Hupen und wildes Gestikulieren ein, aber das schien ihm nur noch mehr Spaß zu bereiten.

„Du bist so was von lebensmüde!", rief Leslie gegen die Musik an. „Hast du mal darüber nachgedacht, was passiert, wenn du bei der Geschwindigkeit einen Unfall baust?! Ich habe ehrlich gesagt nicht vor, so früh zu sterben!" Auf der Stelle bremste Raffaello ab – und Leslie fühlte sich schon geehrt, weil ihm ganz offensichtlich ihr Leben wichtig war – aber dann fluchte er, setzte brav den Blinker und hielt auf der Standspur, auf der ein weißer Lieferwagen parkte, genau derselbe, den er gestern so übermütig überholt hatte. Zwei Polizeibeamte standen mit ernsten Gesichtern am Heck und bedeuteten Raffaello und Leslie, aus dem Wagen zu steigen. Beunruhigt und sogar ein wenig ängstlich blickte Leslie zu Raffaello hinüber, der ihr verkniffen zulächelte.

„Polizeikontrolle", erklärte er leise. „Das machen die hier in Palermo ziemlich oft. Hast du deinen Ausweis dabei?" Zu Tode erschrocken fing Leslie an, in ihrer Handtasche zu kramen und fand ihn Gott sei Dank in ihrem Portemonnaie. Erleichtert hielt sie ihn den Beamten unter die Nase. Himmel, was hätte sie getan, wenn sie den vergessen hätte? Sich auf dem nächsten Revier wiedergefunden, vermutlich.

Die beiden Männer, der eine groß und ziemlich dick, der andere klein und schlaksig, schienen sich nicht im Geringsten für Leslie zu interessieren. Sie warfen lediglich einen flüchtigen Blick auf ihren Ausweis, dann nahmen sie Raffaellos unter die Lupe. Sie redeten irgendetwas auf Italienisch und Leslie bemerkte mit Entsetzen, dass sie Raffaello dabei mit sehr scharfen Blicken bedachten. Aber der stand nur cool da, die Hände in den Hosentaschen und die Sonnenbrille auf der Nase – doch die zog er ab, als einer der beiden Polizisten ihn dazu aufforderte. Ein seltsames Blitzen erschien in den Augen des Mannes und wieder wechselten die beiden einige aufgeregte Worte, dann richtete sich einer der beiden, der Dicke, an Raffaello. Leslie verstand kein Wort von dem, was sie da sprachen, doch sie hörte Unbehagen, Wut und irgendeine herablassende Mischung aus Spott und einem zuckersüßen Lächeln aus Raffaellos Stimme heraus. Es schien ganz so, als wolle er die beiden Beamten provozieren. Warum zur Hölle tat er das?!

„Setz' dich wieder ins Auto, Leslie", sagte er kurz auf Englisch – und sie gehorchte, erleichtert, dass sie scheinbar nicht weiter von Interesse war. Die Polizisten fotografierten das Nummernschild des Maseratis, unterhielten sich noch kurz, und nachdem einer der beiden irgendetwas in sein Notizbuch geschrieben, und der andere etwas in sein Funkgerät genuschelt hatte, erlaubten sie Raffaello endlich weiterzufahren. Leslie atmete auf.

Nach der Kontrolle fuhr Raffaello nicht mehr ganz so schnell, bis sie um die nächste Kurve bogen – dann gab er wieder Gas. Die Musik hatte er ausgeschaltet. Verbissen starrte er auf die Straße. Die Knöchel an seinen Fingern färbten sich weiß. Beinahe sah es aus, als wolle er das Lenkrad erwürgen.

„Was … war das eben?", fragte Leslie schließlich. Raffaello holte scharf Luft.

„Die kontrollieren hier auf der Strecke ziemlich oft Hunderte von Autos", sagte er. „Außerdem war ich viel zu schnell, wie du sicher bemerkt hast." Irgendwie konnte sich Leslie nicht vorstellen, dass ihm die Summe eines Strafzettels derart die Laune verderben würde.

„Warum werden denn so viele Kontrollen durchgeführt?", fragte sie.

„Wegen der … *Cosa Nostra*. Oder der ‚Mafia', wie sie international bekannt ist", erwiderte er, fast spöttisch.

„Ah ja …", machte Leslie. „Gibt es denn hier so viele von … denen?" Er lachte amüsiert auf.

„Leslie", sagte er, „du wärst überrascht, wo du sie überall antreffen könntest." Sie schluckte. Und dachte an Annes Zeitungsartikel.

„Stimmt es denn?", fragte sie.

„Was?"

„Na, diese ganzen Mafiageschichten. Die Morde, die Geldwäsche und so …?" Seine Finger schlossen sich noch fester um das Lenkrad.

„Und dass die ihre Leichen in Säure auflösen?", fragte sie und erinnerte sich an eine Geschichte, die Anne ihr einmal erzählt hatte.

„Herrgott, woher soll ich das wissen?!", entfuhr es Raffaello plötzlich wütend.

„Schweigen ist Gold, hm?", sagte sie. „Bei dir auch?" Er lachte trocken auf.

„Das habe ich nicht nötig, glaub mir, Leslie", sagte er. „Hör mal, das Thema geht mir gewaltig auf die Nerven, weißt du? Kannst du nicht über etwas Anderes reden?" Warum reagierte er auf einmal so abweisend?

„Nur eins noch", flehte sie, „Anne hat mal erzählt, dass …"

„Leslie", unterbrach er sie ernst, „was immer du zu dem Thema *Cosa Nostra* sagen willst – lass es sein. Es ist besser, nichts zu wissen."

„Schweigen ist also doch Gold", murmelte sie. Er gab keine Antwort darauf. Starrte nur weiter verbissen geradeaus auf die Straße. Und setzte seine Sonnenbrille wieder auf.

„Oder sollte ich vielleicht besser sagen, Schweigen ist Leben?", fragte sie, nachdem sie sich an einige Szenen aus dem ‚Paten' erinnert hatte.

„Ach, lass den Quatsch", knurrte Raffaello.

Den Rest der Fahrt schwiegen sie und Leslie dachte über das Wenige nach, das sie von ihm erfahren hatte. Was brauchte ihn das Thema zu interessieren? Wenn er nichts mit der Mafia zu tun hatte, warum regte er sich dann so auf? Fast meinte sie, Annes Stimme zu hören, die ihr zuwisperte: „Vielleicht *hat* er ja was damit zu tun …!" Ach, vollkommener Unsinn. Leslie schaute zu Raffaello hinüber. Er schwieg noch immer und starrte regungslos auf die Straße.

„*Scusi*", sagte er irgendwann.

„Wofür?"

„Naja, ich bin eben ausgetickt. Ich hätte nicht so mit dir reden dürfen." Leslie notierte sich in Gedanken einen Pluspunkt für ihn.

„Schon vergessen", sagte sie.

„Das Thema ist nur … sehr ernst", sagte er. „Ernster, als viele denken. Es ist besser, nicht darüber zu sprechen, verstehst du?"

„Aha", machte sie. „Na gut … Es interessiert mich auch nicht wirklich."

„Das sollte es auch nicht", erwiderte er todernst.

Sie fuhren noch etwa eine halbe Stunde schweigend auf der Autobahn, dann bog Raffaello – dieses Mal ohne den Blinker zu setzen, scheinbar hielt er es für überflüssig, wenn keine Polizei in der Nähe war – auf einen breiten Schotterweg ein, der bald vor einem hohen, schneeweiß gestrichenen Holztor endete, ein.

Er stieg aus dem Auto, kramte eine Weile in seiner Hosentasche herum und beförderte dann einen Schlüssel zutage, mit dem er das Tor aufschloss. Scheinbar war er so gut mit Mario befreundet, dass dieser ihm erlaubte, ihn zu besuchen, wann er wollte. Dann stieg Raffaello wieder ein und der Maserati tuckerte langsam die schmale, gewundene Auffahrt entlang, bis er direkt vor der Frontseite des strahlend weißen, modernen Hauses, das aufgrund seiner Größe schon eher die Bezeichnung ‚Villa' verdient hätte, zum Stehen kam.

„Schick", bemerkte Leslie und musterte Marios Haus, doch Raffaello stieß einen verächtlichen Seufzer aus.

„Ein wenig spießig für meinen Geschmack", sagte er. „Zu kantig und modern. Aber was soll's." Er zuckte die Achseln. „Mario ist eben ein ziemlich … neumodischer Mensch." Er grinste und schob sich die Sonnenbrille ins Haar.

Spießig, dachte Leslie, wenn hier jemand spießig war, dann ja wohl er.

Raffaello ging voraus auf die schwarze Eingangstür zu, die einen interessanten Kontrast zu all dem Weiß bildete, und Leslie folgte ihm. Als sie über die Schulter blickte, sah sie die Männer im Schatten der schmalen Zypressen stehen, die zu beiden Seiten der gewundenen Auffahrt in einer Allee wuchsen. Genau, wie bei den Ruggieros, dachte sie leicht erschrocken und stellte mit Unbehagen fest, dass auch die Drei – immerhin war es keine ganze Armee, wie bei Raffaello – Waffen trugen. Was machte Mario so wichtig? Bei Raffaellos Vater hatte sie es ja noch verstehen können, aber was hatte Mario mit dem Politikerkram zu tun?

„Raffaello?", fragte sie leise und hielt ihn am Arm zurück.

„Hm?", fragte er und drehte sich zu ihr um.

„Warum haben die da hinten Gewehre …?" Raffaello folgte ihrem besorgten Blick und sie konnte sehen, wie sich ein Pokerface auf sein Gesicht legte. Er fuhr sich mit der Zunge über die Lippen. War er nervös?

„Mario ist sehr … wie soll ich sagen? Naja, er hat große Angst vor Einbrüchen. Komm jetzt“, sagte er und wollte sie schon weiterziehen, doch sie blieb stehen.

„Und *das* soll ich dir abkaufen?“, entgegnete sie trocken. Raffaello holte tief Luft.

„Na gut“, seufzte er, „ich hatte gehofft, du würdest die Drei nicht bemerken. Ehrlich gesagt dachte ich nicht, dass sie noch da sind, aber offenbar habe ich mich geirrt. Sie sind hier, weil es eine Morddrohung gegen Mario gab.“

„Was?!“ Er nickte. Todernst.

„Warum das denn?“, fragte Leslie entsetzt. Mit einem Mal fühlte sie sich schrecklich unwohl. Sogar in Raffaellos Gegenwart. Doch der zuckte nur die Achseln.

„Das weiß ich auch nicht so recht“, sagte er. „Wahrscheinlich war es irgendjemand, dem er mal vor Gericht auf die Füße getreten ist. Er ist so was wie ein Anwalt, weißt du?“

Leslie nickte. Das passte – aber irgendwie auch nicht. Doch sie würde mit Sicherheit nicht mehr von Raffaello erfahren. Sie hatte das Gefühl, dass er absolut nicht gerne über sich und seine Angelegenheiten sprach. Nun, dann sollte er es sein lassen.

„War's das mit deiner Frage?“, fragte er sie. Sie nickte. Bis auf weiteres, dachte sie.

Die Tür wurde geöffnet, gerade, als Raffaello sich wieder umdrehte. Mario stand im Rahmen und grinste ihnen mit blitzenden blaugrauen Augen entgegen.

„Leslie! Raffaello!“, rief er fröhlich und umarmte erst Raffaello, dann Leslie, die unter seinem kräftigen Griff nach Luft schnappen musste, ob vor Überraschung oder Schrecken.

„Kommt rein“, sagte Mario eifrig und eilte voraus. „Die Pizza steht schon auf dem Tisch und der Nachtisch im Kühlschrank!“

Er war noch immer so groß, wie Leslie ihn in Erinnerung hatte. Und genauso schlaksig. Er trug eine lange Schürze, die dennoch ein wenig zu kurz an ihm wirkte. Seine dichten, schwarzen Locken wippten beim Gehen fröhlich auf und ab. Jetzt registrierte Leslie den Duft, den der frische Pizzateig im ganzen Haus verströmte – und Raffaello hatte recht gehabt, stellte sie fest, als sie einige Minuten später neben ihm an einem großen, schwarz glänzenden, runden Tisch saß und ein Stück von Marios Pizza probierte. Tiefkühlpizza war gar nichts dagegen. Bis auf den vielen Rucola, den hätte Mario ruhig weglassen können, dachte sie, aber die Tomaten, der Käse und was auch immer er noch alles auf den Teig gelegt hatte, schmeckte wirklich ausgezeichnet.

„Schmeckt's?", fragte Mario und blickte gespannt zu ihr herüber.

„Hmm", machte sie mit vollem Mund und Mario lächelte zufrieden.

„Ich hab' was Neues ausprobiert", sagte er, „Calamari und Orangenscheiben." Leslie hielt inne. Tintenfisch?

„Calamari?", widerholte Raffaello. Auch er hatte seine Gabel sinken lassen. „Wo? Ich kann keinen sehen."

„Klein geschnitten und mit der Soße vermischt", erklärte Mario stolz.

„Aha", murmelte Raffaello und Leslie schätzte, dass er Tintenfisch nicht besonders leiden konnte. Jedenfalls aß er von nun an mit gequältem Gesichtsausdruck weiter. Mario grinste amüsiert. Allem Anschein nach wusste er genau von der Aversion seines besten Freundes. Dann wandte er sich an Leslie.

„Du bist also wieder da …", sagte er und betrachtete sie eingehend. Sie nickte.

„Und Raffaello hat dich wieder getroffen. Ausgerechnet. Genialer Zufall, wenn ihr mich fragt!" Seine hellen Augen blitzten auf.

„Erst heult er sich die Augen bei mir aus, weil du nach Hause geflogen bist, Leslie – und dann kommt er vorbei und fragt mich, ob er dich mit zu mir zum Pizzaessen bringen kann." Er grinste. Beinahe wirkte er wie ein fasziniertes Kind. Raffaello hatte aufgehört zu essen. Und starrte seinen Freund mit ausdruckslosem Gesicht an.

„Ich habe nicht ‚geheult'", sagte er trocken. „Ich fand es lediglich ‚sehr schade', dass Leslie gegangen ist." Aber Mario zwinkerte Leslie verschwörerisch zu. Die lächelte höflich und aß weiter.

„Aber", sagte Mario, „ganz ehrlich, Leslie, ich habe mich wirklich gefreut, als ich hörte, dass du wieder da bist. Machst du Urlaub? Oder willst du ihm –", er nickte mit dem Kopf in Richtung Raffaello „– eine zweite Chance geben?" Wie bitte?! Leslie verschluckte sich an ihrer Pizza. Hatte Raffaello Mario davon erzählt? Von dem verpatzten Kuss? Au Backe …

„Mario", unterbrach Raffaello seinen Freund, „Mario, warum zählst du Leslie nicht sämtliche Zutaten deiner Calamari Pizza auf? Ist bestimmt weitaus interessanter, als vergangener … Kram." Er räusperte sich.

„Kram." Wie nett. Sie war also nur „Kram"? Nun, dann war er es mit Sicherheit auch. Mario lächelte Leslie freundlich zu.

„Wenn du willst, gebe ich dir das Rezept", bot er an, doch sie schüttelte den Kopf.

„Nicht nötig."

„Sicher?"

„Ja."

Nach der Pizza tischte Mario ihnen einen seltsamen Nachtisch auf, den Leslie nicht kannte. Irgendetwas Puddingartiges, nur viel cremiger. Es widerstrebte ihr, das Zeug zu essen, aber aus Höflichkeit tat sie es doch. Sie hatte Mario jede Einzelheit ihres Wiedersehens mit Raffaello auf der Straße erzählen müssen und das Gefühl gehabt, dass auch Raffaello nicht sonderlich erfreut über die Neugier seines Freundes war. Jedenfalls hatte er die ganze Zeit über mit ausdruckslosem Gesicht auf seinem Stuhl gesessen.

„Ich komme gleich wieder", entschuldigte sich Mario nach einer Weile, stand auf und verschwand in der riesigen Küche. Leslie konnte Raffaello praktisch aufatmen hören.

„Glaub ihm kein Wort", raunte er ihr zu. Sie grinste.

„Schon gut, ich weiß, dass du nicht heulst. Du ziehst lieber deine Sonnenbrille auf. Aber vergessen wir den ‚vergangenen Kram' ", fügte sie etwas kühler hinzu. Raffaello erwiderte nichts. Eine ganze Weile lang starrte er nur gequält vor sich auf den Tisch. Beinahe war er ihr fremd. So kannte sie ihn gar nicht. Wo waren sein alt bekanntes Pokerface und die lockeren Sprüche geblieben?

„Krieg ich deine Handynummer?", fragte er irgendwann in die Stille hinein.

„Was?!“ Er sah sie eindringlich an. Mach schon, schien sein Blick zu sagen, mach schon, bevor Mario wieder kommt. Aber warum hatte er sie nicht vorher gefragt? In der Küche hörte Leslie Töpfe klappern, Mario würde tatsächlich bald wieder zurückkommen.

„Okay …“, murmelte sie noch immer ein wenig überrascht und nannte ihm ihre Nummer, die er gleich blitzschnell in sein Handy eingab. Er lächelte.

„*Grazie*“, sagte er leise und ließ das teure Ding wieder in seiner Hosentasche verschwinden. Dann kam Mario zurück. Er blickte von Raffaello zu Leslie und wieder zurück, ganz so, als habe er jedes Wort genau mit angehört.

„Seht ihr euch wieder?“, fragte er, als er sich setzte und eine Schale mit Obst auf den Tisch stellte, die allerdings niemand von ihnen anrührte. Raffaello antwortete nicht.

„Nein“, sagte Leslie schnell und zog sich einen seltsamen Blick von Raffaello zu.

„Schade“, sagte Mario, aber er sah nicht so aus, als glaubte er ihr. Sie glaubte es ja selbst nicht. Zumindest ein Teil von ihr. Und dieser Teil schaute eindeutig zu oft zu Raffaello hinüber. Das beunruhigte sie extrem. Das angespannte Schweigen schien beinahe unerträglich, als Marios Telefon klingelte.

„*Scusi*“, sagte er und verschwand um die Ecke in die Diele, um abzunehmen.

„Raffaello?“, rief er keine Sekunde später. „Für dich!“ Raffaello verzog das Gesicht, lächelte Leslie entschuldigend zu, stand auf und schlenderte dann langsam zu Mario. Wenig später war Mario zu Leslie zurückgekommen, die nervös auf ihrem Stuhl saß und mit ihren Haaren spielte. Dann hörte sie Raffaello fluchen. Ziemlich laut. Mario kräuselte die Lippen.

„Autsch“, machte er. Scheinbar war es ein recht übles Schimpfwort gewesen. Raffaello sprach auf Italienisch, leise und eindringlich, aber Leslie konnte ihm anhören, dass er angespannt war. Vielleicht sogar besorgt. Kurze Zeit später erschien er im Türrahmen, seine Miene verriet nicht das Geringste. Da war es wieder, das Pokerface, nach dem sie vorhin so verwundert gesucht hatte. Er sagte etwas auf Italienisch zu Mario, der daraufhin schlagartig todernst wurde. So kannte Leslie ihn gar nicht. Beide wirkten mit einem Mal schrecklich fremd auf sie. Was zum Teufel hatte der Typ am Telefon gesagt? Und warum rief er Mario an, um Raffaello zu sprechen? Mit ernster Miene wandte sich Raffaello nun an Leslie.

„Leslie", sagte er, „ich will nicht, dass du wieder sauer auf mich bist, aber … ich muss weg. Das eben war wichtig, irgendwas läuft im Unternehmen nicht so, wie es sollte und da muss ich hin." Irgendwie hatte sie so etwas erwartet. Jedenfalls überraschte es sie nicht. Sie verspürte nur eine große Portion Enttäuschung. Sie antwortete nicht gleich.

„Es tut mir wirklich leid", sagte Raffaello, „aber es ist –".

„Sehr wichtig", unterbrach Leslie ihn. „Schon verstanden. Dann mach dich mal an die Arbeit."

„Du bist sauer", sagte er trocken. Aber sie schüttelte den Kopf.

„Ich hab' mich langsam daran gewöhnt, dass ich nicht kapiere, was in deinem Leben vorgeht." Ihr war klar, wie ironisch das klang. Einen winzigen Augenblick lang sah er verletzt aus, dann drehte er sich um und verschwand ohne ein weiteres Wort aus dem Wohnzimmer und schließlich aus der Tür.

Leslie saß da, alleine mit Mario und konnte sich nicht entscheiden, ob sie wütend oder enttäuscht sein sollte. Vielleicht beides. Sie hörte, wie Raffaello seinen Maserati startete, dann entfernte sich das Geräusch mit rasender Geschwindigkeit. Eine Weile lang sagte Mario kein Wort.

„Tut mir leid", sagte er dann. „Es wirkt wahrscheinlich unmöglich auf dich, dass er dich sitzen lässt, aber in diesem Fall ist es extrem wichtig. Er kann Probleme nicht ausstehen."

„Er lässt *uns* sitzen", erwiderte Leslie. Sie verzichtete darauf nachzufragen, um was es überhaupt ging.

„Irgendwie schon …", murmelte Mario. „Aber ich schätze, er kommt bald wieder. Genauso schnell, wie Probleme auftauchen, hat er sie meistens auch wieder gelöst, glaub mir. Was hältst du in der Zwischenzeit von einem Kochkurs?" Ein Kochkurs. Super Idee, dachte Leslie ironisch. *Das* würde sie bestimmt auf andere Gedanken bringen. Aber sie nickte.

„Na gut“, seufzte sie und dann zeigte Mario ihr mindestens tausend verschiedene Arten, wie man Pizza, Pasta & Co. zubereiten konnte. Es machte ihr sogar ein kleines bisschen Spaß.

24

Der Tag neigte sich allmählich seinem Ende zu – und noch immer hatten sie nichts von Raffaello gehört. Mario schlug vor, Leslie nach Hause zu fahren, wenn Raffaello nicht bald auftauchte, aber sie entschied sich zu warten. Und Mario schien das nicht zu stören. Sie räumten seine Küche auf, hörten dabei Radio, obwohl Leslie kein Wort verstand, und schließlich legte Mario seine Schürze ab.

„Willst du wirklich auf ihn warten?“, fragte er. „Ich meine, … er hat mir zwar versichert, dass er anruft, wenn er kommt, aber wer weiß, wie lange er zu tun hat.“ Er warf einen Blick auf seine Armbanduhr. „Es ist halb neun, Leslie. Wenn du müde bist, kannst du dich ruhig ein wenig auf die Couch im Wohnzimmer legen.“ Aber Leslie war nicht müde. Nicht im Geringsten.

„Was hältst du dann von einer Runde DVD schauen, bis der werte Herr erscheint?“, schlug Mario vor. „Ich hab' einen ganzen Schrank voll. Komm mit und such dir einen Film aus – ich würde sogar irgendwelche Titanic-Schnulzen ansehen, wenn du willst.“ Er grinste.

„Ich mag keine Schnulzen“, sagte Leslie. „Die sind nur dramatisch und schwer zu ertragen.“ Sie folgte Mario ins Wohnzimmer und staunte nicht schlecht, als sie seine umfangreiche DVD-Sammlung erblickte. Von Oscar prämierten Blockbustern wie *‚Der Pate‘*, bis Disneys *‚König der Löwen‘* war alles dabei. Mario zuckte grinsend die Schultern, als sie *‚101 Dalmatiner‘* aus dem Regal zog.

„Ich sammle Filme, seit ich sechs bin", sagte er. Leslie ließ den Blick langsam über alle Filmtitel wandern. Viele kannte sie, von anderen dagegen hatte sie noch nie etwas gehört. Dann zog sie mit einem Lächeln auf den Lippen den *‚Paten‘* aus dem Regal. Mario staunte nicht schlecht.

„*Den* willst du dir ansehen?", fragte er und lachte trocken. „Du weißt schon, dass da Pferdeköpfe rollen und so?" Doch Leslie nickte.

„Ich weiß", sagte sie. Sie fand die Filme großartig, vor allem Marlon Brando und Al Pacino.

„*Va bene …*", murmelte Mario und legte die DVD ein, dann ließ er sich neben Leslie auf dem langen, schwarzen Ledersofa nieder. Der Film begann. Den Anfang kannte Leslie auswendig. Sie hatte den ersten Teil zu oft mit Anne angesehen. Ihre Gedanken schweiften ab. Obwohl sie sich grässlich dabei vorkam, suchte sie nach Parallelen im Film zu Raffaello und dessen Familie. Es gab einige; viel Geld, Einfluss, aber trotz allem schienen ihr Annes Vorwürfe nicht gerechtfertigt.

„War er wirklich mal in eine Schießerei verwickelt?", fragte sie irgendwann. Seltsamerweise traute sie sich, Mario diese Frage zu stellen. Bei Raffaello hätte sie gleich Angst vor einem Wutausbruch oder verbittertem Schweigen gehabt. Aber Mario war anders. Einen Moment lang sah er so aus, als wisse er nicht, ob er ihre Frage dem Film oder seinem besten Freund zuordnen sollte, aber dann nickte er. Warum war sie nicht überrascht? Hatte sie Anne entgegen ihrer Überzeugung doch geglaubt?

„*Sì*", seufzte Mario, „mit sechzehn."

„Wie ist er an die Waffe gekommen?", fragte Leslie. Mario zuckte die Achseln.

„Ich weiß es nicht. Wirklich", sagte er, doch Leslie hatte das Gefühl, dass er das sehr wohl wusste.

„Woher weißt du davon?", fragte er nach einer Weile des Schweigens. „Hat er dir etwa davon erzählt?" Er sah nicht so aus, als würde er das von Raffaello erwarten. Sie schüttelte den Kopf.

„Anne …, meine beste Freundin hat etwas darüber im Internet gefunden", gestand sie kleinlaut. Was hätte sie auch sagen sollen? Mario schien einer der wenigen Menschen zu sein, die eine Lüge auf zehn Kilometer Entfernung erkennen konnten – und sie war nie gut gewesen im Lügen. Wozu also Kopf und Kragen riskieren und Marios Freundschaft aufs Spiel setzen?

„Ihr habt nach ihm gegoogelt?!", entfuhr es Mario beinahe entsetzt. Aber Leslie schüttelte hastig den Kopf.

„Nicht ich", sagte sie schnell.

„Deine Freundin?"

„Hm", machte sie kleinlaut. Fast schämte sie sich ein bisschen. Aber auf der anderen Seite fühlte sie sich, als habe sie Anne verraten. Und es tat ihr leid, dass sie es einfach so erzählt hatte. Was, wenn das Ganze doch mehr von Bedeutung war, als sie bisher angenommen hatte? Unsinn, dachte sie, ich fange ja schon an, wie Anne!

„Es steht viel über ihn im Internet", sagte Mario plötzlich. „Und nicht nur über ihn. Du solltest selbst entscheiden, was du glauben willst und was nicht." Todernst hatte er das gesagt. Und es bildete einen unangenehmen Kontrast zu dem, was sie bis jetzt versucht hatte sich einzureden. Aber was ihr am meisten Unbehagen bereitete, war, dass Mario die ganzen Geschichten nicht abstritt. Dass er es nicht ausschloss, aber auch nicht gestand. Nicht direkt jedenfalls. Plötzlich hatte sie das Gefühl, dass es schlauer wäre, doch nicht mehr nach all dem zu fragen. Mario schien es ebenso zu betreffen, wie Raffaello. Eine plötzliche Kälte kroch ihre Unterarme hinauf und die feinen Härchen auf ihrer Haut stellten sich auf. Schwachsinn, schalt sie sich selbst, es gibt keinen Grund, sich unwohl zu fühlen! Vorsichtig schielte sie zu Mario hinüber. Er musterte sie von der Seite.

„Habe ich dich erschreckt?", fragte er besorgt. Himmel, der Mann konnte einem wirklich alles an der Nasenspitze ablesen. Gruselig. Sie schüttelte den Kopf.

„Nein", sagte sie.

„*Va bene*", entgegnete Mario, doch in seiner sonst so fröhlichen Stimme schwang eine Ernsthaftigkeit mit, die sie vollkommen verunsicherte.

Er benahm sich genauso, wie vorhin, als Raffaello ihm von dem Anruf erzählt hatte. Plötzlich wurde sie doch neugierig.

„Du musst wissen“, sagte Mario, „dass Einiges der Wahrheit entspricht, anderes dagegen vollkommener Unsinn ist, Leslie.“ Sie schluckte. Und musste plötzlich an den Versicherungsbetrug und die Steuerhinterziehung denken, wovon Mr. Gosetti ihr im vergangenen Sommer erzählt hatte. Half ihr das weiter? Nein. Was um Gottes Willen von all den verschiedenen Anschuldigungen und Behauptungen war nun wahr? Und was nicht?

„Dass sein Vater auf der Straße –“

“– niedergeschossen wurde?“, fragte Mario, und dabei sah er noch ernster aus, als eben. „Ja, das stimmt.“ Großer Gott! Leslie fragte gar nicht weiter nach. Mit einem Mal spürte sie, dass sie das alles eigentlich gar nicht wissen wollte. Plötzlich hatte sie keine Lust mehr, den ‚*Paten*‘ anzusehen.

„Das muss hart für ihn gewesen sein“, murmelte sie und kam sich dabei vor, wie in irgendeinem dämlichen Film. Mario seufzte.

„*Sì*“, sagte er, „sehr hart. Er spricht nicht gerne darüber.“ Das hatte sie allerdings gemerkt. Sie schwiegen und sahen zu, wie Tom Hagen damit beauftragt wurde, nach Kalifornien zu reisen, um die Rolle für Johnny Fontane herauszuhandeln. Die Szene mit dem abgeschlagenen Pferdekopf hatte sich Leslie immer angeschaut, doch jetzt wandte sie den Blick von dem breiten Fernseher ab und schaute auf ihre Hände. Der erste Teil war bald zu Ende und Mario legte nach Leslies Einwilligung auch den Zweiten ein. Gerade machte Marlon Brando einem Anzugtypen ein ‚Angebot, das er nicht ablehnen‘ konnte, als Leslie hörte, wie jemand einen Schlüssel im Schloss der Eingangstür herumdrehte. Schritte ertönten im dunklen Flur, doch niemand schaltete das Licht in der Küche ein – und dann erschien Raffaello, eingehüllt in dunkle Schatten, im Türrahmen zum Wohnzimmer.

„Da bist du ja endlich!“, begrüßte Mario ihn. „Gab's Probleme?“ Raffaello nickte und sagte etwas auf Italienisch – Leslie vermutete, dass sie das, was er zu sagen hatte, nichts anging und sie kümmerte sich nicht weiter darum. Wahrscheinlich wollte sie es gar nicht wissen. Dann kam

Raffaello langsam auf das Sofa zugeschlendert und schielte beiläufig auf den Fernseher. Bei der Dunkelheit, die im Raum herrschte, konnte Leslie nicht viel erkennen, aber sie hätte schwören können, dass seine Miene für einen Moment versteinerte.

„*Il Padrino*'“, sagte er spitz. „Soso. Was zeigt Mario dir für gruselige Sachen?“ Er lächelte, aber es wirkte ein wenig verkrampft. Überhaupt sah er todmüde und erschöpft aus. Leslie schaute auf ihre Armbanduhr – und erschrak. Es war halb eins. Anne würde umkommen vor Sorge. *Shit.*

„Leslie hat den Film ausgesucht“, verteidigte sich Mario. Er war aufgestanden und jetzt wechselten die beiden wieder einige Worte auf Italienisch. Es klang, als erstatte Raffaello Mario Bericht. Leslie verstand nur einen Namen: Francesco. Raffaello klang angespannt, Mario aufrichtig besorgt – und sie fragte sich allmählich doch, was eigentlich passiert war. Aber wahrscheinlich würde es nichts nutzen, einen der beiden zu fragen. Nicht einmal Mario, wie es aussah.

„Du bist wohl heute auf den Mafia-Geschmack gekommen?“, fragte Raffaello, aber es klang nicht, als mache er einen Witz. Sie schüttelte den Kopf.

„Der Film hat 'nen Haufen Oscars bekommen“, sagte sie. „Ich finde ihn großartig! Die Handlung und die Schauspieler –“

„Schon gut, schon gut“, unterbrach er sie und auf einmal wirkte er nicht mehr so misstrauisch. Er lächelte sogar. Und es schien echt zu sein. „Noch ein Filmfreak“, sagte er und warf Mario einen Blick zu.

„Eigentlich nicht“, widersprach Leslie.

„Gut … Wollen wir dann aufbrechen?“, fragte Raffaello. „Es ist verflucht spät und ich nehme an, du bist genauso müde, wie ich, Leslie.“

„Ihr könnt gerne hier bleiben“, bot Mario an. „Ich habe genug Platz. Ihr müsstet euch nur das eine Gästezimmer teilen.“ Er grinste. Aber Raffaello schüttelte den Kopf.

„Leslies Freundin wird mir die *Polizia* auf den Hals hetzen, wenn ich sie nicht zurückbringe. Die befürchtet noch das Schlimmste.“ Er grinste. Und auch Leslie rang sich ein Lächeln ab, dann stand sie auf, bedankte sich bei Mario für die Pizza, den Kochkurs und den mehr oder weniger gemütlichen Fernsehabend und folgte Raffaello dann hinaus zu seinem

Auto. Das Dach war geschlossen und der schwarze Wagen verschmolz mit der Nacht. Nur die Sterne und die helle Mondsichel spiegelten sich auf dem glänzend polierten Lack.

Als sie wenig später über die nächtliche Autobahn fuhren, stellte Leslie fest, dass Raffaello trotz aller Müdigkeit scheinbar noch ausgezeichnet rasen konnte. Sie musste lächeln. Nach einer ganzen Weile traute sie sich, ihn nach seinem Gespräch mit Mario zu fragen.

„Wer ist dieser Francesco, von dem du gesprochen hast?", fragte sie. Die Luft um sie herum schien um einige Grad abzukühlen.

„Mein Bruder", sagte Raffaello schließlich kühl.

Warum in Gottes Namen hatte er das nie gesagt? „Wie? Du hast einen –"

„*Sì*", unterbrach er sie knapp, „er ist sechs Jahre älter als ich." Mehr schien er nicht dazu sagen zu wollen.

„Wohnt er auch hier auf Sizilien?", fragte sie vorsichtig.

„Nein", sagte er nur. Das Thema war für ihn abgehakt, noch bevor sie danach gefragt hatte – so jedenfalls kam es ihr vor. Die Stille und die Dunkelheit legten sich wie ein Schleier über ihre Augen, sie hatte das Gefühl, gleich auf der Stelle einzuschlafen. Sie war todmüde. Der Motor summte gleichmäßig, sie hörte Raffaello ab und zu tief Luft holen, während sie schläfrig aus dem Fenster blickte und die nächtliche Landschaft Siziliens an ihnen vorbeizog.

„Wach auf, Leslie." Sie fuhr erschrocken hoch. Und brauchte einen Moment, um sich daran zu erinnern, wo sie war. In Raffaellos Auto. Seine Hand lag auf ihrer Schulter. Er lächelte.

„Du hast geschlafen", sagte er.

„Echt?" Ein wenig verwirrt schob sie seine Hand von sich. „Wie lange?", fragte sie dann.

„Nicht lange. Eine halbe Stunde höchstens", sagte er, und nach einer Weile, in der sie ihn ununterbrochen anstarrte, bis sie begriff, wie bescheuert das aussehen musste: „Deine Freundin macht sich sicher Sorgen. Vielleicht solltest du reingehen. Ich bring dich noch zur Tür." Sie nickte und machte sich daran, noch immer etwas verschlafen, aus dem Auto zu klettern. Vor der Haustür blieb sie stehen.

„Scheiße", sagte sie.

„Was ist?", fragte Raffaello hinter ihr.

„Ich hab' den Schlüssel vergessen. Er liegt drinnen auf dem Tisch."

„Hm", machte er nur und dann fing er an, in seiner Hosentasche herumzukramen. Sie hörte Schlüssel klimpern, dann zog er etwas Kleines hervor und hielt es triumphierend in die Höhe. Eine Büroklammer.

„Wo hast du die her?" Sie lachte erleichtert auf. Raffaello zuckte mit den Schultern.

„Man weiß nie, wann man so was mal braucht", erwiderte er und es klang ernster, als es Leslie lieb war. Er machte sich am Türschloss zu schaffen und nach einem kaum hörbaren ‚Klick' sprang die Tür auf.

„Cool", flüsterte Leslie. „Das funktioniert ja echt!"

„Was dachtest du denn?", fragte er amüsiert.

Leslie trat in den Flur. Und drehte sich zögernd zu ihm um. Da war plötzlich diese peinliche Stille. Er sagte nichts. Und Leslie fiel beim besten Willen nichts ein, das sie hätte sagen können.

„Danke für den Tag heute", murmelte sie dann einfach. Aber er machte ein finsteres Gesicht.

„Du hast dich bei Mario bedankt, das ist o. k.", entgegnete er. „Aber ich habe mich nicht wirklich wie ein Gastgeber verhalten." Doch, dachte sie, wenn man von den einen oder anderen Ereignissen absieht.

„Trotzdem", nuschelte sie und biss verkrampft auf ihrer Unterlippe herum – bis seine Finger ihre Lippen berührten. Sie erstarrte.

„Lass das", sagte er leise, „sonst blutet es noch." Sie hörte auf. Er nahm seine Hand weg. Sie atmete tief durch. Einen schrecklichen Moment lang hatte sie an ihren Kuss vor einem Jahr gedacht. Verflucht, was ging in ihr vor? Sie war müde, weiter nichts. Nur müde. Das trübt die Sinne, dachte sie.

„Also … bis dann. Wir sehen uns", sagte Raffaello leise, dann drehte er sich um und stieg wieder in sein Auto. Sie blickte ihm nach, bis die roten Rücklichter in der Dunkelheit verschwunden waren und auch danach blieb sie noch einige Minuten im Türrahmen stehen und starrte hinaus in die Nacht.

„Leslie?“ Sie fuhr herum. Anne stand hinter ihr. Im kurzen Nachthemd, die Augen gerötet vom Schlaf, das blonde Haar zerzaust.

„Hi“, sagte Leslie schnell, „tut mir echt leid, dass es so spät geworden ist. Ich weiß, ich hätte dich anrufen sollen.“

„Schon okay“, murmelte Anne. „Ich hab’ mir einen schönen Tag in Palermo gemacht. Hab’ dich nur ein bisschen vermisst.“ Allmählich wirkte sie hellwach.

„Wie bist du da hingekommen?“, fragte Leslie. Immerhin stand die Vespa vermutlich noch irgendwo am Straßenrand. Anne grinste.

„Berechtigte Frage“, sagte sie. „Ich habe ja schließlich keinen Chauffeur, wie du“, sie zwinkerte ihr zu. „Aber es war ganz leicht: Ich hab’ Antonio angerufen, ein bisschen rumgeschleimt - und schwupps, kam er mich abholen! Hab’ sogar ’ne Pizza gekriegt.“ Ich auch, dachte Leslie, aber sie verzichtete darauf, Anne davon zu erzählen. Sie ging voraus ins Bad, um sich die Zähne zu putzen. Anne kam mit und setzte sich auf den Rand der Badewanne.

„Weißt du, wen wir getroffen haben?“, fragte sie mit blitzenden Augen. „Errätst du nie!“ Sie grinste. Aber Leslie hatte keine Lust zu raten. Ehrlich gesagt hatte sie nicht einmal Lust, Annes Geschichte zu hören. Sie war todmüde und außerdem war da noch dieses seltsam vertraute Kribbeln in ihrem Magen, wenn sie an Raffaello dachte. Verdammt.

„Gosetti höchstpersönlich“, sagte Anne.

„Gosetti?!“, nuschelte Leslie mit der Zahnbürste im Mund verblüfft. Anne lachte.

„Hm“, machte sie, „er war mehr als überrascht, mich hier anzutreffen – und erst, als ich ihm erzählt habe, wen du datest!“ Sie grinste. Wen ich date, dachte Leslie sarkastisch, *daten* – von wegen. Sie spülte den Mund mit Wasser aus.

„Ich date ihn nicht“, sagte sie trotzig. „Wer hat dir überhaupt erlaubt, Gosetti davon zu erzählen?“ Anne seufzte ergeben.

„Ja, entschuldige, das hätte ich vielleicht nicht tun sollen – aber es ist mir vor lauter Überraschung rausgerutscht. Ich hatte total vergessen, dass Gosetti hierher gezogen ist." Sie klimperte mit den Wimpern. „Verzeihst du mir?"

„Pfft", machte Leslie und warf ihrer Freundin einen bitterbösen Blick zu, dann zog sie sich um und eilte ins Schlafzimmer.

„Wie war dein Tag mit Romeo?", fragte Anne irgendwann, als Leslie gerade dabei war einzuschlafen. Herrgott, wurde sie denn nie müde?

„Ganz nett", nuschelte Leslie – dann schloss sie fest die Augen und ignorierte Annes Gezappel – bis das Piepen ihres Handys sie aufweckte. Verschlafen tastete sie nach dem nervtötenden Ding. Es war halb vier am Morgen. Leslie seufzte. Sie hatte gerademal zwei Stunden geschlafen. Na toll. Und wer um Himmels Willen schickte ihr zu dieser frühen Stunde eine SMS?!

„Buon giorno, Leslie", las sie auf dem Display ihres Handys,
„Was hältst du
von einem Bootsausflug
morgen?
Ich hole dich ab.
R. R."

„Klasse", murrte Leslie verschlafen. Aber irgendwie freute sie sich riesig. Schnell schrieb sie zurück:

„Klingt gut. Wieviel Uhr?"

Die Antwort:

„Elf?"

Leslie:

„O. k.
Sag mal, hast du
eigentlich geschlafen?"

R. R:

„Ja, aber lange war es mir
nicht vergönnt.
Mein Bruderherz macht Probleme …
Schlaf noch gut."

Leslie schrieb noch zwei weitere SMS hinterher, aber Raffaello antwortete nicht mehr. Scheinbar war er zu beschäftigt. Mit was eigentlich? Sein ‚Bruderherz' machte Probleme. Was für welche? Welche Probleme konnte ein erwachsener, vernünftiger Mann machen, der bloß seinen kleinen Bruder besuchte? Nun ja, woher sollte sie wissen, ob er vernünftig war? Egal, dachte sie, schnurzpiepegal! Sie schloss die Augen.

„War das dein Romeo?", nuschelte es neben ihr in der Dunkelheit verschlafen.

„Hm", machte Leslie.

„Was hat er denn geschrieben?"

„Er holt mich morgen ab. Benimm dich", knurrte Leslie, dann antwortete sie auf keine der Fragen mehr, die Anne stellte.

25

Der Tag brach viel zu schnell an, und als Leslie endlich die Augen aufschlug, war es bereits halb elf.

„Oh verdammt!", stieß sie hervor und rappelte sich so schnell sie konnte auf. Anne saß am Tisch vor ihrem Laptop – und klappte ihn nur allzu hektisch zusammen, als Leslie fluchend ins Wohnzimmer kam. Aber nach wem oder was Anne gerade gegoogelt hatte, war im Moment vollkommen egal.

„Welchen Bikini?", fragte sie nur gehetzt und hielt Anne den roten mit den weißen Herzchen und ihren fliederfarbenen, den Anne ihr im vergangenen Sommer aufgeschwatzt hatte, unter die Nase. Anne sah sie entgeistert an.

„Himmel, du hast doch nicht vor ...?!"

„Quatsch!", sagte Leslie und verdrehte die Augen. „Er hat mich auf sein ... Schiff eingeladen und da werde ich ums Schwimmen ja wohl nicht rumkommen. Also, welchen jetzt?"

„Den Roten", sagte Anne und grinste. „Wird ihm gefallen." Leslie verdrehte nur erneut die Augen und verschwand dann im Bad, um sich so schnell sie konnte umzuziehen.

„Keinen Hunger?", rief Anne ihr nach, und Leslie tat, als hörte sie sie nicht. Ihr Magen knurrte wie verrückt, aber zum Essen blieb jetzt keine Zeit. Außerdem wollte sie vor Raffaello nicht mit trägem Blähbauch erscheinen.

Punkt elf knirschte der Kies draußen in der Einfahrt und dann klopfte es an der Tür. Hektisch schmiss Leslie die wichtigsten Sachen, wie Sonnenbrille, Sonnencreme und Handy, in ihre Strandtasche.

„Romeo steht vor der Tür und wirft mit Steinchen", sagte Anne spitz, als Leslie an ihr vorbeirauschte, um die Tür zu öffnen. Sie hatte sich entschieden, das Kleid von gestern noch einmal anzuziehen. Man konnte es schnell aus- und wieder anziehen, wobei sie inständig hoffte, dass sie nicht schwimmen musste. Raffaello brauchte nicht unbedingt zu sehen, wie knochig sie war.

„*Buon giorno*", begrüßte Raffaello sie und strahlte mit der gleißenden Sonne am makellos blauen Himmel um die Wette.

„Hi", hauchte Leslie und zwang sich, ihre Beine, die ohne Vorwarnung puddingweich geworden waren, nach vorne zu bewegen. Verdammt, was war nur los mit ihr? Schnell setzte sie ihre Sonnenbrille auf – und ihr wurde bewusst, dass sie gerade genauso auf unangenehme Situationen reagierte, wie Raffaello.

„Dann mal los", sagte er, stieg in seinen Maserati, und nachdem Leslie neben ihn geklettert war, fuhr er auch schon los. Dieses Mal ertönte Tiziano Ferro wieder aus den Lautsprechern – und Leslie fiel siedend heiß ein, dass sie Raffaellos CDs noch gar nicht angehört hatte. Sie würde es gleich morgen tun und sie ihm dann zurückgeben. Was hieß, dass sie um ein weiteres Treffen mit ihm nicht herumkommen würde. Sie verwünschte das fröhliche Grinsen, das plötzlich auf ihrem Gesicht erschienen war.

„Was ist?“, fragte Raffaello.

„Nichts“, sagte sie schnell.

„Ah ja. Interessant …“ Er grinste und schob sich seine Sonnenbrille in das störrische Haar.

Die Fahrt dauerte nicht sehr lange. Raffaello parkte sein Auto bald am Straßenrand in dem kleinen Kaff von Mondello, von wo aus man schon den öffentlichen Badestrand sehen konnte.

„Ich hoffe, du erschrickst nicht zu sehr“, sagte er und warf ihr einen verstohlenen Blick zu.

„Warum sollte ich?“, erwiderte Leslie. Sie hatte seine Dreißig-Meter-Jacht ja schließlich schon gesehen. Aber wahrscheinlich würde sie der Anblick erneut aus der Fassung bringen.

„Nun ja …“, sagte Raffaello, „sie ist jetzt … etwas größer.“

„Ah. Größer“, machte Leslie. Warum auch nicht? Sie lachte trocken auf.

„Wenn ich vor Schreck in Ohnmacht falle, weißt du ja, was du zu tun hast“, entgegnete sie grinsend. Ein seltsames Blitzen trat in seine dunklen Augen. Fast wirkte sein Grinsen unverschämt.

„Ganz genau …“, sagte er und Leslie fragte sich lieber nicht, woran er dachte.

Seine Warnung war berechtigt gewesen. Leslie geriet aus der Fassung, als sie die riesige Jacht erblickte, die einige Meter vom überlaufenen Strand zwischen ein paar Sportbooten auf den strahlend blauen Wellen vor Anker lag. Bis jetzt war sie neben Raffaello im Sand hergelaufen, aber nun blieb sie stehen. Und starrte auf das riesige, weiß glänzende Schiff.

„Oh mein Gott, was ist das?!“, entfuhr es ihr entsetzt. Himmel, wie konnte ein Mensch *so* reich sein?

„Manchmal ist das Beste gerade gut genug“, sagte Raffaello fast ein wenig herablassend. Angeber. Alter, reicher, verwöhnter Angeber, dachte Leslie, aber sie musste lächeln.

„Wie lang ist es denn jetzt?“, fragte sie beiläufig.

„Die *‚Leslie‘*?“

„Leslie?!“

Er nickte.

„Ich dachte mir, wenn ich dich nicht mehr sehe, benenne ich sie wenigstens nach dir.“

„Oh“, machte sie nur. Ach du Schreck!

„Genau 49,98 Meter“, sagte er gelassen und schlenderte auf ein Motorboot zu, das im seichten Wasser schaukelte und im Gegensatz zu der *‚Leslie‘* wie das hässliche Entlein aussah. Es war höchstens acht Meter lang. Was auch völlig ausreichte, fand Leslie.

„50 Meter?!“, rief sie aus. „Geht's noch?!“

„49,98“, sagte er.

„Mann, bist du bescheiden.“ Sie musterte ihn entgeistert, dann kletterte sie in das Boot, das Raffaello gleich darauf ins tiefere Wasser schob. Sie konnte die Blicke einiger neugieriger Badegäste spüren und mit einem Mal fühlte sie sich seltsam fehl am Platz. Raffaello ließ den Motor an und gab Vollgas. Mit einem erschrockenen Aufschrei fiel Leslie hinten über, als sich der Bug aus dem Wasser hob, um nach einigen Metern wieder klatschend auf den Wellen aufzuschlagen, und landete auf dem Hintern. Raffaello blickte sich erschrocken nach ihr um, aber sie hatte sich schon wieder aufgerappelt und wankte zu ihm nach vorne ans Steuer.

„Hast du dir wehgetan?“, rief er gegen den lauten Motor an. „Du hast letztes Jahr erzählt, du wärst oft Boot gefahren. Ich dachte, du kennst das, tut mir leid.“

„Ja“, gab Leslie verächtlich zurück. „Auf dem Fischkutter meines Großvaters!“ Raffaello lachte amüsiert auf.

Schon klar, dachte Leslie, ein Fischerboot hat nicht so viel PS, wie deine Angeberkarre. Sie grinste. Er hatte sein weißes Hemd ausgezogen und stand nun mit nacktem Oberkörper neben ihr. Sie wagte nicht zu ihm hinüberzusehen, aber schließlich tat sie es doch – und sie hätte schwören können, dass er ihren entgeisterten Blick genau bemerkte, als sie sah, dass er durchtrainiert war, wie ein Unterwäschemodel. Und da bemerkte sie das Tattoo, das auf seinem rechten Schulterblatt zu sehen war: ein Adler. Durch das Spiel von Raffaellos Muskeln sah er beinahe so aus, als würde er fliegen. Sie schluckte. Wie konnte ein einziger Mensch so unverschämt gut aussehen? Naja, vielleicht ist er nicht von dieser Welt, dachte sie und grinste. Sie hatte das Gefühl, dass er genau wusste, wie er aussah. Angeber, dachte sie wieder.

Mit rasender Geschwindigkeit näherten sie sich der ‚*Leslie*', die strahlend weiß im türkisen Wasser lag und darauf wartete, dass ihre Anker gelichtet wurden.

„Cool", flüsterte Leslie, weil sie genau wusste, dass Raffaello sie wegen des Motorenlärms nicht hören konnte. „Was für ein Protzteil."

Kurze Zeit später drosselte Raffaello das Tempo und legte seitlich an der Steuerbordseite des Schiffes an. Ein Angestellter eilte herbei, um ihm zu helfen. Leslies Stimmung sank auf den Tiefpunkt. Angestellte. Matrosen. Und mit Sicherheit auch ein Steuermann. Na toll, dann war sie also nicht mit Raffaello alleine auf dem Protzteil. Doch andererseits beruhigte sie diese Tatsache ungemein. Raffaello kletterte zuerst eine schmale Leiter hinauf aufs Deck, dann reichte er ihr beide Hände, um ihr zu helfen. Ungeschickt kraxelte sie die Leiter hinauf und stand dann staunend vor Raffaello auf dem 49,98 Meter langen Deck der ‚*Leslie*'.

„Cool", flüsterte sie noch einmal – und dieses Mal hörte er es.

„Ich weiß", sagte er und grinste selbstgefällig. „Ich könnte dir erst mal alles zeigen – oder wir gehen gleich schwimmen. Wie du willst."

Eine halbe Ewigkeit lang brachte sie kein Wort über die Lippen. Sie schaute sich nur um. Der Matrose war schon wieder verschwunden, auf Raffaellos Befehl hin. Und dann sickerte sein Vorschlag langsam zu ihr durch – und sie beschloss, dass sie den Rest der Jacht gar nicht erst sehen wollte. Groß. Protzig. Blank poliert und unverschämt. So würde alles andere auch aussehen.

„Schwimmen", krächzte sie und Raffaello grinste vergnügt.

„Hab' ich mir gedacht", sagte er fast ein bisschen mitleidig, dann ergriff er einfach so Leslies Hand und zog sie mit sich in Richtung Heck.

Seine Hand war warm, sein Griff kräftig – und Leslie jagte ein kleiner Schauer über den Rücken. Aber sie machte sich nicht von ihm los, bis sie die Badeplattform erreicht hatten. Hier stellte sie ihre Tasche ab – und stand nun ein wenig unschlüssig da und konnte sich nicht entscheiden, ob sie ihr Kleid jetzt einfach so ausziehen sollte oder nicht. Und Raffaello trug ja auch bloß eine schwarze Badehose im Surferstyle, die locker auf seinen Hüften saß. Gerade so locker, dass sie nicht herunterrutschte. Fand er das cool? Sie wollte sich nicht eingestehen, dass ihm das verdammt gut stand.

„Oh, wenn du willst, zeige ich dir die Umkleiden", sagte er ein wenig erschrocken, aber Leslie schüttelte den Kopf.

„Nicht nötig", murmelte sie, dann stieg sie zögernd aus ihrem Kleid und verstaute es in ihrer Tasche. Sie fühlte sich unendlich elend, als sie merkte, wie sein Blick an ihrem dünnen Körper auf und ab schweifte. Was um Himmels Willen musste er jetzt denken? Nichts als die Wahrheit, dachte sie trübsinnig. Wenigstens war es nicht mehr ganz so schlimm, wie vor einem Jahr, aber ihre Rippen konnte man noch sehen, ihre Beine sahen noch immer aus wie Streichhölzer und auch das Bikinioberteil war ihr etwas zu groß. Und plötzlich verfluchte sie sich dafür, dass sie vor zwei Jahren magersüchtig geworden war. Raffaello war bestimmt nicht begeistert. Wahrscheinlich stand er auf kurvige Mädchen, die etwas auf den Rippen hatten und –

„Hübscher Bikini", sagte er da und Leslie traute sich nicht, ihm in die Augen zu blicken. „Echt, steht dir gut", beharrte er, als er ihren verzweifelten Blick bemerkte. Er lächelte und hielt ihr seine Hand hin.

„Auf drei?", fragte er und sie trat zögernd neben ihn an den Rand der Plattform und ergriff seine Hand.

„Na gut …" Ihre Knie wurden weich. An wem oder was das lag, konnte sie nicht ganz feststellen. An Raffaello oder dem Sprung, der ihr bevorstand, aber sie wollte nicht als Feigling vor ihm da stehen.

„*Uno*", zählte Raffaello, „*due*" – und dann sprang er – bevor er „*tre*" gesagt hatte – und riss die erschrockene Leslie mit sich in die unendliche Tiefe. Jedenfalls kam ihr der Fall endlos vor. Als sie sich schließlich prustend an die Wasseroberfläche kämpfte und nach Luft schnappte, musste sie doch lachen. Vor Erleichterung oder Freude. Irgendwie hatte sich der Sprung gut angefühlt. Das Wasser war brühwarm.

„Überlebt?", fragte Raffaello, der neben ihr aus den dunklen Wellen aufgetaucht war. Das sonst so wirre Haar klebte ihm nun triefnass und tiefschwarz am Kopf, bevor er es ausschüttelte und auf sie zu geschwommen kam. Doch bevor er ihr zu nahe kommen konnte, schleuderte Leslie ihm einen Schwall Wasser ins Gesicht. Er wirkte fast ein wenig überrascht, dann schlug er prustend und lachend zurück – und bald war eine wilde Wasserschlacht im Gange – bis er untertauchte. Und eine ganze Weile nicht mehr auftauchte. Leslie blickte sich hektisch nach ihm um, aber sie konnte nur das blaue Wasser sehen, dessen Oberfläche von niedrigen Wellen gekräuselt wurde. Raffaello war nirgends zu entdecken. Es war still. Schrecklich still, bis auf das dumpfe Glucksen der Wellen, die gegen das Heck der Jacht schlugen. Das Warten schien sich endlos hinzuziehen. Ihr Herz schlug so schnell, dass sie dachte, gleich ohnmächtig ertrinken zu müssen. Wo zur Hölle steckte er? Großer Gott, beobachtete er sie etwa von irgendwo unter Wasser? Bei diesem Gedanken fühlte sie sich plötzlich verdammt unwohl. Sie spielte mit dem Gedanken, die kleine Leiter einfach wieder hinaufzuklettern, auf die Badeplattform, und gerade, als sie die verfluchte Spannung nicht mehr aushielt und sich allmählich vorkam, wie im ‚Weißen Hai', legten sich zwei Hände auf ihre Taille, sie schrie erschrocken auf, und Raffaello tauchte vor ihr auf, triefnass und nach Luft schnappend. Gierig sog er die frische Luft ein. Erleichtert atmete Leslie auf und versuchte dann, seine Hände abzuschütteln, und nach einem verwirrenden, tiefen Blick in ihre Augen nahm er sie weg. Dann lächelte er und holte etwas aus seiner Hosentasche. Er legte es ihr in die Hand. Es war eine Muschel. Eine kleine, fast schon winzige Schnecke, aber sie war die Schönste, die Leslie je gesehen hatte. Jedenfalls kam es ihr in diesem Moment so vor. Ein seltsam geflecktes Muster zierte ihre Oberfläche, Brauntöne, die ineinander überliefen, mit winzigen, hellblauen Punkten.

„Ich dachte mir, du könntest sie an deine Halskette hängen", sagte Raffaello und deutete auf den Olivenzweiganhänger, den sie noch immer um den Hals trug. Vorsichtig nahm Leslie die kleine Schnecke mit zwei Fingern. Sie lächelte.

„Danke“, sagte sie und plötzlich wusste sie nicht, wo sie hinschauen sollte. In seine Augen ganz sicher nicht, die pausenlos auf ihr ruhten. „Ich … werde sie mal in mein Portemonnaie legen“, murmelte sie dann und erreichte mit zwei Schwimmzügen die Leiter. Raffaello kam ihr nach. Scheinbar war der Badespaß beendet. Und irgendwie war Leslie froh darüber.

Wenig später lehnte sie neben Raffaello ganz vorne am Bug und schaute hinaus auf die gleißenden Wellen. Die Mittagssonne stand hoch und brannte unerträglich heiß auf sie hinab. Leslie befürchtete, dass ihre Sonnencreme längst wirkungslos geworden war. Wahrscheinlich würde sie wieder einen Sonnenbrand bekommen. Raffaello schien das nicht zu stören. Aber er war mit seiner olivbraunen Haut ja auch besser geschützt.

„Du hast mich vorhin ziemlich erschreckt“, gestand Leslie nach einer Weile, als sie das Schweigen nicht mehr länger ertrug.

Er lachte. „Dachtest du, ich ertrinke einfach so?“

„Weiß nicht“, murmelte Leslie. „Vielleicht …“

„Es geht sieben Meter da runter“, sagte er. „Da musste ich ganz langsam schwimmen, wegen des Drucks, verstehst du?“

„Sieben Meter?! Und die bist du getaucht, nur um eine winzige, bedeutungslose Muschel zu suchen?!“ Er nickte stolz. Angeber.

„Gefällt sie dir nicht?“, fragte er dann.

„Doch.“

„Dann ist's gut“, sagte er zufrieden und fuhr sich mit der Hand durch das längst trockene, nun noch widerspenstigere Haar. Es glänzte schwarz in der Sonne und Leslie ertappte sich dabei, wie sie es anfassen wollte, einfach, um zu sehen, ob es wirklich so weich war, wie es aussah. Aber das tat sie nicht. Natürlich nicht. Das wäre ja noch schöner. Sie schwiegen eine ganze Weile lang, blickten nur hinaus auf das türkise Wasser, auf dem ab und zu einige Motorboote herumsausten, die längst nicht so riesig waren, wie die ‚*Leslie*‘.

„Warum hast du das Schiff eigentlich ‚*Leslie*' genannt?", fragte sie dann. Er sah sie nicht an.

„Ich habe dich vermisst", sagte er. „Und als mein Vater starb, habe ich alles geerbt. Er war immer der Meinung, wir sollten unseren … Reichtum nicht so zur Schau stellen – er fand 30 Meter schon zu groß – aber ich war nie seiner Meinung, wie du vielleicht schon festgestellt hast." Er grinste zu ihr herüber.

„Naja, jedenfalls habe ich mir eine größere Jacht gekauft und – ich weiß auch nicht. Der Name hat so gut gepasst. Außerdem habe ich dich immer vor mir gesehen, wenn ich das Schiff angesehen habe." Leslie senkte den Blick. Ein bisschen geschmeichelt fühlte sie sich ja schon, aber was sie am meisten verunsicherte, war das seltsame Kribbeln in ihrem Magen, das sie schon heute Morgen verspürt hatte.

„Aber jetzt bin ich ja da", sagte sie. Raffaello drehte sich um und lehnte sich mit dem Rücken gegen die Reling. Er musterte sie lange und beunruhigend ernst.

„Ja, jetzt bist du da", sagte er und nach einer Weile fühlte sich Leslie seinem Blick schonungslos ausgeliefert. Sie lehnte sich neben ihn und spielte nervös mit ihrem Haar.

„Hast du mich vermisst?", fragte er. Hatte sie? Ja? Nein? Nein. Oder doch? Sie war enttäuscht gewesen, verwirrt, aber hatte sie ihn vermisst?

„Ich … weiß nicht", murmelte sie. Sie hatte Angst, etwas Falsches zu sagen und ihn zu verletzen. „Ich habe ehrlich gesagt, versucht, das alles zu vergessen." Ein wenig schuldbewusst linste sie zu ihm herüber.

„Kann ich verstehen", sagte er. „Vielleicht hätte ich das auch tun sollen. Aber das wollte ich nicht. Dazu war es zu schön." Sie lächelte verlegen und kaute auf ihrer Unterlippe herum. Herrgott, hatte er das unbedingt sagen müssen? Am Ende verliebte sie sich wieder in ihn – und dann? Alles nochmal auf Anfang? Aber war es nicht längst soweit? Wie sollte sie das Kribbeln in ihrem Magen erklären und die weichen Knie? Gott sei Dank musste sie es niemandem erklären. Nur mir selbst, dachte sie kläglich. Raffaello tippte vorsichtig mit dem Zeigefinger an ihre Lippen.

„Machst du das immer, wenn du nicht weißt, was du sagen sollst?", fragte er lächelnd. „Das tut deinen Lippen sicher nicht gut." Schnell hörte sie auf damit.

„Das geschieht unbewusst", verteidigte sie sich, aber im Stillen gab sie ihm recht.

„Hm", machte er, legte den Kopf zur Seite und musterte sie nachdenklich. Mit einem Mal fühlte sie sich unwohl. Sie wollte nicht wissen, was er dachte. So unauffällig wie möglich versuchte sie, ein Stück von ihm wegzurutschen. Aber sein Blick nagelte sie fest.

„Was ist?", stammelte sie schließlich und ihre Stimme klang schrecklich hoch. Er sagte nichts. Sah sie nur aus tiefbraunen Augen an. Noch nachdenklicher. Nun rückte sie tatsächlich von ihm ab. Sie lachte nervös auf, wich seinem Blick aus und strich sich das lange Haar aus der Stirn.

„Tut mir leid, dass ich dich geküsst habe", sagte er dann. Sie sah zu ihm herüber.

„Was?"

„Letztes Jahr."

„Ach so", murmelte sie beschämt und senkte den Blick. „Macht nichts." Er sah sie noch immer so seltsam an. Seine dichten Brauen schoben sich zusammen.

„Und was würdest du tun, wenn ich es wieder täte?", fragte er ehrlich interessiert. Schock. Ein Adrenalinstoß wirbelte durch ihren Körper und sie spürte, wie sie alle Muskeln anspannte. Wie ein Tier, das Gefahr witterte.

„Äh …?!", machte sie und da lächelte er endlich. Sie atmete auf, doch dann zuckte sie zusammen, als er ihre Hand in seine nahm. Wobei er das vorhin auch schon getan hatte. Kein Grund zur Sorge also.

„Ich bin immer noch in dich verliebt", sagte er dann erschreckend aufrichtig. Ach du Schreck. Großer Gott, hatte er das ernst gemeint?!

„B-bist du?", stammelte sie so beiläufig, wie möglich und entwand ihm ihre Hand. Himmel, warum war da wieder dieses Kribbeln? Aber der Schock war größer. Raffaello seufzte, legte den Kopf in den Nacken und schaute in den blauen Himmel.

„Du hast nie wirklich geglaubt, dass ich es ernst gemeint habe, hab' ich recht?", fragte er. Sie erinnerte sich an seine Geburtstagskarte. Und konnte sich nicht entscheiden, ob sie den Kopf schütteln sollte oder nicht. Seine Aufrichtigkeit erschreckte sie noch immer.

„Ich weiß nicht", murmelte sie dann leise.

„Ich habe aus meinem Fehler gelernt", sagte er seufzend. „Ich werde auf eine Reaktion von *dir* warten. Es war falsch, dich einfach so zu überfallen." Vielleicht hätte er das nicht sagen sollen. Sie fühlte sich mit einem Mal elend.

„Es … war nicht falsch", sagte sie und zwang sich, ihm in die dunklen Augen zu sehen. „Es war nur … überraschend." Er musterte sie fragend.

„Hast du davon wirklich nichts gewusst?", fragte er. Sie schüttelte den Kopf. Sie hatte nur auf sich geachtet, auf ihre Gefühle, die sie für ihn hatte. Aber nicht auf ihn.

„Vielleicht war das besser", sagte er und lächelte, aber es wirkte irgendwie traurig. Nein, dachte sie, nein, war es nicht. Dann sagte keiner von ihnen mehr ein Wort. Eine ganze Weile lang stand Leslie unschlüssig und verunsichert durch seine Ehrlichkeit neben ihm und traute sich nicht, sich auch nur zu bewegen.

„Hast du Lust, nochmal zu schwimmen?", fragte er schließlich. Sie atmete auf. In diesem Moment war ihr jede Abwechslung willkommen. Sie nickte und dann folgte sie Raffaello erneut zum Heck. Die nächste Wasserschlacht nutzte sie aus, um all die wirren Gedanken und Gefühle loszuwerden, die in ihr tobten, und fast war es ihr, als hätte ihr Gespräch eben gar nicht stattgefunden.

Gegen Nachmittag beschloss Raffaello, dass es an der Zeit war, Leslie nach Hause zu bringen und fast schon enttäuscht zog sie ihr Kleid wieder an, packte ihre Sachen und dann fuhren sie mit dem kleinen Motorboot wieder zurück zum Strand. Im Auto lief dieses Mal keine Musik, es herrschte ein unangenehmes Schweigen, bis Leslie sich traute zu fragen, worüber sie schon die ganze Zeit lang nachgedacht hatte.

„Hättest du mich denn wirklich geküsst?"

„Wann?", fragte er.

„Vorhin." Aber er schüttelte den Kopf. Fast war sie enttäuscht.

„Wenn ich nicht gewusst hätte, dass das Personal Augen und Ohren aufgesperrt hat, als es mich mit dir gesehen hat, dann ja."

„Oh", machte sie – und plötzlich war sie froh darüber, dass er sich aufs Fahren konzentrieren musste, ansonsten hätte sie wohl Angst bekommen, er könne es jetzt tun. Stumm blickte sie aus dem Fenster, spürte den warmen Fahrtwind, der ihre Haare zerzauste, und fühlte sich mit einem Mal beängstigend wohl neben Raffaello. Doch sie nahm dieses Gefühl hin, ohne dass es sie in Panik versetzte.

Raffaello ließ andere Autos schnell hinter sich und bald bog er auf die holprige Landstraße ab, die zu Leslies und Annes Ferienhaus führte. Und in diesem Moment fasste Leslie einen Entschluss.

„Halt an", sagte sie nur – und er trat überrascht auf die Bremse.

„Was ist?", fragte er besorgt, aber da hatte sie sich schon zu ihm herüber gebeugt und ihn auf die Wange geküsst. Völlig verdattert sah er sie an, so überrascht, dass sie lachen musste.

„Danke für den Ausflug heute", sagte sie und dann stieg sie aus dem Auto, nahm ihre Tasche und ging den Rest der Auffahrt zu Fuß. Als sie sich an der Haustür umblickte, stand der schwarze Maserati noch immer dort, wo er angehalten hatte und sie konnte Raffaellos verwirrte Blicke förmlich spüren. Der Arme. Vielleicht hätte sie das nicht tun sollen? Egal, dachte sie. Sie fühlte sich so fröhlich und unbeschwert, wie lange nicht mehr. Bis sie darüber nachdachte, was der Kuss auch für sie bedeutet hatte.

26

Eine ganze Woche lang meldete Raffaello sich nicht. Er schrieb ihr noch nicht einmal eine SMS und Leslie begann, sich elend und schuldig zu fühlen, weil sie ihm diesen dämlichen Kuss auf die Wange gedrückt hatte. Sie hätte es nicht tun sollen. Absolut nicht. Jetzt hab' ich ihn vergrault, dachte sie kläglich, Mist! Aber ganz tief in ihr tummelte sich das Gefühl, dass sie das Richtige getan hatte. Wahrscheinlich hatte er das nur nicht von ihr erwartet. Sie war ja selbst überrascht über ihr Handeln gewesen. Was, wenn er wütend auf sie war? Was, wenn er ihr vorwarf, egoistisch zu sein und nur mit seinen Gefühlen zu spielen? Scheiße, dachte sie, scheiß Verliebtsein. Und dann noch einige andere Flüche, die kein bisschen damenhaft waren. Denn jetzt musste sie sich wirklich mit der beunruhigenden Tatsache auseinandersetzen, dass sie sich wieder in Raffaello verliebt hatte. Einfach so. Ohne Vorwarnung hatte sie dieses Gefühl überfallen und sie ziemlich erschreckt.

Am Montagmorgen begleitete sie Anne nach Palermo – Anne hatte sich von Antonio eine neue Vespa geliehen – wo sie in *Albertos Pizza Express* zusammen mit Antonio eine riesige Pizza verspeisten. Sogar Leslie aß zwei der großen Stücke. Antonio erwies sich als ausgesprochen hilfsbereit, als Leslie ihm vorjammerte, dass sie nicht wisse, wie zum Henker sie die kleine Schnecke, die sie von Raffaello bekommen hatte – natürlich erwähnte sie das nicht – an ihrer Kette befestigen sollte, und Antonio bedeutete ihr, mit ihm in das Zimmer hinter der Küche zu kommen, wo Alberto allerlei nützlichen Kram aufbewahrte. Von scharfen Messern für die Pizzen bis hin zu alten Deckenlampen, die man vielleicht noch einmal gebrauchen konnte. Antonio witzelte über diese Marotte seines Chefs, aber er war ihm dankbar, dass er ihn bei sich eingestellt hatte, wo er doch bei so vielen anderen Jobs abgeblitzt war und nur Absagen bekommen hatte. Doch immer, wenn Leslie ihn nach dem Grund fragte, warum er gefeuert worden war, blockte er ab, was ihre Neugier nicht gerade minderte.

Antonio griff nach einem winzigen Bohrer und einem Metallhäkchen, dann machte er sich daran, ganz vorsichtig ein Loch in die Schnecke zu bohren. Leslie stand daneben und schaute ihm zu, aber mit den Gedanken war sie schon wieder bei einer gewissen Person, die sich verflucht nochmal endlich melden könnte. Leslie hatte Raffaellos neue Handynummer nicht, außerdem war sie der Meinung, dass es vielleicht besser war zu warten, bis er sich meldete.

„Die ist hübsch", bemerkte Antonio. „Woher hast du die?" Aus sieben Metern Tiefe von deinem Erzfeind, dachte Leslie.

„Gefunden", sagte sie stattdessen. „In Mondello." Antonio blickte kurz zu ihr auf, während er den mikroskopisch kleinen Draht durch das Loch in der Muschel fädelte.

„Wann wart ihr denn da?", fragte er. „Anne sagte, sie wäre die ganze Woche zu Hause gewesen – und dann habe ich sie nur kurz hier getroffen, als –"

„Als ihr Gosetti über den Weg gelaufen seid. Ich weiß", sagte Leslie. Antonio hielt ihr den fertigen Anhänger entgegen, mit spitzen Fingern – und seine Miene verfinsterte sich.

„Warst du mit Ruggiero unterwegs?", fragte er grimmig.

Ihr blieb nichts anderes übrig, als mit der Wahrheit herauszurücken. Sie nickte. Antonio lachte ironisch auf.

„Als ob *der* sich am öffentlichen Strand in Mondello blicken lässt", sagte er verächtlich. „Aber vielleicht wollte er nicht ganz so pingelig auf dich wirken, um –"

„Er hat dort seine Jacht liegen", unterbrach Leslie ihn. Sie spürte, wie wütend es sie machte, dass Antonio Raffaello nach Strich und Faden schlecht machte und über ihn herzog.

„Seine Jacht?" Antonio wirkte fast erstaunt, aber es war nur gespielt. „Dann wollte er wie ein Angeber auf dich wirken. Dieser elende Großkotz – ich weiß, ich hab' das Ding schon mal gesehen. Und wenn du mich fragst, ist das nicht mehr lustig, mit so einem ... *Schiff* in der Öffentlichkeit rumzutuckern und dann auch noch großkotzig ein Mädchen darauf einzuladen!" Er musterte Leslie eingehend. „Was hat er mit dir angestellt? Wollte er dich rumkriegen, dass du mit ihm –"

„Hör schon auf damit!“, rief Leslie erbost. Konnte der Typ sich denn nie zusammenreißen?!

„Er hat mich nicht angerührt, wenn du das meinst! Wir waren schwimmen und ansonsten haben wir nur geredet, verflucht! Was hat er dir eigentlich getan, dass du ihn so sehr hasst?“ Antonio schwieg. Er würde es ihr mit Sicherheit nicht verraten. Natürlich nicht. Wie hatte sie auch darauf hoffen können?

„Er hat dafür gesorgt, dass ich gefeuert wurde und mich kein anderes Lokal einstellen wollte“, sagte Antonio kühl.

„Was?!“, entfuhr es ihr. Sie glaubte ihm nicht eine Sekunde.

„*Sì*“, sagte er ernst. „Wenn du mehr wissen willst, musst du *ihn* fragen. Mir würdest du sowieso nicht glauben.“ Doch in diesem Moment war sie so überrascht, dass sie ihm wahrscheinlich beinahe alles abgekauft hätte.

„Bitte“, sagte sie leise, „erzähl du es mir.“ Flehend sah sie ihn an – und konnte sehen, wie er sich wand.

„Wenn du morgen herkommst und ich dich auf ein Eis einladen darf – dann mach ich's“, sagte er und grinste, aber es wirkte eine Spur zu ernst. „Ich hole dich auch ab, wenn du willst.“

„Nein, nicht nötig“, sagte sie. Was hatte sie von *ihm* auch erwartet? Antonio, das Schlitzohr, das war nur zu typisch für ihn. Aber was um Himmels Willen nutzte ihm ein Eis mit ihr? Er stand doch nicht immer noch auf sie?

„Gut“, sagte sie dann entschlossen, „gut, ich komme. Drei Uhr?“ Antonio nickte.

Die Fahrt auf der Vespa am nächsten Tag kam Leslie ungewohnt lang vor, nachdem sie nur noch Raffaellos superschnellen Maserati gewöhnt war. Die Sonne brannte heiß vom wolkenlosen Himmel auf ihre nackten Schultern und Beine hinab, aber mittlerweile war sie fast schon so braun geworden, wie Raffaello, also machte es ihr nichts aus. Sie verfluchte sich nur dafür, dass sie am Morgen einen hellblauen, leichten Rock angezogen hatte, der bei dem Fahrtwind flog und flatterte, wie eine Fahne. Antonio erwartete sie vor *Albertos Pizza Express*.

„Ich habe wirklich befürchtet, du lässt mich sitzen“, begrüßte er sie, aber dann grinste er. „Schön, dass du doch gekommen bist.“

„Warum sollte sich dich sitzen lassen?“, entgegnete sie fast ein wenig gekränkt. Antonio zuckte nur mit den Achseln.

„Wegen Ruggiero oder was weiß ich“, sagte er, dann schlenderte er voraus und Leslie ging grummelnd neben ihm her.

„Im Ernst, Antonio“, sagte sie, „du übertreibst es ziemlich mit deinen Bemerkungen.“

„Eigentlich hatte ich nicht vor, mich mit dir zu streiten“, gestand er, als er ihr die Tür zum Eiscafé aufhielt. Nicht das, in dem er früher gearbeitet hatte. Wahrscheinlich hatte er dort Hausverbot.

„Ich wollte dir lediglich meine ‚Ruggiero-hat-dafür-gesorgt-dass-ich-gefeuert-wurde‘-Geschichte erzählen. Also wenn du sie hören willst, musst du dir im Klaren darüber sein, dass der Typ eine wichtige Rolle darin spielt, die *dir* mit Sicherheit gegen den Strich geht – aber es ist wahr.“ Er zuckte die Achseln. „Du brauchst mir kein Wort zu glauben, aber –“

„Jetzt fang schon an!“, knurrte Leslie und ließ sich ihm gegenüber an einem Tisch am Fenster nieder. Antonio bestellte einen großen Eisbecher mit viel Sahne und Obst. Leslie pickte sich ab und zu eine Erdbeere heraus, während sie seinem Bericht lauschte, der ihr, wie sie feststellen musste, tatsächlich nicht besonders gefiel.

„Also“, begann Antonio, „letztes Jahr … da hat er dich mir vor der Nase weggeschnappt, der Großkotz mit seiner schleimigen Machoart –“

„Antonio!“

„Tut mir leid, ich muss Frust ablassen! Also, ich denke, du weißt, dass ich ziemlich verknallt in dich war“, er errötete leicht, „und als ich begreifen musste, dass ich wirklich keine Chance bei dir hatte, weil du dich längst unsterblich in Ruggiero verliebt hattest –“

„Hatte ich *nicht*! Ich –“

„Lass mich ausreden, Leslie!“ Er schob sich einen Löffel Sahne in den Mund. „Als ich das begriffen hatte, wurde ich mächtig wütend auf den Typen und das wäre okay gewesen, solange ich nichts von dem Unsinn angestellt hätte, den ich aber leider angestellt *habe*. Ich war so sauer auf

Ruggiero, dass ich ein bisschen was über seine geschäftlichen Pläne bei der *Polizia* ausgeplaudert habe, was ihn natürlich erheblich verärgert hat. Verständlich, wenn man an so schmutzigen Geschäften beteiligt ist, wie er. Naja, ich riskierte also mein Leben, als ich zur *Polizia* ging und tags darauf brannte das gesamte Eiscafé nieder. Das ‚*Conte*'. Einen Teil konnte die Feuerwehr noch retten, aber alles andere war vollkommen im Eimer. Deshalb wurde es komplett renoviert – und ich", er lächelte grimmig, „gefeuert. Weil mein alter Boss natürlich irgendwie rausgekriegt hat, wem er das alles zu verdanken hatte – und mit wem ich mich angelegt hatte – und glaub mir, der Alte hatte gehörig Angst um sein Leben, und als er dann erfuhr, dass er ‚nur' weiterhin sein Schutzgeld bezahlen musste – da war er aber erleichtert und hat mich kurzerhand rausgeworfen. Armer Kerl …, da ist nichts zu machen, aber *ich* habe dazu gelernt. Und, wenn ich ehrlich bin, gehörigen Respekt vor Ruggiero bekommen – was ich dir natürlich *nie* gesagt habe, verstanden?" Er schob sich einen Löffel Eis in den Mund. „Dieses Gespräch hat nicht statt gefunden", fügte er hastig hinzu. Dann aß er seelenruhig sein Eis weiter.

Und Leslie saß stocksteif da und versuchte, all das, was sie soeben gehört hatte, zu ordnen und zu verarbeiten – wobei sie von all dem nur die Hälfte, wenn nicht sogar gar nichts verstanden hatte. Schutzgeld?! Was für einen Quatsch faselte Antonio da eigentlich?

„Ich sagte doch, es verschlägt dir die Sprache", sagte er.

„Äh …", machte Leslie, „ich glaube, ich kann dir nicht ganz folgen … *Polizia*? Schutzgeld? Schmutzige Geschäfte? Äh – ich bin sicher, dass du dich gewaltig täuschst!" Antonio hob unbeeindruckt eine Augenbraue.

„Tue ich das?", fragte er und schwieg eine Weile. Scheinbar dachte er darüber nach, wie er ihr das Ganze schonend beibringen konnte.

„Die Ruggieros sind seit Jahrzehnten eine der mächtigsten Familien der *Cosa Nostra*", sagte er schließlich. Leslie schwieg. Schaute ihn verblüfft an. Und dann lachte sie laut auf.

„Das glaubst du ja wohl selber nicht", sagte sie. „Raffaellos Vater war Politiker, deswegen ist er so reich. Er wurde von irgendwelchen Fanatikern auf der Straße niedergeschossen."

Antonio nickte ernst. Viel zu ernst. „Ich weiß“, entgegnete er. „Ganz Italien hat den Fall des großen *Capos* Salvatore Massimo Ruggiero im Fernsehen mit angesehen.“

„*Capo*?!“

„Mafiaboss.“

„Lass den Quatsch!“, rief Leslie. Allmählich war sie so verwirrt, dass sie nicht mehr wusste, was sie Antonio nun glauben sollte und was nicht. Am besten gar nichts. Das *konnte* alles nicht wahr sein! Was bildete sich Antonio eigentlich ein? Sich ein solches Märchen auszudenken, bloß, weil er unglücklich verliebt gewesen war und seinen Erzfeind jetzt niedermachen wollte! Doch dann dachte sie an die Artikel, die Anne ihr gezeigt hatte. Sie blitzten vor ihren Augen auf, jeder Einzelne, jede Überschrift, jedes Wort, jedes Bild von Raffaello. Von seinem Vater. Und Mario. Gosettis Anschuldigungen, für die es etliche Bestätigungen im Internet gab, klangen in ihren Ohren nach und der eine Satz, den Mario vor Kurzem zu ihr gesagt hatte: *„Du solltest selbst entscheiden, was du glauben willst und was nicht.“* Und plötzlich geriet all das, was sie bisher geglaubt hatte – glauben wollte – ins Wanken. Es gab so viele Parallelen. Raffaellos Reichtum, der Tod seines Vaters – der allerdings auch wirklich dem entsprechen konnte, was Raffaello ihr erzählt hatte, nämlich, dass er von ein paar politischen Fanatikern erschossen worden war.

Und Antonios Hass auf Raffaello. Annes – vielleicht berechtigte – Sorge und ihre Nachforschungen im Internet. Raffaellos abwehrende Reaktionen, wenn das Gespräch auf seinen Vater kam, auf seine Familie. Bisher hatte Leslie geglaubt, er trauere noch immer um ihn und sei noch nicht bereit, sich mit seinem Tod auseinanderzusetzen. Die Polizeikontrolle, bei der Raffaello so geflucht hatte, die seltsamen Blicke, die ihm die beiden Polizisten zugeworfen hatten, seine Erklärung hinterher, die Kontrollen werden wegen der Mafia durchgeführt. Zufallsprinzip. Ein Auto nach dem anderen, bis man irgendwann einmal das Richtige erwischte. Doch was, wenn es nicht nach dem Zufall ging? Wenn die Polizisten genaue Anweisungen bekommen hatten, welches Auto sie anhalten sollten? Sie hatten sich nicht für Leslie interessiert, für Raffaello dafür umso mehr. Sie hatten sein Nummernschild fotografiert. Sie erinnerte sich daran, wie abweisend er auf ihre Fragen bezüglich der Mafia reagiert hatte. An seinen Blick, als er bemerkt hatte, dass Mario und Leslie den „Paten" angeschaut hatten.

Die „Probleme" in seinem Familienunternehmen. Mario als sein Freund und Berater. Die Bezeichnung ‚*Consigliere*' fiel ihr ein. Es passte unangenehm ins Bild. Konnte das alles einen Sinn ergeben? Ihr Antonios Geschichte bestätigen? Sie vielleicht sogar beweisen?

„Halt die Klappe!", rutschte es ihr heraus. „Antonio, ich glaube dir kein einziges Wort!" Und dann waren sie plötzlich da, die Tränen. Vielleicht war es der Schock, vielleicht war es die Tatsache, dass Antonio Raffaello ganz offensichtlich schaden wollte, ihn in ihren Augen als den Bösen darstellen wollte oder dass er mehr über ihn zu wissen schien, als sie – aber vielleicht war es auch die Wucht, mit der sich alle einzelnen Puzzleteile zusammenfügten, dass sie erkannte, wie sie zusammenpassten. Oder auch nur der verzweifelte Wunsch, Antonio mitten auf den Mund zu schlagen. Das tat sie. Sie verpasste ihm eine dicke Ohrfeige.

„Hör auf", sagte sie erschöpft. Die Tränen waren längst getrocknet, aber die riesengroße Verwirrung blieb noch eine ganze Weile. Antonio schwieg. Endlos lange.

„Er hat dich geschickt um den kleinen Finger gewickelt", sagte er schließlich. „Schon klar, was du an ihm findest. Er hat diesen Sixpackkörper, ein umwerfendes Lachen, 'ne Menge Geld und 'ne Knarre. So was finden Mädchen sexy, schon verstanden. Aber der Typ ist ein Verbrecher." Sie verpasste ihm noch eine. Die anderen Gäste im Café schielten neugierig zu ihnen herüber, aber sie störte sich nicht daran.

„Hör auf, Antonio! Hör auf damit!", schrie sie ihn verzweifelt an, dann packte sie ihre Tasche, setzte ihre Sonnenbrille auf – genau wie Raffaello – und verließ das Café.

Wutschnaubend stürmte Leslie die Straße entlang. Was bildete Antonio sich eigentlich ein?! „*Du solltest selbst entscheiden, was du glauben willst und was nicht*", hallte Marios Stimme in ihrem Kopf wider. Sie verwünschte ihn dafür, dass er das gesagt hatte. Sie verwünschte sogar Raffaello dafür, dass es diese Parallelen und unerklärliche Geheimnisse gab.

Eine Knarre! Eine Pistole! Raffaello sollte eine Waffe besitzen – ganz und gar unmöglich. Trugen nicht im Film alle Mafiosi eine im Gürtel? Und wo war seine? Er hatte keine, ganz einfach.

„Scheiße“, grummelte Leslie, „Scheiße, Scheiße, Scheiße!“ Und sie fluchte die ganze lange Rückfahrt zu ihrem Ferienhaus weiter.

Dort angekommen schmiss sie sich auf eines der Betten, in dem Zimmer, das sie nicht benutzten, und fing an, hemmungslos zu heulen. Und zu fluchen. Anne fand sie einige Zeit später, noch immer auf dem Bauch liegend, das Gesicht in den Kissen vergraben. Sie setzte sich zu ihr und strich ihr das lange Haar aus dem Gesicht. Einige Strähnen waren nass von ihren Tränen. Anne sagte kein Wort, wartete nur stumm darauf, dass Leslie anfing zu erzählen.

Und das tat sie. Irgendwann, als sie sich ein wenig beruhigt hatte und sie keine Weinattacken mehr schüttelten. Sie erzählte Anne alles, was Antonio zu ihr gesagt hatte.

„Er behauptet, Raffaellos Familie gehöre zur Mafia!“, rief sie wütend in die dicken Kissen hinein, aber Anne schien sie dennoch verstanden zu haben. Anne sagte nichts. Wahrscheinlich dachte sie an all die Zeitungsartikel, die sie im Internet gefunden hatte – und gab Antonio womöglich recht. Ich hätte überhaupt nicht erst davon anfangen sollen, dachte Leslie wütend, sie glaubt ihm ja doch!

„Ich … weiß nicht, ob das alles stimmt …“, sagte Anne sanft und spielte mit einer von Leslies Haarsträhnen. „Es spricht vieles … dafür –“. Mit einem wütenden Schrei schmiss sich Leslie auf das andere Bett, das direkt am Fenster stand. Weg von Anne.

„Aber wenn du ihn so gerne hast, kann er keinen Fehler gemacht haben. Und du auch nicht. Ich vertraue dir“, sagte Anne leise.

„Ich hab’ ihn nicht ‚gerne‘!“, rief Leslie zwischen zwei Schluchzern. „Ich hab’ mich in ihn verliebt, verdammt! Schon wieder!“ Anne sagte nichts mehr. Eine ganze Weile lang blieb sie noch auf dem anderen Bett sitzen, und als Leslie irgendwann den Kopf hob, war es leer. Anne war gegangen.

Später in der Nacht, die Leslie angezogen auf dem Bett verbrachte, dachte sie über etwas nach: Was, wenn es tatsächlich alles der Wahrheit entsprach? Vielleicht nicht alles – aber die Mafiageschichte? Würde dadurch etwas anders sein an Raffaello? Nein, dachte sie. Was, wenn sie es einfach akzeptierte? Sich damit abfand und es nicht weiter beachtete? Es ignorierte. Wenn sie so weitermachte, wie vorher auch? Und dann fragte sie sich, wie sie so sicher sein konnte, dass Antonio die Wahrheit gesagt hatte. Woher sollte er diese Informationen haben? Sie konnte sich nicht vorstellen, dass Raffaello großen Kontakt zu ihm pflegte, wenn er das denn überhaupt tat, geschweige denn, seine persönlichen Angelegenheiten in die Welt hinaus posaunte. Er ist ihm erst zweimal begegnet, dachte Leslie. Jedenfalls soweit sie es mitbekommen hatte. Das erste Mal, als Raffaello sie auf ein Eis ins eingeladen hatte (obwohl Leslie zugeben musste, dass er damals von einer ‚alten Prügelei unter Schülern' gesprochen hatte, nachdem sie ihn nach Antonios seltsamem Verhalten ihm gegenüber gefragt hatte). Das zweite Mal – und eine Gänsehaut lief ihr dabei über den Rücken – bevor Raffaello sie geküsst hatte. Als er gerade aus Rom zurückgekommen war. Was also entsprach der Wahrheit? Vieles hätte sich Antonio einfach nur ausdenken können, um sie gegen Raffaello aufzubringen. Aber was sollte ihm das jetzt noch nutzen, wenn er nicht mehr in sie verliebt war? Und Leslie hoffte inständig, dass er das nicht war. *„Du solltest selbst entscheiden, was du glauben willst und was nicht"*, hörte sie Mario wieder sagen. Diesen einen Satz wiederholte sie so oft in Gedanken, bis sie ihr Kopfkissen mit einem unterdrückten Schrei gegen die Wand pfefferte.

Sie setzte sich auf, raufte sich die Haare, die ohnehin vom vielen Wachliegen und Nachdenken völlig verknotet waren und ihr wirr vom Kopf abstanden. Das schmale Bett, auf dem sie saß, stand direkt an einem breiten Fenster. Leslie öffnete es und dann kletterte sie ohne zu zögern über die Fensterbank hinaus ins Freie. Die Nacht war sternenklar, ein leichter, angenehm milder Wind war aufgekommen, und die Olivenbäume, die hinter dem Haus wuchsen, warfen lange Schatten auf das hohe, trockene Gras. Die umliegenden Felder und das nahe Meer wurden in silbernes Licht getaucht, der Mond stand hell und voll am klaren, wolkenlosen Himmel. Grillen zirpten. In den Büschen knackte es. Leslie atmete tief durch und spürte, wie sich ihre Aufregung legte, wie sie allmählich wieder klarer denken konnte.

Sie ging ein paar Schritte zu den Olivenbäumen, ließ sich dann im hohen Gras nieder und lehnte sich gegen einen der dicken, knorrigen, alten Stämme. Sie pflückte einen Grashalm aus der trockenen Erde, riss ihn in kleine Stücke und dann entschied sie, dass sie die Wahrheit nur erfahren würde, wenn sie Raffaello nach all dem fragte. Sie hatte nur scheußliche Angst vor seiner Reaktion. Bestimmt würde er entrüstet sein über ihre – eigentlich Antonios – Anschuldigungen und würde sie kurzerhand aus dem Auto werfen. Aber es nutzte nichts. Sie musste ihn darauf ansprechen, sonst würde sie noch in zehn Jahren genau hier sitzen und völlig irregeworden sein vom vielen Nachdenken. Sie lehnte den Kopf an den harten Stamm und blickte hinauf in die Äste. Auf den Olivenzweigen lag der silbrige Schimmer des Mondlichtes und in diesem Moment beschloss Leslie, sich heute nicht weiter den Kopf zu zerbrechen. Sie betrachtete einfach die Landschaft und stellte fest, wie schön Sizilien eigentlich war. Als ihr irgendwann die Augen zufielen, war es weit nach Mitternacht.

„Leslie!“ Jemand rüttelte sie an den Schultern. Sie schlug die Augen auf. Ihre Lider waren bleischwer, und als sie mit dem Handrücken darüber fuhr, merkte sie, dass es bloß getrocknete Tränen waren, die ihre Wimpern verklebt hatten. Anne saß neben ihr im Gras, schon angezogen, neben ihr stand ein Tablett mit einem Glas Orangensaft und einem Käsebrötchen.

„Wie viel Uhr?“, nuschelte Leslie müde.

„Zwei. Mittag“, sagte Anne. Leslie fuhr hoch.

„Oh, Scheiße!“ Hatte sie tatsächlich so lange geschlafen? Hier im Freien? OhGott, ohGott.

„Ich dachte mir, du könntest vielleicht was zu essen vertragen“, sagte Anne und deutete auf das Tablett. „Ich hab’ schon zu Mittag gegessen.“ Sie lächelte. „Leslie, du siehst aus, als wärst du geschlafwandelt! Was um Himmels Willen hast du mit deinen Haaren angestellt? Überall

Zweige …" Vorsichtig machte sie sich daran, einen Olivenzweig aus Leslies wirren Haaren zu zupfen.

„Du bist doch nicht etwa auf den Baum geklettert?", fragte sie, aber Leslie schüttelte den Kopf und trank den Orangensaft aus, als wäre sie am Verdursten. Und irgendwie fühlte sie sich auch so. Ausgetrocknet. Fast so, als könne sie jederzeit zusammenbrechen, sobald sie aufstand. Erschöpft lehnte sie sich wieder gegen den Baumstamm. Die harte, knubbelige Rinde drückte unangenehm in ihren Rücken und sie fragte sich, wie sie das die ganze Nacht ausgehalten hatte.

„Ich hab' nur etwas nachgedacht", sagte sie irgendwann.

„Aha", machte Anne. Wahrscheinlich hatte sie vorgehabt, ihr Gespräch gestern Abend zu vergessen.

„Über alles, was mit dem zu tun hat, was Antonio gesagt hat."

„Aha", machte Anne wieder. Fast wirkte sie unentschlossen, hin und hergerissen, dann rückte sie mit der Sprache heraus: „Dein Romeo war hier", sagte sie. Leslie fuhr hoch.

„Was?! Wann?"

„Heute Morgen. So um acht. Er hat nach dir gefragt und ich wollte dich wecken, aber du warst nicht da. Ich habe dich überall im Haus gesucht und dann hab' ich ihn einfach angelogen und gesagt, du wärst schon einkaufen."

„Hat er gesagt, was er wollte?", fragte Leslie. Jetzt schlug ihr Herz rasend schnell. Da fragte sie sich die ganze Zeit über, wann er endlich anrufen würde und als er dann vorbeikam, war sie nicht da. Schlief seelenruhig zwischen Olivenhainen und bekam nicht das Geringste mit. Mist. Aber Anne schüttelte den Kopf.

„Nein", sagte sie. „Er hat mich nur nach deiner Kleider- und Schuhgröße gefragt, als er schon wieder in seiner Protzkarre saß. Weiß der Himmel, wozu er die braucht!"

„Hast du's ihm gesagt?"

„Klar. Ganz enttäuscht wollte ich ihn dann doch nicht gehen lassen."

„Hm", machte Leslie. Sie fragte sich, wozu er diese Informationen brauchte. Aber vielleicht hatte er das auch nur gesagt, um irgendetwas zu sagen. Etwas mehr oder weniger Vernünftiges.

„Er sagte, er kommt nochmal“, sagte Anne.

„Wann?“ Anne zuckte die Achseln.

„Hat er nicht gesagt.“ Na toll.

„Aber du hast doch sicher seine Handynummer?“ Leslie schüttelte den Kopf.

„Er hat meine“, sagte sie – und da fiel ihr siedend heiß ein, dass sie ihr Handy noch immer in ihrer Badetasche auf dem Bett liegen hatte. Vielleicht hatte er ja schon angerufen oder ihr geschrieben? Sie stand auf, ohne das Käsebrötchen anzurühren, dann lief sie, dicht gefolgt von Anne, ins Haus. Keine Minute später hielt sie ihr Handy in der Hand. Er hatte weder geschrieben, noch angerufen. Was hatte sie auch erwartet?

Den Rest des Tages verbrachte sie mit Anne unten in der kleinen Bucht, ihr Handy immer in den Händen und ab und zu verdrehte Anne schon genervt die Augen, wenn Leslie einen Blick auf das Display warf und dann eine Schnute zog, weil sie keine SMS bekommen hatte.

27

Es war bereits spät am Abend, als sie mit ihrer leeren Picknicktasche und den sandigen Handtüchern über den Armen den schmalen Weg zum Haus hinaufkletterten. Es war so stockdunkel, dass Leslie das Auto erst auf den zweiten Blick sah, das direkt vor ihrer Haustür stand. Ein schwarzer Maserati. Das Dach war geschlossen.

Und dann bemerkte sie Raffaello, der in seinem schwarzen Anzug fast mit der Nacht verschmolz und lässig an seinem Auto lehnte, die Hände in den Hosentaschen vergraben. Ihr blieb fast das Herz stehen und auch Anne entfuhr ein leises: „Oh! Was will der denn schon wieder?!", doch Leslie ging schon auf Raffaello zu. Nur im Bikini und beladen mit ihrem Handtuch. Er schien sie schon längst bemerkt zu haben, aber er hatte sich nicht vom Fleck gerührt. Auch jetzt nicht.

„Hi", krächzte Leslie, „was machst du denn hier?" Er lächelte, zumindest soweit, wie sie es in der Dunkelheit erkennen konnte.

„Ich hatte vor, dich mitzunehmen", sagte er.

„Mitnehmen? Wohin?!" Er zog nur seinen Autoschlüssel aus der Hosentasche und öffnete die Tür am Beifahrersitz.

„Leslie geht heute nicht mit dir!", sagte Anne, die sich neben ihre Freundin gestellt hatte. „Wir wollen DVDs schauen. Wenn du mich fragst, hat sie ein Recht darauf, mal etwas mit *mir* zu unternehmen!" Trotzig verschränkte Anne die Arme vor der Brust. Raffaello hatte im Inneren des Wagens herumgekramt, jetzt tauchte er daraus auf und musterte Anne ausdruckslos.

„*Mamma mia*", murmelte er dann. „Eifersüchtig?"

„Nicht die Bohne, du aufgeblasener –"

„Anne, halt die Klappe!", fuhr Leslie sie erschrocken an, dann lächelte sie entschuldigend in Raffaellos Richtung. Der murmelte nur irgendetwas auf Italienisch und kam dann hinter seinem Auto hervor, warf Anne einen finsteren Blick zu, die daraufhin ein wenig in sich zusammenschrumpfte, obwohl sie sich mit Sicherheit vorgenommen hatte, sich nicht einschüchtern zu lassen. Raffaello hielt Leslie etwas entgegen und im ersten Augenblick dachte sie, es sei eine Decke, aber dann merkte sie, dass es ein Kleid war. Verpackt in eine durchsichtige Tüte.

„Ich schätze, es passt", sagte Raffaello und musterte sie von oben bis unten, dann drückte er ihr einen Karton und eine kleine Schachtel in die Arme. Sie nahm alles verdattert entgegen.

„Was …?", stotterte sie. „Wozu …?!" Er warf einen Blick auf seine goldene Armbanduhr und verzog das Gesicht.

„Wir sind spät dran, ich denke, du solltest dich umziehen. Und beeil dich."

„Wieso?", fragte sie ihn. „Wo gehen wir hin?"

„Erklär ich dir nachher", sagte er und nickte ihr zu. Verwirrt klemmte sie sich die beiden Schachteln unter den Arm, nahm das Kleid entgegen und eilte ins Haus. Anne blieb im Türrahmen stehen, ganz offensichtlich wollte sie Raffaello klar machen, keinen Schritt näher zu kommen.

Leslie fiel aus allen Wolken, als sie das Kleid aus der Tüte zog und feststellen musste, dass es von irgendeiner italienischen, sauteuren Modemarke war. Es war ein dunkelblaues Tubekleid, und als sie hineinschlüpfte, ganz vorsichtig, als habe sie Angst, es könne kaputt gehen, und sich im Spiegel betrachtete, fand sie, dass es viel zu kurz war. Es reichte gerademal bis zur Mitte ihrer Oberschenkel. Das war äußerst unvorteilhaft, dachte sie, da man so allzu deutlich ihre dünnen Beine sehen konnte. Aber irgendwie war es todschick. Hastig packte sie einen der Kartons auf – es waren Schuhe darin. Silbern glänzende High Heels. Ach du Schreck! Sie war noch nie auf High Heels gelaufen. Was zur Hölle hatte sich Raffaello dabei gedacht?! Trotzdem zog sie sie an, stand wackelig und unsicher vor dem Spiegel und betrachtete sich eine Weile, nicht sicher, ob sie unglücklich sein sollte oder nicht. Zum Schluss öffnete sie die kleinste Schachtel. Darin lagen Ohrringe, passend zu ihrer Olivenzweigkette. Und ein Armband. Echtes Silber, echtes Gold. Oh je! OH JE! Sie stellte sich vor, wieviel das alles gekostet haben musste. Herrgott, wozu war das gut?! Einerseits fand sie die Sachen toll, andererseits fühlte sie sich schrecklich elend und benommen, angesichts so teurer Geschenke. Wenn es Geschenke waren und er ihr die Sachen nicht nur geliehen hatte. Sie hoffte inständig auf Letzteres. So schnell sie konnte, zauberte sie sich etwas Schminke ins Gesicht, dann zog sie die Ohrringe und das Armband an – und verzichtete darauf, sich im Spiegel zu betrachten. Nur die langen Haare bürstete sie sich noch gründlich. Dann stakste sie unsicher nach draußen.

Anne stand noch immer im Türrahmen und ließ Raffaello keine Sekunde aus den Augen, ganz so, als befürchte sie, er könne jederzeit eine Pistole aus der Tasche ziehen und sie niederschießen. Die Arme.

„Ach du heilige Scheiße!!“, entfuhr es Anne, als sie Leslie erblickte. „Was hast du da an …?!“ Raffaello blickte auf und seine Miene hellte sich schlagartig auf.

„*Belissima*“, sagte er, er hauchte es beinahe und blickte an ihr herunter, fast ein wenig stolz, weil vermutlich er alles ausgesucht hatte.

„*Bella* Leslie.“ Er grinste und seine dunklen Augen blitzten. Dann hielt er ihr die Wagentür auf und Leslie stieg hinein, ganz vorsichtig, um auf den hohen Absätzen nicht hinzufallen. Das wäre auch zu peinlich. Sie blickte durch das geöffnete Fenster nach draußen. Anne war ein paar Schritte näher gekommen und hatte eine trotzige Miene aufgesetzt.

„Bilde dir ja nicht ein, sie gehöre dir und du könntest sie mitnehmen, wann immer es dir in den Kram passt, hörst du?!“, rief sie wütend, doch Raffaello erwiderte nur kühl: „*Buona notte*“, dann zog er die Autotür zu und startete den Motor.

„Echt zum Fürchten, deine Freundin“, brummte er, während er die Auffahrt hinunter steuerte. Leslie sagte nichts. Sie saß nur verunsichert und hin und hergerissen neben ihm. Sollte sie sich jetzt freuen, dass er aufgetaucht war oder besser beunruhigt sein? Sie entschloss sich für Letzteres.

„Wo fahren wir hin?“, fragte sie schließlich. „Und warum zur Hölle muss ich das hier tragen?“

„Gefällt es dir nicht?“, fragte Raffaello fast ein wenig erschrocken.

„Doch … schon, aber –“

„Kein Aber. Es gehört dir und es steht dir perfekt.“

„Es gehört mir?!“

„*Sì.*“

„Aber –“

„Kein Aber!“, sagte er entschieden und starrte auf die nächtliche Straße. Fast schien es, als unterdrückte er ein amüsiertes Grinsen. „Wir sind zu Marios Geburtstag eingeladen“, sagte er dann. Hätte er das nicht früher sagen können?

„Oh, ganz super“, sagte sie sarkastisch. „Ich hab’ kein Geschenk für ihn!“ Wieso um alles in der Welt musste Raffaello immer so spontan sein?! Er zuckte die Schultern.

„Macht nichts. Er mag keine Geschenke."

„Wie alt wird er denn?", fragte sie.

„Einunddreißig."

„So jung? Irgendwie sieht er älter aus …"

Raffaello lachte. „Sag ihm das bloß nicht!"

„Nein", verteidigte sich Leslie, „ich meinte nur, dass er so ernst aussieht, obwohl er immer so gut gelaunt ist." Raffaello nickte verständnisvoll.

„Wo wart ihr eigentlich?", fragte er nach einer Weile.

„Unten in der Bucht", sagte Leslie. „Wieso? Äh - wie lange hast du denn da oben auf mich gewartet …?" Er legte die Stirn in Falten.

„Bestimmt zwei Stunden", sagte er.

„Oh", machte Leslie, „wenn ich gewusst hätte, dass -"

„Schon gut", entgegnete er. „Es wurde nur verflucht warm in dem Teil." Er zupfte an seinem Jackett herum. „Ich habe geklopft – an die tausendmal – aber es hat niemand geöffnet. Und ich wollte nicht so unhöflich sein und einfach in euren Garten spazieren." Entweder schleimte er oder er hatte einfach nur gute Manieren.

„Hättest du ruhig machen können …", murmelte sie leise.

Sie sprachen kein Wort über den Kuss, den Leslie ihm vergangene Woche auf die Wange gedrückt hatte, aber sie hatte das unangenehme Gefühl, dass sie beide daran dachten. Und plötzlich fand sie das Schweigen, das seit ein paar Minuten herrschte, unerträglich. Stur blickte sie aus dem Fenster.

Nach einer Weile fiel ihr auf, dass sie in die völlig falsche Richtung fuhren. Auf dieser Straße ging es ganz bestimmt nicht zu Marios Haus.

„Äh … wo fahren wir hin?", fragte sie.

„In die Stadt rein", erwiderte Raffaello. „Wir haben da einen Club. Ich habe Mario dazu überredet, dort zu feiern."

Wir haben da einen Club, hallte es in Leslies Gedanken nach. Wir … Wer war „Wir"?

„Oh", machte sie. Einen Club. Ach herrje, das roch gewaltig nach vielen reichen Leuten, Cocktailkleidern, Champagner, lauter Musik und – illegalen Spielen und anderem fragwürdigen Kram, wie in Filmen, fügte sie im Stillen hinzu. Gnade ihm Gott, wenn er sie in einen Nachtclub schleppte. Aber das tat er nicht. Er parkte den Maserati vor einem fünf Sterne Hotel, das sich prunkvoll mit glitzernden Lampen in den Nachthimmel erhob, und öffnete ihr die Tür. Zögernd setzte Leslie einen Fuß auf den Boden.

„Willst du mich unbedingt umbringen?", knurrte sie zu ihm hoch. Er hob erstaunt die Brauen.

„Warum sollte ich?", fragte er. Sie wackelte mit beiden Füßen. Er schien zu begreifen – und lachte amüsiert auf.

„Bist du nicht schon mal auf solchen Schuhen gelaufen?", fragte er sie, während er sie am Arm nahm, um ihr zu helfen.

„Nein. Noch *nie*", murrte sie, als sie endlich neben ihm stand. Raffaello seufzte.

„Dann werde ich dir helfen müssen", sagte er, grinste – und im nächsten Augenblick hatte er ihr einen Arm um die Taille gelegt.

Na toll. Ihr Herz machte einen entsetzten Hüpfer, aber sie wehrte sich nicht gegen die Berührung, was ihn sichtlich erstaunte. Aber dann lächelte er selbstgefällig. Sie wollte gar nicht wissen, was er dachte. Es ging tatsächlich besser, so neben ihm herzulaufen. Er hielt sie fest, wann immer sie ins Wanken geriet und allmählich wurde sie immer sicherer. Schließlich streifte sie seinen Arm ab und lief alleine neben ihm her auf eine breite, weit geöffnete Tür zu, vor der zwei Männer standen, die auch als Bodyguards hätten durchgehen können. Die beiden ließen sie durch, ohne etwas zu sagen. Alle anderen Leute, die vor ihnen in der Schlange standen, mussten ihre Ausweise vorzeigen. Doch Raffaello machte gar nicht erst Anstalten, sich ordentlich am Ende der Wartenden einzureihen, sondern ging einfach schnurstracks an ihnen vorbei. Aus irgendeinem Grund beunruhigte Leslie das sehr.

„*Signor Ruggiero*", sagte einer der Türsteher, fast schon ehrfürchtig, doch Raffaello nickte ihm nur knapp zu, ergriff dann Leslies Hand und zog sie hinter sich her in einen langen Flur, an dessen Wänden Lampen angebracht waren, die düsteres, bläuliches Licht verströmten. Der Flur mündete in den Hauptraum.

Ohrenbetäubende Musik quoll daraus hervor, tanzende Paare tummelten sich auf dem Parkett, weitere Besucher, Frauen in pikfeinen

Cocktailkleidern und Männer in Anzügen, wie Leslie sie nur aus ‚*James Bond*' kannte, saßen an kleinen runden Tischen um die Tanzfläche herum, unterhielten sich, tranken Sekt und manche standen auch einfach nur in der Gegend und plauderten mit einem Bekannten, den sie gesichtet hatten. Das gedämpfte, warme Licht flackerte unregelmäßig und Leslie befürchtete, dass sie im Laufe des Abends Kopfschmerzen bekommen würde. Wenn nicht von der lauten Musik, dann von den edlen Kronleuchtern, die bunt schillernd von der hohen Decke herab hingen und glitzernde Punkte in alle Richtungen reflektierten.

Alles in allem fand Leslie es hier drinnen grauenhaft voll. Und viel zu laut. Und doch irgendwie verlockend interessant. Und dieses Mal fühlte sie sich nicht fehl am Platz, nicht unpassend gekleidet, was sie wahrscheinlich Raffaello zu verdanken hatte.

„Und?", rief er gegen die Musik an. „Schick, oder?" Sie nickte, zu überwältigt, um etwas sagen zu können. Sie schaute sich einfach nur um, wich nervös den Blicken aus, die ihnen einige Leute an den nächstliegenden Tischen zuwarfen.

„Wo ist Mario?", fragte sie. Raffaello zuckte die Achseln.

„Keine Ahnung", sagte er, dann zückte er sein Handy, wie es auch schon Mario auf Raffaellos Feier getan hatte, hielt sich mit einem Finger das freie Ohr zu und brüllte einige Worte auf Italienisch in den Hörer.

„Er kommt gleich", verkündete er schließlich und ließ das teure Gerät wieder in seiner Hosentasche verschwinden. „Ich schätze, er brauchte ein wenig Ruhe." Er grinste. „Mario ist kein Fan von solchen Partys."

„Aber du sagtest doch, er wollte es?" Raffaello zwinkerte ihr zu.

„*Ich* wollte", sagte er, dann wandte er sich Mario Andolini zu, der soeben auf dem Flur erschienen war.

„Entschuldigt", sagte Mario zur Begrüßung und warf seinem besten Freund einen finsteren Blick zu. Er wirkte gehetzt. „Ich habe mir etwas Ruhe gegönnt." Er wollte Raffaello umarmen und schnell ließ Leslie dessen Hand los, an die sie sich, wie sie beschämt feststellte, die ganze Zeit über regelrecht geklammert hatte. Raffaello schien das nicht gestört zu haben. Als Mario auch sie umarmte, nuschelte sie ihm ein: „Alles Gute zum Geburtstag" ins Ohr und er bedankte sich lachend.

„Einunddreißig“, seufzte er mit gespielter Verzweiflung und raufte sich die wirren Locken. „Ist das zu fassen? Ich gehe auf die vierzig zu!“ Raffaello und er brachen in schallendes Gelächter aus und klopften sich gegenseitig auf die Schultern – und Leslie lachte höflich mit, auch wenn sie nicht ganz verstand, was denn jetzt so lustig gewesen sein sollte.

„Ich dachte schon, ihr kommt nicht mehr oder du würdest ohne Leslie hier auftauchen“, sagte Mario zu Raffaello. Dieser erwiderte etwas auf Italienisch, woraufhin Mario ebenfalls die Sprache wechselte.

Das Gespräch, das nun folgte, konnte Leslie nicht verstehen, doch sie beschloss, nicht beleidigt zu sein und schaute sich stattdessen nach allen Richtungen um. Nahm den riesigen Raum bis ins kleinste Detail unter die Lupe. Ganz hinten in einer Ecke gab es eine Bar, an der reihenweise Menschen standen, irgendetwas tranken – Leslie wollte gar nicht erst wissen, was – und sich unterhielten. Aber seltsamerweise wirkten sie alle noch ziemlich nüchtern.

Dann beobachtete sie Mario. Er schien sich ehrlich zu freuen, vielleicht sogar erleichtert zu sein, dass sein bester Freund doch noch gekommen war und wieder einmal bewunderte Leslie, wie gut die beiden befreundet waren. Sie ließ den Blick über Raffaello wandern, über sein ebenmäßiges, gebräuntes Gesicht, das störrische Haar, das er geschickt gegelt hatte, sodass es doch irgendwie ordentlich wirkte, und als er ihren Blick bemerkte, lächelte er ihr zu, beendete sein Gespräch mit Mario und kam auf sie zu.

„Möchtest du was trinken?“, fragte er sie und nahm einfach zwei Gläser von dem Tablett, das ein vorbeigehender Kellner trug. Leslie nahm eines entgegen und roch daran. Sekt. Igitt. Sie hatte nur einmal welchen an Silvester probiert, mit vierzehn, und der hatte grauenhaft geschmeckt. Aber als sie nun vorsichtig daran nippte, fand sie den Geschmack gar nicht mal so schlecht. Mario gesellte sich zu ihnen.

„Wie wär's mit einem Tanz, Leslie?“, fragte er sie.

„Äh …?“ Sie blickte an ihm hoch und runter und Mario lachte.

„Jaja, ich bin zu lang, ich weiß“, sagte er, aber dann folgte Leslie ihm doch auf die Tanzfläche. Als sie sich über die Schulter nach Raffaello umsah, stand er noch da, hielt ihr Glas und seines in den Händen und blickte ihnen mit ausdrucksloser Miene nach. Verunsichert winkte sie ihm zu, doch er winkte nicht zurück. Schnell wandte sie den Blick von ihm ab. Mario konnte erstaunlich gut tanzen, aber es war schwer, mit ihm Schritt zu halten, weil er so groß war.

„Ich bin ein bisschen größer, als der Durchschnittsitaliener", entschuldigte er sich lächelnd. „Vielleicht solltest du besser mit Raffaello tanzen."

Das hätte er gar nicht sagen müssen, denn der stand schon wartend neben ihnen und Mario übergab ihm Leslie und raunte ihm etwas auf Italienisch zu, woraufhin Raffaello irgendetwas knurrte und sich dann Leslie widmete. Ein neues Lied ertönte. Sie kannte es. Die Situation kam ihr plötzlich unendlich vertraut vor. ‚*Release Me*'.

Raffaello seufzte. „Das haben wir Mario zu verdanken", sagte er und lächelte. „Wirst du mir wieder auf die Schuhe treten?", fragte er leise.

„Nein, keine Sorge!" Er lachte.

„Tritt mich so oft du willst", sagte er. „Sie stehen dir ganz alleine zur Verfügung." Aber Leslie hatte genug damit zu tun, sich auf ihren Schuhen auf den Beinen zu halten, doch Raffaello hielt sie geschickt fest, sodass sie nicht einmal stolperte.

„Ich erinnere mich gerade an letztes Jahr", sagte er irgendwann. „Du hast dich verändert seitdem." Er lächelte und Leslie schaffte es, seinem Blick Stand zu halten.

„Hab' ich das?", murmelte sie, mehr zu sich selbst, als zu ihm.

„*Sì*", sagte er. „Wenn ich mich nicht irre, reagierst du nicht mehr so abweisend auf mich. Ich frage mich, woran das liegt …"

Sie antwortete ihm nicht darauf. Was hätte sie auch sagen sollen? Dass sie sich damit abgefunden hatte, sich wieder in ihn verliebt zu haben? Nein, bloß nicht. Sie ließ sich weiter über die Tanzfläche führen, zwischen so vielen anderen Leuten hindurch. Die Musik rief auch in ihrem Kopf Erinnerungen an Raffaellos Geburtstagsfeier wach und wie unwohl sie sich damals gefühlt hatte. Und sie überlegte sich, dass sie sich hier, in diesem Club voller stinkreicher Leute, in Raffaellos Nähe nicht annähernd so unglücklich fühlte, wie damals. Irgendetwas hatte sich geändert.

„Ach, Mario hat übrigens gesagt, dass du toll aussiehst", sagte Raffaello und lächelte.

„Oh", machte Leslie, „danke."

„Er traut sich nicht, Frauen Komplimente zu machen", sagte er grinsend und drehte sie im Kreis. „Einmal hat er es getan und sich umgehend eine saftige Ohrfeige eingefangen. Da war er sechzehn und ziemlich unverschämt." Leslie konnte sich beim besten Willen nicht vorstellen, dass Mario jemals zu irgendwem unverschämt gewesen war.

„Hast du Lust, den nächsten Tanz auch noch mit mir zu tanzen?", fragte er sie am Ende des Liedes und Leslie nickte vorsichtig. Es war nicht schlimm gewesen, sogar ganz schön, und schlimmer konnte es nicht werden. Aber das wurde es.

Als die ersten rhythmischen Schläge ertönten und Raffaello sie näher zu sich heranholte, sträubte sich etwas in ihr. Die Musik schien die Luft um sie herum zu elektrisieren und fast meinte Leslie, es sei um einige Grad wärmer geworden. Sie blickte zu Raffaello auf und zuckte ein wenig zurück. Himmel, war er ihr nahe! Sie konnte jede einzelne Wimper an seinen Lidern zählen. Sie warfen Schatten auf seine dunklen Augen, aber etwas in ihnen glitzerte. Er erwiderte ihren Blick, ohne zu blinzeln und Leslie versuchte, den Kopf zu senken, irgendwo anders hinzusehen, aber er nagelte sie schier fest mit seinem Blick. Sein Griff um ihre Taille und ihre Hand war fester geworden, seine Hände viel wärmer. Jedenfalls kam es ihr so vor.

„Ein Tango", sagte er leise. „Kannst du den?" Sie schüttelte kläglich den Kopf.

„Nein", wimmerte sie, aber da hatte er längst die ersten Schritte gemacht. Anfangs stolperte sie nur panisch hinterher, aber dann nahm sie die elektrisierende Musik immer mehr und mehr gefangen und sie folgte nur noch Raffaellos Bewegungen. Sie sprachen dieses Mal kein Wort, aber das machte nichts. Sie nahm sein Schweigen hin, ließ sich von ihm durch die Menge wirbeln, stolperte nicht einmal und diese erdrückende, ungewohnte Nähe zu ihm störte sie nicht, ließ ihr lediglich einen leisen Schauer über den Rücken laufen und ein wenig erröten, wobei sie inständig hoffte, dass das in dem bunten, flackernden Licht nicht zu sehen war. Irgendetwas schien die Musik mit ihr angestellt zu haben.

Irgendwann, nach einer halben Ewigkeit, endete der Tanz und Leslie brauchte einen Moment, um sich zu besinnen. Sie blinzelte.

„Faszinierender Tanz, so ein Tango, nicht?“, fragte Raffaello.

„Hm, ja, ja“, machte Leslie abwesend und er lächelte.

„Noch einen?“, fragte er, aber sie schüttelte entsetzt den Kopf.

„*Va bene*“, sagte er, ergriff ihre Hand und zog sie mit sich auf die Bar in der Ecke zu, an der Mario schon wartete.

„Sah echt heiß aus“, sagte Mario grinsend und nickte anerkennend. „Ich konnte noch nie Tango tanzen.“ Raffaello lächelte verkrampft, wandte sich dann an den Kellner, der hinter dem Tresen stand und reichte Leslie kurz darauf ein Glas mit etwas, von dem sie lieber nicht wissen wollte, was es war, geschweige denn es probieren. Es hatte die gleiche Farbe, wie Raffaellos Hemd: dunkelrot. Und es sah – im Gegensatz zu seinem Hemd, das ihm ausgezeichnet stand – ekelhaft aus.

„Was ist das?“, fragte sie und roch an dem Inhalt. Er roch süßlich. Raffaello nahm einen Schluck aus seinem Glas.

„Gefärbter Saft. Soll Blut sein oder so ähnlich …“

„Das glaubst du ja selbst nicht!“, entgegnete sie trocken. Sie befürchtete, dass das Zeug Alkohol war. Wie viel Prozentiger – darüber wollte sie lieber erst gar nicht nachdenken.

Raffaello schüttelte den Kopf. „Nein“, sagte er, „glaube ich auch nicht. Wird Orangensaft sein … Moment, ich frag den Kellner!“ Er wandte sich dem Typen mit Schürze zu.

„Es ist irgendein alkoholischer Kram“, verkündete er dann. „Keine Sorge, ich werde nur dieses eine Glas hier trinken“, fügte er hinzu, als er ihren Gesichtsausdruck bemerkte. Aber das tat er nicht. Nicht ganz jedenfalls. Denn im nächsten Augenblick bekam Leslie von dem Barkeeper noch ein Glas zugeschoben. Ein ziemlich bunter Cocktail mit einer Limonenscheibe.

„Der ist von dem Herrn dort drüben“, sagte er und deutete auf die andere Seite des Tresens. Ein junger Mann saß dort und nickte ihr freundlich zu. Sie erwiderte seinen Gruß nicht und ließ das Glas auf dem Tisch stehen, ohne es anzurühren. Raffaello hatte den Mann bemerkt, die Worte des Kellners waren ihm nicht entgangen und auch Mario blickte zu dem Fremden hin. Der Mann erhob sich und kam auf sie zu. Raffaello fluchte irgendetwas auf Italienisch, das klang wie:

„*Merda*, der hat uns noch gefehlt! Mario, warum hast du ihn eingeladen?! Er hat mit der Familie nichts zu tun!“ Mit der ‚Familie‘, dachte Leslie – und schalt sich im nächsten Moment selbst für ihren dummen Hintergedanken. Mario erwiderte irgendetwas, scheinbar zu seiner Verteidigung, dann war der Fremde bei ihnen angekommen. Leslie fiel die Kinnlade herunter. Er sah Raffaello verdammt ähnlich. Nur etwas älter, ernster und mit glatten, nach hinten gekämmten Haaren. Seine Nase war nicht so fein und gerade, wie Raffaellos, sondern größer und breiter, seine Lippen schmaler. Und er war einige Zentimeter kleiner. Aber er hatte genau die gleichen Augen wie Raffaello. Er lächelte höflich in die Runde und gab jedem von ihnen die Hand. Leslie gab er einen übertriebenen Handkuss. Raffaello quittierte das mit einer hochgezogenen Augenbraue und einem missbilligenden Schnauben.

„Ich wusste gar nicht, dass mein kleiner Bruder so eine reizende Freundin hat“, sagte der Mann und musterte Leslie von oben bis unten. „Warum stellst du sie mir nicht vor?“, fragte er an Raffaello gewandt. Und jetzt fiel es Leslie wie Schuppen von den Augen. Er war Raffaellos Bruder. Der, von dem er behauptet hatte, er mache Ärger. Deshalb sah er ihm auch so ähnlich.

Raffaello verzog keine Miene, als er sagte: „Leslie, das ist mein Bruder Francesco“, – von dem ich dir schon erzählt habe, sagte sein Blick – „Francesco, das ist Leslie McEvans.“

„Hallo“, murmelte Leslie. Francesco verzog den Mund zu einem freundlichen Lächeln, das doch irgendwie aufgesetzt und gespielt wirkte. Nicht vertrauenswürdig jedenfalls.

„Ich habe jahrelang in den USA gelebt – in Manhattan“, erklärte er. „Also kannst du getrost auf Englisch mit mir reden.“ Er musterte sie noch immer eingehend, fast prüfend. Die feinen Härchen auf Leslies Unterarmen sträubten sich. Der Typ war anders. So anders als Raffaello. Irgendwie unangenehm.

„Hm“, machte sie und rückte ein Stück näher an Raffaellos Seite. Der ergriff ihre Hand und im Augenblick war ihr das kein bisschen peinlich.

Es gab ihr sogar das Gefühl von Sicherheit. Francescos Blick war stechend, so, als durchschaue er alles und jeden sofort. Fast wie Gosetti, schoss es Leslie durch den Kopf.

„Lange nicht gesehen, Bruderherz“, sagte er und durchbohrte Raffaello mit seinen Blicken, der inzwischen ein perfektes Pokerface aufgesetzt hatte. „Wie geht's der ‚*Family*‘?“

„Du weißt, wie es der ‚*Family*‘ geht“, erwiderte Raffaello ruhig. Leslie schätzte, dass er wieder an seinen Vater denken musste und deshalb so kühl geworden war. Weil Francesco dessen plötzlichen Tod anscheinend locker weggesteckt hatte, ohne sich groß darum zu kümmern.

„Mein Beileid übrigens“, sagte Francesco dann. Raffaello starrte ihn an. Seine Augen schienen eine Spur dunkler geworden zu sein. Er wirkte so ruhig, wie eine tickende Zeitbombe. Sein Griff um Leslies Hand war fester geworden.

„Er war auch dein Vater“, entgegnete er kühl. Doch Francesco verzog das Gesicht.

„Ja“, sagte er verächtlich, „und in vielerlei Hinsicht war er das nicht, wenn du verstehst.“ Raffaello entgegnete nichts. Er starrte ihn nur unentwegt an, fast schon hasserfüllt. Mario stand neben ihm und hatte ihm eine Hand auf die Schulter gelegt, scheinbar wusste er, wie sein bester Freund auf den Tod seines Vaters zu sprechen war. Die beiden wirkten beinahe wie ein eingeschworenes Team, eine Einheit gegen Raffaellos Bruder. Francesco wechselte ins Italienische, doch Raffaello antwortete nur äußerst knapp, wenn überhaupt. Ganz allmählich fragte Leslie sich, was wohl zwischen den beiden vorgefallen war, dass sie sich gegenseitig so verachteten.

„Leslie“, sagte Raffaello nach einer Weile, ohne den Blick von seinem Bruder zu wenden, „hast du Lust zu tanzen?“ Doch er wartete gar nicht erst ihre Antwort ab, sondern zog sie einfach an der Hand hinter sich her auf die Tanzfläche, hinein in die dichte Menschenmenge. Ein ganz gewöhnlicher Foxtrott. Das war einfach, sogar mit diesen schrecklichen Schuhen. Raffaello blickte verbissen über ihre Schulter, sein Griff war fest und seine Bewegungen angespannt.

„Magst du ihn nicht?", fragte Leslie vorsichtig, obwohl das offensichtlich war. Raffaello schnaubte verächtlich durch die Nase.

„Er ist mein Bruder, aber er gehört nicht zur Familie. Nicht mehr. Er hat nur Ärger gemacht."

„Was für Ärger?"

„Wenn ich könnte, würde ich's dir sagen, glaub mir, aber das täte dir womöglich nicht so gut." Was faselte er da auf einmal?!

„Quatsch!", sagte sie. „Vertraust du mir etwa nicht?" Einen kurzen Moment lang sah er so elend aus, dass sie ihn fast umarmt hätte.

„Doch", sagte er nur. Mehr nicht.

Sie tanzten einfach weiter. Leslie sah ihn die ganze Zeit über an, doch sein Blick streifte unruhig durch die Menge. Fast schien es, als warte er auf irgendetwas. Auf irgendetwas Beunruhigendes.

„Was hat er gemeint, als er sagte, in vielerlei Hinsicht sei dein Vater … nicht auch seiner?", fragte sie irgendwann, und als sie den starren Ausdruck auf seinem schönen Gesicht sah, wünschte sie, sie hätte das nicht gesagt.

„Das hat er mit voller Absicht vor dir gesagt, Leslie", erwiderte er grimmig, „um mich zu – Boia mondo! Ich hab's doch gewusst!" Er war stehen geblieben. Leslie konnte alle Muskeln unter seinem Hemd spüren, die er angespannt hatte. Hart wie Stahl war er – und starrte über ihre Schulter. Die tiefbraunen Augen entsetzt aufgerissen, doch schon im nächsten Moment funkelte blanke Wut in ihnen. Die Tanzfläche war leer. Keiner war mehr da, nur Raffaello und Leslie. Ganz alleine. Und alle sahen sie an. Leslie drehte sich um.

Da waren sie auf einmal. Sie standen so plötzlich zwischen all den anderen Gästen, dass sie auf den ersten Blick unwirklich erschienen. Auf ihren dunkelblauen Uniformen standen drei Worte: ‚*POLIZIA DI STATO*'.

Polizei.

Raffaellos Bruder.

‚Familie'.

Raffaellos Vater, der erschossen worden war.

Mario, sein Berater.

Annes Artikel.

Entsetzen packte Leslie. Ganz fest klammerte sie sich an Raffaello, als sie bemerkte, wie die ersten Männer in pikfeinen Anzügen von einigen Polizisten in Handschellen abgeführt wurden.

„Leslie", sagte Raffaello tonlos, „du hättest nie hier sein dürfen." Sie sah nur entsetzt zu ihm auf.

„Was wollen die?", krächzte sie, aber er schüttelte den Kopf.

„Kein Wort", sagte er ruhig. „Sag denen kein Wort." Sie verstand nicht ganz. Was sollte sie denn bitteschön nicht sagen? Sie wusste doch rein gar nichts. Über irgendwas. Raffaello hatte sie stets im Unklaren gelassen.

Die Menschenmenge löste sich aus ihrer Erstarrung. Alle auf einmal fingen sie an, kreischend auf die Ausgänge zuzurennen. Tische wurden dabei umgerissen, Stühle fielen zu Boden, Gläser zerbarsten auf dem glatten Parkett. Wie in Trance nahm Leslie das alles wahr, die fliehenden Menschen – ganz kurz war ihr, als sähe sie Mario, den die Polizisten in Handschellen abführten – vor ihrem geistigen Auge flackerte Francescos Grinsen auf. Sie blinzelte, versuchte dieses Bild loszuwerden, schüttelte den Kopf – als sie spürte, wie Raffaello von ihr gerissen wurde. Er hielt ihre Hand so lange umklammert, wie möglich, schlug und trat mit gewaltiger Kraft um sich, bis drei Polizeibeamte auf einmal ihm einen Arm auf den Rücken drehten. Mit schmerzverzerrtem Gesicht gab er auf. Sie legten ihm Handschellen an, zu viert brachten sie ihn dazu, mit ihnen zu kommen, während er sich immer wieder voll Wut umsah. Seine Blicke suchten Leslies.

„Kein Wort, Leslie, hörst du? Sag denen *kein* Wort!", brüllte er über die Schulter und den ganzen Lärm im Raum. „Sag denen *kein* Wort!" Dann war er von Polizisten umgeben, einige hatten die Pistolen gezückt – und war wenig später in der Menschenmenge verschwunden.

Leslie stand nur da. Unfähig, sich zu bewegen. Entsetzt. Und verwirrt. Sie hatte Angst. Schreckliche Angst. Wagte nicht, sich zu bewegen. Sie atmete schnell. Viel zu schnell. Was in Gottes Namen hatte das alles zu bedeuten?

Aber ihr wurde klar, dass sie das längst wusste.

So wie Anne es gewusst hatte.

Und Antonio.

Und als sie das metallische Klacken hinter sich hörte, kalten Stahl um ihre Handgelenke spürte, schaute sie sich nicht um. Ließ sich nur voranschieben, stolperte wegen der hohen Absätze. Das lange Haar klebte an ihren Lippen. Wie in Trance folgte sie dem Polizisten auf den Flur, der voller Menschen war. Zu ihrem Erstaunen musste sie nicht weinen.

Sie begriff nur plötzlich alles.

28

Draußen vor dem Club wimmelte es vor Polizisten. Autos mit Blaulicht parkten auf der Straße, versperrten die Ausfahrt – und über all dem lag ein hektisches Stimmengewirr. Polizisten gaben Kommandos, Autotüren wurden zugeschlagen, Flüche und Beschimpfungen ausgestoßen. Einige Beamte hielten neugierige Passanten zurück, die sich um den Schauplatz versammelt hatten. Es war eine Szene wie im Film. Nur war es keiner. Keine berühmten Schauspieler, kein Regisseur, keine Tontechniker – nur die Realität. Sogar die Presse schien schon vor Ort zu sein. Hier und da blitzten Fotoapparate auf. Grelles, blendendes Licht.

Leslie kniff die Augen zusammen, als sie direkt in einen der hellen Blitze vor ihr blickte. Sie sah alles in Zeitlupe. Menschen verschwammen vor ihren Augen, bis sie merkte, dass es tatsächlich Tränen waren, die ihr die Wangen hinabliefen, sich an ihrem Kinn sammelten. Sie konnte sie nicht wegwischen, ihre Hände lagen in Handschellen auf ihrem Rücken und sie verstand nicht, wieso. Sie wollte den Polizisten anschreien, der sie auf einen der Wagen zuführte, wollte ihn fragen, was sie denn getan hatte, dass sie behandelt wurde, wie eine Verbrecherin, aber sie hielt den Mund, schaute sich noch einmal kurz um, den Blick suchend durch die Menge streifend. Vor einem der Polizeiwagen herrschte so helles Blitzlichtgewitter, dass sie sich anstrengen musste, um etwas erkennen zu können.

Da war Raffaello. Sie fotografierten ihn alle, schrien durcheinander und er starrte grimmig in das helle Licht, wehrte sich nicht, als ihn drei Polizisten ins Innere des Wagens schoben. Die Tür wurde geschlossen und sie konnte ihn nicht mehr sehen. Aber sie wehrte sich gegen die Beamten, die sie ins Auto drängen wollten, blickte mit weit aufgerissenen Augen dem Wagen nach, der jetzt losfuhr. Ohne Blaulicht. Mit Raffaello.

Dann ließ sie sich ins Auto fallen, stieß sich nicht den Kopf, das war das Einzige, das es im Film auch gab. Die Tür wurde zugeworfen. Sie war alleine, für kurze Zeit, bis der Fahrer und sein Kollege einstiegen und Gas gaben. Sie fragte sich, ob Anne sich Sorgen machen würde. Mehr dachte sie nicht mehr, sie schloss die Augen und lehnte den Kopf zurück.

Der Raum, in den man sie schloss, sah genauso aus, wie sie es aus Filmen kannte. Eine lange Gitterwand hinderte sie daran auszubrechen. Allein bei dem Gedanken auszubrechen, fröstelte sie. Als ob sie das könnte. Die Gitter trennten diesen Teil der Zelle vom anderen ab, der Raum war in zwei Hälften geteilt. Die andere Zelle war leer – bis auf einen Menschen, der mit grimmigem Gesicht auf den Boden starrte. Sein dunkelrotes Hemd war an der Brust weit aufgerissen, wahrscheinlich, als er sich gewehrt hatte. Er atmete schwer, Leslie konnte seine hilflose Wut praktisch spüren. Aber sie blieb stehen, wo sie war, als Raffaello den Blick hob und sie direkt ansah. Irgendetwas hinderte sie daran, zu den Gitterstäben zu gehen, um näher bei ihm zu sein. Er lächelte nicht, als er sie sah, schloss nur für Sekunden die Augen und lehnte sich dann mit dem Rücken gegen die kalte Betonwand. Er sah erschöpft aus. Und anders. So furchtbar anders. Da war etwas in seinen Augen, das sie nicht zuordnen konnte. Sie schauderte.

„Leslie!“ Sie drehte sich um und sah Mario in ihrer Zelle sitzen. Inmitten zehn anderer Männer. In schwarzen Anzügen, die Blicke in alle Richtungen gerichtet. Einige sahen müde zu ihr herüber. Mario versuchte, sich ein Lächeln abzuringen. Er stand an die Wand gelehnt da, wirkte ernst und aufmerksam und seltsam ruhig, dafür, dass er sich auf einem Polizeirevier befand und ihm der Geburtstag verdorben worden war. Aber Leslie ging nicht zu ihm. Sie erwiderte seinen Blick bloß kühl, ihr war, als kenne sie auch ihn nicht mehr. Er sah aus, wie ein Mafioso aus sämtlichen Filmen. Jetzt fiel es ihr auf. Mario lächelte traurig und senkte den Blick.

Leslie verzog sich in die hinterste Ecke, die, die am weitesten von Raffaello, Mario und all den andern ‚ehrenwerten Herren‘ entfernt war und verharrte dort reglos, ohne etwas zu sagen oder zu denken, bis ein Polizist die Tür aufschloss und ihren Namen rief.

„Leslie McEvans?“ Sie rührte sich nicht. Hoffte, er würde sie nicht finden, sie nicht sehen vor der dunklen Wand. Aber Mario nickte ihr zu und der Polizist folgte seinem Blick. Ungeduldig winkte er sie zu sich. Zögernd setzte sie einen Fuß vor den anderen, dann war sie an der Tür angekommen. Sie schaute sich nicht nach Raffaello oder Mario um, als sie dem Beamten durch die Tür folgte, lief ihm nur nach, durch einen langen, hellen Raum, in dem es vor Schreibtischen, Telefonen und Polizisten nur so wimmelte. Der Marsch endete vor einer hellbraunen Holztür und der Polizist nickte Leslie zu.

„Der *Commissario* möchte Sie sprechen“, sagte er in gebrochenem Englisch und Leslie drückte vorsichtig die Klinke herunter, ohne anzuklopfen. Ihr Herzschlag raste, sie hielt den Atem an. Was wollte dieser *Commissario* ausgerechnet von ihr? Was um Himmels Willen hatte sie getan? Sie trat ein, ohne darauf zu warten, ob es ihr gestattet wurde – und erstarrte, als sie den *Commissario* erblickte.

„Ah, Leslie, schön, dass du da bist“, sagte Mr. Gosetti und erhob sich aus seinem großen Ledersessel, um ihr die Hand zu reichen. Sie blieb stehen, wo sie war, ergriff seine ausgestreckte Hand nicht. Starrte ihn nur entsetzt an und mit einem Mal wurde ihr alles klar. Gosetti hatte sich außerordentlich für Raffaello interessiert, dieser wiederum für Gosetti. Sie erinnerte sich an ihr Gespräch letztes Jahr, als er ihr von dem Versicherungsbetrug erzählt hatte, an den sie nicht hatte glauben wollen. Gosetti war hierher gezogen. Nach Palermo. Er hatte niemals auch nur im Entferntesten etwas mit Versicherungen zu tun gehabt.

„So sieht man sich wieder", sagte er und ließ sich wieder in seinen Sessel sinken. Er wies mit der Hand einladend auf den breiten Stuhl, der vor seinem Schreibtisch stand.

„Setz dich", sagte er. Seinen Schnauzbart hatte er noch immer. Sie hasste das Teil. Widerwillig setzte sie sich und verschränkte die Arme vor der Brust. Gosetti lächelte.

„Du siehst toll aus", sagte er. „Das Kleid ist nicht von dir, stimmt's?"

Sie schüttelte den Kopf. „Nein", entgegnete sie kühl. Gosetti musterte sie aufmerksam.

„Ich habe deine Freundin Anne in der Stadt getroffen. Und ich muss gestehen, ich war höchst erfreut, als ich hörte, dass du wieder Kontakt mit dem jungen Ruggiero hast." Er lächelte spitz. „Es war leicht, dich überwachen zu lassen. Du hast nie etwas von der wahren Identität deines Freundes gewusst, nicht wahr?" Er lehnte sich zurück und betrachtete sie mit stechendem Blick.

Leslie antwortete nicht. Starrte ihn nur trotzig an. Doch, wollte sie ihn anbrüllen, ich wusste es. Anne wusste es! Aber ich wollte es nicht wissen! Und dann erschrak sie, als sie darüber nachdachte, dass sie überwacht worden war. Gleich darauf verwandelte sich ihr Entsetzen in Wut. Das hieß, dass sie immer jemand beobachtet hatte, während sie mit Raffaello unterwegs gewesen war. Sie erinnerte sich an die Polizeikontrolle und schluckte.

Die Fotos, die Gosetti ihr einen Moment später über den Tisch zuschob, erschreckten sie noch mehr. Da war sie. Mit Raffaello. Auf seiner Jacht. Im Bikini, Raffaello in Badehose. Er musterte sie eindringlich und Leslie hatte den Blick beschämt auf den Boden gerichtet. Sie konnte sich denken, über was sie da gesprochen hatten. Aber von ihrem Kuss wusste Gosetti hoffentlich nichts.

Auf den nächsten Fotos war sie wieder zu sehen, mit Raffaello im Wasser. Wie sie sich alleine nach ihm umsah, als er sieben Meter nach unten getaucht war, um ihr die kleine Muschel zu holen. Unwillkürlich griff sie nach dem Anhänger, hielt ihn fest umklammert.

„Über was habt ihr da gesprochen?“, fragte Gosetti und deutete auf das erste Foto. „Sieht interessant aus.“ Leslie blickte nicht zu ihm auf, als sie sagte:

„Das geht Sie überhaupt nichts an!“ Jetzt war er nicht mehr ihr Gastgeber, also konnte sie sich erlauben, unhöflich zu ihm zu sein. Sollte er doch fragen, bis er grau würde. Trotzig schob sie die Unterlippe vor.

„Und das hier?“, fragte er und schob ihr ein weiteres Bild zu. Sie erstarrte. Sie war darauf zu sehen. Wie sie Raffaello im Auto auf die Wange küsste. Die Aufnahme war relativ dunkel, aber sie konnte Raffaellos Gesichtsausdruck erkennen. Er wirkte überrascht, doch die Spur eines Lächelns lag auf seinen Lippen. Auf ein schmerzhaftes Ziehen in der Brust hin, drehte sie das Foto um, damit sie es nicht mehr sehen musste. Oh Gott. Wo zur Hölle war da jemand gewesen, der dieses Bild geknipst hatte? Im Gebüsch?

„Das geht Sie verflucht nochmal einen Scheiß an!“, rief sie, dann nahm sie das Foto und zerriss es kurzerhand, wobei sie sich sicher war, dass es noch Tausende Kopien davon gab. Egal. Wenigstens dieses eine war vernichtet. Gosetti hob eine Augenbraue.

„Scheint wirklich was Ernstes zwischen dir und ihm zu laufen“, sagte er, mehr zu sich selbst, als zu ihr. Leslie nahm sich das Recht zu schweigen.

„Gut“, sagte er dann, „kommen wir zu dem, von dem du noch nichts weißt.“ Er stützte die Ellenbogen auf den Schreibtisch. „Du weißt nicht, wer er ist, nicht wahr?“

Doch, dachte Leslie, doch! *Du* weißt es nicht, du hirnverbrannter Sherlock! Sie antwortete nicht. Gosetti fuhr fort.

„Die Ruggieros gehören seit Jahrzehnten zu den mächtigsten und, nebenbei bemerkt, gefährlichsten Familien der *Cosa Nostra*. Du weißt, was das ist? Die sizilianische Mafia.“ Er schenkte sich ein Glas Wasser ein und reichte Leslie auch eins. Sie rührte es nicht an.

„Wollen Sie meine DNA?", raunzte sie ihn an, aber er lächelte nur amüsiert und sprach weiter.

„Es hat sich viel verändert in dem einen Jahr, in dem du wieder in Schottland warst. Ein Krieg zwischen zwei Familien bahnte sich an, den die Ruggieros schon vor Jahren angezettelt haben. Ich persönlich bin der Überzeugung, dass Raffaello da seine Finger im Spiel seines Vaters hatte. Nun ist er nicht mehr länger der *Sohn* des großen *Capos* Salvatore Massimo Ruggiero - er hat nach dessen Tod auch dessen Stelle eingenommen. Tja, ich fürchte, ich muss dir hiermit sagen, Leslie, dass dein Freund einer der gefährlichsten Männer Italiens ist. Wir wissen von drei Morden, die auf seine Rechnung gehen, wenn auch nicht persönlich ausgeführt. Drei Morde in zwei Jahren. Und ich zerbreche mir andauernd den Kopf darüber, ob er nicht auch etwas mit dem Tod seines Vaters zu tun hat …" Mr. Gosetti musterte Leslie aufmerksam, ganz so, als wolle er herausfinden, ob seine Rede Eindruck auf sie gemacht hatte.

Das hatte sie. Doch Leslie versuchte, sich nicht anmerken zu lassen, dass sie angestrengt nachdachte. Dass es einfach absurd war, Raffaello für drei Morde verantwortlich zu machen. Wieso denn? Er hatte ja nicht einmal eine Waffe. Aber … woher wollte sie das wissen? Wie konnte sie sicher sein? Sie wusste nichts. Gar nichts und allmählich wurde ihr bewusst, dass sie nur einen Teil von Raffaello kannte. Den anderen Teil hatte er sorgsam vor ihr verborgen. Scheißkerl. Plötzlich verschwamm alles vor ihren Augen, und als sie blinzelte, fiel eine Träne auf ihr Kleid. Wütend wischte sie sich über die Augen. Die schwarze Wimperntusche verschmierte und blieb an ihrem Handrücken kleben. Gosetti reichte ihr ein Taschentuch. Sie nahm es und spielte damit herum, anstatt es zu benutzen.

„Seinem Vater konnten wir niemals etwas nachweisen, jedes Verfahren, das gegen ihn oder die Familie lief, wurde eingestellt, bevor ich auch nur mit der Wimper zucken konnte. Und auch dein Freund hat seine Leute im Gericht. In der Politik. Überall."

„Er ist nicht mein ‚Freund'", sagte sie trotzig. Gosetti hob die Augenbrauen.

„Ach nein? Was ist das dann zwischen euch? Freundschaft wohl kaum, wenn ich mir die Fotos hier ansehe …“

„Weiß nicht“, sagte sie. Und in diesem Moment hätte sie beinahe losgeheult. Aber das tat sie nicht.

„Nun, Raffaello hat Schwächen“, fuhr Gosetti fort. „Er ist jung, erstaunlich jung für einen Mann in seiner Position, rebellisch und leichtsinnig. Und sehr von sich und seinen ‚Fähigkeiten‘ überzeugt. Es wird nicht lange dauern, bis er einen Fehler macht. Das kann ziemlich in die Hose gehen, Leslie, also was *weißt* du?“ Mit stechendem Blick sah er sie über den Rand seiner Brille an.

„Was?“, fragte sie verwirrt. Gosetti seufzte.

„Er hat dich da rausgehalten, hab’ ich recht?“, sagte er. Fast schien es, als sei er enttäuscht. Wahrscheinlich war er das tatsächlich.

„Aus was rausgehalten?“, fragte sie, um ihn zu ärgern. Doch Gosetti schnitt ihr mit einer Handbewegung das Wort ab.

„Es würde zu lange dauern, dir das alles bis ins Detail zu erklären, glaub mir. Nur so viel: Halte dich von ihm fern, wenn du nicht irgendwann in einem Fass voll Säure landen willst.“

„Was?!“

„Spaß beiseite“, sagt er. „Du weißt nicht, mit wem du es zu tun hast, wenn du dich mit ihm einlässt. Wir haben keine Ahnung, ob er den Krieg gegen die Spaventos eingestellt hat oder nicht. Irgendwas läuft da im Untergrund …“

„Ihnen wäre es doch nur recht, wenn ich da mit reingezogen werde“, rief Leslie wütend. „Sie wollen nur ihre blöden Beweise – und wenn es mich das Leben kostet! Wissen Sie was? Sie kotzen mich an! Und ich werde zu Raffaello halten, darauf können Sie sich verlassen!“

Hatte sie das wirklich gesagt? Dass sie zu einem Verbrecher hielt? Aber das war im Moment egal. Sie wollte raus hier. Nur noch raus. Weg von Gosetti und seinen Geschichten, die wie Trümmer auf sie einstürzten und ihren ganzen bisherigen Glauben entzwei rissen. Scheiße, dachte sie.

„Liebe macht bekanntlich blind", erwiderte Gosetti ruhig. „So etwas Ähnliches hatte ich von dir erwartet. Aber glaub mir: Du wirst es früh genug bereuen und zu mir kommen." Er nickte ihr zu.

„Du darfst gehen", sagte er. „Ich bin sicher, dass irgendjemand vor dem Eingang auf dich wartet. Dein Freund hat noch nie länger als einen halben Tag hier verbracht. Mangel an Beweisen." Er zuckte die Schultern.

„Wir sehen uns wieder, Leslie, glaub mir."

29

Raffaello stand tatsächlich vor dem Eingang des Polizeipräsidiums. Sein dunkelrotes Hemd hob sich seltsam unwirklich von der Dunkelheit ab, das wirre Haar fiel ihm in die Stirn und bedeckte sein Gesicht mit Schatten. Er lächelte nicht, als er sie sah. Beinahe wirkte er unsicher. Leslie blieb vor ihm stehen. Sie wollte umkehren, rein in irgendein schützendes Haus, wo sie sicher war vor diesen verfluchten, widersprüchlichen Gefühlen, die sie nun überkamen, als sie ihn sah. Aber sie blieb. Ihre Beine waren so weich, dass sie glaubte, sich setzen zu müssen. Wahrscheinlich war es der Schock. Die Unsicherheit. Die Freude darüber, ihn heil wiederzusehen. Und da war Angst. Eine gehörige Portion davon.

„Leslie …", setzte Raffaello mit rauer Stimme an. Er klang erschöpft. Sie schüttelte den Kopf und schnitt ihm das Wort ab. Sie stand einem Verbrecher gegenüber. Einem der „gefährlichsten Männer Italiens", hörte sie Gosetti sagen. Sie schloss für einen kurzen, kostbaren Moment die Augen. Als sie sie öffnete, war er noch da. Natürlich. Seltsam gequält sah er sie an.

„Tut mir leid", sagte er. „Es tut mir so leid, dass du da mit reingezogen wurdest, Leslie." Sie antwortete nicht. Sah ihn nur nachdenklich an. Wie sollte sie sich verhalten? Was sollte sie sagen? Gar nichts. Sie wartete einfach ab. Raffaello zog seinen Autoschlüssel aus der Hosentasche.

„Ich muss den Wagen holen", sagte er vorsichtig. „Wegen der Drecksäcke steht er noch vorm Club …" Sie kaute auf ihrer Unterlippe. Zögerte.

„Ich komme mit", sagte sie dann. Er sah sie entgeistert an. Aber dann lächelte er.

„Sicher?", fragte er. „Gosetti fährt dich bestimmt nach Hause. Das wäre besser, Leslie, glaub mir. Du siehst aus, als wärst du todmüde …" Doch sie schüttelte entschieden den Kopf.

„Nein", sagte sie mit fester Stimme, „ich komme mit dir." Einen kurzen Moment zögerte er, seufzte, dann nickte er.

„*Va bene*", sagte er und dann ging er voraus. Leslie folgte ihm.

Sie gingen nebeneinander her, die Straße hinunter. Einsame Laternen erhellten ihren Weg, in den meisten Häusern war das Licht erloschen, nur auf der Straße war noch einiges los. Sie sprachen kein Wort, während sie unterwegs waren. Leslie beobachtete Raffaello von der Seite. Er wirkte müde, doch seine Bewegungen waren so geschmeidig, wie eh und je. Einen furchtbaren Augenblick lang wollte sie auf ihn zulaufen, ihn umarmen, vielleicht sogar küssen, aber sie ging nur stumm weiter neben ihm her.

Das Laufen auf den hohen Absätzen war unerträglich geworden. Ihre Fersen schmerzten. Sie blieb stehen und zog die Schuhe aus. Ging barfuß weiter. Raffaello hatte ihr zugesehen und jetzt lächelte er, sagte aber nichts. Nach einer halben Ewigkeit, in der sie quer durch Palermo gewandert waren, erreichten sie den Club in dem Fünf-Sterne-Hotel. Viele Fenster waren hell erleuchtet, die Polizisten und die Menschenmenge längst verschwunden. Es standen noch reichlich viele Autos vor dem Gebäude. Sie folgte Raffaello zu seinem Maserati und wäre beinahe in ihn hineingelaufen, als er plötzlich stehen blieb und sich langsam zu ihr umdrehte. Der gequälte Ausdruck auf seinem Gesicht erschreckte sie. Er sah aus, als versänke er in Selbstmitleid.

„Leslie, es tut mir so leid", sagte er.

„Schon gut", murmelte sie leise. Aber es war gar nichts gut. Und das wusste er genau. Sie fuhr zusammen, als sie seine Hand an ihrer Wange spürte.

„Du siehst so müde aus", sagte er.

„Hm", machte sie nur. Ihr Herz raste. Die Schuhe in ihrer Hand wurden mit einem Mal bleischwer. Jetzt war sie kein bisschen mehr müde.

„Was ist", stieß sie hervor, bevor er ihr noch näher kommen konnte, „was ist, wenn ich mit … ‚all dem' gar nichts zu tun haben will?" Ein Schatten huschte über sein Gesicht. Vielleicht war es Enttäuschung.

„Dann hättest du mich niemals kennenlernen dürfen", sagte er mit fester Stimme. Und dann küsste er sie ohne Vorwarnung. Es dauerte endlos lange, ihr Herz raste und sie musste sich an ihm festhalten, bevor ihre Knie nachgeben konnten. Sie schob ihn von sich weg, sanft aber bestimmt, doch sie trat nicht einen Schritt von ihm zurück. Irgendetwas in ihr schien noch näher bei ihm sein zu wollen. Der Ausdruck auf seinem Gesicht glich einer Maske. Wie aus Eis.

„Ich treffe wohl nie den richtigen Zeitpunkt, was?", fragte er leise, aber sie antwortete nicht darauf. Holte tief Luft und zwang sich mit aller Kraft, gegen dieses entsetzliche Ziehen in der Brust anzukämpfen, während sie ihn ansah.

„Wie hast du dir das eigentlich gedacht?", fragte sie dann. „Glaubst du, das funktioniert? Einfach so?" Sie schluckte. „Nach allem, was ich über dich erfahren habe? Erfahren musste?" Er senkte den Blick. Gott, was hatte sie jetzt wieder vermasselt?

„Wir haben uns letztes Jahr gegenseitig verletzt, Leslie", sagte er leise. „Es war nichts weiter als ein dummes Missverständnis meinerseits. Gut, daran kann man nichts mehr ändern."

„Es geht nicht um letztes Jahr, Raffaello", sagte sie. Er blickte ihr fest in die Augen.

„Ich weiß, was Gosetti dir erzählt hat. Und das ist längst nicht alles. Es ist dein gutes Recht, wenn du mich nie wieder sehen willst. Wenn du zurückfliegen willst. Aber …", fast hoffnungsvoll sah er sie an, „was hältst du von einem Neuanfang?" Sie schluckte. Und konnte den Blick nicht von seinen dunklen Augen abwenden. Sie rang mit sich, so sehr, dass man es ihr deutlich ansehen musste, denn Raffaello lachte leise auf. Aber es klang nicht fröhlich. Was wollte sie eigentlich? Nach Hause fliegen kam ja wohl gar nicht infrage, zumal ihr Urlaub noch nicht einmal zu Ende war.

„Ich denke, ich könnte es nicht aushalten, dich nicht mehr zu sehen …", murmelte sie, bevor sie sich daran hindern konnte, und blickte zu ihm auf. Er lächelte, aber es wirkte nachdenklich. Eine Weile standen sie einfach nur da, ohne zu reden, ohne sich zu rühren und dann öffnete Raffaello die Beifahrertür seines Maseratis.

„Ich sollte dich nach Hause bringen", sagte er. „Deine Freundin wird sich Sorgen machen."

Und was für welche, dachte Leslie. Sie zögerte kurz, dann kletterte sie in sein Auto und wenig später saß er neben ihr, aber er startete den Motor nicht. Saß nur stumm da und blickte durch die Windschutzscheibe. Es war totenstill. Leslie fragte sich, ob Anne bereits alles im Fernsehen gesehen hatte. Oder ob es schon irgendwo im Internet stand.

Mafiosi verhaftet. Capo geschnappt – und wieder freigelassen.

Sie hatte Angst vor dem, was sie zu Hause erwarten würde. Wie würde Anne reagieren, wenn sie erfuhr, dass sie verhaftet worden war? Wegen Raffaello. Sie würde ihm todsicher ohne zu zögern ein Küchenmesser durch den Hals jagen. Obwohl er nicht Schuld daran war. Daran, dass er in seiner Familie aufgewachsen war. Dass er mit all dem Mafiakram groß geworden war. Sie dachte an die Morde, für die er verantwortlich sein sollte und plötzlich wollte sie nicht nach Hause. Auf keinen Fall.

„Ich will nicht zu Anne zurück", sagte sie leise. „Kann ich mit zu dir?" Raffaello sah sie überrascht an, aber dann schüttelte er den Kopf.

„Nein", sagte er, „ich glaube, das wäre keine gute Idee."

„Warum?"

„Weil … sich deine Freundin Sorgen macht, Leslie."

„Ich rufe sie an, dann weiß sie, wo ich bin", sagte sie und wollte schon in ihrer Tasche kramen, doch er hielt ihre Hand fest. Und sah sie eindringlich an.

„Sie wird mir die *Polizia* auf den Hals hetzen", sagte er. „Einmal reicht mir für heute. Und dir sicher auch." Leslie nickte widerwillig, dann startete er den Motor.

Sie fuhren durch die nächtlichen Straßen Palermos. Ein paarmal fielen Leslie die Augen zu, aber sie zwang sich, wach zu bleiben.

„Die haben Fotos von uns gemacht", murmelte sie irgendwann, als sie auf die Autobahn abgebogen waren. Raffaello wirkte nicht im Mindesten überrascht.

„Wir werden andauernd überwacht", sagte er seufzend. „Das ist nichts Neues. Ich will gar nicht wissen, wobei die mich schon alles fotografiert haben."

„Es gibt auch Fotos von uns", sagte Leslie leise.

„Hab' ich mir gedacht", entgegnete er.

„Meinst du …, die haben auch welche von eben …? Vor dem Hotel?"

„Von unserem Kuss?", fragte er. „Bestimmt." Er überholte einen klapprigen Lieferwagen. „Aber weißt du …", sagte er, „irgendwie fände ich es gar nicht so schlimm, wenn die es fotografiert hätten." Er lächelte.

„Warum?", fragte Leslie, doch er gab keine Antwort darauf.

„Damit sie sehen, dass ich zu dir halte?", fragte sie irgendwann.

„Tust du das denn?", entgegnete er. Sie antwortete nicht. Biss nur auf ihrer Unterlippe herum und starrte aus dem Fenster. Die nächtliche Landschaft schoss an ihnen vorbei. Raffaello fuhr viel zu schnell.

Als ihr Ferienhaus in der Dunkelheit vor ihnen auftauchte, sank Leslies Mut erheblich.

„Halt' bitte hier an", sagte sie kläglich und drehte sich flehend zu ihm um. „Bitte, kann ich mit zu dir?" Er schloss für ein paar Sekunden die Augen.

„Hör zu", sagte er leise. „Ich würde dich wirklich gerne mitnehmen, glaub mir. Aber ich denke, du solltest wenigstens zeigen, dass du noch lebst und deiner Freundin alles erklären. Was glaubst du, würde passieren, wenn du gar nicht mehr auftauchen würdest?"

„Ist mir egal", jammerte Leslie. „Ich will da jetzt nicht rein."

„Sie wird mich umbringen!", raunte Raffaello.

„Dann hindere sie daran! Hast du keine … Pistole?" Seine Miene verhärtete sich.

„Das ist nicht lustig, Leslie", sagte er bestimmt.

„Sorry."

Da lächelte er und nickte ihr zu.

„Im Handschuhfach", sagte er lässig, aber Leslie starrte ihn nur entsetzt an. Sie hatte nicht damit gerechnet, dass er ihr das sagen würde. Und sie hatte viel zu viel Panik davor nachzusehen und eine waschechte Pistole vorzufinden.

„Äh …", machte sie, „okay, ich gehe rein." Sie öffnete die Autotür und Raffaello stieg ebenfalls aus.

„Ich komme noch mit dir", sagte er, doch Leslie schüttelte wild den Kopf.

„Du hast doch selbst gesagt, dass sie dich umbringt", zischte sie. Er antwortete nicht, schloss den Maserati ab und ging dann voraus, die stockdunkle Einfahrt entlang. Zögernd folgte Leslie ihm. Wie gerne hätte sie sich im Kofferraum versteckt. Sie sah sich um. Die dunklen Schatten der Büsche und Pinien um sie herum sahen vollkommen harmlos aus. Ihr lief ein Schauer über den Rücken, als sie daran dachte, dass vielleicht einer von Gosettis Leuten im Gebüsch saß und sie beobachtete, Fotos schoss. Raffaello drehte sich zu ihr um.

„Ich komme schon …", murmelte sie und rannte ein paar Schritte, bis sie neben ihm war. Ihre Schuhe hielt sie in der linken Hand, mit der rechten griff sie nach Raffaellos, doch er streifte sie ab.

„Willst du mich in Todesgefahr bringen?", raunte er, aber sie sah deutlich das Lächeln, das auf seinem Gesicht erschienen war.

„Gib mir deine Handynummer", sagte sie. Er blieb stehen.

„Was?" Sie sah ihn unschuldig an.

„Ist doch nicht fair, wenn du meine hast, ich aber nicht deine", murmelte sie. Er seufzte, dann reichte er ihr einen Zettel.

„Hatte ich schon vorbereitet“, sagte er, lächelte schief und ging dann weiter. Einen Moment lang stand Leslie da, grinste und vergaß alles, was heute passiert war, doch als im Haus sämtliche Lichter angingen und die Tür aufflog, beeilte sie sich, Raffaello nachzueilen.

„Leslie!!“, schrie Anne. Im nächsten Augenblick wurde ihr die Luft aus den Lungen gepresst, so fest umarmte Anne sie. „Was hast du dir dabei gedacht?“, kreischte sie ihr ins Ohr. „Was?!“ Sie rüttelte ihre Freundin an den Schultern und da bemerkte Leslie die Tränen, die in Annes hellblauen Augen glitzerten. Sie senkte den Blick, doch Anne umarmte sie schon wieder. „Ich hatte solche Angst um dich“, jammerte sie. „Kannst du dir vorstellen, was ich dachte, als ich dich da im Fernsehen gesehen habe?!“ Sie ließ sie los und Leslie schnappte nach Luft.

„Es … tut mir leid“, murmelte sie. Anne fuchtelte wild mit beiden Armen in der Luft herum.

„*Dir* braucht es verdammt noch mal nicht im Geringsten leid zu tun!“, rief sie erzürnt. „Wo ist dieser – ?“ Anne drehte sich um. Und zerriss Raffaello förmlich mit ihren Blicken. Wenn Blicke töten könnten, dachte Leslie, dann wäre er längst mausetot. Und zerfetzt. In Einzelteile zerlegt.

„*Du!*“, schrie Anne außer sich und lief mit erhobenem Zeigefinger auf Raffaello zu, der mit ausdrucksloser Miene dastand und zugeschaut hatte. „Du Arschloch! Hirnverbrannter Macho, du …“ Wütend stieß Anne die Luft aus. „Wenn du es wagst, dich hier noch einmal blicken zu lassen, dann – dann bring ich dich um!“ Raffaello verzog das Gesicht.

„Hab’ ich dir doch gesagt“, sagte er zu Leslie.

„Halt die Klappe!“, rief Anne. „Und jetzt hau bloß ab, du Mafioso!“ Sie drehte sich zu Leslie um, die dastand, ohne sich zu rühren. „Leslie, er ist ein Verbrecher, ein Schwerverbrecher, das ist dir doch klar?“ Da erwiderte Raffaello etwas auf Italienisch. Anne konnte es nicht verstanden haben, aber sein Ton war so eiskalt, dass es Leslie noch kälter den Rücken hinab lief. Sie schauderte.

„Pass auf, was du sagst“, sagte er jetzt zu Anne auf Englisch. Die stand da, für einen Moment völlig verunsichert, vielleicht sogar eingeschüchtert, doch dann hatte sie sich genauso schnell wieder unter Kontrolle.

„Von *dir* lasse ich mich ganz sicher nicht einschüchtern, hörst du?!", pflaumte sie ihn an. „Und lass deine Verbrecherfinger von Leslie! *Capito*?" Sie legte Leslie einen Arm um die Schultern und zog sie auf die offene Haustür zu, doch Leslie sträubte sich. Sie blickte Raffaello hinterher, der schon ein Stück die Auffahrt hinuntergegangen war, sich aber jetzt noch einmal umdrehte.

„*Buona notte*, Leslie", sagte er und es klang fast ein bisschen wehmütig.

„*Buona … notte*", murmelte sie, obwohl sie genau wusste, dass er sie nicht gehört hatte. Dann drehte er sich um und ging. Anne zog Leslie ins Haus, noch bevor sie sehen konnte, wie er losfuhr, und schloss die Tür ab.

Im Wohnzimmer saß Antonio. Vor dem laufenden Fernseher. Als er Leslie sah, sprang er auf und umarmte sie noch fester, als Anne es eben getan hatte.

„Oh Gott", flüsterte er, „oh Gott, ich dachte schon, du kommst da nicht mehr raus. Dieser Scheißkerl …!" Wütend machte sich Leslie von ihm los.

„Es war nicht seine Schuld, versteht ihr das nicht?", rief sie. Anne und Antonio standen da und sahen sie mit diesem Blick an, mit dem man ein kleines Kind ansieht, das den Ernst des Lebens nicht begreifen will.

„Der Typ ist ein Verbrecher, Leslie", sagte Anne leise. „Er ist ein Mafiaboss! Zur Hölle, warum willst du das nicht begreifen?!" Dann schluchzte sie auf. Anne weinte nie. Aber jetzt tat sie es doch. Sie kam auf Leslie zu, um sie erneut zu umarmen, und die ließ es über sich ergehen, tätschelte Anne die Schulter.

„Was hat er mit dir angestellt, dass du ihn so sehr liebst? Dass du so blind bist?", schniefte Anne ihr ins Ohr. Leslie schüttelte den Kopf.

„Ich *liebe* ihn nicht", sagte sie.

„Doch, tust du", heulte Anne. Leslie widersprach nicht mehr.

„Lass das alles meine Sorge sein, okay?", flüsterte Leslie, aber Anne schüttelte nur den Kopf.

„Gib ihm den Laufpass", schniefte sie. „Gib ihm den Laufpass. Er ist ein Verbrecher. Ein Mörder! Ich hab' keine Lust, irgendwann deine zerfetzten Überreste identifizieren zu müssen, die man in einem Fass voll Säure gefunden hat." Da machte Leslie sich von ihr los.

„*Mein* Leben", sagte sie entschieden, „*meine* tödlichen Entscheidungen." Dann drehte sie sich um und lief in das Zimmer, das sie nicht benutzten. Dort angekommen warf sie sich in dem teuren Kleid auf das Bett am Fenster und starrte an die Decke. Stundenlang. Sie hörte, wie Anne sich im Wohnzimmer aufregte, wie Antonio vergeblich versuchte, sie zu beruhigen.

Die Nacht schritt voran. Bald würde der Morgen nahen. Leslie öffnete das Fenster und kletterte auf die steinerne Fensterbank. Dann wählte sie Raffaellos Nummer.

„*Pronto*?", ertönte seine Stimme am anderen Ende der Leitung. Er klang todmüde.

„Ich bin's", hauchte Leslie in den Hörer.

„Leslie!" Danach schwiegen sie eine ganze, unangenehme Weile.

„Ich hab' über alles nachgedacht", murmelte sie schließlich. Aber das hatte sie nicht. Es war nur das Gefühl, das Richtige zu tun.

„So?", fragte er.

„Ich finde es … okay. Das mit deiner Familie. Und … mit dir." Es schien ihm die Sprache verschlagen zu haben. „Ich … vermiss dich", nuschelte sie hastig in den Hörer – dann legte sie auf. Sie steckte sich die Kopfhörer ihres iPods in die Ohren und hörte ‚*Release Me*', so lange, bis sie nicht mehr nachdenken musste. Sie hatte das Richtige getan. Egal, was Anne sagte.

Drei Tage vergingen und er meldete sich nicht. Leslie spielte mit dem Gedanken, ihn einfach anzurufen, aber immer, wenn sie seine Nummer schon gewählt hatte, legte sie blitzschnell auf. Und verfluchte sich hinterher dafür. Sie zerbrach sich den Kopf über ihre Gefühle, als er sie geküsst hatte, und gab es irgendwann auf, dagegen anzukämpfen, entgegen aller Vernunft in ihn verliebt zu sein. Sie nahm es einfach hin. Ändern konnte sie daran sowieso nichts. Erneut wählte sie seine Nummer. Vorher hatte sie sorgsam die Badezimmertür abgeschlossen, um zu verhindern, dass

Anne ungewollt hereinplatzte und aus allen Wolken fiel, wenn sie begriff, mit wem sie telefonierte.

„*Sì*?", hörte sie Raffaellos Stimme.

„Hi", machte sie nur aufgeregt. Einige Sekunden schwieg er.

„Ich hab' mich schon gefragt, wann du wieder anrufst", sagte er dann und es klang, als lächle er dabei. „Was gibt's?" Sie rückte einfach damit heraus.

„Können wir uns treffen?"

„Klar", sagte er erfreut. „Wann?"

„Weiß nicht. Heute?"

„Das ist schlecht. Ich habe nachher eine wichtige Besprechung, wenn du verstehst." Sie verstand es nicht. Wahrscheinlich war es etwas Mafiöses. Wer verstand das schon?

„Wie wär's mit morgen?", schlug er vor.

„Ok", sagte sie.

„Möchtest du, dass ich dich abhole?"

„Traust du dich? Anne ist in letzter Zeit *immer* zu Hause." Sie hörte ihn etwas auf Italienisch grummeln.

„Ich habe keine Angst vor ihr", sagte er dann. „Sie soll aufpassen, mit wem sie sich anlegt. Richte ihr das aus."

„Äh, mach ich." Aber das würde sie ganz sicher nicht tun.

„*Arrivederci*, Leslie", sagte Raffaello. „Bis morgen." Dann legte er auf.

Sie ließ ihr Handy sinken und dachte über die ‚wichtige Besprechung' nach, zu der er musste. Um was es da wohl ging? Ganz sicher nicht um legale Geschäfte. Ach, Unsinn, jetzt fing sie ja schon an, wie Anne. Dreimal verflucht aber auch. Schlechter Einfluss. Es wurde Zeit, dass sie aus dem Haus kam.

30

Am nächsten Morgen saß sie schweigend Anne gegenüber beim Frühstück. Löffelte widerwillig ihre Cornflakes und stocherte schließlich nur noch in ihnen herum. Sollte sie es Anne vorsichtshalber sagen? Sie vorwarnen, dass Raffaello sie abholen kam? Schließlich war sie ihre beste Freundin.

„Er kommt nachher", sagte sie leise – und hoffte, dass Anne es vielleicht gar nicht gehört hatte. Doch Anne sah sie grimmig an.

„Dein Mafioso?" Na toll. Wenigstens hatte sie aufgehört, ihn ‚Romeo' zu nennen. Wobei ihr das dann doch lieber gewesen wäre. Sie nickte.

„Dann verabrede *ich* mich mit Antonio, damit ich nicht in Versuchung komme, den Typen zu killen", knurrte Anne.

Leslie fragte sich, ob sie dazu überhaupt die Gelegenheit haben würde. Immerhin hatte Raffaello eine Waffe. Sie schauderte und verwarf diesen Gedanken.

„Aber wehe, wenn er *hier* bleibt, klar?", grummelte Anne, und nach einer Weile: „Es wäre mir viel lieber, wenn du mit Antonio zusammen wärst, als mit diesem sauber geleckten, kokosbeklebten Raffaello. Und ich wette, er isst diese Pralinen auch noch gerne. Du kannst ihm ja mal welche schenken. Er wird entzückt sein – wenn der mal nicht selbstverliebt ist! Echt, ich könnte den Kerl –".

„Anne! Hör schon auf!", rief Leslie wütend.

„Im Ernst! Wer weiß, wie viele Leichen der im Keller liegen hat! Bestimmt hat er eine ganze Weinkellerei zur Tarnung und im Keller stehen Fässer voll Säure!"

„ANNE!"

„*Sorry*. Ich muss Dampf ablassen." Sie schwiegen. Leslie hatte nun endgültig keinen Hunger mehr. Sie stellte ihre Cornflakes auf die Anrichte und setzte sich wieder zu Anne, die noch immer auf ihrem Schinkenbrötchen kaute.

„Wann kommt er denn?", fragte sie. Leslie zuckte die Achseln. Sie hatte keine bestimmte Uhrzeit vorgeschlagen. Raffaello würde ohnehin kommen, wann es ihm in den Kram passte. Genau in dem Moment klopfte es an der Tür. Anne verzog das Gesicht und stürzte zum Telefon. Wahrscheinlich, um Antonio anzurufen. Leslie ging zur Tür, um Raffaello zu öffnen. Sie blieb kurz stehen, um sich die Hände, die mit einem Mal ganz schwitzig geworden waren, an ihrem Rock abzuwischen, dann drückte sie die Türklinke herunter.

„*Buon giorno*, Leslie", sagte Mr. Gosetti. Beinahe hätte sie ihm die Tür wieder vor der Nase zugeknallt.

„Was verschafft mir die Ehre?", knurrte sie. Die Fotos hatte sie noch nicht vergessen. „Überwachen Sie jetzt auch schon mein Handy?" Mr. Gosetti lächelte amüsiert und sie befürchtete fast, dass er nicken würde.

„Nein, keine Sorge", sagte er beschwichtigend. Sie glaubte ihm nicht.

„Darf ich reinkommen?", fragte er. Sie zog eine Schnute.

„Ich hab' nicht viel Zeit", sagte sie grimmig. Gosetti hob die Augenbrauen.

„Triffst du dich mit Ruggiero?", fragte er.

„Geht Sie nichts an."

„Nur zu." Er zuckte die Achseln. „Ich weiß es sowieso." Sie hatte das Gefühl, dass er das nur so sagte. Um sie zu verunsichern. Sie stierte ihn nur noch wütender an. Blödmann. Allwissender. Himmel, konnte er nicht einfach verschwinden und sie in Ruhe lassen?

„Hallo, Mr. Gosetti!", rief Anne. Sie klang beinahe schon fröhlich. Sie trat hinter Leslie und schob sie beiseite. Leslie fragte sich, ob sie die ganze Zeit über gewusst hatte, dass er *Commissario* war. „Kommen Sie rein", sagte Anne. „Wollen Sie was trinken?" Herrgott. Leslie verdrehte die Augen. Schleimte Anne sich jetzt bei dem *Commissario* ein, nur um einen Verbündeten gegen Raffaello zu gewinnen? Ätzend.

„Ich gehe mich umziehen", sagte sie schnell und wollte im Bad verschwinden, doch Mr. Gosetti winkte sie zu sich. Er seufzte und blickte sie ernst an.

„Eigentlich wollte ich mich mit dir unterhalten", sagte er.

„Ich aber nicht", gab sie patzig zurück.

„Du wirst es nicht vermeiden können, Leslie. Irgendwann hättest du es sowieso erfahren. Ob von mir oder Ruggiero." Er hielt inne, um in seiner Aktentasche zu kramen.

„Die sind übrigens wunderbar geworden", sagte er und legte einige Fotos auf den Küchentisch. Leslie erstarrte, als sie erkannte, dass es tatsächlich die waren, die ihren Kuss mit Raffaello bewiesen. Scheiße.

„Mir doch egal", murmelte sie, aber das war es nicht. Anne glotzte entsetzt auf die Fotos. Dann zu Leslie und wieder auf die Fotos.

„Also, Freundschaft würde ich *das* nicht mehr nennen", sagte Gosetti gelassen und steckte die Fotos weg. „Pass auf, wie weit du gehst." Leslie antwortete nicht. Starrte ihn nur verbissen an. Und fragte sich, was er damit meinte.

„Was wollten Sie mir jetzt sagen?", fragte sie, möglichst desinteressiert. Gosetti wies auf den Stuhl, auf dem sie eben noch gesessen hatte. Aber Leslie schüttelte den Kopf. Sie blieb stehen. Stattdessen ließ sich Anne vor Gosetti nieder. Himmel, musste sie sich unbedingt so verhalten? Mr. Gosetti holte tief Luft.

„Ich dachte mir, ich erzähle die ein wenig mehr über deinen Freund", sagte er gelassen, obwohl Leslie ihn ohne Unterlass musterte, „damit du vollkommen im Klaren darüber bist, mit wem du es zu tun hast. Und was der werte Herr so treibt."

„Kommen Sie einfach auf den Punkt!", knurrte Leslie genervt. Sie hatte vor, das, was er zu erzählen hatte, gleich wieder zu vergessen. Wenigstens in den Hintergrund zu schieben und nicht mehr daran zu denken. Dem Ganzen keine große Bedeutung beizumessen. So schlimm konnte es wirklich nicht sein, wenn Anne darüber noch nichts im Internet gefunden hatte.

„Salvatore Massimo Ruggiero war nicht ganz so größenwahnsinnig, wie sein Sohn, Leslie", sagte Mr. Gosetti. „Er hielt sich aus den schmutzigsten Geschäften raus, war altmodisch, und – wenn man von den illegalen Geschäften und dutzenden Morden absieht – ein ehrenwerter, gewissenhafter Mann." Ach! Aber Raffaello, der angeblich ‚erst' drei Leute auf dem Gewissen hatte, war es nicht?

„Raffaello ist das genaue Gegenteil seines Vaters. Er denkt modern, der heutigen Zeit angemessen – und er legt großen Wert darauf, aus seinen Geschäften Profit zu schlagen. Geld zu machen. Und das gelingt ihm. Bis jetzt hat er sich noch relativ unauffällig verhalten, brav die Geschäfte seines Vaters weitergeführt, aber das reicht ihm anscheinend nicht." Gosetti kratzte sich am Schnauzbart. Wie sie das Ding hasste. Wie eine tote Maus klebte es unter seiner Nase. Sie verzog das Gesicht.

„Nun bekam er ein Angebot von einem ‚Freund' und stieg bald darauf in den Drogenhandel, der zwischen Italien und den USA geführt wird, ein. Soweit wir wissen, macht er damit Milliarden im Jahr. Und es ist eines der schmutzigsten Geschäfte, auf das er sich hätte einlassen können, Leslie. Er besitzt ganze Hotelketten und Firmen in Italien – und auch ein paar in den USA. In Miami, wo er einige Verwandte hat."

Leslie schwieg. Ließ das alles auf sich einwirken. Drogen? Ach du Scheiße! Und irgendwie bezweifelte sie das nicht eine Sekunde. Sie stellte sich Raffaello vor. Immer schick angezogen, so zuvorkommend und höflich ihr gegenüber – und konnte den Mann, den *sie* kannte einfach nicht mit Gosettis Behauptungen in Verbindung bringen.

„Und was geht mich das an?", fragte sie schließlich, doch etwas verunsichert. Gosetti erhob sich von seinem Stuhl.

„Ich wollte dir nur einen Eindruck von dem Mann geben, den du zu kennen glaubst, Leslie", sagte er ernst. „Ich sollte dich vor ihm warnen, aber wahrscheinlich bringt das nichts. Ich kann dir nur versichern, dass wir alles, was in unserer Macht steht, tun, um dich zu schützen und dir die Augen zu öffnen. Es wäre so schade um dich, Leslie. Anne ist sicher meiner Meinung." Die nickte eifrig. *Es wäre so schade um dich*, hallte es in Leslies Kopf wider. Was zur Hölle sollte das bedeuten? Aber eigentlich konnte sie es sich denken.

„Er bringt mich nicht einfach um!", rief sie wütend. Gosetti musterte sie, beinahe traurig, wie ihr schien, dann drehte er sich um und ging auf die Tür im Flur zu.

„Es gab mal eine Frau", sagte er, als er die Klinke herunter drückte, „die war die Freundin eines Mannes, der dem Clan der Spaventos angehörte. Als sie sich von ihm trennte und zu uns kam, um gegen ihn auszusagen, fanden wir ihre Überreste einen Monat später in einem Säurefass.“ Dann öffnete er die Tür, trat hinaus in das gleißende Sonnenlicht – und blieb wie angewurzelt stehen. Außer seinem Auto stand noch ein weiteres in der Einfahrt. Ein schwarzer Maserati.

„Sieh an“, sagte Mr. Gosetti, als er Raffaello erkannte, der lässig und vollkommen in schwarz gekleidet, an seinem Wagen lehnte. „Sie wollen Leslie abholen?“ Raffaello maß Gosetti mit herablassendem Blick. Doch er blieb höflich.

„Ich sah Ihr Auto und dachte mir, ich warte lieber hier draußen, bis Sie weg sind“, entgegnete er kühl. Leslie trat hinter Mr. Gosetti und Anne hervor und ging zögernd auf Raffaello zu. Warum nur musste Gosetti hier sein?

„Hi“, murmelte sie, als sie bei ihm angekommen war. Er lächelte, blickte jedoch zu Gosetti auf, der noch immer auf der Türschwelle stand und wartete. Sie fragte sich, auf was. Und dann begriff sie, warum auch Raffaello keine Anstalten machte, sich zu bewegen: Gosetti würde ihnen folgen. Wenn nicht er, dann einer seiner Leute. Jetzt sah sie auch den jungen Mann, der in Gosettis Wagen auf dem Beifahrersitz saß. Da konnte er lange warten.

„Hallo Leslie“, sagte Raffaello und wandte sich ihr zu. Seine Miene war vollkommen entspannt, aber sein Blick wirkte gehetzt. „Steig’ schon mal ein, ich komme gleich. Mach schon, *avanti*“, fügte er flehend hinzu, als sie sich nicht gleich rührte.

Eigentlich hatte sie auf ihn warten wollen, aber dann stieg sie doch in sein Auto, zog die Tür aber nicht ganz zu, um mit anhören zu können, was draußen gesprochen wurde. Doch Raffaello wechselte ins Italienische. Mist. Sie musste dringend diese Sprache lernen. Keine Sekunde später saß er neben ihr, schmiss den Motor an und dann fuhr er so schnell los, dass sie laut aufschrie. Sie blickte über die Schulter zurück und sah nur noch eine dichte Staubwolke, die ihr die Sicht nahm. Mit quietschenden Reifen sauste der Maserati um die Kurve, dann waren sie auf der Autobahn angekommen. Und Raffaello gab noch mehr Gas. Leslie klammerte sich am Sitz fest und starrte entsetzt durch die Windschutzscheibe nach draußen, wo die Zypressen, Pinien und die dürren Büsche in schwindelerregendem Tempo an ihnen vorüber rasten.

„Ein Tod in Salzsäure wäre mir echt lieber", jammerte sie und blickte zu Raffaello hinüber. Der lachte auf und verringerte das Tempo sogar ein kleines bisschen.

„Soll ich dich vorher K. o. schlagen oder willst du lebendig ins Fass?", fragte er grinsend.

„Was?!"

„War ein Scherz!" Er schien sich köstlich zu amüsieren.

„Ich würde dich nie schlagen, glaub mir", sagte er. Aber in ein Fass voll Säure würde er sie werfen …?

„Haha", machte Leslie, „nicht witzig." Doch dann musste auch sie grinsen. So schlimm, wie Gosetti behauptet hatte, *konnte* er doch gar nicht sein! Wo war die Kaltblütigkeit, die Skrupellosigkeit aus sämtlichen Filmen? In diesem Moment bezweifelte sie wirklich alles, was der *Commissario* über Raffaello erzählt hatte. Es schien einfach absurd. Sie dachte an letztes Jahr. Damals war er der Sohn des *Capos* gewesen. Nicht so wichtig. Ohne viel Einfluss. Drogen – so ein Quatsch. Niemals! Dann fiel ihr der Koffertausch ein. Als sie versehentlich seinen am Flughafen mitgenommen hatte. Nur deswegen hatte sie ihn überhaupt kennengelernt.

„Was war in dem Koffer?", fragte sie – und seltsamerweise schien er ganz genau zu wissen, was sie meinte.

„Drogen", sagte er.

„Was?!"

„Quatsch!" Er lachte. „Wir Ruggieros sind nicht am Drogenhandel beteiligt. Mein Vater hat immer darauf geachtet, dass wir seriös bleiben."

„Seriös?", sagte sie spitz.

„Du weißt, was ich meine, Leslie."

„Hm. Klar." Sie grinste – und fühlte sich belogen.

„Achtest *du* auch darauf?", fragte sie ihn vorsichtig. Sie hatte Angst, zu weit zu gehen. Ihn nach Dingen zu fragen, die sie eigentlich gar nicht wissen wollte. Und die er ihr vermutlich nicht verraten würde. Seine Miene wurde ernst und ganz kurz zuckte seine Hand zu seiner Sonnenbrille, die an seinem Hemd steckte, doch er setzte sie nicht auf. Gott sei Dank.

„Soweit ich es mir leisten kann, ja“, sagte er. Sie schwieg. Schaute aus dem Fenster. Spürte den Wind im Haar. Dann holte sie tief Luft.

„Gosetti hat mir erzählt, du wärst in den Drogenhandel eingestiegen.“ Seine Finger schlossen sich fester um das Lenkrad. Er setzte seine Sonnenbrille auf. Scheiße. Jetzt hatte sie es vermasselt. Er antwortete nicht auf ihre Frage und Leslie nahm das als Bestätigung hin. Es stimmte also. Gosetti hatte die Wahrheit gesagt. Sie spürte, dass sie die Stille im Auto nicht mehr aushielt. Vielleicht war es besser, das Thema zu wechseln.

„Die haben echt Fotos von … unserem Kuss“, sagte sie. Seine Miene hellte sich auf.

„*Molto bene*“, sagte er und grinste. Und als er in den Rückspiegel sah, fluchte er.

„Was ist?“, fragte Leslie, doch sie konnte sich denken, wer die ganze Zeit über hinter ihnen herfuhr.

„Die folgen uns“, sagte er knapp. „Halt’ dich fest!“ Dann trat er so fest aufs Gas, dass sie mit dem Rücken ruckartig in den Sitz gepresst wurde. Ein kurzer, entsetzter Aufschrei entfuhr ihr.

„Raffaello!“, schrie sie über den Fahrtwind hinweg, der ihr um die Ohren peitschte. „Ich will wirklich nicht sterben!“ Er überholte eine Reihe Autos, die in normalem Tempo vor ihnen herfuhren.

„Wirst du nicht“, sagte er gelassen und schoss um die nächste Kurve. „Ich häng nur Gosetti ab, sonst müssen wir woanders hinfahren.“

„Wohin willst du denn?“, schrie sie.

„Zu mir nach Hause. Hab’ ich dir doch versprochen.“

„Oh“, machte Leslie leise, aber das hörte er nicht. Plötzlich bekam sie ein seltsam mulmiges Gefühl im Bauch. Jetzt war sie ganz und gar nicht mehr so versessen darauf, mit ihm zu kommen. Allein mit ihm in einem Haus. Oh Gott, oh Gott! Sie malte sich lieber nicht aus, auf welche Gedanken er da kommen könnte. Aber so weit kam es nicht.

„Kursänderung“, verkündete er irgendwann. Er nickte nach rechts auf die nächste Ausfahrt. „Da hätten wir abbiegen müssen, aber die stehen da. Wir fahren nach Palermo rein und sehen, was sich mit dem Tag so anfangen lässt, okay?“ Sie nickte. Fast war sie ein bisschen erleichtert. Aber irgendwie auch enttäuscht. Sie hätte sich gerne sein Haus angesehen. Wahrscheinlich war es genauso protzig, wie das seiner Eltern. Sie verfluchte Gosetti im Stillen.

„Hey, tut mir leid, Leslie, aber ich habe keine Lust, dass die mein *ganzes* Privatleben knipsen. Und dazu gehörst du nun mal seit einiger Zeit. Ich will dich raushalten, so gut es geht, verstehst du?“, sagte er. Er hatte seine Sonnenbrille abgesetzt und sah so lange zu ihr herüber, dass sie Angst bekam, er könnte gegen den nächsten Baum fahren oder eine Kurve übersehen. Sie nickte. Aber sie sagte nichts. Sie gehörte zu seinem ‚Privatleben‘. Ob sie wollte oder nicht, sie musste sich eingestehen, dass sie sich riesig über das, was er gesagt hatte, freute. Als er das Lächeln sah, das auf ihren Lippen lag, schien er erleichtert aufzuatmen.

Eine halbe Stunde später waren sie in der Innenstadt angekommen und Raffaello grummelte andauernd vor sich hin, weil es in dem dichten Verkehr nahezu unmöglich war, die anderen Autos zu überholen. Doch er schaffte es trotzdem, sich ein Hupkonzert einzuhandeln.

„Hast du Lust auf ein Eis?“, fragte er sie.

Doch Leslie schüttelte den Kopf.

„Ich auch nicht“, gab er zu und lächelte schief. „Und was hältst du von einem Mittagessen? Einem richtig schicken?“ Ach du Schreck.

„Äh … ich hab’ keinen Hunger“, sagte sie schnell, aber das war gelogen. Ihr Magen knurrte. Die paar Cornflakes, die sie am Morgen gegessen hatte, waren längst verdaut. Doch auf Raffaellos Gesicht war abzulesen, dass es zu spät war, sich zu entscheiden. Er schien begeistert zu sein von seiner Idee.

Das Restaurant, vor dem sie einige Minuten später hielten, war wirklich ‚schick‘. Zu schick für Leslies Geschmack. Sie seufzte und sah ihn flehend an.

„Ich hab’ doch gar nichts Passendes an“, versuchte sie es und stellte fest, dass das ziemlich mitleiderregend klang, aber er kümmerte sich nicht um ihre Einwände, sondern beugte sich plötzlich einfach vor, um sie zu küssen. Sie zog den Kopf zurück. Ihre Knie wurden beängstigend weich.

„Wenn", stotterte sie, „wenn du mir ein paar Fragen ehrlich beantwortest – und ich meine ehrlich –", sagte sie, „dann darfst du mich küssen." Sie rang sich ein Grinsen ab und wartete auf seine Reaktion.

„Ehrlich?", seufzte er mit gespielter Verzweiflung. „Oh je, wird schwer werden." Und da spürte sie auch schon seine Lippen auf ihren. Gott sei Dank saß sie im Auto, sonst wäre sie wahrscheinlich einfach umgekippt.

„Du schmeckst nach Kaugummi", stellte sie fest, als er sich von ihr gelöst hatte.

„Und du nach: Ich-hab'-Hunger." Er grinste und öffnete die Wagentür, kam ums Auto herum und hielt Leslie die Tür auf. Vorsichtig kletterte sie heraus, sorgsam darauf achtend, nicht allzu aufgewühlt und wackelig auszusehen. Sein Kuss saß ihr noch in allen Knochen. Und die waren erschreckend weich geworden.

Es war etepetete in dem Restaurant. So richtig. Leslie fühlte sich kläglich fehl am Platz, aber als Raffaello ihre Hand ergriff, entspannte sie sich ein bisschen. *Er* war passend gekleidet, ganz in Schwarz, das war zeitlos und elegant, aber sie trug bloß ein hellblaues Trägertop und einen Jeansrock, der obendrein noch ziemlich kurz war. Nervös zupfte sie daran herum. Sie spürte, wie einige Gäste sie von oben bis unten musterten, einige sichtlich empört, andere eher neugierig. Wahrscheinlich fragte sie sich, was ‚so eine' mit einem reichen Schnösel zu schaffen hatte, der ganz offensichtlich gute Manieren hatte. Einer der Männer, die an einem runden Tisch in einer dunklen Ecke saßen, schien den ‚reichen Schnösel' zu kennen – jedenfalls nickte er Raffaello kühl zu, und als sie an seinem Tisch vorbeigegangen waren, und Leslie noch einmal über die Schulter blickte, schauderte sie, als sie dem eiskalten Blick des Mannes begegnete. Sie schätzte ihn auf Anfang sechzig. Er war recht dick, sein Bauch hing schwer auf seinen kurzen Knien. Die anderen Männer, die bei ihm saßen, schienen einigen Respekt vor ihm zu haben. Erschrocken wandte Leslie den Blick von ihm ab, als er sie direkt ansah. Er hatte kalte, graue Augen. Sie schauten plötzlich alle zu ihr und Raffaello herüber. Jeder der Fünf mit einem Pokerface. Raffaello stöhnte genervt auf.

„Nirgendwo hat man seine Ruhe“, knurrte er, während er Leslie den Stuhl unter den Hintern rückte und sich dann ihr gegenüber niederließ. Er schielte zu ihren Tischnachbarn hinüber. „Ich hätte dich besser mit zu mir genommen. Da wären wir wenigstens ungestört.“ Vorsichtig folgte Leslie seinem Blick. Die Blicke der Männer lagen noch immer auf ihr und Raffaello, auch wenn sie nun versuchten, es nicht ganz so offensichtlich aussehen zu lassen.

„Wer ist das?“, fragte Leslie leise, obwohl im Raum ein allgemeines Stimmengewirr herrschte. Raffaello beäugte sie skeptisch.

„Gehört das zu den Fragen, die du mir stellen willst?“, fragte er. Sie nickte.

„Jetzt schon.“

Ein Kellner erschien, um ihnen einen Wein unter die Nase zu halten. Raffaello beachtete ihn gar nicht groß, sondern grummelte nur irgendetwas auf Italienisch. Der Kellner schenkte ihnen beiden den Rotwein ein. Angeekelt schnupperte Leslie an der dunkelroten Flüssigkeit. Sie nippte daran – und fand es scheußlich, trank aber noch einen Schluck, um Raffaello in dem Glauben zu lassen, der Wein würde ihr schmecken.

„Das …“, sagte er und spielte mit seinem Glas, „ist Don Michele Spavento. Einer wie ich.“

„Oh“, machte Leslie. Ein Mafiaboss also. Himmel, wimmelte es denn hier in Palermo von denen?! Aber dann dachte sie darüber nach, dass sie ihm gar nicht begegnet wäre, wenn sie nicht mit Raffaello unterwegs gewesen wäre – und wäre sie ihm so über den Weg gelaufen, hätte sie nicht einen zweiten Gedanken an den dicken Mann verschwendet.

„Die Spaventos sind ... nun ja ...“

„Deine Erzfeinde?“, fragte sie vorsichtig. Er blickte sie grimmig an.

„Gosetti hat von einem … Krieg erzählt …“, murmelte sie hastig und nahm einen Schluck Wein. Uh, war das eklig. Raffaello seufzte.

„Eigentlich hatte ich vor, mich mit dir über Dinge zu unterhalten, die belangloser sind“, sagte er.

„Du durftest mich küssen. Jetzt musst du meine Fragen beantworten.“

„Hätte ich dich *nicht* küssen sollen? Hättest du es *nicht* gewollt, wenn ich dir *keine* Fragen beantworten würde?", fragte er. Sie schüttelte den Kopf, erschrocken über sich selbst.

„Nein", sagte sie schnell, „ich ... wollte dich küssen." Er lächelte.

„Dann ist's ja gut."

Nachdem sie ihr Essen bestellt hatten, eine riesige Pizza, die sie sich teilten, und die – wie Leslie gestehen musste – viel besser schmeckte, als Antonios Pizza, sagte er: „Die Spaventos sind schuld am Tod meines Vaters. Genau konnte ich ihnen das bis jetzt noch nicht nachweisen, aber alles, was ich seitdem erfahren habe, deutet darauf hin." Seine Miene glich einer Maske. Einen Moment lang konnte Leslie keinen Ton über die Lippen bringen.

„Gosetti hat so etwas gesagt, wie ... naja, dass er glaubt, *du* hättest was mit dem Tod deines –".

„Wem glaubst du, Leslie?", fragte er und seine Stimme war so kalt, dass sie schauderte. „Gosetti oder mir?" Sie versuchte, nicht nachzudenken, nicht zu zögern.

„Dir natürlich!", entrüstete sie sich. Aber es klang etwas halbherzig. Er lächelte verbissen und nahm einen Schluck Wein. Gerade überlegte sie, wie sie ihre nächste Frage so vorsichtig formulieren konnte, ohne ihn aufzuregen, da hielt er ihr seine Gabel entgegen, auf der er eine Tomate aufgespießt hatte.

„Magst du die?", fragte er unschuldig und Leslie nahm sie vorsichtig mit den Lippen, um ihm seinen Spaß zu lassen.

„Hm", machte sie und öffnete gerade den Mund, um ihre nächste Frage zu stellen, da fiel er ihr ins Wort.

„Mario macht das besser, mit den Tomaten, finde ich", sagte er. Sie schluckte. Was sollte das werden? Ein Ablenkungsmanöver? Das konnte er sich in die Haare schmieren.

„Aha", machte sie schnell, um ihm zu antworten, dann rückte sie mit ihrer Frage heraus. „Stimmt es denn?" Er sah sie an.

„Was?"

„Das mit dem … Krieg?“, murmelte sie vorsichtig. Seine Miene verhärtete sich. Ups. Er blickte ihr so fest in die Augen, als wolle er sie hypnotisieren. Eine stumme Warnung.

„Ich werde den Kellner bitten, einen neuen Wein zu bringen“, sagte er ohne jede Gefühlsregung in der Stimme. „Der hier schmeckt korkig, findest du nicht?“

„Äh …“, machte Leslie. „Schon, aber –“ Sie wusste gar nicht, wie ‚korkig‘ schmeckte. Doch Raffaello winkte schon dem Kellner zu, besprach etwas mit ihm, dann wandte er sich ihr wieder zu.

„Stimmt es?“, wiederholte sie.

„Was?“, entgegnete er.

„Du hast genau gehört, was ich gesagt habe!“ Er seufzte, schielte zu Don Michele herüber, der sie noch immer beäugte, und nahm dann ihre Hand in seine. Sie stierte ihn wütend an, zog ihre Finger aber nicht weg.

„Leslie“, sagte er eindringlich, „hör bitte auf, mich nach diesen Dingen zu fragen. Ich kann nicht mit dir darüber reden, verstehst du?“ Sie nahm das als ein: „Ja, es stimmt.“

„Kannst oder willst du nicht?“, fragte sie. Er spielte mit ihren Fingern. Jetzt entzog sie ihm ihre Hand.

„Ich habe gesagt, dass ich dich da raushalten werde. Das ist besser so, glaub mir.“ Trotzig schob sie die Unterlippe vor.

„Ich will dich nur besser kennenlernen“, murrte sie. „Mir ist, als kenne ich nur eine Hälfte von dir. Und das ist beschissen!“, fügte sie hinzu. Er holte tief Luft und sah sie einen Moment lang wehmütig an. Dann erschien wieder das Pokerface auf seinem Gesicht.

„Die andere Seite willst du nicht kennenlernen“, sagte er dann ernst.

„Doch!“ Er schloss für einen kurzen Augenblick die Augen.

„Wenn du Gosetti aufmerksam zugehört hast, weißt du, was ich mache. Würdest du *diesem* Raffaello vertrauen?“ Sie zögerte. Dann nickte sie entschlossen.

„Ja“, entgegnete sie trotzig.

„Du bist so … naiv“, murmelte er leise. Nein, dachte sie, nur verliebt. Und vielleicht war gerade das der Fehler.

„Ich fürchte, du wirst auf weitere Treffen mit Gosetti nicht verzichten können, wenn du mehr über mich erfahren willst", sagte er trocken.

„Das heißt, du antwortest mir nicht auf meine Fragen?", sagte sie.

„Genau."

„Aber du hast es versprochen!"

„Ich habe dich geküsst."

Herrgott, der Kerl war zum aus der Haut fahren. Hin und hergerissen kaute sie auf ihrer Unterlippe herum.

„Iss lieber die Pizza", sagte er lächelnd.

„Keinen Hunger mehr", murrte sie. Er seufzte.

„Das kann ich doch nicht alles alleine essen!", entrüstete er sich lachend und hielt ihr ein Stück Pizza hin. Sie ergab sich und aß es. Er hatte es doch tatsächlich geschafft, vom Thema abzulenken. Und sie hatte das Gefühl, dass es besser war, gar nicht mehr davon anzufangen. Jedenfalls nicht heute. Aber sie würde die Sache nicht aufgeben, das nahm sie sich fest vor.

Eine Stunde später schlenderte sie neben ihm die Straße entlang. Und tat, als schmollte sie. Raffaello versuchte immer wieder, sie zum Reden zu bringen, indem er ihr irgendetwas über eine Kirche oder Kathedrale, an der sie vorbeikamen, erzählte, aber sie strafte ihn mit Schweigen. Sollte er doch sehen, wie es war, wenn man keine Antwort bekam. Er nahm sie an der Hand und im nächsten Augenblick hatte er sie ganz dicht zu sich herangezogen. Sie zog den Kopf zurück, bevor er sie küssen konnte.

„Nichts da", sagte sie trotzig, aber ihr wurde schwindelig vor Glück. Er seufzte theatralisch, ließ sie aber nicht los.

„Leslie", sagte er, „ich will nicht, dass du mich küsst, weil *ich* es will. Ich will, dass du es tust, weil *du* es genauso willst." Hin und hergerissen sah sie zu ihm auf. Und dann küsste sie ihn einfach auf den Mund und vergaß für einen Moment alle Fragen, die er nicht beantwortet hatte.

„Recht so?", fragte sie. Er nickte.

„Wir sollten uns ein wenig mehr nach rechts stellen", sagte er leise und grinste. „Dann werden die Fotos besser."

„Hast du Gosetti gesichtet?“, fragte sie erschrocken und wollte sich umdrehen, doch er hielt sie zurück. Er nickte.

„Geben wir ihnen, was sie wollen“, sagte Leslie entschieden, zog ihn weiter nach rechts in die Sonne und küsste ihn erneut – dieses Mal streckte sie den Mittelfinger über die Schulter.

Raffaello lachte sich schlapp. „Perfekt“, raunte er und grinste. „Ich denke, die haben jetzt genug Fotos. Ich sollte dich zurückbringen.“

„Keine Lust“, murrte sie, „können wir nicht zu dir?“ Aber er schüttelte den Kopf.

„Später vielleicht“, sagte er.

„Was meinst du mit ‚später‘?“

„Nicht heute, fürchte ich“, sagte er, während er sein Handy aus der Hosentasche zog. „*Merda*. Wir müssen uns beeilen. Ich muss dringend zurück.“

„Wohin?“, fragte sie und beeilte sich, ihm nachzukommen.

„Ins Haus meines Vaters. Mein Bruder macht Probleme. War zu erwarten, nach denen, die ich ihm schon zu verdanken habe.“

Scheinbar hatte ihm das irgendjemand per SMS berichtet. Und Leslie fragte sich, ob Gosetti die Wahrheit gesagt hatte, als er ihr versichert hatte, ihre Handys würden nicht überwacht. Aus den Augenwinkeln sah sie, wie ihnen der graue VW, der eben noch auf der gegenüberliegenden Straßenseite geparkt hatte, langsam folgte. Zur Hölle mit Gosetti! Konnte er sie nicht einmal in Ruhe lassen?

„Ich fürchte, ich muss mich nächstens passend für so viele Fotos kleiden“, knurrte sie und Raffaello grinste.

„Man gewöhnt sich daran, glaub mir“, sagte er.

„Warum folgen die uns so offensichtlich?“

„Um mir zu signalisieren, dass sie Bescheid wissen“, sagte er.

„Über was?“ Er zuckte die Achseln.

„Was weiß ich. Über alles. Meine Geschäfte – und über dich und mich.“

„Hm“, machte Leslie. Es hörte sich einfach toll an, wie er das gesagt hatte. Sie konnte ein dämliches Grinsen nicht verhindern.

„Die geben sich mit Absicht keine Mühe, sich zu verbergen. Als Abschreckung." Er lachte trocken auf. „Sie sind bloß verdammt lästig, weißt du?" Eine Weile schlenderte sie schweigend neben ihm her.

„Was … macht dein Bruder für Probleme?", fragte sie schließlich, als sie neben ihm im Auto saß.

„Weiß ich nicht", sagte er, aber sie hatte das Gefühl, dass er das ganz genau wusste.

„Gehört er denn nicht zur – äh – Familie?", fragte sie vorsichtig. Welche „Familie" sie meinte, konnte er sich aussuchen. Er hob eine Augenbraue.

„Nein", sagte er dann, „nicht zu der, die du meinst."

„Warum nicht?"

„Du fängst schon wieder an, mit deinen ewigen Fragen, Leslie."

„Oh. *Sorry.*" Herrgott! Konnte er ihr nicht einmal eine einzige unwichtige Frage beantworten?! So schlimm konnte das doch wirklich nicht sein.

„Warum er nicht mehr dazugehört, solltest du ihn selbst fragen", sagte Raffaello irgendwann. „Er wollte nichts mit uns zu tun haben und ist in die USA gegangen. Den Rest versteht nur er, glaub mir." Na, wenigstens etwas. Scheinbar war er zu dem Entschluss gekommen, dass es nicht besonders nett von ihm war, auf keine ihrer Fragen zu antworten. Jedenfalls hoffte sie das.

„Und deswegen kannst du ihn nicht leiden?", fragte sie leise. Er schüttelte den Kopf.

„Er gibt mir die Schuld am Tod unseres Vaters", sagte er kühl. Dann sagte er eine ganze Weile lang nichts mehr.

„Nicht so nett", murmelte Leslie nur und schaute aus dem Fenster.

Anne war nicht da, als Leslie die Haustür aufschloss. Raffaello hatte sich den Spaß nicht nehmen lassen und war mit ihr in den Flur gekommen. Jetzt wirkte er beinahe enttäuscht, als Leslie ihm den Zettel, den Anne ihr geschrieben hatte, unter die Nase hielt:

„Bin bei Antonio."

Mehr stand da nicht. Kein: „Du weißt ja, wie du mich erreichen kannst" oder „HDUDL" oder „Bis nachher, Leslie. Picknick am Strand?" Enttäuscht ließ sie den Zettel in den Mülleimer unter der Spüle segeln. Na, dann eben nicht. Vielleicht war Anne einfach nur schlecht gelaunt. Wie so oft in letzter Zeit.

„Schätze, sie sucht sich Verbündete gegen mich", knurrte Raffaello neben Leslie. Sie drehte sich zu ihm um.

„Sie ist eifersüchtig", sagte sie. „Das ist alles."

„Hm", machte er und hob eine Augenbraue. Er verschränkte die Arme und ging in der Küche auf und ab. Eine ganze Weile lang sagte er kein Wort. Dann stand er plötzlich vor ihr und hauchte ihr einen Kuss auf die Lippen.

„Was hältst du davon, wenn ich bei dir bleibe?", fragte er leise. „Mein Bruder kann warten." Er grinste. Aber Leslie schob ihn von sich fort.

„Keine gute Idee", murmelte sie. Fast hatte sie Angst davor, mit ihm alleine in einem Raum zu sein. Auf der Straße und in seinem Auto – das war etwas vollkommen anderes.

„Warum?", fragte er.

„Weiß nicht …" Sie senkte den Blick.

„Ich könnte dir heute Abend etwas kochen", schlug er vor.

„Du kochst? Wie Mario?" Aber er lachte nur.

„Nein", sagte er, „ich bin wirklich kein Hobbykoch. Aber irgendwie muss ich mich ja am Leben halten. Ich wohne ja schließlich einsam und zurückgezogen." Er grinste. Leslie konnte sich nicht vorstellen, dass er als einsamer Einsiedler in einem Bauernhaus wohnte. *Er* nicht.

„Was kannst du denn kochen?", fragte sie, nicht ganz abgeneigt von seinem Vorschlag.

„Spaghetti Bolognese, jede Sorte Nudeln, verschiedene Soßen und Pizza auftauen."

„Ich dachte, du magst keine Tiefkühlpizza?", entgegnete sie spitz. Er zuckte die Schultern.

„Ich kann mich ja schließlich nicht jeden Tag bei Mario zum Essen einladen, oder?" Das stimmte auch wieder. Ohne zu fragen öffnete er den Kühlschrank. Und verzog das Gesicht.

„Sag mal – lebt ihr vegetarisch?“

„Äh, eigentlich nicht“, sagte sie und linste unter seinem Arm in den Kühlschrank. Er war fast leer. Nur Paprika, Salat, Eier, die Artischocke, die er ihr aufgeschwatzt hatte und eine Tafel Schokolade. Und eine halb leere Flasche Orangensaft. Sie dachte an den Tag, an dem sie ihn getroffen hatte – und da fielen ihr sieden heiß die CDs von Tiziano Ferro ein, die er ihr geliehen hatte. Sie hatte die Dateien mit Hilfe von Annes Laptop auf ihren iPod gespielt.

„Moment“, sagte sie, „bin gleich wieder da“, und huschte aus der Küche, um die CDs zu holen. Raffaello lehnte im Türrahmen zum Wohnzimmer, als sie wieder zurückkam und ihm seine CDs entgegen hielt.

„Oh“, machte er, „die hatte ich ganz vergessen. Wie hat's dir gefallen?“

„Gut“, sagte Leslie. Sie hatte sich erst eine angehört und danach sofort alle anderen, obwohl sie kein Wort verstanden hatte. Und ab da hatte sie jeden Abend vor dem Einschlafen an die tausendmal ‚Sere Nere‘ gehört.

„Die … Zeitungsartikel, die deine Freundin in der Schublade in der Küche vergraben hat, hat sie dir nicht zufällig gezeigt?“, fragte Raffaello beiläufig.

„Welche Zeitungsartikel?“

„Nicht so wichtig“, behauptete er. „Würdest du ohnehin nicht verstehen. Sind auf Italienisch.“ Jetzt hatte er sie neugierig gemacht. Offenbar war er das Risiko eingegangen, dass sie erneut Fragen stellte. Also konnte es sich nur um irgendwelche mafiösen Angelegenheiten handeln. Sie lief in die Küche und wühlte in einer der Schubladen, bis sie einen Packen Zeitung daraus hervorgezogen hatte. Das Foto, das auf der Titelseite abgebildet war, ließ ihren Herzschlag rasen. Da war sie. Wie sie mit großen Augen und in Handschellen in die Kamera blickte. Auf dem nächsten Bild war Raffaello zu sehen. Irgendetwas von ‚Razzia‘ stand in der Überschrift, mehr konnte Leslie nicht verstehen.

„Oh“, machte sie und schob die Schublade wieder zu.

„Sag ich doch“, knurrte Raffaello. „Es wäre besser gewesen, wenn ich meine Klappe gehalten hätte.“ Sie drehte sich zu ihm um. Er sah tatsächlich verärgert aus.

„Ich verkrafte das“, meinte sie schulterzuckend.

„Wirklich?“, fragte er düster. „Dass du im ganzen Land in den Zeitungen warst? Dass vielleicht sogar deine Eltern davon wissen?“ Sie antwortete ihm nicht darauf. Und versuchte, gar nicht erst weiter über das, was er gesagt hatte, nachzudenken.

„Ist mir egal“, sagte sie dann. Er beäugte sie misstrauisch.

„Weißt du was? Scheiß auf Gosetti. Du kommst einfach mit zu mir.“, sagte er mit fester Stimme, warf seinen Autoschlüssel in die Luft, fing ihn mit einer Hand wieder auf und ging voraus in den Flur. Die Tür stand noch offen. Zu perplex, um etwas zu erwidern, stand Leslie einen Augenblick da und blickte ihm nach, dann wühlte sie Annes Zettel wieder aus dem Mülleimer hervor, legte ihn auf die Anrichte und schrieb unter Annes Nachricht:

„Bin bei Raffaello.“

Genauso wortkarg, wie Anne gewesen war. Zufrieden folgte sie Raffaello zu seinem Auto.

31

Das Haus, das zwanzig Minuten später vor ihnen auftauchte, entlockte Leslie ein entzücktes: „Oh!“ Es war nicht ganz so riesig, aus Feldsteinen gemauert und verwinkelt. Inmitten eines dichten Gartens stand es, der nicht so aussah, als verbrächte Raffaello viel Zeit damit, das Gras zu mähen oder Unkraut zu zupfen. Hinter dem Haus erhob sich eine niedrige Böschung, auf der Olivenbäume, Zitronenbäume und Akazien wuchsen. Orangenbäume und Zypressen ragten vor der Terrasse aus dem Boden, auf der ein alter Mühlstein stand, der offensichtlich als Tisch diente. Zwischen den Bäumen konnte Leslie einen alten, halb zerfallenen Brunnen im dichten Gras erkennen. Der gesamte Garten wirkte recht verwildert. Für Gartenarbeit hatte Raffaello allem Anschein nach nichts übrig. Dafür umso mehr für Autos, wie es schien. In der Einfahrt, die von blühenden Büschen und Zypressen gesäumt war, parkten drei Stück. Ein rotes Cabrio, ein Ferrari, ein schwarzer BMW und ein uralter Oldtimer, den er scheinbar nur zur Verzierung dort stehen hatte. Fahrtüchtig war er schon lange nicht mehr, sagte Raffaello, aber das machte gerade seinen Reiz aus. Leslie musste grinsen. Ein Autofreak. Warum nur war sie bei ihm nicht schon früher auf den Gedanken gekommen?

Das riesige Grundstück lag am Fuße eines Weinbergs, zwischen dessen Reihen nur schemenhaft der eine oder andere bewaffnete Mann zu sehen war. Leslie blickte sich um. In den Feldern, die das Grundstück umgaben, konnte sie noch mehr Wachen erkennen. Gruselig.

„Wir sind ja sowieso nicht alleine", grummelte sie und deutete auf den Weinberg, während sie Raffaello zur aus dickem Eichenholz gefertigten Haustür folgte. Er blickte über die Schulter.

„Ich weiß", sagte er und stieß die Tür auf. „Die Kerle hab' ich Mario zu verdanken. Seit ich hier oben alleine lebe und … nun ja, ‚Chef' bin, hat er Angst um mein Leben. Aber die stören nicht wirklich, wenn man nicht auf sie achtet. Manchmal bin ich sogar froh, dass sie da sind." Das konnte sich Leslie nicht vorstellen.

„Er ist leichtsinnig", hörte sie Gosettis Stimme in ihren Gedanken und musste ihm fast recht geben. Aber nur fast.

„Hast du keine Angst, dass sie … die Seite wechseln könnten?", fragte sie und er schien ganz genau zu wissen, was sie meinte.

„Woher hast du nur solche Ideen?", entgegnete er grinsend. „Du liest zu viele schlechte Bücher."

Sie waren im Wohnzimmer angekommen. Von außen mochte sein Haus beinahe schon bäuerlich aussehen, aber die Einrichtung war eindeutig die eines Millionärs. Und so stilsicher. Leslie fragte sich, ob er die Möbel selbst zusammengestellt hatte. Die gesamte Wohnung war sehr hell, es gab viele Fenster und Lampen – offenbar konnte Raffaello es nicht leiden, im Dunkeln zu hocken. Allerdings wirkte es nicht, als hielte er sich hier oft auf. Wahrscheinlich leitete er seine ‚Geschäfte' vom Haus seiner Eltern aus. Hoffte sie jedenfalls.

„Gefällt es dir?", fragte er und blickte sie hoffnungsvoll an. Leslie nickte und schaute sich um, setzte sich auf das schwarze Sofa, vor dem ein breiter Flatscreenfernseher stand, schob einen der weißen Vorhänge vor der Tür zur Terrasse zur Seite und schaute aus dem Fenster. Zierliche Eidechsen huschten über den warmen Stein auf dem Boden. Trocken wirkende, gelbe Blumen ragten aus den Ritzen in der niedrigen, steinernen Mauer, die die Terrasse umgab, hervor.

„*Sì*", sagte sie und drehte sich zu Raffaello um. Beinahe wirkte er, als wisse er nicht, wie er sich verhalten sollte.

„Ich denke, ich sollte dir alles zeigen", sagte er dann. Er zeigte ihr die Bäder – es waren zwei Stück – das Schlafzimmer – es war riesig und hatte einen kleinen Balkon –, die Küche im Erdgeschoss, den Keller, in dem *keine* Leichen lagen, geschweige denn, Fässer mit Säure. Bloß Autoteile und Kisten mit Gartenmöbeln. Er zeigte ihr sogar die Speisekammer, in der es so wunderbar nach Kräutern roch, dass Leslie am liebsten darin geblieben wäre.

Nach der Hausbesichtigung führte Raffaello Leslie nach draußen auf die Terrasse. Es war heiß, sogar im Schatten, Grillen zirpten im hohen Gras hinter der Gartenmauer, auf der sich die Eidechsen sonnten. Ein mit Efeu bewachsenes Holzdach spendete Schatten, sodass es sich doch einigermaßen aushalten ließ, wenn man sich nicht großartig bewegte.

„Setz dich, ich bin gleich wieder da", sagte Raffaello und verschwand im Haus. Zögernd ließ sich Leslie auf einem der hellbraunen Holzstühle nieder, die um den Mühlstein herum standen, schlüpfte aus ihren Sandalen und zog die Beine an die Brust. Der Stuhl war riesig. Sie fühlte sich auf Anhieb wohl hier. Fast kam es ihr vor, als hätte sie lange hier gewohnt, so vertraut wirkte alles auf sie. Irgendwie passten dieses Haus, der verwilderte Garten, die Eidechsen und die Umgebung nicht zu dem

Raffaello, von dem Mr. Gosetti gesprochen hatte. Und im Augenblick glaubte sie wirklich, das alles sei ein böser Traum gewesen, Raffaello wäre ein stinknormaler Mensch, der einfach hier oben außerhalb von Palermo lebte. Wie schön wäre das gewesen. Und wie langweilig, musste sich Leslie eingestehen.

Einige Minuten später kam Raffaello wieder zu ihr, beladen mit vielen kleinen Schalen, in denen Paprika, Tomaten, Oliven und Weißbrot lagen. Er stellte sie auf den Mühlstein und setzte sich Leslie gegenüber.

„Ich hoffe, du magst Oliven", sagte er und hatte sich schon eine in den Mund geschoben. „Ich *liebe* sie!" Grinsend nahm er sich noch eine zweite und auch Leslie griff zu. Sie hatte noch nie Oliven gegessen. Sie schmeckten sehr würzig, ölig und fast ein bisschen bitter. Aber auf unbekannte Weise wirklich lecker. Sie nahm sich noch eine.

„Schön hier", sagte sie mit vollem Mund.

„Ich weiß", entgegnete Raffaello und grinste selbstgefällig.

„Gefällt mir viel besser, als euer riesiger *Palazzo*, den ich letztes Jahr kennengelernt habe", bemerkte sie.

„Ach, der ist gar nicht mal so schlimm", sagte er. „Von außen wirkt er echt groß und ist innen ziemlich dunkel, aber ganz in Ordnung. Du warst ja nie drin."

„Als Geschäftsort reicht er?"

„*Si*", entgegnete er nur knapp und Leslie beschloss, ihn für heute vor diesem Thema zu verschonen.

Schweigend saß sie da, mit angezogenen Beinen, schaute sich im Garten um, kaute an einem Stück Weißbrot – und plötzlich wusste sie nicht, was sie mit ihm reden sollte. Verdammt aber auch. Es war alles viel einfacher mit ihm im Auto, wenn er sie irgendwohin mitnahm, wenn die Musik laut dröhnte und er zu schnell fuhr. Aber hier und jetzt, alleine mit ihm in seinem Garten, fühlte sie sich auf einmal befangen und unsicher. Sie fragte sich sogar, wann er sie wieder nach Hause fahren würde.

„Wenn du deinen Bikini dabei hättest, könnten wir schwimmen gehen", sagte er irgendwann.

„Schwimmen?" Das Meer war doch ein ganzes Stück entfernt. Er grinste und stand auf.

„Komm mit, ich zeig's dir", sagte er und Leslie folgte ihm um das Haus herum. Ein riesiger Pool glitzerte strahlend blau in der Sonne. Dahinter erstreckten sich Olivenhaine bis in weite Ferne. Ein Pool. Natürlich. Irgendetwas hatte ja noch gefehlt, um dem Luxus den letzten Schliff zu verleihen. Aber sie hatte auch gar keine Lust, schwimmen zu gehen. Sie setzte sich einfach an den Beckenrand und tauchte die Beine in das angenehm kühle Wasser. Raffaello setzte sich neben sie und nach kurzem Zögern ergriff Leslie seine Hand.

„Du hast's wirklich gut, dass du hier wohnen kannst", sagte sie. Sie spürte, wie er sie von der Seite musterte.

„Du könntest bei mir bleiben", schlug er vor.

„Hier auf Sizilien?", fragte sie entsetzt. Er nickte.

„Hm", machte sie, ziemlich verunsichert, weil er sie so ernst ansah.

„Du bist achtzehn, Leslie, du kannst tun und lassen, was du willst", sagte er lächelnd und wickelte sich eine ihrer langen Haarsträhnen um den Finger, sodass sie ihm viel näher kommen musste, als ihr gerade lieb war. „Du könntest darüber nachdenken", sagte er leise.

„Über was?", krächzte sie.

„Ob du bei mir bleiben willst."

„Oh." Er meinte es also tatsächlich ernst. Großer Gott! Er lächelte und ließ ihre Haarsträhne los.

„Küss mich", sagte er geradeheraus, so, als erwarte er es nicht einmal von ihr. Er schien schon auf eine Enttäuschung gefasst zu sein. Doch dann beugte sie sich ganz vorsichtig vor und küsste seine Lippen. Ganz kurz nur.

„Das hat ja nicht mal gekitzelt", sagte er leise lachend.

„Pffft", machte sie eingeschnappt. „Machs doch besser!" Und das tat er. Es war wirklich besser, sofort tauchte das flaue Gefühl in ihrem Magen wieder auf und dann machte sie sich von ihm los, um nach Luft zu schnappen.

„Und?", fragte er mit einem seltsamen Blitzen in den dunklen Augen.

„Könnte besser sein", sagte sie spitz, obwohl ihre Knie noch immer weich waren wie Pudding. Er grinste spitzbübisch und im nächsten Augenblick bekam sie erneut keine Luft mehr. Sie musste ihn kurzerhand in den Pool stoßen, damit sie ihn von sich los bekam. Prustend und triefnass schoss er an die Wasseroberfläche – dann lachte er sich schlapp. Und griff nach ihren Fußgelenken, zog die schreiende und zappelnde Leslie zu sich ins Wasser. Sie spuckte ihm einen Schwall Chlorwasser über, als sie wieder vor ihm auftauchte. Durch ihr helles Top konnte man hervorragend erkennen, was sie darunter trug. *Shit*.

„Das hast du nicht gesehen", knurrte sie und tauchte so weit unter, dass nur noch ihr Kopf aus dem Wasser schaute.

„Was?", fragte er unschuldig, doch er musste grinsen. Leslie schoss ihm eine riesige Welle ins Gesicht. Er grinste nur noch breiter. Sie übergoss ihn noch einmal mit Wasser. Das schwarze Haar hing triefnass in seinem Gesicht und dann musste sie sich so schnell es ging vor ihm ins tiefere Wasser flüchten, bevor er sie zu fassen bekam.

Sie ahnte nichts von dem grauen Auto, das vor dem schmiedeeisernen Tor zur Einfahrt hielt, als sie kreischend versuchte, sich an Raffaellos Rücken festzuklammern, um seinen Lippen auszuweichen. So schön es auch war – musste er sie andauernd küssen?

Die Stimme, die wenig später hinter ihnen ertönte, ließ Leslie erschrocken ihren Griff um Raffaellos Schultern lösen. Sie tauchte ungewollt unter, weil der Boden unter ihren Füßen doch weiter entfernt war, als sie angenommen hatte, dann tauchte sie nach Luft schnappend wieder auf. Raffaello stand im flacheren Wasser, seine Kleider klebten an seinem Körper und er starrte zu dem Mann auf, der soeben am Rand des Pools aufgetaucht war. Francesco Ruggiero, Raffaellos Bruder.

„Hab' ich dich eingeladen?", fragte Raffaello kühl, dann wechselte er ins Italienische. Er schien immer wütender zu werden. Und schließlich stieg er die Treppe hoch aus dem Wasser. Sehr furchteinflößend wirkte er nicht mehr, wie er so triefnass dastand, und Leslie stieß einen erstickten Schrei aus, als sie das schwarz glänzende Metall bemerkte, das aus dem Bund seiner Jeans ragte. Sein Hemd war hochgerutscht und am Griff der Pistole hängen geblieben. Ach du Scheiße! Das Ding war doch nicht im Handschuhfach! Sie schluckte. Und schwamm auf die Leiter zu, die auf der anderen Seite des Pools aus dem Wasser ragte. Vorsichtshalber blieb sie auf dieser Seite stehen. Irgendwie traute sie sich nicht, hinüber zu Raffaello und seinem Bruder zu gehen. Wenn Raffaello sein Hemd wieder zurechtrücken würde, dann vielleicht. Aber so nicht. Großer Gott, das Ding flößte ihr wirklich gehörigen Respekt ein.

„Hab' ich euch gestört?", fragte Francesco.

„*Sì*", entgegnete Raffaello knapp.

„*Scusi*, Bruderherz. Ich dachte mir, ich besuche dich mal wieder. Dass deine Freundin hier ist, konnte ich ja schließlich nicht wissen." Er nickte Leslie zu.

„Wie geht's?", rief er ihr zu, aber sie antwortete nicht. Blieb nur auf der anderen Seite des Pools stehen, die Arme vor der Brust verschränkt und hoffte, ihr T-Shirt würde bald trocknen und Francesco verschwinden. Aber der dachte scheinbar nicht im Geringsten daran.

Raffaello und sein Bruder fingen wieder an, Italienisch zu reden und einmal mehr ärgerte sich Leslie darüber, dass sie keinen Italienischkurs gemacht hatte. Sie würde Raffaello bitten, ihr die wichtigsten Wörter beizubringen. Hoffentlich tat er das auch. Ohne ihre Absichten zu durchschauen.

„Leslie", sagte Raffaello irgendwann, drehte sich zu ihr um und musterte sie von oben bis unten. „Ich … werde dir was Trockenes zum Anziehen holen. Bleib da stehen, sprich bloß nicht mit meinem Bruder – ich bin gleich zurück." Er wandte sich an Francesco und zischte ihm irgendetwas zu, doch der schien nicht im Mindesten beeindruckt. Er blickte zu Leslie herüber, als Raffaello hinter dem Haus verschwunden war, dann kam er zu ihr auf die andere Seite des Pools. Die Hände lässig in den Hosentaschen vergraben. Er lächelte sogar – und Leslie bemerkte mit Schrecken, wie ähnlich es dem von Raffaello war.

„Er scheint dich wirklich gern zu haben", sagte Francesco nachdenklich, als er bei ihr angekommen war. „Tut mir übrigens leid, dass wir uns am Mittwoch unter solchen … ‚Umständen' kennengelernt haben."

Was sollte das werden? Schleimerei? Oder einfach nur Höflichkeit? Aber dafür lag eine Ernsthaftigkeit in seiner Stimme, die nicht ganz passen wollte. Unruhig trat Leslie von einem Fuß auf den anderen. Wo zur Hölle blieb Raffaello nur? Es konnte doch nicht so lange dauern, ein T-Shirt aus dem Schrank zu holen.

„Gehen wir ein Stück?“, fragte Francesco, aber es war keine Frage. Er deutete mit dem Kopf auf die alten, knorrigen Olivenbäume, die sich vor ihnen erstreckten. Nein, wollte Leslie sagen, ich bleibe hier und warte auf Raffaello, aber da war Francesco schon vorausgegangen. Zögernd, die Arme noch immer vor der Brust verschränkt, folgte sie ihm in den Olivenhain. Das trockene, hohe Gras stach ihr in Füße und Waden. Grillen zirpten um sie herum. Hitze stieg von dem harten Boden auf, obwohl die dichten Äste der Olivenbäume reichlich Schatten spendeten.

„Ich werde dir jetzt etwas erzählen“, sagte Francesco und irgendwie fand Leslie ihn nicht mehr ganz so unangenehm, wie bei ihrer ersten Begegnung. Vielleicht, weil er von hinten so aussah, wie Raffaello – nur, dass dieser sein störrisches Haar nicht mit Gel in den Griff bekam. Francesco drehte sich zu ihr um. Er wirkte todernst. Dann holte er etwas aus seiner Anzugtasche hervor und reichte es ihr. Ihr Herzschlag beschleunigte sich, als sie die Polizeimarke in den Händen hielt, und da begriff sie, warum sich Raffaello seinem Bruder gegenüber so misstrauisch und kühl verhielt.

„Ganz richtig“, sagte Francesco und nahm seine Dienstmarke wieder entgegen. „Ich bin Polizist. Mafia-Jäger. Ein *Cop*, wie sie es in den Filmen aus Amerika immer nennen.“ Er lächelte, aber es wirkte eine Spur zu ernst. „Als Erstes hätte ich gerne gewusst, ob du etwas weißt“, sagte er und blickte ihr mit stechendem Blick in die Augen. Was sollte das denn? Er fing schon an, wie Gosetti!

„Worüber?“, entgegnete sie. Francesco seufzte.

„‚Darüber‘“, sagte er, „über den ‚Stand der Dinge‘! Das ‚Projekt‘.“

„Was soll das?“, fragte sie. „Arbeiten Sie mit Gosetti zusammen? Wenn ja, können Sie ihm ausrichten, dass –“

„Du weißt es wirklich nicht. Schon kapiert“, sagte er und hob die Hände. Dann schlenderte er tiefer in die Allee aus Olivenbäumen hinein und Leslie folgte ihm. Dieses Mal aus purer Neugier. Wahrscheinlich war genau das sein Plan gewesen.

„Was weiß ich nicht?“, rief sie ihm nach und lief ein paar Schritte, um mit ihm mithalten zu können. „Sie hätten die blöden Andeutungen lassen sollen. Wenn ich ‚es‘ nicht weiß, will ich es jetzt wissen!“ Francesco blieb stehen. Musterte sie fast mitleidig.

„Ich denke, du würdest mir ohnehin nicht glauben“, sagte er. „Aber wir haben alle Beweise, die wir brauchen. Und mein Bruder hat die geschmierten Richter und wer weiß wen sonst noch. Pech für uns.“ Er lachte trocken auf. Was um Himmels Willen faselte er da? Legte er es darauf an, sie auf die Folter zu spannen?

„Interessiert mich nicht, von was Sie sprechen“, sagte Leslie trotzig. Vielleicht funktionierte es ja so. Francesco wirkte nicht überrascht. Er holte bloß tief Luft, dann senkte er die Stimme, als habe er Angst, jemand, vielleicht Raffaello, könne mithören.

„Das, was ich dir jetzt über meinen Bruder verrate, wird dir nicht gefallen, das nur vorneweg als Warnung, Leslie“, sagte er ernst. „Willst du es trotzdem hören?“ Sie wollte nicken. Alles in ihr schrie „Ja“, aber plötzlich war da eine gehörige Portion Unsicherheit. Was konnte so schlimm sein? Sie konnte sich nicht entscheiden, ob sie es wissen wollte. Nervös kaute sie auf ihrer Unterlippe herum.

„Nein“, sagte sie dann und klang dabei nicht halb so überzeugt, wie sie beabsichtigt hatte.

„*Va bene*, dann nicht“, entgegnete Francesco achselzuckend. „Wenn du Augen und Ohren vor den Verbrechen, die mein Bruder begangen hat – noch immer begeht! – verschließen willst, nur zu. Dann lass uns zurückgehen, sonst sucht er uns noch.“

„Warten Sie!“, rief Leslie ihm nach, als er schon losgehen wollte. „Ich … glaube, ich will es doch wissen …“

„Nein, willst du nicht“, sagte eine eiskalte Stimme hinter ihnen. Zu Tode erschrocken fuhr Leslie herum – und blickte geradewegs in den Lauf einer Pistole. Doch sie war nicht auf sie gerichtet.

„Francesco, halt die Klappe!“, sagte Raffaello mit derselben Kälte in der Stimme, die Leslie schon oft hatte schaudern lassen. Da war er wieder, dieser leblose, harte Ausdruck in seinen Augen, den sie schon im Gefängnis an Marios Geburtstag bemerkt hatte. Francesco lachte nervös auf. Und hob die Hände. Seine Dienstmarke glitzerte im Sonnenlicht, das sich zwischen den Zweigen eines Olivenbaumes verfangen hatte.

„Ich weiß längst, dass du ein ‚*Cop*' bist", sagte Raffaello und lächelte kalt. Leslie spürte, wie ihr der Angstschweiß aus allen Poren trat.

„Leslie, geh zur Seite", befahl Raffaello, doch sie konnte sich nicht vom Fleck rühren. Stand hilflos da, zwischen Raffaello und Francesco, der jetzt seine Marke in die Jackentasche gleiten ließ. Raffaello entsicherte die Waffe.

„Leslie?", sagte Francesco plötzlich mit fester Stimme. „Du willst es wirklich hören?" Sie antwortete nicht. Zu groß war die Angst vor Raffaello im Augenblick.

„Nein", presste sie mit erstickter Stimme hervor. Plötzlich hatte sie keinen Zweifel mehr daran, dass Raffaello abdrücken würde. Wahrscheinlich hätte er das ohnehin irgendwann getan, wenn auch nicht persönlich. Es schien nur eine Frage der Zeit gewesen zu sein. Francesco war der Schweiß auf die Stirn getreten. Aber jetzt lachte er verbittert auf.

„Da siehst du, wie sie einen manipulieren", sagte er mit verächtlichem Blick auf Raffaello. „Das ist ihre Masche. Die *Cosa Nostra.*" Er spuckte die Worte förmlich aus. „Du solltest ihm nicht vertrauen, Leslie, glaub mir. Keiner, nicht einmal unsere Mutter, weiß es."

„Francesco!", fuhr Raffaello ihn wütend an. Die Pistole schimmerte im goldenen Sonnenlicht. Schwarz, wie ein unbedeutendes Stück Kohle. Francesco fuhr unbekümmert fort.

„Er hat es sehr geschickt angestellt. Niemand hat Verdacht geschöpft. Keiner – nicht einmal wir ... Anfangs."

Raffaello schrie ihn auf Italienisch an. Leslie zuckte zusammen wegen der ungewöhnlichen Lautstärke seiner Stimme. Diese Kälte. Er hörte sich nicht nach sich selbst an. Er schien ein anderer zu sein. So anders. Doch Francesco lächelte nur müde. Vielleicht wusste er, was ihm blühte. Vielleicht hatte er es gewusst, als er hergekommen war. Vielleicht hatte es auch Gosetti gewusst. Sie alle. Vielleicht war das ein Opfer, das man bringen musste, wenn man der Mafia ein Stück näher auf die Pelle rücken wollte. Aber es war sinnlos. So unendlich sinnlos.

„Leslie, ich fürchte, ich muss dir sagen, dass dein Freund ein Mörder ist. Von der schlimmsten Sorte“, sagte Francesco kühl, den Blick starr auf Raffaello gerichtet. Leslie traute sich nicht, zu ihm aufzusehen. Sie traute sich nicht, sich auch nur zu bewegen. Sie hielt sogar die Luft an. Jetzt antwortete Raffaello nicht mehr. Weder auf Englisch noch auf Italienisch. Er schwieg. Da war nur diese eiskalte Stille um sie herum. Grillen zirpten. Leslies Herzschlag hämmerte in ihren Ohren.

„Mein Bruder hat seinen eig–“.

Weiter kam Francesco nicht. Raffaello drückte ab. Das Echo des Schusses hallte tausendfach in den Weinbergen wider. Francescos Miene verzerrte sich. Noch ein Schuss. Und drei weitere. Das Echo dreitausendmal wiederholt. Francesco sank auf die Knie. Seine Dienstmarke rutschte ihm aus der Tasche, als er rückwärts in das trockene Gras fiel. Ein riesiger, tiefroter Fleck breitete sich immer weiter auf seinem Hemd aus. Raffaello ließ die Waffe sinken. Leslie drehte sich zu ihm um. Sie erinnert sich daran, wie man atmete – und schnappte nach Luft. Aber es wurde zu einem entsetzten Schluchzen. Ohne Tränen. Nur Entsetzen. Raffaello sicherte die Pistole. Steckte sie in seinen Gürtel und verdeckte sie mit seinem Hemd. Ihr fiel auf, dass er ein Zweites im Arm hielt. Sein blaues, das er so gerne mochte. Er sah sie an, ohne jegliche Gefühlsregung. Mit Pokerface. Aber das unbekannte Glimmen in seinen Augen war verschwunden.

32

Leslie rannte. Rannte so schnell sie konnte, soweit sie konnte. Das spitze Gras bohrte sich in ihre Fußsohlen, sie blutete, aber das merkte sie nicht. Weg. Nur weg von diesem Ort. Von Francesco. Und Raffaello. Sie rannte weiter. Und hörte, wie Raffaello ihren Namen rief. Sie war so gut wie tot. Vor ihren Augen verschwamm die Umgebung. Er war hinter ihr.

„Leslie!“ Er rüttelte sie. Sie riss die Augen auf. Registrierte, dass sie noch immer an ein und demselben Ort stand. Zwischen Raffaello und seinem toten Bruder.

„Leslie, wenn du kollabierst, hole ich einen Krankenwagen“, rief er laut. „Atme, verdammt!“ Er rüttelte sie erneut an den Schultern. Sie holte tief Luft. Das passte nicht zu einem Mörder. Er sollte sie erschießen. Sie war eine unerwünschte Zeugin. Scheiße.

„Lass – mich los“, stammelte sie. Er tat es.

„Leslie, ich –“

„Nicht …“, stotterte sie und ihre Stimme zitterte. Ihre Knie. Alles an ihr zitterte. Aber sie blieb stehen. Blickte ihm direkt in die dunklen Augen, deren Ausdruck jetzt viel weicher geworden war. Und viel mehr Wärme lag in ihnen. Und noch etwas anderes. Hilflosigkeit. Sie verstand nicht, wieso.

„Leslie“, setzte er noch einmal an, aber sie schüttelte den Kopf. Taumelte einige Schritte zurück, weg von ihm. Sie fiel, krachte mit der Schulter gegen den dicken Stamm eines Olivenbaumes und rutschte mit dem Rücken daran herunter. Sie spürte den Schmerz nicht, als sie sich die Haut an der harten Rinde aufschürfte. Dann saß sie mit angezogenen Knien im hohen Gras, den Blick starr auf die leblose Gestalt Francescos gerichtet. Einige Grashalme verdeckten sein Gesicht.

„Hier“, sagte Raffaello und hielt ihr sein Hemd entgegen, „deine Sachen sind zu nass.“ Sie nahm es nicht entgegen. Sie schaute ihn auch nicht an. Er ließ das Hemd neben sie auf den Boden fallen.

„Ich … gehe rein“, sagte er. Dann schwieg er so lange, dass Leslie glaubte, er habe sich in Luft aufgelöst.

„Wenn du … willst, kannst du irgendwann nachkommen. Oder du kannst gehen. Du brauchst mir nicht Bescheid zu sagen." Dann drehte er sich um und ging. Der Mörder von Francesco, seinem eigenen Bruder, entfernte sich. Das Gras raschelte unter seinen Schritten. Und Leslie saß alleine da. Mit Francesco. Mit Raffaellos Hemd. Alleine zwischen Olivenhainen. Irgendwann griff sie nach dem zarten Stoff und zog sein Hemd über. Es roch so wunderbar nach ihm und das fand sie so schrecklich, dass sie weinen musste.

Später wusste sie nicht, wie lange sie so dagesessen und stumm vor sich hin geschluchzt hatte, als sie die Schritte hörte. Leslies Beine waren eingeschlafen, ihr Rücken und ihre Schultern schmerzten. Sie schluckte, aber ihr Mund war so trocken, wie das Gras, in dem sie saß. Die Männer, die zwischen den Olivenbäumen auftauchten, jagten ihr einen gehörigen Schrecken ein. Sie trugen Gewehre über der Schulter, fünf waren es insgesamt. Raffaellos Wachleute. Beunruhigenderweise schienen sie Leslie nicht zu bemerken. Oder sie hatten die Anweisung erhalten, nicht auf sie zu achten, während sie Francescos Leichnam auf einen Karren luden und sich dann zügig entfernten. Seltsamerweise verspürte sie kein bisschen Angst.

Eine Weile lang rührte sie sich nicht von der Stelle, wartete, bis sie die Schritte der Männer nicht mehr hören konnte, und kroch dann vorsichtig auf allen Vieren durch das hohe Gras auf die Stelle zu, an der Francesco gelegen hatte. Das Gras war dort platt gedrückt, es richtete sich gerade erst wieder langsam auf. Halme waren umgeknickt – und Leslie musste würgen, als sie den Blutfleck bemerkte. Das Gras und die trockene Erde waren rot verfärbt. Mit einem entsetzten Wimmern und rumorendem Magen drehte sie sich wieder um und lief auf Händen und Knien zurück zu dem Baum, unter dem sie gesessen hatte. Es war besser, sich klein zu machen. Sich zu verstecken. Sie zog die Knie dicht an die Brust, schlang die Arme darum und kaute auf ihrer Unterlippe. Es waren gerade einmal einige Minuten verstrichen, da hörte sie erneut Schritte, die auf sie zukamen. Gehetzt blickte sie um sich, aber da war niemand.

Als Mr. Gosetti, gefolgt von zwei Polizisten, zwischen den alten Bäumen auftauchte, hielt Leslie entsetzt die Luft an. Hatten sie Raffaello festgenommen? Saß er bereits im Gefängnis? Großer Gott, sie hatte Mitleid mit einem Mörder! Für einen Mörder, für den sie diese elenden Gefühle nicht haben sollte. Das war nicht normal. Keiner verliebte sich in einen Verbrecher. Leslie fragte sich, ob Gosetti sie nun auch mitnehmen, sie ausfragen und einsperren würde, aber noch schien er sie nicht bemerkt zu haben. So schnell und vorsichtig sie konnte, huschte sie auf die andere Seite des alten Olivenbaumes und drückte sich mit dem Rücken gegen den Stamm. Sie hielt die Luft an. Betete, dass Gosetti sie nicht sehen würde. Und das Glück schien auf ihrer Seite zu sein.

Vorsichtig, sorgsam darauf achtend, das dürre Gras nicht zum Knacken zu bringen, beugte sich Leslie um den Stamm und linste dahinter hervor. Mr. Gosetti und seine beiden Begleiter standen drei Meter neben der Stelle, an der Francesco gelegen hatte, und unterhielten sich leise auf Italienisch. Mist Sie hätte alles dafür gegeben, um verstehen zu können, um was es ging. Die beiden Polizisten sahen sich um. Hatten sie sie bemerkt? Oh, *Shit*, dachte Leslie panisch und zog sich leise zurück. Wartete. Hielt die Luft an. Ihre Lungen drohten zu zerbersten. Grillen zirpten. Die Männer schwiegen oder sprachen sehr leise. Dann, nach einer halben Ewigkeit, entfernten sich die Schritte der Drei. Leslie atmete auf. Blieb sitzen, wo sie war. Hatten sie nicht den Blutfleck bemerkt? Sie fragte sich, wonach sie eigentlich gesucht hatten.

Ein Adrenalinstoß schoss durch ihren Körper, als sie daran dachte, ob sie Raffaello mitgenommen hatten. Bitte nicht, flehte sie in Gedanken und wusste gleichzeitig, dass es falsch war. Und dann stand sie einfach auf, kam um den Baum herum, und rannte so schnell sie konnte die Allee aus Olivenbäumen entlang. Auf den Pool, auf Raffaellos Haus zu. Das Gras stach ihr in die Fußsohlen, aber das war ihr egal. Sie wollte nur wissen, was mit Raffaello passiert war. Ob er ein Mörder war oder nicht, war im Moment egal.

Die Tür zur Terrasse stand offen, als Leslie beim Haus ankam. Ihr Herz schlug schneller und sie blieb wie angewurzelt stehen, als sie eintrat und

Raffaello auf dem schwarzen Sofa sitzen sah. Er hatte sich umgezogen, trug jetzt nur noch eine kurze Jeanshose und ein weißes Trägershirt. Sein Haar war feucht und noch schwärzer, als sonst, offenbar war er unter der Dusche gewesen. Jedenfalls wirkte er frischer. Er sah zu ihr auf, als sie auf der Türschwelle erschien, ihre nassen Kleider unter dem Arm und nur in seinem blauen Hemd, das ihr viel zu groß war. Die Ärmel hatte sie hochgekrempelt.

„Ich hatte schon befürchtet, du kommst gar nicht mehr", sagte er und lächelte schwach. Leslie schluckte. Sie traute sich nicht ins Wohnzimmer, wo er war. Er sagte eine ganze Weile lang nichts. Leslie auch nicht. Sie stand bloß im Türrahmen, regungslos, und sah ihn an. Er erwiderte ihren Blick, ohne zu blinzeln.

„Ich … dachte, Gosetti hätte dich mitgenommen", brachte sie schließlich hervor. Sie räusperte sich. Ihr Mund war noch immer furchtbar trocken. Raffaello lächelte.

„Nein", sagte er, „hat er nicht. Er war nur ein bisschen hysterisch. Ich ließ ihn sich umsehen, nachdem er darauf bestand. Hat er dich gefunden?" Sie antwortete nicht auf seine Frage.

„Sie haben … ihn weggebracht", sagte sie stattdessen. Er wusste genau, wen sie meinte.

„Ja, ich weiß", sagte er.

„Gosetti wird dir nichts nachweisen können."

„Hm. Mal sehen." Ohne es zu wollen, setzte sich Leslie neben ihn auf das Sofa. Mit zwei Meter Abstand zwischen ihnen.

„Da … ist ein Blutfleck", murmelte sie leise. „Den hat Gosetti übersehen." Doch das schien ihn kalt zu lassen.

„Du solltest aufhören, darüber zu reden, Leslie", sagte er nur. „Das macht es nicht einfacher für dich."

„Und wenn ich das nicht will?", entgegnete sie leise. Er zuckte die Schultern, sagte aber nichts. Sah ihr auch nicht in die Augen, sondern blickte mit leerem Blick an ihr vorbei. Die Uhr an der Wand tickte laut. Viel zu laut.

„Was ist das für ein schreckliches Geheimnis, das du vor allen verbergen willst?“, fragte Leslie irgendwann. Sie wusste, dass er ihr das nicht verraten würde. Aber einen Versuch war es wert.

„Lass das, Leslie, bitte“, sagte er mit matter Stimme.

„Gut, wie du willst“, grummelte sie. Sie schwiegen erneut. Bestimmt eine halbe Stunde lang saß sie einfach nur stumm neben ihm und traute sich nicht, ihn anzusehen.

„Es passt nicht zu dir, dass du etwas einfach so auf sich beruhen lässt“, sagte Raffaello irgendwann und sah zu ihr herüber. Fast war da wieder das alte, vertraute Glitzern in seinen Augen. Sie zuckte die Achseln.

„Tue ich auch nicht. Ich warte einfach ab.“

„Da kannst du wirklich lange warten.“

„Dann muss ich das wohl“, sagte sie, stand auf und ging auf die Terrasse hinaus. Setzte sich auf den Stuhl am Mühlstein, auf dem sie vorhin gesessen hatte, ließ die Beine baumeln und wunderte sich nicht, dass er ihr nicht nachkam. Wahrscheinlich wollte er sie in Ruhe lassen. Damit sie sich für oder gegen ihn entscheiden konnte. Vielleicht dachte er auch, sie hätte Angst vor ihm. Was für ein Unsinn, dachte sie bei sich. Wie konnte sie sich vor ihm fürchten, wenn sie ihn doch so schrecklich gern hatte?

Lange saß sie so da und wartete. Auf was, wusste sie selbst nicht genau. Vielleicht darauf, dass Raffaello zu ihr kam. Oder darauf, dass er ihr verraten würde, warum Francesco hatte sterben müssen. Seinen eigenen Bruder, dachte sie, er hat seinen eigenen Bruder getötet.

Erschossen.

Umgebracht.

Ermordet.

Sie fuhr zusammen, als sie sich den lauten Knall der fünf Schüsse in Erinnerung rief. Fünfmal. Großer Gott, hätte einmal nicht ausgereicht? Hatte er ihn unbedingt abschlachten müssen? Das war es doch gewesen. Eine Hinrichtung.

Die Grillen zirpten lauter, andere Insekten fielen mit ein. Es knackte hier und da im hohen Gras. Einige einsame Eidechsen hockten noch auf der niedrigen Steinmauer, um die letzten Strahlen der untergehenden Sonne in sich aufzunehmen, aber bald waren auch sie verschwunden. Zusammen mit der Sonne. Die Landschaft und der Garten um sie herum lagen nur noch in blass violettem Licht da. Leslie fühlte sich sicherer in der Dämmerung. Und irgendetwas wirkte falsch an all dem. Zu paradiesisch. Als hätte der Tag heute gar nicht stattgefunden. Und vielleicht war es besser, daran zu glauben. Sich das einzureden. Vielleicht war es besser, einfach an hier und jetzt zu denken. Was Anne wohl gerade machte? Ach was, sie hatte ihr ja den Zettel hinterlassen.

Plötzlich tauchte Raffaello vor ihr auf, leise, wie ein Schatten stand er da vor ihr in der Dunkelheit. Er hielt etwas in den Händen.

„Hier", sagte er und stellte einen Teller mit Weißbrot und Wurst vor Leslie auf den Mühlsteintisch. „Magst du?" Aber sie schüttelte den Kopf. Wurst war das Abartigste, was sie jetzt noch ertragen konnte. Es erinnerte sie zu sehr an Francesco.

„Dachte ich mir", murmelte Raffaello und setzte sich auf den Mühlstein.

„Soll ich dich nach Hause fahren?", fragte er dann, doch sie schüttelte erneut den Kopf.

„Ich will nicht zu Anne", sagte sie leise.

„Warum?", fragte er. „Denkst du etwa, sie weiß schon davon?"

„Nein, einfach so …" Sie stand auf und setzte sich neben ihn. Lehnte sich an seine Schulter und kaute auf ihrer Unterlippe herum. Sie hatte das Gefühl, eine riesige Portion Trost zu brauchen. Anne wäre dafür mit Sicherheit besser geeignet. Aber jetzt saß sie neben Raffaello auf dem Tisch. Baumelte mit den Beinen.

„Ich dachte wirklich, die hätten dich verhaftet", murmelte sie nach einer Weile.

„Hattest du Angst?", fragte er leise. Sie schüttelte den Kopf.

„Um dich, ja", sagte sie dann aber.

„Und *vor* mir?" Sie zögerte. Dann nickte sie.

„Anfangs schon."

„Jetzt auch noch?“, fragte er vorsichtig.

„Ich glaube nicht“, murmelte sie und schielte zu ihm auf. Er schien aufzuatmen. Er murmelte irgendetwas auf Italienisch, dann beugte er sich einfach zu ihr herüber und küsste sie. Es war ein seltsamer Kuss. Anders, als sonst. Sehr verwirrend. So grässlich verwirrend. Gott sei Dank saß sie auf dem Tisch, sonst hätten ihre Knie gnadenlos nachgegeben. Aber sie musste sich trotzdem an seiner Schulter festhalten, damit sie nicht hin und her wankte.

Als er sich vorsichtig von ihr löste, schnappte sie nach Luft – und fuhr erschrocken zusammen, als sie seine Hand bemerkte, die unter ihrem Hemd auf ihrer Taille lag. Sie traute sich kaum, zu ihm aufzusehen. Ein ruheloses Flackern lag in seinem Blick, aber vielleicht bildete sie sich das auch nur ein. Er lächelte.

„Ich hab’ dich erschreckt“, sagte er schuldbewusst und zog seine Hand zurück. Sie schluckte. Und nickte.

„Entschuldige, das war nicht meine Absicht“, entgegnete er mit rauer Stimme. Sie wollte seinem Blick ausweichen, aber irgendwie gelang ihr das nicht. Seine Augen schienen dunkler geworden zu sein, so dunkel, wie der sternenklare Nachthimmel.

„Schon gut“, murmelte sie.

„Wirklich?“

„Hm.“

„Sicher?“, fragte er und grinste.

„Ja, verdammt, wie oft noch?“

„*Molto bene*“, sagte er, dann küsste er sie erneut. Es passierte einfach, ohne dass sie sich erklären konnte, wie.

33

Helles Licht fiel ins Zimmer, die weißen Wände blendeten so sehr, dass Leslie die Augen gleich wieder zusammenkniff, nachdem sie sie aufgeschlagen hatte. Dann blinzelte sie, gewöhnte sich an die frühen Sonnenstrahlen, die durchs Fenster fielen. Sie gähnte – und hielt inne, als sie registrierte, dass sie im Bett lag, die weiße Decke bis zur Nasenspitze hochgezogen.

Moment – *ihre* Decke war blau. Eigentlich. Als sie ihre Kleider verstreut auf dem Boden liegen sah, fuhr sie entsetzt hoch. Ach du Schreck! Sie raufte sich das wirre Haar, dann fiel es ihr wieder ein. Sie war bei Raffaello. In seinem Haus. In seinem *Bett.*

„Scheiße!", entfuhr es ihr laut. Jetzt erinnerte sie sich. Bei diesen Gedanken verknotete sich etwas in ihrem Magen, aber dann zauberte es ein Lächeln auf ihr Gesicht. Verwirrt ließ sie sich zurück in die weichen Kissen fallen. Tastete mit der linken Hand nach Raffaello.

„Raffaello?", raunte sie. „Wach auf, du –" Sie hielt inne. Drehte sich zur Seite. Er war nicht da.

„Raffaello?" Sie setzte sich wieder auf. Reckte den Hals und ließ den Blick im Zimmer umherschweifen. Den Balkon konnte sie von hieraus sehen. Dort war er nicht. Wo zur Hölle steckte er? Das mulmige Gefühl, das auf einmal in ihrem Magen aufgetauchte, beachtete sie einfach nicht.

Vorsichtig rappelte sie sich auf, kroch unter der Decke bis ans Ende des Bettes, streckte einen Arm aus und angelte nach ihren Kleidern. Schnell zog sie Raffaellos Hemd über und schlüpfte hastig in ihren Rock. Nun endlich traute sie sich aufzustehen. Und da fiel ihr der Zettel ins Auge, der auf Raffaellos Kopfkissen lag. Sie kniete sich auf die harte Matratze und nahm ihn in die Hand.

„Buon giorno, Leslie",
stand da in seiner unverkennbaren Schnörkelschrift,
„Ich musste dringend weg –
Familienangelegenheiten, bzw. Probleme.
Tut mir wirklich leid,

ich denke, es dauert nicht lange.
Warte hier auf mich,
Ti amo,
R. R."

Das „*Ti amo*" ließ ihr Herz für einige Sekunden rasen, aber dann zerknüllte sie den Zettel mit der Faust. Was bildete er sich eigentlich ein? Dass er sie einfach so sitzen lassen konnte? Drecksack, dachte sie grimmig. Seine blöden ‚Familienangelegenheiten' interessierten sie nicht im Geringsten. Jedenfalls nicht im Moment. Sie stand auf, schmiss den zerknüllten Zettel aufs Bett und huschte dann so leise sie konnte – obwohl sie wusste, dass außer ihr niemand hier war – in das große Bad, das an das Schlafzimmer im ersten Stock grenzte. Hastig drehte Leslie den Wasserhahn auf und goss sich einen Schwall Wasser ins Gesicht.

Ihr Magen rumorte. Ihr Spiegelbild sah grässlich aus. Eine unangenehme Mischung aus purem Glück und bitterer Enttäuschung. Dazu noch Wut. Schmollmund. Falte zwischen den breiten Augenbrauen. Glänzende Augen – keine Schatten darunter. Und es schien ihr etwas entgegenzuschreien: „Ausgenutzt!" Ich bin ihm egal, fügte sie in Gedanken hinzu, sonst wäre er nicht einfach so gegangen. Trotzig richtete sie den Blick auf die hellgrauen Augen ihres Spiegelbildes. „Er ist es auch", sagte sie mit fester Stimme. „Er ist mir auch egal." Aber sie wusste genau, dass er das nicht war. Und das machte sie nur umso wütender. Sie drehte dem Spiegel den Rücken zu und verließ das Bad. Huschte die Treppe hinunter in die Küche.

„Leslie?!" Sie fuhr zu Tode erschrocken herum. Mario saß am Esstisch, in Jeans und T-Shirt, die Zeitung aufgeschlagen in der Hand und musterte sie äußerst überrascht. Sie starrte nicht minder überrascht zurück. Noch nie hatte sie ihn in Freizeitkleidung zu Gesicht bekommen. Er wirkte gleich fünf Jahre jünger.

„Du bist so früh schon hier?", fragte Mario mit einem ungläubigen Blick auf die teure Wanduhr neben dem Kühlschrank. Dieselbe Frage sollte sie eigentlich ihm stellen, aber sie ließ es bleiben. Sie folgte seinem

Blick. Es war gerade erst halb sechs. Himmel, wann war Raffaello denn verschwunden? Mitten in der Nacht?

„Immer noch", entgegnete sie trocken. „Ich bin *immer noch* hier." Mario musterte sie verständnislos, aber sie meinte, Erkenntnis in seinen Augen aufblitzen zu sehen. Bestimmt fragte er sich, warum sie Raffaellos Hemd trug. Es sei denn, er hatte von dem gestrigen Ereignis schon gehört. Vielleicht war er deshalb hier. Sie hatte ihn seit der Razzia an seinem Geburtstag nicht mehr gesehen.

„Was soll das heißen?", fragte er und faltete seine Zeitung zusammen.

„Das soll dein bester Freund dir erklären", entgegnete sie kühl, dann drehte sie sich um, eilte quer durchs Wohnzimmer auf die Terrasse zu. Sie hatte keinen Blick übrig für die schmalen Eidechsen, die in der frühen Morgensonne über die steinerne Gartenmauer huschten. Sie lief an den drei Autos vorbei, Raffaellos schwarzer Maserati stand nicht dabei. Natürlich nicht. So schnell sie konnte, eilte sie die Auffahrt zwischen den Zypressen hinunter, auf den breiten Schotterweg zu. Sie verschwendete keinen Gedanken daran, dass sie den Weg nicht mehr genau im Kopf hatte und außerdem zu Fuß unterwegs war.

Sie lief einfach weiter, schimpfte und heulte vor sich hin, stolperte, wich vorbeifahrenden Autos aus, schwitzte in der elenden Hitze und atmete den schrecklich wunderbaren Geruch von Raffaellos Hemd ein. Scheiß auf den Kerl, dachte sie, Scheiß auf ihn! Sie stolperte weiter.

Irgendwann erreichte sie ihr Ferienhaus. Sie sah es schon von Weitem, und dann rannte sie darauf zu, die Einfahrt hoch. Ihre Füße und Beine schmerzten. Sie war mindestens zwei Stunden lang in der Gegend herumgeirrt, bevor sie endlich auf den richtigen Weg gekommen war.

„Leslie!" rief Anne aus, als sie die Tür aufriss. „Wo um Himmels Willen *warst* du?! Schreibst nichts weiter, als: ‚Bin bei Raffaello'! Himmel noch mal, der Typ hat echt Nerven!" Erschöpft zog Leslie die Tür hinter sich zu und lehnte sich dagegen. Anne kam auf sie zu.

„Im Ernst, ich hätte deinem Mafioso die *Polizia* auf den Hals gehetzt, wenn du nicht bald aufgetaucht wärst! Du warst doch bei ihm? Egal, also, ich hab' –". Sie brachte ihren Redeschwall augenblicklich zu Ende, als sie die Tränen bemerkte, die Leslie die Wangen hinab liefen.

„Mein Gott, Leslie …! Was hat er getan?!“ Entsetzt und wütend zugleich schloss sie ihre Freundin in die Arme. Jetzt ließ Leslie die Tränen einfach laufen. Scheißegal war ihr alles. Da war keine Wut mehr auf Raffaello – nur eine riesige Portion Enttäuschung.

„Was war los?“, flüsterte Anne ihr ins Ohr und fuhr mit den Fingern durch Leslies wirres Haar. „Sag schon, Leslie.“ Aber sie konnte es nicht. Brachte es einfach nicht über die Lippen. Sie verschluckte sich bloß an ihren Tränen, als sie es versuchte, und musste husten. Anne klopfte ihr auf den Rücken, wobei das nicht viel brachte, und sagte eine ganze Weile lang nichts. Hielt ihre Freundin nur stumm in den Armen und tätschelte ihr den Rücken. Dann holte Leslie tief Luft.

„Ich -“, stotterte sie, „ich - hab’ -“ Sie schluckte und fing erneut an zu weinen. Als sie das nächste Mal Luft holte, verschluckte sie sich wieder. Sie hustete.

„Ich hab’“, stammelte sie dann, „ich hab’ – mit ihm geschlafen“. Anne ließ sie augenblicklich los.

„Was?!“, kreischte sie und starrte sie entsetzt an. Zupfte an dem Hemd, das Leslie trug. Raffaellos Hemd.

„Hast du nicht!“, schrie Anne, jetzt etwas leiser, aber nicht minder fassungslos. Leslie nickte. Und heulte.

„Doch“, wimmerte sie kläglich.

„Hast du … echt?“ Leslie nickte erneut. Verzweifelt kaute sie auf ihrer Unterlippe herum, damit sie nicht so zitterte.

„Und? Wie - äh - war es?“, fragte Anne, sogar fast ein wenig neugierig. Leslie blickte sie entgeistert an.

„Was?!“

„*Sorry*“, nuschelte Anne beschämt. „Oh Mann, Scheiße …!“

„Ja“, heulte Leslie und vergrub das Gesicht in Annes blondem Haar.

„Dieser - dieser Scheißkerl! Mafioso! Mörder!“

„Hör auf!“, jammerte Leslie und machte sich von Anne los. Sie hatte ja keine Ahnung, wie recht sie mit dem Wort „Mörder“ hatte. Das hatte sie fast vergessen. Aber jetzt tauchten die Erinnerungen wieder auf. Klar und deutlich – und wieder zuckte sie zusammen, als sie sich die Schüsse in Erinnerung rief. Dann tapste sie barfuß durch die Wohnung – ihre

Sandalen standen immer noch bei Raffaello auf der Terrasse – in das Zimmer, das sie nicht benutzten. Schmiss sich dort auf das Bett am Fenster, zog sich Raffaellos Hemd über den Kopf und heulte hemmungslos hinein.

Es war bereits spät am Nachmittag, als es an der Tür klopfte. Leslie hielt sich die Ohren zu. Sie wollte nicht wissen, wer das war. Und wenn es Raffaello war. Ihn wollte sie jetzt ganz bestimmt nicht sehen.

„Leslie", raunte Anne leise, als sie die Tür zum Schlafzimmer geöffnet hatte, „Mr. Gosetti möchte dich sprechen." Wütend unterdrückte Leslie einen Schrei in ihrem Kissen, schmiss es gegen die Wand und setzte sich auf.

„Was will er?", raunzte sie. Anne zuckte die Schultern.

„Was weiß ich. Er sagte nur, es sei wichtig." Leslie stöhnte genervt auf. Konnte Gosetti ihr nicht ihre Ruhe lassen? Was hatte er davon, wenn er sie in seine blöden Ermittlungen hineinzog?

„Ich will aber nicht!", sagte sie bissig. „Richte ihm das aus!"

„Es tut mir leid, dass ich störe", sagte Mr. Gosetti, der plötzlich im Türrahmen aufgetaucht war. Leslie funkelte ihn wütend an. Und zog sich schnell Raffaellos Hemd über.

„Schießen Sie los!", pflaumte sie. Sie konnte sich denken, um was es ging. Er war ja schließlich gestern an Ort und Stelle gewesen.

Gosetti trat ins Zimmer. Er griff in seine Jackentasche. Oh mein Gott, dachte Leslie entsetzt. Was, wenn er auch Fotos von ihrer Nacht mit Raffaello hatte? Oh Gott, oh Gott, oh Gott, oh Gott. Mr. Gosetti zog tatsächlich ein Foto hervor. Als Leslie es in die Hand nahm, hätte sie beinahe erleichtert aufgeatmet. Das todernste Gesicht Francescos blickte ihr entgegen.

„Francesco Ruggiero", sagte Gosetti. „Raffaellos Bruder. Sechs Jahre älter." Sie ahnte, was nun kommen würde. Entgegen jeglicher Vernunft beschloss Leslie, die Unwissende zu spielen.

„Was ist mit ihm?", fragte sie, nun nicht mehr ganz so trotzig. Gosetti holte tief Luft.

„Er ist verschwunden."

„Aha." Scheiße. „Was hab' ich mit ihm zu tun?"

„Eine Menge würde ich sagen", entgegnete Gosetti. Großer Gott! Wusste er es? Dass sie alles gesehen hatte?

„Ach?", machte sie einfach nur.

„Francesco Ruggiero war einer von uns, Leslie. Ein ehrenwerter, gewissenhafter Polizist, der vor ein paar Jahren als Kronzeuge ausgesagt hat. Er hatte es sich als Ziel gesetzt, die Macht seiner Familie zu zerstören, der *Cosa Nostra* einen weiteren Schlag zu versetzen. Er entschied sich nach dem Schulabschluss gegen die Geschäfte seines Vaters und zog nach Manhattan. Dann nach Miami, wo er beschloss, *Cop* zu werden. Ich weiß nicht, wie er auf die Idee gekommen ist, gegen die *Cosa Nostra* zu ermitteln, zumal er genau wusste, dass seine eigene Familie dazugehört. Vielleicht tat er es gerade deshalb."

Gosetti zuckte die Achseln und fuhr fort: „Jedenfalls habe ich ihn in Manhattan getroffen, wir kamen ins Gespräch und ich erzählte ihm, warum ich dort war. Ich erfuhr, dass er aus Sizilien war, erfuhr nach und nach alles über seine Familie. Am Ende des Jahres kehrte ich mit ihm zurück nach Italien, vollkommen überzeugt, einen wertvollen Kronzeugen gefunden zu haben, was sich mit der Zeit auch bewies. Einige Monate während unserer Ermittlungen gegen Salvatore Massimo Ruggiero schlugen sie zurück – ich bekam eine Morddrohung nach der anderen, konnte nicht mehr ohne Leibwächter aus dem Haus gehen. Ich beschloss, dem Ganzen ein Ende zu setzen, und ging nach Schottland zu meiner Familie, wo ich einige Zeit untertauchen konnte. Die Ermittlungen führte ich von dort aus weiter."

Leslie erinnerte sich daran, dass Anne bei Melissa gewesen war, um zu ‚schnüffeln'. Dass sie von einer verschlossenen Tür gesprochen hatte – und von dem sehr wütenden Mr. Gosetti, als er sie erwischt hatte.

„Nun, wie dem auch sei. Ich kehrte zurück nach Sizilien, mit dir, Leslie, deiner Freundin und meiner Tochter. Die Dienstreise war eine Tarnung. Ich konnte es nicht fassen, als du plötzlich aus heiterem Himmel Kontakt mit Raffaello Ruggiero hattest – ich hatte keine Ahnung, wie du dazu gekommen warst. Von da an ließ ich Francesco freie Hand. Er verhalf uns zu sehr wichtigen Informationen – und nach diesem einen Jahr hattest du plötzlich erneut Kontakt zu Ruggiero. Francesco plante eine ziemlich riskante Undercoveraktion, die seinem Bruder, der offensichtlich etwas ahnte, natürlich nicht in den Kram passte."

Gosetti seufzte. „Der Rest ist unwichtig. Francesco war gestern jedenfalls bei seinem Bruder. Ich hatte ihn dorthin gefahren und wartete auf dem Revier auf seinen Anruf – der natürlich ausblieb. Ich rief ihn ein paarmal an und als er nicht an sein Handy ging, wurde mir die Warterei zuviel. Mit zwei Kollegen machte ich mich auf den Weg zu Ruggieros Haus und fand Raffaello im Garten vor. Erstaunlicherweise hatte er nichts dagegen, dass wir uns dort gründlich umsahen, aber natürlich fanden wir nichts."

Er lachte trocken auf. „Francesco war verschwunden, wie vom Erdboden verschluckt. Ich wusste sofort, dass irgendetwas passiert und Ruggiero dafür verantwortlich war – was ich aber nicht wusste, – und ich bin wirklich erschrocken – ist die Tatsache, dass *du*, Leslie, am Tatort warst. Und wahrscheinlich auch zum Zeitpunkt der Tat, habe ich recht?"

Er musterte sie scharf über den Rand seiner Brille hinweg. Leslie starrte zurück. Sie vergaß sogar, dass sie wütend auf Gosetti war. Hatte er sie womöglich doch bemerkt oder bluffte er nur? Was jetzt? Lügen? Sich strafbar machen? Es war ein Ding der Unmöglichkeit, einen Mord zu leugnen. Au Backe. Nervös kaute sie auf ihrer Unterlippe. Was sollte sie nur sagen?

„Du hast den Mord mit angesehen, nicht wahr, Leslie?", fragte Gosetti lauernd. Sie schluckte. Das konnte nicht sein. Er *konnte* es nicht wissen, niemals! Er war nicht mal dabei gewesen!

„Leslie! Verdammt, Leslie, sag's ihm einfach!", kreischte Anne entsetzt, die sich die ganze Zeit über stumm im Hintergrund gehalten hatte. „Dein Raffaello ist ein Mörder! Das ist er nicht wert!" Leslie antwortete nicht. Was vernünftig war oder nicht, war ihr plötzlich schrecklich egal.

„Ich habe nichts gesehen und nichts gehört", sagte sie mit fester Stimme. Anne schloss für Sekunden die Augen.

„Du machst dich strafbar", sagte Gosetti ernst.

„Es *ist* aber so. Wenn Sie mir nicht glauben wollen, nur zu! Finden Sie erst einmal Beweise dafür, *dass* ich da war! Oder dass er überhaupt tot ist." Hatte *sie* das gerade gesagt?! Hatte sie gerade für Raffaello gelogen? Für einen Mörder? Sie hatte einen Mord geleugnet. Wenn das rauskam, war sie so gut wie tot. Verdammt.

„Leslie, es bringt nichts zu lügen. Raffaello ist einer der mächtigsten *Capi* der *Cosa Nostra*, mit ihm ist nicht zu spaßen. Er hat sich in den letzten Monaten als ernst zu nehmender Gegner entpuppt. Leslie, der Mann ist hochgefährlich! Wenn du dich in seine Angelegenheiten einmischst – egal, wodurch und in was – geht das nicht mehr lange gut!" Er rüttelte sie an der Schulter. Ganz langsam fing sie an zu begreifen, warum Raffaello ihre Fragen nie beantwortet hatte.

„Leslie", sagte Gosetti eindringlich, „du bist Zeugin in einem schwerwiegenden Mordfall! Was glaubst du, wie die *Cosa Nostra* mit unerwünschten Zeugen umgeht?"

„Ich sagte, ich *habe* nichts gesehen!", knurrte Leslie, aber plötzlich war sie entsetzlich verunsichert. Sie dachte daran, wie sich Raffaello ihr gegenüber benommen hatte, nachdem er seinen Bruder in ihrer Anwesenheit erschossen hatte. Dachte daran, wie er sie geküsst hatte – und was danach passiert war. War das Ganze eine Art Abschied gewesen? Hatte er ihr bloß noch einmal zeigen wollen, dass ihm etwas an ihr lag, bevor er sie … aus dem Weg schaffte? Wie man das mit unerwünschten Zeugen so machte. Plötzlich wusste sie gar nicht mehr, was sie denken sollte. Sie konnte Raffaello nicht mehr einschätzen, vertraute ihm irgendwie nicht mehr, doch Gosetti wollte sie auch nicht glauben. Aber sie wusste genau, wie recht er mit all dem hatte.

„Ich biete dir einen Vorschlag an, Leslie, und du solltest ihn annehmen, wenn dir dein Leben lieb ist", sagte Gosetti ernst.

„Ich habe nichts gesehen", entgegnete sie mit erstickter Stimme, aber da rollten schon die ersten Tränen auf Raffaellos Hemd. Sie erinnerte sich daran, was Gosetti über die Freundin eines Mafioso erzählt hatte, die man in einem Fass voll Säure gefunden hatte. Sie schauderte.

„Leslie", sagte Mr. Gosetti, „ich biete dir an, dich ins Zeugenschutzprogramm aufzunehmen. Wir werden dich beschützen, dir helfen und du müsstest als Kronzeugin vor Gericht gegen Raffaello aussagen." Sie starrte ihn entsetzt an.

„Vergessen Sie's!", fuhr sie ihn an, sprang vom Bett auf und drückte sich mit dem Rücken gegen die Wand. Gosetti stand auf und sah sie eindringlich an.

„Leslie, das ist das Einzige, das ich für dich tun kann", sagte er beinahe flehend. Jetzt kam auch Anne etwas näher. In ihren Augen glitzerten Tränen. Himmel, sie benahm sich, als wäre sie schon mausetot!

„Er wird mich nicht umbringen", sagte sie mit fester Stimme.

„Weil er dich liebt?!", rief Anne und kam auf sie zu, packte sie an den Schultern. „Wann begreifst du endlich, dass der Typ ein Verbrecher ist?!", rief sie. „Da spielen Gefühle keine Rolle! Hörst du? Keine! Nicht die Bohne!" Wütend riss sich Leslie von ihr los.

„Er wird mich nicht –", schluchzte sie, dann verschluckte sie sich an ihren Tränen. Sie wollte nicht weinen. Nicht deswegen. Nicht vor Gosetti.

Ihr Handy klingelte. Sie hörte, wie Anne flüsterte:

„Das ist er. Ganz sicher – oh, Gott …" Sie spürte, wie Gosetti sie ansah, wie er sie mit seinem Blick durchbohrte – dann krächzte sie in den Hörer.

„Hallo?"

„*Merda*, Leslie, wie hörst du dich an?!", rief Raffaello am anderen Ende der Leitung. Klang er erschrocken? Oder tat er nur so? Gosetti hatte sie komplett verunsichert!

„Leslie?"

„Hm?"

„Geht's dir gut?"

„Nein", wimmerte sie.

„Wo bist du? Was ist passiert?"

„Du bist …" Sie holte stockend Luft, „… abgehauen." Vielleicht war es vorerst besser, ihn in dem Glauben zu lassen, es ginge nur darum. Sie hörte ihn aufstöhnen.

„*Merda*! Das – es tut mir wirklich leid, Leslie!", sagte er und es klang so ernst, dass sie ihm fast geglaubt hätte.

„Echt?", schniefte sie, dachte gar nicht mehr daran, wie wütend und enttäuscht sie von ihm war. Sie konnte nur an Gosettis Rede denken.

„*Sì*!"

„Schon okay“, schniefte sie. Eine ganze Weile blieb es still.

„Du bist nicht *deswegen* so verzweifelt, habe ich recht?“, fragte er ernst. Sie schüttelte den Kopf. Und dachte daran, dass er das ja gar nicht sehen konnte.

„Was ist es dann, Leslie?“ Sie gab nur ein Wimmern von sich.

„Weißt du was? Ich komme zu dir!“

„Nein!“, kreischte sie erschrocken in den Hörer. „Bloß nicht!“

„Warum?“

„Weil …“

„Ich komme, egal!“

„Nein! Es ist … jemand hier. Fängt mit ‚G‘ an“, sagte sie mit einem beunruhigten Blick auf Gosetti. Raffaello schien zu begreifen.

„Er kann mir nichts –“.

„Doch!“, schrie sie ins Telefon.

„Was?“

„Ja, verdammt! Was glaubst du, warum ich heule?“

„Du darfst das nicht ernst nehmen, Leslie.“

„*Ist* es aber!“ Sie hörte ihn etwas auf Italienisch schimpfen. Ziemlich laut.

„Ruf mich an, wenn er weg ist“, sagte er – dann legte er auf.

Jetzt hatte sie ihn vollkommen aufgeschreckt. Was er wohl gerade dachte? Daran, wie er Gosetti beseitigen würde? Oder gar sie? Sie ließ ihr Handy sinken. Stierte Gosetti nicht halb so wütend an, wie sie es vorgehabt hatte.

„Was hat er gesagt?“, fragte Anne kühl.

„Wollte sich nur entschuldigen“, entgegnete Leslie. Gosetti trat auf sie zu.

„Für was?“, fragte er.

„Geht Sie ganz und gar nichts an!“, fauchte Leslie. „Ich will, dass Sie auf der Stelle gehen!“ Je eher sie Raffaello wieder anrufen konnte, desto besser. Aber Gosetti rührte sich nicht vom Fleck.

„Du hast den Mord gesehen, Leslie“, sagte er.

Sie fragte sich immer noch, woher er das wusste.

„Ich sag keinen Ton mehr", knurrte sie. „Hauen Sie ab!" Großer Gott, der Mann hatte wirklich eine Engelsgeduld. Doch schließlich drehte er sich doch um.

„Anne hat meine Privatnummer. Ruf mich an, sobald du es dir überlegt hast", sagte er, bevor er aus der Tür trat. Anne begleitete ihn nach draußen.

Leslie rutschte mit dem Rücken an der Wand herunter, ihr Handy fest in den Händen. Sie zögerte, Raffaello anzurufen. Konnte sich nicht entscheiden, wie sie zu ihm stand. Sie atmete tief ein und aus. Dann wählte sie seine Nummer.

„Leslie?", hörte sie seine Stimme.

„Ja. Er ist weg. Ich hab' ihm gesagt, er soll abhauen …"

„Im Ernst?"

„Hm."

„Ich komme zu dir", sagte er.

„Besser nicht. Er hat mir ziemlich viel erzählt …"

„Ach? Was?"

„Er sagte, er wüsste, dass ich … es gesehen habe."

„Kann er nicht wissen."

„Das weißt *du* doch nicht!", rief sie. Er schwieg einen Moment lang.

„Ich hab' gelogen", sagte Leslie irgendwann.

„Was?!"

„Ja. Ich hab' ihm gesagt, ich hätte nichts gesehen."

„Das hat er dir niemals abgekauft!"

„Natürlich nicht!" Erneut schwieg er. Leslies Herz schlug so laut, dass sie dachte, Raffaello könne es hören.

„*Grazie*", sagte er dann und er klang wirklich erleichtert. Dann legte er auf. Sie wusste nicht, ob er nun noch vorbeikommen würde oder nicht. Es war grässlich, dass er ihr nie Bescheid sagte.

„Was soll ich denn jetzt machen?", jammerte Leslie, als Anne wenig später zu ihr ins Zimmer kam.

„Abwarten und Tee trinken", entgegnete diese düster.

„Okay, aber –" Anne fuchtelte wild mit den Händen in der Luft herum.

„Vergiss es!“, rief sie. „Augenblicklich! Du steckst schon viel zu tief in der Scheiße, Leslie! Daran kannst du nichts mehr ändern.“

„Aber ich –“, begann Leslie, doch Anne unterbrach sie sofort.

„Du hättest ihn nicht verteidigen dürfen! Du hättest niemals für ihn lügen sollen!“ Aber ich *musste*, dachte Leslie, ich musste, weil ich ihn irgendwie liebe.

„Woher willst du denn wissen, ob es stimmt?“, schrie sie Anne an. „Woher willst du wissen, dass Gosetti die Wahrheit sagt?!“ Anne stand einen Moment perplex da und öffnete den Mund – und schloss ihn wieder.

„Glaubst du mir nicht mehr?“, fragte Leslie, nun etwas leiser. „Vertraust du mir etwa nicht?“ Himmel noch mal, sie hätte am liebsten die ganze Welt zusammengeschrien. Gespannt blickte sie zu Anne auf. Wartete auf ihre Antwort. Wartete darauf, dass sie es ihr ins Gesicht sagte.

„Ich … weiß nicht, inwieweit er dich … beeinflusst“, sagte Anne schließlich. „Ich weiß nur, dass du nicht mehr dieselbe bist, die du mal warst. Das hast du nur diesem Mafioso zu verdanken – und das finde ich echt gruselig.“ Mehr sagte sie nicht mehr. Sie drehte sich um, nachdem sie Leslie noch einmal einen traurigen Blick zugeworfen hatte, dann zog sie die Tür hinter sich zu und Leslie war allein. Schon wieder.

Sie kletterte auf die Fensterbank, nachdem sie das Fenster weit geöffnet hatte, und blickte einfach nur hinaus. Aber es half alles nichts. Sie musste sich den Kopf über alles, was heute passiert war, zerbrechen. Probleme lösten sich nicht einfach in Luft auf, bloß weil man versuchte, sie zu ignorieren. Und dieses erst recht nicht.

Mitten in der Nacht kroch Leslie zu Anne unter die Decke, stupste sie an, um zu sehen, ob sie schon schlief. Das tat sie nicht.

„Hm?“, machte Anne, aber Leslie sagte nichts. Wartete nur stumm ab und starrte in die Dunkelheit. Dachte an Raffaello und irgendetwas zog sich schmerzhaft in ihrer Brust zusammen. Diese Scheißgefühle!

„Leslie?“, raunte Anne irgendwann.

„Ja?“

„Was hat er getan?“

Wütend stieß Leslie die Luft aus.

„Er hat nicht –", setzte sie an, doch Anne unterbrach sie.

„Ich meine nicht das mit dem Mord. Für was hat er sich entschuldigt?"

„Ach so", murmelte Leslie und nach einer ganzen Weile, in der sie überlegte, ob sie es ihrer Freundin erzählen sollte oder nicht: „Er war weg heute Morgen. Hat einen Zettel hinterlassen. Er hat mich sitzen gelassen." Beinahe hätte sie wieder losgeheult. Schluss damit. Schluss mit dem ewigen Geheule! Anne tastete unter der Decke nach ihrer Hand.

„Er ist ein Mistkerl", sagte sie leise. „Einer, der dich nicht verdient hat."

„Ist er nicht", sagte Leslie.

„Wie du meinst. Antonio steht noch auf dich."

„Warum sagst du mir das? Denkst du, ich entscheide mich anders? Da hast du dich geschnitten!", knurrte Leslie und entzog Anne ihre Hand. Drehte sich auf die andere Seite und schloss die Augen.

„Nein", hörte sie Anne traurig flüstern, „nein, dafür ist es schon längst zu spät."

34

Der nächste Tag begann mit Schweigen. Leslie versuchte, Anne nicht zu beachten, Anne lief mit todtraurigem Gesicht durch die Gegend. Nach dem Frühstück zog sich Leslie wieder ins Schlafzimmer zurück. Sie hatte vor, dort den ganzen Tag zu bleiben und zu schlafen. Vielleicht konnte sie so alles vergessen, was passiert war. Aber das sollte ihr nicht gelingen.

Das Auto, das draußen vor dem Haus hielt, hörte nur Anne. Leslie hatte die Lautstärke ihres iPods so stark aufgedreht, dass ihre Ohren schmerzten, aber sie lauschte trotzdem jedem einzelnen Wort von ‚*Release Me*' und weinte leise mit. Dass Anne anfing, wüste Beschimpfungen auszustoßen, bekam sie nicht mit, und dass die Tür zum Schlafzimmer vorsichtig geöffnet wurde, merkte sie auch nicht. Erst, als sich die Matratze neben ihr senkte, ihr jemand die Stöpsel aus den Ohren zog und ihr das Haar aus dem Gesicht strich, öffnete sie die Augen.

„Hey, Leslie", hörte sie Raffaellos Stimme ganz dicht an ihrem Ohr. Sie erstarrte. Wagte nicht sich umzudrehen. Sie schluckte. Gab es aber auf, gegen die Gefühle anzukämpfen, die in ihrem Magen brodelten.

„Hallo", murmelte sie. Sie musste sich daran erinnern, dass sie wütend auf ihn sein sollte.

„Es tut mir leid, ehrlich", sagte er leise. Sie antwortete nicht. Erst, als er ihr von hinten die Arme um die Schultern legte.

„Warum musstest du so ‚dringend' weg?", fragte sie und konnte nicht verhindern, dass ihre Stimme etwas verschnupft klang. „Und komm mir bloß nicht wieder mit deinen ‚Familienangelegenheiten'!" Seine Hand spielte mit ihrem Haar.

„Es war absoluter Mist, dich … danach einfach alleine zu lassen", sagte er und es klang so aufrichtig und irgendwie traurig, dass sie sich beinahe zu ihm umgedreht und ihn hemmungslos geküsst hätte. Aber sie biss sich auf die Lippen und rührte sich nicht. Achtete nur auf seinen warmen Atem an ihrem Ohr.

„Mario hat von … der Sache mit meinem Bruder erfahren. Es haben sich gewisse Probleme entwickelt, in der Familie, meine ich. Ich stehe im Moment nicht im besten Licht bei einigen Leuten."

„Oh", machte Leslie, schockiert darüber, dass er ihr scheinbar die Wahrheit gesagt hatte. Aber wer sagte, dass es die Wahrheit war?

„Mario hat angerufen, so um drei Uhr morgens und ich musste weg. Du hast tief und fest geschlafen – und gelächelt – ich wollte dich nicht wecken." Schleimer! Er küsste sie auf die Wange, doch Leslie wandte den Kopf ab.

„Und du glaubst, deine Erklärungen machen das wieder gut?", sagte sie missmutig. „Was glaubst du, wie es mir ging, als ich nur Mario gesehen habe? Und deinen Zettel?"

„Ich weiß …", sagte er, „Mario habe ich zu deinem Schutz hergeschickt und –"

„Zu meinem Schutz? Seit wann habe ich den nötig?" Er rückte ein Stück näher an sie heran.

„Seit du mich kennengelernt hast, fürchte ich", sagte er. Ja, dachte Leslie, hätte mich doch bloß jemand vor ihm gewarnt. Davor, dass sie ihm vergeben würde, sobald er nur bei ihr auftauchte, ihr etwas ins Ohr säuselte und sie so aus der Fassung brachte, dass sie ihm beinahe alles glaubte. Sie war ihm hemmungslos ausgeliefert, zögerte, dachte darüber nach, was sie empfunden hatte, als er verschwunden war, als er seinen Bruder erschossen hatte – darüber, was vernünftig gewesen wäre – aber dann drehte sie sich zu ihm um und küsste ihn.

„Das hast du genau gewusst", knurrte sie.

„Was?", entgegnete er.

„Dass du mir bloß auf die Pelle rücken musst, damit ich dir verzeihe." Er grinste und zupfte an seinem Hemd, das sie noch immer trug.

„Krieg ich das wieder?", fragte er mit Unschuldsmiene.

„Das hättest du jetzt wohl gerne, was?", sagte sie spitz und schob seine Hand von den Knöpfen an dem blauen Stoff. „Nichts da!" Er verzog das Gesicht – doch bevor er sie erneut küssen konnte, platzte Anne ins Zimmer. Erschrocken fuhr Leslie hoch und zog das Hemd, das ihr bis zum Bauch hochgerutscht war, wieder herunter. Großer Gott, was musste Anne denken?!

„Ich hab' alles mitgekriegt", sagte Anne. „Umarmen – okay. Knutschen – ich könnte kotzen! Aber den Rest kannst du vergessen, Mafioso! Du rührst Leslie nicht noch einmal an, *capito*?" Sie wippte ungeduldig mit dem Fuß auf und ab.

„Und jetzt musst du leider gehen. Leslie und ich sind mit Antonio verabredet! Komm, Leslie." Herausfordernd blickte sie auf Raffaello herab. Doch der machte keine Anstalten aufzustehen, geschweige denn, Leslie loszulassen.

„Mit Federico?", fragte er und hob eine Augenbraue. „Eigentlich hatte ich vor, sie mit zu mir zu nehmen."

„Das kannst du dir abschminken", sagte Anne.

Raffaello stieß wütend die Luft aus, dann ließ er Leslie los, grinste, nachdem er herausfordernd zu Anne aufgesehen hatte, und küsste Leslie endlos lange auf den Mund. Peinlich berührt schob diese ihn von sich weg.

„Hm", machte er. „Wir sehen uns, Leslie. Behalte das Hemd." Dann zog er ihre Sandalen, die sie bei ihm gelassen hatte, aus der Hosentasche, stellte sie vor das Bett auf den Boden und verließ das Zimmer. Nervös zupfte Leslie an seinem Hemd, bis sie hörte, wie er die Auffahrt hinunterfuhr, dann richtete sie vorsichtig den Blick auf Anne. Die starrte sie entgeistert an.

„Sag mal, hast du sie noch alle?!", rief sie aufgebracht. „Erst jammerst du mir die Ohren voll, wie ausgenutzt du dich fühlst, bekommst gesagt, dass er dich vielleicht umbringen wird – und dann windest du dich mit dem Kerl auf dem Bett?! Geht's noch?!" Sie tippte sich fassungslos an die Stirn.

Leslie erwiderte nichts. Sie hatte vorgehabt, Raffaello mit Schweigen zu strafen, sich nicht von ihm um den kleinen Finger wickeln zu lassen und weiterhin sauer und enttäuscht von ihm zu sein, aber das hatte er gründlich vermasselt. Scheiße, warum wurde sie nur schon schwach, wenn sie ihn auch nur ansah? Es war zum Kotzen.

„Antonio kommt gleich vorbei", sagte Anne trocken. „Zieh dich besser um, sonst kriegt er einen Schreikrampf." Damit verschwand sie aus dem Zimmer. Leslie konnte sie noch im Wohnzimmer vor sich hin schimpfen hören.

Keine zehn Minuten später tauchte Antonio tatsächlich auf. Leslie hatte einige Mühe damit, so zu tun, als freue sie sich, dass er sie endlich wieder besuchte. Mit den Gedanken war sie ganz woanders. Bei Raffaello. Bei Francesco. Gosettis Angebot – und seinen elenden, verstörenden Warnungen.

Bevor sie losfuhren, stopfte Leslie noch schnell Raffaellos Hemd in ihre Tasche. Sie wollte es bei sich tragen, wollte sicher sein, dass sie irgendetwas von ihm dabei hatte. Egal, was Anne sagte oder ob Antonio einen Schreikrampf bekommen würde.

Sie saß auf dem Beifahrersitz neben Antonio in seinem roten Lieferwagen, Anne saß auf der Rückbank, die vollgestapelt mit Pizzakartons war, und Leslie hatte das unangenehme Gefühl, dass sie sie die ganze Zeit über anstarrte.

„Wo fahren wir hin?", traute sie sich endlich zu fragen.

„Nach Mondello. An den Strand", sagte Antonio und grinste fröhlich. „Anne meinte, du hättest Probleme mit Ruggiero und müsstest abgelenkt werden." Leslie hörte, wie Anne sich an die Stirn schlug. Wahrscheinlich hätte er nicht darüber reden sollen. Aber das war schließlich seine Angewohnheit: Erst sprechen, dann denken.

Der Strandausflug entpuppte sich als Albtraum. Scheinbar hatte Anne Antonio längst über alles, was vorgefallen war, informiert – jedenfalls über alles, was mit Gosetti zu tun hatte – und sobald Leslie sich auf ihr Handtuch gesetzt hatte, ließen sich Anne und Antonio links und rechts neben ihr nieder und fingen an, sie mit todernsten Gesichtern und einem Tonfall, als ginge die Welt unter oder als stünde Leslie bereits mit einem Fuß im Grab, sie dazu zu überreden, Gosettis Angebot mit dem Zeugenschutzprogramm anzunehmen. Leslie ließ ihr Gerede stumm über sich ergehen und konnte nicht verhindern, dass sie die Ohren auf Durchzug stellte.

Antonio sprach von Mafiamorden, Säurefässern und Zeugen, die spurlos verschwunden waren, ohne dass man sie je wiedergefunden hatte. Anne trug Argumente *für* Gosetti und *gegen* Raffaello zusammen, zählte die Vorteile auf, die Leslie im Zeugenschutzprogramm erwarten würden. Offenbar hatte sie sich bei Mr. Gosetti genauestens über alles informiert. Irgendwann wurde es Leslie zu bunt.

Mit wenig freundlichen Worten stand sie auf, packte ihre Tasche, sorgsam darauf achtend, dass weder Anne, noch Antonio Raffaellos Hemd zu sehen bekam, und dann marschierte sie quer über den Strand, wich spielenden Kindern aus, fluchte vor sich hin, bis sie in dem alten Fischerviertel angekommen war. Irgendwo musste Antonios Lieferwagen am Straßenrand parken, aber dorthin wollte sie jetzt auf keinen Fall gehen. Und wenn das bedeutete, dass sie zu Fuß zurück zu ihrem Ferienhaus laufen musste. Aber dazu kam es nicht.

Gelangweilt und noch immer wütend schlenderte Leslie durch die engen Sträßchen, vorbei an Restaurants, aus denen ein wunderbarer Duft strömte, als sie jemand ansprach.

„Leslie McEvans?" Sie drehte sich um. Vor ihr stand ein ihr vollkommen unbekannter Mann Mitte vierzig, nicht allzu groß mit dunkelbraunem Haar, das schon langsam ergraute und einer riesigen Hakennase. Er trug einen schwarzen Anzug.

„Äh …?!", machte Leslie und sah unsicher zu ihm auf. Besonders vertrauenerweckend wirkte er nicht gerade auf sie.

„Kommen Sie bitte mit", sagte der Fremde. Sie blieb stehen, wo sie war. Rührte sich nicht vom Fleck. Was hatte man ihr als kleines Kind immer eingetrichtert? Nie mit Fremden mitgehen. Und *dieser* Fremde war wirklich zum Fürchten.

„Was wollen Sie von mir?", fragte sie und konnte nicht verhindern, dass ihre Stimme ängstlich klang. Doch der Mann ging gar nicht auf ihre Frage ein.

„Muss ich Sie noch einmal bitten oder folgen Sie mir jetzt?", fragte er ohne jede Gefühlsregung in der Stimme. Trotzig verzog Leslie das Gesicht. Das konnte er vergessen.

„Wer sind Sie?", entgegnete sie verärgert. „Schickt Sie irgendwer? Wenn ja, würde ich gerne wissen, wer das ist, damit ich ihm in aller Deutlichkeit sagen kann, was ich davon halte!" Jetzt lachte der Mann auf.

„Er lässt sich von niemandem etwas sagen, glauben Sie mir", sagte er, dann wurde er wieder todernst. „In meiner Jackentasche befindet sich eine Pistole. Sie ist auf Sie gerichtet", sagte er ruhig. „Kommen Sie mit." Das Blut gefror ihr in den Adern. Du lieber Himmel, wollte er sie erschießen?! Doch sie zwang sich zur Ruhe. Es gab zwei Möglichkeiten. Entweder war es jemand von Gosettis Leuten, oder aber …

„Wurden Sie von Raffaello Ruggiero geschickt?", fragte sie ihn.

Keine Antwort. Er nahm sie einfach am Arm und zog sie mit sich auf die andere Straßenseite, geradewegs auf ein dort parkendes, schwarzes Auto zu. Er öffnete die Tür zum Rücksitz und nickte Leslie zu. Zögernd, noch immer darauf hoffend, dass er vielleicht von Gosetti oder Raffaello geschickt worden war – obwohl sie mit Grauen auch Spavento in Erwägung zog, wenn sie daran dachte, was Raffaello von ihm erzählt hatte – kletterte sie ins Auto. Auf dem Fahrersitz saß ein zweiter Mann im Anzug. Der andere zog die Tür hinter sich zu. Offenbar machte es den beiden nicht im Geringsten etwas aus, auf offener Straße und am helllichten Tag ein Mädchen zu entführen. Das laute Klacken der Türsicherung ließ Leslie zusammenzucken.

Oh Gott. Sie war gefangen. Mit zwei Anzugheinis und einer Pistole. Großer Gott! Sie hatte das ungute Gefühl, dass sie dieses Auto nicht lebend verlassen würde.

„Entspannen Sie sich einfach", sagte der Mann am Steuer. Er war jünger. Und er klang nicht so schrecklich monoton.

„Sie haben gut reden!", pflaumte sie ihn an. „Ich will sofort hier raus! Oder ich trommle gegen die Scheiben!" Der Mann auf dem Beifahrersitz zog seine Waffe.

„Nehmen Sie das Ding runter!", kreischte Leslie erschrocken.

„Werden Sie sich ruhig verhalten?", fragte er. „Man hat uns bereits gesagt, dass Sie wahrscheinlich nicht ganz einfach zu überzeugen wären."

„Vergessen Sie das mit dem Entspannen!", knurrte Leslie wütend. Aber die Pistole hatte ihr einen gehörigen Schrecken eingejagt. Sie hasste Waffen. Egal, welcher Art. Und ganz besonders solche, die sich auf engstem Raum mit ihr befanden.

Der Wagen fuhr los. Fast lautlos glitt er durch die Straßen von Mondello, bog schließlich auf die Autobahn ab.

„Wo bringen Sie mich hin?", fragte Leslie. Keine Antwort. Etwas Anderes hatte sie auch nicht erwartet.

Die Fahrt dauerte endlos lange. Mit der Zeit ließ der Schock nach und machte der Panik Platz, die in ihrem Magen hochkroch. Erst jetzt sickerte die Tatsache ganz langsam zu ihr durch, dass sie entführt worden war. In einem verschlossenen Auto saß. Mit einer Pistole bedroht worden war. Wo würde die Fahrt enden? In einem Bestattungsinstitut vielleicht? Wenn sie schon längst nicht mehr am Leben war?

Sie fragte sich, ob Anne und Antonio schon nach ihr suchten. Sie würden ausflippen, wenn sie bemerkten, dass sie weg war. Wie vom Erdboden verschluckt. Genau wie die unliebsamen Zeugen, von denen Antonio erzählt hatte. Eine Gänsehaut lief ihr den Rücken hinab. Beinahe hätte sie die beiden Männer gefragt, ob sie vorhatten sie umzubringen, aber sie hielt die Klappe. Erneut in den Lauf dieser Pistole blicken, wollte sie nicht.

Irgendwann, als sie sicher war, dass die beiden damit beschäftigt waren, aus dem Fenster zu schauen, tastete sie vorsichtig mit einer Hand in ihrer Tasche nach ihrem Handy. Millimeter um Millimeter schob sie die Finger vorwärts, sorgsam darauf achtend kein Geräusch zu verursachen, ihre beiden Entführer immer im Blick behaltend. Da war es. Sie umschloss es fest mit den Fingern, zog es ganz langsam zu sich heraus – und versteckte es dann blitzschnell unter ihrem T-Shirt. Sie blickte auf. Keiner der beiden hatte etwas bemerkt. Erleichtert atmete Leslie auf. Dann tippte sie hastig eine SMS an Raffaello:

„Bin entführt worden! Mondello. Die haben Pistole!!! Schwarzes Auto, Anzugtypen! Hilfe, verflucht! Ich will nicht sterben!“

Der leise Piepton, mit dem sie den Text abschickte, ließ die Männer zusammenzucken. Scheiße. Die Pistole sauste wieder auf sie zu.

„Geben Sie das her!“, raunzte der Mann auf dem Beifahrersitz.

„Sie können mich mal“, knurrte Leslie, doch dann rückte sie es im Angesicht der Waffe, heraus. Wenigstens hatte sie die SMS abschicken können. Aber konnte sie auch auf Raffaellos Hilfe vertrauen? Er wusste ja nicht einmal, wo sie war. Das wusste sie noch nicht einmal selbst. Vorsichtig linste sie aus dem schwarz getönten Fenster. Das offene Meer erstreckte sich zu ihrer Linken, rechts erhoben sich steinige, mit kargen Büschen bewachsene Hügel. Klasse. Das konnte überall sein.

Und plötzlich fragte sie sich, warum sie ihr nicht die Augen verbunden hatten, wie man das in Filmen so machte. Entweder waren sie leichtsinnig, vertrauten auf ihren schlechten Orientierungssinn, von dem sie gar nichts wissen konnten – oder aber sie hatte nichts zu befürchten. Allmählich wurde sie wirklich neugierig. Was zur Hölle hatte das alles zu bedeuten?

„Wo sind wir?“, fragte sie irgendwann, als der Wagen am Straßenrand hielt. Weit und breit war nichts zu sehen, außer dürrem Gras, trockenen Büschen und dem türkisen Mittelmeer, das sich ein Stück weit unter ihnen ausstreckte. Kein Auto fuhr an ihnen vorbei. Sie waren vollkommen alleine am Ende der Welt. Oh Mist. Jetzt war es so weit. Sie würden sie erschießen. Das war schließlich immer so in Filmen, wenn die Entführer plötzlich am Straßenrand hielten. Gleich würde jemand aus dem Kofferraum hervorkriechen, ihr eine Pistole an den Hinterkopf halten und ...

„Zwischen Cefalù und Sant’ Agata di Militello“, sagte der Mann am Steuer. Sein Begleiter fuhr ihn auf Italienisch an. Offenbar hatte er das nicht verraten sollen. Die beiden stiegen aus und der Griesgram mit der Pistole öffnete Leslie die Tür.

„Kommen Sie mit", raunzte er erneut, packte sie am Arm und führte sie auf den Abhang zu, der hinunter zu einem schmalen Streifen Strand führte. Und da sah Leslie das Schiff. Groß, weiß und protzig schaukelte die ‚*Leslie*' auf den blauen Wellen. Leslie stolperte, doch ihr Entführer hielt sie fest. Sie öffnete den Mund, um etwas zu sagen, doch sie brachte keinen Ton über die Lippen. Ob Raffaello sie umbringen wollte, so wie Gosetti es prophezeit hatte? Aber sie war zu erleichtert, ja sogar froh darüber, dass die ‚*Leslie*' dort unten vor Anker lag, als dass sie hätte in Panik ausbrechen können. Beinahe musste sie sogar grinsen.

Der Mann, der am Steuer gesessen hatte, schien ihre Erleichterung zu spüren, jedenfalls lächelte er ihr aufmunternd zu. Er wirkte nun ganz und gar nicht mehr wie ein Entführer. Und plötzlich schämte sich Leslie entsetzlich für die SMS, die sie Raffaello geschickt hatte. Sicher lachte er sich kaputt. Der jüngere der beiden Männer sagte etwas zu seinem griesgrämigen Begleiter, woraufhin dieser Leslies Arm losließ. Dankbar stolperte sie weiter die steinige Böschung hinunter.

Wenig später hatte sie das Vergnügen, mit ihren beiden Entführern in ein Motorboot zu steigen, das sie hinüber zu der Jacht brachte. Kurz bevor der Griesgrämige ihr half, die schmale Leiter heraufzuklettern, steckte sein Begleiter ihr ihr Handy zu.

„*Scusi*, Lorenzo hat wirklich übertrieben", raunte er, dann war Leslie an Deck angekommen. Und blickte sich um. Keine Spur von Raffaello.

„Signor Ruggiero erwartet Sie", sagte Lorenzo grimmig und ging voraus in Richtung Bug. Zögernd folgte Leslie ihm, sein Kollege schlenderte hinter ihnen her. Grimmig starrte sie auf Lorenzos Rücken. Er erinnerte sie an einen Auftragskiller – was er wahrscheinlich auch war.

Raffaello hatte ihr den Rücken zugewandt und lehnte an der Reling. Lorenzo sagte etwas auf Italienisch – und er drehte sich um. Setzte seine Sonnenbrille ab und nickte Leslies Entführern knapp zu, woraufhin sich diese entfernten. Leslie stand da und starrte Raffaello an. Nicht sicher, ob sie wütend sein sollte oder nicht. Ihr Herz raste, als sie ihm in die dunklen Augen sah und für einige Sekunden an ihre Nacht mit ihm dachte, aber sie entschloss sich, eine Schnute zu ziehen.

„Wirklich amüsant, deine SMS", sagte Raffaello und kam auf sie zu. Er grinste.

„Pfft", machte Leslie. „Wenn mir keiner sagt, von wem sie geschickt wurden! Der Typ hat mich mit einer Pistole bedroht! Hast du ihm gesagt, er soll das machen?!" Raffaellos Miene verdunkelte sich.

„Wer von den beiden?", fragte er. „Lorenzo oder Roberto?"

„Der Griesgram! Lorenzo!"

„Hm …", machte er grimmig, „das war nicht abgesprochen. Ich werde nachher mit ihm sprechen." Er strich ihr eine Haarsträhne aus dem Gesicht.

„Hast du vielleicht Hunger?", fragte er. „Unter Deck gibt es Spaghetti und Obst und –".

„Hast du sie noch alle?!", rief sie und trat einen Schritt von ihm zurück. „Machst auf heile Welt! Du hast mich *entführen* lassen, ist dir das klar?! Wer sagt, dass ich hier sein *will?!*" Er verzog das Gesicht.

„Ob du willst oder nicht, spielt keine Rolle, Leslie", sagte er dann.

„Ach ja?"

„Ich werde dir nachher alles erklären, einverstanden?"

„Nein. Jetzt!"

„Nachher."

„Jetzt!" Trotzig blickte sie zu ihm auf.

„Nachher", sagte er ruhig, dann schnitt er ihr das Wort mit einem Kuss ab. Sie stieß ihn von sich weg.

„Vergiss es!", schnauzte sie. „Vergiss es, vergiss es, vergiss es!" Raffaello zuckte die Schultern. Aber er lächelte. Und deutete auf eine von zwei Sonnenliegen, die an Deck standen.

„Setz dich", sagte er.

„Ich denke gar nicht dran", erwiderte sie, aber nachdem sie eine Weile in der prallen Sonne gestanden hatte, ließ sie sich zögernd auf einer der Liegen nieder. Raffaello stand von seiner auf und setzte sich neben sie. Sie rückte ein Stück von ihm ab und verschränkte die Arme vor der Brust. Das Schiff fuhr los.

Er schwieg. Leslie schwieg. Sie würde keinen Ton mehr sagen, bis er ihr erklärte, was es für einen Sinn hatte sie zu entführen. Basta. Kein Wort mehr. Sie presste die Lippen aufeinander.

„Hast du Durst?", fragte er sie nach einer ganzen Weile erschrocken, scheinbar, weil ihm endlich aufgefallen war, dass sie seit mindestens einer Stunde in der gleißenden Sonne saßen und es zudem noch über dreißig Grad waren. Leslie zögerte, dann nickte sie.

„*Va bene*", sagte er und stand auf. „Ich hole uns was zu trinken. Was willst du? Wasser?"

Sie nickte.

„Okay." Dann verschwand er unter Deck. Er war weg. Sie war ganz alleine – abgesehen von den unsichtbaren Leibwächtern, die er mit Sicherheit zu ihr hochgeschickt hatte, um sie zu überwachen. Lorenzo oder Roberto. Oder beide.

Leslie schaute über die Schulter. Dann stand sie vorsichtig in geduckter Haltung auf und ging zur Reling. Das Geländer war nicht sehr hoch – es würde eine Leichtigkeit für sie sein, darüber zu klettern. Hastig zog sie ihre Sandalen aus, ihr Kleid behielt sie an, auch wenn es nicht sonderlich gut zum Schwimmen geeignet war. Dann schwang sie ein Bein über das Geländer, hielt sich mit beiden Händen fest, blickte noch einmal über die Schulter und zog dann das andere Bein nach. Ihr wurde ein wenig schwindelig, als sie in die Tiefe blickte. Das Wasser war kristallklar und tiefblau.

„Du bist in der Schule vom Fünfmeterbrett gesprungen", murmelte sie mit zittriger Stimme, „da wirst du das hier ja wohl noch mit Leichtigkeit schaffen."

Vorsichtig löste sie eine Hand vom Geländer und ging ein wenig in die Hocke. Schaute hinab auf die Schaumkronen, die vom Bug entgegen der Fahrtrichtung her spritzten. In Hollywoodfilmen funktioniert es nie, dachte sie panisch, da werden die Geiseln immer gleich wieder aus dem Wasser gefischt. Oder hemmungslos erschossen. Sie stellte sich vor, wie sich das Wasser rot färbte und schluckte. War es das wert? Sie schüttelte den Kopf, um die beunruhigenden Gedanken loszuwerden. Es half nicht ganz.

Dann holte sie tief Luft, so tief, dass sie dachte, ihre Lunge müsste platzen – und stieß sich mit aller Kraft von der Reling der ‚*Leslie*' ab. Der Aufprall auf dem Wasser war hart. Ein stechender Schmerz zuckte durch ihre Rippen, sie wurde von den Wellen hin und her gewirbelt, bevor sie sich an die Oberfläche kämpfen konnte, um endlich wieder atmen zu können. Gierig sog sie die klare Meeresluft ein. Dann drehte sie der Jacht den Rücken zu und schwamm. So schnell sie konnte. Vielleicht schaffte sie es noch, rechtzeitig außer Reichweite der Pistolenkugeln zu kommen. Es würde unter Garantie nicht lange dauern, bis Raffaello ihre Abwesenheit bemerkte, aber bis dahin befand sie sich hoffentlich schon längst an Bord irgendeines Fischerbootes – von dem allerdings weit und breit keine Spur zu sehen war. Verdammter Mist. Leslie beeilte sich. Das Wasser schlug ihr hart ins Gesicht, sie hustete es wieder aus – und dann hörte sie Raffaellos Schrei.

„*MERDA*!", brüllte er, und dann: „Leslie!!"

Sie hielt kurz inne, aber dann paddelte sie los, als hinge ihr Leben davon ab. Und vielleicht tat es das ja auch. Er sollte sie nicht zurückholen. Nicht gegen ihren Willen.

Vergiss es, dachte sie trotzig und bahnte sich weiter ihren Weg durch die Wellenkämme. Bestimmt pflaumte Raffaello jetzt seine Männer an, warum sie denn den Fluchtversuch des Mädchens nicht bemerkt hätten und drohte ihnen, sie zu entlassen. Einige Meter hinter ihr schlug etwas laut platschend auf dem Wasser auf. Scheiße, dachte Leslie panisch, jetzt hat er Lorenzo oder Roberto ins Wasser geworfen! Sie schwamm, so schnell sie konnte und bekam kaum noch Luft, weil ihr eine Welle nach der anderen ins Gesicht klatschte. Ihre Beine fühlten sich allmählich an wie Pudding. Und sie taten weh. Verflucht.

„Leslie!" Zu Tode erschrocken riss sie die Augen auf – ihr war gar nicht bewusst gewesen, dass sie sie geschlossen hatte. Raffaello war vor ihr aufgetaucht, schnell und unsichtbar wie ein Hai. Sein sonst so widerspenstiges Haar klebte nass an seinem Kopf. Er spuckte einen Schwall Wasser aus.

„Verdammt, was soll das, Leslie?!", fuhr er sie an. „Du kommst jetzt sofort wieder mit mir zurück!"

„Ich denke gar nicht dran!“, rief sie erschöpft. Erneut schlug ihr eine große Welle ins Gesicht. Sie hustete ihm Wasser über den Kopf.

„Ich komme nicht mit! Nur wenn du mich höflich bittest und es irgendwie schaffst, dass ich dir verzeihe, dass du mich entführt hast! Außerdem hast du keine Pistole wie dieser Lorenzo!“

„Ach nein?“, entgegnete er. Au Backe, das hätte sie nicht sagen dürfen. Er zog seine Waffe aus dem Gürtel. Er war doch tatsächlich voll bekleidet ins Wasser gesprungen.

„Sie ist geladen, Leslie“, sagte er und irgendetwas in seinem Tonfall ließ sie nicht daran zweifeln. „Also komm bitte mit mir, damit du in Sicherheit bist.“ Fast flehend sah er sie an, während sie auf der Stelle schwammen und von den Wellen auf und nieder getragen wurden.

„Bitte, Leslie.“ Er sah sie genauso verzweifelt an, wie vor einem Jahr, als er sie geküsst hatte. Sie fluchte innerlich. Zögerte.

„Wer garantiert mir, dass du mich nicht erschießt?“, fragte sie. Er hob die Waffe. Sicherte sie und steckte sie zurück in seinen Gürtel. Wobei sie das nicht wirklich beruhigte.

„Ich will dich nicht erschießen“, sagte er und raufte sich verzweifelt die Haare. „Verdammt, ich will, dass du in Sicherheit bist und –“.

„Vor wem in Sicherheit?“

„Ich sagte doch, ich erkläre dir alles nachher.“

„Hm“, machte sie. „Na gut …“

Verdammt. Er hatte es schon wieder geschafft, dass sie ihm folgte. Ohne zu widersprechen, schwamm sie ihm nach auf die protzige Jacht zu, die die Maschinen gestoppt hatte und jetzt ruhig im Wasser lag.

35

Sobald sie wieder an Deck angekommen waren, hatte Raffaello ihr die Kajüte, besser gesagt, die Suite, in der sie schlafen würden, gezeigt. Das Zimmer war groß, hell und um Einiges komfortabler als ein Hotelzimmer der besten Klasse.

„Schlafen?!" hatte Leslie erschrocken ausgerufen, aber Raffaello hatte nur gemeint, dass sie einen Tag lang unterwegs sein würden. Einen Tag und eine Nacht. Leslie hatte vorsichtshalber darauf verzichtet, ihn danach zu fragen, wo sie hinfuhren. Jetzt saß sie mit ihm an einem Tisch unter Deck und stocherte in den Gnocchi mit Tomatensoße herum, die ihnen ein Kellner gebracht hatte.

Es dämmerte bereits, von der langen Fensterfront aus konnte man hervorragend die untergehende Sonne sehen, das hellblaue, mit Gold überzogene Mittelmeer und einige Möwen, die kreischend über den niedrigen Wellen kreisten. Es war beinahe schon kitschig. Beunruhigt, weil Raffaello so lange nichts gesagt hatte, spielte Leslie mit ihrer Kette herum.

„Trägst du sie immer?", fragte er irgendwann lächelnd. Sie nickte und ließ den Olivenzweiganhänger und die kleine Muschel los und linste zu ihm hin.

„Du wolltest mir da was erklären", sagte sie und musterte ihn aufmerksam. Fast machte er den Eindruck, als habe er die ganze Zeit über gehofft, dass sie es vergessen hätte. Da hatte er sich geschnitten. Aber gewaltig. Er seufzte und schaute aus dem breiten Fenster.

„Ich kann dir eigentlich nicht viel sagen", sagte er. „Geschäftliche Dinge oder etwas, das die ‚Familie' betrifft, sollten wir beide nicht besprechen."

„Hmpf", grummelte Leslie verärgert. Sie hatte nichts Anderes von ihm erwartet.

„Vielleicht sollte ich dich aber wirklich informieren. Immerhin betrifft es zur Hälfte auch dich", sagte er. „Ich kann dir deine ewigen Fragen nicht beantworten, Leslie. Irgendwann könnte dadurch etwas schief laufen und ehrlich gesagt bist du mir zu … wichtig, als dass ich auf dich verzichten könnte.“ Leslie schluckte. Hatte er das gerade ernst gemeint? Oh Gott, oh Gott, oh Gott. Sie musste lächeln – und konnte nicht verhindern, dass er es sah. Etwas blitzte in seinen dunklen Augen auf.

„Ich werde dir jetzt eine grobe Zusammenfassung liefern, die deine Fragen mit Sicherheit nicht beantworten wird, aber ich werde dir keine Einzelheiten erzählen, ok?“, sagte er und blickte sie an. Fast schon herausfordernd. Zögernd nickte Leslie, zupfte an seinem Hemd, das sie nach ihrem Badeausflug angezogen hatte.

„Wie ich schon sagte, stehe ich bei … einigen Leuten nicht gerade gut da. Bei einigen *meiner* Leute. Die waren noch nie auf meiner Seite, seit mein alter Herr gestorben ist und jetzt habe ich sie an der Backe … Nun, du bist eine Zeugin im Fall meines Bruders und –“.

„Und du hast mich nicht auch beseitigt. Hinterher. Und lass mich raten: Das passt irgendwem ganz und gar nicht“, sagte Leslie trocken. Er sah sie ernst an. Und nickte. Sie schluckte.

„Weil ich dir vertraue, dass du mir vertraust“, sagte er. „In deren Augen bin ich nicht wie mein Vater, den sie alle gewöhnt waren und mit meiner Art kommen scheinbar einige nicht so recht klar. Ich schätze, ich habe mir ein paar Feinde gemacht, nicht nur Spavento.“ Er seufzte.

„Was ich dir jetzt noch sagen kann, ist, dass es Leute in meiner Familie gibt, die gegen mich arbeiten, es zumindest versuchen.“ Er fuhr sich mit einer Hand durch das wirre Haar. „Ich glaube zwar nicht, dass es passieren wird, aber ich möchte keine unnötigen Risiken eingehen, bis ich die Sache mit ihnen geklärt habe“, sagte er.

„Was wird passieren?“, fragte sie. Er wich ihrem Blick aus.

„Ich habe Angst, dass dir etwas zustößt“, sagte er dann. „Dass dir jemand etwas antun könnte, um mir zu schaden.“

„Oh“, machte Leslie sarkastisch, „da wollen mich also welche abmurksen.“ Warum nur überraschte sie diese Gewissheit keineswegs? Raffaello nickte ernst.

„Ich kann dir nicht sagen, wer. Auf Einzelheiten musst du leider verzichten, Leslie“, sagte er. „Außerdem habe ich Mist gebaut – ich gebe es ganz ehrlich zu – und mich mit Spavento angelegt. Mein Vater und er kamen noch einigermaßen miteinander aus, aber mich hasst er. Sagen wir, ich bin von Leuten umzingelt auf dieser Insel, die mich am liebsten tot sehen würden." Er lächelte, aber es wirkte gespielt. Es ging also doch nicht nur um sie. Aber was hatte sie von ihm auch erwartet?

„Jetzt weißt du Bescheid", sagte er dann. Leslie stocherte in ihren Gnocchi und kaute auf ihrer Unterlippe herum. Besonders erfreulich war es nicht, was er ihr erzählt hatte und es behagte ihr ganz und gar nicht, das musste sie zugeben.

„Ich möchte gerne als Gegenleistung etwas von dir wissen", sagte er und ließ sie nicht aus den Augen.

„Hm?", machte sie. „Was denn?" Natürlich. War ja klar. Nichts gab es bei ihm umsonst. Er lehnte sich näher zu ihr über den Tisch und sprach leise, obwohl sie vollkommen alleine waren im Speisesaal. Es war wirklich ein Saal. Groß und hell mit langen Fensterreihen an der Back- und Steuerbordseite, viel goldener, glänzender Verzierung und Kronleuchtern, die von der Decke herabhingen. Wie auf einem Kreuzfahrtschiff.

„Du sagtest am Telefon, dass Gosetti bei dir war. Was hat er dir erzählt?", fragte Raffaello leise. Oh. Das. Sie holte tief Luft.

„Er will, dass ich als Kronzeugin gegen dich aussage", sagte sie und linste vorsichtig zu ihm herüber. Eine ganze Weile lang sagte er nichts.

„So?", fragte er dann nur. Lehnte sich zurück und trank einen Schluck von seinem Rotwein. Gott sei Dank war er so gnädig gewesen, ihr Wasser zu geben und keinen Wein.

„Und was hast du vor?", fragte er sie dann.

„Das mache ich natürlich nicht!", entrüstete sie sich. „Ich bin doch nicht lebensmüde!" Es war schneller gesagt, als dass sie es hätte verhindern können. Er wirkte mit einem Mal furchtbar gekränkt.

„Du denkst, ich würde dich töten, wenn du aussagst?", fragte er ohne jede Gefühlsregung in der Stimme. Sie schluckte. Au weia.

„Ich … weiß nicht, wie das bei … euch läuft", murmelte sie schließlich. „Aber *das* habe ich nicht gemeint."

„Was dann?" Er klang wirklich gekränkt. *Shit.*

„Naja, ich werde nicht aussagen, weil ich … dich …" Sie stockte. Traute sich nicht, es auszusprechen. „Weil ich dich so … mag." Sie spürte, wie sie knallrot anlief.

„Du ‚*magst*' mich?" sagte er und hob eine Augenbraue. Ach, verflucht!

„Ja. Nein, ich –"

„Zerbrich dir nicht die Zunge." Er grinste und trank einen Schluck Wein. Leslie atmete erleichtert auf.

„Ich *will* nicht gegen dich aussagen", sagte sie mit fester Stimme.

„Das ist gut", sagte er lächelnd.

„Ist es das?"

„*Sì*. Das bedeutet, dass ich die Salzsäure wegschütten und meine geschmierten Richter dazu bringen kann, die Verhandlung abzublasen."

„Was?!"

Aber er lachte bloß laut auf.

„Nicht witzig", knurrte Leslie, aber er schien sich köstlich zu amüsieren. Ob er tatsächlich die Wahrheit gesagt hatte oder nicht, darüber dachte sie am besten gar nicht erst nach. Scheinbar fand er seine Mafiawitze urkomisch – und Leslie fragte sich, wie viel Wahrheit in ihnen lag.

„Wo fahren wir hin?", fragte sie nach einer Weile.

„Ans Festland. Kalabrien erst, an die Küste, von dort werden wir weiter ins Landesinnere fliegen."

„Wohin?"

„Zu einem Freund", sagte er nur. So nannten sie es auch immer in Filmen. Die Parallelen waren beinahe erschreckend.

Am nächsten Morgen zog Raffaello ihr die Decke weg, um sie zu wecken. Gähnend rappelte sie sich auf und blickte auf die Uhr. Viertel vor vier. Die Sonne war noch nicht einmal richtig aufgegangen.

„Warum so früh?", knurrte sie. Raffaello zog die Vorhänge vor dem breiten Fenster, das den Blick auf das Meer und den Hafen, der in sichtbarer Nähe lag, freigab.

„Es ist nicht nötig, dass uns jemand sieht", sagte er. „Beeil dich, wir fliegen bald ab." Dann war er verschwunden. Er schien es ziemlich eilig zu haben.

Leslie blies sich eine Haarsträhne aus dem Gesicht, dann stand sie auf und schaute aus dem Fenster. Am Horizont war bereits ein schwacher, goldener Schimmer zu sehen, in einiger Entfernung leuchteten helle Lichter im Hafen von Kalabrien zu ihnen herüber. Leslie seufzte. Jetzt war sie eindeutig nicht mehr auf Sizilien. Und sie schätzte, dass sie da auch nicht mehr so bald hinkommen würde, wenn es nach Raffaello ging. Was sie betraf, so hatte sie sich fest vorgenommen, nicht länger als drei Tage im Haus von Raffaellos ‚Freund' zu verbringen. Sie würde auf eigene Faust zu Anne zurückkehren, da konnte er machen, was er wollte. Aber es sollten mehr als nur drei Tage werden.

Ein Stück abseits des Hafens erwartete sie ein Helikopter. Als Leslie das riesige, schwarze Ding erblickte, fiel ihr die Kinnlade herunter. Sie war in Begleitung von Roberto von Bord gegangen. Eigentlich hatte sie gehofft, dass Raffaello sie begleiten würde, doch der schien zu beschäftigt zu sein.

„Wow", machte Leslie, als Roberto sie auf den Helikopter zuschob, „was für ein Riesenteil!"

„Steigen Sie hinten ein!", rief er gegen den entsetzlichen Lärm, den die Rotorblätter veranstalteten, an. „Signor Ruggiero wartet schon auf Sie! Viel Glück"

Leslie blickte sich verwirrt um. Wie war Raffaello unbemerkt an ihr vorbeigekommen? Sie blickte Roberto nach, der jetzt mit Lorenzo, dem Auftragskiller, und einigen anderen Männern in einen schwarzen Wagen stieg, von denen drei um den Hubschrauber verteilt parkten. Einige Wachen standen daneben, die Hände schießbereit am Gürtel. Was für ein Aufstand. Aber langsam fing sie an zu begreifen, wie wichtig Raffaello in seinen Kreisen zu sein schien. Und mächtig. Er war ihr mit einem Mal so unbekannt und fremd, dass sie fast schon Angst bekam.

Er erwartete sie tatsächlich im Inneren des Helikopters. Die Rotorblätter ratterten laut über ihrem Kopf und fegten ihr das lange Haar aus dem Gesicht, als sie einstieg. Dann wurden die Türen geschlossen und sie war allein mit Raffaello. Zögernd schnallte sie sich an. Sie hoben vom Boden ab. Als Leslie aus dem Fenster blickte, sah sie, wie alle drei Autos wie auf ein unsichtbares Signal hin losfuhren und hintereinander in den dunklen Straßen verschwanden. Ohne Scheinwerferlicht.

Sie lehnte sich zurück und atmete tief durch. Und hatte das Gefühl, dass von nun an nichts mehr so laufen würde, wie sie es sich vorgestellt hatte. Es war beinahe unerträglich, so ahnungslos zu sein. Sie spürte Raffaellos Blick, der auf ihr ruhte, sah aber nicht zu ihm auf. Nach einer Weile beugte er sich vor, ergriff ihre Hand, und drückte sie fest. Was sie keineswegs tröstete. Sie blickte nur weiter aus dem Fenster, hinab auf die Stadt, die immer kleiner wurde, bis sie schließlich mit der Dämmerung verschmolz. Dann folgte nur noch bergiges, kaum bewohntes Gebiet. Ab und zu ein kleines Dorf.

Es wurde immer heller. Die Sonne stieg immer höher, der Helikopter schien einen Geschwindigkeitsrekord hinzulegen und irgendwann, als sie es nicht mehr aushielt, stand Leslie auf, um sich neben Raffaello zu setzen, doch der schob sie zurück.

„Nein, das ist nicht gut", sagte er und lächelte entschuldigend. „Wegen des Gleichgewichts, verstehst du?"

„Hmpf", machte sie missmutig und setzte sich wieder. Blickte aus dem Fenster und wünschte sich, er hätte sie irgendwie getröstet. Aber vielleicht war auch er aufgeregt. Daran hatte sie noch gar nicht gedacht. Sie beschloss, ihn in Ruhe nachdenken zu lassen, lehnte sich wieder zurück und schloss die Augen. Wer wusste schon, wie lange sie unterwegs sein würden.

Der Flug dauerte nicht lange. Höchstens fünfzehn Minuten. Leslie schlug die Augen auf. Geschlafen hatte sie nicht, dafür war es viel zu laut hier drin.

„Wir sind da", sagte Raffaello. Mehr nicht. Er wartete bloß ab, bis der Helikopter sicher auf dem runden Landeplatz zwischen den alten Bäumen in einem riesigen, verwilderten Park gelandet war, dann schnallte er sich ab und kam zu Leslie, um sie von ihrem Sicherheitsgurt zu erlösen. Bevor er aufstand strich er ihr kurz mit den Fingern über die Wange und beinahe hätte Leslie ihn einfach festgehalten, um ihn zu küssen, aber das tat sie nicht. Sie wollte ihn nicht verwirren, wenn er sowieso schon mit den Gedanken ganz woanders war.

Draußen auf dem Landeplatz erwartete sie ein sehr kugelsicher aussehender Wagen. Raffaello ließ sich auf dem Beifahrersitz nieder. Leslie musste sich mit dem Rücksitz zufriedengeben, obwohl sie Raffaello jetzt gerne an ihrer Seite gehabt hätte. Es dauerte nicht lange und sie erreichten eine schier endlose Auffahrt, die von Zypressen und spießig zurechtgeschnittenen Hecken gesäumt wurde. Im Hof, den sie gleich darauf erreichten, stand ein riesiger, aus weißem Marmor gefertigter Brunnen, und plätscherte friedlich vor sich hin. Der alte *Palazzo* im Barockstil, der sich dahinter erhob, erinnerte Leslie ein kleines bisschen an den von Raffaellos Familie. Teure Autos parkten in einer Reihe vor der breiten Treppe, die links und rechts auf eine riesige Terrasse führte. Raffaellos Maserati fehlte noch.

Sobald Leslie und Raffaello aus dem Wagen stiegen, kamen Männer aus den anderen Autos. Leslie schluckte. Sie fand die Situation schrecklich unwirklich. Wie im Film. Raffaello ging voran, Leslie folgte ihm dicht auf den Fersen und traute sich nicht seine Hand zu nehmen. Außerdem beachtete er sie gar nicht groß, was sie wiederum ziemlich verunsicherte.

Sie musterte ihn von hinten. Seine Sonnenbrille war weit und breit nicht zu sehen. Er trug einen schwarzen Anzug, das Haar war mit Gel zurechtgemacht und er schritt ebenso zügig wie würdevoll die Treppen zu dem riesigen Eingangsportal hoch, dass Leslie nicht anders konnte, als ihn mit seinem Vater zu vergleichen, den sie letztes Jahr gesehen hatte. Plötzlich fühlte sie sich entsetzlich einsam inmitten all der Anzugheinis und auch Raffaellos Anwesenheit änderte nichts daran. Er wirkte wie ein Fremder. Und das verunsicherte sie am meisten.

36

Ihren lebensrettenden Gastgeber bekamen sie gar nicht zu Gesicht. Raffaello verschwand bloß mit Roberto, Lorenzo und einigen anderen Männern in einem der vielen Besprechungsräume auf dem langen Flur und sofort schloss sich die Tür hinter ihnen. Sicher wartete dort irgendein hoher Mafiaboss, mit dem Raffaello befreundet war. Vielleicht stand er auch noch in seiner Schuld und nahm ihn deswegen bei sich auf. Aber das alles interessierte Leslie plötzlich gar nicht mehr. Sie wollte weg von hier. Fort aus diesem riesigen, viel zu spießigen *Palazzo*. Zu Anne in ihr kleines, gemütliches Ferienhaus. Und sie wünschte sich den alten Raffaello herbei, den sie kennengelernt hatte. Denn der *Capo*, der gerade mit den anderen hinter der schweren Tür verschwunden war, war ihr unheimlich. Und fremd.

„Sie sind sicher Leslie McEvans?", sagte eine Frauenstimme hinter ihr. Erschrocken drehte sich Leslie um. Sie stand nicht mehr alleine auf dem ellenlangen Flur. Eine junge Italienerin, Mitte zwanzig mit dichtem, lockigen Haar lächelte ihr freundlich zu.

„Ja", sagte Leslie vorsichtig. Die Frau reichte ihr die Hand. Sie war relativ groß, schlank und ein wenig spießig gekleidet, trug hohe Schuhe und große, bunt verzierte Ohrringe.

„Ich bin Serafina Cantone", sagte sie. „Mein Vater ist euer Gastgeber." Sie lächelte. „Er sagte mir, Sie würden sich vor ihm möglicherweise erschrecken, aber er will Sie in den nächsten Tagen kennenlernen. Ich soll Ihnen ausrichten, dass es Ihnen an nichts fehlen wird und er sich freut, Raffaellos Freundin in seinem Haus willkommen zu heißen." Serafina lächelte ihr aufmunternd zu.

„Ja, so umständlich hat er es ausgedrückt", fügte sie mit einem Grinsen hinzu. „Ich werde Ihnen jetzt Ihr Zimmer zeigen, in Ordnung?" Zögernd nickte Leslie, zu beeindruckt von dieser Frau, um etwas sagen zu können. Für die Tochter eines Mafiabosses – und noch dazu eines stinkreichen und mächtigen, wenn sie sich hier so umschaute – wirkte sie erstaunlich normal. Sie stöckelte vor Leslie her und fast beneidete diese sie darum, wie graziös sie sich auf hohen Schuhen bewegen konnte. Sie musste an ihr Malheur an Marios Geburtstag denken.

„Sie werden sich daran gewöhnen, dass die Männer uns Frauen ausschließen, wenn es um ihre Geschäfte geht, glauben Sie mir", sagte Serafina, als sie Leslie eine breite Treppe hinaufführte, die in einem langen, etwas düsteren Korridor endete. Hässliche Marmorfiguren standen halb nackt auf ihren Sockeln an den Wänden, Bilder hingen dazwischen und ab und zu zweigte der Gang in einen Raum ab, der allerdings verschlossen schien.

„Da wären wir", sagte Serafina, stieß eine schwere Holztür am Ende des Flures auf und trat ein. „Ihr Zimmer. Ihr Gepäck habe ich schon hochbringen lassen." Leslie stutzte. Gepäck? Sie hatte rein gar nichts dabei, außer ihren Kleidern und ihrer Strandtasche. Serafina lächelte.

„Raffaello hat mich gebeten, Ihre Koffer schon auszupacken, damit Sie sich etwas wohler fühlen, wenn Sie ankommen." Galant stakste sie auf den großen Wandschrank zu, der neben einem breiten Himmelbett stand, und öffnete ihn. Leslie fiel die Kinnlade herunter. Er war randvoll mit teuren Kleidern, Blusen und Hosen, am Boden reihten sich Schuhe in allen Farben.

„Äh", machte Leslie, „das sind nicht meine!" Aber Serafina zwinkerte ihr zu.

„Was halten Sie davon, wenn Sie mir nachher beim Kochen helfen? Wir haben zwar eine Köchin, aber ich koche lieber selbst, das schmeckt einfach besser." Sie grinste breit und Leslie fand sie gleich viel sympathischer, wenn sie nicht so verstockt lächelte.

Sie nickte vorsichtig. „Klar. Gerne", sagte sie und schloss hastig den Schrank, damit sie die Kleider nicht mehr sehen musste.

„Sie sind das nicht gewohnt, nicht?", fragte Serafina. Leslie schüttelte den Kopf.

„Ich werde mit Raffaello reden", murmelte sie tonlos. Dass er so viel Geld für sie ausgegeben hatte, ärgerte sie ein wenig.

„Tun Sie das nicht", sagte Serafina. „Er hat Sie wirklich gerne, das konnte ich ihm genau ansehen." Sie zwinkerte Leslie zu. „Wahrscheinlich hofft er, Sie freuen sich darüber. Spielen Sie einfach mit. Männer sind manchmal nicht leicht zu verstehen. *Diese* Sorte erst recht nicht." Dann drehte sie sich um, lächelte Leslie noch einmal aufmunternd zu und zog dann die Tür hinter sich zu. Sie war alleine. In dem riesigen Zimmer, das dem einer Prinzessin glich. Mit Kleidern. Und Schuhen. Sie fand es schrecklich hier.

Sie wusste nicht, wie lange sie an dem hohen, halbrunden Fenster gestanden hatte, das auf einen breiten Balkon hinausführte, als ihr Handy klingelte. Sie zuckte zusammen und stürzte nach dem ersten Schrecken auf ihre Handtasche zu, die sie auf das riesige Himmelbett geworfen hatte, wühlte darin herum und bekam das vibrierende Ding zu fassen.

„Hallo?", sagte sie vorsichtig.

„Leslie!" Es war Anne. Mit einem Mal war Leslie so erleichtert, die Stimme ihrer Freundin zu hören, dass sie beinahe in Tränen ausgebrochen wäre.

„Wo *bist* du?!", kreischte Anne in den Hörer. Leslie hielt ihn ein Stück weit von ihrem Ohr weg.

„Anne", sagte sie, „es ist alles in Ordnung, glaub –"

„Nie im Leben!" Herrgott, es würde unerträglich schwer werden, ihr alles zu erklären.

„Leslie, verflucht noch mal, was ist passiert?!" Leslie holte tief Luft. Öffnete die Tür zum Balkon und trat hinaus in die Hitze. Efeu kletterte das massive Steingeländer hinauf. Man konnte von hier aus auf die riesige Eingangstreppe hinunterblicken.

„Leslie!"

„*Sorry*. Ähm …"

„Weißt du eigentlich, wie froh ich bin, dass du noch lebst?!", schluchzte Anne plötzlich. Eine ganze Weile lang hörte sie nicht auf zu weinen.

„'Tschuldigung", nuschelte sie dann irgendwann. „Also, ich will *alles* wissen, klar?"

„Ist jemand bei dir?", fragte Leslie vorsichtig.

„Antonio."

„Dann schick ihn raus."

„Aber –"

„Grüß ihn von mir, mir geht's gut." Wahrscheinlich schickte Anne Antonio *nicht* aus dem Zimmer. Aber das war jetzt auch egal.

„Er hat dich entführt, stimmt's?", raunte Anne leise. „Ich hab's gewusst! Sofort, als wir gemerkt haben, dass du weg warst!"

„Anne!"

„Hm?"

„Es ist alles nur zu meiner … Sicherheit", sagte sie, obwohl sie das mittlerweile selbst infrage stellte. Vielleicht sagte sie das auch nur, um sich zu beruhigen. Sich wieder einmal selbst zu belügen. Was bis jetzt immer in die Hose gegangen war.

„Das glaubst du ja wohl selbst nicht!" rief Anne entrüstet. „Der Typ ist Mafioso! Um Himmels Willen, begreif doch endlich, dass du ihm kein Wort glauben kannst!"

„Tu ich ja gar nicht, ich –".

„*Wo* bist du, Leslie??" Sie holte tief Luft. „Nicht mehr auf –" Das Handy wurde ihr aus der Hand gerissen. Empört drehte sie sich um. Raffaello stand hinter ihr, hielt ihr Handy in der Hand und drückte einige Tasten. Dann hielt er es ihr wieder entgegen.

„War das deine Freundin?", fragte er sie mit kalter Stimme. Was bildete er sich eigentlich ein? *Jetzt* konnte sie wirklich von Freiheitsberaubung sprechen. Es war ja wohl ihr gutes Recht, sich mit Anne zu unterhalten und sie zu beruhigen. Wobei ihr das wahrscheinlich ohnehin nicht gelungen wäre.

„Und wenn schon", motzte sie ihn an. „Braucht dich ja nicht zu interessieren!"

Wie war er überhaupt unbemerkt in ihr Zimmer gekommen? Er schloss für einige Sekunden die Augen, und als Leslie genauer hinsah, bemerkte sie, wie müde und erschöpft er aussah. Dunkle Schatten lagen unter seinen Augen.

„Leslie", sagte er eindringlich und nahm sie an den Schultern. „Ich habe nichts dagegen, dass du deine Freundin anrufst. Nur bitte erzähle ihr nichts von all dem hier. Das darfst du auf *keinen* Fall!" Sie machte sich von ihm los und musterte ihn trotzig.

„Warum?", entgegnete sie. „Darf ich sie nicht beruhigen? Denkst du etwa, Gosetti könnte alle Leitungen überwachen lassen?!" Er sah sie ernst an. Und sie begriff, dass er genau davor Angst hatte. Sie schluckte.

„Du ... denkst das ... wirklich", murmelte sie und musterte ihn aufmerksam. Er senkte nur kurz den Blick, dann sah er sie wieder an.

„Niemand darf wissen, wo du dich aufhältst", sagte er.

„Wo *wir* uns aufhalten", murrte sie. „Und deine ... Leute. Weißt du was? Das stinkt mir jetzt schon!" Er seufzte.

„Ich weiß", sagte er. „Aber das ist das Einzige, das –".

„Ist es nicht!", rief sie. „Wenn du so in der Tinte steckst, dann unternimm doch einfach was gegen diese ‚Probleme'! Warum versteckst du dich davor? Ich dachte, du hättest ‚so viel Macht'?!" Er sagte nichts. Sah sie nur kalt an und lehnte sich gegen das Geländer. Eine Gänsehaut rieselte ihr den Rücken hinab, als sie ihm in die dunklen Augen blickte.

„Das ‚Versteckspiel' ist Teil eines Plans", sagte er schließlich. „Ich glaube nicht, dass du ihn hören willst."

„Und was, wenn doch?"

„Dann wird dir Einiges nicht gefallen."

„Sag's mir doch einfach!", forderte sie und musterte ihn scharf. Aber er schüttelte den Kopf.

„Nein", sagte er ruhig. Dann eben nicht!

„Dann lass nächstens deine blöden Andeutungen!", fuhr sie ihn an, schmiss ihm ihr Handy entgegen. „Da. Das kannst du haben! Wahrscheinlich hättest du es mir irgendwann sowieso weggenommen." Dann drehte sie sich um, riss die Terrassentür auf und verschwand im Zimmer.

„Wo gehst du hin?", rief er ihr nach und beinahe glaubte sie, er würde ihr nachlaufen. Aber das tat er nicht.

„Zu Serafina! Kochen!", fauchte sie und knallte die Zimmertür hinter sich zu. Dass er jetzt alleine in ihrem Zimmer war, interessierte sie nicht die Bohne. Sollte er sich doch vom Balkon stürzen. Ihr doch egal.

In ihrer Wut stürmte sie durch sämtliche Flure in dem riesigen Haus, bevor sie Serafina Cantones Zimmer gefunden hatte. Sie war nicht da. Klasse. Wütend wollte sich Leslie umdrehen, als sie den alten Mann bemerkte, der vor einem riesigen Fernseher saß und sie die ganze Zeit über angesehen hatte. Sie erschrak sich fast zu Tode. Starrte den Alten eine Weile lang nur an. Er war sehr ordentlich gekleidet, in einen grauen Anzug, das weiße Haar hatte er mit viel Gel über den Kopf zurückgekämmt. Seine äußere Erscheinung war schon fast angsteinflößend, dichte Brauen überwucherten seine kleinen, grauen Augen, tiefe Falten zogen sich quer über sein Gesicht, von denen manche aussahen, wie alte Narben. Aber er lächelte zu ihr auf.

„Ich hatte eigentlich gehofft, Sie würden mich nicht so müde zu Gesicht bekommen", sagte er. Seine Stimme klang rau und irgendwie gepresst, aber nicht unangenehm. Er schnaufte und hob seinen schlanken, ein wenig gekrümmten Körper aus dem Sessel. So alt er auch aussah, zu Fuß war er noch gut unterwegs. Er streckte Leslie eine faltige, mit Altersflecken übersäte Hand entgegen. Vorsichtig ergriff sie sie.

„Vincenzo Cantone", stellte er sich vor. „Es freut mich sehr, Sie kennenzulernen, Miss McEvans." Leslie zögerte. Woher kannte er ihren Namen?

„Meine Tochter finden Sie sicher unten im Erdgeschoss in der Küche", sagte er. „Sie kocht leidenschaftlich gerne." Er lächelte und tausend Fältchen bildeten sich um seine Augen. Und da begriff Leslie.

„Sie … sind der Freund, von dem Raffaello gesprochen hat", sagte sie. Großer Gott, sie stand einem mächtigen Mafiaboss gegenüber! Vorsichtig trat sie einen Schritt zurück. Der Alte nickte langsam, fast würdevoll.

„Raffaello hat mir viel über Sie erzählt", sagte er.

„Oh", machte Leslie, nicht sicher, was sie darauf antworten sollte.

„Nach allem, was ich über Sie zu hören bekommen habe, habe ich ihn gewarnt, dass es Ihnen nicht gefallen wird, hier zu bleiben." Er holte tief Luft. „Aber ich konnte es ihm nicht ausreden. Ihre Sicherheit liegt ihm sehr am Herzen, meine Liebe", sagte er und lächelte warmherzig. Der alte Mann war ein Mafiaboss. Und wahrscheinlich gingen jede Menge Morde und Erpressungen auf seine Rechnung. Sie hätte Angst haben sollen, Respekt, aber der Mann, der da vor ihr stand, wirkte so harmlos wie ein alter Mann im Altenheim. Es fiel Leslie nicht leicht, ihn mit schweren Verbrechen in Verbindung zu bringen. Und überhaupt sah er eher aus wie Serafinas Großvater.

„Ich … er hat mich nicht gefragt, ob ich hier sein will", sagte sie schließlich. Irgendwie hatte es der Alte allein durch seinen Anblick geschafft, dass sie ihm vertraute. Es war geradezu erschreckend. Aber sie konnte nichts dagegen unternehmen, so sehr ihre Vernunft auch protestierte. Vielleicht hatte sie vergessen, was ‚vernünftig' bedeutete. Vielleicht hatte Raffaello dazu beigetragen. Vielleicht auch sie selbst. Vincenzo Cantone lächelte.

„*Sì*, er fragt nicht oft, bevor er etwas tut, ich weiß", sagte er. „Sein Vater war da ähnlich. Er hat mehr von ihm, als er sich eingestehen will."

„Kennen Sie ihn gut? Raffaello, meine ich", sagte Leslie. Er nickte.

„Oh ja, sehr lange. Und sehr gut. Wir sind eng befreundet. Er hat mir geholfen und seitdem stehe ich in seiner Schuld. Also erwies ich ihm den Gefallen, Sie alle bei mir aufzunehmen."

„Aha", machte Leslie. Sie fragte sich, was das für eine Hilfe war, die Raffaello ihm geleistet hatte. Aber wahrscheinlich ging sie das nichts an. Wie alles, das mit den ‚Geschäften' zu tun hatte.

„Ich werde ihm auch helfen, seinen Plan zu verwirklichen", sagte der Alte. Von einem Plan hatte auch Raffaello gesprochen.

„Was für ein Plan?", rutschte es ihr heraus, bevor sie es verhindern konnte. Sie biss sich auf die Zunge. Aber der Alte lächelte bloß und winkte ab.

„Es ist gut, dass Sie neugierig sind", sagte er. „Aber jetzt sollten Sie meiner Tochter Gesellschaft leisten. Roberto wird Sie in die Küche bringen." Keine Fragen stellen. Schon verstanden, dachte Leslie knurrig. Offensichtlich waren alle Mafiosi ziemlich verbohrt in dieser Hinsicht. Da trat Roberto auch schon neben sie und lächelte höflich. Wo zum Henker war er überhaupt so schnell hergekommen?

„Kommen Sie mit", sagte er und wies auf die Tür. Zögernd folgte Leslie ihm, nachdem sie sich von Vincenzo Cantone verabschiedet hatte.

„Wissen Sie was?", knurrte sie. „Gegen die Worte ‚Kommen Sie mit' bin ich allergisch." Roberto hob erstaunt die Brauen. Er war nicht allzu groß, schlank, das schwarze Haar hatte er kurz geschnitten. Und er trug eine Brille, die ihn beinahe aussehen ließ, wie einen englischen Oxford Studenten.

„Warum das?“, fragte er, während er neben ihr den langen Flur entlang schritt. Er konnte nicht älter sein als fünfundzwanzig.

„Weil Ihr werter Begleiter das zu mir gesagt hat, als Sie mich entführt haben“, sagte Leslie trocken.

„Lorenzo. Sieht ihm ähnlich, Ihnen gleich eine Pistole vor die Nase zu halten“, sagte Roberto entschuldigend.

„Dann sollte er das gar nicht?“

„Nein. Er hat deswegen auch Ärger mit dem Boss bekommen.“ Wie selbstverständlich er das Wort ‚Boss‘ gebrauchte. Gruselig.

„Wir sind gleich da“, sagte er nach einer Weile und machte schließlich vor einer breiten, aus dunklem Holz gefertigten Tür Halt.

„Ich nehme an, Signorina Cantone wartet schon. Oder sie kocht.“ Roberto lächelte ihr freundlich zu, dann drehte er sich um und eilte den Korridor wieder davon. Zögernd klopfte Leslie an die Tür. Niemand öffnete. Sie klopfte erst gar nicht noch einmal, sondern stemmte sich gegen das dicke Holz und schlüpfte durch den Türspalt in den Raum. Der Geruch nach heißem Bratfett stieg ihr in die Nase, nach frischem Brot, Gewürzen und heißem Wasserdampf.

Sie blieb stehen und nahm alle Gerüche in sich auf, konnte nicht verhindern, dass ihr das Wasser im Mund zusammenlief, als sie die frischen Brote sah, die auf einer riesigen Anrichte am Herd lagen. Daneben reihten sich Paprikaschoten, Gewürze, Tomaten, Töpfe, Messer, Gemüse und Nudeln. Und Oliven. Und dazwischen schaute Serafina Cantones dichter Lockenkopf hervor. Das Haar hatte sie mit einem bunten Tuch zusammengebunden, eine Schürze übergezogen, aber die hohen Schuhe trug sie noch immer.

Sie schien so in ihre Arbeit vertieft, dass sie Leslie gar nicht bemerkte. Italienische Musik lief im Hintergrund, ein kleines Radio stand auf einem Schrank an der weiß gekachelten Wand, der mit Töpfen, Pfannen und Schüsseln gefüllt war. Vorsichtig trat Leslie neben Serafina.

„Ah, Leslie!“, rief sie fröhlich aus. „Da bist du ja!“ Sie duzte sie einfach, aber das war Leslie sowieso lieber, als dieses ewige ‚Sie‘.

„Ich habe haufenweise Rezepte vor mir, die ich kochen möchte. Hilfst du mir?“ Leslie nickte. Obwohl sie nicht die leiseste Ahnung hatte, wie sie die italienischen Kochbücher, die überall verstreut lagen, entziffern sollte.

Vor den Tintenfischen, die Serafina wenig später aus dem Kühlschrank holte, ekelte sie sich gewaltig. Sie glotzten sie aus toten Augen an, lagen schwabbelig in einer Schüssel und Leslie stieg der Fischgeruch in die Nase. Beinahe musste sie würgen. Sie wandte sich ab, überließ der grinsenden Serafina das Zuschneiden der Tintenfische und widmete sich stattdessen einem der Kochbücher, das aufgeschlagen auf der Anrichte lag. Sie verstand kein Wort von dem, was da stand.

„Ich hab' deinen Vater getroffen", sagte sie nach einer Weile. Serafina sah kurz auf.

„Ach?", sagte sie. „Wo?"

„Ich habe dich gesucht. Er saß in deinem Zimmer im Sessel."

„Hm", machte Serafina. „Dorthin zieht er sich zurück, wenn er über etwas Wichtiges nachdenken muss."

„Dann habe ich ihn gestört?", fragte Leslie erschrocken, doch Serafina winkte ab.

„Was hat er dir denn erzählt?", fragte sie und hackte mit einem Beil auf die Tintenfische ein. Leslie verzog angeekelt das Gesicht.

„Er hat nur von Raffaello erzählt und dass er in dessen Schuld steht." Und plötzlich traute sie sich, nach allem zu fragen. Vielleicht wusste Serafina etwas Genaueres.

„Was hat er denn getan?", fragte sie, während sie eine Paprikaschote zerschnitt. Serafina ließ das Hackbeil sinken.

„Raffaello?", fragte sie und Leslie nickte.

„Er hat ihm das Leben gerettet", sagte Serafina ernst.

„Oh", machte Leslie. „Was ist passiert?"

„Darüber sprechen wir nicht gerne. Es gab jemanden, der für meinen Vater gearbeitet hat – aber nicht *nur* für ihn. Er war ein Spitzel von Michele Spavento. Und einer seiner besten Killer."

„Verstehe ...", murmelte Leslie, geschockt über das, was Serafina ihr erzählt hatte. Und, dass es ganz offensichtlich die Wahrheit war.

„Raffaello hat es irgendwie rausgefunden und gleich etwas unternommen“, sagte Serafina. Leslie konnte sich denken, was er unternommen hatte.

„Der Mann hat nicht lange überlebt, nehme ich an“, sagte sie und Serafina nickte. Und Leslie erschrak über sich selbst, als sie diese Tatsache als selbstverständlich hinnahm – jedenfalls überraschte es sie nicht.

„Dieser Spavento scheint ja nicht unbedingt viele Freunde zu haben“, stellte sie fest.

„Oh, er hat viele. Sehr viele. Er ist ein angesehener Mann in seinen Kreisen. Er hat nur ebenso viele Feinde, wie Freunde.“ Serafina machte sich daran, Leslie mit dem Gemüse zu helfen.

„Raffaello hat sich mit ihm angelegt“, murmelte Leslie und Serafina nickte und verdrehte die Augen.

„*Sì*“, sagte sie. „Er hätte das nicht tun sollen. Spavento ist mächtig und Raffaello ist ihm ein Dorn im Auge, seit er den Platz seines Vaters eingenommen hat. Dann mischte er sich auch noch in einige von Spaventos Geschäfte ein. Es gelang ihm, einen Großteil davon zu übernehmen und für sich zu nutzen, was Spavento natürlich ziemlich verärgert hat.“

„Sprichst du von … Drogenhandel?“, fragte Leslie vorsichtig. Serafina hob eine Augenbraue, dann nickte sie.

„Raffaello ist klug, aber er nutzt diese Klugheit nicht angemessen aus“, sagte sie. „Spavento ist alt und gerissen. Die beiden passen einfach nicht zusammen.“ Leslie erinnerte sich an das, was Gosetti über Raffaello gesagt hatte: *„Er ist jung, rebellisch, leichtsinnig und sehr von sich überzeugt.“* Wahrscheinlich hatte er damit recht gehabt.

„Er hat Spavento herausgefordert, einen Krieg angezettelt. Er wollte testen, wer der Stärkere ist, was wiederum ein Fehler war. Raffaello ist leichtsinnig – ich schätze, er hat Ärger bekommen mit seinen Leuten wegen des Krieges. Und er hat gemerkt, dass er noch nicht so viel Erfahrung hat, wie Spavento. Es gibt auf jeden Fall Probleme, sonst wäre er nicht zu uns gekommen.“ Leslie kaute auf ihrer Unterlippe herum.

„Dann glaubst du nicht, dass es … nur um mich geht? Und irgendwen, der mich … töten will?“, fragte sie und Serafina schüttelte den Kopf.

„Nein“, sagte sie. „Da ist noch etwas Anderes. Irgendwas läuft da im Untergrund und dein werter Freund versucht, es alleine zu regeln. Aber manchmal sollte man die Hilfe, die einem angeboten wird, auch annehmen.“ Sie arbeiteten weiter.

„Warum erzählst du mir das alles?“, fragte Leslie irgendwann. Serafina zuckte die Achseln.

„Ich bin damit aufgewachsen, aber man hat mich aus all dem immer rausgehalten. Das habe ich irgendwann nicht mehr akzeptiert – und jetzt bin ich im Geschäft. Ich werde die Stelle meines Vaters einnehmen.“

„Oh“, machte Leslie und schauderte.

„Und daher weiß ich, wie es ist, wenn man im Unklaren gelassen wird, Leslie.“ Serafina zwinkerte ihr zu.

„Die anderen versammeln sich heute Abend alle im Esszimmer und essen zusammen“, sagte sie. „Du bist natürlich auch eingeladen. Es wird um Geschäfte gehen, aber ich setze mich für dich ein, in Ordnung?“

„Nein“, sagte Leslie. „Wenn sie mich eigentlich nicht dabeihaben wollen – wenn Raffaello das nicht will – dann können die mir gestohlen bleiben mit ihrer Männerwelt und ihrem Geschäftskram.“ Trotzig hieb sie auf die Karotten ein. Serafina sah sie mitfühlend von der Seite an.

„Weißt du was?“, sagte sie. „Ich werde den Herren ihr Essen bringen, und wenn du willst, essen wir beide in meinem Zimmer. Da ist es ruhig und bei Frauengesprächen haben die anderen sowieso nichts mitzureden.“ Leslie musste grinsen. Und nickte.

Sie traf Raffaello an diesem Abend nicht wieder, was sie nicht weiter störte, denn irgendwie saß ihr immer noch die Wut im Magen. Sie zwang sich, nicht an ihn zu denken, was ihr auch ganz gut gelang, und als sie im Flur auf dem Weg zu Serafina einer Gruppe von Raffaellos Leuten über den Weg lief, machte sie, dass sie davon kam. Mit diesen Männern wollte sie nichts zu tun haben. Einzig Roberto lächelte ihr aufmunternd zu, ansonsten schritten alle mit todernsten Gesichtern an ihr vorbei. Serafina erwartete sie bereits in ihrem Zimmer. Ein großer Topf voll mit Nudeln und Soße stand mitten auf dem Tisch draußen auf der Terrasse und Leslie merkte, wie hungrig sie eigentlich war. Wenn da nicht die

Tintenfischarme gewesen wären, die zwischen den Nudeln und dem Gemüse hervorlugten.

Eine Weile aßen sie schweigend, und nachdem Serafina ihr einen Tintenfischarm aufgenötigt hatte, musste Leslie zugeben, dass es gar nicht mal so schlecht schmeckte.

„Du wirkst irgendwie bedrückt", sagte Serafina irgendwann.

„Streit mit Raffaello", murmelte Leslie und stocherte in ihrem Essen herum.

„Oh, das ist nicht gut. Wer hat angefangen?" Leslie seufzte.

„Ich hab' ihn angemotzt, nachdem er mir mein Handy weggenommen hat, weil ich mit meiner besten Freundin telefoniert habe."

„Hat er es dir wiedergegeben?"

„Ja."

„In einem Streit gewinnt immer *er*", sagte Serafina. „Das ist jedes Mal so. Er hat irgendeine spezielle Gabe, andere immer von sich zu überzeugen."

„Mich nicht", murrte Leslie.

„Sicher?"

Nein, dachte sie. Schließlich hatte sie ihm bis jetzt immer wieder verziehen, selbst wenn sie sich vorgenommen hatte, kein Wort mehr mit ihm zu reden.

„Woher kennst du ihn so gut?", fragte Leslie. Serafina zuckte die Achseln.

„Durch Mario", sagte sie.

„Mario? Andolini?" Serafina nickte und hob ihre linke Hand, an der ein Ring mit einem blauen Saphir steckte.

„Er ist mein Verlobter." Leslie fiel die Kinnlade herunter. Das hatte sie nicht erwartet. Niemals.

„Äh ...", machte sie und Serafina lachte.

„Damit hast du nicht gerechnet, hm? Auf den ersten Blick passen wir gar nicht zusammen. Im Ernst, ich dachte anfangs sogar, er wäre schwul". Sie grinste. „Er hat mir das Kochen beigebracht. Vorher war ich miserabel." Grinsend spielte sie mit ihrem Ring.

„Was ist mit Raffaello?", fragte sie dann lächelnd. „Hat er ...?"

„Ich bin achtzehn!", empörte sich Leslie. „Ich verlobe mich nicht! Jede Beziehung geht zu Ende, wenn man das macht!"

„Wie kannst du dir da so sicher sein?"

„Weil es bei meinen Eltern genauso war. Deshalb", sagte Leslie. Sie fand es erschreckend, dass Serafina auf den Gedanken gekommen war, Raffaello hätte ihr diese Frage gestellt.

Das wird er nicht tun, dachte Leslie, fast ein bisschen wehmütig, niemals. Und schon merkte sie, dass ihre Wut längst verflogen war. Dass sie Raffaello irgendwie vermisste. Es war zum aus der Haut fahren.

„Was ist?", fragte Serafina und musterte sie mit hochgezogenen Augenbrauen. Sie schien Marios Gabe, alles und jeden zu durchschauen, auch zu haben.

„Weiß nicht", murmelte Leslie und stocherte in ihrem Essen herum.

„Hör mal", sagte Serafina entschieden. „Du brauchst kein schlechtes Gewissen zu haben, weil du Raffaello deine Meinung gesagt hast. Das sollte ihm öfters jemand sagen – und es ist gut, wenn du nicht alles tust, was er verlangt."

„Er kommandiert mich nicht herum, wenn du das meinst", sagte Leslie.

„Aber er hat dich hierher gebracht. Wolltest du das?" Einen Moment lang schwieg Leslie, dann schüttelte sie den Kopf.

„Wie hat er die Reise hierher begründet?", fragte Serafina.

„Er hat gesagt, dass mich … irgendwer umbringen will. Und dass er Ärger mit Spavento hat." Serafina verzog den Mund.

„Hm …", machte sie nachdenklich, „ich werde mal nachforschen, in Ordnung?" Aber Leslie schüttelte den Kopf.

„Ich weiß nicht, ob das so eine gute Idee ist …" Vielleicht wollte sie die Wahrheit gar nicht wissen. Und dass Raffaello ihr nur die Hälfte verraten hatte, hatte er ihr ja bereits gesagt.

„Interessiert *mich* aber auch", sagte Serafina und grinste. Den Rest des Abends sprachen sie nicht mehr über Raffaello. Serafina schlug vor, Leslie am nächsten Morgen mit in die Stadt zum Einkaufen zu nehmen und Leslie sagte, sie würde es sich überlegen. Wahrscheinlich würde es ihr ganz gut tun, mal aus diesem Haus rauszukommen. Sie hielt es hier bereits nicht mehr aus, obwohl sie heute erst angekommen war.

37

Später am Abend saß Leslie alleine in ihrer Suite auf dem riesigen Himmelbett, dachte an den Tintenfisch, den sie gegessen hatte, versuchte, sich nicht deswegen zu ekeln und wendete ihr Handy in den Händen hin und her. Es hatte auf ihrem Bett gelegen, als sie zur Tür hereingekommen war. Wenigstens hatte Raffaello es nicht mitgenommen. Ein Zettel lag auch dabei:

„Wohne am Ende des Ganges. R. R.“

Hin und hergerissen zerknüllte sie den Zettel, faltete ihn doch wieder auseinander und las ihn noch einmal. Holte tief Luft. Dann stand sie entschlossen auf und verließ das Zimmer.

Keine Minute später stand sie am Ende des Korridors vor einer ebenso massiven Holztür wie ihrer und trat unschlüssig von einem Fuß auf den anderen. Sie traute sich nicht, anzuklopfen. Andererseits sehnte sie sich gewaltig nach Raffaello. Scheiß auf den blöden Streit vorhin. Sie klopfte an. Niemand öffnete. Es blieb totenstill. Sie klopfte noch einmal, lauter dieses Mal. Wieder nichts. Vorsichtig drückte Leslie die Türklinke herunter und schlüpfte in den Raum.

Es war dunkel, keine Lampe leuchtete und sie wollte sich gerade enttäuscht wieder umdrehen, als ein Windstoß den weißen Vorhang am Balkonfenster aufblähte. Silbernes Mondlicht fiel herein und der seidene Stoff sah aus wie ein Geist. Die Tür zum Balkon stand offen, als Leslie sich durch den Vorhang kämpfte. Draußen leuchtete der Mond hell und klar in der Nacht. Raffaello stand mit dem Rücken zu ihr, die Arme auf das steinerne Geländer gestützt. Er schien einfach nur in die Dunkelheit hinauszublicken. Wahrscheinlich dachte er über irgendetwas Wichtiges nach. Eine kleine Ablenkung würde ihm schon nicht schaden. Ein Grinsen stahl sich auf Leslies Gesicht, während sie leise von hinten auf ihn zu schlich und ihm dann blitzschnell beide Hände über die Augen legte. Mit einem leisen Aufschrei fuhr er zusammen und drehte sich so schnell um, dass sie ihm nicht mehr auszuweichen konnte. Sie stieß direkt mit ihm zusammen.

„Leslie!", entfuhr es ihm sichtlich überrascht, aber dann huschte ein Lächeln über sein Gesicht. „Ich hatte schon befürchtet, du würdest gar nicht mehr kommen", sagte er. „Wehe, wenn du mich noch mal so erschreckst!" Sie grinste nur.

„Erschießt du mich dann?"

„Hm", machte er, „vielleicht aus Reflex?" Aber dann lachte er, und bevor sie reagieren konnte, hatte er sie in seine Arme geschlossen und küsste sie so lange, bis sie nach Luft schnappen musste. Er grinste.

„Was verschafft mir die Ehre?" Sie pustete sich eine Haarsträhne aus dem Gesicht.

„Ich … hab' dich irgendwie vermisst", murmelte sie dann. Und das war die Wahrheit. Unter normalen Umständen hätte sie es wahrscheinlich gar nicht zugegeben, nicht vor ihm jedenfalls, aber er hatte sich einfach zu lange mafiös verhalten.

„Hast du?", fragte er mit hochgezogener Augenbraue. Seine Augen blitzten amüsiert auf. Dann ließ er sie los und Leslie trat neben ihn an das Geländer. Von seinem Balkon aus konnte man den gesamten Eingangsbereich überblicken. Und einen Teil des riesigen Parks, der wahrscheinlich ein Garten sein sollte. Raffaello trug jetzt nicht mehr den unheimlichen, schwarzen Anzug, sondern Jeans und ein olivgrünes

Hemd. Auch sein pechschwarzes Haar stand wieder in alle Richtungen von seinem Kopf ab.

„Ich mag dich viel lieber so“, sagte Leslie und zupfte an seinem Hemd.

„Wie?“

„Ohne diesen mafiösen Anzug. Darin siehst du nicht aus, als wärst du du.“ Er lächelte, stützte die Ellenbogen auf den massiven Stein auf und sah sie von der Seite her an.

„Willst du das Hemd auch noch haben?“, fragte er und machte grinsend Anstalten, es aufzuknöpfen.

„Lass das!“, zischte sie. Er zuckte nur die Schultern, ließ es aber so weit offen. Manchmal hatte sich Leslie gefragt, ob man sich sehr wehtat, wenn man gegen seinen Waschbrettbauch boxte. Ausprobieren wollte sie es lieber nicht.

„Ich soll dich übrigens von Mario grüßen“, sagte er nach einer Weile. Überrascht schaute sie zu ihm herüber.

„Er hält auf Sizilien die Stellung“, erklärte Raffaello, „solange ich weg bin.“

„Ach so. Gruß zurück“, murmelte Leslie. Sie hatte keine Lust, sich erneut etwas anhören zu müssen, das mit mafiösen Machenschaften zu tun hatte. Eigentlich wollte sie ihn nur noch umarmen und küssen, bis er vom Balkon fiel, aber das tat sie nicht. Vorsichtshalber.

„Serafina hat es mir gesagt“, sagte sie.

„Was?“

„Dass sie mit ihm verlobt ist.“ Raffaello nickte.

„Hm“, machte er. „Hätte ich dir wahrscheinlich auch irgendwann gesagt. Du scheinst schon eine Freundin gefunden zu haben.“

„Ja, sie ist ganz nett. Ich gehe morgen mit ihr in die Stadt.“ Er blickte sie mit stechendem Blick an.

„Ich habe veranlasst, dass du das Gelände nicht verlässt. Zu deinem Schutz“, sagte er. Leslie verzog das Gesicht.

„Ich denke, ich brauche dich nicht über meine Einstellung dazu zu informieren“, sagte sie spitz und zu ihrem Erstaunen lächelte er.

„Du bist so stur“, sagte er grinsend.

„Ich weiß.“ Er griff nach einer ihrer Haarsträhnen.

„Dann werde ich dir den Spaß nicht verderben können …", murmelte er leise.

„Das heißt, du hinderst mich nicht daran?!" Das hatte sie nicht erwartet. Nur erneute Meinungsverschiedenheiten. Aber sie hätte sich sowieso nichts von ihm sagen lassen.

„Wenn Lorenzo mit euch fährt, mache ich mir keine Sorgen", sagte er. Leslie zog eine Schnute.

„Er sieht aus wie ein Auftragskiller", knurrte sie. „Kann nicht Roberto mit? Oder noch besser: gar niemand? Schließlich brauche ich keinen Babysitter!" Raffaello seufzte.

„Nein, brauchst du nicht", sagte er. „Aber ich werde dir die gegebenen Umstände nicht noch einmal erklären. Serafina kann perfekt mit jeder Art von Waffe umgehen, aber …"

„… Sie ist eine Frau", sagte Leslie trocken.

„*Sì.*"

„Ich wette, sie hat schon mehr Leute umgelegt als du."

„Darum geht es nicht", sagte er plötzlich sehr ernst. Und mit einem Mal wurde Leslie neugierig. Sie blickte hinauf zum Mond, und dann fragte sie es einfach.

„Wie viele … hast du denn … naja, ähm, du weißt schon! Ähm … umgelegt?" Er seufzte.

„Was für eine wunderbare Nacht", sagte er. „Vollmond. Du an meiner Seite." Aha. Natürlich. Sie hätte das nicht fragen sollen. Und er würde ihr auch keine Antwort darauf geben. Wenigstens fragte er sie nicht, ob sie Tomaten mochte.

„Ich habe auch nicht erwartet, dass du es mir verrätst", sagte sie und lehnte sich gegen seine Schulter. „Gosetti hat von drei gesprochen …" Sie spürte, wie sich die Muskeln in seiner Schulter unter ihrer Wange verhärteten. Aber sie bereute nicht, dass sie das eben gesagt hatte.

„Schon gut, ich hör ja auf", sagte sie. „Ich hab' auch keine Lust auf deine ewigen eiskalten Blicke und Ausweichmanöver." Er entspannte sich.

„Auf was dann?“, fragte er, und bevor sie sich wegdrehen konnte, hatte er sie erneut in die Arme geschlossen und küsste sie. Dieses Mal ließ er ihr zwischendurch Zeit zum Luft holen.

„Lass uns lieber reingehen“, sagte er leise.

„Aber hier draußen ist es so –“. Weiter kam sie nicht. Er hob sie einfach hoch und warf sie sich über die Schulter.

„Hast du sie noch alle?!“, kreischte sie und zappelte wild in der Luft herum. „Lass mich runter! Aber dalli!“ Aber er lachte nur und trat mit ihr in sein Zimmer, das nur noch vom Mondlicht erhellt wurde. Es schien ihn überhaupt nicht viel Kraft zu kosten, sie zu tragen.

„Lass mich runter!“

„Gleich“, sagte er nur gelassen.

„Jetzt!“ Sie strampelte mit den Beinen.

„Das ist unbequem!“, versuchte sie es erneut. Da ließ er sie fallen. Einfach so. Mit einem erschrockenen Aufschrei landete sie auf dem breiten Himmelbett, das in der Mitte des Raumes stand.

„Ich hab’ mich nur revanchiert“, behauptete er grinsend und beugte sich über sie, „für deine Aktion vorhin.“ Dann küsste er sie, aber sie schob ihn ein Stück von sich weg.

„Wenn du mich noch mal sitzen lässt, kill ich dich“, knurrte sie. Aber er grinste nur und schnitt ihr das Wort mit einem Kuss ab.

Ein schrilles Klingeln riss Leslie mitten in der Nacht aus dem Schlaf. Sie fuhr hoch und blickte sich um. Raffaello lag neben ihr, verzog das Gesicht, während er nach seinem Handy tastete, das auf dem Nachtschrank lag.

„*Sì*?“ Er bemühte sich sichtlich, nicht zu müde zu klingen.

„Wer ist das?“, raunte Leslie, aber er legte ihr nur eine Hand auf den Mund und schien dem Anrufer plötzlich hellwach und konzentriert zuzuhören. Dann grummelte er etwas auf Italienisch, fluchte ziemlich laut, sprach weiter – und es klang, als erteile er Befehle – und legte schließlich mit einem „*Arrivederci*“ auf. Er ließ sich mit gequältem Gesicht zurück in die Kissen fallen und starrte einfach nur an die

Decke. Er sah entsetzlich aus. Eine seltsame Mischung aus Verzweiflung, Ratlosigkeit und Wut. Vorsichtig beugte sich Leslie zu ihm herüber.

„Wer war das?“, fragte sie.

„Mario“, sagte Raffaello mit matter Stimme.

„Was hat er gesagt? Du siehst echt ... beschissen aus.“ Er schloss für Sekunden die Augen.

„Die Situation *ist* beschissen“, sagte er tonlos. Wahrscheinlich war er zu müde, um sich daran zu erinnern, dass er sie von seinen mafiösen Angelegenheiten ausschließen wollte. Das musste sie ausnutzen.

„Was ist denn passiert?“, fragte sie leise und rückte ein Stück näher an ihn heran. Beobachtete ihn ganz genau.

„Nur ein paar Probleme“, behauptete er. „Ich habe Mario gesagt, er soll sich darum kümmern Nichts Ernstes.“ Aber das glaubte sie ihm nicht. Ganz sicher nicht. Mario hätte ihn nicht mitten in der Nacht angerufen, wenn es nichts Ernstes gewesen wäre. Und Raffaello hätte nicht so beunruhigt ausgesehen.

„Du weißt, dass ich dir das nicht abkaufe, oder?“, sagte sie. Er drehte sich zu ihr um. Und lächelte müde.

„Ich weiß“, sagte er und schloss die Augen. „*Buona notte*, Leslie.“ Sie betrachtete ihn noch eine ganze Weile, während er schlief, und zerbrach sich den Kopf darüber, was Mario gesagt hatte. Auf jeden Fall war es etwas gewesen, das ihm nicht in den Kram passte.

Als sie am nächsten Morgen die Augen aufschlug, stand Raffaello am Kleiderschrank vor dem Spiegel und band sich gerade eine Krawatte um den Hals. Er trug den schwarzen Anzug, den sie nicht leiden konnte, und sah trotzdem unverschämt gut aus darin. Seine Sonnenbrille lag auf dem Nachtschrank. Sein Haar war mit Gel zurechtgemacht. Wenigstens er war noch da. Vorsichtig beugte sich Leslie über das Bett, griff nach seiner Sonnenbrille und setzte sie sich auf die Nase.

„Musst du so früh weg?“, fragte sie und Raffaello drehte sich überrascht zu ihr um.

„Leslie! Du bist ja wach, na endlich.“ Er kam auf sie zu und setzte sich neben sie. Nahm ihr die Sonnenbrille ab und lächelte erfreut.

„Ich dachte schon, ich müsste dich wieder mit einem Zettel zurücklassen“, sagte er. „Aber wahrscheinlich hätte ich dich geweckt – schließlich hast du gedroht, mich zu killen.“ Er grinste und küsste sie auf den Mund, bevor er aufstand und sein Handy vom Nachtschrank nahm.

„Ich denke, du solltest dich anziehen – Serafina sucht dich schon eine ganze Weile“, sagte er und grinste.

„Und du musst zu irgendeiner Besprechung, nehme ich an?“, sagte Leslie und musterte ihn von oben bis unten. Himmel, hätte er doch wenigstens sein Haar so unordentlich gelassen, wie es sonst war. Der Raffaello, der da vor ihr stand, wirkte zu mafiös. Zu erwachsen. Zu machomäßig. Plötzlich wünschte sie, er hätte noch neben ihr gelegen, als sie aufgewacht war. Sie hätten zusammen frühstücken können. Vielleicht. Aber er musste weg. Er nickte.

„*Sì*, tut mir wirklich leid, Leslie“, sagte er und für einen kurzen Moment sah er so aus, als meinte er das ernst. Vielleicht tat er das auch.

„Hat es etwas mit Marios Anruf letzte Nacht zu tun?“, fragte sie.

„*Sì*.“

„Um was ging es denn jetzt?“ Ach ja, das durfte sie ja gar nicht fragen. Schon klar.

„Leslie, das habe ich dir doch bereits –“.

„Jaja, ich weiß! Aber jetzt mal im Ernst, Raffaello.“ Himmel, klang das gut, seinen Namen auszusprechen – „Du hast mich entführen lassen, hast deine Geheimnisse, deine Geschäfte regelst du genau um mich herum – glaubst du, da bin ich nicht neugierig? Denkst du, ich werde mich ewig mit deinen Ausreden zufriedengeben?“ ‚Ewig‘ klang irgendwie falsch. Er seufzte.

„Nein“, sagte er. „Das glaube ich nicht. Und genau davor habe ich Angst. Du solltest nicht nachforschen. Wie deine Freundin …“

„Was?!“

Er wurde plötzlich sehr ernst. Vielleicht hatte er sich verplappert, vielleicht auch nicht.

„Das mit deiner Freundin gefällt mir nicht“, sagte er.

„Wie meinst du das?“, entgegnete Leslie erschrocken. Was war denn jetzt schon wieder passiert? Anne hatte doch hoffentlich nichts angestellt, das ihr Ärger mit Raffaello einhandeln würde. Sie musterte ihn aufmerksam. Er legte die Stirn in Falten und hob die Schultern.

„Sie hat Kontakt zu Gosetti, wenn ich mich nicht irre?", sagte er und Leslie nickte widerwillig. Was blieb ihr auch anderes übrig? Er wusste es längst.

„Sie forscht nach", fuhr Raffaello fort. „Sie fragt ihm Löcher in den Bauch."

„Aber –"

„Glaub nicht, ich würde es nicht ernst nehmen, dass sie dich immer wieder vor mir warnt, Leslie. Sie steckt ihre Nase ein wenig zu tief da rein, wenn du mich fragst …" Was faselte er da?

„Und was ist mit mir?", fragte sie. „Ich stecke doch auch da drin! Sogar mehr als Anne! Warum beschwerst du dich nicht über mich?"

„Das ist etwas Anderes …", sagte er nur knapp. Plötzlich überkam sie Wut. Sie wollte nicht erneut einen Streit mit ihm anfangen, aber dann rutschte es ihr einfach heraus.

„Und was willst du tun?", fragte sie, bemüht, lockerer zu klingen, als sie sich fühlte. „Willst du sie umbringen lassen?" Raffaello lachte amüsiert auf, fast ungläubig, und fuhr sich mit einer Hand durch das pechschwarze Haar. Aber dann wurde sein Blick todernst.

„Glaub mir, wenn ich dir das antun wollte, hätte ich es längst getan", sagte er.

„Was?!"

„War ein Scherz." Doch seine Stimme klang eine Spur zu ernst. Das fröhliche Blitzen, das sonst immer in seinem Blick lag, wenn er einen Spaß machte, konnte sie nicht entdecken.

„Hör mal, Leslie", sagte er und beugte sich zu ihr herunter. Er roch wunderbar frisch geduscht und diese plötzliche Nähe und ein Blick in seine tiefbraunen Augen, ließen sie gleich jegliche Wut vergessen. Sie schluckte.

„Ich lege es nicht darauf an, mich mit dir zu streiten", sagte er. „Ich denke, wir sollten das Thema vergessen. Du machst dir heute einen schönen Tag mit Serafina, o. k.?" Aber er klang, als wäre ihm nicht wohl dabei.

„Und du hast zu tun", knurrte sie, doch sie war längst nicht mehr wütend auf ihn. Verdammt aber auch. Er lächelte entschuldigend. Dann küsste er sie auf den Mund, endlos lange und das, was möglicherweise noch von ihrer Wut übrig geblieben war, löste sich auf der Stelle in Luft auf.

Nachdem er gegangen war, blieb Leslie alleine auf dem Bett sitzen, pustete sich eine Haarsträhne aus dem Gesicht und dann stand sie irgendwann auf, um unter die Dusche zu gehen, nachdem sie noch lange über das, was Raffaello über Anne gesagt hatte, und Marios Anruf nachgedacht hatte. Und natürlich darüber, wie sie etwas über Raffaellos Pläne erfahren konnte. Was wahrscheinlich unmöglich war.

38

Serafina erwartete sie in der riesigen Eingangshalle des *Palazzos*. Sie begrüßte Leslie fröhlich und stakste dann auf ihren hohen Schuhen die breite Treppe hinab auf ein blitzweißes Cabrio zu, das davor parkte. Ein Ferrari. Offenbar hatte nicht nur Raffaello eine Schwäche für sauteure Autos. Sein Wagen stand doch tatsächlich ein wenig abseits im Schatten einer hohen Palme. Sie fragte sich, wer sich die Mühe gemacht hatte, ihn extra hierher nach Kalabrien zu transportieren, nur weil Raffaello nicht ohne seinen heiß geliebten Maserati leben konnte. Aber vielleicht hatte er auch auf die Jacht gepasst …

„Ich dachte mir schon, dass du bei Raffaello warst", sagte sie, als sie ihren Autoschlüssel zückte. „Ist wenigstens wieder alles in Ordnung?" Leslie nickte. Von dem Beinahe-Streit wollte sie lieber nicht erzählen. Serafina zwinkerte ihr zu und hielt ihr die Beifahrertür auf, doch dann verzog sie das Gesicht.

„Ich fürchte, ich muss mich noch zwei Minuten gedulden", seufzte sie, den Blick auf die Treppe gerichtet. Raffaello kam auf sie zu, seine Miene wirkte fast etwas unsicher.

„Was gibt's? Willst du mitkommen und uns beim Schuhekaufen beraten?", begrüßte Serafina ihn und grinste, doch Raffaello beachtete sie nicht. Mit ernstem Gesicht wandte er sich an Leslie.

„Komm bitte kurz mit", sagte er leise, drehte sich um und ging voraus. Zögernd folgte Leslie ihm, nachdem Serafina ihr aufmunternd zugenickt hatte, um eine Ecke des *Palazzos*. Sie stieß mit Raffaello zusammen, als er sich hastig zu ihr umdrehte. Der Ausdruck auf seinem Gesicht verunsicherte sie ziemlich.

„Ich …", begann er, schaute sich flüchtig nach allen Seiten um, bevor er etwas aus seiner Jackentasche zog. Eine schlichte, weiße Schachtel mittlerer Größe.

„Ich will, dass du das hier bei dir trägst", sagte er eindringlich. Sein Blick bohrte sich fast flehend in ihren.

„Was … ist das?", fragte Leslie und hob den Deckel an. Schock. „Kommt nicht in die Tüte!", stieß sie erschrocken hervor. „Ich bin kein Auftragskiller!" In der Schachtel lag eine kleine, handliche Pistole. Silbrig glänzend und angsteinflößend. Raffaello seufzte und nahm sie heraus.

„Leslie, bitte", flehte er. „Nur … damit ich weiß, dass du nicht ganz ungeschützt bist. Pass auf, so lädt man die." Er hantierte an der Waffe herum, es klackte, dann hielt er ihr das entsetzliche Teil entgegen. Er machte den erschreckenden Eindruck, als habe er schon tausendmal eine Pistole geladen.

„Ganz im Ernst, Raffaello", sagte sie mit zittriger Stimme, „ich drück da nicht drauf!" Sie nahm die Waffe mit spitzen Fingern entgegen und tippte vorsichtig auf den Abzug. Das Metall war kühl, angenehm kühl in dieser Mittagshitze, aber ihr lief ein Schauer über den Rücken.

„Das wird auch wahrscheinlich gar nicht nötig sein“, entgegnete er leise. „Ich will nur, dass du sie dabei hast.“ Leslie schluckte.

„Und … wie hält man … so was?“, fragte sie, hob den Arm und zielte auf eine Palme, die wenige Meter neben ihnen auf dem sauber geschnittenen Rasen wuchs. Raffaello riss ihr den Arm herunter und nahm die Waffe entgegen.

„Himmel, Leslie!“, zischte er. „Willst du mich erschießen?! Das Ding ist geladen!“ Er legte den Zeigefinger auf den Abzugshahn, dann sicherte er die Waffe. Klick. Leslie musste an Francesco denken. Dieses ‚Klick‘ würde sie nie im Leben vergessen. Und sie würde so ein Ding niemals gebrauchen. Nie. Da konnte er sich auf den Kopf stellen.

„Siehst du, so geht das“, sagte er und hielt Leslie das gesicherte Mordgerät wieder entgegen.

„Ich nehme das nicht“, sagte sie entschlossen. „Ich bringe niemanden um!“ Raffaello verdrehte verzweifelt die Augen, nahm ihre Hand und legte die Pistole einfach hinein. Unwillkürlich schloss Leslie die Finger darum.

„Das sollst du auch gar nicht“, sagte er und musterte sie eindringlich. „Sie dient dir zur Verteidigung.“

„Wegen der Killer, die hinter mir her sind?“, fragte sie trocken. „Glaubst du, die sind uns bis hierher gefolgt?“

„Ich weiß es nicht.“

„Sehr beruhigend.“

„Theoretisch könnten sie überall sein. Jeder, der auf der Straße unterwegs ist, könnte es sein“, sagte Raffaello. Leslie schluckte. Und schauderte. „Du meinst, … die erschießen mich? Einfach so? Auf offener Straße vor tausenden Zeugen?“ Der Ausdruck auf seinem Gesicht sagte alles.

„Oh *Shit* …“, murmelte Leslie kläglich. „ich will nicht sterben!“

„Wirst du nicht.“

„Aber vielleicht erschieße ich mich aus Versehen selbst mit dem Ding?!“, jammerte sie und wollte ihm die Waffe wieder in die Hand drücken, aber er nahm sie an beiden Schultern und blickte ihr fest in die Augen.

„Leslie, sie ist gesichert. Versenke sie in deiner Handtasche, wenn du willst. Ich verlange nicht, dass du sie im Ausschnitt versteckst oder so, nur, hab' sie dabei!" Kläglich sah sie zu ihm auf.

„Aber –"

„Tu es mir zuliebe", sagte er leise. Entrüstet stieß Leslie die Luft aus.

„Du bist so –". Aber er legte ihr einfach einen Finger auf die Lippen und brachte sie zum Schweigen.

„Bis nachher", sagte er, hauchte ihr einen Kuss auf die Lippen und verschwand um die Ecke. Leslie stand da, die Pistole in der rechten Hand, und blickte ihm empört nach. Er hatte es schon wieder getan. Schon wieder! Er hatte sie dazu gebracht, ihm zu vertrauen und zu kapitulieren, ohne zu protestieren. Wie zur Hölle schaffte er das immer?

„Mann, Scheiße …", jammerte sie und blickte auf die Waffe hinunter. Dann holte sie tief Luft, schob die Pistole unter ihre Bluse und huschte so schnell sie konnte zurück zu Serafina, die bereits im Auto saß und auf sie wartete. Hastig ließ Leslie sich auf den Beifahrersitz fallen und zog das Mordgerät unter ihrer Bluse hervor. Sie traute sich nicht, das Teil in ihrer Handtasche zu verstecken.

„Wohin?", presste sie zwischen den Zähnen hervor. „Ins Handschuhfach?" Serafina hatte sie die ganze Zeit über amüsiert beobachtet und jetzt lachte sie laut auf.

„Gib mal her", sagte sie, nahm Leslie die Pistole ab und betrachtete sie genauer. Sie zog eine Augenbraue in die Höhe.

„Schick", sagte sie anerkennend und reichte sie Leslie wieder. „In deiner Handtasche ist sie gut aufgehoben, denke ich." So schnell sie konnte, versenkte Leslie das Ding zwischen ihrem iPod, dem Handy und einem Foto von ihrem kleinen Bruder, dann hob sie hastig den Kopf und blickte sich um. Niemand war zu sehen auf dem großen Innenhof, Raffaello war längst verschwunden. Außer Roberto und Lorenzo, die oben auf der Marmortreppe standen und sich unterhielten. Großer Gott, hatten sie die Waffe bemerkt? So leichtsinnig, wie Serafina das Teil durch die Luft geschwenkt hatte, mit Sicherheit. Und dann kam Leslie der Gedanke, dass das vielleicht ganz normal war für Serafina. Ebenso für Roberto und Lorenzo, den Auftragskiller, von dem sie noch nicht einmal wusste, ob er es tatsächlich war. Ganz gewöhnlich, versuchte sie sich einzureden, es ist nichts Außergewöhnliches, eine Waffe mit sich herumzuschleppen. Jedenfalls hier nicht. In dieser Gesellschaft. Ach du großer Gott!

„*Va bene*, dann mal los", sagte Serafina und startete den Motor. Leslie konnte sich erst entspannen und etwas von ihrem Schock erholen, als sie sich kilometerweit von dem protzigen *Palazzo* entfernt hatten und auf einer völlig leeren Landstraße dahinsausten.

„Hat er dir denn wenigstens gezeigt, wie man damit umgeht?", fragte Serafina, als sie eine Stunde später in einem kleinen Straßenkaffee saßen und einen Espresso schlürften.

„Hm … nicht so richtig", murmelte Leslie.

„Großartig", seufzte Serafina. „Ich werde ihm ausrichten, dass er es dir beibringen sollte, wenn er nicht will, dass du dich aus Versehen selbst erschießt." Leslie schluckte.

„Kannst du es denn?", fragte sie vorsichtig.

„Ich?", sagte Serafina. „Schießen? Natürlich! Ich bin in einer Mafiafamilie aufgewachsen, da bekommt man so ein Ding praktisch in die Wiege gelegt."

„Oh", machte Leslie ironisch, „muss ja toll sein."

„Man gewöhnt sich dran. Ich kenne es nicht anders." Ganz kurz versuchte Leslie, sich vorzustellen, wie es wohl war, in einer stinkreichen Mafiafamilie aufzuwachsen, die einem von Anfang an jeden Wunsch von den Augen ablas und wild in der Gegend herummordete. Sie schauderte. Eine besonders verlockende Vorstellung war das nicht gerade.

Es war schon spät am Abend, als Leslie und Serafina wieder den *Palazzo* erreicht hatten. Keine Menschenseele war im Hof zu sehen, nur einige Fenster waren erleuchtet, hinter denen Leslie die dunklen Umrisse von Raffaellos Leuten erkennen konnte. Womöglich war er auch selbst darunter. Sie seufzte. Wahrscheinlich würde sie ihn heute nicht mehr sehen. Das war's dann wohl mit „Bis nachher, Leslie."

Sie bekam Raffaello tatsächlich nicht mehr zu Gesicht an diesem Abend, also beschloss sie, früh schlafen zu gehen und wütend auf diese Anzugheinis zu sein, die ihn daran hinderten, zu ihr zu kommen. Sie hatte gerade die Augen geschlossen, da riss sie das laute Klingeln ihres Handys aus dem Halbschlaf. Verwirrt setzte Leslie sich auf und tastete nach dem nervigen Ding auf dem Nachtschrank.

„Leslie!", kreischte Anne ihr ins Ohr. Leslie hielt den Hörer ein Stück weit von ihrem Ohr weg.

„Hallo, Anne", nuschelte sie. Verflucht, warum musste Anne auch gerade jetzt anrufen? Sie war hundemüde.

„Wir wissen, wo du bist!", rief Anne aufgeregt. Leslie stutzte.

„Wir?", fragte sie.

„Antonio, ich und … und Gosetti." Scheiße.

„Anne", sagte Leslie, „weißt du eigentlich, was du da tust?!"

„Ja, wir können dich da wegholen!"

„Wir! Ach, verdammt, hör schon auf mit deinem Gosetti-Gerede!", zischte Leslie. Warum nur wurde sie plötzlich so wütend? Anne meinte es doch nur gut. Sie hatte nichts falsch gemacht. Doch, dachte sie dann, doch, sie hat sich in Raffaellos Angelegenheiten eingemischt und damit sein Vorhaben womöglich zunichtegemacht. Wenn sie Gosetti eingeschaltet hatte. Großer Gott!

„Anne, ich bin *freiwillig* hier, kapierst du das nicht? Es ist zu meinem Schutz!" Sie hörte Anne am anderen Ende der Leitung verächtlich schnauben.

„Das hat er dir in den Kopf gesetzt", sagte sie trocken.

„Hat er nicht!"

„Doch!" *Shit*. Das hatte er wirklich. Plötzlich wusste Leslie nicht mehr, ob sie nun hier sein wollte, oder nicht.

„Weißt du eigentlich, dass wir in drei Tagen nach Hause fliegen?", fragte Anne. Schock.

„Ähm … hatte ich vergessen …", murmelte Leslie. Verflucht, wie hatte sie nur nicht mehr daran denken können? Wahrscheinlich hatte sie es einfach ausgeblendet. Wegen Raffaello. Plötzlich musste sie sich eingestehen, dass sie die Vorstellung nicht ertrug, ihn verlassen zu müssen.

„Hattest du vergessen?!“, rief Anne aus. „Weiß dein Mafioso, dass du gehen musst?“

„Nein.“

„Dann bring's ihm bei. Aber nicht schonend. Soll ich das übernehmen?“

„Bloß nicht!“ Nein, dachte Leslie, nein, lass mich verdammt noch mal damit in Ruhe! Und schon spürte sie, wie sie die Verzweiflung übermannte. Wie um alles in der Welt sollte sie es Raffaello sagen? Er würde sie sicher nicht gehen lassen.

„Was soll ich denn jetzt machen, Anne?“, jammerte sie und beinahe war sie daran zu weinen.

„Du meinst, er lässt dich nicht?“, fragte Anne lauernd.

„Nein, ich –“

„Wenn er dich festhält, kommen wir und holen dich! Mit Gosettis Leuten notfalls. Dann ist dein Mafioso dran, wegen Entführung!“

„Wehe, wenn du auch nur irgendetwas unternimmst!“, rief Leslie aufgebracht.

„Was passiert dann?“, fragte Anne herausfordernd. „Wird mir dein Mafiaboss die Hölle heißmachen? Mich umbringen? Hör mal, der Typ hat dich unter Kontrolle – und das macht mir Angst. Aber er kann mir nicht meine beste Freundin nehmen. Das lasse ich nicht zu –“

Leslie legte auf. Sie legte einfach auf und schleuderte ihr Handy quer durch das Schlafzimmer, wo es irgendwo in der Dunkelheit krachend auf dem Boden landete. Vielleicht war es an der Wand zerschellt. Aber das war Leslie egal. Scheißegal. Zum Teufel mit Anne und ihren elenden Ermittlungen und Warnungen. Zur Hölle mit Gosetti und Antonio. Zur Hölle mit … Raffaello, dachte sie kleinlaut. Wütend ließ sie sich in die weißen Kissen fallen und schloss die Augen. Einfach um nichts zu sehen. Ganz besonders nicht dieses Haus.

„Scheiße“, murmelte sie, „Scheiße.“ Als sie die Augen wieder öffnete, schälte sich ein Schatten aus der Dunkelheit neben ihrem Bett. Sie erschrak sich fast zu Tode. Die Pistole! Verflucht, warum hatte sie sie in ihrer Handtasche gelassen? Der Schatten kam näher, beugte sich zu ihr herunter.

„Leslie", raunte Raffaello neben ihrem Ohr. Beinahe hätte sie laut aufgeschrien. Aber jetzt atmete sie auf. Erleichtert ließ sie sich zurück in die Kissen fallen.

„Was willst du denn hier?", sagte sie mit matter Stimme. Raffaello setzte sich auf die Bettkante.

„Ich habe dich vermisst", sagte er nur.

„Ach?", machte Leslie, weil ihr nichts Besseres einfiel. Aber sie konnte nicht verhindern, dass ein breites Grinsen über ihr Gesicht huschte.

„Außerdem hab' ich gehört, dass du dich ziemlich aufgeregt hast", sagte er leise. „Was war denn los?" Leslie seufzte.

„Anne hat angerufen", murmelte sie.

„Schon wieder?" Sie nickte.

„Die lässt nie locker", sagte er düster.

„Vielleicht ist das gut so", sagte Leslie leise.

„Hm", machte er, „vielleicht …" Er schaltete die Lampe auf ihrem Nachtschrank ein. Er trug noch immer den pechschwarzen Anzug. Scheinbar hatte er bis eben zu tun gehabt. Fast tat er ihr leid.

„Was wollte sie?", fragte er beiläufig und spielte mit Leslies Haar herum.

„Sie hat mich daran erinnert, dass mein Urlaub auf Sizilien in drei Tagen endet."

„Oh", machte er nur. Eine ganze Weile sagte er keinen Ton. Dann ließ er sich rücklings quer über das breite Fußende des Bettes fallen, lag da in seinem schwarzen Anzug, starrte hinauf zur Decke und gab keinen Mucks von sich.

„Du weißt schon, dass ich das für keine gute Idee halte?", sagte er irgendwann. Leslie rappelte sich auf und kroch auf dem Bauch zu ihm hin.

„Was?"

„Dich gehen zu lassen."

„Ich weiß." Er seufzte. Und schloss die Augen.

„Lass uns das morgen besprechen", murmelte er. „Ich denke, ich werde hier auf dem Fußende schlafen müssen. Ich schaffe es nicht mehr bis in mein Zimmer …" Himmel, war er so müde?

„Was haben die denn mit dir gemacht?“, fragte Leslie. Aber er antwortete nicht. Er war tatsächlich schon eingeschlafen. Sie saß noch eine ganze Weil hellwach da und betrachtete Raffaello. Wenn er schlief, sah er fast aus, als könne er kein Wässerchen trüben.

39

„*Buon giorno*“, sagte eine matte Stimme hinter Leslie. Sie war früh am Morgen aufgewacht, und nachdem sie festgestellt hatte, dass Raffaello noch immer tief und fest schlief, war sie so leise sie konnte hinaus auf den Balkon geschlichen und hatte dort gewartet, bis die Sonne ganz aufgegangen war. Jetzt drehte sie sich um und sah ihn auf sich zukommen. Der teure Anzug war vollkommen zerknittert und das pechschwarze Haar stand ihm noch wirrer vom Kopf ab als sonst.

„Auch schon wach?“, entgegnete sie und er grinste. Wenigstens wirkte er nicht mehr so todmüde, sondern geradezu beängstigend hellwach. Seine dunklen Augen blitzten in der gleißenden Morgensonne, als er sich zu ihr herabbeugte und sie küsste. Himmel, sie hatte vergessen, wie umwerfend er war. Hastig klammerte sie sich an seine Schultern, bevor ihre Knie nachgeben konnten.

„Was hältst du von einem Ausflug heute?“, fragte er leise und wickelte sich eine ihrer Haarsträhnen um den Finger. „Nur wir beide?“ Leslie schluckte, brachte keinen Ton heraus, und dann nickte sie.

„Klingt gut“, krächzte sie und versuchte, seinem Hypnoseblick auszuweichen, was ihr allerdings gründlich misslang. „Wohin?“, fragte sie. Er grinste nur.

„Wart's ab.“ Er wandte sich ab, doch bevor er im Haus verschwand, drehte er sich noch einmal zu ihr um.

„Nimm deine Knarre mit“, sagte er und zwinkerte ihr verschwörerisch zu, dann trat er ins Zimmer. Großer Gott, wozu würde sie das Teil brauchen?!

Zehn Minuten später eilte sie neben Raffaello, der sich noch schnell Jeans und ein schwarzes T-Shirt übergezogen hatte, die breite Eingangstreppe hinunter. Er öffnete ihr nach alter Machoart die Tür seines Cabrios, das direkt vor dem Eingang parkte – wahrscheinlich hatte er irgendwem angeordnet es bereitzustellen – dann stieg er selbst ein, setzte seine Sonnenbrille auf und startete den Motor.

Tiziano Ferro ertönte aus den Lautsprechern, der angenehm kühle Fahrtwind peitschte Leslie das lange Haar aus dem Gesicht und fast glaubte sie, es wäre alles noch so, wie vor einer Woche. Ohne Killer, ohne Entführung, die eigentlich gar keine gewesen war, ohne Raffaellos Leute und ohne sein mafiöses Verhalten. Sie beugte sich aus dem Fenster, schloss die Augen und genoss den simplen Moment in seinem Auto. Für einen kurzen Augenblick war sie beinahe glücklich.

Die Fahrt führte sie tief ins Landesinnere, sie sausten immer seltener durch irgendwelche Dörfchen, die Landschaft wurde zusehends grüner und hügeliger. Nachdem sie auf einen schmalen Feldweg abgebogen waren, hielt Raffaello den Maserati an. Die Musik endete abrupt und die Stille, die darauf folgte, schien fast noch lauter zu sein. Skeptisch blickte Leslie sich um. Weit und breit war nichts zu sehen, außer grünen Hügeln und einem dichten Acker voller Olivenbäume zu ihrer Rechten. Links erstreckten sich gelbe Felder, die allerdings nicht so aussahen, als pflegte sie jemand regelmäßig. Sie befanden sich ziemlich am Ende der Zivilisation.

„Was jetzt?“, fragte Leslie und schaute zu Raffaello hinüber, der sie amüsiert musterte.

„Wir sind da", sagte er.

„Wo? Am Arsch der Welt?"

„*Sì.*"

„Aha …", machte Leslie. „Und was wollen wir hier?"

„Nimm deine Knarre mit und folge mir", sagte er nur, stieg aus dem Cabrio und schlenderte langsam auf die Olivenbäume zu. Bevor er in dem dunklen Schatten dazwischen verschwinden konnte, drehte er sich zu Leslie um, die noch immer im Auto saß und ihm nachsah.

„*Avanti*", rief er ihr zu und sie kletterte zögernd aus dem Wagen, hielt die Pistole mit spitzen Fingern von sich, während sie im hohen Gras auf Raffaello zuging. Das trockene Gras stach ihr in die Waden.

„Was hast du vor?!", kreischte sie entsetzt, als er nun auch seine Pistole aus dem Gürtel zog. Schwarz und bedrohlich lag sie in seiner Hand. Er grinste und ließ das Mordgerät um einen Finger kreisen, wie Leslie es in Filmen oft gesehen hatte.

„Ich werd's dir beibringen", sagte er nur, dann ergriff er ihre Hand und zog sie schnurstracks zwischen die dichten Olivenbäume. Es wurde sofort ein wenig kühler im Schatten, aber es dauerte nicht lange und sie erreichten das Ende der Plantage. Offenes, weites Feld erstreckte sich nun vor ihnen. Und in einigen Metern Entfernung stand etwas Rundes. Eine Zielscheibe, wie man sie beim Bogenschießen verwendete. Plötzlich wusste Leslie, was Raffaello vorhatte.

„Nur keine Panik", sagte er, als er ihren entsetzten Gesichtsausdruck bemerkte. „Wir werden aus nächster Nähe anfangen. Komm." Damit ging er voraus und nach kurzem Zögern folgte Leslie ihm auf den wüstentrockenen Acker. Ihre Füße fanden keinen besonders guten Halt auf den harten Erdbrocken, also zog sie kurzerhand ihre Sandalen aus – was sich als wesentlich schmerzhafter erwies, aber wenigstens bestand nun nicht mehr die Gefahr, sich die Knöchel zu brechen. Mit schmerzverzerrtem Gesicht hopste sie hinter Raffaello her. Scheinbar störte es ihn nicht im Geringsten, dass seine teuren, schwarzen Lackschuhe staubig wurden und einige Kratzer abbekamen. Sie war so sehr damit beschäftigt, sich auf den Boden zu konzentrieren, dass sie beinahe mit Raffaello zusammenstieß, als er stehen blieb. Er blickte kurz hinunter auf ihre

Füße, verzog mitleidig das Gesicht, dann richtete er seine Pistole geradewegs auf die Zielscheibe, die in fünf Metern Entfernung vor ihnen auf einem Pflock im Acker steckte – und drückte ab. Leslie fuhr mit einem Aufschrei zusammen. Er hatte getroffen. Sauber und ordentlich mitten insSchwarze. Sie schluckte und schielte unsicher auf ihre Waffe hinunter. Klein und silbern lag sie in ihrer rechten Hand.

„Pass auf …", sagte Raffaello und nahm sie sanft an den Schultern, um sie in die richtige Position zu bringen. „Du stellst dich so hin, wie ich es dir zeige, o. k.?" Sie nickte kläglich. Er wandte sich der Zielscheibe zu, streckte die Hand aus, in der er seine Waffe hielt. Dann sah er zu Leslie herüber. Zögernd stellte sie sich genauso hin. Und streckte zitternd ihren rechten Arm aus. Raffaello lächelte amüsiert.

„Nicht so zappeln", sagte er und nickte mit dem Kopf auf ihre Hand.

„Geht nicht anders", jammerte Leslie. Sie konnte es einfach nicht. Sie konnte nicht mit diesem Ding auf irgendetwas zielen und sei es eine noch so belanglose Holzscheibe.

„Hm", machte Raffaello nachdenklich. Eine Falte erschien zwischen seinen dichten, schwarzen Brauen.

„Moment, ich helfe dir", sagte er und im nächsten Augenblick war er so dicht hinter Leslie getreten, dass ihr Rücken seine Brust berührte. Ein leiser Schauer rieselte ihr über den Rücken. Sie meinte sogar, seinen Herzschlag spüren zu können. Ruhig und gleichmäßig. Seine linke Hand umfasste ihre linke Schulter, mit der Rechten umschloss er ihre Finger, die zitternd die Pistole festhielten. Sie hörten auf zu zittern, sobald seine Hand auf ihrer lag.

„Konzentrier dich", sagte er leise, dicht an ihrem Ohr. Sie konnte seinen Atem im Nacken spüren. Herrgott, wie sollte sie sich konzentrieren, wenn er sie so aus der Fassung brachte? Sie schluckte. Und atmete tief durch.

„Gut so", raunte er. „Jetzt entsichere die Waffe." Sie tat es. Zögernd, wie in Zeitlupe, aber sie schaffte es.

„*Molto bene*", sagte Raffaello leise. Ihre Hand schien unter seinem Griff zu glühen. Ihr war plötzlich entsetzlich heiß. Vielleicht war es Angstschweiß.

„Leg den Zeigefinger an den Abzug." Sie tat es.

„Perfekt", sagte er. Ihre Nackenhaare sträubten sich unter seinem warmen Atem. Diese Nähe war ja fast unerträglich.

„Drück ab", sagte er. Sie tat es nicht.

„Geht nicht", presste sie kläglich hervor. „Zu viel Schiss." Sie hörte ihn leise lachen. Sein Zeigefinger legte sich auf ihren. Er zielte mit ihrem Arm. Und drückte ab. Mit einem erschrockenen Aufschrei sprang Leslie einen Schritt zurück und prallte gegen ihn. Sie ließ augenblicklich die Waffe fallen. Mit einem dumpfen Schlag landete das silberne Metall auf dem staubigen Boden – und Raffaello packte Leslie an den Schultern und riss sie mit sich nach unten. Er landete halb auf ihr und sie musste entsetzt nach Luft schnappen, als sie hart auf dem Ackerboden aufschlug.

„Hast du sie noch alle?!", kreischte Raffaello. „Das Ding hätte losgehen können! So was lässt man nicht einfach ungesichert fallen, *während* man schießt! Was, wenn es einen von uns getroffen hätte?!"

Nach einem Moment der Starre schob Leslie ihn von sich herunter und setzte sich mit zitternden Knien auf. Der Schuss hallte in ihrem Kopf wider. Laut und schneidend. Raffaello kniete sich vor ihr in den Staub. Seine Jeans und sein Hemd waren übersät von Erdflecken. Er atmete schwer, doch allmählich schien er sich wieder zu entspannen.

„Mach das nie wieder", stieß er hervor, klopfte sich den Staub aus den Kleidern und fuhr sich durch das wirre Haar. „Hörst du? Nie wieder!" Dann ergriff er Leslies Pistole, sicherte sie hastig, stand auf und reichte ihr eine Hand, zog sie auf die Füße und im nächsten Augenblick ganz dicht an sich.

„Wahrscheinlich war es mein Fehler", sagte er leise. „Ich hätte dir erst alles erklären sollen." Er lächelte schwach. „Ich denke, der Schock reicht auch dir für heute. Aber morgen kommen wir wieder hierher. Du musst es lernen, Leslie." Dann ließ er sie los, hauchte ihr einen Kuss auf die staubigen Lippen und ließ seine Waffe – und ihre – in seinem Gürtel verschwinden. Scheinbar traute er ihr nicht mehr ganz über den Weg.

„Lass uns zurückfahren und unter die Dusche hüpfen", sagte er erschöpft und legte ihr einen Arm um die Schultern, während sie auf die Olivenbäume zusteuerten.

„*Mamma mia*", murmelte er leise vor sich hin, „du kannst einen wirklich schocken." Leslie antwortete nicht. Sie stolperte bloß zittrig neben ihm her zu seinem Auto.

Sie hüpften nicht unter die Dusche. Dazu kam es nicht, denn kaum hatte Raffaello den Maserati in der Einfahrt geparkt, kam Roberto mit todernstem Gesichtsausdruck auf ihn zugeeilt, wechselte hektisch einige Worte mit seinem ‚*Capo*', woraufhin Raffaello genervt aufstöhnte, sich mit den Worten „*Scusi*, Leslie, wir sehen uns heute Abend" verabschiedete und dann staubig und in Jeans, wie er war, neben Roberto hereilte hinein in den *Palazzo*. Er hatte noch immer ihre Pistole bei sich und das war Leslie ganz recht. Seine Sonnenbrille lag auf dem Armaturenbrett.

Nachdem Leslie ihm empört und dann enttäuscht nachgesehen hatte, nahm sie die Sonnenbrille, setzte sie sich auf die Nase und stieg aus dem Cabrio. Nun, was ließ sich anfangen mit einem Tag, der doch gerade erst begonnen hatte? Irgendwie hatte sie keine Lust darauf, Serafina oder gar ihrem Vater zu begegnen. Seufzend lehnte sie sich gegen den Maserati, kramte ihr Handy aus der Tasche – es war letzte Nacht Gott sei Dank nicht an der Wand zerschellt – und wählte Annes Nummer.

„Was ist?", raunzte Anne keine Sekunde später in den Hörer.

„Äh …", machte Leslie.

„Oh. Du bist's", sagte Anne trocken.

„Wer sollte es denn sonst sein?"

„Hm. So 'n nerviger Kollege von Gosetti. Der steht auf mich", meinte Anne leichthin. „Also, warum rufst *du* an?" Sie klang ziemlich verschnupft. Vielleicht, überlegte Leslie, hätte ich gestern nicht ganz so übertrieben reagieren sollen.

„Ich … wollte hören, wie's dir geht", murmelte sie dann, und nach kurzem Zögern: „Ich vermisse dich." In diesem Moment wurde ihr das zum ersten Mal richtig bewusst. Anne war nicht hier. Sonst war sie *immer* da, wenn Leslie sie brauchte. Und plötzlich merkte sie, dass sie gewaltigen Anne-Entzug hatte.

„So, so", sagte Anne spitz, „du vermisst mich."

„Ja, tut mir echt leid wegen –".

„Ich dich auch. Ein bisschen jedenfalls." Anne lachte leise in den Hörer.

„Das ist gut", sagte Leslie.

„Hast du deinem Mafioso schon verklickert, dass du ihn verlassen musst? In … Moment, schon übermorgen! Wird er das überleben?", fragte Anne. Leslie schwieg. Biss sich auf die Unterlippe.

„Ja, hab' ich", sagte sie dann leise.

„Und? Was hat er gesagt?"

„Nichts."

„Nichts?! Der Typ liebt dich so sehr, dass er dich entführt und dann sagt er *dazu* nichts?!?" Fast klang Anne etwas ironisch.

„Hm", machte Leslie und mit einem Mal fiel ihr ein, dass Raffaello mit ihr darüber reden wollte. Heute. Jedenfalls hatte er das vorgehabt.

„Er … wollte mir heute sagen, was er davon hält", sagte sie schnell.

„Hör mal, er kann dich nicht zwingen, bei ihm zu bleiben, klar?!", rief Anne aufgebracht.

„Ich weiß, aber –".

„Kein Aber! Das ist Freiheitsberaubung! Wenn er das tut, komme ich wirklich mit Gosettis Leuten, *capito*? Ich hab' nämlich echt keine Lust mehr hierzubleiben! Das alles wird mir langsam ein bisschen zu viel, weißt du? Ich will nach Hause. Und weißt du was? Es kommt mir so vor, als kenne ich dich gar nicht mehr richtig, dabei sind bloß drei Tage vergangen, seit er dich entführt hat –"

„Er hat mich nicht entführt!"

„Ist doch egal. Ich weiß ja nicht, was er dir in den Kopf gesetzt hat, aber er hat dich voll unter Kontrolle! Der Typ braucht bloß mit den Fingern zu schnippen und du springst!"

„Hast du sie noch alle?!", rief Leslie wütend. „Du weißt doch gar nicht, wie er ist! Du kennst ihn ja nicht! Er … er manipuliert mich nicht!" Sie hörte Anne trocken auflachen.

„Liebst du ihn?", fragte sie dann.

„Ja", entgegnete Leslie trotzig. Egal, anders konnte sie es nicht ausdrücken.

„Na dann, schön! Heirate ihn!", rief Anne aufgebracht.

„Jetzt hör auf mit der Scheiße!"

„Ich bin nur stinksauer auf den Typen – ehrlich, ich könnte ihn umbringen, wenn ich nicht wüsste, dass ich danach nicht zwei Tage überleben würde – weil er mir meine beste Freundin weggenommen hat!" Darauf konnte Leslie nicht gleich antworten. Anne war schon immer ehrlich gewesen. Brutal ehrlich. Aber dass sie ihr verraten würde, dass sie eifersüchtig auf Raffaello war, hätte sie nicht gedacht.

„Was?", raunzte Anne. „Hat dir die Wahrheit die Sprache verschlagen?" Ja, dachte Leslie. Jedenfalls ihr Wutausbruch. Anne geriet schnell in Wut und regte sich lieber über alles auf, bevor sie es gründlicher durchdachte. Ihr fiel in dem Moment nichts Besseres ein, als dem Thema auszuweichen.

„Anne?", fragte sie vorsichtig.

„Was?"

„Ich … muss Schluss machen …" Manchmal waren Notlügen erlaubt.

„Warum?"

„Bis bald", sagte sie nur schnell und drückte Anne hastig weg. Erschöpft legte sie den Kopf in den Nacken. Starrte durch Raffaellos Sonnenbrille hinauf in den makellos blauen Himmel. Für einige Sekunden schloss sie die Augen. Und sah ihr Haus in Schottland vor sich. Sie meinte sogar, den kühlen Wind auf der Haut spüren und den Atlantik riechen zu können.

Noch spät am Abend stand Leslie draußen auf dem Balkon und blickte trübsinnig hinaus in die Dunkelheit. Der riesige Garten war komplett eingehüllt in Schatten, nur der Mond überzog das sauber geschnittene Gras und die hohen Schirmakazien mit silbernem Licht. Es war nicht mehr so unerträglich heiß, obwohl Leslie sich eingestehen musste, dass sie sich fast schon daran gewöhnt hatte. Sie war nicht überrascht, als Raffaello plötzlich aus der Dunkelheit trat und sich neben sie auf das massive Marmorgeländer stützte. Irgendwie hatte sie gewusst, dass er doch noch auftauchen würde. Sie sprachen eine ganze Weile kein Wort, starrten nur geradeaus in die Ferne.

„War es was Wichtiges?", fragte Leslie irgendwann.

„Was?", entgegnete er und sah zu ihr herüber. Das wirre Haar warf finstere Schatten auf sein Gesicht.

„Weswegen du heute Morgen so dringend weg musstest", sagte Leslie.

„Ach so", murmelte er. „Wahrscheinlich schon." Wieder schwiegen sie. Fast hatte sie das Gefühl, er sei zum Zerreißen angespannt. Als läge ihm etwas auf der Zunge, das er nicht wagte auszusprechen. Vorsichtig lehnte sie den Kopf an seine rechte Schulter. Die Muskeln unter seinem Hemd waren steinhart.

„Ich …", begann er und mit einem Mal klang seine Stimme belegt, „ich hab' darüber nachgedacht." Sie blinzelte zu ihm auf, doch er blickte ihr nicht in die Augen.

„Über was?", fragte sie. Er holte tief Luft. Spannte sich noch mehr an.

„Ich denke, du solltest übermorgen nach Hause fliegen", sagte er dann mit fester Stimme. Erschrocken sah sie zu ihm auf. Er erwiderte ihren Blick, ohne zu blinzeln.

„Du meinst, ich soll …?!", setzte sie an, doch sie brach ab, als sie seinen todernsten Gesichtsausdruck bemerkte. Er nickte.

„Ja", sagte er, „es ist besser so, glaub mir."

„Aber -"

„Du wärst in Sicherheit. Vor Spaventos Leuten. Und vor mir."

„Was zum -?!" Doch er schüttelte den Kopf und legte ihr einen Finger auf die Lippen.

„Keine Widerrede, Leslie", sagte er mit rauer Stimme. „Du fliegst." Sie brachte keinen Ton mehr hervor. Was zur Hölle redete er da?! Was sollte das bedeuten? Wollte er sie nicht mehr? Wollte er sie so loswerden?

„Nein", sagte sie trotzig und plötzlich bemerkte sie, dass ihr Tränen in die Augen gestiegen waren. „Ich fliege nicht. Nicht ohne dich."

Großer Gott, hatte sie das tatsächlich eben gesagt? Ihr wurde bewusst, dass sie das nur gesagt hatte, weil ein Teil von ihr die ganze Zeit über gehofft hatte, sie könne bei ihm bleiben. Vielleicht nicht für immer, aber doch lange genug … Und dieser Teil konnte es nicht fassen, dass er beschloss, sie gehen zu lassen. Einfach so. Ihn von heute auf morgen zu verlassen.

„Ich will aber nicht", sagte sie. Wenigstens zitterte ihre Stimme nicht. Dafür alles andere an ihr. Gleich würde sie losheulen. Aber das tat sie nicht. Sie fiel ihm auch nicht schluchzend um den Hals, wie in irgendwelchen bescheuerten Liebesfilmen. Sie blickte ihm nur geradewegs trotzig in die dunklen Augen. Vielleicht etwas zu flehend.

„Leslie, du hättest sowieso zurückfliegen müssen", sagte er und fast meinte sie, ein wenig Verzweiflung in seiner rauen Stimme hören zu können.

„Dachtest du, ich würde dich daran hindern?", fragte er. Sie schluckte. Und konnte es nicht fassen.

„Ja", presste sie hervor, „ich … hab' es gehofft." Er schloss für einen kurzen Moment die Augen. Als er sie wieder ansah, sah er so entsetzlich aus, dass sie beinahe einen Schritt zurückgestolpert wäre. Aber sie blieb stehen. Erwiderte seinen ungewohnt, fast beängstigend verzweifelten Blick und dann bekam sie keine Luft mehr, als er sie so hemmungslos küsste, dass sie doch noch rückwärts gegen die Wand stolperte.

Noch mitten in der Nacht rief sie Anne an und teilte ihr knapp mit, dass sie sie nach Hause begleiten würde. Dann verzog sie sich nach draußen auf den Balkon, nachdem Raffaello gegangen war – nicht ohne zu zögern, mit schuldbewusstem Ausdruck auf dem Gesicht –, hockte sich in die hinterste Ecke, die Knie dicht an die Brust gezogen, den Rücken gegen das Geländer gelehnt, auf den kühlen Steinboden und stierte einfach nur hinaus in die Dunkelheit. Und versuchte, nicht darüber nachzudenken, ob Raffaello es ernst gemeint hatte, als er gesagt hatte, er würde sie nicht daran hindern, ihn zu verlassen.

Den nächsten Tag verbrachte sie damit, in ihrer Ecke auf dem Balkon zu sitzen, ab und zu im Zimmer auf und ab zu gehen und Musik zu hören. ‚*Release Me*' in Endlosschleife und einer Lautstärke, die ihr in den Ohren schmerzte. Sie kam nicht mit Raffaello hinunter zum Essen und öffnete auch nicht, als er an ihre Tür klopfte. Sie stand nur auf der anderen Seite und lauschte seinen verzweifelten Versuchen, sie davon zu überzeugen ihn hereinzulassen. Irgendwann gab er leise fluchend auf und kehrte auch nicht noch einmal zurück.

40

Und dann kam der Tag, an dem sie ihm die Tür öffnen musste. Stumm ging sie neben ihm her, einzig und allein beladen mit ihrer Strandtasche. Die teuren Kleider, die Raffaello ihr spendiert hatte, ließ sie unangetastet im Schrank zurück. In der riesigen Eingangshalle erwarteten sie Serafina und ihr Vater, um sich von ihr zu verabschieden. Dann eilte sie Raffaello hinterher, der auf seinen Maserati zusteuerte. Wortlos stieg sie neben ihm ins Auto. Die Fahrt verlief ohne Musik und ohne das geringste Gespräch. Leslie versuchte, nicht darüber nachzudenken, dass sie wahrscheinlich in Tränen ausbrechen würde, sobald sie sich tatsächlich – vielleicht für immer – von Raffaello würde verabschieden müssen.

Nach zehnminütiger Fahrt erreichten sie den Landeplatz des Helikopters, mit dem sie angereist waren, umgeben von Niemandsland und einigen Akazien. Raffaello begleitete Leslie bis an das schwarze Monstrum, und nachdem sie tief durchgeatmet hatte, drehte sie sich zu ihm um.

„Bis … dann“, brachte sie hervor und musste sich schrecklich zusammenreißen, um ihm nicht auf der Stelle um den Hals zu fallen. Doch er lächelte bloß amüsiert.

„Red keinen Quatsch", entgegnete er und zwickte sie in die Nase. „Ich komme noch mit dir."

„Oh", konnte Leslie nur hauchen, nicht sicher, ob sie sich freuen oder unglücklich sein sollte, aber dann rang sie sich ein Lächeln ab und kletterte, dicht gefolgt von Raffaello, in den Helikopter. Er setzte sich nicht neben sie und sprach kein Wort, aber sie spürte seinen Blick den ganzen Flug lang auf sich ruhen. Raffaellos Maserati blieb unter ihnen zurück, als sich der Helikopter langsam und würdevoll in die Luft erhob und Leslie verzichtete darauf, Raffaello zu fragen, warum er ihn einfach so im Feld stehen ließ. Wahrscheinlich würde Roberto ihn in die Garage fahren. Oder aber er würde so lange auf seinen Besitzer warten, bis dieser wieder hier auftauchen würde. Leslie schloss die Augen, damit sie ihn nicht ansehen musste, tat, als schliefe sie. Irgendwann spürte sie, wie Raffaello sich neben sie setzte, aber sie konnte verhindern, dass er ihre Hand ergriff, indem sie sich vorbeugte und aus dem Fenster sah.

Seine Fünfzig-Meter-Jacht, die noch immer im Hafen von Kalabrien vor Anker lag, zog unter ihren vorüber, auf der Backbordseite konnte Leslie ihren Namen entziffern, schwarz und verschnörkelt auf den weißen Lack der Jacht gedruckt. Es versetzte ihr einen kleinen Stich, als sie daran dachte, wie sie zum ersten Mal mit Raffaello einen Ausflug darauf gemacht hatte und er ihr die kleine Muschel vom Meeresgrund gefischt hatte. Unwillkürlich schloss sie eine Hand um ihre Kette. Mit der anderen griff sie nach Raffaellos Fingern, nur um sie im nächsten Moment wieder loszulassen, als hätte sie sich daran verbrannt.

Eigentlich hatte sie angenommen, dass sie irgendwo in der Nähe des Hafens in Palermo landen würden, doch der Helikopter sauste weiter durch die Luft, bis Leslie in einiger Entfernung ihr Ferienhaus erkennen konnte, direkt am Meer, umgeben von Oliven- und Zitronenbäumen. In der Einfahrt parkte Antonios roter Lieferwagen. Der Helikopter setzte auf dem Boden auf, das hohe Gras am Boden stob in alle Richtungen auseinander und auch die Bäume bogen sich wie im Sturm. Die Rotorblätter kreisten noch eine Weile knatternd in der Luft herum, dann kehrte Ruhe ein. Entsetzliche Ruhe. Zögernd blickte Leslie aus dem Fenster. Sie waren viel näher am Haus gelandet, als es von oben den Anschein gehabt hatte und plötzlich fragte sie sich, ob Anne den Lärm nicht schon längst gehört hatte.

Keine Sekunde später flog die Haustür auf und sie konnte sehen, wie Anne, dicht gefolgt von Antonio, die Auffahrt hinuntergestürmt kam, auf den Helikopter zu. Leslie schluckte. Jetzt war es so weit. Scheiße. So sehr sie sich auch freute, fast hatte sie ein wenig Angst davor, ihre beste Freundin wiederzusehen.

Als Raffaello ihr die Tür öffnete, hinaussprang und ihre Hand ergriff, um ihr zu helfen, wurde ihr bewusst, dass das hier nicht der richtige Zeitpunkt war sich zu freuen. Absolut gar nicht. Schweigend stand sie vor ihm, schaute zu ihm auf, und kurz bevor sich ihre Lippen wie in Zeitlupentempo treffen konnten, ertönte ein gellender Schrei hinter ihnen und im nächsten Augenblick wurde Leslie von Raffaello fortgerissen und Anne schloss sie so fest in die Arme, dass ihr jegliche Luft aus ihrer Lunge gepresst wurde.

„Leslie!", schrie Anne, „Leslie!" Eine ganze Weile kreischte sie immer wieder ihren Namen, dann ließ sie sie los, hielt sie eine Armeslänge von sich entfernt, rümpfte die Nase, als sie bemerkte, dass Leslie Raffaellos blaues Hemd trug, und schloss sie dann wieder in die Arme.

„Ohgottohgottohgottohgott, ich hab' dich vermisst", nuschelte sie ihr ins Ohr. „Ich hab' dich so vermisst!"

„Mmmmmmmh", konnte Leslie nur machen, das Gesicht unfreiwillig in Annes blondem Haar vergraben. Sie pustete sich die Strähnen aus dem Gesicht.

„Ich hatte solche Angst um dich", setzte Anne hinzu, dann ließ sie Leslie endlich los. „Ich hab' deine Sachen schon gepackt", sagte sie mit einem hastigen Blick über die Schulter auf Raffaello, der nun betont langsam und mit äußerst finsterem Gesichtsausdruck auf sie zukam.

„Antonio wird uns gleich zum Flughafen fahren", sagte Anne. Leslie blickte zu Antonio herüber, der sich dezent im Hintergrund gehalten hatte, nun aber auf sie zu trat, genau in dem Moment, als Raffaello bei ihnen ankam.

„Ich bin froh, dass es dir gut geht", sagte er, schloss Leslie in die Arme – nicht ohne Raffaello einen provozierenden Blick zuzuwerfen, und dann drückte er ihr sogar noch einen Kuss auf die Wange. Peinlich berührt wandte Leslie sich ab, wich einen Schritt zurück und stolperte geradewegs gegen Raffaello, der ihr von hinten beide Arme um die Schultern legte. ‚*Von Mario*', glitzerte auf dem goldenen Anhänger an seinem Armband in der Sonne zu Leslie herauf, seine Nähe brachte sie beinahe um den Verstand und dann fiel ihr siedend heiß ein, dass sie sich nicht von Mario verabschieden konnte. Doch sie brachte es nicht über sich, Raffaello zu fragen, ob sie ihn anrufen durfte.

Ein kühles Schweigen lag in der Luft, Antonio starrte Raffaello verbissen an, der erwiderte seinen Blick nur herablassend, Anne schaute von Leslie zu Raffaello – und Leslie wich jedem Blick aus, der ihr begegnete, und sah hinunter auf Raffaellos gebräunte Hände, die er vor ihrer Brust verschränkt hatte. Jetzt ließ er sie jedoch los und versenkte die Fäuste in seinen Hosentaschen, stand aber noch immer so dicht hinter ihr, dass ihr Rücken seine Brust berührte.

„Damit seid ihr also hergekommen", bemerkte Anne spitz und wies mit dem Kopf in Richtung des Helikopters. „Nicht besonders einfallsreich, wenn du mich fragst, Mafioso. In den Filmen machen die das alle so." Ein spöttisches Lächeln spielte um Raffaellos Mundwinkel. Er antwortete nicht.

„Aber danke", sagte Anne dann.

„Meinst du mich?!", entgegnete Raffaello verblüfft. Anne nickte.

„Dafür, dass du Leslie heil wieder hergebracht hast." Sie schien es sogar ernst zu meinen. Aber vielleicht war es auch nur die Schadenfreude, weil sie genau wusste, dass Raffaello Leslie nicht mehr wiedersehen würde, die sie so versöhnlich stimmte.

„Nichts zu danken", erwiderte Raffaello kühl, dann wandte er sich Leslie zu.

„Ich … sollte mich jetzt verabschieden", sagte er und plötzlich klang seine Stimme belegt.

„Das wäre ratsam!", bemerkte Antonio, schrumpfte aber sogleich in sich zusammen unter dem eiskalten Blick, mit dem Raffaello ihn bedachte. Raffaello blickte Leslie fest in die Augen.

„Leslie", fuhr er fort und ein letztes Mal brachten seine tiefbrauen Augen sie beinahe um den Verstand, „ich … werde dich wirklich vermissen." Mehr sagte er nicht. Er zog sie auch nicht an sich, um sie zu küssen, was sie ehrlich gesagt gehofft hatte, sondern strich ihr nur mit dem Daumen über die Wange, drückte ihr einen Kuss auf die Haare und trat dann einen Schritt von ihr zurück.

„Vielleicht sehen wir uns irgendwann wieder", sagte er, lächelte ihr zu, nickte knapp in Annes Richtung, schenkte Antonio ein herablassendes Lächeln und setzte seine Sonnenbrille auf. Dann drehte er sich um und ging mit großen Schritten auf den Helikopter zu, dessen Pilot schon startklar im Cockpit saß, und im nächsten Augenblick war er im Inneren des schwarzen Ungetüms verschwunden. Durch die dunkel getönten Scheiben konnte Leslie ihn nicht mehr erkennen. Die Rotorblätter fingen laut knatternd an sich zu drehen, schneller, immer schneller, bis sie zu einem einzigen, dunklem Fleck verschwammen. Heftiger Wind riss an Leslies Haaren und Kleidern, während sich der Hubschrauber in die Luft erhob.

Als Leslie ihm nachblickte, wie er am leuchtend blauen Himmel immer kleiner wurde, spürte sie die Tränen, die ihr die Wangen hinabliefen, doch sie wischte sie nicht weg. Ihre Hände hatten sich fest in den zarten Stoff von Raffaellos Hemd gekrallt, das sie trug. Nach einer ganzen Weile wusste sie nicht mehr, ob sie den Helikopter noch am Himmel oder nur in ihren Gedanken sehen konnte. Egal. Sie starrte einfach weiter hinauf. Und plötzlich war er weg. Und nichts erinnerte mehr daran, dass Raffaello je hier gewesen war. Bis auf ihre Kette. Und sein Hemd. Anne legte ihr eine Hand auf die Schulter.

„Komm, Leslie", sagte sie leise. „Wir müssen uns auf den Weg machen. Sonst verpassen wir unseren Flug." Leslie widersprach nicht, als Anne sie mit sich ins Haus zog, um ihre Koffer zu holen.

Die 30 Kilometer bis zum Falcone Borsellino Flughafen verbrachte Leslie wie in Trance, blickte unentwegt aus dem Fenster des Lieferwagens und antwortete nur einsilbig auf das, was Anne oder Antonio zu ihr sagten, wenn überhaupt. Keiner der beiden unternahm den Versuch sie aufzumuntern oder abzulenken. Sie ließen sie in Ruhe, wofür Leslie ihnen mehr als dankbar war.

Der Himmel war noch immer makellos blau, als sie vor der Eingangshalle des Flughafens ausstiegen und für einige unsinnige Sekunden bildete Leslie sich ein, einen schwarzen Helikopter dort oben erkennen zu können, der sich aus weiter Ferne in rasender Geschwindigkeit näherte, aber nachdem sie einmal die Augen zusammengekniffen hatte, war da nichts mehr. Nur die sengende Sonne blendete sie. Raffaellos Sonnenbrille blitzte in ihren Gedanken auf. Sie verzog das Gesicht und schüttelte den Kopf, um die Erinnerung an ihn wenigstens für einige Minuten zu verscheuchen – was ihr nicht im Entferntesten gelang.

Antonio übernahm die Aufgabe, ihre Koffer zu tragen, während Anne sie am Arm nahm und sie hinter sich herzog, auf den Eingang des Flughafens zu. Leslie war nur allzu bewusst, wie dämlich sie aussehen musste, wie sie da so mit leerem Blick neben Anne und Antonio herstolperte, aber im Moment war ihr das vollkommen egal. Antonio begleitete sie bis zur ersten Passkontrolle. Dann umarmte er erst Anne so fest, dass diese aufquiekte und nach Luft schnappen musste – und dann Leslie, aber nur zögerlich, beinahe schon flüchtig.

„Ich werd' dich vermissen, *bella* Leslie", nuschelte er und grinste schief. Leslie rang sich ein Lächeln ab.

„Irgendwann komme ich auf ein Eis vorbei", sagte sie leise und Antonio umarmte sie ein zweites Mal, dieses Mal fester.

„*Arrivederci*", sagte er. „Du kannst mir ja schreiben, wenn du willst." Hoffnungsvoll sah er zu ihr hinunter. „Du darfst mich auch mit deinem Kummer wegen Ruggiero volllabern, wenn es das besser macht."

Leslie nickte zögernd. Vielleicht würde sie das wirklich tun. Aber nur vielleicht. Dann blieb Antonio hinter Anne und Leslie zurück, als sie eingecheckt und ihr Gepäck aufgegeben hatten. Er winkte ihnen noch eine ganze Weile nach und Leslie und Anne winkten zurück, bis ihnen die Arme wehtaten, dann machten sie sich auf den Weg zum Sicherheitscheck.

Eine Stunde später hatten sie jegliche Kontrollen hinter sich gebracht und Anne saß neben Leslie auf einem der schwarzen Sessel im Wartebereich ihres Gates und verschlang hungrig einen Schokomuffin, den sie sich bei Starbucks gekauft hatte. Leslie wurde schlecht, wenn sie nur hinsah. Was sie wahrscheinlich ihrer Stimmung zu verdanken hatte, die sich noch immer auf dem Tiefpunkt befand. Lustlos blätterte sie eine italienische Zeitung durch, die irgendjemand, der vor ihr auf diesem Platz gesessen hatte, dort liegen gelassen hatte. Als sie die letzte Seite aufschlug, stach ihr ein Name deutlich ins Auge: R. Ruggiero. Mehr konnte sie nicht entziffern. Doch weit und breit war kein Foto abgebildet und dann schalt sie sich selbst für ihren naiven Hoffnungsschimmer, es könne tatsächlich Raffaello damit gemeint sein. Es gab sicher etliche Leute, die so hießen. Sie faltete die Zeitung zusammen und ließ sie in den Mülleimer fallen, der gleich neben ihrem Sitz stand.

„Hast du deine Mom schon angerufen?", fragte Anne irgendwann mit vollem Mund. Leslie verdrehte die Augen.

„Wieso?", entgegnete sie trotzig. „Ich bin achtzehn! Ich muss ihr nicht Bescheid sagen, ob oder wann ich nach Hause komme. Außerdem arbeitet sie heute." Das stimmte natürlich nicht. Es war schließlich Sonntag.

„Hm", machte Anne nur, zuckte mit den Schultern und pulte ein großes Schokoladenstückchen aus ihrem Muffin, das sie sich genüsslich in den Mund schob. „Ich hatte bloß in Erinnerung, dass du ihr versprochen hast anzurufen, wenn wir auf dem Rückweg sind. Aber tu, was du für richtig hältst."

Nachdem Leslie eine Weile genervt darüber nachgedacht hatte, kramte sie ihr Handy aus der Hosentasche hervor und rief doch noch zu Hause an. Sie musste ihre Mutter regelrecht abwürgen, als diese anfing, sie mit Fragen zu löchern. Schließlich sagte sie ihr, dass sie in ungefähr sechs Stunden zu Hause ankommen würde, dann legte sie einfach auf.

„Zufrieden?", sagte sie zu Anne und diese zuckte nur die Achseln.

„Als du ‚weg' warst, hat sie mich mal angerufen, weil sie dich nicht erreichen konnte", sagte sie dann. „Sie wollte wissen, ob es uns gut geht. Ich hab' für dich gelogen. Ich hoffe, du weißt das zu würdigen. Oder hätte ich ihr erzählen sollen, dass du von der Mafia entführt wurdest?"

„Hätte sie dir sowieso nicht abgekauft", meinte Leslie seelenruhig. Das war typisch für ihre Mutter. Erst ließ sie tagelang nichts von sich hören, weil sie arbeiten musste, und dann rief sie aus heiterem Himmel ach so besorgt an.

Nach einer weiteren halben Stunde des Schweigens und des trübsinnigen Grübelns wurden sie endlich dazu aufgerufen, an Bord der Maschine zu gehen. Widerwillig erhob sich Leslie von ihrem Sitz, zerrte ihren Koffer hinter sich her, achtete nicht darauf, wem sie das schwere Ding gegens Schienbein stieß, sondern folgte Anne einfach nur in das Flugzeug, ohne wirklich an etwas zu denken - nur daran Trübsal zu blasen. Leslie überließ Anne den Platz am Fenster. Sie selbst verspürte nicht die geringste Lust, aus dem schmalen Bullauge zu spähen, um dann mit ansehen zu müssen, wie Sizilien langsam unter ihnen zurückblieb. Nachdem sie sich ordnungsgemäß angeschnallt und der Pilot irgendetwas auf Italienisch erklärt hatte, warteten sie auf den Start. Und warteten. Und warteten.

Die Zeit verstrich. Eine halbe Stunde. Eine Dreiviertelstunde. Die Passagiere wurden unruhig, erhoben sich von ihren Sitzen, um über all die Köpfe hinweg zu spähen. Flugbegleiterinnen eilten gehetzt umher, beruhigten einige der Reisenden und schienen selbst recht ratlos zu sein, was die ausbleibende Starterlaubnis betraf.

„Was 'n los?", nuschelte Anne, die schon ihre Kopfhörer aufgesetzt hatte und auf einem Kaugummi herumkaute. Neugierig erhob sie sich von ihrem Sitz und reckte den Hals. Leslie zog sich ebenfalls am Sitz vor ihr hoch und konnte nun das Flugzeug überblicken. Manche Passagiere saßen gelangweilt herum, viele sahen sich jedoch fragend um, einige wandten sich an die Stewardessen, die geschäftig umhereilten und versuchten, die Leute zu beruhigen und dabei herauszufinden, was eigentlich los war.

„Ich frag mal", meinte Anne, doch gerade, als sie sich mühevoll vor Leslies Knien durchgequetscht hatte, knackten die Lautsprecher und wie auf ein unsichtbares Kommando hin, hielten alle Anwesenden in ihrer Bewegung inne, um den Worten des Piloten zu lauschen, der irgendetwas auf Italienisch verkündete. Leslie verstand kein Wort. Er wiederholte es auch nicht auf Englisch. Das darauffolgende Aufstöhnen und Gemurmel in der Menge verunsicherte sie dann doch etwas. Fragend blickte sie zu Anne hinüber.

„Hast du 'ne Ahnung, was der gerade –", setzte sie an, doch Anne unterbrach sie.

„Die fliegen nicht", sagte sie trocken und schob sich die Kopfhörer in den Nacken.

„Was?!"

„Wir haben keine Starterlaubnis. Was weiß ich, warum. Irgendein Defekt oder so. *So* gut kann ich noch kein Italienisch."

„Aber warum –"

„*Keine Ahnung!*", fuhr Anne sie etwas genervt an. „*Non lo so! Je ne sais pas! Ich weiß es nicht!* Und wahrscheinlich wissen die es noch nicht einmal selbst …"

Tatsächlich schien niemand so genau darüber im Bilde zu sein, was eigentlich vor sich ging. Erneut knackten die Lautsprecher, nachdem der wohlbekannte Gong ertönt war, und der Pilot verkündete etwas, woraufhin ein allgemeines Gemurmel und Gedränge unter den Passagieren entstand. Einer nach dem anderen erhob sich und fing an, sein Gepäck aus den Ablagen über den Sitzen zu kramen. Auf dem Gang in Richtung des Ausganges bildete sich in Sekundenschnelle eine endlos lange Schlange. Anne stöhnte genervt auf.

„Nee, oder?", maulte sie. „Wir müssen aussteigen und auf den nächsten Flug warten! So ein Mist!" Aber sie beeilte sich nicht, an ihren Koffer zu kommen, sondern ließ sich einfach wieder in ihren Sitz fallen, verschränkte die Arme und starrte stur vor sich hin.

„Ich schlage vor, wir warten, bis die alle weg sind", sagte sie, doch Leslie blieb stehen, um die Situation besser überblicken zu können.

„Tja, dann ruf mal deine Mom an, dass wir erst in vierundzwanzig Stunden zu Hause ankommen", sagte Anne und Leslie verzog das Gesicht.

„Ich rufe niemanden an. Ich komme an, wenn ich ankomme und damit basta. Sie wird schon nicht umkommen vor Sorge", murrte sie, stützte die Ellenbogen auf die Sitzlehne vor ihnen und blies sich eine

Haarsträhne aus dem Gesicht. Das hatte noch gefehlt. Dass sie nicht von hier wegkamen, wo sie den Abschied doch so schnell wie möglich hinter sich bringen wollte. Scheiße. Der Tag war gelaufen. Nun gänzlich.

41

Irgendwann hatte sich das Flugzeug weitestgehend geleert und Anne und Leslie standen auf, um ihre Koffer aus den Ablagen zu hieven, dann schlossen sie sich der Menschenreihe vor sich an. Langsam kamen sie dem Ausgang näher. Zwei Stewardessen standen daneben und entschuldigten sich bei jedem, der die Maschine verließ, doch Leslie würdigte sie keines Blickes. Sie ging nur stumm hinter Anne her, der Koffer in ihren Händen schien schwerer zu sein als zuvor.

Die Wartehalle war übersät von Menschen, Gepäckwagen, kleinen Kindern, die quengelnd am Rock ihrer Mutter hingen, und Koffern und Reisetaschen. Die Luft summte voller aufgeregter Gespräche, Flüge wurden per Lautsprecher durchgesagt, Informationen gegeben. Und Leslies Stimmung sank erneut auf einen Tiefpunkt, während sie neben Anne die breite Treppe hinunterstieg. Trübsinnig ging sie weiter, zerrte ihren Koffer hinter sich her – und dann stolperte sie gegen Anne, als diese einfach stehen blieb, den Blick so entsetzt geradeaus gerichtet, dass Leslie einen Moment lang ernsthaft um das Wohlergehen ihrer Freundin besorgt war. Dann zupfte Anne an ihrem Hemd.

„Da …“, sagte sie nur tonlos und deutete mit ausgestrecktem Arm nach vorne in die Menschenmenge. Sie war kreidebleich geworden. Alarmiert folgte Leslie ihrem Blick – und ließ auf der Stelle ihren Koffer fallen. Er fiel die Treppe hinunter und blieb fünf Stufen unter ihr liegen. Einige Leute blickten sich verärgert um. Aber Leslie blickte nur geradeaus. Und konnte es nicht fassen.

Da stand er. Völlig in Schwarz gekleidet, die Sonnenbrille am Hemd, die Hände lässig in den Hosentaschen vergraben, und blickte mit ausdruckslosem Gesicht zu ihr auf. Sie schluckte. Menschen drängten sich genervt an ihr vorbei, rammten sie mit den Ellenbogen. Dann lief sie einfach los. Stolperte die Treppe hinunter, achtete nicht auf Annes erschrockenes Aufquieken, drängte sich zwischen den vielen Menschen hindurch – bis sie direkt vor ihm stand. Er sah verboten gut aus. Sie brachte noch nicht einmal ein Krächzen über die Lippen. Aber das brauchte sie auch gar nicht, denn im nächsten Moment hatte Raffaello sie an sich gezogen und küsste sie. Vor allen Leuten. Vor Anne. Sie schnappte nach Luft, machte sich jedoch nicht von ihm los. Konnte nur unentwegt in seine tiefbraunen Augen sehen, in denen ein schalkhaftes Blitzen lag.

„U-unser Flug wurde gecancelt“, brachte Leslie schließlich krächzend über die Lippen. „Keine Ahnung, warum …“ Er grinste.

„Ich weiß“, sagte er seelenruhig und spielte mit ihrem Haar – und da begriff sie.

„Warst *du* das?!“, rief sie entsetzt. Er nickte. Und zog sie so dicht an sich, dass sie seinen Atem auf den Lippen spüren konnte.

„*Ti amo*, Leslie“, sagte er leise. „Ich habe dich einmal gehen lassen, letztes Jahr – das mache ich nicht noch ein zweites Mal.“ Und bevor sie auch nur irgendetwas erwidern konnte, küsste er sie erneut – bis ein wütender Schrei hinter ihnen ertönte.

„Du wusstest es!“, kreischte Anne außer sich, und als Leslie und Raffaello sich erschrocken zu ihr umdrehten, ließ sie gerade sämtliche Koffer, mit denen sie beladen war, fallen und kam wutschnaubend auf Raffaello zugestürmt.

„Leslie, er hat es gewusst!!“, rief sie. „Dass wir nicht fliegen! Nein, Moment – er hat eigenhändig dafür gesorgt!“ Vor Wut schäumend wandte sie sich an Raffaello, der verwundert und sogar ein kleines bisschen amüsiert dem Geschehen zusah.

„Was bildest du dir eigentlich ein, Mafioso?!?“, kreischte Anne und stieß ihm wütend den Zeigefinger vor die Brust. „Dass du nur deinen Mafiafreunden irgendetwas befehlen brauchst – und schon bleibt Leslie bei dir?! Du-du –“ Eine ganze Reihe schottischer Schimpfwörter entwich ihrem Mund, von denen Leslie noch nicht einmal wusste, was sie eigentlich bedeuteten. Einige der umstehenden Leute hatten sich zu ihnen umgedreht und sahen dem Geschehen neugierig zu. Bei dem Wort „Mafia“ schienen einige aufzuhorchen – und Raffaellos Miene wurde kalt wie Eis. Er fuhr Anne scharf auf Italienisch an, woraufhin diese den Mund aufmachte – und ihn wieder zuklappte, doch dann stieß sie nur wutschnaubend die Luft aus, fuchtelte wild mit den Armen in der Luft herum und drehte sich dann um, um ihren und Leslies Koffer wieder einzusammeln. Raffaello blickte ihr verärgert hinterher, dann wandte er sich an Leslie.

„Wir müssen sie wohl oder übel mitnehmen“, grummelte er.

„Mitnehmen?“, entfuhr es Leslie. „Wohin?“ Doch er zuckte nur mit den Achseln und schlang ihr einen Arm um die Taille.

„Komm mit“, sagte er, „das Auto steht draußen.“

Raffaello steuerte schnurstracks auf einen silbernen Jaguar zu, der am Rande der Straße parkte. Die Vorderräder standen in einem seltsamen Winkel, so als sei er noch im Fahren aus dem Wagen gesprungen. Er hielt ihr die Tür auf, nachdem er ihren und Annes Koffer im Kofferraum verstaut hatte.

„Das ist Marios Auto“, stellte Leslie erstaunt fest und Raffaello nickte.

„*Sì*“, sagte er. „Ich musste den Helikopter bei ihm zurücklassen und mir seinen Wagen leihen. Was glaubst du, wäre los gewesen, wenn ich mit dem Teil hier aufgekreuzt wäre?“ Er grinste und Leslie traute ihm sogar zu, dass ihn diese Aufmerksamkeit nicht im Geringsten gestört hätte.

„Jetzt steig schon ein, damit wir deine Freundin bei Federico absetzen können.“ Leslie tat es. Sie kletterte neben ihn auf den Beifahrersitz und schnallte sich hastig an, nachdem Raffaello, noch während er die Tür zuzog, Gas gab und in entsetzlichem Tempo losraste.

Anne sagte die ganze Fahrt über keinen Ton. Im Rückspiegel konnte Leslie sehen, wie sie verbissen aus dem Fenster starrte und ab und zu in einer Kurve hin und hergeworfen wurde. Anscheinend hatte sie es nicht für nötig gehalten sich anzuschnallen.

„Anne?“, sagte Leslie vorsichtig. „Schnall dich besser an …“

„Wieso?!“, kam es patzig vom Rücksitz zurück. „Ich sterbe sowieso, wenn ich noch länger mit *dem da* zu tun habe!“ Sie warf Raffaello einen finsteren Blick zu, doch der lächelte bloß spöttisch und trat noch fester aufs Gas.

„Und überhaupt, wer sagt, dass ich zu Antonio will, hm?!“, rief sie. „Und woher willst du wissen, dass Leslie bei *dir* bleiben will? Verflucht, ich will nach Hause!“

„Dann drehe ich wieder um und setze dich am Flughafen ab“, erwiderte Raffaello seelenruhig. „Der nächste Flug geht zwar erst morgen, aber die Nacht kannst du sicher in einem Hotel verbringen.“ Anne stieß wütend die Luft aus.

„Ohne Leslie gehe ich nirgendwo hin!“, fauchte sie patzig. „Dann bleibe ich eben hier!“

„Dachte ich mir …“, seufzte Raffaello. „Und da du so gut mit Federico befreundet bist … Ich könnte dich allerdings auch bei Gosetti absetzen, das ist gleich hier um die Ecke.“

„Vergiss es!“, schnauzte Anne.

„Na also …“, murmelte Raffaello.

Der Ausdruck auf Antonios Gesicht, als er die Haustür öffnete und Anne ihm wutschnaubend entgegengestolpert kam, hätte Leslie beinahe zum Lachen gebracht. Wenn sie imstande gewesen wäre, die ganze Situation überhaupt zu begreifen.

„Möchtest du ihm Guten Tag sagen?“, fragte Raffaello sie, doch noch, während er sprach, fuhr er wieder los und Leslie schüttelte den Kopf.

„Ist wahrscheinlich auch besser so …“, sagte er.

„Hm", machte Leslie, „er wäre dir an die Gurgel gegangen." Aber Raffaello lachte bloß trocken auf und gab Gas. Den Rest der Fahrt schwiegen sie und erst, als Raffaello in die Einfahrt zu seinem Haus einbog und Leslie ein silbernes Motorrad neben Raffaellos Sammlung teurer Autos stehen sah, stieß er einen genervten Seufzer aus.

„Hm", machte er missbilligend, „ich hatte gehofft, wir wären allein." Aber das waren sie nicht. Kaum hatte Raffaello die massive Haustür aufgestoßen und kaum war Leslie dicht hinter ihm ins Wohnzimmer getreten, blieb er auch schon stehen und hob grüßend die Hand. Leslie lugte an seiner Schulter vorbei. Mario Andolini saß mit verschränkten Beinen und einem Glas Rotwein in der Hand auf dem schwarzen Sofa und blickte ihnen ungerührt entgegen. Dann sagte er seelenruhig:

„Sag mal, hast du den Verstand verloren?" Er blickte Raffaello dabei fest in die Augen – und dann fing er an, so schnell und aufgebracht auf Italienisch zu schimpfen und wild mit den Händen in der Luft herumzufuchteln, dass Leslie nur hilflos von Mario zu Raffaello und wieder zurück schauen konnte. Was zur Hölle ging hier vor?

Nach anfänglichem Erstaunen konnte sich Raffaello schließlich wieder rühren. Er kam auf Leslie zu, schob sie in Richtung des Sofas, auf dem Mario saß und lehnte sich dann lässig mit verschränkten Armen gegen den Türrahmen. Er musterte Mario ernst, vielleicht auch etwas verärgert, aber er sagte kein Wort. Das war auch gar nicht nötig, denn Mario unterbrach seinen Redeschwall nur ein einziges Mal, um zu Leslie herüberzusehen. „Hallo, Leslie. Schön, dich so schnell wiederzusehen", sagte er, nur um danach fortzufahren mit seiner Schimpferei.

Seine großen, graublauen Augen schienen noch größer zu werden, während er sprach und seine dichten Augenbrauen hoben und senkten sich in rasendem Tempo, was ihm ein bisschen das Aussehen eines wütenden Stieres verlieh. Irgendwann, nach einer halben Ewigkeit, hörte er auf zu schimpfen. Entsetzliche Ruhe herrschte jetzt im Raum. Die Wanduhr tickte laut. Und irgendwann sagte Raffaello, ohne den Blick von Mario abzuwenden:

„Leslie, geh ein bisschen schwimmen, wenn du magst, ja?" Was in ihren Ohren so viel hieß, wie „Lass uns alleine! Mein Mafiafreund und ich wollen reden."

Erst wollte sie empört protestieren, aber dann entschloss sie sich dazu, dieses eine Mal zu tun, was er wollte – verflucht, hatte sie das bis jetzt nicht immer getan? – sah flüchtig zu Mario hinüber, huschte dann eilig aus der Terrassentür und zog sie sorgfältig hinter sich zu. Nun konnte sie nicht mehr hören, ob Mario mit seinem Redeschwall weiter machte oder ob Raffaello etwas erwiderte – oder ob sich die beiden gar gegenseitig an die Gurgel gingen. Großer Gott! Hastig blickte Leslie über die Schulter, doch von außen konnte man nicht viel durch die Scheiben erkennen. Dann schlenderte sie langsam hinter das Haus auf den großen, türkisglitzernden Pool zu, setzte sich an den Beckenrand und tauchte die Füße in das angenehm kühle Wasser. Wie zufällig wanderte ihr Blick zu den uralten Olivenbäumen, die auf der gegenüberliegenden Seite wuchsen und in einem dichten, silbrig schimmernden Dickicht zu enden schienen. Sie fuhr zusammen, als sie sich die Schüsse wieder in Erinnerung rief. Vor ihren Augen flackerten die Bilder wieder auf. Raffaello, wie er mit der Pistole auf seinen Bruder gezielt, wie er ihn angeschrien – und wie er ihn erschossen hatte. Ohne Skrupel. Und im Nachhinein scheinbar auch ohne Reue. Eigentlich absolut widerwärtig.

Und plötzlich fragte sich Leslie, was Francesco ihr hatte erzählen wollen, bevor er starb. Er hatte gesagt, dass Raffaello etwas Schlimmes getan hatte. Sie traute sich nicht, den letzten Satz, den er gesagt hatte, zu Ende zu denken. Niemand war imstande, seinen eigenen Vater umzubringen. Niemand, nicht einmal Raffaello, da war sie sich sicher. Wer garantiert dir das? Wo sind die Beweise dafür, dass er es *nicht* getan hat, wisperte eine Stimme in ihrem Kopf und ihr wurde schlecht. Mit einem Mal wurde sie so neugierig und gleichzeitig packte sie eine so entsetzliche Furcht. Raffaello verschwieg ihr mit Sicherheit eine Menge – ach was, natürlich tat er das – aber was konnte so schlimm gewesen sein, dass er für dessen Geheimhaltung sogar seinen eigenen Bruder direkt vor ihren Augen erschossen hatte? So viele Fragen tauchten plötzlich in ihrem Kopf auf, so viele Zweifel und Gegensätze, dass sie nicht merkte, wie sich jemand neben sie setzte.

„Danke, dass du hier gewartet hast“, sagte Raffaello und Leslie fuhr erschrocken aus ihren Gedanken hoch. Er musterte sie aufmerksam.

„Was ist?“, fragte er.

„Nichts“, murmelte Leslie schnell, „ich hab’ nur über was nachgedacht.“

„Hm“, machte er und hob eine Augenbraue, „über was?“

„Darüber, warum ich so plötzlich wieder hier bin“, sagte sie. Fast ein wenig verständnislos sah er sie an.

„Hättest du lieber nach Hause gewollt?“, fragte er erschrocken, aber Leslie schüttelte hastig den Kopf. Wahrscheinlich hätte sie es in Schottland nicht ausgehalten. Nicht ohne ihn jedenfalls. Raffaello lachte erleichtert auf.

„Für einen Moment hast du mir wirklich einen Schock eingejagt“, sagte er, aber Leslie blickte ihm fest in die tiefbraunen Augen.

„Ich will wissen, warum -“, setzte sie an, doch er unterbrach sie.

„Habe ich dir das nicht schon gesagt?“, fragte er. „Ohne dich wäre mein Leben nicht mehr das, was es *mit* dir ist. Eines Tages hätte ich wohl oder übel vor deiner Tür in Schottland gestanden und deinen Eltern einen gehörigen Schrecken eingejagt.“ Er grinste und fuhr sich durch das dichte, schwarze Haar. Ohne es zu wollen, musste Leslie lächeln und sie begriff, dass sie diese beinahe selbstverliebt wirkende Geste von ihm ziemlich lieb gewonnen hatte.

„Was hast du mit Mario … ähm - besprochen?“, fragte sie schließlich. „Warum hat er sich so aufgeregt?“ Sein Grinsen verwandelte sich in einen harten Ausdruck, aber in seinen dunklen Augen lag etwas Schalkhaftes.

„Fragen über Fragen …“, seufzte er. „Ich habe dir schon einmal gesagt, dass du das lassen solltest …“ Er legte ihr beide Arme um die Schultern. Der Blick aus seinen Augen war unverschämt weich geworden. Aber irgendetwas blitzte darin auf.

„Und was das betrifft, werde ich dich vielleicht heute Abend informieren – Mario würde es sowieso bei nächster Gelegenheit tun, um mich zu ärgern.“ Dann küsste er sie und der armen Leslie blieb gar nichts anderes übrig, als den Mund zu halten.

„Wenn du jetzt nicht mit der Sprache ’rausrückst, rufe ich Mario an!“, sagte Leslie, als sie im lauen Abendlicht Raffaello gegenüber an dem Mühlsteintisch saß und sich eine Olive nach der anderen in den Mund schob. Verdammt, die Dinger machten wirklich süchtig. Dabei sahen sie irgendwie nicht mal besonders lecker aus. Raffaello bedachte sie mit einem spöttischen Grinsen.

„Du hast seine Nummer nicht“, sagte er ruhig, lehnte sich lässig zurück, warf eine Olive in die Luft, fing sie mit dem Mund auf und spuckte den Kern in hohem Bogen weit in den Garten hinein.

„Er wirft mir vor, unsagbar egoistisch und dumm zu sein“, sagte er schließlich, fast ein wenig trotzig. „Außerdem wollte er sein Auto wiederhaben und den – ich zitiere ‚vermaledeiten sperrigen Helikopter‘ loswerden, den ich bei ihm auf dem Grundstück mitsamt Pilot zurückgelassen habe.“ Zwischen seinen dichten Brauen bildete sich eine Falte.

„Warum wirft er dir so was vor?“, fragte Leslie überrascht. Raffaello legte den Kopf in den Nacken und blickte scheinbar gedankenversunken hinauf zu den Sternen, die sich blass glimmend am violetten Abendhimmel abhoben.

„Weil ich dich daran gehindert habe zu gehen“, sagte er und dabei klang er irgendwie merkwürdig.

„Was?“ Leslie sah ihn bloß verständnislos an. Auch wenn sie es niemals zugeben würde, sie freute sich unsagbar, dass Raffaello sie allem Anschein nach wirklich gern hatte. Davon, dass er zu ihr gesagt hatte, er *liebe* sie, einmal abgesehen. Er nickte. Und sah mit einem Mal schrecklich verletzlich aus.

„Und er hat recht“, sagte er tonlos. „Ich bin wirklich der egoistischste Mensch, den ich kenne …“

„Bist du nicht!“, widersprach sie – aber sehr überzeugend klang das nicht. Er lächelte schwach.

„Indem du bei mir bleibst – hier auf Sizilien, in meinem Leben – bringe ich dich in Gefahr, verstehst du? Denk nur mal an Spaventos Killer. Oder an diverse meiner anderen Feinde, von denen du Gott sei Dank noch nichts mitbekommen hast.“ Er seufzte und für einen kurzen

Augenblick sah er unendlich traurig aus. So, als hätte er erkannt, dass er sich für ein komplett falsches Leben entschieden hatte.

„Du weißt zu viel über … einige meiner, naja, ‚Angelegenheiten'", fuhr er mit rauer Stimme fort. „Und ich habe dich viel zu gerne, als dass ich dich daran hindern könnte, in meinem Leben zu sein. Und genau dieses Leben ist nichts für dich." Er sah ihr geradewegs in die Augen, als er das sagte. Sie schluckte. Und kam sich mit einem Mal wie vor den Kopf gestoßen vor.

„Du … denkst, ich sollte …", begann sie, doch Raffaello stand auf und setzte sich vor ihr auf den Mühlstein.

„Herrgott, Leslie", sagte er. „Nein, natürlich nicht! Ich will dich in meinem Leben haben, glaub mir! Aber in meinem Leben – nicht in meinen Geschäften und … anderen Angelegenheiten."

„Du findest also, ich sollte am Herd stehen, kochen, ab und zu mit dir ausgehen und dich niemals nach deinen Geschäften und den Vorgängen in der ‚Familie' fragen? Ach nein, wahrscheinlich wirst du mir eine heile Welt vorspielen und –" Das hätte sie nicht sagen sollen. Verdammt! Der Ausdruck auf seinem schönen Gesicht wirkte so verletzt, dass sie für einen Moment dachte, er würde sich abwenden und sie hier draußen alleine sitzen lassen. Alleine in der warmen Dämmerung, das Zirpen der Grillen in den Ohren und den Geschmack von Oliven auf der Zunge.

„Du hast eindeutig zu viele Filme gesehen", murmelte er schließlich etwas gefasster. „Was glaubst du, warum ich dich zurückgeholt habe? Ich könnte es dir schriftlich geben – oder vielleicht sollte ich dich heiraten –"

„*WAS?!*"

„War nur ein Scherz", sagte er schnell, doch irgendwie klang er seltsam, als er das sagte.

„Damit macht man keine Scherze", sagte Leslie mit zittriger Stimme.

„Du hast recht, *scusi*", murmelte er und senkte den Blick. Eine ganze Weile schwiegen sie. Die schmalen Eidechsen auf der niedrigen Trockensteinmauer, die die Terrasse vom Garten trennte, waren längst verschwunden, zusammen mit den heißen Strahlen der sizilianischen Sonne. Es war sogar fast ein wenig kühl geworden.

„Ich bin müde", sagte Raffaello irgendwann und stand auf. „Magst du mit hochkommen?" Hin und hergerissen sah sie zu ihm auf. Sie dachte an den ersten Abend, den sie genau hier an diesem Mühlstein mit ihm verbracht hatte. An ihr erstes Mal mit ihm. Sie schüttelte den Kopf.

„Später", murmelte sie. Vielleicht.

„*Buona notte*", sagte er leise, küsste sie auf den Mund, dann war er im Haus verschwunden.

Leslie blieb draußen sitzen. Sie würde sich erst noch daran gewöhnen müssen, mit ihm unter einem Dach zu wohnen. Es war anders als vorher. Anders als die Zeit, in der er sie immer abgeholt und danach wieder zu Anne gebracht hatte. So viel verwirrender und das machte sie ein wenig unsicher.

Als sie irgendwann weit nach Mitternacht zu ihm ins Bett kroch, schlief er tief und fest. Und schnarchte sogar ein kleines bisschen. Sie verbrachte die Augenblicke, bis sie einschlief, damit, ihn einfach nur zu betrachten und darüber nachzudenken, welche Gedanken, welche Pläne oder Geschäftsideen hinter seiner perfekten Fassade lauerten. Vielleicht auch Mordgedanken. Und welche Verbrechen er begangen haben mochte, er, der so seelenruhig und unschuldig neben ihr schlief. Seltsamerweise schreckte sie das nicht ab – dazu war es zu gegensätzlich.

42

Leslie erwachte früh am nächsten Morgen. Die Sonne ging gerade erst auf, doch die Hitze des herannahenden Tages lag schon in der Luft. Es war ungewöhnlich warm im Zimmer, und als Leslie sich aufsetzte, bemerkte sie, dass die Tür zum Balkon weit geöffnet war. Doch Raffaello war nirgends zu sehen. Gähnend rappelte sie sich auf, um das Fenster zu schließen, denn die Hitze kroch allmählich in alle Ecken des Schlafzimmers, und schon einige Minuten später verspürte sie die wunderbare Wirkung der Klimaanlage. Schläfrig tapste Leslie hinunter in die Küche.

Auch dort war er nirgends zu sehen. Nur eine halb leere Tasse mit – dem Geruch nach – furchtbar starkem Kaffee, stand auf dem Mahagonitisch, daneben eine angefangene Tüte *Cantuccini*. Scheinbar war Raffaello in aller Frühe und in aller Eile verschwunden. Eigentlich hätte sie sich einreden sollen, dass sie sich langsam daran gewöhnen musste, dass er kam und ging, wann er wollte, doch irgendwie war da auch Enttäuschung. Konnte er nicht ein einziges Mal neben ihr liegen, wenn sie aufwachte? Aber wahrscheinlich gehörte diese Ruhelosigkeit zu seinem Mafiosoleben. Wahrscheinlich hatte er einen dringenden Anruf bekommen und war dann eilig aufgebrochen, um seine Verbrecherpflichten zu erfüllen.

Um sich abzulenken, griff Leslie nach der Tüte, die Raffaello unverschlossen auf dem Tisch zurückgelassen hatte, und fischte einen Keks heraus. Ein bisschen zu hart war er, aber das machte nichts. Sie liebte den süßen Geschmack und die Mandeln. Sie nahm sich noch einen zweiten und ging dann, nur mit Raffaellos blauem Hemd bekleidet, das ihr inzwischen auch als Nachthemd diente, auf die massive Eingangstür zu. Ein bisschen frische Luft würde nicht schaden. Sie war verschlossen. Energisch rüttelte Leslie an der Tür, doch es tat sich nichts. Seufzend durchquerte sie das Wohnzimmer zur Terrassentür und drückte die Klinke herunter. Auch sie war verschlossen.

„Scheiße", knurrte Leslie, blieb einen Moment nachdenklich stehen, dann machte sie sich auf die Suche nach der Tür, die vom Waschraum zum Pool führte. Von außen konnte man sie perfekt erkennen, von innen nicht ganz so gut. Haufenweise Anzüge hingen auf verschiedenen Bügeln an einem Haken, der an der hellen Tür befestigt war und auf den ersten Blick konnte man sie für einen Teil der Wand halten. Leslie drehte den Türknauf. Verschlossen.

„Mist!", entfuhr es ihr. Er hatte sie eingesperrt. In seinem eigenen Haus. Mafiakiller hin oder her – das war zu viel des Guten! Aufgebracht lief sie zurück in die Küche, klemmte sich die Tüte *Cantuccini* unter den Arm und verzog sich damit auf einen Stuhl, den sie direkt vor der Eingangstür platzierte – natürlich so weit entfernt, dass sie sich noch öffnen ließ –, schob sich einen Keks nach dem anderen in den Mund – und wartete.

„So was nennt man Freiheitsberaubung!", begrüßte sie ihn, als Raffaello keine Stunde später die Tür aufstieß. Vor Schreck ließ er sämtliche Einkaufstüten, mit denen er beladen war, fallen und Leslie meinte sogar gesehen zu haben, wie seine rechte Hand blitzschnell an seinen Gürtel wanderte – wo seine Pistole versteckt war.

„Du kannst mich doch nicht einfach einschließen!", sagte sie vorwurfsvoll und sah zu ihm auf. Einen Moment lang sah er verwirrt aus, dann lächelte er erleichtert auf, als sich gegen ihren Willen ein Grinsen auf ihr Gesicht stahl.

„*Scusi*", sagte er, während er sich bückte, um die Tüten aufzusammeln. „Unerlässliche Sicherheitsvorkehrungen." Frisches Obst und Gemüse waren aus den Taschen gerollt, in einer konnte Leslie Fleisch und Nudeln erkennen.

„Ich habe mir nur gedacht, da wir jetzt zu zweit sind, können wir nicht mehr nur von Tiefkühlpizza und Oliven leben", sagte er. Leslie stand großzügig auf und half ihm, die Einkäufe in die Küche zu tragen. Das meiste Zeug, das er gekauft hatte, kannte sie nicht, aber ungenießbar sah es nicht aus.

„Sicherheitsvorkehrungen, hmpf", machte sie verächtlich, während sie interessiert eine riesige Wassermelone betrachtete, die um einiges größer war als ein Fußball. Raffaello seufzte und drehte sich zu ihr um.

„Ich habe bereits veranlasst, dass sich jemand um die Killer von Spavento kümmert", sagte er, „aber bis nicht irgendwer Entwarnung gibt, werde ich kein weiteres Risiko eingehen." Ihr war nur allzu klar, was er mit ‚kümmern' meinte. Vermutlich würde man bald irgendwo im Landesinneren im hohen Gras zwei Leichen finden. Oder auch nicht. Sie schluckte. Eigentlich hätte sie diese Gewissheit aus der Fassung bringen müssen.

„Hunger auf ein richtiges Frühstück?", fragte Raffaello – und Leslie nickte, auch wenn sie noch recht satt war von den vielen *Cantuccini*, die sie gegessen hatte.

Sie saß einfach nur da und sah ihm zu, während er sich daran machte etwas zuzubereiten, das sehr an englisches Frühstück erinnerte. Vielleicht hatte er England mit Schottland verwechselt, aber das machte nichts. Was zählte, war schließlich die Geste. Anfangs hatte Leslie darauf bestanden ihm zu helfen, doch er hatte sie nur auf einen Stuhl am Tisch gedrückt, sich ein Handtuch über die Schulter geworfen und sich an die Arbeit gemacht. Sie hätte nicht gedacht, dass er kochen konnte, aber vielleicht hatte Mario es ihm beigebracht.

Ihr Handy klingelte. Laut und durchdringend klang ‚*Release Me*' an ihre Ohren und beinahe war es Leslie, als zuckte Raffaello zusammen. Herrgott, er war doch nicht immer so schreckhaft gewesen?

„Antonio will wissen, warum wir wieder hier sind", sagte Anne, als Leslie ihr Handy ans Ohr gehoben hatte.

„Auch schön, *dich* zu hören", entgegnete sie vorwurfsvoll.

„Hm", machte Anne grimmig, „also, ist dir irgendetwas bekannt, das ich ihm verraten dürfte?"

„Nein", log Leslie.

„Dann nicht." Beinahe klang es, als wolle sie schon auflegen, doch dann sagte sie: „Deine Mom kommt um vor Sorge. Sie hat bei *mir* angerufen, weil du nicht zu erreichen warst. Verflucht, hat dein Mafioso dir dein Handy abgenommen oder so? Egal, ich hab' ihr gesagt, dass es 'ne Flugzeugpanne gab und du ihr alles erklären wirst. Und zwar *heute!* Sie wollte wissen, wann wir zurückkommen – und ich hab' mich gefragt, *ob* wir jemals zurückkommen!" Dann legte sie einfach auf. Leslie saß da und starrte ungläubig ihr Handy an. Irgendwie hatte sie sich Anne zum Feind gemacht. Und sie wusste genau, woran das lag.

„Deine nette Freundin, hm?", fragte Raffaello, während er mit einem riesigen Kochlöffel in einem noch größeren Topf herumrührte.

„Ja", knurrte Leslie.

„Was wollte sie? Die *Polizia* herschicken?" Es klang, als würde er grinsen.

„Ich soll meine Mutter anrufen und ihr … naja, sagen, was los ist." Raffaello zuckte die Schultern.

„Tu es", sagte er leichthin.

„Was?!"

„*Sì.*"

„Und was bitte soll ich ihr erzählen?!", rief Leslie entsetzt. „*Sorry*, Mom, ich muss hierbleiben, wegen -" Tja, wegen was eigentlich? Weil Raffaello „*Ti amo*" zu ihr gesagt und sich das verdammt ernst angehört hatte? Weil sie sich nun mal rettungslos in ihn verliebt hatte?

„Die fällt aus den Socken!", rief sie verzweifelt. Raffaello drehte sich zu ihr um und musterte sie beinahe schon amüsiert. Kläglich sah sie zu ihm auf.

„Sag ihr einfach die Wahrheit", schlug er vor.

„Das mit der Mafia?!?"

„Nein, natürlich nicht. Würde sie dir auch nicht abkaufen, nehme ich an." Ratlos stieß Leslie die Luft aus und raufte sich das Haar.

„Dass du mich kennengelernt hast", sagte Raffaello schlicht.

„Oh", machte Leslie nur. Na, das würde ihre Mom sicher freuen.

„Ich … werd's nachher machen …", murmelte sie.

Vielleicht.

„Ruf sie jetzt an", sagte Raffaello.

„Aber -"

„Dann hast du's hinter dir. Oder soll *ich* das für dich erledigen?" *Shit.*

„Nein, bloß nicht!", entfuhr es ihr entsetzt.

„Hm", machte er nur und hob eine Augenbraue, bevor er sich wieder seinem Rezept zuwandte. Unschlüssig starrte Leslie auf ihr Handy hinunter, drehte und wendete es in den Händen – bis Raffaello es ihr aus der Hand nahm und interessiert damit begann, das Telefonbuch zu durchsuchen.

„Aha", sagte er schließlich und ein Grinsen stahl sich auf sein Gesicht, „Abigail McEvans, alias: Mom." Er hob das Handy ans Ohr.

„*NICHT!*", kreischte Leslie fassungslos, sprang auf, war mit einem Satz bei ihm und entriss ihm ihr Handy. Oh verflucht, das Ding wählte schon!

„Bei McEvans?", quäkte Benny am anderen Ende der Leitung in den Hörer.

„Herrgott, Benny! Du bist nicht *bei* McEvans – du *bist* ein McEvans!", korrigierte Leslie ihren kleinen Bruder automatisch.

„Leslie!!", schrie er ihr ins Ohr, so laut, dass sie den Hörer schnell ein ganzes Stück weit weghielt. „Oh, Leslie! Leslie, wo *bist* du?? Mom hat gesagt, dein Flugzeug fliegt nicht – wurdest du entführt? Ich meine mit dem Flugzeug und so? Kommst du wieder??" Ach herrje. Leslie seufzte. Aus den Augenwinkeln meinte sie, Raffaello grinsen zu sehen. Sie warf ihm einen finsteren Blick zu.

„Nein, Benny, es ist alles in Ordnung –".

„Aber warum bist du dann noch nicht da?" Fast klang er beleidigt. Leslie schloss für Sekunden die Augen.

„Benny, gib mir bitte mal Mom, ja?", sagte sie, bemüht, ihre Stimme nicht zittrig klingen zu lassen. Gott, wie sollte sie ihrer Mutter erklären, was aus Raffaellos Mund so einfach und verständlich klang? Es war ein Ding der Unmöglichkeit. Sie hätte Benny gar nicht sagen brauchen, dass er seine Mutter holen sollte, denn im Hintergrund konnte Leslie schon ihre aufgeregte Stimme hören. Anscheinend versuchte sie schon die ganze Zeit über, Benny das Telefon aus den Händen zu nehmen. Schließlich, nach Bennys hastig genuscheltem „Tschüss, Leslie, bis bald", hatte sie es geschafft. Leslie holte tief Luft.

„Hi, Mom", brachte sie zögernd hervor. Einen Moment lang blieb es still.

„Leslie!", rief ihre Mutter dann und Leslie konnte nicht ausmachen, ob ihre Stimme besorgt oder tadelnd klang – oder erfreut. Oder alles zusammen. „Schatz, warum – was ist los? Ich habe dich angerufen, weil – hattest du dein Handy nicht an?! Du hast es doch immer an! Ich habe Anne angerufen, weil –" Sie holte tief Luft. „Wie geht's dir?", fragte sie schließlich, nachdem sie sich etwas gefasst hatte.

„Gut", sagte Leslie und dachte gleichzeitig darüber nach, dass das tatsächlich der Wahrheit entsprach und nicht nur eine höfliche Antwort auf eine höfliche Frage war.

„Also, das Flugzeug hatte eine Panne, richtig?", wollte ihre Mutter wissen. „Wann geht der nächste Flug? Sicher bald, oder? Wo bist du jetzt? Ist Anne auch da? Soll ich euch einen Kuchen backen, als Stärkung, wenn ihr ankommt? Warte, ich –" Herrje, sie redete sich wieder in Rage. Wahrscheinlich würde es schwieriger werden, ihr alles zu beichten, als Leslie angenommen hatte. Sie schluckte. Vielleicht sollte sie es sein lassen …? Raffaello hatte ihr Zögern genau bemerkt, denn er sah sie eindringlich an und streckte die Hand aus.

„Lass mich das machen, wenn du nicht willst", zischte er, doch sie schüttelte den Kopf.

„Mom", sagte sie dann, „ich … also, ich bin noch in Palermo …"

„In einem Hotel?"

„Äh … nein, also … in einem … Haus."

„Ist das nicht schon wieder vermietet?!"

„Äh –" Oh, verdammt. „Ich werde noch … eine Weile hierbleiben, Mom", sagte sie dann einfach.

„Wie? Geht der Flug etwa erst in ein paar Tagen?" Hin und hergerissen kaute Leslie auf ihrer Unterlippe herum und warf Raffaello einen kläglichen Blick zu, doch der streckte nur erneut die Hand aus, aber Leslie behielt ihr Handy.

„Nein", druckste sie herum, „ich … also, ich –"

„Leslie, wenn du es ihr nicht sofort sagst, mache ich es!", sagte Raffaello plötzlich – viel zu laut. Ihre Mutter schien sofort aufzuhorchen.

„Wer war das?", entfuhr es ihr alarmiert. „Leslie, wer ist noch bei euch? Wo bist du?"

„Äh … Anne ist nicht hier", brachte Leslie schließlich hervor. „Sie, äh – ist einkaufen", log sie schnell.

„Leslie, wer *war* das?!", kreischte ihre Mutter. „Was sollst du mir sagen?!" Anklagend blickte Leslie zu Raffaello auf, doch der lehnte bloß mit verschränkten Armen am Herd und ließ sie keine Sekunde aus den Augen.

„Ich …, also, ich hab'", - schluckte sie -, „jemanden … kennengelernt. Ich werde noch eine Weile bei ihm bleiben", sagte sie dann.

„Ihm?!"

„Ja …" Am anderen Ende der Leitung blieb es still. Eine ganze Weile lang.

„Oh …", hauchte ihre Mutter dann, „oh, also, … verstehe …" Anscheinend hatte es ihr die Sprache verschlagen. Die Arme.

„Wie … heißt er denn?"

„Raffaello", sagte Leslie.

„Wie diese Kokospralinen?"

„Äh, ja." Sie musste grinsen, als sie Raffaellos Gesichtsausdruck sah. Scheinbar hatte er alles gehört.

„Ist er … ist er nett?"

„Mom, sonst hätte ich nicht -".

„Du hast recht, stimmt ja. Wie alt ist er?"

„Mom, ich wollte dir eigentlich nur Bescheid sagen, dass ich vorerst noch eine Weile hier auf Sizilien bleibe, o. k.? Wenn du das alles wissen willst, musst du ihn das selber fragen. Er spricht sehr gut Englisch."

„Oh, äh …", machte ihre Mutter erschrocken. „Nein, also … schon gut." Scheinbar hätte sie die Grenze dessen, was sie jetzt noch ertragen konnte, weit überschritten, hätte sie auf der Stelle mit dem Freund ihrer Tochter telefonieren müssen, ohne ihn je zu Gesicht bekommen zu haben. Leslie musste grinsen.

„Und … du wohnst bei ihm?", fragte ihre Mutter.

„Ja."

„Und Anne etwa auch?!"

„Nein. Die ist bei Antonio untergekommen."

„Wer ist das denn jetzt schon wieder?"

„Ein Bekannter." Ihre Mutter hielt plötzlich ungewohnt lange den Mund.

„Stell ihn mir irgendwann mal vor, deinen Freund, ja, Leslie?“, sagte sie dann. „Vielleicht kann er mit nach Schottland kommen, wenn ihr zurückfliegt?“

„Ähm ja, mal sehen“, murmelte Leslie. Falls ich überhaupt irgendwann zurückkomme, dachte sie. „Also, ich muss auflegen, das Frühstück brennt sonst an. Tschüss Mom!“

„Tschau, Leslie …“ Doch bevor sie weiterreden konnte, legte Leslie so schnell sie konnte auf.

„Puh“, machte sie und ließ sich erschöpft gegen die Tischkante sinken. „Oh Gott, ich hab's geschafft.“ Raffaello grinste fröhlich und schwenkte den Kochlöffel.

„Weißt du …“, sagte er, „ich würde wirklich gerne mal nach Schottland …“

Ein paar Minuten später saß Leslie vor Erschöpfung schweigend gegenüber Raffaello am Küchentisch und stocherte in ihrem Frühstück herum, dachte über das grauenhafte Gespräch mit ihrer Mutter nach – und fühlte sich einfach nur erleichtert. Sie hatte es hinter sich gebracht. Nicht ein für alle Mal, aber fürs Erste sollte es doch reichen.

„Muss schon sagen“, sagte Raffaello kauend. „Englisches Frühstück hat was …“ Leslie bedachte ihn mit einem spöttischen Blick.

„Das ist nicht im Entferntesten englisch“, sagte sie spitz. „Aber dafür, dass du's versucht hast und ich heute erst ein paar *Cantuccini* gegessen habe, ist es ganz o. k.“ Er grinste spitzbübisch, dann griff er in seinen Gürtel und schob ihr gleich darauf etwas über den Tisch zu. Die kleine, silberne Pistole, die er ihr in Kalabrien gegeben – und wieder abgenommen hatte.

„Hatte ich vergessen dir zu geben“, sagte er und lächelte schief. „Ich denke, ich werde es dir *richtig* beibringen.“ Leslie starrte ihn nur an. Dann auf die Pistole. Sie schüttelte den Kopf.

„Nein“, sagte sie, „ich fasse das Teil nicht noch mal an!“ Raffaello schloss für Sekunden die Augen.

„Leslie, bitte –“

„Vergiss es! Glaubst du, nach meinem Missgeschick letztes Mal versuche ich es noch mal?!" Er nickte ernst.

„Ich bringe es dir bei –"

„Aber du bringst mich aus der Fassung!" Ups. Jetzt war es gesagt. Sie biss sich auf die Unterlippe und lugte vorsichtig hinter ihren langen Haaren zu ihm hoch. Ein schelmisches Grinsen stahl sich auf sein Gesicht, seine tiefbraunen Augen blitzten auf.

„Tue ich das …?", fragte er genüsslich. „Ist ja nett zu hören."

„Pfffft", entgegnete Leslie bloß, schaute ihm nicht in die Augen und kaute weiter auf ihrem Toast herum.

„Lass uns gleich nach dem Frühstück üben", sagte Raffaello dann und Leslie hätte wetten können, dass er selbstzufrieden bis über beide Ohren grinste, aber sie widerstand dem Drang, zu ihm hinzusehen.

Zwischen den uralten Olivenbäumen war es angenehm schattig, doch über dem dichten, trockenen Gras stand die Luft. Schwüle Hitze stieg vom Boden auf. Raffaello schlenderte lässig neben Leslie her, in einer Hand seine Pistole, in der anderen Leslies. Er sah zum Fürchten aus mit den Dingern. Wie ein Auftragskiller. Licht und Schatten huschten abwechselnd über sein ebenmäßiges Gesicht und beinahe wäre Leslie stehen geblieben, um ihn einfach nur zu betrachten, aber sie riss sich zusammen und lief ihm nach, immer tiefer hinein in den Olivenhain. Die knorrigen Äste waren mittlerweile so dicht geworden, dass einige sich in ihrem Kleid verfingen oder ihre Schultern streiften.

Schließlich blieb Raffaello stehen und drehte sich zu ihr um. Hinter ihm konnte Leslie in einiger Entfernung einen dicken, alten Baumstamm sehen, der vollkommen durchlöchert war. Wahrscheinlich von früheren Schießübungen.

„Das hier müsste reichen", sagte er. „Die nächsten Nachbarn wohnen zwar acht Kilometer entfernt, aber so einen Pistolenschuss hört man hier auf dem flachen Land meilenweit, wenn man keinen Schalldämpfer benutzt." Dann trat er auf sie zu.

„Dann will ich dich mal aus der Fassung bringen", sagte er und grinste. „Mach es einfach genauso, wie ich es dir in Kalabrien gezeigt habe, ja?"

Leslie schnaubte verächtlich durch die Nase, zögerte einen Moment, doch dann nahm sie ihre Pistole, die Raffaello ihr entgegenhielt, begutachtete sie kurz hin und hergerissen – dann zielte sie auf den dicken Baumstamm.

„Leslie, vorsichtig, nicht zu –" setzte Raffaello warnend an, doch da hatte sie schon abgedrückt. Der Schuss war gründlich danebengegangen. Eigentlich hatte sie den Stamm treffen wollen, aber die Kugel war pfeifend weit daran vorbeigesaust und irgendwo in der trockenen, harten Erde stecken geblieben. Sie drehte sich zu Raffaello um. Der hob anerkennend eine Augenbraue und grinste schief.

„Vollkommen daneben", bemerkte er fröhlich.

„Ach?", machte Leslie. „Du hast hier ja auch nirgendwo eine Zielscheibe oder so."

„Die hättest du genauso wenig getroffen." Unverschämtheit. Sie warf ihm einen bitterbösen Blick zu, hob die Waffe, zielte erneut – doch bevor sie abdrücken konnte, war Raffaello hinter sie getreten. So dicht, dass ihr eine Gänsehaut über den Rücken jagte. Sie versuchte, ruhig zu atmen, während er betont langsam seine rechte Hand über ihren Arm gleiten ließ, bis er ihre Hand erreicht hatte und ihren Griff um die Pistole korrigieren konnte. Die Härchen in ihrem Nacken stellten sich auf, als er sprach.

„Halte die Pistole mit beiden Händen, wenn du dich dadurch sicherer fühlst." Aber ihre Linke ließ sich nicht bewegen – die hatte Raffaello in seine genommen. Sie rührte sich nicht. Achtete nur darauf, ruhig zu atmen. Sie hörte ihn leise lachen.

„Ich hab' das Gefühl", raunte er, „dass du langsam aus der Fassung gerätst." Sie konnte sein Grinsen praktisch spüren.

„Nein", log sie, „noch lange nicht! Lass mich jetzt schie–". Seine Lippen berührten ihren Nacken. „… schießen", krächzte sie nur noch und hatte alle Mühe damit, auf den Beinen zu bleiben. Der Boden schien zu schwanken.

„Bitte", sagte Raffaello seelenruhig, „ich hindere dich nicht daran." Wieder spürte sie seinen Atem am Hals. Kurz darauf seine Lippen. Leslie riss sich zusammen, straffte die Schultern, kniff ein Auge zusammen, doch bevor sie abdrücken konnte, legte sich Raffaellos Daumen auf den Abzugshahn und er sicherte die Waffe.

„Lass das", sagte er leise. „Nicht, dass was schief geht." Er wusste genau, dass er sie aus der Fassung gebracht hatte. Beinahe war ihr das peinlich.

„Hm", krächzte sie nur und ließ die Pistole einfach fallen, als er sie an den Schultern zu sich herumdrehte. Seine dunklen Augen blitzten. Sie schluckte.

„Du … hattest nie vor, mir hier das Schießen beizubringen, hm?"

„Nein", gab er grinsend zu, „nicht eine Sekunde." Er küsste sie auf den Mund.

„Und nachdem ich erfahren habe, dass ich dich damit aus der Fassung bringen kann, dachte ich mir, ich versuch's einfach mal." Leslie holte scharf Luft.

„Du bist so –", stieß sie hervor, aber er ließ sie gar nicht erst richtig zu Wort kommen und schon im nächsten Moment musste sie sich gegen einen der dicken Baumstämme lehnen, um nicht einfach umzufallen von seinen aufdringlichen Küssen.

„Wie wär's, wenn wir woanders hin-", nuschelte sie zwischendurch, doch Raffaello kümmerte sich nicht im Geringsten um ihre hoffnungslosen Vorschläge und schon hatte er einen Träger ihres Kleides von ihren Schultern geschoben und schließlich ließ sie sich einfach nur noch küssen und wartete ab – bis eine Stimme hinter ihnen ertönte und Raffaello wie vom Donner gerührt herumfuhr, das Hemd weit aufgeknöpft, die Haare in alle Richtungen abstehend.

„Oh, verzeiht, ich wollte nicht stören", sagte Mario fast ein wenig schockiert. „Aber Raffaello, dein Auto ist endlich da, deine Leute sind angekommen und – nun, da gibt es noch einen wichtigen Anruf aus Rom … Ich habe ja geklingelt, aber es war niemand da … Also bin ich einfach reingegangen." Er warf Leslie einen seltsamen Blick zu.

„Hallo, Leslie", sagte er und zwinkerte. Raffaello schien aufzuatmen.

„Gott sei Dank, du bist's", seufzte er erleichtert und scheinbar schien ihm die Tatsache, dass er mit offenem Hemd dastand und Mario einen wirklich unpassenden Zeitpunkt erwischt hatte, nicht im Mindesten zu stören.

„Hat der Anruf nicht Zeit bis nachher?“ Er warf Leslie einen gequälten Blick zu. Die hatte sich zu Tode erschrocken wieder beide Träger über die Schultern gestreift, hatte sich fest mit dem Rücken an den Baumstamm gepresst und war knallrot geworden, als sie Marios Blick begegnet war. Was hatte er auch unbedingt hier suchen müssen? Doch Mario schien sich von seinem Schock erholt zu haben. Er warf Raffaello einen vernichtenden Blick zu und sagte irgendetwas auf Italienisch, woraufhin dieser ergeben die Hände hob und sich dann zu Leslie umdrehte, nicht ohne peinlich berührt zu lächeln.

„Tut mir leid“, sagte er, „ich … muss arbeiten.“ Er trat auf sie zu, drückte ihr einen extralangen Kuss auf die Lippen, wobei ihr nicht entging, dass er dabei zu Mario hinüberschielte, und murmelte dann: „Lass uns das heute Abend nachholen, ja?“

Dann folgte er Mario zwischen die Olivenbäume, während er noch hastig sein Hemd zuknöpfte und Leslie hörte, wie Mario wie wild auf ihn einredete. Vielleicht war es eine Standpauke, dass er sich nicht immer nur um seinen Spaß kümmern sollte, vielleicht war es aber auch schon der Bericht über den ach so wichtigen Anruf. Heute Abend, dachte sie grimmig. Aber da wusste sie noch nicht, dass daraus nichts werden würde.

Sie vertrieb sich den restlichen Tag damit, im Pool zu schwimmen – Raffaello hatte sie Gott sei Dank dieses Mal nicht eingeschlossen –, sich ein Thunfischsandwich zu machen und die Vorräte, die er gekauft hatte, und die noch immer in den Tüten auf der Anrichte lagen, in den Kühlschrank zu räumen.

Der Tag neigte sich immer weiter seinem Ende zu und Leslie blickte in regelmäßigen Abständen auf die Uhr, aber der Zeiger kroch in rasendem Tempo weiter über das Ziffernblatt, ohne dass Raffaello zurückkam. Schließlich, um halb elf, klingelte ihr Handy – und hastig stürzte sie darauf zu.

„Leslie?“, sagte Raffaello am anderen Ende der Leitung. „Ich muss heute noch auf‘s Festland, also –“.

„Wegen was?“, entfuhr es ihr enttäuscht. „Du hast gesagt, dass –“

„Ich weiß, was ich gesagt habe“, unterbrach er sie. „Aber es ist verdammt wichtig, verstehst du?“

„Wo musst du hin?“

„Das kann ich dir nicht sagen –“

„Kannst du doch!“ Er seufzte.

„Nach Rom.“

„Na bitte. Hat das wehgetan?“, sagte sie ironisch, doch er ging nicht darauf ein.

„Ich will nur, dass du Bescheid weißt und das Haus abschließt“, sagte er. „Ich habe schon einige Leute zu dir raufgeschickt, die aufpassen –“

„Wie?! Dann bin ich nicht alleine?!“, rief sie aufgebracht. „Ich will aber nicht, dass da die ganze Zeit über welche ums Haus schleichen!“

„Aber *ich* will das“, sagte er todernst. „Hör mal, ich werde wahrscheinlich drei Tage weg sein. Es tut mir leid, Leslie, ich werde dich echt vermissen.“

„Pffft“, machte sie nur, dann nuschelte sie irgendetwas, das „*Ti amo*“ heißen sollte, aber wahrscheinlich klang es nicht im Entferntesten danach. Sie hörte Raffaello leise lachen.

„Bis bald, Leslie“, sagte er, dann legte er auf. Und sie stand alleine da, in seinem riesigen Haus, und wusste nicht, was sie nun die nächsten Tage ohne ihn anfangen sollte.

43

Noch nicht einmal einen Tag später hechtete sie zur Tür und riss sie weit auf, als sie draußen in der Einfahrt Kies unter Autoreifen knirschen hörte, aber kein schwarzer Maserati parkte in aller Eile neben Raffaellos anderen Heiligtümern, sondern Marios silberner Jaguar. Und Mario selbst riss die Tür auf und stieg eilig aus dem Wagen. Er hatte sie schon bemerkt, wie sie erwartungsvoll in der Tür stand.

Als er nun vor ihr stand, merkte sie, wie müde er aussah. Dunkle Ringe lagen unter seinen Augen und die schwarzen Korkenzieherlocken waren glanzlos und verheddert. Seine graublauen Augen waren gerötet – beinahe wirkte es, als habe er geweint. Aber das traute sie ihm im Leben nicht zu, obwohl er sicher um Einiges sentimentaler war als Raffaello.

„Hi! Du kannst gleich zum Frühstück da bleiben, ich bin so alleine", begrüßte Leslie ihn und wunderte sich gleichzeitig, dass er nicht bei Raffaello in Rom war. „Die riesige Melone, die er gekauft hat, muss endlich mal gegessen werden. Komm rein." Doch Mario schüttelte den Kopf. Er sah furchtbar müde aus.

„Noch nicht mal einen Kaffee?", fragte sie erstaunt, als er im Türrahmen stehen blieb. Und dann begann sie unruhig zu werden. Sein Blick wirkte gehetzt, todernst. Viel zu ernst für ihn. Fremd sah er aus, besorgt.

„Was ist los?", fragte sie ihn geradeheraus, doch Mario schloss nur für Sekunden die Augen, ganz so, als habe er gehofft, sie würde diese Frage nicht stellen, bevor er sie wieder gequält ansah. Allmählich packte sie die Panik. Mario war nie so. Nie.

„Jetzt sag schon, verdammt!", rief sie und strafte ihn mit strengen Blicken, die wahrscheinlich eher besorgt aussahen. Mario holte tief Luft.

„Es gab einen … Zwischenfall", sagte er schließlich. Seine Stimme klang spröde vor Sorge und Müdigkeit.

„Was?", hakte sie mit fester Stimme nach, doch beim nächsten „Was?" fing sie an zu zittern.

„Er …", begann Mario. Schluckte, und sah ihr dann fest in die Augen. „Er wurde angeschossen. Es tut mir leid, ich –"

Der Schock, der auf seine Worte folgte, fühlte sich nicht ganz real an. Sie hatte immer geglaubt, eine solche Nachricht würde niemanden im echten Leben so aus der Bahn werfen, wie es in Filmen immer war, aber es war noch schlimmer. Vor allem, weil es sich so falsch anhörte. Weil im normalen Leben niemand einfach so erschossen wurde. Aber Raffaello war nicht niemand – und er führte auch kein normales Leben.

„Was?", wiederholte sie tonlos. „Er-er ist doch nicht …?" Ihr wurde schwindelig, aber seltsamerweise musste sie nicht weinen. Sie hatte das Gefühl, vollkommen ausgetrocknet zu sein. Doch Mario schüttelte ernst den Kopf.

„Nein", sagte er, „er lebt, keine Sorge." Und im selben Moment, als er „keine Sorge" sagte, schien er sich auf die Zunge zu beißen. „Es waren nur zwei Streifschüsse. Eigentlich nicht schlimm – die Absicht zählt nur …"

Eine Weile brachte Leslie keinen Ton über die Lippen. Sie stand nur da, klammerte sich an den Türrahmen und wusste nicht, ob sie Mario anstarren sollte oder nicht. Sie tat es einfach.

„Wo ist er?", krächzte sie schließlich tonlos.

„Im *Ospedale Cevico* hier in Palermo", sagte Mario matt.

„Bring mich hin", forderte sie dann mit fester Stimme, „Mario, bring mich zu ihm!" Doch Mario zögerte. Warf ihr einen seltsamen Blick zu, den sie beim besten Willen nicht deuten konnte.

„Ich weiß nicht, ob das so gut ist …", sagte er. „Du würdest – ich weiß nicht, ob er will, dass –"

„Das ist mir egal! Er hat dich hergeschickt, oder?"

„*Sì.*"

„Dann bring mich zu ihm, verflucht noch mal!" Sie betonte jedes einzelne Wort. Da resignierte Mario. Er senkte den Kopf, nickte müde und ging auf sein Auto zu. Ohne das Haus abzuschließen folgte Leslie ihm, im Nachthemd, nur ihre Sandalen hatte sie schnell übergezogen.

Der silberne Jaguar schoss über die Straßen, so schnell, wie es sonst nur Raffaello geschafft hätte. Mario starrte verbissen geradeaus durch die Windschutzscheibe und Leslie klammerte sich neben ihm am Sitz fest, den Blick ins Leere gerichtet. Mit einem Mal, ganz plötzlich, überkam sie der Gedanke, dass sie nie wirklich an diese Welt geglaubt hatte, in der Raffaello lebte, in der er eine so mächtige Rolle spielte. Dass sie die Verbrechen, die um sie herum geschehen waren, nie hatte wahrnehmen wollen – aber jetzt war es so weit. Jetzt war sie in seiner Welt angekommen. In einer Welt aus Gewalt und Verbrechen, aus Mord und Erpressung. In einer Welt, in der es diese alten, mächtigen Paten wirklich gab, nicht nur im Film, in einer Welt, in der man jederzeit immer und überall erschossen werden konnte, wenn man nur einen falschen Ton von sich gab. Sie befand sich mittendrin. Diese Tatsache überkam sie so heftig, dass ihr schlecht wurde vor Angst.

Mario hatte sein Auto noch nicht einmal ganz zum Stehen gebracht, als Leslie auch schon die Tür aufstieß und aus dem Wagen sprang. Wie angewurzelt blieb sie stehen, als ihr Blick auf eine Gruppe von Leuten fiel, die vor dem Krankenhaus an der Wand lehnten und sich unterhielten. Journalisten. Mit Fotoapparaten. Einer sogar mit Kamera. Großer Gott!

„Ich habe dafür gesorgt, dass die nicht zu ihm durchkommen", sagte Mario, der neben Leslie getreten war. „Er hat seine Ruhe. Nur ein paar Wachen habe ich zu ihm geschickt. Aber ich fürchte, die hat er schon wieder entlassen …"

Er setzte seine Sonnenbrille auf und eilte voraus auf den Eingang zu. Die Jacke seines schwarzen Anzuges flatterte hinter ihm her und Leslie musste sich beeilen, um mit ihm Schritt halten zu können. Jetzt kam sie sich allmählich doch etwas seltsam vor, in dem dunkelblauen Nachthemd, das sie noch immer trug. Allerdings konnte man es auch als Kleid durchgehen lassen, wenn es nur nicht so kurz gewesen wäre.

Im Krankenhaus am Empfang tummelten sich noch mehr Journalisten. Krankenschwestern in weißen Kitteln hatten sichtlich ihre liebe Mühe damit, sie sich vom Hals zu halten und sie daran zu hindern, durch die breite Glastür zu schlüpfen, durch die Mario Leslie nun in all dem Durcheinander führte – was wiederum einigen Journalisten nicht entging. Die Folge war schreckliches Blitzlichtgewitter und aufgeregte Rufe.

Eilig schloss Leslie die Tür hinter sich und folgte Mario zu den Fahrstühlen. Schweigend fuhren sie in den fünften Stock, die Türen öffneten sich mit einem hellen ‚Pling' und Mario und Leslie traten hinaus auf einen langen, beinahe schon düsteren Gang, der Leslie für eine Sekunde schauern ließ.

Fast schien es, als zögerte Mario, weiterzugehen. Er war langsamer geworden, und als sie schließlich vor einer breiten, weißen Tür am Ende des Ganges stehen blieben, drehte er sich zu Leslie um. Zweifel lagen in seinem Blick, er musterte Leslie eindringlich, bevor er die Klinke herunterdrückte. Doch dann hielt er noch einmal inne.

„Bist du dir sicher, dass du ihn sehen willst?", fragte er. Er klang müde. Und plötzlich wurde Leslie unsicher. Schrecklich unsicher. Sie wagte nicht daran zu denken, wie sie Raffaello vorfinden würde. Blutverschmiert und schwach …

„Ist es …", brachte sie stockend hervor, „ist es so schlimm?" Beinahe hatte sie Angst vor seiner Antwort.

„Nein, es ist nur –". Aus dem Zimmer drang eine ärgerliche, ziemlich ungeduldige Stimme. Raffaello. Er sprach Italienisch, aber es hörte sich ganz nach „Himmelherrgott, Mario, jetzt lass sie schon rein!" an. Und Mario öffnete seufzend die Tür. Zögernd trat Leslie ein. Da lag er, nein, er saß aufrecht, das Kopfteil des Bettes stand senkrecht und blickte ihr mit einer nicht zuzuordnenden Mischung aus Freude und Sorge entgegen.

„Du sollst liegen bleiben, hat der Arzt gesagt!", knurrte Mario kopfschüttelnd.

„Der kann mich mal", entgegnete Raffaello finster. Sein wirres, schwarzes Haar war so zerzaust wie nie, dunkle Schatten lagen unter seinen Augen und trotz der Tatsache, dass sein rechter Arm in Bandagen gehüllt war und er eines von diesen scheußlichen Krankenhaushemden trug, sah er verboten gut aus.

„Ach du Scheiße!", entfuhr es Leslie nur, als sie ihn so da sitzen sah und dann stürzte sie hektisch auf ihn zu und setzte sich zu ihm aufs Bett. Ihn zu küssen traute sie sich dann doch nicht. Nicht vor Mario jedenfalls, nachdem er sie das letzte Mal während eines so peinlichen

Moments angetroffen hatte. Raffaello streckte den linken Arm aus, den er noch bewegen konnte, und strich ihr über die Wange.

„Ich hasse diesen Verband", knurrte er. „Ich hasse ihn einfach. Wenn man mich ließe, würde ich ihn sofort abreißen, glaub mir." Er beugte sich vor und küsste sie auf die Lippen, ganz kurz nur.

„Eigentlich sollte Mario dir nur schonend alles beibringen", seufzte er. „Ich nehme an, er hat dich nicht freiwillig hergebracht?" Leslie schüttelte den Kopf. Sie konnte ihn nur unentwegt ansehen. Zu viele Fragen lagen ihr auf der Zunge, Fragen, deren Antworten sie fürchtete.

„Tut … es sehr weh?", brachte sie schließlich zögernd hervor und noch im selben Moment biss sie sich auf die Lippen. Blödsinnige Frage, natürlich tat es das. Raffaellos dunkle Augen blitzten, ein spöttisches Lächeln umspielte seine Mundwinkel.

„Die haben vorbeigeschossen", sagte er leichthin, „in die falsche Seite." Er lachte trocken auf und hob seinen verletzten Arm ein wenig, wobei ihr nicht entging, dass er deutlich das Gesicht verzog.

„Schön blöd, oder?" Er lächelte schief.

„Ja, du bist auch schön blöd!", blaffte Mario, der an der Fensterbank lehnte, und fuchtelte wild mit beiden Händen in der Luft herum. „Leslie, er wäre mausetot, wenn er sich nicht *zufällig* in letzter Sekunde nach den Typen umgedreht hätte!"

Was darauf folgte, war ein eiskalter Blick von Raffaello – und ein hitziges Gespräch zwischen ihm und Mario auf Italienisch, bis Mario schließlich entnervt die Hände hob, sich das lockige Haar raufte und mit matter Stimme sagte: „Ich brauch 'nen Kaffee. Soll ich euch was mitbringen?" Leslie schüttelte den Kopf und auch Raffaello verzog das Gesicht.

„Danke, nein", sagte er, „der schmeckt hier wie Abwasser."

Mario verließ kopfschüttelnd das Zimmer. Sie waren alleine. Und plötzlich wusste Leslie nicht, was sie sagen sollte. Was vernünftig gewesen wäre in dieser Situation. Sie saß nur schweigend auf der Bettkante, kaute auf ihrer Unterlippe herum und spürte Raffaellos Blick auf sich ruhen.

„Hat er recht?", fragte sie dann irgendwann in die Stille hinein. „Die hätten dich wirklich erschossen? Ich meine, du … – tot …?" Sie konnte nicht verhindern, dass ihre Stimme zitterte. Ein dicker Kloß saß in ihrem Hals. Vorsichtig linste sie zu ihm hin. Sein Blick war kalt geworden. Eiskalt.

„Ich denke schon“, sagte er ruhig – und dann strömten sie plötzlich hervor, die Tränen, die wie aus dem Nichts kamen, etwas verspätet auf den Schock reagierten, den Mario mit seiner Nachricht bei ihr ausgelöst hatte.

„Scheiße“, stieß sie hervor, „Scheiße!“ Raffaello sagte nichts. Er machte sich auch nicht von ihr los, als sie ihn nach kurzem Zögern umarmte, sondern ließ es stumm über sich ergehen und streichelte ihren Rücken, dann schob er sie nach einigen Minuten, in denen sie in seine gesunde Schulter geweint hatte, von sich weg und sah ihr fest in die Augen.

„Leslie, ich glaube, ich kann dich nicht beruhigen, in dem ich dir sage, dass das halt mal passiert“, sagte er mit rauer Stimme. „Hör nur einfach auf dich aufzuregen. Es ist passiert, daran lässt sich nichts mehr ändern. Ich war verflucht unvorsichtig, obwohl sich so was abgezeichnet hat –“

„Du meinst, du *wusstest* davon?!“, kreischte sie entsetzt. Raffaello schloss für Sekunden die Augen, dann nickte er.

„Es gab gewisse … Andeutungen.“

„Du meinst Morddrohungen“, sagte sie trocken. Er nickte zögernd.

„Ich hab’ die Leibwächter abgelehnt, die Mario mir aufdrängen wollte“, sagte er leise. „Ich hasse die Typen einfach, die sind nervig, wie –“.

„Aber es wäre nicht passiert, wenn du –“

„Leslie, hör auf darüber nachzudenken!“, unterbrach er sie. „In ein paar Tagen darf ich gehen, vielleicht werde ich dafür sorgen, dass die mich früher gehen lassen –“

„Denk nicht mal dran!“, rief Leslie. „Ich denk’ mal, solche …“, sie schluckte „… Wunden müssen eine Zeit lang heilen. “

„Das können sie auch zu Hause“, entgegnete Raffaello. „Jedenfalls sind die Killer keine Gefahr mehr. Ich habe die Nachricht heute Morgen erhalten.“

„Sie sind also tot“, stellte sie trocken fest, „hm.“

„Leslie!“

„Was? Ist doch so, oder etwa nicht?“ Trotzig erwiderte sie seinen warnenden Blick. Wenn er nicht wollte, dass sie es erfuhr, sollte er den Mund halten und sie auf irgendeine andere Weise beruhigen, wie es die machomäßigen Mafiosi in den Filmen immer taten. Allerdings war sie sich nicht sicher, was sie davon gehalten hätte, wenn er sie angelogen hätte. Raffaello seufzte.

„Ich kann nicht hierbleiben“, sagte er dann leise, fast flüsternd. „Ich kann einfach nicht. Es gibt zu viele Dinge, um die ich mich kümmern muss. Außerdem …“ Er sah ihr fest in die Augen, als er das sagte. „Außerdem würde ich dich zu sehr vermissen.“ Gegen ihren Willen musste sie lächeln, als sie das hörte.

„Dann übernachte ich bei dir“, schlug sie vor, doch er schüttelte nur müde den Kopf.

„Ich habe deine Freundin schon angerufen“, sagte er zögernd, fast so, als habe er Angst davor, wie sie reagierte. „Sie wird dich in einer Stunde unten auf dem Parkplatz abholen.“

„Was?!“, entfuhr es Leslie.

„Ich denke, es ist besser, wenn du nicht alleine bist“, sagte Raffaello. „Jedenfalls nicht, solange ich hier bin.“ Leslie starrte ihn einen Augenblick verwirrt an.

„Aber“, brachte sie dann stockend hervor, „ich will bei dir –“. Er legte ihr einen Finger auf die Lippen und sah sie eindringlich an.

„Du wirst mit ihr fahren und so lange bei ihr und –“, er verzog das Gesicht, „– Federico bleiben, bis ich dich abhole, in Ordnung?“ Aber es war kein Vorschlag. Keine Frage oder Ratschlag. Es war ein Befehl. Trotzig schob sie die Unterlippe vor.

„Und wenn ich bei dir bleiben will?“, entgegnete sie.

„Du kannst mich besuchen, so oft du willst“, sagte er großzügig lächelnd.

„Ach?“, machte sie schnippisch.

„*Sì*“, sagte er und seine dunklen Augen blitzten auf, „jetzt küss’ mich endlich mal, bevor Mario wieder reinkommt.“ Sie konnte nicht anders, gab es auf ihm zu widersprechen und beugte sich zu ihm hin, um ihn zu küssen. Mario erschien noch währenddessen. Erst ein zurückhaltendes Räuspern seinerseits ließ Leslie und Raffaello erschrocken hochfahren.

„Ich ... kann auch wieder gehen", sagte er und lächelte flüchtig. Er hielt einen Pappbecher mit Kaffee in den Händen.

„Ich hatte ja vor, euch alleine zu lassen, aber da draußen wurde es ein wenig ungemütlich." Marios Miene verfinsterte sich.

„*Commissario* Gosetti wollte mir Gesellschaft leisten. Ich lehnte dankend ab." Er lächelte verkniffen, ließ sich auf einem der Stühle neben Raffaellos Bett nieder und schlug die langen Beine übereinander.

„Er bat mich dir auszurichten, Leslie, dass er mit dir sprechen will", fügte er fast schon entschuldigend hinzu und nippte an seinem Kaffee. „Uh, das Zeug schmeckt ja wirklich scheußlich!" Raffaello hob seine gesunde Schulter.

„Sag ich doch", bemerkte er, dann wandte er sich an Leslie. „Wirst du mit ihm sprechen?" Verärgert zog sie die Brauen zusammen.

„Natürlich nicht!", entgegnete sie. Mit Gosetti würde sie ganz sicher kein Wort wechseln, während Raffaello angeschossen hier im Bett lag. Raffaello legte den Kopf schräg und musterte sie aufmerksam.

„Warum nicht?", fragte er.

„Weil ich nicht will", sagte sie trotzig.

„Hm", machte er und hob anerkennend die dichten Brauen. „Tu es trotzdem", sagte er dann leichthin.

„Was? Wieso?"

„Könnte interessant sein." Leslie wollte widersprechen, doch er sah sie mit so herzzerreißendem Schmachtblick an, dass sie zuerst ihren Herzschlag wieder unter Kontrolle bekommen musste und dann seufzend aufstand und auf die Tür zuging.

Gosetti saß tatsächlich im Wartebereich auf dem Flur, eine aufgeschlagene Zeitung in den Händen.

„*Buon giorno*, Leslie", begrüßte er sie. „Ich dachte mir, dass du hier bist. Sieh dir das an." Er hielt ihr die druckfrische Zeitung unter die Nase. Die Schlagzeile des Tages:

*„Anschlag auf R. Ruggiero –
überlebt der Mafiaboss die Erniedrigung? “*

„Offenbar ist selbst die Presse der Meinung, er sei ein wenig zu sehr von sich selbst überzeugt …“, murmelte Gosetti und lachte leise vor sich hin, bevor er neben sich auf den Stuhl klopfte.

„Setz dich doch.“

„Kein Bedarf“, entgegnete Leslie kühl. Sie blieb stehen, im viel zu kurzen Nachthemd, die Arme vor der Brust verschränkt. Gosetti zuckte die Achseln.

„Nun, dann nicht“, sagte er. „Aber ich möchte trotzdem mit dir reden.“

„Ich höre Ihnen zu, aber sobald Sie irgendetwas fragen, das mir gegen den Strich geht, gehe ich auf der Stelle zurück zu Raffaello, klar?“, unterbrach sie ihn unwirsch. Gosetti hob die Augenbrauen.

„Wahre Liebe …“, murmelte er leise vor sich hin.

„Ach, halten Sie den Mund!“, blaffte Leslie. Gosetti verkniff sich ein Grinsen, dann blickte er mit ernstem Gesichtsausdruck zu ihr auf.

„Ich nehme an, du weißt nicht, wer Ruggiero verpfiffen hat?“, sagte er ruhig.

„Was meinen Sie mit ‚verpfiffen‘?“, entgegnete Leslie, nun doch ein wenig beunruhigt, aber im Stillen musste sie zugeben, dass sie genau wusste, was er damit meinte. Nervös kaute sie auf ihrer Unterlippe herum und durchbohrte den *Commissario* mit stechenden Blicken, als er nicht gleich antwortete, sondern erst noch seelenruhig seine Zeitung zusammenfaltete und auf den freien Stuhl neben sich legte.

„Jemand hat Spavento, soweit ich weiß, einen heißen Tipp gegeben, wo dein Freund sich wann aufgehalten hat. Dass er vorhatte, nach Rom zu fahren für ein paar Tage.“

„Hat er mir gesagt“, knurrte Leslie ungeduldig.

„So? Hat er?“, sagte Gosetti gleichgültig. „Nun ja, dort, am Flughafen, haben sie ihn dann auch erwischt. Durchsiebt hätten sie ihn mit Kugeln, wenn er sich nicht plötzlich nach den Kerlen umgedreht und seinerseits das Feuer eröffnet hätte. Das muss ich ihm lassen. Der Mann sieht und hört alles. Großartige Reflexe.“ Er rieb sich den Schnauzbart.

„Wenn er kein Mafiaboss wäre, gäbe er ganz sicher einen fähigen Polizisten ab …“, meinte er ungerührt. „Nun, wie dem auch sei. Ich war zur Stelle, schneller, als die lahmarschigen Carabinieri mit der Wimper zucken konnten. Die Killer konnten wir verhaften – jedenfalls einen von ihnen. Dem anderen hat Ruggiero in letzter Sekunde zwei Kugeln durch den Schädel gejagt. Kein appetitlicher Anblick, aber da er in Notwehr gehandelt hat, können wir es ihm leider nicht übel nehmen …“

Er schwieg. Eine ganze Weile lang saß er einfach nur da und betrachtete Leslie, als dächte er darüber nach, wie sie nur in diesen Schlamassel hineingeraten war. Wahrscheinlich wollte er sich vergewissern, dass seine Worte auch ja Eindruck auf sie hinterlassen hatten. Das hatten sie.

Ganz deutlich, wie in Zeitlupe, sah Leslie vor sich, wie Raffaello mit schmerzverzerrtem Gesicht gegen seinen Maserati stolperte, mitgerissen von der Wucht der Kugeln. Wie er seine Pistole zog und feuerte. Wie er jemanden umbrachte. Wieder. Und er hatte sie angelogen. Er hatte ihr verschwiegen, dass einer der beiden Killer noch am Leben war – und sich im Gewahrsam der *Polizia* befand.

Sie versuchte dennoch – oder gerade *wegen* Gosettis Blicken – keinerlei Gefühlsregungen zu zeigen, sondern trotzig zu ihm herabzusehen, ohne mit der Wimper zu zucken.

„Hast du eine Ahnung, wie dein Freund Federico wissen konnte, wo sich Ruggiero aufgehalten hat? Hast du ihm irgendetwas erzählt?“, fragte Gosetti dann. Leslies Pokerface geriet ins Wanken.

„Was meinen Sie damit?“, entgegnete sie. Gosetti schlug die Beine übereinander.

„Von ihm hatte Spavento die Informationen“, behauptete er ruhig.

„Was?!“, schrie Leslie entsetzt. Gosetti nickte.

„Er wollte mir zwar verraten, *dass* er es war, aber nicht, *warum* er es getan hat. Und wie er an Spaventos Adresse gekommen ist, habe ich auch keine Ahnung. Selbst als deine Freundin Anne auf ihn eingeredet hat, bestand er darauf, es für sich behalten zu wollen. Seltsam, nicht..?“ Er schien sich an ihrem fassungslosen Gesichtsausdruck zu laben, denn eine ganze Weile blickte er einfach nur zu ihr auf.

„Ich würde zu gerne wissen, was da im Spiel war …“, murmelte er dann. „Verletzter Stolz? Oder Eifersucht? Immerhin scheint Antonio noch Einiges für dich übrig zu haben, Leslie …“ Leslie schluckte. Aber es war Wut, die sie mühsam herunterwürgen musste. Wut und Entsetzen darüber, dass Antonio Raffaello verraten und ihn somit ohne Skrupel in den Tod hatte schicken wollen, wohl wissend, worauf er sich da einließ.

„Dieser“, brachte sie stockend hervor, „dieser … Arsch!“ Doch sie meinte nicht wirklich Antonio damit. Viel mehr richtete sich ihre Wut nun gegen Gosetti, der seelenruhig vor ihr saß.

„Und wer sagt, dass ich Ihnen das abkaufen soll?“, pflaumte sie ihn an. Gosetti hob beide Schultern und seufzte.

„Du bist viel zu gutgläubig, Leslie“, sagte er. „Wenn du weiterhin Augen und Ohren verschließt, wird dein Leben einfacher, aber nicht unbedingt glücklicher verlaufen.“

„Das ist keine Antwort!“, rief sie aufgebracht, als er aufstand. Er zuckte die Achseln.

„Vielleicht nicht“, sagte er nur, dann nickte er ihr zu und mit einem „Wir sehen uns wieder“ wandte er sich ab und schlenderte fast gelassen den langen, düsteren Gang hinunter auf die Fahrstühle zu, um ins Erdgeschoss hinabzufahren, wo mit Sicherheit schon einige Reporter und auch seine Kollegen auf ihn warteten. Ganze zehn Minuten stand Leslie einfach nur mit verschränkten Armen und trotzig vorgeschobener Unterlippe da und ließ seine Worte auf sich wirken. Dann stürmte sie vor Wut schnaubend zurück zu Mario und Raffaello ins Zimmer.

„*Madonna*, was hat er denn gesagt?!“, entfuhr es Mario entsetzt, als er ihren Gesichtsausdruck sah. Leslie ließ sich neben Raffaello auf die Bettkante fallen und stierte wütend vor sich hin, regte sich auch dann nicht, als Raffaello zu ihr heranrückte und sie mit seinem gesunden Arm von hinten umarmte.

„Leslie, was hat er dir erzählt?“, raunte er ihr ins Ohr, doch sie antwortete nicht. Weil sie genau wusste, wie er darauf reagieren würde. Was er als Nächstes tun würde, wenn er von der Sache mit Antonio erfahren würde. Doch sie wusste, dass es nur eine Frage der Zeit war, bis er es erfahren würde.

„Er hat dich wiedermal schlecht gemacht …“, murmelte sie schließlich. Was immerhin die halbe Wahrheit war. Sie wusste genau, dass er ihr nicht glaubte, aber das war ihr im Moment herzlich egal. Eine halbe Stunde lang saß sie einfach nur da und sprach kein Wort, regte sich nicht und starrte wütend vor sich hin – bis ihr Handy klingelte und Anne ihr knapp mitteilte, dass sie auf dem Parkplatz auf sie wartete.

44

Anne war alleine gekommen. Ohne Antonio. Sie ging unruhig vor Antonios rotem Lieferwagen auf und ab, bis sie Leslie erblickte. Sie blieb einfach nur stehen und sah ihr entgegen. Keine Freude zeichnete sich auf ihrem sommersprossigen Gesicht ab, ihre hellblauen Augen blieben vollkommen ausdruckslos, als Leslie bei ihr ankam und sich zu einem Lächeln zwang. Vielleicht, überlegte Leslie, vielleicht lernt man mit der Zeit, so zu tun, als wäre einem alles egal, wenn man nur lange genug mit etwas zu tun hat, dem man nicht gewachsen ist.

Nach kurzem Zögern schloss Anne sie flüchtig in die Arme, murmelte etwas, das wie „Bin froh, dass es dir gut geht“ klang, dann ging sie um den Lieferwagen herum, kletterte hinein und auch Leslie stieg neben ihr ins Auto, noch während sie den Motor anließ.

„Wie … geht's dir?“, fragte Anne nach einer ganzen Weile des Schweigens, die sie in einem Stau mitten auf der Kreuzung verbracht hatten.

Jetzt konnte Leslie sie doch aus der Stimme ihrer Freundin heraushören, die Freude – und tiefe Sorge.

„Was frag ich eigentlich so blöd?“, murmelte Anne entschuldigend. „Dein … Romeo wurde fast erschossen … Tut mir leid.“ Sie hatte ‚Romeo‘ gesagt, nicht ‚Mafioso‘. Beinahe musste Leslie lächeln.

„Ist schon okay“, entgegnete sie, als Anne den Wagen endlich wieder in Bewegung setzte. „Ihm geht's ganz gut. Jedenfalls behauptet er das …“

„Hast du was anderes von ihm erwartet?“, fragte Anne kühl.

„Nein“, gab Leslie leise zu. Und trotzdem hatte sie darauf vertraut, dass er ihr die Wahrheit gesagt hatte, obwohl sie sich mit einem Mal keineswegs mehr im Klaren darüber war, wie es ihm wirklich ging. Was in seinem Kopf vorging. Sie wusste überhaupt nichts von dem, was er dachte. Rein gar nichts.

„Wohnst du noch bei Antonio?“, fragte sie, um sich ein wenig abzulenken. Anne nickte.

„Hm“, machte sie. „Gleich über der Pizzeria hat er seine Wohnung. Ich hab' erst mal aufgeräumt.“ Sie grinste. „Jeden Tag Pizza und Spaghetti – das hat was.“ Leslie lächelte zurück. Vielleicht war ja doch alles in Ordnung zwischen ihnen. Vielleicht gab es überhaupt keinen Grund zu befürchten, ihr Verhältnis zu Anne hätte sich irgendwie verändert.

„Ist er da?“, fragte sie. Anne schüttelte den Kopf.

„Er arbeitet heute ausnahmsweise“, sagte sie. „Freitags hat er eigentlich frei.“ Leslie schnaubte verächtlich durch die Nase.

„Ich kann mir lebhaft vorstellen, warum er mir nicht begegnen will“, knurrte sie. „Ich an seiner Stelle würde mich auch vor mir fürchten, wenn ich das getan hätte, was er getan hat.“ Betretenes Schweigen machte sich im Auto breit. Leslie wusste genau, dass Anne wusste, auf was sie anspielte, schließlich war sie dabei gewesen, als Antonio zugegeben hatte, Raffaello verraten zu haben, doch sie sagte nichts mehr, vielleicht aus Schuldgefühlen, bis sie ‚*Albertos Pizza Express*‘ erreicht hatten und Anne den Lieferwagen am Straßenrand parkte.

„Ich will mit ihm reden“, sagte Leslie mit fester Stimme, als sie hinter Anne auf dem Gehweg stand. Langsam, fast so, als habe sie Angst, ihr in die Augen zu sehen, drehte Anne sich zu ihr um. Sie spielte mit dem Autoschlüssel, den sie in den Händen hielt.

„Ich … glaube, das ist keine so gute Idee, Leslie", sagte sie dann zögernd, doch Leslie verzog nur wütend das Gesicht.

„Wieso?", entgegnete sie hitzig. „Hat er Angst, ich könnte ihm an die Gurgel gehen?" Anne lachte nervös auf, doch Leslie merkte ihr sofort an, dass sie nur so gelassen tat.

„Vielleicht …", sagte sie und trat rückwärts unsicher einen Schritt auf die Eingangstreppe zu.

„Ich gehe ihn suchen", knurrte Leslie. „Weit kann er ja nicht sein, oder?" Und damit stürmte sie mit großen Schritten auf die Pizzeria zu, riss die Tür auf und schmetterte sie wieder hinter sich zu.

Die Pizzeria war gut besucht. Einige Touristen und Schüler saßen am Tresen oder an den Tischen, die im Raum verteilt standen, aßen Pizza oder tranken etwas. Leslie war nur allzu bewusst, dass sie alle anstarrten, wie sie so dastand, im viel zu kurzen Nachthemd und vor Wut schäumend in alle Richtungen blickte. Fest entschlossen trat sie auf den Tresen zu, hinter dem ein junger Mann, etwa in Antonios Alter, stand und sie verwirrt musterte.

„Ich will mit Antonio Federico sprechen", sagte sie auf Englisch und der Zorn in ihrer Stimme schien dem armen Kerl mächtig Angst zu machen, denn er warf ihr einen flüchtigen Blick zu und drehte sich dann um – und deutete auf einen der Tische, der ganz hinten in einer düsteren Ecke stand. Leslie folgte seinem Blick.

Da stand Antonio, eine rote Schürze umgebunden und schien gerade dabei gewesen zu sein, den beiden Touristen an diesem Tisch eine Pizza zu bringen. Jetzt blickte er so entsetzt zu ihr auf, als befürchtete er, sie könne jeden Moment eine Pistole ziehen und ihn abknallen. Und im Augenblick zweifelte sie nicht daran, dass sie es getan hätte, wenn sie das Ding nicht bei Raffaello auf dem Wohnzimmertisch liegen gelassen hätte.

Mit strammen Schritten ging sie auf Antonio zu, der schon halb um den Tisch herumgekommen war. Er versuchte zu lächeln, doch es misslang ihm gründlich, worüber sie sich riesig freute. Voller Genugtuung musterte sie ihn eine Weile, bis er zu einer Begrüßung ansetzte und sich verstohlen im Raum umsah – dann holte sie aus und verpasste ihm eine Ohrfeige, die es in sich hatte. Laut knallend verteilte sich das Geräusch im Restaurant und auch Antonios keuchendes Aufatmen, als er einen Schritt zurückstolperte und dabei beinahe gegen den Tisch der beiden Touristen gestoßen wäre. Er presste sich eine Hand auf die linke Wange, die so leuchtend rot glühte wie Feuer, dann setzte er zu einer Erwiderung an. Doch seine Lippen schienen taub zu sein, denn es gelang ihm nicht richtig sie zu bewegen, geschweige denn einen Ton herauszubringen. Also starrte er sie einfach nur fassungslos an und Leslie meinte, alle Schuldgefühle auf einmal in seinem Blick erkennen zu können. Schuldig im Sinne der Anklage. Er war es gewesen. Er hatte Raffaello tatsächlich verraten. Leslie musterte ihn abschätzend.

„Du weißt, wofür die war", sagte sie nur kühl, dann drehte sie sich um und verließ die Pizzeria. Dieses Mal zog sie die Tür sorgsam leise hinter sich zu, wohl wissend, dass alle Blicke der Gäste ihr folgten oder auf Antonio gerichtet waren. Sie fühlte sich beinahe etwas befreit.

Anne wartete auf der Straße auf sie. Sie schloss die Augen und schüttelte den Kopf, als Leslie bei ihr ankam.

„Leslie", sagte sie, „warum - was sollte das? Du kannst ihn doch nicht -".

„Ach?", entgegnete Leslie patzig. „Ich hatte allen Grund dazu! Er hat Raffaello verraten, kapierst du das nicht?! Verraten! Wegen ihm wäre er jetzt tot!" Sie merkte nicht, dass ihr die Tränen in die Augen gestiegen waren. Erst, als sie ihr in heißen Rinnsalen die Wangen hinab liefen. Wütend wischte sie sie weg.

„Er wäre tot wegen ihm …", wiederholte sie mit erstickter Stimme und da zog Anne sie einfach an sich und umarmte sie.

„Komm mit hoch", sagte sie leise, „du solltest dich ausruhen." Leslie folgte ihr das düstere Treppenhaus hinauf, aber als sie wenig später neben Anne auf dem alten, braunen Sofa in Antonios Wohnung saß, beschloss sie, sich so lange nicht auszuruhen, bis Antonio ihr Rede und Antwort gestanden und sie Raffaello angerufen hatte.

Es war schon spät in der Nacht, als Leslie hörte, wie Antonio den Schlüssel im Türschloss herumdrehte. Sie hatte es sich auf dem alten Sofa mehr oder weniger bequem gemacht, nachdem Anne, ohne ein Wort zu sagen, in das Gästezimmer verschwunden war, das Antonio für sie aufgeräumt hatte. Der ganze alte Krempel, der sich darin gestaut hatte, lag nun verstreut überall im Wohnzimmer herum. Alte Spiele, Pizzakartons, Bücher, Zeitschriften. Und Leslie hatte das Zimmer verächtlich unter die Lupe genommen, als sie mit Anne eingetreten war. Dabei war es ihr herzlich egal, wie es um sie herum aussah. Jetzt zählte nur eins. Antonio.

Als er nun tatsächlich vorsichtig den Kopf durch die Tür streckte, überkam sie erneut schreckliche Wut und gleichzeitig eine solche Verzweiflung, dass sie sich fest auf die Unterlippe biss, um nicht loszuheulen. Antonio hatte Raffaello verraten. Mit voller Absicht hatte er ihn in den Tod schicken wollen. Sie erinnerte sich an die vielen Tage, die sie zusammen mit Anne und Antonio in der kleinen Bucht verbracht hatte. Fröhlich, entspannt und viel zu gutgläubig war sie gewesen, dachte sie, er ist ein Scheißkerl. Und plötzlich hasste sie sich dafür, dass sie auf seine Freundschaft hereingefallen war. Und dafür, dass sie das dachte.

Sie versteckte sich hinter ihrem Pokerface und wartete, dass Antonio sie bemerkte. Als er sie sah, wie sie in völliger Dunkelheit auf dem Sofa saß, ein Weinglas mit Orangensaft in den Händen, das sie hin und herschwenkte, blieb er auf der Stelle stehen. Und sah sie nur an. Sagte kein Wort. Leslie erwiderte seinen Blick, musterte ihn ganz genau von oben bis unten. Das schwache Mondlicht, das durch das schmale Fenster direkt über der Couch ins Zimmer fiel, tauchte seine Züge in silbriges Licht und sie konnte die Stellen erkennen, die vorhin von ihrer Handfläche getroffen worden waren. Die Hälfte seiner Lippen und die linke Wange waren gerötet, ein wenig blau sogar. Sie schluckte. Sie hätte nicht gedacht, dass sie so hart zuschlagen konnte.

Sie blickte ihm fest in die Augen, nahm jede Regung in seinem müden Gesicht wahr – bis er irgendwann den Blick senkte, weil er es nicht mehr länger aushielt. Oder weil ihm die Schuld zu sehr in den Augen brennt, dachte Leslie grimmig. Weil er genau weiß, dass ich es weiß. Langsam, ganz langsam, den Blick jede Sekunde auf Leslie gerichtet, als befürchte er, sie könne jederzeit eine Pistole ziehen, um ihn zu erschießen, stellte Antonio seinen Rucksack neben der Tür in das Chaos von Pizzakartons ab, dann richtete er sich genauso langsam wieder auf und kam auf sie zu. Ließ sich vor ihr auf dem Wohnzimmertisch nieder und blickte ihr mit derselben Gleichgültigkeit in die Augen, die sie vorhin bei Anne bemerkt hatte. Er wirkte so anders. So schrecklich verändert.

„Ich weiß ganz genau, worauf ich mich eingelassen habe", sagte Antonio irgendwann. Seine Stimme klang fremd. Ekelhaft fremd in ihren Ohren. So vertraut und gleichzeitig so anders. Die unbeschwerte Fröhlichkeit, die immer in seiner Stimme gelegen hatte, schien mit einem Mal verschwunden zu sein. Vielleicht war es auch nicht Antonio, der da vor ihr saß. Mit Pokerface und dem hässlichen Siegel des Verrats auf der Stirn.

„Warum hast du's getan?", brachte Leslie schließlich über die Lippen, doch die Wut, die ihr vorhin geholfen hatte, seinen Anblick zu ertragen, war verschwunden. Zurückgeblieben war nur Leere. Und Müdigkeit. Antonio senkte den Blick, bevor er ihr wieder fest in die Augen sah.

„Weil endlich irgendwas passieren musste", sagte er und in seiner Stimme schwang eine Überzeugung mit, die sie frösteln ließ. „Weil es Dinge gibt, von denen du keine Ahnung hast. Und denen du niemals gewachsen bist." Er meinte Raffaello damit, das war ihr klar. Und sie verzichtete darauf sich zu fragen, ob er etwas wusste, das sie nicht wusste – oder ob er sich nur etwas ausgedacht hatte, um sein Handeln zu rechtfertigen. Es war ihr so was von egal.

„Ich hasse dich", sagte sie tonlos. Antonio schnaubte verächtlich.

„Weil du Ruggiero liebst", entgegnete er. „Gut, hasse mich, meinetwegen", er zuckte die Achseln. „Aber an meiner Einstellung wird das nichts ändern. Und daran, dass ich dich ein bisschen zu sehr mag, auch nicht." Verärgert sah sie zu ihm auf.

„Ich will nicht, dass du mich magst", sagte sie. „Wir sollten keine Freunde mehr sein, nach dem, was du Raffaello angetan hast." Und sie zögerte, bevor sie hinzufügte: „Was du *mir* damit angetan hast." Antonio seufzte.

„Verrückt, ich weiß", sagte er. „Ich wollte dich nicht als Freundin verlieren, glaub mir. Es galt niemals dir, Leslie, verstanden?" Sie durchbohrte ihn mit eisigen Blicken.

„Das hättest du wohl gerne", entgegnete sie, doch sie hatte nicht mehr die Kraft, ihre Wut noch länger aufrechtzuerhalten. Müde lehnte sie sich auf dem Sofa zurück, ließ das leere Glas einfach neben sich fallen, und starrte zu dem schmalen Fenster über ihrem Kopf hinauf. Sie schloss die Augen und wünschte Antonio ganz weit weg, irgendwohin, wo sie sich keine Gedanken darüber machen musste, ob sie ihm verzeihen sollte oder nicht, ob sie ihn hassen oder mögen sollte, so wie bisher. Er nahm ihr die Antwort ab, indem er sich ganz kurz zu ihr herunterbeugte und ihr einen Kuss auf die Wange drückte.

„*Scusi*", murmelte er, dann hörte sie, wie er leise ging.

Die darauffolgende Zeit verbrachte Leslie zurückgezogen in Antonios Wohnung entweder in der Küche oder auf dem Sofa sitzend. Seit ihrer Unterhaltung vor einer Woche sprach sie kein Wort mehr mit ihm, wich seinen Blicken aus, und versuchte, entgegen Annes Bitten und guten Rat hin, ihn zu ignorieren, einfach so zu tun, als wäre er nicht da. Vielleicht, dachte sie, vielleicht hilft es, alles zu vergessen. Oder zumindest so zu tun. Aber natürlich tat es das nicht.

Jeden Tag bestand sie darauf zum Krankenhaus zu fahren, um zu sehen, wie es Raffaello ging, doch Anne schien das mit allen Mitteln verhindern zu wollen. Und auch, als Leslie es nicht mehr aushielt, zu ihrem Handy griff und Raffaello anrief, bestand er steif und fest darauf, dass sie ihn nicht besuchen kommen sollte, obwohl er ihr gesagt hatte, sie könne so oft vorbeikommen, wie sie wollte. Sie fragte sich anfangs noch, warum er dieser Meinung war, doch bald kam ihr der Gedanke, dass er es vielleicht nur gut meinte. Sie vor all dem zu schonen und ihr die Möglichkeit zu geben, sich ein wenig auszuruhen und Abstand von den vergangenen Ereignissen zu gewinnen.

Endlich rief Mario an, um ihr mitzuteilen, dass Raffaello nun entlassen worden war – besser gesagt, sich selbst entlassen hatte –, sich bester Gesundheit erfreute, ihn angepflaumt hatte, weil er ihn daran gehindert hatte Leslie abzuholen, und ihn gleich nach Hause gefahren hatte – wo er sich noch um einige ‚wichtige Angelegenheiten' kümmern musste. Leslie sollte, meinte Mario, solange noch bei Anne und Antonio bleiben, bis Raffaello sie abholen kam.

Widerwillig sagte Leslie zu, bestand aber darauf, nicht mehr länger als drei Tage bei den beiden zu verbringen – und nachdem der dritte Tag vorüber war, rief sie Raffaello an. Er nahm nicht gleich ab und sie begann schon sich Sorgen zu machen, doch als sie dann endlich seine Stimme hörte, atmete sie so erleichtert auf, dass er lachen musste.

„Schön zu wissen, dass du mich vermisst", begrüßte er sie, und sie meinte, sein Grinsen genau vor sich zu sehen,

„Ich komme dich morgen abholen, Leslie", versprach er.

„Warum nicht heute? Oder gestern schon? Oder vorgestern??", knurrte sie. „Mario hat gesagt, du würdest kommen – das war vor drei Tagen! Hattest du so viel zu tun, dass du mich vergessen hast?"

„Nein", sagte er und mit einem Mal klang er todernst. „Es gab … gewisse Dinge zu erledigen. Aber ich habe dich niemals vergessen, glaub mir." Sie hörte ihn tief durchatmen.

„Was gab es denn so Wichtiges zu erledigen?", fragte sie, nicht ohne echte Neugier. Und einem scheußlich unguten Gefühl im Magen.

„Danach solltest du mich nicht fragen, Leslie", sagte er knapp.

„Hm", machte sie, „verstehe. Familienangelegenheiten, hab' ich recht?"

„Mehr oder weniger."

„Aha. Na dann."

„Leslie?", sagte er. „Ich muss jetzt auflegen, Mario kommt."

„Raffaello?" Himmel, sie liebte seinen Namen. Er schien schon beinahe aufgelegt zu haben.

„Hm?"

Leslie holte tief Luft.

„Ich halte es nicht mehr aus ohne dich", nuschelte sie. Sie hörte ihn leise und zufrieden lachen.

„Morgen", versprach er, „morgen bist du wieder bei mir. *Ti amo*, Leslie." Dann legte er tatsächlich auf.

Und gegen ihren Willen fühlte sich Leslie wie ein Gepäckstück, über das er frei entscheiden konnte, wann immer er wollte. Der Tag hatte gerade erst begonnen, aber ihre Laune drohte auf den Tiefpunkt zu sinken. Und es war der Tag, an dem Antonio nicht von der Arbeit nach Hause kommen sollte.

45

Es war schon spät am Abend, als irgendjemand fest gegen die Tür zu Antonios Wohnung hämmerte. Stimmen ertönten draußen auf dem Flur, Schritte hallten durch die Stille, die die ganze Zeit über in der Wohnung geherrscht hatte. Leslie hatte versucht, Anne zu beruhigen, die einen so riesigen Aufstand um Antonios Verspätung machte, als ginge es um den Weltuntergang.

„Er kommt immer nach Hause!“, hatte sie ununterbrochen gerufen. „*Immer*, hörst du, Leslie?! Da ist doch was faul, verdammte Kacke!“ Zwischendurch hatte sie sich die sowieso schon völlig verknoteten Haare gerauft, bis sie Einstein nicht ganz unähnlich sah, um dann fortzufahren mit ihrer Schimpferei:

„Scheiße, was ist, wenn dein Mafioso spitzgekriegt hat, dass – Scheiße! Mann, Leslie, ich halt das nicht aus!!“ Und sie war weiter auf und abgegangen, ja fast gerannt – und Leslie hatte nur die Augen verdreht, sich auf das Sofa zurückgezogen und den Mund gehalten. Sie zog es vor abzuwarten. So lange, bis irgendetwas passierte. Sie betete inständig, diese

Nacht möge vorübergehen und Raffaello auftauchen, um sie endlich abzuholen. Sie hielt es nicht mehr länger aus.

Jetzt sprang Anne zur Tür, als ginge es um Leben und Tod, sie unterbrach sogar auf der Stelle ihre unheilvollen Prophezeiungen – und dann stand Mr. Gosetti mitten im Raum. Mit todernstem Gesicht. Hinter ihm kamen vier weitere Polizeibeamte durch die Tür, nicht alle in Uniform, aber sie wirkten trotzdem ungeheuer einschüchternd. Anne sprang aufgeregt um den *Commissario* herum, wedelte mit beiden Händen in der Luft herum, als habe sie vor, ihn dazu zu bringen, all das, was er nun verkünden würde, jetzt schon in Höchstgeschwindigkeit zu erzählen. Aber Gosettis Blick galt Leslie, die noch immer zusammengekauert auf dem Sofa hockte und ihn nur mit großen Augen anstarrte. Ihr Mund war plötzlich trocken. Scheußlich trocken. Sie schluckte, aber es wurde nicht besser.

Gosetti kam auf sie zu, setzte sich jedoch nicht. Er stand nur da, blickte auf sie herab und dann holte er fünf Fotos aus seiner Jackentasche hervor und reichte sie ihr. Mit zitternden Fingern nahm Leslie sie entgegen. Und wagte nicht, einen Blick darauf zu werfen. Dann schließlich tat sie es doch. Und noch bevor sie richtig zuordnen konnte, was genau auf all dem Durcheinander auf den Fotos zu erkennen sein sollte, sprach Gosetti aus, wovor sie sich die ganze Zeit über gefürchtet hatte.

„Sein Lieferwagen", sagte er ruhig. „In einem der Pizzakartons haben wir einen Sprengsatz gefunden. Es geschah in Sekunden. Er hatte keine Chance." Die Stille, die sich auf seine Worte hin im ganzen Zimmer ausbreitete, war unerträglich. Dann schluchzte Anne auf. Laut und durchdringend drang der grässliche Laut an Leslies Ohren.

„Ich wusste es!", schrie Anne. So laut hatte Leslie sie noch nie reden hören. „Ich hab's gewusst!" Sie wurde von einem erneuten Weinanfall geschüttelt, bevor sie zitternd eine Hand ausstreckte und nach der Couchlehne tastete. Sie sank darauf nieder. Mit hängenden Schultern kauerte sie da, heulte hemmungslos, so lange, bis ihre Miene versteinerte.

„Leslie", sagte sie, aber sie sah sie dabei nicht an. „Leslie, er hat es ihm heimgezahlt. Du weißt, dass er es war. Dieser Scheißkerl! Dieser Mörder!" Jetzt schrie sie wieder, trat wild um sich gegen das Sofa.

Schmiss die mickrige Zimmerpalme um, die neben dem alten Fernseher stand und nun laut krachend gegen das Radio flog und es mit zu Boden riss.

Leslie saß nur stumm da, betrachtete das Foto in ihren Händen, das Anne ihr nicht entrissen hatte. Ein einziger zerstörter Schrotthaufen war darauf zu sehen. Eine Wagentür konnte sie erkennen. Rot. Und ein Wort war nicht ganz beschädigt worden: ‚*Albertos Piz* –' Das reichte. Es war Antonios Lieferwagen. Schwarz verkohlt, rußig und in Trümmern, auseinandergerissen von der Wucht der Explosion. Von Antonio selbst war nichts zu sehen – oder von dem, was von ihm übrig war. Mit einem Mal wurde ihr schlecht. Entsetzlich schlecht. Sie versuchte erst gar nicht sich zurückzuhalten und im nächsten Moment erbrach sie sich direkt neben Gosettis Schuhe, ließ das Foto fallen. Sie wartete auf die Tränen, die ihr die Sicht verschleiern würden, doch sie kamen nicht. Da war nur Entsetzen. Angst. Und Fassungslosigkeit. Darüber, dass Raffaello zu so etwas fähig gewesen war. Dass er Antonio das angetan hatte. Dass er *ihr* das angetan hatte. Ohne darüber nachzudenken, was es für sie bedeutete. Stumm hob sie das Foto vom Boden auf, legte es vor sich auf den Tisch, drehte es um, damit sie es nicht sehen musste. Aber das half nichts. Vor ihrem geistigen Auge blitzten die Bilder auf. Wie Antonio den Motor startete, nur um im selben Moment zerfetzt zu werden. Wie Splitter und Teile seines Autos durch die Luft flogen. Sie meinte sogar den Knall zu hören und das entsetzte Aufschreien der Passanten. Was hatte er vor ein paar Tagen zu ihr gesagt? „*Ich weiß ganz genau, worauf ich mich da eingelassen habe.*"

Hatte er es gewusst? Dass er sterben würde? So wie Francesco es gewusst hatte? Sie dachte an Raffaello. An sein unbeschwertes Lächeln, das im Krankenhaus auf seinen Lippen gelegen hatte, erinnerte sich daran, dass er sie gebeten hatte, gegen ihren Willen mit Gosetti zu sprechen.

„*Es gab gewisse Dinge zu erledigen*", hallte seine Stimme in ihrem Kopf nach. „*Danach solltest du mich nicht fragen, Leslie.*" Sie schluckte. Hatte er es gewusst? Dass es Antonio gewesen war, der ihn an Spavento verraten hatte? Sicher hat er das, dachte sie, irgendwie erfährt er *immer* alles, was er wissen will. Immer. Sie fragte sich erst gar nicht, woher und wie er an solche Informationen kam. Er hatte es gewusst, allein das zählte. Er hatte es gewusst und gehandelt. Rache. Nur das war es gewesen. Weil Raffaello davon überzeugt, weil er in seinem Stolz verletzt gewesen war, hatte Antonio sterben müssen. Diese Tatsache erschreckte sie so sehr, dass sie schauderte. Dass Antonio Raffaello verraten und ausgeliefert hatte, schien weit in ihren Hinterkopf verbannt.

„Eine Autobombe", sagte Gosetti seelenruhig. Er stand noch immer direkt vor ihr, ließ sie keine Sekunde aus den Augen. Um die fassungslose Anne kümmerte sich einer seiner jüngeren Kollegen, vermutlich der, von dem sie behauptet hatte, er sei in sie verknallt. Die anderen Beamten standen regungslos im Türrahmen und schienen auf Anweisungen ihres Chefs zu warten.

„Ein einfaches Modell, das man überall kriegen kann", fuhr der *Commissario* fort. „Die Bombe hatte gewisse Ähnlichkeiten mit der, mit der die beiden Richter damals ermordet wurden, 1992, Falcone und Borsellino." Er seufzte.

„Wir hatten Ruggiero damals in Verdacht, da mit drin zu hängen, also seinen Vater, aber wir hatten zu wenig, um ihm irgendetwas nachzuweisen. Wie immer. Aber das wird sich ändern, glaub mir, Leslie." Nun ließ er sich doch neben ihr auf dem Sofa nieder.

„Leslie", sagte er dann eindringlich und sie wagte es nicht zu ihm herüberzusehen, „Leslie, hast du Ruggiero davon erzählt, dass Antonio Kontakt zu Spavento hatte?" Sie antwortete nicht. Brachte keinen Ton über die Lippen, obwohl sie sich ihrer Unschuld genau bewusst war. Sie war keine Verräterin.

„Leslie!"

„Was?!", fuhr sie ihn an und beinahe musste sie wieder weinen.

„Hast du etwas erzählt?"

„Nein!", gab sie zurück. Ihre Stimme zitterte. „Ich habe *nichts* gesagt, kapiert?! Ich habe keine Ahnung, wie Raffaello davon erfahren hat – aber, verfluchte Scheiße, woher wollen Sie eigentlich wissen, dass *er* es war?! Es könnte doch auch Spavento gewesen –"

„Leslie!!", kreischte Anne da und sprang auf. „Wann, verflucht noch mal, hörst du auf den Typen zu verteidigen?! Er ist ein Mörder, ein gottverdammter Mafiaboss, der über Leichen geht! *Kapier* das endlich!" Dann hielt sie den Mund. Sie sagte nichts mehr, saß nur noch wie ein Häufchen Elend neben Gosettis Kollegen, der ihr einen Arm um die Schultern gelegt hatte, die Augen starr geradeaus ins Leere gerichtet. Sie sah so leblos aus. So schrecklich blass und verloren. Als sei mit Antonio ein Teil von ihr selbst gestorben. Das war nicht mehr die Anne, die Leslie kannte. Etwas in ihr schien zerbrochen zu sein, es schien, als habe irgendetwas ihr alle verbliebene Kraft geraubt.

Leslie wandte den Blick von ihrer Freundin ab. Und nun kamen sie doch, die Tränen. Nur wenige, aber sie galten weder Antonio, noch Raffaello. Sie galten Anne. Sie fühlte sich mit einem Mal unendlich schuldig. Dafür, dass sie Anne überhaupt erst in diese ganze Sache hineingezogen hatte. Wütend zerriss sie das Taschentuch, das Gosetti ihr hinhielt, und ließ die Fetzen zu Boden segeln.

„Wir werden ein Verfahren gegen ihn einleiten", sagte Gosetti schließlich. „Mit den Bruchstücken an Beweisen und Aussagen, die wir bis zu diesem Zeitpunkt sammeln konnten, sollte es uns möglich sein, ihn wenigstens vor Gericht zu bringen." Er seufzte,

„Sein Anwalt wird ihn da raushauen, aber einen Versuch ist es wert. Die Geste und der Wille zählen auch. Antonio ist nicht das einzige Opfer, glaub mir. Und seine Familie ist nicht die Einzige, die die *Cosa Nostra* zutiefst hasst." Leslie schauderte, als er ihr beinahe freundschaftlich eine Hand auf die Schulter legte.

„Ich wollte nur, dass du es weißt, Leslie", sagte er ruhig. „Ruggiero wird dir sicher nichts erzählen. Er hält dich aus dem Kram raus, hm?" Sie zuckte die Schultern.

„Ist doch scheißegal", sagte sie matt.

„Anne sagte, er holt dich morgen ab", entgegnete Gosetti fast lauernd. „Stimmt das?" Sie presste die Lippen zusammen. Rang mit sich – und dann nickte sie. Es spielte schließlich keine Rolle, wann Raffaello auf den *Commissario* treffen würde.

„Dann erzähle ihm nur, was ich gesagt habe", sagte Gosetti. „Wenn er sich denn traut, persönlich vorbeizukommen und nicht jemanden schickt, der dich abholt. Wenn du überhaupt mit ihm kommen willst."

Das hatte gesessen. Und zwar gründlich. Plötzlich wusste sie es nicht mehr. Wusste nicht, ob sie sich traute Raffaello wiederzusehen. Ob sie seinen so vertrauten Anblick in so einer Situation verkraften konnte, wo sie genau wusste, dass er schuld war an Antonios Tod. Und dass er es nicht bereute. Sie gab Gosetti keine Antwort, hörte ihm auch nicht mehr zu. Wartete nur stumm darauf, dass er ging, zusammen mit seinen Leuten und sie endlich in Ruhe nachdenken ließ.

46

Es war mitten in der Nacht, als Leslie mit Anne in der unbeleuchteten Küche saß und vor sich hinstarrte, in die halb abgebrannte Kerze, die Anne für Antonio angezündet hatte. Stundenlang hatten sie beide stumm dagesessen und kein Wort geredet, hatten nur ihren eigenen Gedanken nachgehangen. Das flackernde Licht der Flamme tauchte Annes Gesicht in tanzende Schatten, als sie endlich zu Leslie aufsah.

„Er hat gewusst, dass es sein Todesurteil sein würde", flüsterte sie, „und er hat es trotzdem getan. Für dich, glaube ich." Leslie verzog das Gesicht, sagte aber nichts dazu. Sie versuchte nur, das Bild, das sie von Raffaello im Kopf hatte, das des Verbrechers, des skrupellosen Mafiabosses, das Gosetti ihr eingeredet hatte, aus ihren Gedanken zu verbannen.

„Hast du eigentlich gewusst, um was es wirklich ging, als er dich mit nach Kalabrien genommen hat?", fragte Anne irgendwann leise in die Stille hinein. Leslie biss sich auf die Unterlippe. So fest, dass sie meinte Blut zu schmecken. Sie spürte, dass sie nie wirklich geglaubt hatte, dass es allein wegen Francesco gewesen war – oder wegen ihr. Dass es um ihre Sicherheit gegangen war. Und sie hasste sich dafür, dass sie an Raffaellos Worten zweifelte.

„Er wollte seine eigene Haut retten, Leslie", sagte Anne. „Nur darum ging es. Weil er von den Morddrohungen wusste. Ich hab' keine Ahnung, warum er dich mitgenommen hat, vielleicht – und Gott steh' mir bei – liebt er dich ja wirklich. Aber es ging nur um ihn, Leslie." Sie schüttelte langsam den Kopf, ihre hellblauen Augen blickten ausdruckslos zu ihr auf.

„Die haben nur darauf gewartet, dass er zurückkommt", sagte sie leise. Und irgendwann musste er das, dachte Leslie grimmig, nicht ahnend, dass Antonio eine Überraschung für ihn bereithielt.

„Antonio hat ihn an Spavento verraten", sagte sie irgendwann, doch es gelang ihr nicht, den Trotz, den sie versucht hatte in ihrer Stimme einzubringen, aufrechtzuerhalten. Sie hörte selbst, wie erschöpft sie klang. Anne spielte mit den Fingern an der Kerze herum, kratzte Wachs ab. Rot wie Blut fiel es auf die Tischplatte und glitzerte schwach im Licht der Flamme zu ihnen auf.

„Dein Raffaello hat ihn dafür umgebracht", entgegnete Anne und sie klang dabei todmüde. „Wahrscheinlich hat er nur jemandem Anweisungen gegeben, sich zurückgelehnt in seinem Patensessel und zufrieden registriert, wie Antonio in die Luft geflogen ist. Leslie, wenn ich nicht wüsste, dass ich dir damit das Herz brechen würde, würde ich den Typen gnadenlos umlegen!" Leslie antwortete nicht. Starrte nur verbissen in die Flamme.

„Erinnerst du dich noch daran, wie er seinen Bruder umgebracht hat?", sagte Anne kühl. Zögernd nickte Leslie. Anne schnaubte verächtlich durch die Nase.

„Ich hab' einiges von Gosetti erfahren", sagte sie. Leslie war sich nicht sicher, ob sie es hören wollte. Ob sie die Wahrheit erfahren wollte, die

Francesco ihr nicht mehr hatte sagen können. Ob Raffaello wirklich am Tod seines Vaters beteiligt gewesen war. Vor allem war sie sich nicht sicher, ob sie es von Anne hören wollte.

„Ich glaube, ich kann's dir nicht sagen, Leslie", flüsterte Anne. „So gerne ich es tun würde, um dir endlich die Augen zu öffnen. Aber es ist besser, wenn du da weitermachst, wo du aufgehört hast mit ihm und es nicht erfährst … Ich will nicht, dass es dir schlecht geht. Er will nicht, dass du die Wahrheit erfährst – und vielleicht ist das besser so." Die Kraftlosigkeit in Annes Stimme ließ Leslie schaudern. Sie wollte nicht darüber nachdenken, ob das, was sie sagte, der Wahrheit entsprach oder nicht, hatte nicht mehr die Kraft über Raffaello nachzudenken. Und ihn von Anne als den Bösen dargestellt zu bekommen. Und sie wusste genau, dass Anne recht hatte. Dass sie das von Anfang an gehabt hatte. Aber jetzt war es zu spät.

„Ich weiß, wer er ist", sagte Leslie leise. „Ich weiß, was er tut, was er getan hat … Aber ich –"

„Aber du liebst ihn, hab' ich recht?", sagte Anne matt. Leslie schlug die Augen nieder und sah auf ihre Hände. Versuchte, nicht darüber nachzudenken, was richtig war und was falsch. Und dann, nach einer halben Ewigkeit, nickte sie. Als sie wieder zu Anne aufsah, konnte sie Tränen in ihren blauen Augen schimmern sehen. Das flackernde Licht der Kerze spiegelte sich darin. Es sah aus, als stünden ihre Augen in Flammen.

„Das ist gut", flüsterte sie mit erstickter Stimme, „dass du ihn liebst, obwohl er es nicht verdient hat." Und dann stand sie einfach auf, trat auf Leslie zu und umarmte sie so fest, dass ihr die Luft wegblieb.

„Ich will nur, dass es dir gut geht", flüsterte sie. „Aber ich glaube nicht, dass es dir gut geht …" Eine ganze Weile lang schluchzte sie in Leslies Bluse hinein, dann ließ sie sie mit einem Ruck los und wischte sich über die Augen.

„Ich denke, ich höre auf, dir in deine Angelegenheiten reinzureden", murmelte sie. „Ich vertraue dir einfach. Vielleicht funktioniert es ja mit dir und … ihm." Vorsichtig sah Leslie zu ihr auf.

„Vielleicht", sagte sie nur leise und ergriff Annes Hand. Eine ganze Weile standen sie Hand in Hand in der dunklen Küche, sahen der Kerze zu, die allmählich immer weiter abbrannte, bis sie schließlich ganz erlosch. Es war stockdunkel im Raum.

„Ich will nach Hause", flüsterte Anne irgendwann – und dabei klang sie so entsetzlich traurig, dass Leslie sie beinahe umarmt hätte. Aber das tat sie nicht. Sie drückte nur ihre Hand und sagte kein Wort.

In dieser Nacht tat keine der beiden ein Auge zu, und als der Morgen graute, begann Leslie, unruhig im Wohnzimmer auf und abzugehen. Immer wieder schielte sie zur Tür, wartete darauf, dass jemand anklopfen würde. Um Punkt sieben war es soweit. Nach einigen Sekunden der Starre, in der die widersprüchlichsten Gefühle in ihr hochkochten, hechtete Leslie zur Tür und riss sie auf. Doch es war nicht Raffaello, der da vor ihr stand. Es war Mario. In Anzug und Krawatte. Die Hände in den Hosentaschen vergraben, die sonst so fröhlich blitzenden graublauen Augen blickten Leslie ernst und ein wenig müde entgegen und um seine Mundwinkel spielte ein erschöpftes Lächeln.

„Hi, Leslie", sagte er, doch sie blieb stehen, wo sie war. Im Türrahmen, sah ihm nur entgegen, ohne die Miene zu verziehen – und dachte daran, was Gosetti über Raffaello gesagt hatte: *„Wenn er sich denn überhaupt traut …"* In diesem Moment spürte sie die Enttäuschung ganz deutlich. Sie breitete sich in ihrem Magen aus, schien bis in ihren Hals zu klettern. Er hatte sich nicht getraut. Er hatte Mario geschickt. Und Mario war gekommen.

„Ich … sag nur noch Anne Bescheid", murmelte Leslie leise und wandte sich von Mario ab, um Anne, die wachsam und stocksteif auf dem Sofa saß, einen Blick zuzuwerfen. Ein Blick reichte aus, und Anne verstand. Sie nickte ihr zu, doch ihre Freundin verzog keine Miene, auch nicht, als Leslie auf sie zukam und sie umarmte. Dann ging sie wieder zu Mario und ließ Anne zurück. Alleine in Antonios Wohnung, obwohl sie genau wusste, dass es das Falscheste war, das sie in dieser Situation nur tun konnte. Anne einfach so alleine zu lassen. Sie ließ ihre Freundin im Stich, nur um Raffaello wiederzusehen. Der sich noch nicht einmal traute, sie persönlich abzuholen. Ich bin eine schlechte Freundin, dachte

Leslie, als sie sich noch einmal zu Anne umdrehte, die schlechteste überhaupt.

Während der gesamten Fahrt in Marios Auto sprach sie keinen Ton, nur Mario versuchte ab und zu, sie ein wenig abzulenken, doch bald gab er es auf und starrte nur noch wortlos geradeaus auf die Straße, bis die von Zypressen gesäumte, fast verwildert wirkende Einfahrt zu Raffaellos Haus vor ihnen auftauchte. Mario hielt den Wagen neben Raffaellos drei weiteren Autos an, dann stieg er aus und nach einigem Zögern und unruhigen Blicken auf das prunkvolle Natursteinhaus, öffnete auch Leslie die Wagentür.

Es war heiß im Garten, die Luft schien bleischwer, obwohl es noch früh am Morgen war – und es war schrecklich still. Keine Insekten zirpten, das Plätschern des Pools konnte man von hieraus auch nicht hören. Und dann fiel ihr auf, dass Raffaellos schwarzer Maserati nicht neben seinen anderen Autos parkte. Er war nicht da. Wortlos folgte sie Mario ins Haus, und als sie sich kurz umdrehte, bemerkte sie die beiden dunkel gekleideten Männer, die nun langsam in der Einfahrt auf und ab spazierten. Sie trugen sichtbar Waffen.

„Sicherheitspersonal", erklärte Mario, der ihren Blick bemerkt hatte. „Ich konnte ihn endlich dazu überreden, nach dem, was passiert ist. Er ist noch immer nicht begeistert davon, aber …"

„Er ist nicht da", stellte Leslie trocken fest. Marios Blick flackerte zu ihr herüber.

„Wer?"

„Raffaello", sagte sie, „er ist nicht da, hab' ich recht?" Da senkte Mario den Blick und seufzte.

„Nein", gab er zu. „Er hat noch einiges zu erledigen. Im Haus seiner Eltern. Aber er wollte dich nicht erneut enttäuschen, deswegen hat er mich gebeten, dich –"

„Oh, ich bin nicht enttäuscht", entgegnete Leslie kühl, „nicht im Geringsten." Allmählich kehrte die Wut wieder zurück – und die Verzweiflung.

„Er hat mir ja nur versprochen mich zu holen, aber ich nehme an, nachdem er Antonio ausgeschaltet hat, muss er seine Versprechen nicht halten. Ich bin ja nur seine Freundin, mit der er machen kann, was er will“, fügte sie trotzig hinzu, verschränkte die Arme vor der Brust und lehnte sich gegen die Haustür, die noch immer sperrangelweit offen stand. Darauf erwiderte Mario nichts. Er stand bloß da, sah sie beinahe schon hilflos an, dann trat er einen Schritt auf sie zu und hob die Hände, als wolle er sie besänftigen.

„Leslie“, sagte er leise, „du bist ihm niemals egal, verstehst du? Du bist alles für ihn, das …“

„Ach, und woher weißt du das?“, entgegnete sie patzig.

„Er hat es mir gesagt!“ Sie wollte gar nicht wissen, ob es eine Lüge war, um sie zu beruhigen. Vielleicht.

„Hör zu, Leslie, er hat wirklich alle Hände voll zu tun, seit er aus dem Krankenhaus raus ist und –“

„Warum durfte ich ihn nie besuchen?“, fragte sie. Einen Moment lang sah Mario sie überrascht an.

„Weil er dir die Möglichkeit geben wollte, dich von all dem zurückzuziehen und erst einmal alles zu verkraften. Er wollte dich schonen, verstehst du, Leslie? Dir die Chance geben, über alles erst einmal nachzudenken.“

„Hm“, machte sie trocken, „oder wollte er nur nicht, dass ich von der Sache mit Antonio Wind kriege?“ Mario blickte ihr fest in die Augen.

„Leslie, er wird mit dir nicht darüber sprechen“, sagte er bestimmt. „Und ich auch nicht. Tut mir leid, aber –“

„Aber so läuft das, hm?“ Er nickte.

„Verstehe …“, murmelte Leslie leise, aber sie verstand rein gar nichts. Wollte es nicht verstehen. „Wann kommt er wieder?“, fragte sie schließlich.

„Heute Abend“, sagte Mario. „Wenn du willst, bleibe ich bei dir, bis er auftaucht. Ich könnte dir etwas kochen? Wenn er was anderes außer Tiefkühlpizza da hat …“ Doch Leslie schüttelte den Kopf.

„Danke, ich verzichte“, sagte sie kühl – und sie meinte zu sehen, wie Enttäuschung über Marios Gesicht huschte. Aber dann nickte er.

„*Va bene*", sagte er, „wie du willst." Dann drückte er ihr einen Zettel in die Hand.

„Meine Handynummer. Falls irgendwas ist", sagte er, betrachtete Leslie einen Augenblick lang, die nur halb so trotzig, wie sie beabsichtigt hatte, zu ihm aufsah, dann nahm er sie einfach so in die Arme und drückte sie ganz fest.

„Es tut mir leid, dass du das alles durchmachen musst", sagte er leise, bevor er sie losließ, sich umdrehte und aus der Tür trat. Leslie blieb stehen, wo sie war, zu überrascht von Marios plötzlicher Umarmung, um sich vom Fleck rühren zu können. Sie hörte, wie Mario den Motor startete, der Kies knirschte unter den Reifen und ganz langsam, fast so, als hoffe er darauf, sie würde aus dem Haus gestürmt kommen und ihn aufhalten, entfernte sich das Geräusch in Richtung Straße.

Leslie stand an den Türrahmen gelehnt da, schloss die Augen und atmete tief durch. Es roch so vertraut nach Raffaello, dass sie beinahe alles, was geschehen war, vergessen hätte – doch im nächsten Augenblick blitzten die Erinnerungen der vergangenen Stunden wieder in ihrem Gedächtnis auf. Eine nach der anderen, bis sie an nichts Anderes mehr denken konnte. Als sie die Augen wider öffnete, um die Bilder loszuwerden, fiel ihr Blick auf den Wohnzimmertisch. Ihre Pistole lag darauf. Blinkte im hellen Sonnenlicht zu ihr auf. Entgegen ihrer Überzeugung, trotz ihrer Angst, griff Leslie danach und schob sie vorsichtig in den Bund ihrer Jeans, die Anne ihr geliehen hatte. Dann sank sie auf das schwarze Ledersofa nieder – und wartete.

47

Stunden vergingen, bis sie draußen in der Auffahrt Kies knirschen hörte. Vorsichtig stand sie auf und lugte aus dem Fenster neben der Tür. Raffaellos Maserati legte gerade eine ordentliche Vollbremsung neben all seinen anderen Autos hin, kurz darauf sah sie ihn selbst aus dem Wagen steigen und bei seinem Anblick zog sich etwas in ihrer Brust schmerzhaft zusammen. Sie atmete tief durch, um dieses entsetzliche Gefühl loszuwerden. Doch es half nichts. Raffaello, ganz in Schwarz gekleidet, warf einen flüchtigen Blick zum Haus – und Leslie bemerkte, dass sie die Tür noch immer nicht geschlossen hatte – dann eilte er mit riesigen Schritten darauf zu.

Leslie konnte sich später nicht mehr erklären, wie es dazu kam, doch mit einem Mal flackerte die Angst wieder in ihrem Magen auf, Enttäuschung – und die verzweifelte Wut auf sich selbst, weil es ihr nicht gelang, das vertraute Ziehen in ihrer Brust, als sie Raffaello gesehen hatte, zu unterdrücken. Vorsichtig tastete sie nach der Pistole. Zitternd umschloss sie sie mit beiden Händen. Die Luft blieb ihr weg vor Aufregung. Langsam zog sie die Waffe aus dem Bund ihrer Jeans. Hart und kalt lag das Metall in ihren Fingern. Raffaellos Stimme drang an ihre Ohren. Er rief ihren Namen, besorgt, so als hätte er Angst, ihr sei etwas passiert. Sie presste sich mit dem Rücken fest an die Wand neben der geöffneten Tür. Heiße Luft strömte von dort aus ins Zimmer. Sie atmete nicht, ihr Herz raste, das Adrenalin jagte durch ihren Körper und ihre Fingerspitzen kribbelten. Irgendwo, tief in ihrem Inneren, fragte sie sich, was sie da tat – und warum, doch sie fand keine Antwort darauf. Nicht jetzt. Sie schnappte nach Luft und verbannte die Stimme, die ihr zurief, dass sie Raffaello liebte, in ihren Hinterkopf. Doch dort blieb sie. Und redete ihr ein, dass er es nicht gewesen war. Dass er nichts mit Antonios Tod zu tun hatte. Dass es keinen Grund gab, die Waffe gegen ihn zu richten. Sie atmete tief durch, dann wartete sie. Verharrte regungslos neben der Tür.

Als Raffaello ins Zimmer kam – er rannte – war Leslie nicht imstande sich zu rühren. Mit beiden Händen umklammerte sie die Waffe, so wie er es ihr gezeigt hatte, biss sich auf die Unterlippe, bis sie Blut schmeckte. Und irgendwann trat sie einen Schritt vor. Sie wusste nicht, ob er ihr Spiegelbild schon vorher auf dem Bildschirm des Fernsehers bemerkt hatte – natürlich, wie hatte sie das nicht merken können? – denn als er sich jetzt langsam umdrehte, lag nicht der Hauch einer Überraschung auf seinem schönen Gesicht. Er lächelte sogar.

„Lass das“, sagte er kühl. Sie packte die Pistole fester, atmete viel zu schnell. Ihre Knie zitterten. Sie dachte an Antonio. Daran, was Anne gesagt hatte: *„Er ist ein gottverdammter Mafiaboss, der über Leichen geht!“*, hallte ihre Stimme in ihrem Kopf wider.

„Sag es mir“, presste sie dann hervor. „Warst du es?“ Natürlich war er es, dachte sie. Und plötzlich spürte sie, wie ihr die Tränen in die Augen stiegen, ob vor Fassungslosigkeit über sich selbst oder darüber, dass sie noch immer hoffte, er könne es nicht getan haben, wusste sie nicht. Sie versuchte die Verzweiflung herunterzuschlucken. Ein stechender Schmerz loderte in ihrem Hals auf. Der Kloß saß zu fest. Raffaellos Miene regte sich nicht. Eine vollkommene Maske hatte sich auf sein Gesicht gelegt. Ein Pokerface. Und Gott wusste, was er gerade darunter dachte. Sie ließ den Blick über seine so vertraute Statur wandern, bemerkte das dicke Pflaster, das sich unter seinem Hemd auf seiner rechten Schulter abzeichnete. Er fuhr sich kurz mit der Zunge über die Lippen, eine Reaktion auf Stress, wie sie in letzter Zeit festgestellt hatte. Das wirre, schwarze Haar warf dunkle Schatten auf sein Gesicht. Er antwortete nicht. Sah sie nur an, aus tiefbraunen, fast schon gefühllosen Augen. Leslie entsicherte die Waffe, wusste nicht einmal, ob sie noch geladen war oder nicht. Aber das war egal. Dieses vertraute, verstörende Geräusch ließ sie erschrocken zusammenzucken. Mit einem Mal wurde ihr schlecht. Speiübel. Ihr Herz schien mit voller Absicht hart gegen ihren Magen zu schlagen. Fast tat es schon weh.

„Warst du es?“, rief sie und plötzlich meinte sie nachvollziehen zu können, was Anne durchmachte. Zitterte ihre Stimme? Wahrscheinlich, aber sollte es so sein, nahm sie es nicht wahr. Nur die Stille drang an ihre Ohren.

Langsam, ganz langsam, kam Raffaello auf sie zu. Er hob die Hände, als wolle er sie beruhigen, wie ein panisches Pferd. Sie bemerkte die Schweißperlen, die sich auf seiner Stirn und über der Oberlippe gebildet hatten. Er atmete ruhig. So ruhig. Und er unterbrach kein einziges Mal den Blickkontakt zu ihr. Fast war es ihr, als wüsste er genau, dass sie niemals schießen würde. Ihre Knie wollten nachgeben, doch sie duldete es nicht.

„Warst du es?", schrie sie ihn an, mehr vor Wut auf sich selbst, als auf ihn. Bloß, um ihn von sich fernzuhalten. Aber er kam näher. Er war jetzt so dicht vor ihr, dass der Lauf der Pistole seine Brust berührte.

„Leslie", sagte er leise. Seine Stimme ließ sie erschauern, als ihr klar wurde, wie sehr sie diesen Klang vermisst hatte.

„Halt die Kla-" Sie verschluckte sich an ihren eigenen Tränen. Hustete. Würgte. Konnte den Blick nicht von Raffaello abwenden.

„Leslie, leg das Ding weg", sagte er. Seine Stimme zitterte nicht. Er war die Ruhe selbst. Und dann hielt er plötzlich ihre Waffe in der Hand. Er richtete die Pistole auf Leslie, sicherte sie, aber sie starrte ihn trotzdem an, als hätte er ihr gerade eine Kugel durch den Kopf gejagt. Raffaello ließ die Waffe sinken. Das blanke Metall blitzte im Licht der Sonne zu ihr auf, blendete sie für Sekunden. Leslie spürte, wie ihre Knie nachgaben. Nun endgültig. Sie fiel, ließ sich fallen, vorwärts auf die Knie. Der dicke Teppich federte den Aufprall ab, aber sie hätte den Schmerz sowieso nicht gespürt. Etwas fiel neben Raffaello auf den Boden. Ihre Pistole. Blass schimmerte sie zu ihr herüber. Dann war Raffaello bei ihr.

„Ich war es nicht, Leslie", sagte er leise, mit rauer Stimme, „ich habe es nicht getan." Er holte tief Luft und beinahe hörte es sich an, als schluchzte er auf. „Ich habe damit nichts zu tun." Leslie wusste, dass sie ihm glauben wollte, sie wünschte sich nichts sehnlicher, als dass sie es könnte, aber sie konnte es nicht. Weil sie genau wusste, dass er sie soeben angelogen hatte – und sie stellte mit Entsetzen fest, dass es ihr egal war. Sie klammerte sich an seinen Arm und weinte. Weinte hemmungslos, so lange, bis er ihren Kopf in seine Hände nahm und sie küsste. Die Tränen blieben ihr im Hals stecken, aber ihre Lippen zitterten wie Espenlaub.

Irgendwann löste er sich von ihr. Ihre Tränen glitzerten auf seinen Lippen. Er sah ihr fest in die Augen.

„Ich war es nicht, Leslie", wiederholte er. „Glaubst du mir?" Scheinbar hypnotisierte er sie. Sie konnte den Blick nicht von seinen Augen abwenden. Sie holte tief Luft. Die plötzliche Sauerstoffzufuhr ließ tanzende Punkte vor ihren Augen aufflackern. Dann nickte sie, starrte stumm zu ihm auf.

„Ich will es hören", sagte Raffaello eindringlich. Seine Hände lagen warm an ihren Schläfen.

„Ja", stotterte sie, obwohl sie ihm nicht ein Wort glaubte. Aber er war der beste Lügner, dem sie je begegnet war. Raffaello schien aufzuatmen, doch als er sie ganz dicht an sich zog, spürte sie, dass er noch immer jeden Muskel anspannte.

„Das ist gut", raunte er leise, atmete tief durch, bevor er sie erneut fest umarmte und sie küsste, bis sie sich nach einer halben Ewigkeit aus seinem Griff losmachte. Sie konnte ihm nicht in die Augen blicken, ohne ihm auf der Stelle um den Hals fallen zu wollen, ohne das unerträgliche Ziehen in der Brust unterdrücken zu können. Raffaello nahm ihre Hände in seine und sie spürte seinen stechenden Blick auf sich ruhen.

„Mach diesen Unsinn nie wieder, Leslie", sagte er leise.

„Wieso? Bringst du mich dann auch um?" Sie wusste selbst nicht, warum ihr das rausgerutscht war – aber jetzt war es zu spät. Vorsichtig riskierte sie es, zu ihm aufzublicken. Er schloss für ein, zwei Sekunden die Augen.

„Lass das, o. k.?", sagte er ruhig. „Lass das Thema sein. Das ist nichts, worüber wir uns unterhalten sollten, verstehst du?" Sie nickte und konnte sich nicht erklären, warum sie das einfach so akzeptierte. Vielleicht lag es an seiner Gegenwart, an diesem Blick, mit dem er sie ansah. Er wusste, dass sie ihm nicht glaubte. Er wusste es genau. Und trotzdem hatte er gelogen. Eine Gänsehaut lief ihr den Rücken hinab. Hastig ließ sie seine Hände los, als hätte sie sich daran verbrannt.

Sie sah ihn nicht an, als sie murmelte: „Lass mich … Ich muss kurz raus." Dann stand sie auf, ihre Knie zitterten noch immer, aber immerhin konnte sie stehen. Sie machte einen weiten Bogen um die Pistole, die noch immer neben Raffaello auf dem Teppich lag, eilte auf die breite Terrassentür zu und trat hinaus in die sengende Hitze. Sie spürte Raffaellos Blick genau, der ihr folgte, bis sie hinter dem Haus verschwunden war, den riesigen Pool umrundete und schließlich die alten Olivenbäume erreichte.

Sie zögerte eine Sekunde, bevor sie die nackten Füße auf das spitze, trockene Gras setzte, erinnerte sich an Francesco, der hier gestorben war und die Schüsse, die in ihren Gedanken widerhallten, ließen sie kurz zusammenzucken, bis sie tief durchatmete, die Schultern straffte und dann ohne Zögern zwischen die alten Bäume in den lichten Schatten trat. Es war heiß hier und fast schon schwül stieg die Luft vom Gras auf, aber Leslie fühlte sich im silbrig grünen Dickicht der Bäume sofort verborgen und geschützt. Wahllos steuerte sie auf einen der Stämme zu und hangelte sich an den dicken Ästen hinauf in die Krone, hinein in das Gewirr aus Zweigen und silbrigen Blättern. Sie kauerte sich auf einen breiten Ast, der einigermaßen bequem wirkte, ließ die Beine links und rechts davon herunterbaumeln, dann lehnte sie sich zurück gegen den Stamm, atmete tief durch – und wartete.

Raffaello erschien keine zehn Minuten später und ihr wurde bewusst, dass sie nur darauf gewartet hatte, dass er zu ihr kam. Sie hörte ihn ihren Namen rufen und plötzlich tippte er von unten an ihren linken Fuß, sodass sie erschrocken zu ihm nach unten schaute. Da stand er, den Kopf in den Nacken gelegt, und blickte zu ihr auf. Ein Grinsen huschte über sein Gesicht.

„Darf ich?“, fragte er und Leslie nickte. Entgegen ihrer Überzeugung, entgegen jeder Vernunft sehnte sie sich plötzlich so sehr nach seiner Nähe, dass es wehtat. Behände und geschmeidig wie eine Raubkatze kletterte Raffaello den dicken Stamm zu ihr herauf und ließ sich dann ihr gegenüber auf dem Ast nieder, rückte zu ihr auf, sodass sich ihre Knie berührten. Seine dunklen Augen blitzten und ein Lächeln spielte um seine Mundwinkel, als er sich umsah.

„Schickes Versteck“, stellte er dann fest. „Das habe ich früher auch oft gemacht. Damals habe ich Mario meistens mitgeschleift. Der Arme …“

Er lächelte und jetzt konnte sich Leslie vorstellen, warum es eine Leichtigkeit für ihn gewesen war, den Baum zu erklimmen. Zaghaft erwiderte sie sein Lächeln. Das erste Mal an diesem Tag, seit sie sich begegnet waren.

„Ich hatte zu Hause immer meine Fensterbank", sagte sie. „Dahin habe ich mich verzogen, wenn ich nachdenken wollte. Hinter den Vorhang."

„Wenn du willst, kannst du auch auf meine Fensterbank im Wohnzimmer", bot Raffaello an, doch sie schüttelte den Kopf. Sie lehnte sich wieder zurück und traute sich endlich, seinen Blick zu erwidern, der pausenlos auf ihr ruhte.

„Was?", fragte sie irgendwann. Raffaello schüttelte leise lachend den Kopf.

„Nichts", behauptete er lässig und schwang die Beine vor und zurück. „Ich denke nur gerade daran, dass es ziemlich schön ist, hier mit dir auf einem Baum zu sitzen." Er grinste. Mit einem schwachen Lächeln ließ sie ihre nackten Zehen leicht gegen seine Schienbeine prallen. Sie konnte nicht verbergen, dass sie sich darüber freute, was er gesagt hatte, aber im selben Moment fragte sie sich, wie er plötzlich so locker vor ihr sitzen konnte, als wäre nichts gewesen. Als hätte sie ihn nicht gerade eben mit einer Pistole bedroht.

Eine ganze Weile saßen sie einfach nur da, zwischen Olivenhainen, und schwiegen vor sich hin, so lange, bis sich Leslie irgendwann traute, Raffaello nach all dem zu fragen, wovon Anne ihr erzählt hatte.

„Als du mich … entführt hast", sagte sie, „nach Kalabrien …" Er sah zu ihr auf.

„Was ist damit?" Sie holte tief Luft, bevor sie es aussprach.

„Da ging es nicht um mich, habe ich recht? Mein Leben war niemals in Gefahr." Sie sah ihm geradewegs in die Augen, doch er senkte den Blick, schien lange darüber nachzudenken, was er sagen sollte.

Dann seufzte er und sagte: „Nein. Es war wegen der Drohungen gegen mich."

„Warum hast du mir dann was vorgelogen?", fragte sie.

„Weil ich nicht wusste, ob du mit mir kommen würdest, wenn ich dir die Wahrheit erzählt hätte."

„Warum wolltest du mich überhaupt dabeihaben?“ Er lächelte schwach.

„Ich wusste nicht, wie lange ich in Kalabrien bleiben würde und ohne dich hätte irgendwas gefehlt“, gab er mit einem verschmitzten Lächeln zu. „Ich wollte nicht riskieren, dich wochenlang nicht sehen zu können – um dann womöglich feststellen zu müssen, dass du schon wieder nach Hause geflogen wärst. Nochmal hätte ich mir das nicht verzeihen können.“

„Oh“, machte Leslie nur und konnte sich nicht entscheiden, ob sie ihm in die Augen blicken wollte oder nicht. Sie hatte mit geschäftlichen, mafiösen Angelegenheiten gerechnet – aber nicht damit. Sie spürte Raffaellos Blick auf sich ruhen und konnte nicht verhindern, dass sie ein wenig rot wurde.

„Ich hab' dich einfach viel zu gerne, Leslie“, sagte er irgendwann. Sie dachte an vorhin. Eigentlich hätte er allen Grund gehabt ihr zu misstrauen oder sie hochkant rauszuwerfen. Aber das tat er nicht. Er schien die Sache sogar beinahe schon wieder vergessen zu haben.

„Hast du mich deshalb nicht vor die Tür gesetzt?“, fragte sie vorsichtig. Seine dichten Brauen schoben sich zusammen.

„Warum sollte ich?“, entgegnete er überrascht. Sie zog die Knie an die Brust und schlang die Arme um die Beine.

„Naja“, murmelte sie, „wegen vorhin …Tut mir übrigens schrecklich leid. Ich weiß nicht, was ich –“.

„Es braucht dir nicht leidzutun“, sagte er und seine eben noch entspannte Miene wirkte mit einem Mal unendlich hart, fast wütend. „Das war der Lohn für das … was passiert ist“, sagte er. „Ehrlich gesagt bin ich mehr als überrascht, dass du überhaupt noch etwas mit mir zu tun haben willst. Nach dem, was Gosetti dir mit Sicherheit über mich erzählt hat …“ Leslie wusste nicht, was sie darauf antworten sollte. Sie hatte nicht erwartet, dass er noch einmal auf das Thema eingehen würde, hatte mit Ausweichmanövern und kühlen Blicken gerechnet.

„Gosetti hat mir nicht so viel erzählt wie Anne“, murmelte sie dann. „Aber das kann nicht einfach etwas daran ändern, dass …“ Sie stockte und biss sich auf die Unterlippe. „Naja, dass ich dich so sehr mag.“ Sie linste zu ihm auf und wünschte, sie hätte es nicht getan. Sekundenlang sah er so schrecklich aus, so leidend, dass sie erst erschrocken Luft holte und ihm dann, wäre die Position auf dem Ast nicht äußerst ungünstig gewesen, um den Hals gefallen wäre.

Vorsichtig kniete sie sich auf den dicken Ast, kroch langsam auf Raffaello zu – und dann schloss sie ihn in die Arme, ganz fest, und als sie versuchte, sich bequemer hinzusetzen und ganz plötzlich seine Lippen auf ihren spürte, passierte es: Sie brachte gerade noch ein quiekendes „Oh, Scheiße!“ heraus, bevor sie den Halt verlor, wild mit den Armen in der Luft herumruderte und schließlich nach hinten kippte. Unsanft landete sie im hohen Gras auf dem Hinterteil. Ein ersticktes „Au …“ entwich ihr, dann ließ sie sich rückwärts ins Gras fallen und suchte mit den Augen den Baum nach Raffaello ab. Der saß noch oben auf dem Baum und blickte zu ihr hinunter, erst erschrocken, doch als er sah, dass es ihr gut ging, breitete sich ein Grinsen auf seinem Gesicht aus – und dann lachte er sich kaputt. Bis Leslie zähneknirschend aufstand, ihn an den teuren Lackschuhen packte und ihn geradewegs zu sich herunter zog. Mit einem erschrockenen Aufschrei landete er neben ihr im Gras, rieb sich eine Sekunde lang den rechten Arm – an seine Verletzung hätte sie verdammt noch mal denken können – bevor er sich neben ihr auf den Rücken legte, die Arme hinter dem Kopf verschränkt, und tief ausatmete. Über ihnen lugte der gleißend blaue Himmel zwischen den Olivenzweigen hervor.

„Auf dem Baum war es schöner“, sagte Raffaello irgendwann.

„Hm“, machte Leslie nur – und schloss die Augen. Mit einem Mal spürte sie, wie müde sie war, schließlich hatte sie seit gestern Nacht kein Auge zugetan. Zu vieles war dazwischengekommen. Antonio. Gosetti. Mario. Und Raffaello. Das Zirpen der Grillen wirkte wunderbar einschläfernd, im Schatten ließen sich die heißen Temperaturen einigermaßen ertragen – und Raffaello lag an ihrer Seite. Mit diesem Gedanken schlief sie tatsächlich einfach so ein. Mitten im hohen Gras unter einem alten, knorrigen Olivenbaum.

48

Als sie die Augen aufschlug, war Raffaello nicht mehr da. Sie brauchte einen Moment, um sich zu orientieren, ehe sie registrierte, dass es mittlerweile stockfinster geworden war. Nur das helle Licht des Vollmondes streifte die Äste der Olivenbäume und das Gras. Ansonsten war es erschreckend dunkel um sie herum. Unbehaglich setzte Leslie sich auf, strich sich das lange Haar aus dem Gesicht und tastete sich dann langsam an dem alten Baumstamm hinauf, bis sie sicher auf den Füßen stand, ohne mit dem Kopf gegen einen der Äste geprallt zu sein.

„Raffaello?", brachte sie leise hervor, doch er antwortete nicht. Natürlich nicht. Er hatte sie ja netterweise schlafen lassen. Aber hätte er sie nicht wenigstens bei Einbruch der Dunkelheit wecken können? So musste sie sich stolpernd und fluchend zwischen den Olivenbäumen entlangtasten, bis sie nach einer gefühlten Ewigkeit den schwach erleuchteten Pool vor sich glitzern sah. Zwei Kerzen flackerten an dessen Rand auf – und dann entdeckte sie Raffaello. Er saß nur in Badehose bekleidet am Pool, die Beine im Wasser versenkt und blickte mit fröhlich blitzenden Augen zu ihr auf. Neben ihm standen zwei Gläser mit irgendeinem Getränk, das Leslie in der Dunkelheit nicht erkennen konnte, und ein riesiger Teller mit einer noch größeren Pizza darauf.

„Na endlich!", begrüßte Raffaello sie, als sie bei ihm angekommen war. „Setz dich. Ich verhungere." Zögernd ließ sie sich neben ihm nieder, versuchte krampfhaft, nicht allzu offensichtlich auf seinen Oberkörper zu starren, der in dem flackernden Kerzenlicht wirklich hinreißend vorteilhaft aussah, und ließ die Beine in das angenehm kühle Wasser gleiten.

„Ich hatte vergessen, dass du tief und fest schlafen kannst wie ein Stein", sagte Raffaello belustigt, stellte den Pizzateller auf seinen Knien ab und reichte Leslie ein riesiges Stück. „Ich dachte, du wachst nach zehn Minuten auf – aber nichts da." Er lachte leise und biss von seiner Pizza ab. Nachdem Leslie probiert hatte, hob sie eine Augenbraue.

„Tiefkühlpizza?", sagte sie. „Ich dachte, die ist unter deiner Würde?" Raffaello grinste.

„Ich hatte nichts anderes da – und weil es mitten in der Nacht ist, wollte ich Mario nicht gerade aus seinen süßen Träumen reißen, um ihn darum zu bitten uns eine Pizza zu backen", erklärte er mit vollem Mund.

„Verstehe", entgegnete sie, zupfte etwas Rucola von ihrem Stück und hielt es ihm hin.

„Den magst du nicht?!", entrüstete er sich. „Himmel, das ist doch gerade das Beste! Na, dann gib her." Damit nahm er ihr das ekelhafte Grünzeug aus der Hand und schob es sich genüsslich in den Mund. „Was hältst du von ein wenig schwimmen?", fragte er dann und sie meinte, irgendetwas in seinen dunklen Augen schalkhaft aufblitzen zu sehen – aber da hatte er sich sein Stück Pizza auch schon zwischen die Zähne geklemmt und war ins Wasser gesprungen. Triefnass tauchte er wieder vor ihr auf und legte die Pizza, die unweigerlich auch ein Bad im Chlorwasser genommen hatte, an den Rand des Pools und verzog das Gesicht.

„Komm rein", sagte er dann und sah zu ihr auf. „Worauf wartest du noch?" Leslie zögerte. Im Gegensatz zu ihm hatte sie keine Schwimmsachen, nur eine Jeans und ein T-Shirt von Anne.

„Ich hab' keinen Bikini dabei …", murmelte sie, legte das Pizzastück, das sie aß aber dennoch beiseite. Raffaello winkte ab.

„Als ob ich dich noch nie ohne Klamotten gesehen hätte", sagte er grinsend. „Jetzt komm schon rein." Da stand Leslie auf, schlüpfte aus ihrer Jeans, behielt Annes T-Shirt aber vorsichtshalber an, und ließ sich zu Raffaello ins Wasser gleiten. Ein wenig enttäuscht rümpfte er die Nase und zupfte an ihrem Hemd.

„Das hättest du ruhig auch ausziehen können", behauptete er vorwurfsvoll.

„Hmpf", machte Leslie, „das könnte dir so passen, was?" Dann griff sie nach ihrer Pizza und aß weiter, während sie sorgsam darauf achtete, Raffaellos Blicken auszuweichen. Herrgott, warum konnte er sich nicht einfach wieder für seine Pizza interessieren?

„Was starrst du so?", fragte sie ihn irgendwann mit vollem Mund.

„Tu ich gar nicht", verteidigte er sich – und verzog das Gesicht. „Ich versuche nur gerade, meine Wunde an das verfluchte Chlorwasser zu gewöhnen, da brauche ich jemanden, den ich ansehen kann, damit es nicht so schrecklich brennt." Ach du Schreck. Seine Schussverletzungen hatte sie komplett vergessen.

„Lass mal sehen ...", murmelte sie, schwamm auf ihn zu und warf einen Blick auf seine rechte Schulter. Ein Pflaster klebte knapp oberhalb seines Tattoos auf seiner olivbraunen Haut. Ganz vorsichtig hob sie es an – und klebte es sofort wieder auf die Wunde, als sie die Nähte und etwas verkrustetes Blut sehen konnte. Sie schluckte.

„Autsch", brachte sie hervor und fühlte sich mit einem Mal seltsam weich. Wie Pudding. Blut hatte sie noch nie besonders gut leiden können. Sie musste sich an Raffaellos gesunder Schulter festhalten, bis sie wieder festen Boden unter den Füßen hatte.

„Sieht ja ... schmerzhaft aus", sagte sie – und schauderte, was aber wahrscheinlich eher an der plötzlichen Nähe zu ihm lag. Ein schalkhaftes Grinsen huschte über sein Gesicht.

„War gelogen", gestand er dann.

„Was?"

„Dass es noch brennt. Aber eine gute Möglichkeit, dich dazu zu bringen, zu mir zu kommen." Sie öffnete empört den Mund, doch bevor sie ihn wieder zuklappen konnte, spürte sie schon Raffaellos Lippen auf ihren – und sie gab es auf, sich aus seinem Griff befreien zu wollen.

„Geht doch", raunte er leise und seine dunklen Augen blitzten. „Ich hab' dir versprochen, dass wir das noch mal nachholen." Leslie erstarrte.

„Was?", nuschelte sie zwischen seinen Küssen.

„Als Mario auftauchte ...", sagte er nur.

„Oh. Aber ich hab' Hunger. Wie wär's, wenn wir die Pizza ...? –"

„Ich nicht", entgegnete er grinsend.

„Aber –" Sie gab es auf ihm zu widersprechen und legte ihm nach kurzem Zögern die Arme um den Hals. Er grinste.

„Ich wusste, dass du mir nicht widerstehen kannst", raunte er ihr ins Ohr – womit er nur zu sehr recht hatte.

Irgendwann drang gedämpfte Musik an ihre Ohren – bis Leslie feststellte, dass das Geräusch von ihrem Handy in der Hosentasche ihrer Jeans verursacht wurde. Erschrocken löste sie sich aus Raffaellos Umarmung, doch er kam ihr zuvor, hechtete an den Beckenrand, wühlte in ihrer Hosentasche und zog schließlich triumphierend ihr Handy daraus hervor.

„Nicht!", quiekte Leslie entsetzt und platschte hilflos auf ihn zu – aber da sprach er auch schon in den Hörer.

„Wer wagt es, mir eine wunderbare Nacht mit Leslie zu versau-" Er wurde unterbrochen. Ziemlich laut sogar, das konnte Leslie bis zu ihr hören. Er verzog das Gesicht.

„*Mamma mia*, ist ja schon gut, reg dich ab!" Und damit warf er Leslie ihr Handy zu, die es gerade noch auffangen konnte, bevor es ins Wasser fiel. Es war Anne.

„Leslie!", kreischte sie ihr ins Ohr. „Sag mal, hast du sie noch alle?! Du fummelst jetzt mit dem Typen rum, wo er Antonio gerade erst –"

„Anne!", rief Leslie. „Hör schon auf damit! Ich weiß, was du denkst – und jetzt sag schon, warum du mitten in der Nacht anrufst! Ist was passiert?" Auf der anderen Seite der Leitung ertönte ein verächtliches Schnauben.

„Mehr als das, was passiert ist, kann nicht mehr passieren", entgegnete Anne düster. „Ich wollte dir nur Bescheid sagen, dass ich morgen nach Hause fliege. Morgen früh um acht. Gehe ich recht in der Annahme, dass du nicht mit mir kommst? Oder hat die Sache mit … Antonio was zwischen dir und dem äh – Mafioso geändert?"

„Nein", sagte Leslie. „Nein, ich komme nicht mit und nein, es hat sich nichts geändert. Ich kann meine Gefühle nicht einfach abstellen, Anne."

„Na dann", sagte Anne ruhig und mit einem Mal klang sie fast, als müsste sie sich krampfhaft dazu zwingen nicht zu weinen. „Ich werd' dich vermissen. Echt. Verdammt!", fluchte sie, als sie schließlich tatsächlich losheulte. Leslie hörte sie schniefen, in ein Taschentuch schnäuzen, und dann nuschelte Anne ins Telefon:

„Ich hab' dich lieb. Und … hoffentlich sehen wir uns bald wieder. Bis irgendwann, Leslie …" Und bevor Leslie irgendetwas erwidern konnte, hatte sie aufgelegt.

Eine ganze Weile lang stand Leslie da und starrte auf das Handy in ihrer rechten Hand, bevor sie langsam begriff, was Anne da gesagt hatte. Sie würde sie nicht wiedersehen. Vielleicht für eine sehr lange Zeit nicht.

„Was hat sie gesagt?“, fragte Raffaello vorsichtig und kam durch das Wasser auf sie zu. Leslie biss sich auf die Unterlippe.

„Sie fliegt morgen nach Schottland zurück“, sagte sie dann tonlos. „Ich sehe sie nicht mehr … glaub ich.“

„Hm“, machte er nur nachdenklich, stand reglos vor ihr im Mondlicht und ließ sie nicht eine Sekunde aus den Augen. „Vielleicht solltest du dich schlafen legen, Leslie.“

„Ich bin nicht müde. Ich hab’ lange genug geschlafen“, sagte sie. Doch er schüttelte den Kopf.

„Ich muss noch kurz was erledigen, dann komme ich zu dir“, sagte er. Was in ihren Ohren so viel hieß, wie: „Geh schlafen, damit ich in Ruhe meinen mafiösen Machenschaften nachgehen kann.“ Trotzig schob sie die Unterlippe vor, doch dann drückte sie ihm entschlossen einen langen Kuss auf die Lippen, doch kurz bevor sie ihm wieder hemmungslos verfallen war, kletterte sie triefnass aus dem Pool und raffte ihre Sachen zusammen.

49

„Aufwachen!“ Leslie riss die Augen auf – und kniff sie gleich wieder zusammen, als Raffaello die Vorhänge vor dem Fenster im Schlafzimmer mit einem Ruck zur Seite zog. Dann trat er auf das breite Bett zu, ließ sich auf dessen Rand nieder und zog Leslie im Zeitlupentempo die Decke weg.

„Du hast doch erst so lange geschlafen", raunte er dicht an ihrem Ohr. „Wie konntest du da schon wieder so tief durchschlafen? Beneidenswert, wenn du mich fragst." Gähnend rappelte sich Leslie auf.

„Und du?", entgegnete sie. „Du schläfst nie oder was?" Er zuckte mit den Schultern und wirkte mit einem Mal etwas ernster.

„Berufsrisiko", behauptete er. „Ich hab' mich daran gewöhnt, mit vier bis fünf Stunden Schlaf auszukommen. Außer wenn ich mit dir zusammen bin – dann schlafe ich noch weniger." Er grinste und strich ihr eine Haarsträhne aus dem Gesicht. „Jetzt steh schon auf und mach dich fertig, sonst kommen wir zu spät." Leslie stutzte.

„Wohin?"

„Wirst du sehen." Er wies mit der Hand auf den geräumigen Kleiderschrank, der an der Wand stand.

„Deine chlordurchweichten Sachen von gestern hab' ich in die Waschmaschine getan. Ich fürchte, du musst dir was davon aussuchen. Und beeil dich." Er zwinkerte und zog dann die Zimmertür hinter sich zu. Mit einigen unguten Vorahnungen trat Leslie auf den Schrank zu und öffnete ihn. Er war vollgestopft mit teuren Kleidern, Blusen, Hosen und Schuhen – die meisten mit hohem Absatz. Genau die Sachen, die sie in Kalabrien so rücksichtsvoll zurückgelassen hatte. Na toll. Zähneknirschend machte Leslie sich daran nach etwas zu suchen, das wenigstens ein kleines bisschen unauffällig und nicht ganz so teuer aussah. Dabei war ihr nur allzu bewusst, dass Raffaello ihre Sachen mit Absicht gleich in die Waschmaschine gesteckt hatte. Als sie schließlich die Küche betrat, in einem grauen Satinkleid und flachen Schnürschuhen, die absolut nicht dazu passten, erhob sich Raffaello vom Küchentisch, in Jeans und schwarzem T-Shirt, trank den letzten Schluck schrecklich schwarzen Kaffees aus, ließ die Tasse stehen, klemmte sich eine Dose mit irgendetwas Essbarem unter den Arm und musterte Leslie kurz.

„Schick", sagte er anerkennend, doch als er einen Blick auf ihre Schuhe warf, schüttelte er lächelnd den Kopf. „Daran arbeiten wir noch, ja?", sagte er. Dann drückte er ihr die Dose in die Hände und schritt auf die Haustür zu.

„Falls du Hunger hast", sagte er und zeigte auf die Dose, die Leslie in den Händen hielt. Dann ging er hinaus zu seinem Maserati, der tiefschwarz, blitzblank und mit offenem Dach im Hof vor der Tür stand. Leslie verlangsamte ihre Schritte, als sie die beiden Männer mit den Gewehren in der Einfahrt erblickte. Großer Gott, waren die auch gestern die ganze Zeit über hier gewesen? Ein Schauer lief ihr über den Rücken. Dann stieg sie neben Raffaello in sein Cabrio. Während sie rasend schnell die Auffahrt hinuntersausten, öffnete sie die Dose.

„Pizza?", entfuhr es ihr überrascht. „Zum Frühstück?" Raffaello zuckte entschuldigend die Achseln.

„Von gestern. Ich konnte auf die Schnelle nichts anderes auftreiben", sagte er. „Wenn du willst, gehen wir nachher essen."

„Wo fahren wir eigentlich hin?"

„Zum Flughafen", entgegnete er knapp.

„Oh", machte Leslie, „warum?" Raffaello holte tief Luft. „Ich dachte mir, du würdest deine Freundin vielleicht gerne noch mal sehen und dich von ihr verabschieden", sagte er schließlich. Damit trat er fest aufs Gas und raste auf die Autobahn zu.

Je näher sie ihrem Ziel kamen, desto schmerzhafter wurde Leslie bewusst, dass dies der letzte Tag war, an dem sie Anne sehen würde. Vielleicht nicht für immer, aber es würde nichts mehr so sein wie früher, sollten sie sich irgendwann wiedersehen. Beinahe schien es, als wisse Raffaello genau, was in ihren Gedanken vorging, denn er hielt die ganze Fahrt über den Mund und schaltete auch keine Musik ein.

Auf dem Parkplatz vor dem Flughafen empfing sie unerträgliche Hitze, die Luft schien über dem heißen Asphalt zu stehen, als Leslie aus dem Maserati stieg und sich umschaute. Anne war nirgends zu sehen. Raffaello lehnte sich neben ihr an sein Auto, spielte mit dem Schlüssel und beobachtete sie.

„Du solltest alleine reingehen", sagte er dann. „Ich denke nicht, dass sie mich sehen will." Leslie zog eine Schnute.

„Aber –", setzte sie an, doch er unterbrach sie.

„Sie ist *deine* Freundin – deine beste, also geh‘ alleine rein, damit ihr euch in Ruhe verabschieden könnt. Ich gehöre nicht dazu“, sagte er bestimmt und setzte seine Sonnenbrille auf – und im Stillen gab Leslie ihm recht. Sie atmete tief durch, nickte, dann ging sie so langsam wie möglich, ohne dass es aussah, als wartete sie darauf, dass er ihr doch noch nachkam, auf die breite Glastür am Eingang des Flughafens zu.

Zuerst raubten ihr die vielen Menschen, die hektisch kreuz und quer in der Eingangshalle umhereilten, die Sicht, aber nach einigen Sekunden hatte sie die Orientierung wieder. Anne saß auf ihrem Koffer, den anderen Reisenden mitten im Weg, hatte ihr den Rücken zugewandt und sah so schrecklich einsam aus, dass Leslie eine Sekunde zögerte, bevor sie geradewegs auf ihre Freundin zurannte und im Laufen laut ihren Namen rief. Anne drehte sich zu ihr um, eine undefinierbare Mischung aus Freude und Trauer auf dem Gesicht, stand auf und schloss Leslie fest in die Arme, als diese bei ihr ankam. Dann hielt sie sie auf Armeslänge von sich und betrachtete sie.

„Da bist du ja …“, sagte sie leise. Leslie fiel nichts Besseres ein, als einfach zu nicken.

„Raffaello hat mich gestern Nacht angerufen. Hat gesagt, dass du heute kommst“, murmelte Anne. „Also hab’ ich gewartet …“ Leslie konnte nicht verhindern, dass sich ein Lächeln auf ihr Gesicht stahl. Das also hatte er erledigt, als er sie ins Haus geschickt hatte. Doch keine mafiösen Angelegenheiten.

„Was?“, fragte Anne.

„Du hast ihn ‚Raffaello‘ genannt.“ Anne zuckte die Achseln.

„Das war ja auch das Netteste, was er bisher gemacht hat“, behauptetet sie. „Aber …“ Ihre hellblauen Augen wurden mit einem Mal ernst. „Wärst du auch so gekommen? Ohne dass *er* dafür gesorgt hätte?“ Was sollte sie nur darauf antworten? Beinahe traute sie sich nicht, ihrer Freundin in die Augen zu sehen. Sie wussten beide, dass sie nicht gekommen wäre. Dass sie es nicht ertragen hätte Abschied zu nehmen. Aber Raffaello hatte dafür gesorgt.

„Ich weiß nicht“, murmelte sie dann, doch Anne schien das schon gar nicht mehr wichtig zu finden.

„Sehen wir uns wieder?“, fragte sie plötzlich mit erstickter Stimme. „Du kommst doch wieder nach Hause? Das tust du doch, oder Leslie?“ Leslie biss sich auf die Unterlippe. Kaute darauf herum und überlegte fieberhaft, was sie darauf antworten sollte. Am einfachsten war es, mit der Wahrheit herauszurücken.

„Ich weiß es nicht“, sagte sie mit fester Stimme. „Ich weiß wirklich nicht, wie es in nächster Zeit weitergehen wird. Aber ich komme zurück, versprochen.“ Annes Unterlippe zitterte.

„Und was, wenn nicht?“, brachte sie stockend hervor. „Was, wenn dir irgendwas … passiert?“ Leslie wusste nur zu gut, dass sie an Antonio dachte.

„Mir passiert nichts“, sagte sie beruhigend und zog Anne an sich, „ich kann auf mich aufpassen, glaub mir.“ Anne schniefte in Leslies teures Kleid.

„Wenn du auf dich aufgepasst hättest, wärst du nicht mit Raffaello zusammen und würdest gleich neben mir im Flugzeug sitzen“, heulte sie. „Ich hatte immer das Gefühl, *ich* müsste auf dich aufpassen – und ich hab’ Angst, dass sich der –“, sie schniefte, „der Mafioso nicht um dich kümmert, wie – ach, Scheiße, verdammt!“, fluchte sie und stampfte fest mit dem Fuß auf den Boden, als sie nun wirklich anfing, Rotz und Wasser zu heulen. „Gib mir ’ne Ohrfeige, Leslie“, schniefte sie.

„Was?“

„Mach schon! Die gucken alle schon ...!“ Als Leslie es nicht tat, tat sie es selbst. Nicht besonders fest, wahrscheinlich traute sie sich das nicht, aber wie durch ein Wunder hörte sie auf zu weinen. Dann musterte sie Leslie von Kopf bis Fuß, als habe sie erst eben richtig begriffen, dass sie vor ihr stand.

„Was hast du da an?“, fragte sie und zupfte an dem teuren Kleid, das Leslie am Morgen schnell übergezogen hatte. „Hat *er* dir das Teil gekauft?“

„Hm“, machte Leslie nur. Anne verzog das Gesicht.

„Der Typ hat ’nen grauenhaften Geschmack“, stellte sie fest. „Behalte meine Jeans und das T-Shirt, du wirst es lieben!“ Leslie erwiderte nichts.

Ehrlich gesagt fand sie das Kleid sogar ganz schön. Es war nur ein bisschen zu kurz, aber das war bei der Hitze ganz angenehm.

„Du …“, sagte Anne. „Ich werd’ dich vermissen. Echt. Ich werd’ dich so schrecklich vermissen.“ Und damit zog sie Leslie erneut in die Arme, drückte sie ganz fest an sich und drückte ihr einen Kuss auf die Wange. „Wir telefonieren, ja?“, sagte sie, doch es klang nicht wie eine Frage. „Ich will wissen, ob es dir gut geht. Und …“ Sie ließ Leslie los. „Was soll ich deiner Mom ausrichten?“ Leslie winkte ab.

„Sie weiß Bescheid“, murmelte sie, „über Raffaello.“ Annes Augen wurden riesig.

„Über den Mafiakram?!“, schrie sie – und schlug sich im selben Moment die Hand vor den Mund, als sich einige Leute zu ihr umsahen. Leslie schloss für Sekunden die Augen.

„Natürlich nicht“, sagte sie dann. „Nur darüber, dass ich noch hierbleibe. Und – wehe, Anne, ich hack dir den Kopf ab – wehe, wenn du ihr auch nur ein Sterbenswörtchen davon erzählst!“ Eine trotzige Falte erschien zwischen Annes hellblonden Augenbrauen, doch dann nickte sie.

„Mach ich nicht“, versprach sie. „Aber vielleicht solltest du mal wieder von dir hören lassen. Die denken noch, du bist mit deinem Typen durchgebrannt … Ach du Scheiße!“ Sie warf einen hektischen Blick auf ihre Armbanduhr, dann drückte sie Leslie noch einmal ganz fest an sich, nuschelte „Ich hab’ dich lieb“, zerrte ihren Koffer hinter sich her und eilte in Richtung der Sicherheitskontrollen, nicht ohne sich noch einmal umzusehen und zu winken – dann war sie verschwunden.

Und Leslie stand alleine in der großen Eingangshalle in dem Gewühl aus Menschen und blickte ihrer besten Freundin nach. Anne war weg. Sie wusste nicht, wie sie sich daran gewöhnen sollte. Oder ob sie es überhaupt konnte. Eine gefühlte Ewigkeit stand sie einfach nur da und blickte in die Richtung, in die Anne verschwunden war. Alles, was sie mit ihr zusammen erlebt hatte, blitzte nun in ihren Gedanken auf, wie ein nicht geschnittener Film, Bruchstücke aus Erinnerungen. Denn das waren sie jetzt. Nur noch Erinnerungen. Leslie schloss die Augen und versuchte die Tränen hinunterzuschlucken, die in ihren Augen und im Hals brannten, dann atmete sie tief durch – und drehte sich um.

Raffaello lehnte noch immer an seinem Auto, als sie den Parkplatz erreichte, die Sonnenbrille auf der Nase und die Hände in den Hosentaschen vergraben. Er lächelte ihr aufmunternd zu und legte ihr einen Arm um die Taille.

„Weißt du", sagte er mit rauer Stimme. „Ich denke, so ist es das Beste für sie. Und für dich."

„Hm", machte Leslie nur und eigentlich wusste sie, dass er recht hatte. Sie wollte es nur nicht vor ihm zugeben. Raffaello drückte sie kurz an sich, dann öffnete er ihr die Beifahrertür.

„Lass uns frühstücken gehen", sagte er fast schon wieder so unbekümmert, wie eh und je. Als sei nichts gewesen.

Während sie wieder zurück in die Stadt fuhren und Raffaello sein teures Gefährt geschickt und viel zu schnell durch den dichten Verkehr steuerte, versuchte Leslie, sich davon zu überzeugen, dass es wirklich das Beste war, dass sie von nun an ohne Anne auf Sizilien blieb. Trotzig wollte sie den Gedanken an ihre Freundin wenigstens für ein paar Minuten aus ihrem Kopf verbannen, doch es gelang ihr nicht. Stur blickte sie aus dem Fenster, sagte keinen Ton, bis Raffaello den Maserati am Straßenrand parkte, selbstzufrieden grinste, als einige der vorbeigehenden Touristen sein Auto mit großen Augen anstarrten, und Leslie dann die Tür öffnete.

„Ich hoffe, du hast Hunger", sagte er, als sie neben ihm her auf ein kleines Straßencafé zuging, vor dem ein paar Touristen saßen und sich ihr Frühstück schmecken ließen.

„Ich sterbe vor Hunger. Wenn ich nicht gleich was zwischen die Zähne bekomme, esse ich *dich* mit Haut und Haaren auf", sagte er und grinste. Leslie verpasste ihm einen Klaps aufs Hinterteil.

„Quatschkopf", murmelte sie und folgte ihm an einen der im Schatten stehenden Tische. Raffaello setzte seine Sonnenbrille ab und schob sie sich in das wirre Haar, dann inspizierte er die Speisekarte, doch sein Blick schweifte daran vorbei und blieb an irgendwem hinter Leslies Rücken hängen. Seine Miene verdunkelte sich schlagartig.

„Was ist?“, fragte Leslie ihn verwirrt und wollte sich schon umdrehen, doch er hielt sie am Arm zurück.

„Gosetti“, erwiderte er knapp, „und zwei seiner Gefolgsleute.“ Leslie hob eine Augenbraue.

„Ich nehme an, die sind nicht zufällig hier?“, sagte sie. Raffaello schüttelte den Kopf.

„Seit … der Sache mit Federico –“, er räusperte sich, „lassen die mich so gut wie nie aus den Augen. Echt nervig.“ Er verzog das Gesicht.

„Oh“, machte Leslie und für einige schreckliche Sekunden blitzten die Erinnerungen an Antonios Tod in ihren Gedanken auf, doch sie schaffte es, sie schnell genug zu verscheuchen.

„Meinst du, die haben wieder solche Fotos gemacht?“, fragte sie dann leise. Raffaello lachte trocken auf.

„Klar“, sagte er. „Immer und überall. Außer auf meinem Grundstück, da sind wir sicher. Aber wenigstens knallt er dir die Teile nicht mehr andauernd vor die Nase. Ich glaube, er hat begriffen, dass du allmählich weißt … mit wem du es zu tun hast.“ Seine dunklen Augen blitzten auf. „Obwohl …, ich fand es ganz nett, uns beide zusammen auf einem Foto zu sehen …“ Er grinste spitzbübisch. Leslie kräuselte die Lippen und versuchte, nicht ebenfalls grinsen zu müssen, weil sie nur so dahinschmolz, als er das sagte.

Ein Kellner erschien und sie bestellten zwei Espressi und das Frühstück, für das sich Raffaello entschieden hatte. Leslie konnte Gosettis Blicke im Nacken spüren und auch Raffaello warf hin und wieder einen eiskalten Blick an den Nachbartisch, was die Polizisten jedoch nicht im Mindesten zu beeindrucken schien.

„Nicht beachten“, murmelte Raffaello, „einfach nicht –“ Sein Handy klingelte und nachdem er einen flüchtigen Blick auf das Display geworfen hatte, warf er Leslie ein entschuldigendes Lächeln zu.

„*Sì?*“ sagte er dann und lauschte einige Sekunden lang dem Anrufer. Ganz langsam geriet sein sorgsam errichtetes Pokerface ins Wanken. Seine Miene verhärtete sich.

„*Va bene*“, knurrte er dann und noch irgendetwas, wobei er Gosetti bitterböse Blicke zuwarf, dann legte er auf und ließ sein Handy in seiner

Hosentasche verschwinden. Eine tiefe Falte war zwischen seinen dichten, schwarzen Brauen erschienen, verärgert verzog er den Mund.

„Wer war das?", fragte Leslie. „Was ist passiert?"

„Mario", erwiderte Raffaello nur, „er kommt gleich her."

„Aha", machte Leslie, „weswegen?"

„Hat er nicht genau gesagt." Aber sie hatte das Gefühl, dass er genau Bescheid wusste. Missmutig schlürfte sie ihren Espresso und ließ Raffaello keine Sekunde aus den Augen.

Keine halbe Stunde später erschien Mario im schwarzen Anzug an ihrem Tisch. Er war zu Fuß vom Justizgebäude gekommen und nun ließ er sich erschöpft zwischen Leslie und Raffaello auf einem Stuhl nieder, den er sich mit liebenswürdigem Lächeln von zwei Touristen am Nachbartisch geliehen hatte, wischte sich über die Stirn, murmelte ein „*Buon giorno*, Leslie" und legte dann einen Stapel Ordner und Papiere, den er unter dem Arm getragen hatte, vor sich auf den Tisch. Raffaello griff nach einem der Hefter und warf einen flüchtigen Blick hinein, bevor er ihn sorgsam wieder zuklappte und den gesamten Stapel Mario wieder zuschob. Er knurrte irgendetwas auf Italienisch, das sich ganz nach „Verdammt, nicht hier, Mario!" anhörte und Mario zuckte entschuldigend mit den Achseln.

„Du wolltest so schnell wie nur irgend möglich die genauen Informationen", sagte er auf Englisch und Leslie hatte das Gefühl, dass er so nett sein wollte, sie nicht ganz auszuschließen. Dankbar lächelte sie ihm zu und er zwinkerte zurück.

„Die Anhörung ist morgen früh um neun", fuhr Mario an Raffaello gewandt fort, dem es ganz offensichtlich nicht in den Kram passte, dass sein Freund weiterhin Englisch sprach. „Da musst du hin. Tut mir leid, ich konnte nichts ausrichten. Die haben uns mit Absicht so spät informiert. Du weißt ja, Gosetti schwört auf seine ‚Überraschungstaktik'." Mit finsterem Blick sah er zu Gosetti hinüber, der sie scheinbar die ganze Zeit über beobachtete. Raffaello verzog keine Miene, als er auf Italienisch antwortete. Mario schüttelte den Kopf.

„Ging nicht anders", sagte er entschuldigend, woraufhin Raffaello lauter redete und eindeutig mit der Hand auf Leslie wies. Sie nahm an, dass er nicht wollte, dass sie mitbekam, worüber sie sich unterhielten. Dass es sich um eine Anklage handelte, die mit Sicherheit mit Antonios Tod zu tun hatte – konnte sie sich dank Marios Andeutungen zusammenreimen. Sie warf ihm einen dankbaren Blick zu, fing sich dafür aber einen finsteren von Raffaello ein, doch sie tat, als habe sie ihn nicht bemerkt und trank einen Schluck Kaffee. Raffaello und Mario wechselten noch einige Worte auf Italienisch, dann erhob sich Mario von seinem Stuhl, klopfte seinem besten Freund aufmunternd auf die Schulter, klemmte sich ein Stück Brot aus dem Brotkorb zwischen die Zähne, nuschelte „Bis bald, Leslie", lächelte ihr noch einmal zu und eilte dann mit großen Schritten den Gehweg entlang. Den Papierstapel hatte er auf dem Tisch liegen gelassen.

Raffaello stierte ihn wütend an, so als sei der Stapel an allem, was ihm bevorstand, schuld. Dann fluchte er auf Italienisch. Ziemlich lange grummelte er so vor sich hin, warf den Polizisten am Nebentisch so finstere Blicke zu, dass es Leslie eiskalt den Rücken hinablief – bis sein Blick an ihr hängen blieb. Er schien sich ein wenig zu entspannen.

„Lass uns nach Hause fahren und ein wenig ausruhen", seufzte er, stand auf und legte ein paar Geldscheine auf den Tisch. „Ich brauche jetzt dich und den Pool – sonst sterbe ich." Er nahm ihre Hand, als sie zurück zu seinem Auto gingen und auch während der Fahrt ließ er sie nicht eine Sekunde los. Er schien vorzüglich mit einer Hand und einem Knie lenken zu können.

50

„Du musst vor Gericht?", fragte sie ihn, als sie wenig später dicht neben ihm am Rande des Pools in seinem Garten saß. Sie hakte ihr linkes Bein in sein rechtes und beobachtete ihn von der Seite. Raffaello legte den Kopf in den Nacken und holte tief Luft. Er hatte jeden Muskel angespannt, als sie den Kopf an seine Schulter lehnte. Sie wusste, dass er angestrengt nachdachte, dass er sich Sorgen machte, mit den Gedanken weit weg war, auch wenn er versuchte, das mit seiner lässigen Art zu überspielen.

„*Sì*", sagte er dann mit rauer Stimme. Er sah sie nicht an. „Die haben was gegen mich in der Hand." Er schwieg kurz. Fast schien es, als müsste er sich dazu überwinden weiterzusprechen. „Besser gesagt: jemanden. Es könnte sein, dass ich dieses Mal nicht so ohne Weiteres davonkomme. Es gibt jemanden, der etwas weiß, glaube ich, einen Kronzeugen. Und ich denke, ich weiß, wer es ist." Er klang so unendlich kalt, als er das sagte. Leslie wusste genau, dass er soeben ein Todesurteil besiegelt hatte. Sie schauderte. Sie ließ die Beine im Wasser hin und hergleiten.

„Was wirst du jetzt tun?", fragte sie schließlich. Ein grimmiger Ausdruck trat auf sein Gesicht. „Das lass mal meine Sorge sein", entgegnete er ruhig und Leslie fühlte sich schrecklich. Er sah ihr nicht in die Augen und plötzlich hatte sie Angst um das Leben des Kronzeugen.

Sie sollte recht behalten. Der Kronzeuge verschwand in der Nacht zu der Anhörung spurlos, als er gerade auf dem Heimweg zu seiner Familie war. Seine Leiche wurde nicht gefunden, aber im Fernsehen am nächsten Morgen behaupteten sie steif und fest, er sei tot. Jedenfalls waren das Gosettis Worte, der zu dem Thema interviewt wurde. Leslie schätzte, dass das tatsächlich der Wahrheit entsprach. Und sie hatte das ungute Gefühl, dass Raffaello sich nun noch mehr Ärger eingehandelt hatte. Er war früh am Morgen mit Mario zum Gericht gefahren und Leslie hatte den ganzen Morgen lang vor dem Fernseher gesessen und daran gedacht, wie Raffaello reagieren würde, wenn er hören würde, was sie alles über den Sender erfuhr. Beinahe war sie erleichtert, dass er nicht da war.

Aber da war noch die Angst um ihn, die in ihrem Magen aufkeimte. Angst davor, ihn zu verlieren, weil Gosetti genügend Beweise hatte, um ihn ins Gefängnis zu sperren. Sie schaltete den Ton aus, zog die Knie dicht an die Brust und dann saß sie den ganzen langen Tag auf dem Sofa und wartete darauf, dass Raffaello zurückkommen würde. Ohne Handschellen. Und ohne Gosetti.

Spät am Abend fuhr sie erschrocken hoch, als sie draußen in der Einfahrt Kies knirschen und gleich darauf eine Autotür zuschlagen hörte. Sie brauchte einige Sekunden, um sich daran zu erinnern, wo Raffaello gewesen war, scheinbar war sie eingeschlafen. Als sie hörte, wie ein Schlüssel im Schloss an der Tür herumgedreht wurde, schaltete sie hastig den Fernseher aus, warf sich auf das Sofa, kauerte sich zusammen und tat, als schliefe sie. Nur ihren Atem konnte sie nicht daran hindern, immer schneller zu werden vor Aufregung. Schritte ertönten im Wohnzimmer, dann landete Raffaellos Jacke schwungvoll direkt auf Leslies Kopf. Sie richtete sich erschrocken auf – und dann sah sie ihn dastehen. Er wirkte todmüde, aber auf seinen Lippen lag ein zufriedenes Lächeln.

„Oh", entfuhr es ihm überrascht, als er bemerkte, dass er ihr seine Jacke übergeworfen hatte. „*Scusi*, ich dachte, du schläfst längst."

„Hab' ich auch", entgegnete Leslie und schlüpfte in seine Jacke, die ihr viel zu groß war. Raffaello setzte sich neben ihr auf die Couch und sah sie einfach nur an. Musterte die müde Leslie, die in seinem Jackett steckte, ihre zerzausten Haare.

„Ich hab's geschafft", sagte er dann irgendwann in die Stille hinein. „Mario hat mich da rausgeholt. Es war gar nicht mal so schwer, obwohl Gosetti ordentlich auf mir rumgehackt hat." Er lächelte. „Und die Richterin konnte mich ebenfalls nicht ausstehen. Ihr Kollege hat dafür gesorgt, dass … Nun ja", – er räusperte sich – „jedenfalls bin ich ein freier Mann." Leslie konnte sich denken, warum.

„Du hast den Typen geschmiert", sagte sie trocken. Und wahrscheinlich nicht *nur* den Richter. Raffaello verzog keine Miene, er beugte sich nur zu ihr hin und küsste sie, als habe er sie seit Ewigkeiten nicht mehr gesehen.

„Ich hab' die ganze Zeit über daran gedacht, dass ich dich wiedersehen muss. Dass ich dich nicht hier alleine lassen kann", flüsterte er, „das scheint geholfen zu haben." Er grinste schwach. „Ich bin todmüde", sagte er irgendwann. „Lass uns schlafen gehen, ja?"

Aber Leslie konnte nicht schlafen. Sie saß hellwach auf dem Bett neben Raffaello, der mit nacktem Oberkörper neben ihr lag und tief und fest schlief. Er schnarchte sogar ein kleines bisschen. Leslies Gedanken schweiften ab. Zu den Sendungen, die sie im Fernsehen gesehen hatte. Zu Raffaellos Schilderungen von der Anhörung. Er war aus allem sauber rausgehäkelt worden. Von Mario. Und mithilfe von Geld. Viel Geld. Sie fragte sich, warum sie nicht entsetzt war darüber, aber im Grunde wusste sie genau, dass sie sich daran gewöhnt hatte. Nicht zu viele Fragen zu stellen. Sich alles Weitere zu denken. Sie ließ den Blick über Raffaello wandern. Schwaches Mondlicht fiel durch das geöffnete Balkonfenster und überzog seine Haut und sein Haar mit einem silbernen Schleier. Er sah so unschuldig aus. So friedlich. Als habe er nie jemanden getötet. Als habe er nicht unzählige Polizisten und Richter geschmiert. Als sei er in keinerlei illegale Geschäfte verwickelt. In diesem Moment sah er nicht aus wie ein Mafiaboss. Und beinahe wünschte sich Leslie, sie könnte es glauben und ihm auf immer und ewig vertrauen.

Sie warf ihm noch einen kurzen Blick zu, bevor sie ihr Handy, das auf dem Nachtschrank lag, ergriff und dann leise und vorsichtig die Beine aus dem Bett schwang. So leise sie konnte schlich sie quer durch das riesige Schlafzimmer, drückte die Türklinke mit angehaltenem Atem herunter und schlüpfte aus dem Zimmer ins Treppenhaus. Einige Sekunden lauschte sie noch an der Tür, doch es regte sich nichts. Raffaello schlief tief und fest. Nun ein wenig unvorsichtiger tapste Leslie auf nackten Füßen die Treppe hinunter ins Wohnzimmer und schob vorsichtig die Tür zur Terrasse auf. Die Luft war nicht mehr ganz so heiß, sondern fast schon kühl. Die Dunkelheit lag über dem riesigen Garten, am Himmel schien der Mond voll und so hell, dass Leslie die Augen zusammenkneifen musste, als sie zu ihm aufsah. Sie atmete tief durch, dann setzte sie sich auf den Mühlsteintisch und wählte Annes Nummer. Es dauerte eine ganze Weil, bis sie abhob.

„Leslie?“ Leslie nickte lächelnd, bevor sie bemerkte, dass Anne das ja gar nicht sehen konnte.

„Hallo? Leslie?“, kam es vom anderen Ende der Leitung verwirrt.

„Äh, ja ich bin's“, murmelte Leslie schnell.

„Oh, Leslie!“, rief Anne plötzlich fröhlich. „Ich hätte nicht gedacht, dass du so schnell anrufst. Wie geht's dir? Ist alles okay? Weißt du, deine Mom will wissen, wann du dich endlich mal wieder meldest, dein Grandpa hat dich lieb, soll ich dir von ihm ausrichten. Er ist sauneugierig auf deinen ‚sizilianischen Lover‘, wie er es ausgedrückt hat. Ich schätze, deine Mom hat's ihm verklickert – und Benny will zu dir nach Sizilien kommen. Ich hab' ihn davon abgehalten und –“

„Anne!“, unterbrach Leslie den Redeschwall ihrer Freundin. „Hol mal Luft.“ Aber sie musste grinsen.

„Schon gut“, sagte Anne. „Also der Reihe nach: Wie geht's dir?“

„Gut“, entgegnete Leslie.

„‚Gut‘ sagt jeder, wenn man so was fragt“, kam es verächtlich von Anne zurück. „Wie geht es dir *wirklich*?“ Leslie holte tief Luft.

„Ich bin todmüde, kann aber nicht schlafen“, sagte sie. „Außerdem vermiss ich dich.“

„Das hab' ich gemerkt“, entgegnete Anne. „Nachts um drei – das kannst nur du. Warum kannst du nicht schlafen? Ist dein Mafioso nicht da?“

„Doch, aber er schläft.“

„Na dann, was hindert dich daran, dich in seine Arme zu werfen und es ihm nachzutun?“

„Er hatte heute eine Anhörung“, sagte Leslie leise.

„Oh. Wurde auch Zeit“, entgegnete Anne trocken. „*Sorry*. Und?“

„Mario hat ihn rausgepaukt.“

„Sein Beraterfreund?“

„Hm. Und er hat ziemlich viele Leute geschmiert“, murmelte Leslie.

„Hätte mich auch gewundert, wenn er's nicht getan hätte", bemerkte Anne spitz. „Um was ging's?"

„Um … Antonio. Glaub ich", sagte Leslie leise. Eigentlich hatte sie vermeiden wollen, erneut mit Anne über dieses Thema zu sprechen. Anne gab einen undefinierbaren Laut von sich, dann wechselte sie das Thema. Scheinbar konnte sie es ebenso wenig ertragen, daran zu denken wie Leslie.

„Deine Mom hat gesagt, du würdest bald mit deinem ‚italienischen Freund' zu Besuch nach Schottland kommen und ihn allen vorstellen", sagte sie.

„Oh", machte Leslie. *Shit*, das hatte sie vollkommen vergessen.

„Stimmt das?", fragte Anne. „Ich kann ihn mir hier nicht vorstellen. Haggis wird der sicher nicht essen, über die Leute hier wird er die Nase rümpfen und für die Landschaft und den Regen hat er wahrscheinlich erst recht nichts übrig. Das willst du uns allen ernsthaft antun?"

„Ich hab' noch keine Pläne …", murmelte Leslie ausweichend. „Er hat in letzter Zeit viel zu tun."

„Und keine Zeit mehr für dich, wetten?", schlussfolgerte Anne.

„Doch."

„Wirklich?" Sie klang, als habe sie skeptisch eine Augenbraue hochgezogen. „Wann habt ihr euch das letzte Mal geküsst? Ich meine so richtig?"

„Heute Abend", sagte Leslie. Herrgott, was sollten diese dämlichen Fragen?

„Hm", machte Anne nachdenklich, „und wann habt ihr das letzte Mal – naja, du weißt schon?"

„Anne!"

„Is' nur 'ne Frage."

„Auf die ich nicht antworten werde", knurrte Leslie.

„Bitte", sagte Anne, „dann eben nicht. Ich wollte nur eure Beziehung checken. Aber ganz so glücklich scheint er dich nicht zu machen, hab' ich recht?" Trotzig schob Leslie die Augenbrauen zusammen.

„Doch", sagte sie mit fester Stimme. Anne seufzte.

„Ich verstehe wirklich nicht, wie du so blind und verschossen sein kannst …"

„Ich liebe ihn", platzte es aus Leslie heraus, bevor sie es verhindern konnte.

„Wie romantisch", murrte Anne und mit einem Mal schien sie mit den Gedanken weit fort zu sein. „Hör mal, Leslie, wir können gerne morgen noch mal telefonieren, aber ich bin ehrlich gesagt todmüde – und jetzt mitten in der Nacht hab' ich keinen Bock, mir deine Schwärmereien über deinen Typen anzuhören, der Antonio –".

„Hey, du hast angefangen mich nach ihm zu fragen!", verteidigte sich Leslie.

„Schon gut, schon gut", seufzte Anne. „*Sorry*. Darf ich jetzt essen?"

„Nur zu", murrte Leslie und wollte schon auflegen, doch Anne nuschelte noch schnell ein: „Ich vermiss dich auch", dann war die Verbindung unterbrochen.

Leslie saß auf dem Mühlstein, baumelte mit den Beinen und starrte in die Nacht hinaus. Keine einzige Eidechse war auf der niedrigen Gartenmauer zu sehen. Es war still. Die ganze Insel schien tief und fest zu schlafen. Sogar der Mond wirkte mit einem Mal müde und schwach. Eine einzelne Grille zirpte verlassen im hohen Gras. Leslie atmete tief die klare Nachtluft ein, dann sprang sie vom Mühlstein – und erstarrte auf der Stelle, als ihr Blick auf eine dunkle Gestalt fiel, die reglos im Schatten des Hauses verharrte.

„Ich weiß, dass ich mir mehr Zeit für dich nehmen sollte", sagte Raffaello. Leslie atmete auf und sank erleichtert zurück auf den Mühlstein.

„Hast du alles gehört?", fragte sie vorsichtig. Sein Gesicht war überzogen von Schatten, sein wirres Haar wehte im sanften Wind, als er auf sie zukam. Er nickte.

„Oh Gott …", murmelte Leslie gequält und zog eine Schnute. Sie wollte vor Scham am liebsten im Boden versinken wegen Annes bescheuerter Fragen. Seine tiefbraunen Augen blitzten auf.

„Ich küsse dich also zu wenig?", fragte er beinahe lauernd und grinste spitzbübisch. Leslie wich seinem Blick aus.

„Nein, so hab' ich das nicht gemeint", murmelte sie, doch da war er schon bei ihr angekommen. Seine Hände legten sich auf ihre Taille. Sie konnte seinen Atem auf den Lippen spüren, so nahe war er ihr.

„Wir unternehmen was zusammen“, sagte er leise. „Morgen, ja?“ Leslie nickte, zu erstarrt von dieser plötzlichen Nähe. Er war immer noch so umwerfend, dass ihr die Luft wegblieb.

„Und was?“, krächzte sie, bemüht, gleichmäßig ein- und auszuatmen. Doch er grinste nur und im nächsten Augenblick spürte sie seine Lippen auf ihren.

„Das lass mal meine Sorge sein“, raunte er leise. „Aber ich denke, es wird dir gefallen. Und jetzt halt den Mund“, sagte er grinsend, als sie etwas erwidern wollte, „sonst schaffe ich es nicht mehr, in dieser Nacht alle Küsse nachzuholen, die du verdient hast.“

51

Es war die ungewohnte Stille, die Leslie am nächsten Morgen weckte. Keine Grille zirpte, kein Tier raschelte im hohen Gras, kein Vogel zwitscherte. Noch nicht einmal der leiseste Wind regte sich. Es war so still, als habe die gesamte Insel beschlossen auszuruhen. Beinahe war es schon gespenstig. Benommen hob Leslie den Kopf und setzte sich auf. Sie saß auf einer der beiden blau-weiß gestreiften Liegen, die Raffaello in der Nacht hinter dem Haus hervorgeholt hatte. Sie sah sich nach ihm um. Er war nicht mehr da. Vor ein paar Stunden hatte er noch neben ihr gelegen, daran erinnerte sie sich genau. Sie hatte sich an ihn gelehnt und war todmüde, aber glücklich eingeschlafen. Und jetzt war er weg. Nur ihre Kleider lagen noch verstreut auf dem Boden. Leslie zog eine Schnute, ärgerte sich ein paar Minuten darüber, dass er kam und ging, wann er wollte. Dann schwang sie die Beine über den Rand der Liege, schlüpfte hastig in ihr Kleid und stand auf. Als sie die Tür zum Wohnzimmer öffnen wollte, stieß sie beinahe mit Raffaello zusammen, der im Türrahmen stand, mit verschränkten Armen, und ihr entgegenblickte. Seine Miene war so ausdruckslos, seine Augen so dunkel, dass sie erschrocken einen Schritt zurückstolperte.

„*Buon giorno*", stammelte sie verwirrt, doch sein Blick glitt an ihr vorbei, schien sich in weiter Ferne zu verlieren.

„Was ist?", fragte sie.

„Wenn du Hunger hast", sagte er nur, „in der Küche ist noch was von dem Frühstück, das ich dir gemacht habe." Seine Stimme klang so anders als sonst. Hart. Fast wütend. Und sie meinte, einen verbitterten Unterton heraushören zu können. Er war ein einziger Schutzschild. Abwehrend und kühl.

„Scheiß auf das Frühstück", sagte Leslie und trat wieder auf ihn zu. „Was, verdammt noch mal, ist los?" Sie ergriff seine Hand, in der er sein Handy hielt. Fest umklammert. Er schien nicht zu merken, dass sie seine Hand hielt. Als er sie ansah, wich sie erneut vor ihm zurück. Unter seinen tiefbraunen Augen lagen dunkle Schatten. Zwischen seinen dichten Brauen hatte sich eine tiefe Falte gebildet.

„Ich weiß, dass ich dir versprochen habe, heute etwas mit dir zu unternehmen", sagte er mit fester Stimme, „aber –". Er stockte. Sah hinab auf sein Handy. Auf Leslies Hand, die noch immer auf seiner lag. Beinahe schien es, als habe er Angst weiterzusprechen. Dann blickte er ihr fest in die Augen, als er sagte: „Ich habe keine Zeit, Leslie. Tut mir leid. Ich muss eine Beerdigung vorbereiten." Sie sah nur wortlos zu ihm auf, verstand nicht ganz, um was es ging. Sie schluckte.

„Für wen?", brachte sie schließlich hervor. Eine Sekunde lang dachte sie, er würde ihr nicht darauf antworten, sich einfach umdrehen und zurück ins Haus gehen, aber er blieb. Jetzt fiel ihr der schwarze Anzug auf, den er trug, die schwarze Krawatte. Alles an ihm schien dunkel zu sein. Ein verbitterter Ausdruck erschien auf seinem Gesicht, als er sie ansah.

„Mario Andolini“, sagte er. Sie brachte keinen Ton hervor. Brachte es noch nicht einmal fertig zu atmen. Sie hielt einfach die Luft an. Und starrte Raffaello an. Ihre Lippen zitterten, als sie sprach.

„Was? Wie …?“, war das Einzige, das sie in diesem Moment hervorbringen konnte. Ihr wurde schlecht. Erbärmlich schlecht.

„Es ist besser, wenn du das nicht erfährst, glaub mir“, entgegnete er tonlos. „Ich habe die Nachricht vergangene Nacht noch erhalten. Der Anschlag galt mir.“

„Was?! Schon wieder?!“, rief sie entsetzt und er nickte.

„Aber sie haben Mario erwischt“, sagte er mit einer solchen Verbitterung in der Stimme, dass Leslie schauderte und noch einen Schritt vor ihm zurückwich. „Ich habe auf dich gewartet, um dir Bescheid zu sagen, aber jetzt muss ich los und mich um alles kümmern, in Ordnung?“ Es war keine Frage. Diesen Entschluss hatte er schon in der Nacht gefasst. Hastig nickte Leslie und er machte sich von ihr los, als sie seine Hand nicht losließ. Er schien die Ruhe selbst zu sein, doch sie wusste es besser. Unter dieser Maske brodelte es. Wie in einem Vulkan. Mordgedanken über Mordgedanken. Vermutlich rechnete er gerade aus, wie viel Kilo Sprengstoff er brauchen würde, um den oder die Verantwortlichen in die Luft zu jagen.

„Ich hole dich ab, wenn es so weit ist. Es könnte sein, dass ich ein paar Tage nicht nach Hause komme, tut mir leid“, sagte Raffaello, dann drehte er sich um und verschwand im Haus. Wenig später hörte sie ihn telefonieren, dann eine Autotür zuschlagen und schließlich raste er die Auffahrt hinunter. Er war weg.

Sie war alleine. Alleine mit den unsichtbaren Leibwächtern, die wahrscheinlich noch immer zwischen den Bäumen standen. Alleine mit der Nachricht von Marios Tod. Sie sank einfach in sich zusammen, kauerte auf dem heißen Steinboden und versuchte zu weinen, wie es sich gehörte. Aber es kam keine einzige Träne hervor. Sie saß einfach nur da, auf der Terrasse, starrte vor sich hin und wusste nicht, wie sie in diesem Moment einen klaren Gedanken fassen sollte.

Einige Tage später erschien Raffaello, um sie abzuholen. Er half ihr, in ein langes, schwarzes Kleid zu schlüpfen, dann führte er sie an der Hand zu seinem Maserati. Alles schien schwarz zu sein an diesem Tag. Die Fahrt durch Palermo bekam Leslie gar nicht richtig mit. Sie schaute nur stumm geradeaus auf die Fahrbahn, genau wie Raffaello, der seine Sonnenbrille aufgesetzt hatte. Er schien nicht vorzuhaben, sie auch nur ein einziges Mal abzusetzen.

Der Friedhof lag weit außerhalb der Stadt mitten auf dem Land. Einsam und verlassen wirkte die flache Gegend. Verdorrtes, hellgelbes Gras wiegte im sanften Wind auf den Hügeln hin und her, hier und da ragte ein einzelner Olivenbaum in den tiefblauen Himmel. In der Ferne zeichneten sich Berge ab. Glühende Hitze lag über dem gesamten Land, als Leslie im Schatten einiger Akazien aus dem Wagen kletterte. Eine ganze Karawane anderer Autos parkte vor ihnen. Allesamt teuer und schwarz wie die Nacht. Männer in schwarzen Anzügen standen dazwischen und auch die Frauen waren allesamt in Schwarz gekleidet. Viele trugen Kopftücher oder hatten die Haare hochgesteckt. Leslies wehten offen im Wind. Einige Gruppen waren schon auf dem Weg zum Friedhof, doch die meisten schienen noch zu warten. Auf Raffaello. Ihren Boss, dachte Leslie und schluckte, als sie verunsichert zu ihm hinübersah.

Alle Blicke schienen auf ihn gerichtet zu sein. Er verzog keine Miene, nickte nur einigen seiner Leute knapp zu und nahm Leslie dann bei der Hand. Sie fühlte sich entsetzlich unwohl, während sie neben ihm her durch das breite, schmiedeeiserne, verrostete Tor ging und den Friedhof betrat. Sie drehte sich nicht um, sie konnte auch so hören, dass ihnen Raffaellos Leute sofort auf Schritt und Tritt folgten. Vier riesig aussehende Männer, bullige Typen mit Sonnenbrillen und finsteren Gesichtern, gingen direkt hinter und neben ihnen. Leslie nahm an, dass es Leibwächter waren. Bodyguards. Solche, die sich ohne zu zögern für ihren Boss in den Kugelhagel werfen und für ihn sterben würden. Sie schluckte. Ein Schauer lief ihr über den Rücken.

Es war schattig unter den alten Bäumen. Zypressen wuchsen zwischen den uralten Grabsteinen und warfen lange, dürre Schatten über den Kiesweg. Schirmakazien ragten vor der Friedhofsmauer auf, erhoben sich dunkel und unheilvoll in den strahlend blauen Himmel. Leslie fröstelte, doch das lag vermutlich nur an all den Männern in Anzügen, an den Bodyguards und daran, dass sie sich auf einem Friedhof befand. Sie hatte Friedhöfe noch nie leiden können. Es sah aus wie im Film. Wie in einem der typischen Mafiafilme, in denen ehrenwerte Männer eines unnatürlichen und plötzlichen Todes starben und vor versammelter Familie begraben wurden. Wie ein Stummfilm, denn keiner der Anwesenden sagte ein Wort. Alle folgten Raffaello und Leslie mit versteinerten Gesichtern und ruhigen Bewegungen. Zögernd sah Leslie zu Raffaello hinüber, doch der würdigte sie nicht eines Blickes, sondern schritt langsam, neben ihr her auf einen sanft anlaufenden Hügel zu, auf dem sich schon einige Menschen versammelt hatten. Ein Sarg stand dort, fast gänzlich verdeckt von bunten, prachtvollen Blumensträußen. Auch einen Priester konnte Leslie erkennen. Und Serafina. Sie stand ein ganzes Stück entfernt von der Gruppe im Schatten einer Akazie.

Noch mehr ehrenwerte Herren blickten ihnen entgegen, einige nickten Raffaello zu, andere musterten ihn nur mit versteinerter, fast schon verächtlicher, feindschaftlicher Miene und Leslie schätzte, dass dies nicht unbedingt seine Freunde waren. Sie fragte sich, warum sie dennoch gekommen waren.

Raffaello trat dicht an das ausgehobene Grab im Boden heran, nur Zentimeter trennten ihn von der sauberen Kante. Leslie stellte sich vorsichtshalber ein Stück hinter ihn und wich den vier Leibwächtern aus, die sich links und rechts neben Raffaello aufreihten und in Anbetracht dessen, dass dies der zweite missglückte Anschlag auf sein Leben gewesen war, schien ihr diese Sicherheitsmaßnahme noch vollkommen zu wenig.

Auf der gegenüberliegenden Seite, ein ganzes Stück von dem Grab entfernt, ragte ein uralter Olivenbaum in die Höhe. In dessen Schatten lehnte ein Mann am Stamm, die Arme verschränkt, die Beine übereinandergeschlagen. Fast lässig wirkte er, entspannt. In dem schwarzen Nadelstreifenanzug konnte man ihn allzu leicht übersehen, doch Leslies

Blick entging er nicht. Er wirkte irgendwie fehl am Platz mit der riesigen Sonnenbrille und dem merkwürdigen Hut, der aussah, wie aus alten Gangsterfilmen. Fröstelnd wandte Leslie den Blick von ihm ab, als sie spürte, dass er sie direkt ansah.

Der Priester hatte bereits mit seiner Predigt begonnen, er sprach Italienisch und Leslie verstand kein Wort, aber das war ihr sowieso lieber. Und trotzdem flammte jedes Mal, wenn Marios Name fiel, ein stechender Schmerz in ihrer Brust auf. Einige Minuten später ließen vier von Raffaellos Männern schließlich den Sarg an Seilen hinab in das Loch in der Erde. Leslie wusste, dass sie hätte weinen sollen, ihre Aufmerksamkeit dem Sarg, dem Priester und Raffaello hätte widmen sollen, doch ihr Blick schweifte erneut ab.

Der Mann im Schatten des Olivenbaumes beobachtete das Geschehen aus der Ferne und Leslie glaubte ihren Augen nicht zu trauen, als sie sah, wie er irgendeine Tüte aus seinem Jackett holte und sich ab und zu etwas von deren Inhalt in den Mund schob. Als sei er im Kino und äße Popcorn. Entrüstet sah sie zu Raffaello hinüber, dessen Blick sie aufgrund der verspiegelten Sonnenbrille nicht erkennen konnte, aber sie hätte schwören können, dass er die ganze Zeit über ebenfalls zu dem fremden Mann mit dem Hut hinübersah. War der Kerl ein unerwünschter Gast? Möglicherweise ein Killer, der nochmals auf Raffaello angesetzt worden war? Leslie schluckte. Vor ihrem geistigen Auge sah sie schon, wie er eine Pistole aus der Tasche zog und auf Raffaello zielte. Schnell wandte sie den Blick von dem Fremden ab.

Der Priester warf gerade eine kleine Schaufel voll Erde auf Marios Sarg in das Loch, dann murmelte er ein Gebet und ließ Raffaello den Vortritt. Dieser ergriff die Schaufel, schob sie in den Erdhaufen, der neben dem Grab aufragte. Er schien die Ruhe selbst zu sein, verzog keine Miene, als er die kühle Erde auf Marios Sarg fallen ließ und schließlich mit gefalteten Händen zurück zu Leslie trat.

„Du bist dran“, raunte er ihr zu. „Nur wenn du möchtest.“

Sie nickte und trat auf das Grab zu, ließ ebenfalls ein wenig Erde hineinrieseln. Ihre Hand zitterte. Doch das lag weniger an der unendlichen

Trauer um Mario, als vielmehr an den vielen Menschen, die sie alle musterten und jeden ihrer Schritte genau unter die Lupe nahmen. Ihr Blick blieb an einer Frau hängen, die direkt zu ihr aufsah. Raffaellos Mutter. Ihre Augen waren grau und ausdruckslos, fast schon kalt. Schnell senkte Leslie den Blick und trat wieder zurück zu Raffaello, dessen Blick nun unverkennbar auf den Mann im Schatten des Olivenbaumes gerichtet war. Leslies Magen machte einen entsetzten Hopser, als sie sah, wie Raffaello ihm tatsächlich unmerklich zunickte. Es war eine winzige, kaum erkennbare Bewegung gewesen, doch er hatte sich irgendwie mit dem fremden Mann verständigt. Sie schauderte. Und dann fiel ihr auf, was sie die ganze Zeit über schon hatte stutzen lassen: Der Mann war riesengroß. Fast zwei Meter. Sie erschrak sich beinahe zu Tode, als er zu ihr erüberblickte.

Später, als Raffaello damit beschäftigt war sämtliche Hände zu schütteln und Beileidsbekundungen entgegenzunehmen, schlängelte sich Leslie so unauffällig wie möglich zwischen all den Leuten hindurch, die Schlange standen, um mit Raffaello zu sprechen. Wie im Film. Sie sah immer wieder über die Schulter, während sie auf den uralten Olivenbaum zuging. Sie spürte, dass Raffaello ihr nachsah. Ihr Herz fing an zu rasen, als sie sich umdrehte und seinem Blick begegnete. Mit einem Mal fühlte sie sich, als täte sie etwas Verbotenes. Jedenfalls schien Raffaello nicht erfreut darüber, sie im Schatten des Olivenbaumes zu sehen. Er warf ihr einen missbilligenden Blick zu, dann musste er seine Aufmerksamkeit wieder einigen Verwandten widmen, die ihm ihr Beileid aussprechen wollten.

Leslie erreichte die Stelle, an der der Mann mit dem Hut gestanden hatte. Er war weg. Nur das platt gedrückte, trockene Gras verriet, dass er wirklich dort gestanden und Marios Beerdigung mit angesehen hatte. Und die leere Chipstüte, die zwischen ein paar dürren Grashalmen auf dem Boden lag. Leslie wusste später nicht mehr genau, wieso, aber sie hob sie auf und steckte sie in ihre Tasche, bevor sie sich umdrehte, um zu Raffaello zurückzugehen.

EPILOG

Der Fahrtwind zauste ihr langes Haar, als sie über eine verlassene Landstraße rasten. Leslie beugte sich weit aus dem Fenster und hielt ihr Gesicht dem heißen Wind und den goldenen Strahlen der Abendsonne entgegen. Sie schloss die Augen und für einige wunderbare Sekunden war sie beinahe glücklich. Raffaello parkte den Maserati ganz plötzlich einfach so am Straßenrand.

„Komm", sagte er, „ich will dir etwas zeigen." Damit stieg er aus dem Auto und ging auf die Böschung zu, auf der dichtes Gestrüpp und einige hohe Akazien wuchsen. In der Nähe konnte Leslie das Meer rauschen hören. Möwen schrien. Die Luft roch nach Salz.

Ein paar Minuten sah sie Raffaello einfach nur vom Auto aus nach, wie er da so alleine im Gegenlicht der untergehenden Sonne stand. Sie musste die Augen zusammenkneifen. Er war fast nur ein Schatten. Sein schwarzes Haar wehte im Wind, die Anzugjacke hatte er im Auto gelassen. Leslie stieg aus, als er ihr zuwinkte und folgte ihm, raffte das lange, schwarze Kleid und kletterte durch das Gestrüpp zu ihm hinauf. Seine Sonnenbrille steckte an seinem blütenweißen Hemd. Er hatte es weit aufgeknöpft, die Ärmel hochgerollt und die Krawatte ausgezogen. Fast schien es, als wolle er sich von allem, was heute passiert war, befreien. Er lächelte sogar, als sie bei ihm ankam. Und deutete einfach nur geradeaus auf das Mittelmeer, das, in goldenes Licht getaucht, vor ihnen glitzerte. Es war schon fast kitschig.

„Komm her", sagte er und nach kurzem Zögern ging Leslie auf ihn zu. Er legte ihr beide Arme um die Taille. In seinem Gürtel steckte seine Pistole. Schwarz und kalt.

„Was wolltest du mir zeigen?", fragte sie und blinzelte zu ihm auf. Er lächelte.

„Es hat auch seine schönen Seiten", sagte er. Es schien, als wolle er sich selbst auch davon überzeugen.

„Was?"

„Das Leben hier auf Sizilien. *Mein* Leben."

„Verstehe …", murmelte sie, obwohl ihr sein Leben in der *Cosa Nostra* ein wenig gegensätzlich vorkam. Ein bisschen zu gefährlich. Ein bisschen zu tödlich.

„Aber", sagte Raffaello leise und beugte sich zu ihr herab, „vielleicht sollten wir die vergangenen Ereignisse wirklich für ein paar Wochen hinter uns lassen …" Verwirrt sah sie zu ihm auf.

„Wie meinst du das?", fragte sie. Er ließ sich Zeit mit seiner Antwort. Eine ganze Weile lang hörten sie nur das Meer rauschen und den Wind in den Ästen spielen.

„Wir könnten deine Eltern besuchen", sagte er dann. „Du würdest deine Freundin wiedersehen. Und ich hätte für ein, zwei Wochen das Gefühl, als sei alles so, wie es einmal war. Oder wie es sein könnte." Beinahe klang er traurig. Er lächelte schwach.

„Ich glaube, ich brauche Abstand von all dem. Das … mit Mario war nicht gerade leicht … Und für dich wäre es sicher das Beste, Leslie."

„Oh", machte sie. „Oh, aber was –"

„Denk einfach darüber nach, ja?", sagte er, bevor er ihr das Wort mit einem Kuss abschnitt.